U0684230

教育部新编语文教材指定阅读书系

教育部新编语文教材指定阅读书系

SHI SHUO XIN YU

世说新语（上）

全注全译版

（南朝）刘义庆 编撰

北京燕山出版社
BEIJING YANSHAN PRESS

图书在版编目(CIP)数据

世说新语 /(南朝) 刘义庆编撰. －北京:北京燕山出版社, 2018.8
ISBN 978－7－5402－5240－3

Ⅰ. ①世… Ⅱ. ①刘… Ⅲ. ①笔记小说－中国－南朝时代 Ⅳ. ①I242.1

中国版本图书馆 CIP 数据核字(2018)第 203250 号

世说新语(上、下)

刘义庆 编撰
责任编辑 / 尚燕彬　王　然
装帧设计 / 小　贾　张　佳

北京燕山出版社出版发行
北京市丰台区东铁营苇子坑路 138 号嘉城商务中心 C 座　邮编 100079
全国新华书店经销
三河市北燕印装有限公司印刷

开本 880×1260　1/32　印张 20.5　字数 520,000
2019 年 6 月第 1 版　2019 年 6 月第 1 次印刷

定价:48.00 元

版权所有　盗版必究

目录

阅读指导

上

下

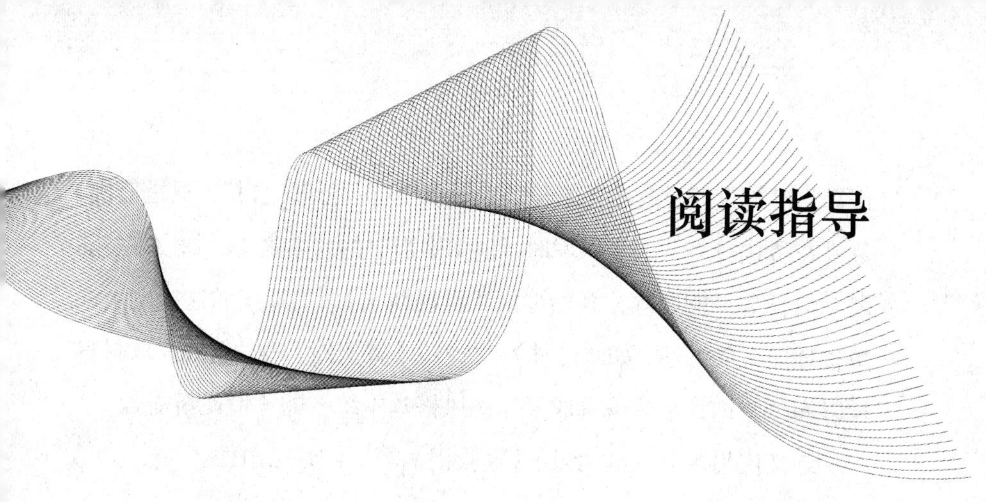

阅读指导

☆阅读提示

作者介绍

刘义庆（403—444），字季伯，南朝宋文学家。

刘义庆是南朝宋武帝刘裕的弟弟刘道怜的次子，后过继给叔父临川王刘道规，袭封临川王。他十三岁被封为南郡公，十五岁担任秘书监一职，掌管国家的图书著作，十七岁升任尚书左仆射。后来，宋文帝继位，朝中政治斗争激烈，宗室间互相残杀，他为躲避不测之祸，二十九岁时乞求外调，三十岁担任荆州刺史，三十七岁担任江州刺史与南兖州刺史。四十一岁时因病逝于建康（今南京，当时宋的国都），谥号“康王”。

刘义庆自幼才华出众，爱好文学，深得宋武帝、宋文帝的喜爱，宋武帝赞他“此吾家丰城也”。据史书记载，刘义庆“性简素，寡嗜欲，爱好文义，文辞虽不多，然足为宗室之表”。他在担任秘书监一职时，博览皇家典籍，为后来编撰《世说新语》奠定了良好的基础。刘义庆年少时喜欢骑马射猎，中年后转而与文人、僧人往来频繁。刘义庆避祸驻外期间，政绩并不显著，但也没有“浮淫之过”，只是信佛、尊佛花费比较多。三十八岁时，他招聚当时的才学之士，如袁淑、陆展、何长瑜、鲍照等，开始编撰《世说新语》。刘义庆和这些文士搜集整理前人的著述，如《语林》《魏书》《高士传》等，然后提取材料加以润色修饰，最后编撰成了体例风格基本统一的《世说新语》。

刘义庆另著有《幽明录》《宣验记》等，但皆已散佚。

作品介绍

永初三年（422），宋武帝刘裕驾崩，太子刘义符继位（即宋少帝）。因他游戏无度，被辅政的司空徐羡之、中书令傅亮、领军将军谢晦、护军将军檀道济等于景平二年（424）五月发动政变废黜。因刘义符无子，刘义符次弟刘义真应当继位，但徐羡之认为他不宜为君，故在废帝以前就先废刘义真为庶人，后又派人将他杀害。废杀刘义符和刘义真后，百官上表迎立武帝第三子——宜都王、荆州刺史刘义隆为帝。元嘉元年(424)刘义隆即位，即宋文帝。他登基不久便先后杀了徐羡之、傅亮、谢晦、檀道济等一批拥立功臣和宗室成员。刘义庆作为皇族成员，担心受到牵连，便申请驻外，以免遭祸。离开京城是非之地后，刘义庆也是心有余悸、倍加小心。他后来寄情文史、招聚文士编撰《世说新语》，除了个人兴趣爱好的因素外，也是转移和消除帝王猜忌、疑虑之举。

我国历史上汉末、魏晋时期，政治斗争是黑暗残酷的，而社会思想却是自由浪漫的，汉末、魏晋文士“对宇宙、政治、人生或艺术都持有大胆独立的见解”，他们的风采一直为后世文人景仰。这也是刘义庆等人追慕汉末、魏晋风流，编撰反映汉末、魏晋人物生活的《世说新语》的重要原因。

《世说新语》又称《世说》《世说新书》，是我国最早的一部文言志人小说。《世说新语》原本有八卷，现在只存三卷。《世说新语》现存最早的版本是藏于日本京都东寺的唐写本残卷，共存五十一则。宋代有众多的《世说新语》版本，今存最早的版本是绍兴八年（1138）董弅所刻，现仅存三卷本，即我们现在所看到的本子，它分德行、言语、政事、文学、方正、雅量等共三十六篇，前二十一篇是褒奖类，后十五篇属于贬斥性质。每篇有若干则，总计一千多则，每则文字长短不一，有的数行，有的三言两语，非常鲜明地体现了笔记小说“随手而记”的特点。

《世说新语》主要记录汉末、魏晋时期士族阶层的名士清谈、交游、为政、栖逸等活动，反映了他们潇洒、任性、怪诞、简傲、放旷等性格和人生追求，是名士品格和风度的传神写照。书中保留了大量反映当时社会生活的珍贵资料，为后世留下了许多脍炙人口的文学典故和人物事迹，是一部既有史料价值又有文学价值的古典名著。它自问世以来，受到历代文士阶层的喜爱和重视，成为学习汉末、魏晋风流的绝佳“教科书”。

《世说新语》的语言简洁明快、含蓄隽永，常有令人回味无穷的名言佳句。鲁迅先生评价其“记言则玄远冷峻，记行则高简瑰奇”。书中涉及的人物众多，描写人物外貌、才干、心理、言辞、行为的语言十分简练生动，使得人物形象极为鲜活。

《世说新语》是笔记小说的先驱，也是后来小品文的典范，对后世笔记小说的发展有着深远的影响，仿照此书体例写成的作品更不计其数，如唐代王方庆的《续世说新语》、宋代王谠的《唐语林》、明代冯梦龙的《古今谭概》等。《世说新语》中的很多故事还成为了后世戏曲小说的素材，如“周处除三害”“祢衡击鼓骂曹”“望梅止渴”“曹植七步成诗”等；还有一些故事成了后世文学作品常用的成语和典故，如“新亭对泣”“谢女咏雪”“子猷访戴”等。

作品评价

《世说新语》记言则玄远冷峻，记行则高简瑰奇……这部书，差不多就可看做一部名士底教科书。

——现代作家、思想家　鲁迅

这不是一部史书，也不是某一个文学家和诗人的总集，而只是一部由许多颇短的小故事编纂而成的奇书。有些篇只有短短几句话，连小故事也算不上。每一篇几乎都有几句或一句隽语，表面简单淳朴，内容却深奥异常，令人回味无穷。六朝和稍前的一个时期内，社会动乱，出了许多看来脾气相当古怪的人物，外似放诞，内实怀忧。他们的举动与常人不同。此书记录了他们的言行，短短几句话，而栩栩如生，令人难忘。

——现代历史学家、作家、语言学家　季羡林

《世说新语》是研究魏晋风流的极好史料。其中关于魏晋名士的种种活动如清谈、品题，种种性格特征如栖逸、任诞、简傲，种种人生的追求，以及种种嗜好，都有生动的描写。综观全书，可以得到魏晋时期几代士人的群像。通过这些人物形象，可以进而了解那个时代上层社会的风尚。

——现代诗人、作家　蒋勋

☆阅读指导

阅读进度指导

《世说新语》是一本非常有意思的文言短篇集子。有意思，是指它的内容，它是对汉末、魏晋时期士族名士的言行与精神风貌的记录，其中有很多有趣的人物故事;短篇，是指它的文字量，每一则故事都是独立的，文字简约，少的三五句，多的也不过二三百字。这两个特点就决定了阅读这本书，可以灵活利用时间，自由掌控进度。

推荐两种阅读进度安排，一种是不紧不慢地读，不做具体规划，但是最好在一个学期内读完；第二种带有一定的强制性，适合做事有规划或者想提高自己读书效率的同学，具体建议如下。

阅读前要先阅读下文的“专题探究指导”，做好阅读目标设定和做读书笔记的准备。全书要在三个月内阅读完毕，根据内容和篇幅分为以下几个阶段：

第一阶段，每天十五则：阅读德行、言语、政事、文学四篇，这四篇被称为“孔门四科”，是古代考察和品评士人的重要准则。这一阶段任务量比较重，共二百八十五则，大约需要二十天，需要咬牙坚持。这是习惯养成的开始阶段，正所谓良好的开端，成功的一半。

第二阶段，每天十五则：阅读方正、雅量、识鉴、赏誉、品藻、规箴六篇，一共四百零七则。这是巩固阅读习惯的关键时期。

第三阶段，每天十二则：阅读捷悟、夙惠、豪爽、容止、自新、企羡、伤逝、栖逸、贤媛、术解、巧艺十一篇，一共一百六十七则。这部分内容篇幅比较简短，阅读起来相对较为轻松。前两阶段的阅读任务较重，本阶段适当减量，蕴积力量，做好冲刺准备。

第四阶段，每天十五则：阅读宠礼、任诞、简傲、排调、轻诋、假谲、黜免、俭啬、汰侈、忿狷、谗险、尤悔、纰漏、惑溺、仇隙十五篇，共二百七十一则。本阶段是形成稳定的阅读习惯的收尾阶段，一定要坚持，做到有始有终。

阅读方法指导

阅读是一辈子的事，需要培养爱好、养成习惯;阅读习惯的养成，需要有意识地进行训练。心理学研究表明，二十一天以上的重复会形成习惯，九十天的重复会形成稳定的习惯。上文“阅读进度指导”的建议即是九十天习惯养成训练。

在有限的时间内完成最多的阅读量，是很多读者的愿望。怎么才能快速高效地进行阅读，选择合适的阅读方法非常重要。阅读本书，推荐以下阅读方法。

跳读

跳读，指不依次序，跳越章节读书的方法。长篇小说如果采用跳读法的话，有可能会错过精彩情节和对细节的了解；《世说新语》是一则一则的小故事连缀而成的作品，就没有这个顾虑，非常适合采用跳读法。

在跳读的时候，同学们要学会调控阅读节奏。所谓阅读节奏，就是阅读速度和时间的关系。阅读速度，就是指阅读时眼睛扫过书页的快慢。阅读时是一目十行，还是一字一顿，需要根据内容的难易来调节。阅读时间，这里主要指持续阅读的时间，如果读得入迷、理解无障碍，可以持续时间长一些；如果文字艰涩，不借助注释和译文无法彻底理解，那么就应该看一会儿歇一会儿，不要过于疲劳，否则会导致阅读体验和阅读质量不高。

定时阅读

纵观古今中外著名人物的阅读经历，有个共同特点，就是无论环境多糟糕、事务多纷繁，每天一定要读书，且大多都有固定的阅读时间。这种每天固定时间的阅读，就叫作定时阅读。《世说新语》篇幅短小的文本特点，非常适合采用定时阅读法。

定时阅读，首先要制订阅读计划，即计划在多长时间内阅读完一本书。有计划，就会产生督促效果。《世说新语》的阅读计划可以参考前面阅读进度的建议。其次，规定每天的阅读时间。上学期间，可以根据实际情况灵活安排，但是要有硬性规定，即每天什么时候读、要读多长时间、每次必须读多少。周末或者节假日，可以视情况另行设定阅读时间。

专题探究指导

专题一：魏晋名士风度

《世说新语》记录了魏晋时期大批著名士人的故事，书中不乏我们在历史书、文学作品中熟悉的人物，通过考察他们的言行，可以一窥那个时期士人的风范。鲁迅曾指出："这部书，差不多就可看做一部名士底教科书。"概括地说，书中反映的名士风度主要有：1. 讲究雅量，追求雍容大度。2. 豪放旷达，不拘礼法，放诞不羁。3. 谈吐机智，有锋芒暗箭，也有诙谐幽默。4. 崇尚自然，寄情山水，志趣高雅脱俗。5.《世说新语》的后十五篇是对一些不好行为的贬斥，这些行为也是当时一些士人的毛病，比如奢侈、简傲、谗险、忿狷等。

阅读后讨论一下，哪些士人风度迄今仍值得推崇和学习。

专题二：辩证看待名士的任诞行为与名士的人格之美

魏晋名士风度，有几个主要的外在表现形式：饮酒、服药、清谈和隐逸。如今看来，这些行为根本算不上高雅，那为什么南北朝以后的士人对魏晋名士风度如此推崇呢？这需要结合魏晋名士所处的时代背景来看待名士的所作所为和精神风貌。

汉末到魏晋，社会动荡不安，王朝更迭频繁，上至达官贵人下到普通百姓，普遍没有生活的稳定感和安全感，处于富裕阶层的士人，于是乎及时行乐、饮酒忘忧。其次，当时的政治斗争异常残酷，很多人在乱世中为保全自己，通过饮酒、服药、清谈来表明自己超脱俗世的态度，以避灾祸。再次，随着大一统王朝——汉朝的分崩离析，统治思想界的儒家学说式微，士大夫们对今文经学、谶纬神学、三纲五常等不再感兴趣，于是转而寻找、开创新的思想理念与哲学体系，于是以研究和解说《老子》《庄子》和《周易》为主要特征的玄学出现并盛行。魏晋时期，很多名士就是玄学家，他们以出身门第、容貌仪止和虚无玄远的“清谈”相标榜。正如鲁迅先生所说：“这种清谈本从汉之清议而来。汉末政治黑暗，一般名士议论政事，其初在社会上很有势力，后来遭执政者之嫉视，渐渐被害，如孔融、祢衡等都被曹操设法害死，所以到了晋代底名士，就不敢再议论政事，而一变为专谈玄理；清议而不谈政事，这就成了所谓清谈了。但这种清谈的名士，当时在社会上仍旧很有势力，若不能玄谈的，好似不够名士底资格……”

这是名士饮酒、服药、清谈、隐逸等任诞行为发生的社会背景。

使名士风度流传千古、为后世垂范的，不是这种种任诞行为，而是他们言行之中展现出的人格魅力和内在修养，书中大半篇幅讲的是名士们的修养和人格之美。同学们可以从名士的容貌举止、个性才能、品德修养等方面来体会一下他们的人格魅力。结合课外阅读，看看后世哪些名人是受魏晋名士影响而功成名就的。

专题三 :《世说新语》中的成语与典故

我们熟悉的很多成语和典故来自《世说新语》，如“望梅止渴”、“拾人牙慧”、“一往情深”、“难兄难弟”、“空洞无物”、“鹤立鸡群”等。阅读时总结记录一下，看看还有哪些典故和成语出自本书。

☆阅读延伸

笔记小说

我国真正意义上的小说，出现在魏晋南北朝时期，分为志人和志怪两类，志人的以《世说新语》为代表，志怪的以《搜神记》为代表。这两类小说又合称为笔记小说。

笔记小说是一种笔记式的短篇故事，带有散文化的倾向，兼有“笔记”和“小说”的特点。笔记小说一般篇幅短小，内容广泛驳杂，涉及天文地理、朝章典制、草木虫鱼、风俗民情、学术考证、鬼怪神仙、艳情传奇、笑话奇谈、逸事琐闻等，可谓包罗万象。

魏晋南北朝时的笔记小说受到史书体例的影响，多标榜其记事之确实，以史家的态度书写，不是有意识的小说创作。在艺术上，笔记小说的故事情节多为直线发展，缺乏人物形貌与心理的描写，也没有情节的发展变化。到了清代，笔记小说在艺术上有了大的飞跃，带有浓厚的民间文学色彩，叙述语言生动精彩，情节曲折跌宕，人物形象饱满生动，环境描写和心理描写也比较讲究，蒲松龄的《聊斋志异》和纪昀的《阅微草堂笔记》是代表。

魏晋时的清谈

清谈是魏晋时期名士就一些玄学问题析理问难、反复辩论的文化现象。

清谈是相对于俗事之谈而言的，也称为“清言”。当时，名士相遇，谁要谈论如何治国理政、如何富国强兵、如何政绩显赫，就会被讥讽为专谈俗事。因此，名士们在一起，不谈俗事，专谈周易、老庄。

清谈类似于现在的辩论演讲。那时的清谈有一套约定俗成的程式：首先要有交谈的对手，通常情况下，辩论分为主、客双方，人数不限，可多可少。清谈的席位称为“谈坐”，谈论的术语称为“谈端”，谈论时引经据典称作“谈证”，谈论的语言称为“谈锋”。在清谈的过程中，一方提出自己的见解，确立自己的论点，另一方则通过对话进行“问难”，以推翻对方的结论，同时摆出自己的观点和理论。在论难的过程中，其他人可以就讨论主题发表赞成或反对意见，称为“谈助”。论辩结束，或者主客双方握手言和，或者各执一辞、互不相让，这时会有人出来调停，称为“一番”，以后可能还会有“两番”“三番”，直到分出胜负。

清谈是与魏晋时期士族制度相对应的文化现象，随着士族制度的瓦解，这一现象也衰落了。后人批评这种空谈玄理、不切实务的风气道：“虚无之谈，尚其华藻，此无异于春蛙秋蝉，聒耳而已。”

德行第一

一

陈仲举[①]言为士则，行为世范，登车揽辔，有澄清天下之志。为豫章太守，至，便问徐孺子[②]所在，欲先看之。主簿白："群情欲府君先入廨(xiè)[③]。"陈曰："武王式商容之闾，[④]席不暇暖。吾之礼贤，有何不可！"

【注释】

①陈仲举：名蕃，字仲举，汝南平舆(今河南平舆北)人，东汉名臣。古人的称谓极为讲究，因关系、身份、地位的不同而对人的称谓有所不同。常见的称谓有姓名、字、小字、官爵名、谥号、庙号、别号、故乡、书斋名、代表作、居所等。②徐孺子：名稚，字孺子，豫章南昌(今属江西)人。他自耕而食，隐居不仕，被名士郭林宗等称为"南州高士"。③廨：官署。④商容：相传为商代的贤人。周武王灭商后，曾在其闾里对其加以表彰。闾：巷口之门，指住处。

【译文】

陈仲举的言论是读书人的准则，行为是世人的模范。他走马上任之初，就有整肃政治，清除奸佞，使天下复归太平的志向。做豫章太守时，他一到郡，就打听徐孺子的住处，想先去拜访他。主簿禀报说："众人之意是想让府君先进官署视事。”陈仲举说：“周武王坐车去商容所住的闾巷表彰他，当时连休息也顾不上。我去拜访贤人，有什么不可以！”

二

周子居[①]常云：“吾时月不见黄叔度[②]，则鄙吝之心已复生矣！”

【注释】

①周子居：名乘，字子居，汝南安成（今河南原阳县）人。他品行高洁，慎交游。陈蕃与之交接，叹其为治国之器。②黄叔度：名宪，字叔度，汝南慎阳（今河南正阳）人。他隐居不仕，在士林中享有很高声誉。

【译文】

周子居曾说：“我如果一段时间不见黄叔度，那么贪鄙吝啬之心就会再次萌生。”

三

郭林宗[①]至汝南，造袁奉高[②]，车不停轨，鸾不辍轭（è）[③]；诣黄叔度，乃弥日信宿[④]。人问其故，林宗曰：“叔度汪汪如万顷之陂（bēi）[⑤]，澄之不清，扰之不浊。其器深广，难测量也。”

【注释】

①郭林宗：名泰，字林宗，太原介休（今属山西）人，东汉末年为太学生首领，与李膺等人友善。②袁奉高：名阆（lǎng），字奉高，汝南慎阳（今河南正阳）人。为郡功曹。他并不标新立异，却名重当时。③轭：驾车时搁在牛马颈上的曲木。④信宿：连宿两夜。⑤陂：池塘。

【译文】

郭林宗到了汝南郡,去拜访袁奉高,车不停轮,马不驻足;去拜访黄叔度,却留宿整整两夜。别人问他这样做的原因,郭林宗说:“叔度好比万顷的湖泊那样宽阔、深邃,澄不清,也搅不浑,他的气量又深又广,是很难测量的啊!”

四

李元礼[①]风格秀整,高自标持,欲以天下名教[②]是非为己任。后进之士有升其堂者,皆以为登龙门。

【注释】

①李元礼:名膺,字元礼,颍川襄城(今属河南)人。曾任长乐少府,故又称李府君。他出身官宦世家,反对宦官专权,受到太学生拥戴,被称为“天下楷模”。②名教:指以正名定分为中心的封建礼教。

【译文】

李元礼风度俊秀严整,在道德方面自持甚高,想把在全国推行儒家礼教、辨明是非当作自己的责任。后辈读书人,能到他家厅堂听教诲的,都自以为登上了龙门。

五

李元礼尝叹荀淑[①]、钟皓[②]曰:“荀君清识[③]难尚,钟君至德可师。”

【注释】

①荀淑:字季和,颍川颍阴(今河南许昌)人。自安帝时历任郎中、当涂长、郎陵侯相,仕途不显。归乡后闲居,常以资财周济宗族。品行为名士所重,李固、李膺尊他为宗师。②钟皓:字季明,颍川长社(今河南长葛)人。与荀淑同为士大夫所仰慕之人。③清识:高见卓识。

【译文】

李元礼曾赞叹荀淑、钟皓说："荀君的高见卓识难以超越，钟君的美好品德可以学习。"

六

陈太丘[①]诣荀朗陵[②]，贫俭无仆役，乃使元方[③]将车，季方持杖后从，长文[④]尚小，载著车中。既至，荀使叔慈[⑤]应门，慈明行酒，余六龙下食，文若[⑥]亦小，坐著膝前。于时太史[⑦]奏："真人[⑧]东行。"

【注释】

①陈太丘：名寔（shí），字仲弓，颍川许县（今河南许昌）人。桓帝时拜为尚书，曾任太丘长，故称"陈太丘"。②荀朗陵：即荀淑，曾任郎陵侯相，故称。③元方：名纪，字元方，陈寔之子，东汉名士。下文季方为陈元方之弟，陈寔第六子。④长文：名群，字长文，陈元方之子。⑤叔慈：荀淑有八个儿子，号称"八龙"。叔慈、慈明是其中两个儿子的名字，其余六人就是这里所说的"六龙"。⑥文若：即荀彧（yù），字文若，荀淑之孙，颍川颍阴（今河南许昌）人。为曹操主要谋士，常参与军国大事的决策。⑦太史：魏晋时掌管历法之官。⑧真人：指品德端正的人。

【译文】

陈太丘去拜访荀朗陵，因为家贫、俭朴，没有仆役侍候，就让长子元方驾车送他，少子季方拿着手杖跟在车后。孙子陈长文年纪还小，就坐在车上。到了荀家，荀淑让叔慈迎接客人，让慈明劝酒，其余六个儿子管上菜，孙子荀文若也还小，就坐在荀淑膝上。这时候太史启奏朝廷说："有德才的人往东去了。"

七

客有问陈季方："足下家君[①]太丘有何功德而荷(hè)[②]天下重名?"季方曰："吾家君譬如桂树生泰山之阿(ē)[③]，上有万仞之高，下有不测之深；上为甘露所沾，下为渊泉所润。当斯之时，桂树焉知泰山之高，渊泉[④]之深？不知有功德与无也。"

【注释】

①家君：称呼自己的父亲；如果称对方的父亲需在前面加适当的敬辞，如"贤""足下"之类。②荷：担当，承受。③阿：凹曲处。④渊泉：深泉。

【译文】

有客人问陈季方："您的父亲陈太丘，有什么功德，能担当得起天下的盛名?"季方答："我父亲就像生在泰山凹曲处的桂树，上面有万丈高的山峰，下面有深不可测的深泉；树顶被甘露沾湿，树根被深泉滋润。在这样的时候，桂树哪里知道泰山有多高，深泉有多深？所以我不知道我父亲有没有功德。"

八

陈元方子长文，有英才，与季方子孝先[①]各论其父功德，争之不能决。咨于太丘，太丘曰："元方难为兄，季方难为弟。"

【注释】

①孝先：即陈忠，字孝先，陈太丘之孙。

【译文】

陈元方的儿子长文，有杰出的才智，与陈季方的儿子孝先谈论各自父亲的功德,争而未决。他们向自己的祖父陈太丘询问,陈太丘说:“元方难当哥哥,季方难做弟弟,他们二人难分高下。”

九

荀巨伯[①]远看友人疾,值胡贼攻郡,友人语巨伯曰:“吾今死矣,子可去[②]。”巨伯曰:“远来相视,子令吾去,败义以求生,岂荀巨伯所行邪?”贼既至,谓巨伯曰:“大军至,一郡尽空,汝何男子,而敢独止?”巨伯曰:“友人有疾,不忍委[③]之,宁以我身代友人命。”贼相谓曰:“我辈无义之人,而入有义之国。”遂班军而还,一郡并获全。

【注释】

①荀巨伯:颍川(今属河南)人,生平不详。②去:离开。③委:抛弃,舍弃。

【译文】

荀巨伯远道前去探望生病的友人,恰逢胡贼攻打友人所在城郡,友人对荀巨伯说:“我现在要死了,您可以离开了!”荀巨伯说:“我远道而来看您,您却让我离去,放弃道义来求活命,难道是荀巨伯该做的事吗?”贼人来了以后,对荀巨伯说:“大军到了,全郡都空了,你是什么样的男子汉,竟敢独自留在这里?”巨伯说:“友人有病,不忍心抛弃他,宁愿用我性命来代替友人的性命。”贼人相互议论说:“我们这些没有道义的人,却进入了有道义的国家。”于是撤军离开了,整个郡获得了保全。

十

华歆(xīn)[①]遇子弟甚整[②],虽闲室之内,严若朝典;陈元方兄弟恣[③]柔爱[④]之道。而二门之里,两不失雍熙[⑤]之轨焉。

【注释】

①华歆：字子鱼，平原高唐（今山东禹城）人，三国魏初名臣。②整：严肃。③恣：放任，任情。④柔爱：柔和慈爱。⑤雍熙：谓和乐升平。

【译文】

华歆对待子弟非常严肃，虽然是在静室之内，也要像在朝廷上那样庄重严肃；陈元方兄弟任情于柔和慈爱的原则。虽然两家行事风格不同，但是两个家庭内部都没有失掉和乐的规范。

十一

管宁[1]、华歆共园中锄菜，见地有片金，管挥锄与瓦石不异，华捉而掷去之。又尝同席读书，有乘轩冕[2]过门者，宁读如故，歆废书出看。宁割席分坐，曰："子非吾友也！"

【注释】

①管宁：字幼安，北海朱虚（今山东临朐）人。东汉末年避乱于辽东，公孙度待以优礼。魏文帝时回归中原，隐居不仕，仍受优遇。②轩冕：古时大夫以上官员的车乘和冕服。

【译文】

管宁、华歆一起在菜园里锄地种菜，看见地上有一小片金子，管宁举锄锄地，视之如瓦石一般，华歆却把金子捡起来扔了出去。又有一次，他们两人坐在同一张席上读书，有达官贵人坐车从门口经过，管宁照旧读书，华歆却放下书本跑出去看。管宁就割开席子，与华歆分开坐，说："你不是我的朋友！"

十二

王朗[①]每以识度[②]推华歆。歆蜡(zhà)日[③]尝集子侄燕饮,王亦学之。有人向张华[④]说此事,张曰:“王之学华,皆是形骸之外,去之所以更远。”

【注释】

①王朗:字景兴,东海郯(今山东郯城)人。汉末举茂才,任菑(zī)丘长、会稽太守。曹魏时历任谏议大夫、大理、司空、司徒,是当时名臣。②识度:见识与气度。③蜡日:年终蜡祭八神之日。④张华:字茂先,范阳方城(今河北固安南)人。初仕魏为佐著作郎,官至中书郎。司马炎代魏,官至中书令。永康元年,被赵王伦所杀。著有《博物志》等。

【译文】

王朗每每以见识和气度推崇华歆。华歆在蜡日曾与子侄辈一起聚餐,王朗也学着这么做。有人跟张华说及这事,张华说:“王朗学习华歆,都是形式上的东西,所以离华歆更远。”

十三

华歆、王朗俱乘船避难,有一人欲依附,歆辄难之。朗曰:“幸尚宽,何为不可?”后贼追至,王欲舍所携人。歆曰:“本所以疑,正为此耳。既已纳其自托[①],宁可以急相弃邪?”遂携拯如初。世以此定华、王之优劣。

【注释】

①纳其自托:接受了他托身的请求,指同意他搭船。

【译文】

华歆、王朗一同乘船避难，有一个人想搭他们的船，华歆拒绝了他。王朗说："好在船中地方宽裕，为什么不行呢？"后来强盗追来了，王朗想抛弃那个搭船的人。华歆说："我当初之所以犹豫，就是因为这一点。既然已经同意他搭船，怎么可以在危急的时候将他抛弃呢？"于是继续带着他。世人凭这件事来评定华歆和王朗品质的优劣。

十四

王祥[①]事后母朱夫人甚谨。家有一李树，结子殊好，母恒使守之。时风雨忽至，祥抱树而泣。祥尝在别床眠，母自往暗斫（zhuó）[②]之；值祥私起，空斫得被。既还，知母憾之不已，因跪前请死。母于是感悟，爱之如己子。

【注释】

①王祥：字休征，琅邪临沂（今属山东）人。事后母孝，母病欲食鱼，天寒冰冻，祥解衣卧冰得鲤，后世列为"二十四孝"之一。②斫：大锄，引申为用刀、斧等砍。

【译文】

王祥侍奉后母朱夫人非常恭敬。家里有一棵李树，结的果实非常好，后母一直让他看守它。一次风雨忽然来了，王祥便抱着李树哭泣。王祥曾在别的床上睡觉，后母前去拿刀暗杀他；正好王祥起来去小便，只砍到了被子。王祥回来后，知道后母对此事未成而遗憾不已，便跪在她的面前请死。后母受感动而醒悟，以后像疼爱自己的亲生儿子一样疼爱他。

十五

晋文王[①]称阮嗣宗[②]至慎，每与之言，言皆玄远，未尝臧否[③]人物。

【注释】

①晋文王：即司马昭，字子上，司马懿之子，魏河内温县（今属河南）人。其子司马炎代魏称帝，建立晋朝，追尊其为文帝。②阮嗣宗：名籍，字嗣宗，陈留尉氏（今属河南）人。与山涛、嵇康等人交游，为“竹林七贤”之一。著有《达庄论》《大人先生传》等。③臧否：品评，褒贬。

【译文】

晋文王称赞阮嗣宗是最谨慎的人，每次和他谈话，他的言辞都很奥妙深远，未曾品评过别人的长短。

十六

王戎[①]云：“与嵇康[②]居二十年，未尝见其喜愠之色。”

【注释】

①王戎：字濬（jùn）冲，琅邪临沂人。“竹林七贤”之一。②嵇康：字叔夜，魏谯国铚（今安徽宿县西）人。“竹林七贤”之一。善弹琴属（zhǔ）文，著有《养生论》等。

【译文】

王戎说：“我和嵇康相处二十年，未曾看见过他有喜怒的表情。”

十七

王戎、和峤（qiáo）[①]同时遭大丧[②]，俱以孝称。王鸡骨支床，和哭泣备礼。武帝谓刘仲雄[③]曰：“卿数（shuò）省王、和不？闻和哀苦过礼，使人忧之。”仲雄曰：“和峤虽备礼，神气不损；王戎虽不备礼，而哀毁骨立[④]。臣以和峤生孝[⑤]，王戎死孝[⑥]。陛下不应忧峤，而应忧戎。”

【注释】

①和峤：字长舆，汝南西平（今属河南）人。晋武帝非常器重他。和峤家富性吝，杜预谓其有钱癖。②大丧：父母之丧。③刘仲雄：名毅，字仲雄，为人刚直，历任司隶校尉、尚书左仆射。④哀毁骨立：形容因亲丧悲损其身，瘦削如骨骸支立。⑤生孝：指孝子忧哀但不灭性。⑥死孝：指孝子哀伤过度几至于死。

【译文】

王戎、和峤同时遭遇父母丧事，都因为尽孝得到称赞。王戎由于哀痛而消瘦骨立，憔悴倚床，而和峤则哀号痛哭，恪守礼制。晋武帝对刘仲雄说："你经常去探望王戎、和峤吗？听说和峤悲哀痛苦超出了礼法常规，令人担忧。"仲雄说："和峤虽然礼仪周到，精神状态却没有受到损伤；王戎虽然礼仪不周，可是因伤心过度而伤了身体，形销骨立。臣认为和峤是生孝，王戎是死孝。陛下不应为和峤担忧，而应该为王戎担忧。"

十八

梁王、赵王，[①]国之近属，贵重当时。裴令公[②]岁请二国租钱数百万，以恤中表[③]之贫者。或讥之曰："何以乞物行惠？"裴曰："损有余，补不足，天之道也。"

【注释】

①梁王：司马肜（róng），字子徽，司马懿的儿子。司马炎代魏称帝后，封他为梁王。赵王：司马伦，字子彝，司马懿的儿子。司马炎称帝后，封他为琅邪郡王，后改封赵王。②裴令公：裴楷，字叔则。司马炎代魏称帝，他官至侍中。博习群书，尤精理义，时人称之为"玉人"。③中表：指与祖父、父亲的姐妹的子女的亲戚关系，或与祖母、母亲的

兄弟姐妹的子女的亲戚关系。

【译文】

梁王、赵王是皇帝的近亲，在当时位高权重。裴令公每年请求他们两个从封国拨出几百万赋税钱来周济皇亲国戚中那些贫穷的人。有人指责他说："为什么向人讨钱来做好事？"裴令公说："破费有余的来补助欠缺的，这是天理。"

十九

王戎云："太保[①]居在正始[②]中，不在能言之流；及与之言，理中[③]清远。将无以德掩其言？"

【注释】

①太保：指王祥。王祥曾任太保之职，这里以官名代人名。②正始：三国魏齐王曹芳的年号。当时玄风渐兴，士大夫唯老庄是宗，竟尚清谈，世称"正始之风"。③理中：义理得当。

【译文】

王戎说："太保处在正始年代，不属于擅长清谈的那一类人。等到和他谈论起来，义理得当，清新深远，不会是他的德行掩盖了他的善谈吧？"

二十

王安丰[①]遭艰[②]，至性[③]过人。裴令[④]往吊之，曰："若使一恸果能伤人，濬冲必不免灭性[⑤]之讥。"

【注释】

①王安丰：即王戎。王戎曾封安丰县侯。②艰：指父母亲丧事。

③至性：淳厚的性情。④裴令：即裴楷，曾任中书令。⑤灭性：指因为哀伤过度而毁灭性命。

【译文】

王安丰在服丧期间，淳厚的性情超过一般人。裴楷去吊唁，说道："如果一次极度的悲哀确实能伤害人的身体，那么王戎一定免不了被讥讽为不要命。"

二十一

王戎父浑，有令名[①]，官至凉州刺史。浑薨（hōng）[②]，所历九郡义故[③]，怀其德惠，相率致赙（fù）[④]数百万，戎悉不受。

【注释】

①令名：美好的声誉。②薨：诸侯或高官之死。③义故：以恩义相结的故旧。④致赙：亲友赠送钱物助葬。赙，送给别人办丧事的财物。

【译文】

王戎的父亲王浑，有很好的声誉，官做到凉州刺史。王浑死后，他在各州郡做官时的随从和旧部，感念他的恩惠，一起凑了几百万钱送给王戎做丧葬费，王戎都不接受。

二十二

刘道真[①]尝为徒[②]。扶风王骏[③]以五百匹布赎之，既而用为从事中郎。当时以为美事。

【注释】

①刘道真：刘宝，字道真，高平（今山东）人。②徒：服徭役的犯人。③扶风王骏：司马懿的儿子司马骏，被封为扶风王。

【译文】

刘道真曾是服徭役的犯人，扶风王司马骏用五百匹布替他赎罪，不久又任用他做从事中郎。当时人们都认为这是值得称颂的事。

二十三

王平子[①]、胡毋彦国[②]诸人，皆以任放[③]为达，或有裸体者。乐广[④]笑曰:“名教中自有乐地，何为乃尔也?”

【注释】

①王平子：王澄，字平子，曾任荆州刺史。②胡毋彦国：姓胡毋，名辅之，字彦国，泰山奉高（今山东泰安东）人。曾任湘州刺史、扬武将军。③任放：放纵任性。④乐广：字彦辅，南阳淯阳（今河南南阳市南）人。曾任尚书令。喜清谈玄言，名重于时，与王衍成为当时天下最风流的人物。

【译文】

王平子、胡毋彦国等人，都以放纵任性为旷达，有时还有人赤身裸体。乐广笑着说：“名教中自然有令人快乐的境地，为什么要这样做呢?”

二十四

郗(xī)公[①]值永嘉丧乱[②]，在乡里，甚穷馁。乡人以公名德，传共饴(sì)[③]之。公常携兄子迈及外生周翼二小儿往食，乡人曰:“各自饥困，以君之贤，欲共济君耳，恐不能兼有所存。”公于是独往食，辄含饭著两颊边，还，吐与二儿。后并得存，同过江[④]。郗公亡，翼为剡(shàn)县[⑤]，解职归，席苫(shàn)[⑥]于公灵床头，心丧[⑦]终三年。

【注释】

①郗公：郗鉴，字道徽，高平金乡（今山东金乡北）人。曾任龙骧将军、兖（yǎn）州刺史、车骑大将军、司空等职。书法家王羲之的岳父。②永嘉丧乱：西晋怀帝司马炽永嘉五年（311），在山西称帝的匈奴贵族刘渊（国号汉）攻陷洛阳，俘晋怀帝，中原大乱。永嘉十年（316），刘渊之子刘聪的大将刘曜攻陷长安，俘晋愍帝，西晋灭亡。历史上称为"永嘉之乱"。③饴：通"饲"，给人吃。④过江：指渡过长江到江南。永嘉之乱，中原人士纷纷过江避难，后来镇守建康的琅邪王司马睿即帝位，开始了东晋时代。⑤为剡县：指做剡县县令。⑥席苫：坐卧于草荐上。"寝苫枕块"是古代居丧的礼制。⑦心丧：泛指脱了孝服后的深切悼念，也是一种守丧。

【译文】

郗公在永嘉丧乱时期，住在家乡，非常贫困饥饿。乡里的人因为他名高德厚，便一起轮流供他饭吃。郗公经常带着哥哥的儿子郗迈和外甥周翼去吃。乡里的人说："各家都穷困挨饿，因为您贤德，所以大家合伙周济您罢了，恐怕不能兼顾两个小孩。"郗公便单独去吃，吃完后总是腮帮子两侧含满了饭，回来便吐出给两个小孩吃。后来两个小孩都活了下来，一起到了江南。郗公死时，周翼正任剡县县令，他辞官回去，在郗公灵床前尽孝子之礼，他铺着草席、枕着土块，足足守了三年孝。

二十五

顾荣[1]在洛阳，尝应人请，觉行炙人[2]有欲炙之色，因辍己[3]施焉。同坐嗤之。荣曰："岂有终日执之，而不知其味者乎？"后遭乱渡江，每经危急，常有一人左右[4]己。问其所以，乃受炙人也。

【注释】

①顾荣：字彦先，吴郡吴县（今江苏苏州）人。西晋末年大臣、名士，也是拥护司马氏政权南渡的江南士族首脑。②行炙人：烤肉的人。也指宴会时上菜的人。③辍己：舍己。指让出自己那一份。④左右：袒护，保护。

【译文】

顾荣在洛阳的时候，曾经应人邀请赴宴，席间感觉烤肉的人面露想吃烤肉的神色，于是将自己的那份送给那个人。同座的人笑话他。顾荣说："哪有整天烤肉，却不知道其中滋味的？"后来顾荣遭逢永嘉之乱南渡过江，每遇到危急的时候，常有一个人保护他。问那个人原因，原来他就是那个接受了顾荣烤肉的人。

二十六

祖光禄[①]少孤贫，性至孝，常自为母炊爨（cuàn）[②]作食。王平北[③]闻其佳名，以两婢饷之，因取为中郎。有人戏之者曰："奴价倍婢。"祖云："百里奚[④]亦何必轻于五羖（gǔ）之皮邪？"

【注释】

①祖光禄：祖纳，字士言，祖逖之兄。东晋时任光禄大夫，故称。②炊爨：烧火煮饭。③王平北：王乂（yì），字叔元。曾任平北将军，故称。④百里奚：春秋时秦国大夫。原为虞大夫，虞亡时为晋所俘，作为陪嫁之臣送入秦国。后出走到楚，为楚人所执，又被秦穆公以五张黑山羊皮赎回，用为大夫，有"五羖大夫"之称。羖，黑色的山羊。

【译文】

祖光禄少年时死了父亲，家境贫寒，他生性孝顺，经常亲自给母亲烧火做饭。王平北听到他的好名声，就把两个婢女送给他，并任用他做中郎。有人跟祖光禄开玩笑说:“你的身价也就值两个婢女。”祖光禄说:“百里奚又哪里比五张黑山羊皮轻贱呢?”

二十七

周镇[1]罢临川郡还都,未及上住,泊青溪渚,王丞相[2]往看之。时夏月,暴雨卒至,舫至狭小,而又大漏,殆无复坐处。王曰:“胡威[3]之清,何以过此!”即启用为吴兴郡。

【注释】

①周镇:字康时,陈留尉氏(今河南开封)人。②王丞相:王导,字茂弘,琅邪临沂人。历元帝、明帝、成帝三朝,皆居显位辅佐朝政,时称“王与马共天下”。③胡威:字伯武,淮南寿春(今安徽寿县)人。魏荆州刺史胡质之子。少以清廉谨慎而闻名。

【译文】

周镇从临川郡解任回京都,还没有上岸,船停在青溪渚。王丞相(王导)去看望他。当时正是夏天,突然下起暴雨,船非常狭窄,而且雨漏得厉害,几乎没有可以坐的地方。王丞相说:“胡威的清廉,哪里能超过这种情况呢!”立刻举用他做吴兴郡太守。

二十八

邓攸[1]始避难,于道中弃己子,全弟子。既过江,取一妾,甚宠爱。历年后,讯其所由[2],妾具说是北人遭乱,忆父母姓名,乃攸之甥也。攸素有德业,言行无玷,闻之哀恨终身,遂不复畜妾。

【注释】

①邓攸:字伯道,平阳襄陵(今山西临汾东南)人。清和平简,贞正寡欲,以孝著称。②所由:所自,所从来。

【译文】

当初邓攸避难，在半路中途丢弃了自己的儿子，保全了弟弟的儿子。他过江以后，娶了一个妾，非常宠爱。多年以后，询问她来自哪里，她便详细诉说自己是北方人，遭逢战乱，逃难来的，回忆起父母的姓名，原来她竟是邓攸的外甥女。邓攸一向有德行和功业，言语举止都没有污点，听了这件事，悔恨终身，便再也不纳妾了。

二十九

王长豫[①]为人谨顺，事亲尽色养[②]之孝。丞相见长豫辄喜，见敬豫[③]辄嗔。长豫与丞相语，恒以慎密为端。丞相还台[④]，及行，未尝不送至车后。恒与曹夫人[⑤]并当箱箧。长豫亡后，丞相还台，登车后，哭至台门；曹夫人作簏(lù)[⑥]，封而不忍开。

【注释】

①王长豫：名悦，字长豫，王导的长子。②色养：称人子和颜悦色奉养父母。③敬豫：王恬，字敬豫，王导的次子。善下棋，为东晋初第一棋手。④台：中央机关的官署，这里指尚书省。按当时王导领尚书事。⑤曹夫人：王导的妻子。⑥簏：竹箱。

【译文】

王长豫为人谨慎恭顺，侍奉父母神色愉悦，极尽孝道。王丞相看见长豫就高兴，看见敬豫就生气。长豫和丞相说话，一直以认真细致为原则。王丞相要去尚书省，等到要走时，长豫没有一次不是送他上车。长豫常常替母亲曹夫人收拾箱子。长豫去世后，丞相要到尚书省去，登上车后，一直哭到官署门口；曹夫人收拾箱子，把长豫曾收拾过的封好，不忍心打开。

三十

桓常侍[①]闻人道深公[②]者，辄曰："此公既有宿名[③]，加先达知称，又与先人至交，不宜说之。"

【注释】

①桓常侍：桓彝，字茂伦，谯国龙亢（今安徽怀远西北）人。明帝时重臣。②深公：即竺法深，东晋僧人，俗姓王，字法深，琅邪人。晋怀帝永嘉初，避乱过江，为晋元帝、明帝及王导等所重。③宿名：久已享有的名望。

【译文】

桓常侍听有人谈论深公，就说："此公本来已有名望，加上前辈的称赞，又和先父是要好的朋友，不应该谈论他。"

三十一

庾公[①]乘马有的卢[②]，或语令卖去。庾云："卖之必有买者，即复害其主，宁可不安己而移于他人哉？昔孙叔敖[③]杀两头蛇以为后人，古之美谈。效之，不亦达乎？"

【注释】

①庾公：庾亮，字元规，颍川鄢陵（今河南鄢陵北）人。明帝皇后之兄。曾任征西大将军、荆州刺史。②的卢：亦作"的颅"。额部有白色斑点的马。古人迷信，认为这种马是凶马，于它的主人不利。③孙叔敖：春秋时代楚国的令尹。他小时候在路上遇见一条两个头的蛇。他听说谁遇到了这种蛇谁就必死。为了避免别人再见到，他就把这两头蛇打死埋了。

【译文】

庾公骑乘的马中有一匹的卢马，有人跟他说，让他把这匹马卖掉。庾公说："卖它一定有人买它，这样就会害了那个买主，怎么可以将不利于己的事情转移到别人身上呢？以前孙叔敖为了保护后面来的人而杀掉了两头蛇，成为古代的美谈。我效仿他，不也是一种旷达吗？"

三十二

阮光禄[①]在剡，曾有好车，借者无不皆给。有人葬母，意欲借而不敢言，阮后闻之，叹曰："吾有车，而使人不敢借，何以车为？"遂焚之。

【注释】

①阮光禄：阮裕，字思旷，陈留尉氏尉氏县人。官至金紫光禄大夫，故称。

【译文】

阮光禄在剡县的时候，曾有一辆很好的车，跟他借车没有一个不借给的。有个人要安葬母亲，想跟他借却不敢说，阮光禄后来听说这件事，感叹道："我有车，却让人不敢借，要车子干什么呢？"便把车子焚烧了。

三十三

谢奕[①]作剡令，有一老翁犯法，谢以醇酒罚之，乃至过醉而犹未已。太傅[②]时年七八岁，著青布绔，在兄膝边坐，谏曰："阿兄，老翁可念，何可作此！"奕于是改容曰："阿奴[③]欲放去邪？"遂遣之。

【注释】

①谢奕：字无奕，谢安之兄，陈郡阳夏（今河南太康）人。曾都督豫、司、冀、并四州军事，任安西将军、豫州刺史。②太傅：谢安，字安

石。死后赠太傅，故称。③阿奴：兄称弟。

【译文】

谢奕做剡县县令的时候，有一老翁犯了法，谢奕就罚他喝醇酒，竟然让他喝得大醉还不罢休。谢太傅当时只有七八岁，穿着青布裤子，在哥哥的膝上坐着，劝诫道："哥哥，老翁可怜，你怎么能这样做呢！"谢奕顿时脸色缓和下来，说："弟弟想放他走吗？"于是就把那个老翁遣送走了。

三十四

谢太傅绝重[①]褚公[②]，常称："褚季野虽不言，而四时之气亦备。"

【注释】

①绝重：极推崇。②褚公：褚裒（póu），字季野，河南阳翟（今河南禹州）人。曾任征北大将军。

【译文】

谢太傅（谢安）极推崇褚公，曾经称颂说："褚季野虽然嘴上不说什么，但像一年四季的气象一样，胸中都齐备。"

三十五

刘尹[①]在郡，临终绵惙（chuò）[②]，闻阁下祠[③]神鼓舞，正色曰："莫得淫祀[④]！"外请杀车中牛[⑤]祭神，真长答曰："'丘之祷久矣。'勿复为烦！"

【注释】

①刘尹：刘惔（tán），字真长，沛国相（今安徽淮北）人。曾任丹阳尹。②绵惙：谓病情严重，气息仅存。③祠：祭祀。④淫祀：不合礼制的祭祀。⑤车中牛：驾车的牛。

【译文】

丹阳尹刘惔在任上，临终气息奄奄，听见供神佛的楼阁下传来击鼓、跳舞进行祭祀的声音，正色道："不得随便祭祀！"属吏请求杀掉驾车的牛来祭神，刘真长回答说："我早就像孔子那样对神祈祷过了，不要再费事了！"

三十六

谢公[①]夫人教儿，问太傅："那得初不见君教儿？"答曰："我常自教儿。"

【注释】

①谢公：即谢安。

【译文】

谢公夫人常教育儿子，她问太傅："怎么从来看不到你教导儿子？"谢公回答说："我常常用自己的言行教导儿子啊。"

三十七

晋简文[①]为抚军时，所坐床上尘不听拂，[②]见鼠行迹，视以为佳。有参军见鼠白日行，以手板批杀之，抚军意色不说。门下起弹[③]，教[④]曰："鼠被害尚不能忘怀，今复以鼠损人，无乃不可乎？"

【注释】

①晋简文：即晋简文帝司马昱。②床：坐具。古时候卧具叫床，坐具也叫床。听：听凭，任凭。③门下：门客。弹：弹劾。④教：告诉。

【译文】

晋简文帝做抚军将军时，所坐的床上的尘土不让拂去，看到上面有老鼠行走的痕迹，认为很好。有个参军看到老鼠白天爬出来，就用手板打死了它，抚军脸色很不高兴。他的门客起身批评参军，抚军告诉门客说："老鼠被打死，尚且不能忘怀；现在又因为老鼠而惩罚人，恐怕更不可以吧？"

三十八

范宣[1]年八岁，后园挑菜，误伤指，大啼。人问"痛邪"？答曰："非为痛，身体发肤，不敢毁伤，是以啼耳。"宣洁行廉约，韩豫章[2]遗绢百匹，不受；减五十匹，复不受。如是减半，遂至一匹，既终不受。韩后与范同载，就车中裂二丈与范云："人宁可使妇无裈(kūn)[3]邪？"范笑而受之。

【注释】

①范宣：字宣子，陈留(今河南开封)人。好学，手不释卷，夜以继日，博览群书。②韩豫章：韩伯，字康伯，颍川长社(今河南长葛东)人。曾任豫章太守、中书郎、散骑常侍、侍中。③裈：裤子。

【译文】

范宣八岁时，在后园挖菜，误伤了手指，大哭起来。有人问道："痛吗？"他回答说："不是因为痛，而是因为身体发肤受之于父母，不敢毁伤，所以才哭的。"范宣为人廉洁，生活俭朴，韩豫章送给他一百匹绢，他不肯接受。减到五十匹，他还是不接受。就这样一直减半，最后减至一匹，他始终不肯接受。韩豫章后来与范宣一起坐车，在车上撕了两丈绢给范宣，说："一个人怎么可以让妻子没有裤子穿呢？"范宣笑着接受了。

三十九

王子敬[1]病笃，道家上章[2]，应首过[3]，问子敬："由来有何异同得失？"子敬云："不觉有余事，唯忆与郗家离婚[4]。"

【注释】

①王子敬：王献之，字子敬，王羲之之子。少有盛名，高傲不羁，曾为一时风流之冠。工草隶，善丹青。②上章：道士上表求神。③首过：自己承认、交代过失。④晋孝武帝曾下旨让王献之休掉妻子郗氏，娶新安公主。

【译文】

王子敬病得厉害，请道家的道士上表求神消灾治病，按照规矩病人本人应该交代自己的过失，道士便问子敬："向来有什么异常和得失？"子敬说："想不起有其他的事，只记得与郗家离婚的事。"

四十

殷仲堪[1]既为荆州，值水俭[2]，食常五碗盘[3]，外无余肴。饭粒脱落盘席间，辄拾以啖（dàn）之。虽欲率物，亦缘其性真素。每语子弟云："勿以我受任方州[4]，云我豁[5]平昔时意，今吾处之不易。贫者士之常，焉得登枝而捐其本！尔曹[6]其存之。"

【注释】

①殷仲堪：陈郡长平（今河南西华）人。能清言，善属文。曾任荆州刺史，故又称殷荆州。②水俭：谓因水涝成灾而谷物歉收。俭，歉收。③五碗盘：一种由一个托盘和五个碗组成的餐具。④方州：指州郡，也指州郡长官。⑤豁：抛弃。⑥尔曹：犹言汝辈、你们。

【译文】

殷仲堪做了荆州刺史以后,正遇上水涝成灾而年成歉收,吃饭通常用五碗盘,此外便没有其他菜肴,饭粒掉在盘子中或席子上,就捡起来吃掉。这虽然是想给大家做个榜样,但也是缘于他的质朴本性。殷仲堪常对子弟们说:“不要因为我做了州郡长官,就以为我抛弃了往日的习惯,现在我一直坚持不变。贫穷是士人的常况,怎么能登上高枝就忘了根本呢?你们一定要记住了。”

四十一

初,桓南郡[①]、杨广[②]共说殷荆州,宜夺殷觊(jì)[③]南蛮以自树。觊亦即晓其旨。尝因行散[④],率尔[⑤]去下舍,便不复还,内外无预知者。意色萧然,远同斗生[⑥]之无愠。时论以此多之。

【注释】

①桓南郡:桓玄,字敬道,桓温之子。博通艺术,善文章。父桓温死,袭封南郡公。②杨广:字德度,曾任淮南太守。③殷觊:字伯通,任南蛮校尉。为殷仲堪堂兄。④行散:魏晋南北朝士大夫好服五石散(一名寒食散),服后须行走以散发药性。也称行药。⑤率尔:随便,无拘束貌。⑥斗生:指斗穀於菟(dòu gǔ wū tú),即春秋时楚国令尹子文,姓斗,名穀於菟,字子文。据《论语·公冶长》说,他三次做令尹,无一点喜色,又三次被免官,亦无一点怨恨之色。

【译文】

当初,桓南郡、杨广一起劝说殷荆州,应该夺取殷觊主管的南蛮地区来扩大自己的权势。殷觊也明白他们的意图。他曾趁着行散,随便离开家,便不再回来,家里家外没有人事先知道。他神态超然潇洒,和古代的令尹子文一样没有怨恨。当时的舆论因此而赞扬他。

四十二

王仆射(yè)[①]在江州,为殷、桓所逐,奔窜豫章,存亡未测。王绥[②]在都,既忧戚[③]在貌,居处饮食,每事有降。时人谓为“试守孝子[④]”。

【注释】

①王仆射:王愉,字茂和。东晋名臣王坦之之子。曾任江州刺史,都督豫州四郡。桓玄篡位后,升他为尚书左仆射。②王绥:字彦猷,王愉的儿子。③忧戚:忧愁。④试守孝子:对王绥的谑称。指未知父母存亡而预为守孝。

【译文】

王仆射任江州刺史时,被殷仲堪、桓玄驱逐,逃亡到了豫章,生死未知。王绥在京都,就忧愁满面,起居饮食各方面都有所节制。当时的人称他为“试守孝子”。

四十三

桓南郡既破殷荆州,收殷将佐十许人,咨议罗企生[①]亦在焉。桓素待企生厚,将有所戮,先遣人语云:“若谢我,当释罪。”企生答曰:“为殷荆州吏,今荆州奔亡,存亡未判,我何颜谢桓公!”既出市,桓又遣人问:“欲何言?”答曰:“昔晋文王杀嵇康,而嵇绍[②]为晋忠臣。从公乞一弟以养老母。”桓亦如言宥之。桓先曾以一羔裘与企生母胡,胡时在豫章,企生问[③]至,即日焚裘。

【注释】

①罗企生:字宗伯,豫章(今南昌)人。在殷仲堪府中任咨议参军,掌管谋划。殷仲堪败走,文武官员没有人送行,只有罗企生随从。

②嵇绍：字延祖，嵇康的儿子。晋武帝时，官至徐州刺史。③问：音讯。

【译文】

桓南郡（桓玄）打败殷荆州（殷仲堪）后，逮捕了殷荆州的十多个将领，咨议参军罗企生也在里面。桓南郡向来对待罗企生很好，将要杀掉一些人的时候，他派人对罗企生说："如果你向我认罪，我就赦免你的罪行。"罗企生回答说："作为殷荆州的属吏，现在他逃亡在外，生死未卜，我有什么脸面向桓公你认罪？"他已经被押赴刑场，桓南郡又派人问他："你还有什么话想说？"罗企生答道："昔日晋文王杀了嵇康，而嵇绍却做了晋室的忠臣；因此我想向您乞求留一个弟弟来奉养老母亲。"桓南郡按他的要求饶恕了他弟弟。桓南郡曾经送给罗企生母亲胡氏一件羔羊皮袍子。当时胡氏在豫章，当罗企生被杀的消息传来时，当天就烧掉了那件袍子。

四十四

王恭[①]从会稽还，王大[②]看之，见其坐六尺簟（diàn）[③]，因语恭："卿东来，故应有此物，可以一领及我。"恭无言。大去后，既举所坐者送之。既无余席，便坐荐[④]上。后大闻之，甚惊曰："吾本谓卿多，故求耳。"对曰："丈人[⑤]不悉恭，恭作人无长物[⑥]。"

【注释】

①王恭：字孝伯，王蕴之子。曾任兖、青二州刺史。②王大：王忱，字元达，王坦之之子。曾任荆州刺史、建武将军。③簟：竹席。④荐：草席，垫子。⑤丈人：对亲戚长辈的通称。⑥长物：多余的东西。

【译文】

王恭从会稽返回，王大去看望他，看见他坐着一张六尺长的竹席，于是他对王恭说："你从东边回来，自然应该有这种东西，拿一张给我吧。"王恭没有说什么。王大离开后，王恭就将所坐的那张竹席送给他。王恭已经没有多余的竹席，就坐在草席上。后来王大听说这件事，非常吃惊，说："我原来以为你有多余的，所以才问你要的。"王恭回答说："你不了解我，我为人处世，没有多余的东西。"

四十五

吴郡陈遗，家至孝。母好食铛底焦饭[①]，遗作郡主簿，恒装一囊，每煮食，辄贮录[②]焦饭，归以遗母。后值孙恩[③]贼出吴郡，袁府君[④]即日便征。遗已聚敛得数斗焦饭，未展归家，遂带以从军。战于沪渎，败，军人溃散，逃走山泽，皆多饥死，遗独以焦饭得活。时人以为纯孝之报也。

【注释】

①焦饭：锅巴。②贮录：储藏，收藏。③孙恩：字灵秀，琅邪人。东晋五斗米道道士和起义军首领。④袁府君：袁山松，曾任吴郡太守。孙恩起事攻打沪渎，袁山松固守，城陷被害。

【译文】

吴郡人陈遗，在家非常孝顺。他母亲喜欢吃锅巴，陈遗做郡主簿时，常带一个口袋，每次煮饭，就储藏锅巴，回家后送给母亲。后来遇上孙恩贼兵攻入吴郡，袁府君当日就出征讨伐。此时，陈遗已经储藏了几斗锅巴，还没来得及回到家里，于是就带着出征。在沪渎跟孙恩交战，失败了。军中人员溃散，逃跑到山林沼泽之中，很多人因饥饿而死，唯独陈遗靠锅巴活了下来。当时的人认为这是陈遗孝顺的善报。

四十六

孔仆射[①]为孝武侍中，豫[②]蒙眷接[③]。烈宗[④]山陵[⑤]，孔时为太常，形素羸瘦，著重服，竟日涕泗流涟，见者以为真孝子。

【注释】

①孔仆射：孔安国，会稽山阴（今浙江绍兴）人。晋孝武帝时历任侍中、太常、尚书左右仆射等职。②豫：同“预”，先期。③眷接：隆重款待，接待。④烈宗：晋孝武帝庙号。⑤山陵：指皇帝去世。

【译文】

孔仆射任晋孝武帝侍中，先期很受孝武帝恩宠礼遇。孝武帝死时，孔仆射任太常，他的身体一向瘦弱，穿着重孝服，整日眼泪鼻涕不断，看到的人认为他是真正的孝子。

四十七

吴道助、附子[①]兄弟居在丹阳郡后。遭母童夫人艰，朝夕哭临[②]，及思至，宾客吊省，号踊哀绝，路人为之落泪。韩康伯时为丹阳尹，母殷在郡，每闻二吴之哭，辄为凄恻，语康伯曰：“汝若为选官，当好料理此人。”康伯亦甚相知。韩后果为吏部尚书，大吴不免哀制[③]，小吴遂大贵达。

【注释】

①吴道助、附子：即吴坦之、吴隐之。吴坦之，字处靖，小字道助。吴隐之，字处默，小字附子。②哭临：人死后集众举哀或至灵前吊祭。③不免哀制：指经不起丧亲的悲痛而死。

【译文】

吴道助、吴附子兄弟俩住在丹阳郡，后来母亲童夫人逝世，二人早晚在灵前哭吊。每当思念深切、宾客来吊唁时，他们都捶胸顿足，哀恸欲绝,过路的人也因此而落泪。韩康伯当时任丹阳尹,母亲殷夫人住在郡府中,每当听到吴氏两兄弟的哭声,都很悲伤,就对康伯说:“你如果做了选官,应当好好照顾这两个人。”后来韩康伯和他们结成知己。韩康伯后来果然做了吏部尚书。此时大吴因悲伤过度已经死了,小吴最终做了大官,非常显贵。

言语第二

一

边文礼[①]见袁奉高，失次序。奉高曰："昔尧聘许由，面无怍(zuò)色[②]，先生何为颠倒衣裳[③]？"文礼答曰："明府[④]初临，尧德未彰，是以贱民颠倒衣裳耳。"

【注释】

①边文礼：边让，字文礼，陈留浚仪(今河南开封)人。官至九江太守。东汉末避乱还乡，对曹操多轻侮之言，被人告发而被杀。②怍色：羞惭的神色。③颠倒衣裳：古人上衣曰衣，下衣曰裳，此处指匆忙情急之中举止失措。④明府：对郡守牧尹的尊称，又称明府君。

【译文】

边文礼拜见袁奉高，举止失措。奉高说："昔日尧帝要传位于许由时，许由脸上没有羞惭的神色，先生为什么举止失措呢？"文礼回答说："明府初次上任，圣德还没有显现出来，所以我才举止失措。"

二

徐孺子年九岁，尝月下戏，人语之曰："若令月中无物，当极明邪？"徐曰："不然。譬如人眼中有瞳子，无此必不明。"

【译文】

徐孺子九岁时,曾在月下玩耍,有人对他说:"如果月亮中没有东西,应当非常明亮吧?"徐孺子回答说:"不是这样的。就像人的眼中有瞳仁,如果没有瞳仁,眼睛一定不会明亮。"

三

孔文举[1]年十岁,随父到洛。时李元礼有盛名,为司隶校尉,诣门者,皆俊才清称[2]及中表亲戚乃通。文举至门,谓吏曰:"我是李府君亲。"既通,前坐。元礼问曰:"君与仆有何亲?"对曰:"昔先君仲尼与君先人伯阳[3]有师资之尊,是仆与君奕世[4]为通好[5]也。"元礼及宾客莫不奇之。太中大夫陈韪(wěi)后至,人以其语语之。韪曰:"小时了了[6],大未必佳。"文举曰:"想君小时,必当了了。"韪大踧(cù)踖(jí)[7]。

【注释】

①孔文举:孔融,字文举。东汉末年文学家。②清称:指有声望的人。③伯阳:老子,字伯阳。④奕世:累世,代代。⑤通好:指关系密切的人,友好。⑥了了:聪明,有智慧。⑦踧踖:局促不安的样子。

【译文】

孔文举十岁时,随父亲到洛阳。当时李元礼(李膺)有很高的名望,担任司隶校尉,登门拜访他的人,得是才子名流、有声望的人以及中表亲戚,才给通报。文举到了门前,对门吏说:"我是李府君的亲戚。"经过通报后,进见入座。元礼问道:"您和我有什么亲戚关系?"答道:"昔日我的祖先仲尼(孔子)拜你的先人伯阳(老子)为师,所以我和你是累世之交。"元礼和宾客们没有不惊奇的。太中大夫陈韪后到,有人对他说起这事,陈韪说:"小时候聪明,大了不一定出众。"文举说:“想必您小时候一定聪明。”陈韪非常尴尬。

四

孔文举有二子,大者六岁,小者五岁。昼日父眠,小者床头盗酒饮之。大儿谓曰:“何以不拜?”答曰:“偷,那得行礼!”

【译文】

孔文举(孔融)有两个儿子,大的六岁,小的五岁。一次父亲在白天睡觉,小的在床头偷酒喝。大儿子对小儿子说:“为什么不行拜礼呢?”小的答道:“偷窃,哪里用得着行礼!”

五

孔融被收,中外[①]惶怖。时融儿大者九岁,小者八岁,二儿故琢钉戏[②],了无遽(jù)[③]容。融谓使者曰:“冀罪止于身,二儿可得全不?”儿徐进曰:“大人[④]岂见覆巢之下,复有完卵乎?”寻亦收至。

【注释】

①中外:指朝廷内外。②琢钉戏:一种小孩玩的游戏。③遽:惊慌。④大人:对父母叔伯等长辈的敬称。

【译文】

孔融被逮捕后,朝廷内外人人恐惧。当时孔融的儿子大的九岁,小的八岁,两个儿子仍旧在玩琢钉的游戏,没有一点恐惧的神色。孔融对逮捕他的差吏说:“希望罪罚只落到我的身上,两个儿子能保全吗?”儿子从容进言说:“父亲难道见过打翻的鸟巢下面,还有完整的蛋吗?”不久,两个儿子也被逮捕了。

六

颍川太守髡(kūn)[1]陈仲弓[2]。客有问元方:“府君何如?”元方曰:“高明之君也。”“足下家君何如?”曰:“忠臣孝子也。”客曰:“《易》称:‘二人同心,其利断金;同心之言,其臭(xiù)如兰。’何有高明之君而刑忠臣孝子者乎?”元方曰:“足下言何其谬也!故不相答。”客曰:“足下但因伛[3]为恭,而不能答。”元方曰:“昔高宗放孝子孝己[4],尹吉甫[5]放孝子伯奇,董仲舒放孝子符起[6]。唯此三君,高明之君;唯此三子,忠臣孝子。”客惭而退。

【注释】

①髡:古代剃去男子头发的一种刑罚。②陈仲弓:即陈寔。③伛:驼背。④孝己:传说为殷高宗武丁之子,以孝行著,因遭后母谗言,被放逐而死。后用作孝子的典范。⑤尹:官名。吉甫:周宣王时大臣。伯奇是他的儿子,侍奉后母孝顺,却受到后母诬陷,被父亲放逐。⑥董仲舒:汉景帝时任博士,推尊儒术,抑黜百家。符起是董仲舒之子。

【译文】

颍川太守判了陈仲弓髡刑。有位客人问陈仲弓的儿子元方说:“府君怎么样?”元方说:“他是个崇高睿智的人。”“您的父亲怎么样?”元方说:“他是个忠臣孝子。”客人说:“《易经》说:‘两人心意相同,行动一致的力量犹如利刃可以截断金属;意趣相同的人交谈,说出话来像兰草那样芬芳。’怎么会有崇高睿智的人判罚忠臣孝子呢?”元方说:“您的话怎么这样荒谬啊!因此我不回答你。”客人说:“您不过是把驼背当作恭敬,实际上是不能回答。”元方说:“从前高宗放逐了孝子孝己,尹吉甫放逐了孝子伯奇,董仲舒放逐了孝子符起。而这三个做父亲的,都是崇高睿智的人;这三个做儿子的,都是忠臣孝子。”客人听了羞愧地走了。

七

荀慈明与汝南袁阆相见，问颍川人士，慈明先及诸兄。阆笑曰："士但可因亲旧而已乎？"慈明曰："足下相难，依据者何经？"阆曰："方问国士[①]，而及诸兄，是以尤[②]之耳。"慈明曰："昔者祁奚[③]内举不失其子，外举不失其仇，以为至公。公旦[④]《文王》之诗，不论尧、舜之德而颂文、武者，亲亲[⑤]之义也。《春秋》之义，内其国而外诸夏。且不爱其亲而爱他人者，不为悖德乎？"

【注释】

①国士：一国中才能最优秀的人物。②尤：指责，责问。③祁奚：字黄羊，春秋时晋国大夫。④旦：姓姬，名旦。周文王之子，武王之弟，因封地在周（今陕西岐山北），故称为周公。⑤亲亲：爱自己的亲属。

【译文】

荀慈明和汝南郡的袁阆见面，袁阆问颍川有什么知名人士，荀慈明首先提到自己的众位兄长。袁阆笑着说："难道仅仅是自己的亲戚朋友就算知名人士吗？"慈明说："您责难我，不知依据是什么？"袁阆说："刚才问国士，你却谈到自己的众位兄长，所以才责问罢了。"慈明说："从前祁奚推荐人才，对内不回避自己的儿子，对外不遗漏自己的仇人，被人认为最公正无私。周公旦创作《文王》这首诗时，不去叙述尧和舜的德政，却歌颂文王和武王，这属于爱自己亲人的大义。《春秋》的义理是，把本国看成亲人，把诸侯国看成外人。况且不爱自己的亲人而爱别人的人，不是违背了道德准则吗？"

八

祢衡[①]被魏武[②]谪为鼓吏，正月半试鼓。衡扬枹（fú）[③]为《渔阳掺（sān）挝（zhuā）》，渊渊[④]有金石声，四坐为之改容。孔融曰："祢衡罪同胥靡[5]，不能发明王之梦。”魏武惭而赦之。

【注释】

①祢衡：字正平，平原般（今山东临邑东北）人。汉末文学家。②魏武：指曹操。曹丕称帝后，追封曹操为魏武帝。③枹：鼓槌。④渊渊：鼓声，象声词。⑤胥靡：古代服劳役的奴隶或刑徒，也为刑罚名。这里指本为胥靡，在傅岩筑城而被商王武丁举为相的傅说。

【译文】

祢衡被魏武帝贬为鼓吏，在正月十五试鼓。祢衡挥动鼓槌奏《渔阳掺挝》曲，鼓声有金石之音，满座的人都为之动容。孔融说：“祢衡的罪和胥靡相同，所以不能引发明君求贤的梦。”魏武帝感到很惭愧，就赦免了祢衡。

九

南郡庞士元[1]闻司马德操[2]在颍川，故二千里候之。至，遇德操采桑，士元从车中谓曰：“吾闻丈夫处世，当带金佩紫，焉有屈洪流之量，而执丝妇之事。”德操曰：“子且下车。子适知邪径之速，不虑失道之迷。昔伯成[3]耦（ǒu）耕[4]，不慕诸侯之荣；原宪[5]桑枢，不易有官之宅。何有坐则华屋，行则肥马，侍女数十，然后为奇？此乃许、父[6]所以慷慨，夷、齐[7]所以长叹。虽有窃秦之爵，千驷之富，不足贵也。”士元曰：“仆生出边垂，寡见大义，若不一叩洪钟、伐雷鼓，则不识其音响也。”

【注释】

①庞士元：庞统，字士元，襄阳（今湖北襄樊）人。三国时刘备的谋士，与诸葛亮齐名，号称“凤雏”。②司马德操：司马徽，字德操，颍川阳翟（今河南禹州）人。被称为“水镜”，曾荐诸葛亮、庞统给刘备。③伯成：伯成子高，唐尧时人。相传尧治天下，他立为诸侯。尧禅让舜、舜

禅让禹时，他认为“德自此衰，刑自此立，后世之乱自此始”，就隐居耕种。④耦耕：二人并耕。后亦泛指农事或务农。⑤原宪：字子思，亦称原思、仲宪，春秋末鲁国人，一说宋国人。孔子的学生。孔子死后，隐居于卫。⑥许、父：许由、巢父。尧曾想把职位禅让给他们，他们都不肯接受。⑦夷、齐：伯夷、叔齐，商代孤竹君的两个儿子。孤竹君死后，兄弟二人互相让位，不肯继承，结果都逃走了。后来周武王统一天下，两人不肯吃周朝的粮食，饿死在首阳山。

【译文】

南郡庞士元听说司马德操在颍川，特意走了两千里路去拜访他。到了那里，遇上德操正在采桑叶，士元就在车里对德操说：“我听说大丈夫处世，就应该做大官、办大事，哪有委屈洪流般的度量而做蚕妇的事的？”德操说：“您先下车来。您只知道走小路快，却不担心走错道而迷路。从前伯成宁愿回家务农，也不羡慕做诸侯的荣耀；原宪宁愿住在破屋里，也不愿换达官的住宅。哪里有住在豪宅里，出行有肥马轻车，身边有十来个婢妾侍候，然后才能做出一番令人称奇的事业的？这正是许由、巢父感慨的原因，也是伯夷、叔齐长叹的缘由。就算有吕不韦窃取到秦相那样的爵位的事。有四千匹马那样的富贵，也不值得尊崇。”士元说：“我生在边远的地方，很少见识到大道理，如果不叩击一下洪钟、雷鼓，就不知道它们的音响啊。”

十

刘公干[①]以失敬罹（lí）罪。文帝[②]问曰：“卿何以不谨于文宪[③]？”桢答曰：“臣诚庸短，亦由陛下网目[④]不疏。”

【注释】

①刘公干：刘桢，字公干，东平宁阳（今属山东）人。东汉末文学家，“建安七子”之一。②文帝：魏文帝曹丕。③文宪：礼法，法制。

④网目:法网,法度。

【译文】

刘公干因为失敬而被判罪。魏文帝问他说:“你为什么不注意遵守法制呢?”刘桢回答说:“臣确实平庸浅陋,也是因为陛下的法网不够稀疏。”

十一

钟毓(yù)、钟会[①]少有令誉,年十三,魏文帝闻之,语其父钟繇(yáo)[②]曰:“可令二子来。”于是敕见。毓面有汗,帝曰:“卿面何以汗?”毓对曰:“战战惶惶,汗出如浆。”复问会:“卿何以不汗?”对曰:“战战栗栗,汗不敢出。”

【注释】

①钟毓、钟会:钟毓,字稚叔。初为散骑常侍,后历任魏郡太守、御史中丞、青州刺史、都督徐州诸军事等职。钟会,字士季。曾任镇西将军、都督关中诸军事,率军十余万伐蜀。②钟繇:字元常,颍川长社(今河南长葛)人。工书法,兼善各体,尤精隶楷,与张芝、王羲之齐名,并称钟张、钟王。

【译文】

钟毓、钟会少年时就有很好的名声,十三岁时,魏文帝听说他们二人后,对他们的父亲钟繇说:“可以让两个孩子来见我。”于是下令赐见。进见时钟毓脸上有汗,文帝说:“你脸上为什么出汗?”钟毓回答说:“战战惶惶,汗出如浆。”又问钟会:“你为什么不出汗?”回答说:“战战栗栗,汗不敢出。”

十二

钟毓兄弟小时,值父昼寝,因共偷服药酒。其父时觉,且托寐[①]以观之。毓拜而后饮,会饮而不拜。既而问毓何以拜,毓曰:“酒以成礼,不敢不拜。”又问会何以不拜,会曰:“偷本非礼,所以不拜。”

【注释】

①托寐:假寐,装睡。

【译文】

钟毓兄弟俩小时候,一次正值父亲白天睡觉时,趁机一起偷偷喝药酒。他们的父亲正好醒来,就装睡看他们怎么做。钟毓拜了拜,然后才饮酒,钟会只喝酒却不行拜礼。一会儿父亲问钟毓为什么要行拜礼,钟毓说:“酒是完成礼仪用的,不敢不行礼。”又问钟会为什么不行拜礼,钟会说:“偷酒喝本来就不合于礼,因此不行拜礼。”

十三

魏明帝为外祖母筑馆于甄氏,既成,自行视,谓左右曰:“馆当以何为名?”侍中缪袭[①]曰:“陛下圣思齐于哲王,罔极过于曾、闵[②]。此馆之兴,情钟舅氏,宜以‘渭阳’[③]为名。”

【注释】

①缪袭:字熙伯,东海兰陵(今山东苍山)人。历官侍中、光禄勋。②曾:即曾子,名参(shēn)。闵:即闵子骞。二人都是孔子的学生,古时孝子。③渭阳:渭水北边。《诗·秦风·渭阳》云:“我送舅氏,曰至渭阳。”这首诗据说是春秋时秦康公送别舅舅而思念亡母时作的,后人用“渭阳”表示甥舅情谊。

【译文】

魏明帝在甄家给外祖母修建了一座馆舍，建成以后，亲自前去查看，他对身边的人说："馆舍应该以什么来命名呢？"侍中缪袭说："陛下的想法像贤明的君主一样，孝心超过了曾参、闵子骞。这处馆舍的兴建，表达了你对舅舅家的情谊，应该用'渭阳'作为它的名字。"

十四

何平叔[①]云："服五石散，非唯治病，亦觉神明开朗。"

【注释】

①何平叔：何晏，字平叔，南阳宛（今河南南阳）人。三国时玄学家。撰有《论语集解》等。

【译文】

何平叔说："服食五石散，不仅可以治病，也觉得精神很爽朗。"

十五

嵇中散[①]语赵景真[②]："卿瞳子白黑分明，有白起[③]之风，恨量小狭。"赵云："尺表能审玑衡[④]之度，寸管[⑤]能测往复之气。何必在大，但问识如何耳。"

【注释】

①嵇中散：即嵇康。曾任中散大夫，故称。②赵景真：赵至，字景真，代郡（今河北蔚县东北）人。善言论，有纵横之才。③白起：战国时秦国名将，因功封为武安君。长平之战，坑杀赵降卒四十万，后与应侯范雎有嫌隙，被免官赐死。④玑衡："璇玑玉衡"的省称。古代观测天体的仪器。⑤管：古代用来校正乐律的竹管。

【译文】

嵇中散对赵景真说:“你的眼睛黑白分明,有白起那样的风度,遗憾的是器量小了点。”赵景真说:“一尺长的表尺就能审定璇玑玉衡的度数,一寸长的竹管就能测量出乐音的高低。何必在乎一个人器量大不大,只问他见识如何就行了。”

十六

司马景王[①]东征,取上党李喜[②]以为从事中郎。因问喜曰:“昔先公辟君不就,今孤召君,何以来?”喜对曰:“先公以礼见待,故得以礼进退;明公[③]以法见绳,喜畏法而至耳。”

【注释】

①司马景王:司马师,字子元,司马懿长子。侄子司马炎建立晋朝,追尊他为景帝。②李喜:字季和,上党郡(今山西长治)人。司马懿任相国时,召他出来任职,他托病推辞。③明公:旧时对有名位者的尊称。

【译文】

司马景王东征,选用上党的李喜担任从事中郎。他问李喜:“从前先父征召你,你不来,现在我征召你,你为什么来?”李喜回答说:“当初令尊以礼待我,所以我能够选择进退;现在你用法令来约束我,我畏惧法律才来啊。”

十七

邓艾[①]口吃,语称“艾艾”。晋文王戏之曰:“卿云‘艾艾’,定是几艾?”对曰:“‘凤兮凤兮’,故是一凤。”

【注释】

①邓艾:字士载,义阳棘阳(今河南新野东北)人。三国魏大将。公元二六三年,魏军攻蜀,他率奇兵出阴平小道,攻灭蜀。

【译文】

邓艾说话结巴,自称时常说"艾艾"。晋文王和他开玩笑说:"你说'艾艾',到底是几个艾?"他回答说:"'凤兮凤兮',只是一只凤。"

十八

嵇中散既被诛,向子期[1]举郡计入洛。文王引进,问曰:"闻君有箕山之志[2],何以在此?"对曰:"巢、许狷介之士,不足多慕!"王大咨嗟[3]。

【注释】

①向子期:向秀,字子期,河内怀县(今河南武陟西南)人。魏晋之际哲学家、文学家,"竹林七贤"之一。②箕山之志:指隐居不仕的节操。③咨嗟:赞叹。

【译文】

嵇中散(嵇康)被杀后,向子期被郡守举荐为上计吏到洛阳去,司马文王(司马昭)接见他,问他:"听说您一向隐居不仕,为什么在这里呢?"他回答说:"巢父、许由是孤高傲世的人,不值得羡慕!"文王对他的回答大加叹赏。

十九

晋武帝始登阼(zuò)[1],探策[2]得一。王者世数[3],系此多少。帝既不说,群臣失色,莫能有言者。侍中裴楷进曰:"臣闻天得一以清,地得一以宁,侯王得一以为天下贞。"帝说,群臣叹服。

【注释】

①登阼:登上皇位。②探策:占卜。策,古代占卜用的蓍草。③世数:指帝位传承的世代数目。

【译文】

晋武帝刚登上皇位,求签得到数字"一"。王位能传多少代,就看这个数字是多少。武帝很不高兴,众位大臣也变了脸色,没有敢说话的。侍中裴楷进言说:"我听说天得到一就清明,地得到一就安宁,侯王得到一天下就能恢复正道。"武帝听了很高兴,群臣也很佩服裴楷。

二十

满奋[1]畏风。在晋武帝坐,北窗作琉璃屏,实密似疏,奋有难色。帝笑之。奋答曰:"臣犹吴牛[2],见月而喘。"

【注释】

①满奋:字武秋,高平昌邑(今山东巨野县)人。晋大臣。②吴牛:吴地的牛,即指江淮一带的水牛。据说,江淮一带的水牛怕热,看见月亮以为是太阳,便喘息不停。

【译文】

满奋怕风。一次在晋武帝旁侍坐,北窗是琉璃屏风,实际很严实,但看起来空疏。满奋脸现畏难的神色。武帝笑他,满奋回答说:"我就像吴地的牛一样,看见月亮就喘起来了。"

二十一

诸葛靓[1]在吴,于朝堂大会,孙皓[2]问:"卿字仲思,为何所思?"对曰:"在家思孝,事君思忠,朋友思信,如斯而已!"

【注释】

①诸葛靓：字仲思。诸葛诞之子。②孙皓：一名彭祖，字元宗，又字皓宗。孙权之孙。三国吴国皇帝。归降晋朝后，被封为归命侯。

【译文】

诸葛靓在吴国的时候，一次朝堂大会上，孙皓问他："你字仲思，思的是什么？"回答说："在家思尽孝，侍奉君主思尽忠，和朋友交往思诚实，就这些罢了。"

二十二

蔡洪[①]赴洛，洛中人问曰："幕府初开，群公辟命，求英奇于仄陋，采贤俊于岩穴。君吴楚[②]之士，亡国之余，有何异才而应斯举？"蔡答曰："夜光之珠，不必出于孟津[③]之河；盈握之璧，不必采于昆仑之山。大禹生于东夷，文王生于西羌，圣贤所出，何必常处？昔武王伐纣，迁顽民于洛邑，得无诸君是其苗裔[④]乎？"

【注释】

①蔡洪：字叔开，吴郡（今江苏苏州）人。初仕吴。晋武帝太康中，举为秀才，有才辩。②吴楚：泛指春秋吴楚之故地，即今长江中、下游一带。③孟津：古黄河津渡名，在今河南省孟津县东北、孟县西南。相传周武王在此会盟诸侯并渡河，故一名盟津。一说本作盟津，后讹作孟津。为历代兵家争战要地。④苗裔：后代。

【译文】

蔡洪来到洛阳，洛阳城中有人问他："官府刚设立不久，众大臣征召幕府，在社会底层寻找有才能的人，在山林隐逸之处寻找才德出众的人。您是吴楚一带的人，属于亡国之人，有什么杰出的才能来应这次征召?”蔡洪回答说:“夜光珠,不一定出自孟津的黄河里;手掌大的玉璧,不一定采自昆仑山。大禹出生在东夷,周文王出生在西羌,圣贤的出生地,为什么一定要有固定的地方呢?从前周武王讨伐商纣王,把那些顽劣之民迁移到洛邑,莫非诸位是他们的后代吗?”

二十三

诸名士共至洛水戏,还,乐令[1]问王夷甫[2]曰:“今日戏,乐乎?”王曰:“裴仆射[3]善谈名理,混混[4]有雅致;张茂先论《史》、《汉》,靡靡可听;我与王安丰说延陵、子房[5],亦超超[6]玄著。”

【注释】

①乐令:乐广,字彦辅,南阳淯阳(今河南南阳市南)人。魏征西将军参军事乐方之子。曾任侍中、尚书令。②王夷甫:王衍,字夷甫,琅邪临沂(今山东临沂)人。历任黄门侍郎、尚书令等职。③裴仆射:裴頠(wěi),字逸民,河东闻喜(今山西闻喜县)人。裴秀之子,有雅量有见识,从小扬名于世。曾任国子祭酒,兼右军将军。④混混:形容连续不断。⑤延陵:古邑名,春秋时吴公子季札的封地。此处代指季札。季札有贤名,吴王欲立之,辞不受。子房:张良,字子房,汉高祖刘邦的谋臣。⑥超超:超然脱俗。

【译文】

众位名士一起到洛水边游玩,回来的时候,乐广问王夷甫:“今天玩得快乐吗?”王夷甫说:“裴仆射擅长谈名理,滔滔不绝很有雅致;张茂先谈《史记》《汉书》,娓娓动听;我和王安丰谈论延陵季子、张子房,也是高妙脱俗。”

二十四

王武子[1]、孙子荆[2]各言其土地人物之美。王云:“其地坦而平,其水淡而清，其人廉且贞。”孙云：“其山崒(zuì)巍[③]以嵯峨，其水泙(yā)渫(xiè)[④]而扬波，其人磊砢(luǒ)[⑤]而英多。”

【注释】

①王武子：王济，字武子，太原晋阳(今属山西)人。历任中书郎、太仆。②孙子荆：孙楚，字子荆，太原中都(今山西平遥南)人。初任曹魏镇东军事。降晋后，任冯翊太守。③崒巍：山险峻的样子。④泙渫：水波荡漾之状。⑤磊砢：形容植物多节。亦喻人有奇特的才能。

【译文】

王武子、孙子荆各自谈论自己家乡的土地、人物之美。王武子说：“我的家乡土地平坦，那里的水又甜又清，那里的人既廉洁又公正。”孙子荆说：“我的家乡山既险峻又高大，那里的水浩浩荡荡、波涛汹涌，那里的人才能杰出又特别多。”

二十五

乐令女适大将军成都王颖[①]，王兄长沙王执权于洛，遂构兵[②]相图。长沙王亲近小人，远外君子，凡在朝者，人怀危惧。乐令既允朝望，加有婚亲，群小谗于长沙。长沙尝问乐令，乐令神色自若，徐答曰：“岂以五男易一女？”由是释然，无复疑虑。

【注释】

①成都王颖：司马颖，字章度。晋武帝的第十六子，先封成都王，后进位大将军。②构兵：交兵，交战。

【译文】

乐广的女儿嫁给了成都王司马颖，成都王的哥哥长沙王在洛阳掌权，成都王与长沙王交战图谋取代他。长沙王亲近小人，疏远君子，凡是在朝居官的，人人心里不安和恐惧。乐广已经在朝中很有威望，加上和成都王有婚姻之亲，一群小人就在长沙王那里说他的坏话。长沙王曾经询问过乐广，乐广神色自若，缓缓地回答道："我难道会用五个儿子去换一个女儿？"长沙王因此解开心结，不再有疑虑。

二十六

陆机[①]诣王武子，武子前置数斛[②]羊酪（lào），指以示陆曰："卿江东何以敌此？"陆云："有千里莼（chún）羹（gēng），但未下盐豉[③]耳。"

【注释】

①陆机：字士衡，吴郡华亭（今上海）人。晋文学家，与弟陆云被称为"二陆"。曾任平原内史。②斛：中国量器名，也是容量单位，一斛本为十斗，后来改为五斗。③盐豉：即豆豉，常用以调味。

【译文】

陆机拜访王武子，王武子面前放着数斛羊奶酪，他指着奶酪给陆机看，说道："你们江东有什么可以与其媲美呢？"陆机说："千里湖的莼菜制成的羹与它可比，只是没有放盐豉罢了。"

二十七

中朝[①]有小儿，父病，行乞药。主人问病，曰："患疟也。"主人曰："尊侯[②]明德君子，何以病疟？"答曰："来病君子，所以为疟耳。"

【注释】

①中朝：晋帝室南渡后称渡江前的西晋为中朝。②尊侯：对别人父亲的尊称。

【译文】

西晋有个小孩，父亲病了，他出去乞求医药。主人问得了什么病，他回答说："患了疟疾。"主人问："你父亲是光明磊落的君子，怎么会得疟疾呢？"他回答说："它来使君子生病，所以才叫疟啊。"

二十八

崔正熊[①]诣都郡，都郡将姓陈，问正熊："君去崔杼（zhù）[②]几世？"答曰："民去崔杼，如明府之去陈恒[③]。"

【注释】

①崔正熊：崔豹，字正熊。晋惠帝时，官至太傅仆。撰有《古今注》。②崔杼：齐国大夫。历仕顷、灵、庄、景四世。公元前五四八年，崔杼杀了齐庄公，立齐庄公之弟杵臼为君，即齐景公。③陈恒：又名陈成子、田成子、田常，春秋时齐国人。齐简公四年，攻杀阚止及齐简公，拥立简公弟弟，即齐平公。

【译文】

崔正熊到都郡去，郡将姓陈，他问正熊："您距离崔杼多少代？"正熊回答说："小民距离崔杼的代数，就像明府您距离陈恒一样。"

二十九

元帝[①]始过江，谓顾骠（piào）骑[②]曰："寄人国土，心常怀惭。"荣跪对曰："臣闻王者以天下为家，是以耿、亳[③]无定处，九鼎[④]迁洛邑。愿陛下勿以迁都为念。"

【注释】

①元帝：即晋元帝司马睿。②顾骠骑：即顾荣。死后追赠骠骑将军，故称。③耿、亳：商代成汤迁国都到亳邑，祖乙又迁到耿邑，盘庚再

迁回亳邑。从成汤到盘庚,共迁都五次。④九鼎:相传夏禹铸九鼎,象征九州,夏、商、周三代奉之为象征国家政权的传国之宝。

【译文】

晋元帝刚渡过长江,便对骠骑将军顾荣说:"寄身在别人的国土上,心里常常感到惭愧。"顾荣跪着回答说:"我听说帝王把天下作为自己的家,因此商代的君主或者迁都亳邑,或者迁都亳邑,没有固定的地方,而周武王也把九鼎搬到洛邑,希望陛下不要把迁都这件事放在心上。"

三十

庾公[①]造周伯仁[②],伯仁曰:"君何所欣说而忽肥?"庾曰:"君复何所忧惨而忽瘦?"伯仁曰:"吾无所忧,直是清虚[③]日来,滓秽日去耳。"

【注释】

①庾公:即庾亮。②周伯仁:周顗(yǐ),字伯仁,汝南安成(今河南省汝南县)人。袭父爵武城侯,累迁宁远将军、荆州刺史、尚书左仆射。③清虚:清净虚无。

【译文】

庾公去拜访周伯仁,伯仁说:"您有什么高兴的事使您突然胖了?"庾公说:"您又有什么忧愁的事使您突然瘦了?"伯仁说:"我没有什么忧愁的,只是清净虚无的思想一天天增加,而那些污浊的东西一天天离去罢了。"

三十一

过江诸人,[①]每至美日,辄相邀新亭,藉卉[②]饮宴。周侯[③]中坐而叹曰:"风景不殊,正自有山河之异!"皆相视流泪。唯王丞相愀(qiǎo)

然[4]变色曰:“当共戮力王室,克复神州,何至作楚囚[5]相对!”

【注释】

①过江诸人:指随西晋政权东渡的人。②藉卉:坐在草地上。③周侯:即周顗。④愀然:容色改变貌。形容脸色变得不愉快。⑤楚囚:本指被俘的楚国人。后借指处境窘迫无计可施者。

【译文】

随西晋政权渡江而来的那些人,每到好日子,就相互邀请到新亭,坐在草地上饮酒作乐。一次,武城侯周顗在饮宴的中途,叹着气说:“这里的风景和中原没有什么不同,只是山河不一样了!”众人都相互对视流泪。只有王丞相变了脸色说:“大家应该合力匡扶王室,收复神州,哪里至于像囚徒一样相对流泪?”

三十二

卫洗(xiǎn)马[1]初欲渡江,形神惨颜(cuì),语左右云:“见此芒芒[2],不觉百端交集。苟未免有情,亦复谁能遣此!”

【注释】

①卫洗马:卫玠(jiè),字叔宝。曾任晋朝太子洗马。②芒芒:广大辽阔的样子。

【译文】

卫洗马当初想要渡江时,面容愁惨,他对身边的人说:“看到这茫茫长江,不觉心间各种感情交织在一起。如果不能去掉感情的话,有谁能排遣这种忧伤!”

三十三

顾司空[①]未知名,诣王丞相。丞相小极[②],对之疲睡。顾思所以叩会之,因谓同坐曰:“昔每闻元公[③]道公协赞中宗,保全江表。体小不安,令人喘息。”丞相因觉,谓顾曰:“此子珪璋特达[④],机警有锋。”

【注释】

①顾司空:顾和,字君孝,吴郡(今江苏苏州)人。顾荣族侄。曾任光禄大夫、尚书令,死后追赠司空。②小极:疲倦。③元公:指顾荣。与陆机兄弟同入洛阳,时人称为“三俊”。谥号为元极。④珪璋特达:比喻人资质优异,才德出众。

【译文】

顾司空还没出名的时候,去拜访王丞相。王丞相有点疲倦,对着他打瞌睡。顾司空考虑如何才能请教他,就对同座的人说:“从前常常听到元公说起王公辅佐中宗,保全了江南。现在看到王丞相如此疲倦,心里实在不安。”王丞相于是醒来了,对顾司空说:“这人才德出众,说话机警锋利。”

三十四

会稽贺生[①],体识[②]清远,言行以礼。不徒东南之美,实为海内之秀。

【注释】

①贺生:贺循,字彦先,会稽山阴(今浙江绍兴)人。官至光禄大夫。②体识:禀性和器量。

【译文】

会稽郡贺生，秉性和器量清纯高远，言语行动合乎礼制。不只是东南地区的杰出人物，实际上更是海内的优秀人才。

三十五

刘琨[①]虽隔阂寇戎，志存本朝，谓温峤[②]曰："班彪识刘氏之复兴，马援知汉光之可辅。今晋祚虽衰，天命未改，吾欲立功于河北，使卿延誉于江南，子其行乎？"温曰："峤虽不敏，才非昔人，明公以桓、文之姿，建匡立之功，岂敢辞命？"

【注释】

①刘琨：字越石，中山魏昌（今河北无极）人。晋惠帝时，封广武侯。②温峤：字太真，太原祁县（今山西祁县）人。曾任骠骑将军、散骑常侍、江州刺史等职。

【译文】

刘琨虽然被入侵者戎族阻隔在东晋王朝之外，但心中总不忘朝廷。他对温峤说："班彪认识到刘氏王室能够复兴，马援知道汉光武帝可以辅佐。现在晋室的国运虽然衰微，可是天命还没有改变，我想在黄河以北建功立业，而且想让你在江南为我扬名，你大概会去吧？"温峤说："我虽然不聪敏，才能不及前人，但明公想用齐桓、晋文那样的才干，建立匡扶社稷的功业，我怎么敢不受命呢！"

三十六

温峤初为刘琨使来过江。于时，江左营建始尔[①]，纲纪未举。温新至，深有诸虑。既诣王丞相，陈主上[②]幽越[③]、社稷焚灭、山陵夷毁之酷，有黍离之痛。温忠慨深烈，言与泗俱，丞相亦与之对泣。叙情既毕，便深自陈结，丞相亦厚相酬纳。既出，欢然言曰："江左自有管夷吾,此复何忧?”

【注释】

①始尔:开始。②主上:皇帝,这时指晋愍(mǐn)帝司马邺,于三一七年被杀。③幽越:幽囚颠越。

【译文】

温峤作为刘琨的使者初到江东。此时,江东政权刚刚建立,各种律令尚未制定。温峤刚来,心里很担忧。就去丞相王导那里,述说怀、愍二帝被俘,国家灭亡,帝陵遭毁的惨状,有《黍离》所述的亡国之痛。温峤当时说得慷慨激昂,声泪俱下,丞相也和他一起痛哭。叙说之后,温峤向丞相表达了交好的诚意,丞相也对温峤真诚接纳。从那里出来,温峤高兴地说:“江东有了管仲一样的贤人,还有什么可担心的呢?”

三十七

王敦[1]兄含[2]为光禄勋。敦既逆谋,屯据南州,含委职奔姑孰。王丞相诣阙谢。司徒、丞相、扬州官僚问讯,仓卒不知何辞。顾司空时为扬州别驾,援翰曰:“王光禄远避流言,明公蒙尘路次[3],群下不宁,不审尊体起居何如?”

【注释】

①王敦:字处仲,琅邪临沂人。王导族兄。东晋权臣。②含:王含,字处弘。历任中郎将、庐江太守、徐州刺史、光禄勋等累迁征东将军。③路次:路中。

【译文】

王敦的哥哥王含任光禄勋。王敦谋反,领兵驻扎在南州,王含弃职跑到了姑孰。王丞相(王导)为这事上朝谢罪。司徒、丞相、扬州府中的官员都来打听消息,他匆忙间不知应该怎样措辞。顾司空(顾和)当时任扬州别驾,拿起笔来写道:"王光禄远远地躲开了流言,明公您每天在路上风尘仆仆,下属们心里都很不安,不知贵体饮食起居怎么样?"

三十八

郗太尉[1]拜司空,语同坐曰:"平生意不在多,值世故纷纭,遂至台鼎[2]。朱博[3]翰音,实愧于怀。"

【注释】

①郗太尉:即郗鉴,曾官拜太尉。②台鼎:古代星有三台,鼎有三足。蹫指地位显赫的三个官职,即三公。③朱博:字子元,杜陵(今陕西西安东南)人。

【译文】

郗太尉任司空,对同座的人说:"我此生的愿望不是很多,遇上这个纷乱的世道,才坐到三公的位置。如朱博一样只有空名,心里实在是惭愧。"

三十九

高坐[1]道人不作汉语。或问此意,简文曰:"以简应对之烦。"

【注释】

①高坐:西域和尚名,西晋永嘉年间到中原。

【译文】

高坐和尚不说汉语。有人问这是什么意思,晋简文帝说:"因为他想省去应酬的麻烦。”

四十

周仆射[①]雍容好仪形[②]。诣王公[③]，初下车，隐(yìn)数人，王公含笑看之。既坐，傲然啸咏。王公曰：“卿欲希[④]嵇、阮邪？”答曰：“何敢近舍明公，远希嵇、阮？”

【注释】

①周仆射：即周颉，曾任尚书左仆射。②仪形：仪容，形体。③王公：即王导。④希：企望，仰慕。

【译文】

周仆射举止文雅，仪表堂堂。他去拜访王公，刚下车，几个人搀扶着他，王公含笑看着他。坐下后，周仆射就傲然啸咏起来。王公问道：“你想效仿嵇康、阮籍吗？”他回答说：“我怎么敢舍弃眼前的明公，而去效仿遥远的嵇康、阮籍呢？”

四十一

庾公尝入佛图，见卧佛，曰：“此子疲于津梁。”于时以为名言。

【译文】

庾公(庾亮)曾经进入寺院，看到一尊卧佛，说：“这位先生为普度众生太劳累了。”在当时这话被称为名言。

四十二

挚瞻[①]曾作四郡太守、大将军户曹参军，复出作内史，年始二十九。尝别王敦，敦谓瞻曰：“卿年未三十，已为万石(dàn)[②]，亦太蚤。”瞻曰：“方于将军少为太早，比之甘罗[③]，已为太老。”

【注释】

①挚瞻：字景游。西晋末年在大将军王敦的府中任户曹参军。②万石：汉代三公别称万石，后泛指官职高的人。③甘罗：战国时秦相甘茂之孙。十二岁时为秦相吕不韦的家臣。吕不韦企图攻赵，他自请出使赵国，说服赵王割五城给秦国，并将赵所攻取的部分燕地给秦，因功拜为上卿。

【译文】

挚瞻曾经做过四个郡的太守和大将军府户曹参军，又调去做内史，年龄才二十九岁。他曾与王敦告别，王敦对他说："你年纪不到三十，就已做了万石俸禄的高官，也太早了吧。"挚瞻说："同将军相比，稍为太早了点，与甘罗相比，已经是太老了。"

四十三

梁国杨氏子九岁，甚聪惠。孔君平[①]诣其父，父不在，乃呼儿出。为设果，果有杨梅。孔指以示儿曰："此是君家果。"儿应声答曰："未闻孔雀是夫子家禽。"

【注释】

①孔君平：孔坦，字君平，会稽山阴（今浙江绍兴）人。官至廷尉卿。

【译文】

在梁国，有一户姓杨的人家，家里有个九岁的儿子，非常聪明。孔君平来拜见他的父亲，父亲不在，于是便叫那个孩子出来。那个孩子为孔君平端来水果，水果中有杨梅。孔君平指着杨梅对那个孩子说："这是你家的水果。"那个孩子马上回答说："我可没有听说孔雀是先生您家的鸟。”

四十四

孔廷尉[①]以裘与从弟沈，沈辞不受。廷尉曰：“晏平仲[②]之俭，祠其先人，豚肩不掩豆[③]，犹狐裘数十年，卿复何辞此？”于是受而服之。

【注释】

①孔廷尉：即孔坦。②晏平仲：晏婴，字平仲，春秋时齐国夷维（今山东高密）人。春秋时齐国大夫，他主张节俭，据说一件狐裘穿了三十年。③豆：古代盛肉或其他食品的器皿，形状像高脚盘。

【译文】

孔廷尉把一件皮衣送给堂弟孔沈，孔沈辞谢不肯接受。孔廷尉说：“晏平仲那么俭省，祭祀祖先的时候，所用的猪蹄膀小得都盖不满盘子，一件狐裘袍子还穿了几十年，你又为什么不肯收下这件皮衣呢？”孔沈这才把皮衣收下来穿上。

四十五

佛图澄[①]与诸石[②]游，林公[③]曰：“澄以石虎为海鸥鸟一样看待。”

【注释】

①佛图澄：和尚名，西域龟兹人，晋永嘉年间到洛阳。②诸石：指石勒、石虎等人，羯族人。东晋时石勒侵入中原，大肆杀戮，建立后赵政权。③林公：支遁，字道林。东晋僧人，世称“林公”、“支公”。

【译文】

佛图澄和尚同石氏诸人有交往，林公说：“他把石虎当作海鸥之类的鸟一样看待。”

四十六

谢仁祖[1]年八岁，谢豫章[2]将送客，尔时语已神悟[3]，自参上流。[4]诸人咸共叹之，曰："年少，一坐之颜回。"仁祖曰："坐无尼父[5]，焉别颜回?"

【注释】

①谢仁祖：谢尚，字仁祖。豫章太守谢鲲的儿子，谢安的哥哥。曾任尚书仆射、镇西将军。②谢豫章：谢鲲，字幼舆，陈国阳夏(今河南太康)人。曾任豫章太守。③神悟：指领悟神速。④自参上流：自处于上等名流之中。⑤尼父：对孔子的尊称。

【译文】

谢仁祖八岁的时候，谢豫章带着他送客。那时谢仁祖已经聪明颖悟、应答敏捷，处于上等名流之中。众人都赞扬他，说："少年是座中的颜回呀。"谢仁祖答道："座上没有孔子，怎么能识别出颜回呢?"

四十七

陶公[1]疾笃，都无献替[2]之言，朝士以为恨。仁祖闻之，曰："时无竖刁[3]，故不贻陶公话言。"时贤以为德音。

【注释】

①陶公：陶侃，字士行，庐江寻阳(今江西九江)人。曾任荆州刺史、征南大将军等职。②献替：指对君主进谏，劝善规过，亦泛指议论国事兴革。③竖刁：春秋时齐桓公所宠信的宦官。管仲病重时，建议齐桓公不要重用竖刁。齐桓公不听，管仲死后，竖刁专权，致使齐国内乱。

【译文】

陶侃病得很厉害时,没有讲过一点国事兴革的话,朝中人士认为这是一大遗憾。谢仁祖听了这事,说:“现在没有刁竖,所以陶公没有留下遗言。”当时的贤人认为这是有德之人的话。

四十八

竺法深在简文坐,刘尹[①]问:“道人何以游朱门?”答曰:“君自见其朱门,贫道如游蓬户。”或云卞令[②]。

【注释】

①刘尹:即刘惔。②卞令:卞壸(kǔn),字望之。晋明帝时任尚书令。

【译文】

高僧竺法深是简文帝的座上宾,刘惔他问:“和尚为什么出入富豪贵族之家?”他回答道:“您自己看到的是富贵之家,但是我像出入贫寒之家一样。”有人说那是卞令问的。

四十九

孙盛[①]为庾公记室参军,从猎,将其二儿俱行,庾公不知。忽于猎场见齐庄[②],时年七八岁,庾谓曰:“君亦复来邪?”应声答曰:“所谓‘无小无大,从公于迈’[③]。”

【注释】

①孙盛:字安国,太原中都(今山西平遥南)人。曾任长沙太守。②齐庄:孙放,字齐庄。孙盛的次子。官至长沙王相。③无小无大,从公于迈:出自《诗经·鲁颂·泮水》,意为随从不分官大小,都跟随君主出行。

【译文】

孙盛做庾公(庾亮)的记室参军时,跟着庾公去打猎,他让两个儿子跟着一起出行,庾公对此并不知情。庾公忽然在猎场看到了齐庄,齐庄当时七八岁,庾公对他说:“你怎么也来了?”他应声回答:“这就是《诗经》所说的‘无小无大,从公于迈’啊。”

五十

孙齐由[①]、齐庄二人小时诣庾公。公问齐由何字,答曰:“字齐由。”公曰:“欲何齐邪?”曰:“齐许由。”“齐庄何字?”答曰:“字齐庄。”公曰:“欲何齐?”曰:“齐庄周。”公曰:“何不慕仲尼而慕庄周?”对曰:“圣人生知,故难企慕。”庾公大喜小儿对。

【注释】

①孙齐由:孙潜,字齐由。孙盛的长子。殷仲堪讨伐王国宝时征召他,坚辞不就,后因忧虑而死。

【译文】

孙齐由、孙齐庄两人小时候去拜访庾公。庾公问齐由的字是什么,齐由回答说:“字齐由。”庾公问齐由:“想跟什么看齐呢?”齐由答:“与许由看齐。”庾公又问齐庄什么字,齐庄答道:“字齐庄。”庾公问齐庄:“想跟什么看齐呢?”齐庄答:“与庄周看齐。”庾公问齐庄:“为什么不仰慕仲尼,却仰慕庄周呢?”齐庄回答说:“圣人是生而知之者,所以很难企及。”庾公对弟弟齐庄的回答很满意。

五十一

张玄之[①]、顾敷[②]是顾和中外孙[③],皆少而聪惠,和并知之,而常谓顾胜,亲重偏至[④],张颇不恹(yàn)。于时,张年九岁,顾年七岁。和与俱至寺中,见佛般泥洹(bō niè huán)[5]像,弟子有泣者,有不泣者。和以问二孙。玄谓:“被亲故泣,不被亲故不泣。”敷曰:“不然。当由忘情[6]故不泣,不能忘情故泣。”

【注释】

①张玄之:又作张玄,字祖希。曾官吏部尚书、吴兴太守等。②顾敷:字祖根。官至著作郎。③中外孙:孙子与外孙的合称。④偏至:偏颇而趋极端。⑤般泥洹:即涅槃,梵语的音译。是佛教修习所要达到的最高理想。也称僧尼死亡。⑥忘情:无喜怒哀乐之情。

【译文】

张玄之、顾敷分别是顾和的外孙和孙子。两人都是年纪虽小但聪明过人,顾和对两人都很赏识,但常说顾敷更胜一筹,也显得更偏爱他。张玄之对此很不高兴。这时,张玄之九岁,顾敷七岁。顾和带着他们俩去寺里,看到佛涅槃像,佛旁边的弟子有的哭,有的不哭。顾和就问两个孙子为什么会这样。张玄之说:“有的得到佛的宠爱,所以哭;有的没有得到佛的宠爱,所以不哭。”顾敷说:“不对,应该是因为有的能够忘情所以不哭,有的不能忘情,所以才哭。”

五十二

庾法畅[1]造庾太尉[2],握麈(zhǔ)尾[3]至佳。公曰:“此至佳,那得在?”法畅曰:“廉者不求,贪者不与,故得在耳。”

【注释】

①庾法畅:一作“康法畅”,东晋高僧。②庾太尉:即庾亮。③麈尾:古人闲谈时执以驱虫、掸尘的一种工具。因古代传说麈迁徙时,以前麈之尾为方向标志,故称。后古人清谈时必执麈尾,相沿成习,为名流雅器,不谈时,亦常执在手。

【译文】

庾法畅去拜会太尉庾亮，拿着的麈尾很漂亮。庾亮问："这东西极其漂亮，怎么还能留得住呢？"法畅说："廉洁的人不会向我求取，贪婪的人我也不肯给他，所以就能留下来了。"

五十三

庾稚恭[1]为荆州，以毛扇上武帝，武帝疑是故物。侍中刘劭曰："柏梁云构，工匠先居其下；管弦繁奏，钟、夔[2]先听其音。稚恭上扇，以好不以新。"庾后闻之，曰："此人宜在帝左右。"

【注释】

①庾稚恭：庾翼，字稚恭。庾亮的弟弟。曾任南郡太守、荆州刺史。②钟、夔：指精辨乐音的人。钟：春秋时的钟子期。夔：舜时的乐正。

【译文】

庾稚恭任荆州刺史时，进献给晋武帝一把羽毛扇，武帝怀疑是旧的。侍中刘劭说："柏梁台高大壮丽，需要工匠从底下把它建起来；管弦合奏的繁复旋律，需要钟子期和夔那样的乐师先检听它们的声音。稚恭献上扇子，是因为那是好的，而不是因为那是新的。"庾稚恭后来听说这件事，就说："刘劭这个人适合在皇帝的左右。"

五十四

何骠骑[1]亡后，征褚公入。既至石头[2]，王长史[3]、刘尹同诣褚。褚曰："真长[4]，何以处我？"真长顾王曰："此子能言。"褚因视王，王曰："国自有周公。"

【注释】

①何骠骑：何充，字次道，庐江灊(qián)县(今安徽霍山)人。东晋康帝时任骠骑将军。②石头：石头城，在建康(属今南京)清凉山。③王长史：王濛，字仲祖，太原晋阳(今山西太原)人。任司徒左长史。④真长：即刘惔。

【译文】

骠骑将军何充逝世后，征召褚公(褚裒)入朝。褚公到石头城后，王长史(王濛)和丹阳尹刘惔一起去拜访他。褚公问道："真长，朝廷怎么安置我呢？"真长看着王濛说："这位先生善于言谈。"褚裒于是望着王濛，王濛说："朝中本来就有周公那样的人。"

五十五

桓公[①]北征，经金城[②]，见前为琅邪时种柳，皆已十围，慨然曰："木犹如此，人何以堪！"攀枝执条，泫(xuàn)然[③]流泪。

【注释】

①桓公：桓温，字元子，谯龙亢(今安徽怀远西北)人。曾任安西将军、荆州刺史、征西大将军，封公，死后谥宣武。曾领兵数次北伐，均因军情不利而失败。②金城：东晋时丹阳郡江乘县地名。③泫然：流泪的样子。

【译文】

桓公北伐，经过金城时，看见以前他做琅邪内史时种下的柳树，现在树都有十围那么粗了。他感慨地说："树尚且长得这么快，人又怎能忍受得了岁月的消磨呢？"攀着树枝，拿着枝条，眼泪不禁落了下来。

五十六

简文作抚军时，尝与桓宣武[①]俱入朝，更相让在前。宣武不得已而先之，因曰："伯也执殳(shū)，为王前驱。"[②]简文曰："所谓'无小无大，从公于迈'。"

【注释】

①桓宣武：即桓温。②伯也执殳，为王前驱：出自《诗经·卫风·伯兮》，大意是：我哥手里拿着殳，为王打仗做先驱。桓温走在前面，所以引《诗经》"为王前驱"以示谦让。殳，古代的一种武器，用竹木做成，有棱无刃。

【译文】

晋简文帝任抚军时，曾和桓宣武一起上朝，两人多次互相谦让，要对方走在前面，桓宣武最后不得已只好走在前面，便说："伯也执殳，为王前驱。"简文帝回答说："这正所谓'无小无大，从公于迈'。"

五十七

顾悦[①]与简文同年，而发蚤白。简文曰："卿何以先白？"对曰："蒲柳[②]之姿，望秋而落；松柏之质，经霜弥茂。"

【注释】

①顾悦：又称顾悦之，字君叔，晋陵无锡（今江苏无锡）人。顾恺之的父亲。②蒲柳：即水杨，一种入秋就凋零的树木。

【译文】

顾悦与简文帝同岁，但头发早已花白。简文帝问："你的头发为什么先白了？"顾悦回答说："水杨这样的树木到了秋天就落叶了；松柏这样的好树木，经历了寒冬反而更加茂盛。”

五十八

桓公入峡，绝壁天悬，腾波迅急，乃叹曰：“既为忠臣，不得为孝子，如何！”

【译文】

桓公(桓温)率军进入三峡，只见两岸峭壁，直耸云间，波涛汹涌，水势湍急，于是感叹道：“做了忠臣，就不能做孝子，这是为什么呢？”

五十九

初，荧惑[①]入太微[②]，寻废海西[③]；简文登阼，复入太微，帝恶之。时郗超[④]为中书，在直。引超入曰：“天命修短，故非所计。政当无复近日事不？”超曰：“大司马方将外固封疆，内镇社稷，必无若此之虑。臣为陛下以百口保之。”帝因诵庾仲初[⑤]诗曰：“志士痛朝危，忠臣哀主辱。”声甚凄厉。郗受假还东，帝曰：“致意尊公，家国之事，遂至于此。由是身不能以道匡卫，思患预防。愧叹之深，言何能喻！”因泣下流襟。

【注释】

①荧惑：古指火星。因隐现不定，令人迷惑，故名。②太微：古代星宿名，位于北斗之南，轸、翼之北，大角之西，轩辕之东。诸星以五帝座为中心，作屏藩状。③海西：即司马奕，兴宁三年(365)以琅邪王即帝位，改元太和。为帝时期，桓温掌权。太和四年(369)，温伐燕失败。太和六年，被桓温废为东海王，后又降为海西公。④郗超：字景兴。深得桓温器重，曾任散骑侍郎、中书侍郎、司徒长史。⑤庾仲初：庾阐，字仲初，颍川鄢陵(今河南鄢陵北)人。曾任零陵太守。

【译文】

当初,火星进入太微区域,不久晋废帝司马奕被废为海西公。简文帝即位后,火星又进入太微,简文帝对这事很厌恶。这时郗超任中书侍郎,轮到他值班。简文帝招呼他进里面,对他说:“国家寿命的长短,本来就不是我所能考虑的。只是不会重复最近发生的事吧?”郗超说:“大司马(桓温)正要对外巩固边疆,对内安定国家,一定不会有这样的打算。臣用上百口家人的性命给陛下担保。”简文帝于是朗诵庾仲初的诗句:“志士痛朝危,忠臣哀主辱。”声音非常凄厉。后来郗超请假回会稽看望父亲,简文帝对他说:“向令尊转达我的问候之意,王室和国家的事情,竟到了这个地步!这是因为我不能用正确的主张纠正失误,保卫国家,没有思虑灾难之将至,防患于未然。我的羞愧、感慨之深重,言语怎么能说得清啊!”说完便哭得泪洒衣襟。

六十

简文在暗室中坐,召宣武。宣武至,问上何在。简文曰:“某在斯!”时人以为能。

【译文】

简文帝在暗室里坐着,召见宣武(桓温),宣武到了,问皇上在哪里。简文帝回答:“我在这里。”当时人们觉得简文帝善于言辞,有才能。

六十一

简文入华林园[①],顾谓左右曰:“会心处不必在远,翳(yì)然林水,便自有濠、濮(pú)间想[②]也,觉鸟兽禽鱼自来亲人。”

【注释】

①华林园:宫苑名。三国吴建。故址在今南京市鸡鸣山南古台城

内。②濠、濮间想：相传庄子与惠施优游濠梁之上，又庄子曾钓于濮水，拒绝楚王的聘请，因以濠濮比喻逍遥闲居、清淡无为的念头。

【译文】

简文帝进入华林园内，回头对随从说："能让人会意的地方，不一定很远。树林掩映下的流水，就让人体会到一种逍遥自在的境界，觉得禽鸟、野兽和游鱼都会主动亲近人。"

六十二

谢太傅[①]语王右军[②]曰："中年伤于哀乐，与亲友别，辄作数日恶。"王曰："年在桑榆[③]，自然至此，正赖丝竹陶写。恒恐儿辈觉，损欣乐之趣。"

【注释】

①谢太傅：即谢安。②王右军：王羲之，字逸少。王导的侄子。曾任右军将军、会稽内史。善书法，被称为"书圣"。③桑榆：比喻晚年，垂老之年。

【译文】

谢太傅曾对王右军说："人到中年，很容易感伤。每每和亲友告别，就会难受好几天。"王右军说："人快到晚年，自然要这样，只好靠音乐来陶冶性情了，还总怕儿女知道了，减少了快乐的情趣。"

六十三

支道林常养数匹马。或言道人畜马不韵。支曰："贫道重其神骏。"

【译文】

支道林经常养着几匹马。有人说和尚养马并不风雅。支道林说："我是看重马的神采姿态。"

六十四

刘尹与桓宣武共听讲《礼记》[1]。桓云："时有入心处，便觉咫(zhǐ)尺玄门[2]。"刘曰："此未关至极，自是金华殿[3]之语。"

【注释】

①《礼记》：亦称《小戴礼记》。儒家经典之一。为秦汉以前各种礼仪论著的选集。相传大都由孔子弟子及其后学所记，由西汉戴圣编纂。是研究中国古代社会情况、儒家学说和文物制度的参考书。②玄门：指高深的境界。③金华殿：汉成帝时，郑宽中、张禹曾在金华殿给皇帝讲解《尚书》《论语》。这里用金华殿之语指儒生为皇帝讲书时的老生常谈。

【译文】

刘尹(刘惔)和桓宣武(桓温)一起听讲《礼记》。桓宣武说："当听到有所领悟的时候，就觉得离高深的境界不远了。"刘尹说："这还没涉及最精妙的地方，只不过是金华殿里的老生常谈。"

六十五

羊秉[1]为抚军参军，少亡，有令誉，夏侯孝若[2]为之叙，极相赞悼[3]。羊权为黄门侍郎，侍简文坐。帝问曰："夏侯湛作《羊秉叙》，绝可想。是卿何物[4]？有后不？"权潸(shān)然对曰："亡伯令问[5]夙彰，而无有继嗣；虽名播天听，然胤(yìn)绝圣世。"帝嗟慨久之。

【注释】

①羊秉:字长达,泰山平阳(今山东新泰)人,曾官抚军参军。②夏侯孝若:夏侯湛,字孝若,谯国谯(今安徽亳县)人。曾任散骑常侍。③赞悼:赞叹哀悼。④何物:何人。⑤令问:美好的名声。

【译文】

羊秉任抚军参军,很年轻就死了,有着美好的名声,夏侯孝若为他做叙,对他大加赞叹并表示哀悼。羊权任黄门侍郎,陪侍简文帝。简文帝问:"夏侯湛写的《羊秉叙》,非常让人怀念羊秉。他是你的什么人?有后代吗?"羊权流着泪回答说:"他是我故世的伯父,他的名声向来很好,却没有后代;虽然他美好的名声传到了陛下这儿,可是他的后代却在这世上断绝了。"简文帝听后感叹了很久。

六十六

王长史与刘真长别后相见,王谓刘曰:"卿更长进。"答曰:"此若'天之自高'耳。"

【译文】

王长史(王濛)和刘真长(刘惔)分别后再次相见,王长史对刘真长说:"您更有进步了。"刘真长答道:"这就像天一样本来就高罢了。"

六十七

刘尹云:"人想王荆产[①]佳,此想长松下当有清风耳。"

【注释】

①王荆产:王徽,字幼仁,小字荆产,曾任右军司马。

【译文】

刘尹(刘惔)说:“人们想象王荆产人才出众,这就好似想象高大的松树下应该有清风罢了。”

六十八

王仲祖[①]闻蛮语[②]不解,茫然曰:“若使介葛卢[③]来朝,故当不昧此语。”

【注释】

①王仲祖:即王濛。②蛮语:南方少数民族的言语。③介葛卢:春秋时夷狄国君。介:国名。葛卢:国君名,鲁僖公二十九年朝于鲁,能通牛语。

【译文】

王仲祖听南方少数民族说的语言,一点也不懂,失意地说:“如果让介葛卢来接见,应该能听懂这种语言。”

六十九

刘真长为丹阳尹,许玄度[①]出都,就刘宿,床帷新丽,饮食丰甘。许曰:“若保全此处,殊胜东山[②]。”刘曰:“卿若知吉凶由人,吾安得不保此!”王逸少[③]在坐,曰:“令巢、许遇稷、契[④],当无此言。”二人并有愧色。

【注释】

①许玄度:许询,字玄度。所作玄言诗与孙绰齐名。晋简文帝称其五言诗妙绝时人。②东山:谢安早年曾辞官隐居会稽的东山,后以“东山”指隐居或游憩之地。③王逸少:即王羲之。④稷、契:稷和契的并称。稷,唐虞时代的贤臣。契,商的始祖,舜时为司徒,辅助大禹治

水。王逸少这两句话是讽刺许、刘二人的。

【译文】

刘真长（刘惔）任丹阳尹，许玄度到京都去，在刘家住宿。刘家的床帏崭新又好看，喝的吃的都很丰盛甜美。许玄度说："如果保全这个地方，它将要胜过东山。"刘真长说："你如果懂得祸福是由人造成的，我怎么会不保全它呢！"当时王逸少也在座，说："如果巢父、许由遇见稷和契，应该不会说这样的话。"刘、许两人听了，都面有惭愧之色。

七十

王右军与谢太傅共登冶城[①]，谢悠然远想，有高世之志。王谓谢曰："夏禹勤王[②]，手足胼（pián）胝（zhī）[③]；文王旰（gàn）食[④]，日不暇给。今四郊多垒，宜人人自效，而虚谈废务，浮文妨要，恐非当今所宜。"谢答曰："秦任商鞅，二世而亡，岂清言[⑤]致患邪？"

【注释】

①冶城：相传春秋时吴王夫差（一说三国吴）冶铸于此，故名。故址在今江苏南京市朝天宫一带。②勤王：尽力于王事。③胼胝：手掌脚底因长期劳动而生的茧子。④旰食：晚食。指事务繁忙不能按时吃饭，泛指勤于政事。⑤清言：指魏晋时期何晏、王衍等崇尚老庄，摈弃世务，竞谈玄理的风气。

【译文】

王右军（王羲之）和谢太傅（谢安）一起登上冶城，谢太傅悠然遐想，有超脱世俗的志向。王右军对谢太傅说："夏禹勤于政事，手脚都长了茧子；周文王忙到很晚才吃饭，觉得时间都不够使。现在国家处于危难之中，人人应该为国效力；而清谈废弛政务，虚文妨碍正事，恐怕不是现在所应该提倡的吧。"谢太傅回答道："秦始皇任用商鞅施行法制，也不过历经两代就亡国了，难道是清谈造成的祸患吗？”

七十一

谢太傅寒雪日内集[①]，与儿女讲论文义。俄而雪骤，公欣然曰：“白雪纷纷何所似？”兄子胡儿[②]曰：“撒盐空中差可拟。”兄女曰：“未若柳絮因风起。”公大笑乐。即公大兄无奕女[③]，左将军王凝之[④]妻也。

【注释】

①内集：家庭聚会。②胡儿：谢朗，字长度，小字胡儿。曾任东阳太守。③无奕女：指谢道韫（yùn），以聪明有才著称。无奕，指谢奕，字无奕。④王凝之：字叔平，王羲之的次子，曾任江州刺史、左将军、会稽内史等职。

【译文】

谢太傅（谢安）在一个寒冷的雪天举行家庭聚会，和子侄辈们谈论诗文。不久，雪下大了，谢太傅高兴地说：“这纷纷扬扬的大雪像什么呢？”他哥哥的长子谢朗说：“差不多可以跟把盐撒在空中相比。”他哥哥的女儿谢道韫说：“不如比作柳絮凭借着风漫天飞舞。”谢太傅高兴得笑了起来。她就是谢太傅的大哥谢无奕的女儿，左将军王凝之的妻子。

七十二

王中郎[①]令伏玄度[②]、习凿齿[③]论青、楚[④]人物，临成，以示韩康伯，韩康伯都无言。王曰：“何故不言？”韩曰：“无可无不可。”

【注释】

①王中郎：王坦之，字文度。曾任徐州刺史、兖州刺史、北中郎将等职。②伏玄度：伏滔，平昌安丘（今山东安丘西）人。初为大司马桓

温参军，深得桓温器重，随温伐袁真，平寿阳，以功封侯。③习凿齿：字彦威，襄阳(今属湖北)人。曾任荥阳太守。④青、楚：青州和荆州。

【译文】

王中郎让伏玄度、习凿齿评论青州和荆州的人物，将要写完时，王中郎拿给韩康伯看，韩康伯一言不发。王中郎说："为什么不说话呢？"韩康伯回答说："没有什么可以，也没有什么不可以。"

七十三

刘尹云："清风朗月，辄思玄度。"

【译文】

刘尹（刘惔）说："吹着清凉的风，看着明朗的月，就想起了许玄度。"

七十四

荀中郎[1]在京口，登北固望海云："虽未睹三山[2]，便自使人有凌云意。若秦、汉之君，必当褰(qiān)裳濡(rú)足[3]。"

【注释】

①荀中郎：荀羡，字令则。曾任义兴太守、吴国内史、北中郎将、徐兖二州刺史。②三山：传说中海上的三座神山：方丈、蓬莱和瀛洲。③褰裳濡足：提起衣裳，沾湿脚。

【译文】

荀中郎在京口任职时，登上北固山远望大海说："虽然没有看到三座神山，便自然让人产生超凡出世的想法。像秦始皇和汉武帝那样的皇帝，一定会提起衣裳下海去的。"

七十五

谢公云："贤圣去人，其间(jiàn)[1]亦迩。"子侄未之许。公叹曰："若郗超闻此语，必不至河汉[2]。"

【注释】

①间：差别，距离。②河汉：比喻言论夸诞迂阔、不切实际。

【译文】

谢公(谢安)说："圣人、贤人与普通人的差距也是很近的。"他的子侄们不赞同他的看法。谢公叹息说："如果郗超听见这话，一定不至于不相信。"

七十六

支公[1]好鹤，住剡东岇(áng)山[2]。有人遗(wèi)其双鹤，少时翅长欲飞，支意惜之，乃铩其翮(hé)[3]。鹤轩翥(zhù)[4]不复能飞，乃反顾翅垂头，视之如有懊丧意。林曰："既有凌霄之姿，何肯为人作耳目近玩?"养令翮成，置使飞去。

【注释】

①支公：即支道林。②岇山：山名，在浙江嵊州。③翮：鸟的翅膀。④轩翥：飞举。

【译文】

支道林喜欢养鹤，住在剡县东面的岇山上。有人送给他一对鹤。不久，鹤的翅膀长成，想要飞走，支公心里不舍它们，就剪短了它们的翅膀。鹤高举翅膀却不能飞，便回头看看翅膀，低垂着头，看上去好像很懊丧。支道林说："既然有直冲云霄的资质，又怎么肯给人做就近观赏的玩物呢!"于是将那些鹤喂养到翅膀再长起来,然后放了它们,让它们飞走了。

七十七

谢中郎[①]经曲阿后湖,问左右:"此是何水?"答曰:"曲阿湖。"谢曰:"故当渊注渟著(tíng zhuó)[②],纳而不流。"

【注释】

①谢中郎:谢万,字万石。谢安的弟弟。曾任从事中郎将、豫州刺史。②渊注渟著:汇聚储存。渟,水积聚而不流动。

【译文】

谢中郎路过曲阿后湖时,问身边的人:"这是什么水?"身边的人回答说:"曲阿湖。"谢中郎说:"那自然要聚集储存,只注入而不流出。"

七十八

晋武帝每饷山涛[①]恒少。谢太傅以问子弟,车骑[②]答曰:"当由欲者不多,而使与者忘少。"

【注释】

①山涛:字巨源,河内怀县(今河南武陟西)人。与嵇康、阮籍等交游,为"竹林七贤"之一。晋初,任吏部尚书、尚书右仆射等职。②车骑:谢玄,字幼度,陈郡阳夏(今河南太康)人。谢安之侄,谢奕之子。死后获赠车骑将军,故称。

【译文】

晋武帝每次赏赐给山涛的东西总是很少。谢太傅(谢安)就拿这件事问子侄们是什么意思,车骑将军谢玄回答说:"这应该是由于受赐的人要求不多，才使得赏赐的人忘了送的东西少。”

七十九

谢胡儿语庾道季[①]：“诸人莫[②]当就卿谈，可坚城垒。”庾曰：“若文度[③]来，我以偏师[④]待之；康伯来，济河焚舟。[⑤]”

【注释】

①庾道季：庾龢(hé)，字道季。庾亮之子。累迁中领军。②莫：表揣测，也许、大概。③文度：即王坦之。④偏师：指主力军以外的部分军队。⑤济河焚舟：渡过了河就把船烧掉。表示有进无退，决一死战。

【译文】

谢胡儿(谢朗)告诉庾道季：“大家也许要来你这里清谈，你可要坚守堡垒，做好准备啊。”庾道季回答：“如果王文度来，我用偏军对付他；如果韩康伯来，那我就渡河烧船和他决一死战。”

八十

李弘度[①]常叹不被遇。殷扬州[②]知其家贫，问：“君能屈志百里[③]不？”李答曰：“《北门》[④]之叹，久已上闻；穷猿奔林，岂暇择木？”遂授剡县。

【注释】

①李弘度：李充，字弘度，江夏(今湖北云梦)人。曾任大著作郎、中书侍郎。时典籍混乱，无系统分类，他对东晋国家藏书进行整理，删除繁重，以类相从，把图书分为四部，从而开创了我国古代图书四部分类法。②殷扬州：殷浩，字渊源。官至扬州刺史、中军将军。③屈志：降低心愿。百里：古时一县所辖之地，故为县的代称，又借指县令。④《北门》：《诗经·邶风》篇名，序谓“北门，刺士不得志也”，后因用以

喻士之不遇。

【译文】

李弘度常常慨叹不被人赏识。殷扬州知道他家境贫寒，问他说：“你能否委屈自己的志向去担任县令呢？”李弘度回答说：“我为官不得志的慨叹，早已被上级知道了；我现在就像走投无路的猿猴跑到林中，哪里还有闲暇选择栖身之木呢？”于是殷扬州就授予李弘度剡县县令的官职。

八十一

王司州[1]至吴兴印渚[2]中看，叹曰：“非唯使人情开涤[3]，亦觉日月清朗。”

【注释】

①王司州：王胡之，字修龄，琅邪临沂(今山东临沂)人。东晋东武侯王廙的次子。曾任吴兴太守、司州刺史。②印渚：河中小洲名，在吴兴郡于潜县，据记载，渚旁有白石山，是水流汇集之地。③开涤：开朗清爽。

【译文】

王司州到吴兴郡的印渚上观赏景致，赞叹道：“这里不只让人心情开朗清爽，也让人觉得日月更加清明。”

八十二

谢万作豫州都督，新拜[1]，当西之都邑。相送累日，谢疲顿。于是高侍中[2]往，径就谢坐，因问：“卿今仗节[3]方州，当疆理[4]西蕃，何以为政？”谢粗道其意。高便为谢道形势，作数百语。谢遂起坐。高去后，谢追曰：“阿酃故粗有才具。”谢因此得终坐。

【注释】

①新拜:刚接受任命。②高侍中:高崧,字茂琰,小字阿酃。广陵(今江苏江都)人。曾任侍中。③仗节:手执符节。古代大臣出使或大将出师,皇帝授予符节,作为凭证及权力的象征。指身负的官职。④疆理:治理。

【译文】

谢万被授任豫州都督,刚接受任命,将要西去豫州任上。为他饯行的人连续几天不断,谢万感到很疲惫。这时高侍中来了,直接走到谢万跟前坐下,随即问道:“先生现在手持符节,担任豫州长官,治理西部地区,有什么施政的打算呢?”谢万大概说了自己的想法。高侍中便为谢万陈说当时形势,长篇大论有几百句话。谢万听得起身离席。高侍中走后,谢万回想说:“阿酃本来就有些才华。”谢万是为此而坚持听到了最后。

八十三

袁彦伯[①]为谢安南[②]司马,都下诸人送至濑乡。将别,既自凄惘,叹曰:“江山辽落,居然[③]有万里之势。”

【注释】

①袁彦伯:袁宏,字彦伯,小字虎,陈郡阳夏(今河南太康)人。东晋文学家、史学家、著有《后汉纪》等。②谢安南:谢奉,字弘道。曾任安南将军、广州刺史、吏部尚书。③居然:显然。

【译文】

袁彦伯担任谢安南的司马,京都众友人送他到濑乡。将要分手时,他不胜伤感愁闷,慨叹道:“江山如此辽阔,显然有万里的气势。”

八十四

孙绰[①]赋《遂初》[②],筑室畎(quǎn)川[③],自言见止足之分。斋前种一株松,恒自手壅[④]治之。高世远[⑤]时亦邻居,语孙曰:"松树子非不楚楚可怜,但永无栋梁用耳!"孙曰:"枫柳虽合抱,亦何所施?"

【注释】

①孙绰:字兴公,中都(今山西平遥)人。东晋玄言诗人。②《遂初》:即《遂初赋》,反映作者乐于隐居生活的作品。③畎川:山谷间平地。有人说是地名。④壅:用土或肥料培在植物的根部。⑤高世远:高柔,字世远,临海郡乐安县(今浙江仙居)人。东晋名士。

【译文】

孙绰作《遂初赋》,后来在畎川盖了房子隐居,说自己知道满足和适可而止的本分。孙绰在房前种了一棵松树,常常亲自培土修理。高世远当时是他的邻居,就对孙绰说:"小松树虽然并不楚楚可怜,但永远也做不了栋梁呀!"孙绰说道:"枫柳虽然长到合抱粗,又有什么用处呢?"

八十五

桓征西[①]治江陵城甚丽,会宾僚出江津[②]望之,云:"若能目[③]此城者,有赏。"顾长康[④]时为客在坐,目曰:"遥望层城,丹楼如霞。"桓即赏以二婢。

【注释】

①桓征西:即桓温。曾任征西大将军,故称。②江津:汉水渡口。③目:品评。④顾长康:顾恺之,字长康,晋陵无锡(今江苏无锡)人。曾任桓温参军,也是著名画家。

【译文】

桓征西把江陵城修建得非常壮丽,他招集宾客下属,到汉江渡口处远眺江陵,说:“谁把这座城评价得好,有赏赐。”顾长康当时是桓温的幕客,也在座,便品评道:“遥望江陵,红楼灿烂如彩霞。”桓温立即就赏给了他两个婢女。

八十六

王子敬语王孝伯[①]曰:“羊叔子[②]自复佳耳,然亦何与人事,故不如铜雀台[③]上妓。”

【注释】

①王孝伯:即王恭。②羊叔子:羊祜(hù),字叔子,泰山南城(今山东费县西)人。官至征南大将军。③铜雀台:汉末建安十五年冬曹操所建。周围殿屋一百二十间,铸大孔雀置于楼顶,舒翼奋尾,势若飞动,故名铜雀台。故址在今河北省临漳县西南古邺城的西北隅,与金虎、冰井合称“三台”。

【译文】

王子敬(王献之)对王孝伯说:“羊叔子这个人自然是不错的,可是与世间的人事有什么关系,所以还不如铜雀台上的歌伎。”

八十七

林公[①]见东阳长山[②]曰:“何其坦迤(yǐ)[③]!”

【注释】

①林公:即支道林。②长山:山名,在东阳郡长山县。③坦迤:形容山势平缓而连绵不断。

【译文】

支道林看见东阳郡的长山时说："多么平缓而连绵不断啊！"

八十八

顾长康从会稽还，人问山川之美，顾云："千岩竞秀，万壑争流，草木蒙笼[①]其上，若云兴霞蔚[②]。"

【注释】

①蒙笼：草木茂盛的样子。②云兴霞蔚：云气升起，彩霞聚集。喻景物绚丽多彩。

【译文】

顾长康（顾恺之）从会稽回来，人们问他那边山川的景色，顾长康说："那里千峰竞相比高，万川争相奔流，茂密的草木覆盖着大山，就像彩云兴起，云霞绚烂。"

八十九

简文崩，孝武[①]年十余岁，立，至暝不临。左右启："依常应临。"帝曰："哀至则哭，何常之有！"

【注释】

①孝武：即晋孝武帝司马曜，字昌明。简文帝司马昱第二子，庙号烈宗。咸安三年（372），以会稽王即帝位，改元宁康。

【译文】

晋文帝驾崩，孝武帝十多岁就被立为皇帝，天黑下来也不到灵前哭奠。近侍之臣启禀说："依照惯例应该临丧哭奠。"孝武帝说："悲痛到来时，自然就会哭，有什么惯例可言！”

九十

孝武将讲《孝经》，谢公兄弟与诸人私庭讲习[①]。车武子[②]难[③]苦问谢，谓袁羊[④]曰：“不问则德音[⑤]有遗，多问则重劳[⑥]二谢。”袁曰：“必无此嫌。”车曰：“何以知尔？”袁曰：“何尝见明镜疲于屡照，清流惮于惠风？”

【注释】

①私庭讲习：在自己家里开讲。私庭：私邸，王侯达官的府第。②车武子：车胤，字武子，南平（今湖南蓝山北）人。曾任护军将军、吏部尚书。有车胤囊萤夜读的故事。③难：有疑难。④袁羊：袁乔，字彦叔，小字羊，陈郡阳夏（今河南太康）人。曾任桓温属官。⑤德音：善言，对别人言辞的敬称。⑥重劳：增加劳累。

【译文】

晋孝武帝将要给大臣们讲《孝经》，谢安、谢石两兄弟就和一些人在自己家里开讲研习。车武子有疑难又不敢屡次请教谢家兄弟，便对袁羊说：“我不问吧，就怕把精彩的讲解遗漏了，多问吧，又怕劳烦谢家兄弟。”袁羊说：“一定不要有这样的疑虑。”车胤问道：“你怎么知道呢？”袁羊说：“你什么时候见过明亮的镜子厌倦人们常照，清澈的流水害怕和风吹拂？”

九十一

王子敬云：“从山阴道上行，山川自相映发，使人应接不暇。若秋冬之际，尤难为怀。”

【译文】

王子敬(王献之)说:“从山阴路上经过,山光水色交相辉映,使人目不暇接。如果在秋冬之交,那里的美景更加让人难以忘怀。”

九十二

谢太傅问诸子侄:“子弟亦何预人事,而正欲使其佳?”诸人莫有言者,车骑答曰:“譬如芝兰玉树,欲使其生于阶庭耳。”

【译文】

谢太傅(谢安)问众位子侄:“后辈要何必参与世事人情,使长辈总想让他们有出息呢?”大家都不说话,只有谢车骑(谢玄)回答说:“这就好比芝兰玉树,总想使它们生长在自家的庭院中啊!”

九十三

道壹道人[①]好整饰音辞[②]。从都下还东山,经吴中[③]。已而会雪下,未甚寒,诸道人问在道所经。壹公曰:“风霜固所不论,乃先集其惨澹[④];郊邑正自飘瞥[⑤],林岫(xiù)便已皓然[⑥]。”

【注释】

①道壹道人:东晋高僧,俗姓陆。②整饰音辞:修饰文辞。③吴中:吴郡地区,今属江苏苏州。④惨澹:惨淡,色彩黯淡。⑤飘瞥:迅速飘落或飘过。⑥皓然:洁白的样子。

【译文】

道壹和尚喜欢修饰文辞,从京都回东山,经过吴中。不久就赶上下雪,并不是很冷,回去后众僧人问路上他经过。壹公说:“风霜本没什么可说的,先是一片黯淡;郊野还在雪花飘飞,山林已经一片洁白了。”

九十四

张天锡[①]为凉州刺史，称制四隅。[②]既为苻坚[③]所禽，用为侍中。后于寿阳俱败，至都，为孝武所器。每入言论，无不竟日。颇有嫉己者，于坐问张："北方何物可贵？"张曰："桑椹甘香，鸱鸮（chī xiāo）[④]革响[⑤]。淳酪养性，人无嫉心。"

【注释】

①张天锡：字纯嘏，小字独活，安定乌氏（今宁夏固原）人。曾任光禄大夫、护羌校尉、凉州刺史。②称制：行使皇帝的权力。西隅：西郊，此指凉州。③苻坚：字永固，又名文玉。十六国时前秦皇帝。与东晋于淝水之战中战败，所部各族纷纷叛离，前秦崩溃。太元十年（385），被后秦主姚苌俘杀。④鸱鸮：夜行猛禽，俗称猫头鹰。⑤革响：改变声音。

【译文】

张天锡担任凉州刺史，在西北割据称王。不久被苻坚擒获，让他做了侍中。后来在寿阳和苻坚一起战败，到了京都，得到晋孝武帝的器重。他每次进宫谈话，没有不是一整天的。有一些人对他非常嫉妒，就在座位上问张天锡："北方有什么东西值得宝贵？"张天锡回答："桑葚又甜又香，猫头鹰吃了都改变了叫声。香醇的奶酪滋养性情，人们都没有嫉妒心。"

九十五

顾长康拜桓宣武墓，作诗云："山崩溟（míng）海[①]竭，鱼鸟将何依。"人问之曰："卿凭重桓乃尔，哭之状其可见乎？"顾曰："鼻如广莫长风[②]，眼如悬河决溜[③]。"或曰："声如震雷破山，泪如倾河注海。"

【注释】

①溟海:大海。②广莫:空旷辽阔。长风:强劲的北风。③悬河:瀑布。决溜:瀑布的急流。

【译文】

顾长康(顾恺之)拜谒桓宣武(桓温)的坟墓,作诗道:"山崩海枯,鸟鱼失去依靠!"有人问他:"你以前是那样受桓公倚重,现在哭他的样子可以给我们描述一番吗?"顾长康说:"哭时鼻息如北风呼号,眼泪像瀑布急流。"有人说:"哭声如霹雳开山,泪水像河水奔流入海。"

九十六

毛伯成[①]既负其才气,常称:"宁为兰摧玉折,不作萧敷艾荣[②]。"

【注释】

①毛伯成:毛玄,字伯成,颍川(今江南许昌)人。官至征西行军参军。②萧敷艾荣:萧、艾一类野草长得茂盛,比喻品格、才能低下的人得势一时。敷:花开。荣:草开花。

【译文】

毛伯成对自己的才华非常自负,常常说:"宁可做被摧折的兰草美玉,也不愿做茂盛的萧艾。"

九十七

范甯(nìng)[①]作豫章,八日请佛[②]有板[③],众僧疑,或欲作答。有小沙弥在坐末,曰:"世尊[④]默然,则为许可。"众从其义。

【注释】

①范甯:字武子,顺阳(今河南淅川县)人。曾任临淮、豫章二郡太守。②八日请佛:相传农历四月初八是佛祖释迦牟尼诞生日,这一天佛寺要举行诵经、请佛像等活动。③板:简牍。④世尊:佛祖的尊称。

【译文】

范甯担任豫章太守时,四月初八是佛诞日,将要恭请佛像,他写了请佛的简牍,众位僧人疑惑佛是否会作答。有个坐在末座的小和尚说:"世尊沉默不语,就是许可了。"大家都赞同他的说法。

九十八

司马太傅[①]斋中夜坐,于时天月明净,都无纤翳(yì)[②],太傅叹以为佳。谢景重[③]在坐,答曰:"意谓乃不如微云点缀。"太傅因戏谢曰:"卿居心不净,乃复强欲滓(zǐ)秽太清[④]邪?"

【注释】

①司马太傅:司马道子,晋简文帝的儿子。封会稽王,曾任太傅之职。②纤翳:微小的障蔽,多指浮云。③谢景重:谢重,字景重,陈郡阳夏(今河南太康)人。谢朗的儿子,曾任司马道子的长史。④滓秽太清:污染天空,比喻玷污清白。滓秽:玷污,污辱。太清:天空。

【译文】

司马太傅晚上在屋里坐着,这时天空明朗,月亮皎洁,没有一丝浮云,太傅赞叹,认为美极了。谢景重当时在座,答道:"我认为不如有微云点缀好。"太傅于是和他开玩笑说:"你心里不干净,竟然要玷污这明净的天空吗?"

九十九

王中郎[①]甚爱张天锡,问之曰:"卿观过江诸人,经纬[②]江左轨辙[③],有何伟异?后来之彦[④],复何如中原?"张曰:"研求幽邃,自王、何[⑤]以还;因时修制,荀、乐[⑥]之风。"王曰:"卿知见有余,何故为苻坚所制?"答曰:"阳消阴息,[⑦]故天步[⑧]屯(zhūn)蹇[⑨](jiǎn),否剥[⑩]成象,岂足多讥?"

【注释】

①王中郎:即王坦之。②经纬:规划治理。③轨辙:车轮碾过的痕迹,比喻规范、途径。④彦:古代指有才学、德行的人。⑤王、何:王弼、何晏,三国时人,二人喜谈玄理,具有老庄思想。⑥荀、乐:荀颢、荀勖和乐广。⑦阳消阴息:万物消长变化。⑧天步:天之行步,指时运、国运等。⑨屯蹇:《周易》的两个卦名,意谓艰难困苦,不顺利。⑩否剥:《周易》的两个卦名。"否"为天地不交;"剥"为阴盛阳衰,后多以指时运乖舛。

【译文】

王中郎非常喜爱张天锡,问他道:"你观察渡江的每个人,治理江东的途径有什么特别之处?后来的才俊之人,和中原的人相比如何?"张天锡说:"研究幽深玄妙的学问,自然在王弼、何晏以下,但根据时势修订制度,具有荀颢、荀勖和乐广等人的风采。"王中郎说:"你的知识见解丰富,为什么被苻坚所挟制?"张天锡说:"万物消长变化,阴盛阳衰,因此国运不昌,时运不济,岂能加以讥笑?"

一〇〇

谢景重女适王孝伯儿,二门公[①]甚相爱美。谢为太傅长史,被弹,王即取作长史，带晋陵郡。太傅已构嫌孝伯，不欲使其得谢，还取作咨议，外示縶（zhí）维[②]，而实以乖间[③]之。及孝伯败后，太傅绕东府[④]城行散，僚属悉在南门，要望[⑤]候拜。时谓谢曰："王甯[⑥]异谋，云是卿为其计。"谢曾无惧色，敛笏（hù）对曰："乐彦辅有言：'岂以五男易一女。'"太傅善其对，因举酒劝之曰："故自佳，故自佳。"

【注释】

①门公：亲家公。②縶维：指挽留人才。③乖间：隔阂，疏远。④东府：司马道子的官府驻地。前面"太傅"即是司马道子。⑤要望：迎候。⑥王甯：即王恭，字孝伯，小字阿宁。

【译文】

谢景重的女儿嫁给了王孝伯（王恭）的儿子，两个亲家公相互爱重。谢景重任太傅司马道子的长史时，遭到弹劾；王孝伯就让他做长史，并兼管晋陵郡。此时太傅已经和孝伯结仇，不想让他得到谢景重，就又任命谢景重做了咨议，表面笼络谢景重，实际以此来让他们的关系变得疏远。后来王孝伯谋反失败后，太傅围绕东府城行散，下属们都在南门等候拜见他。这时太傅对谢景重说："王孝伯谋反，有人说是你给出的主意。"谢景重毫无惧色，收起笏板答道："乐彦辅（乐广）曾经说过：'怎么能用五个儿子去换一个女儿。'"太傅觉得他说得对，就举杯劝他道："实在很好，实在很好。"

—○—

桓玄[①]义兴还后，见司马太傅，太傅已醉，坐上多客，问人云："桓温来欲作贼，如何？"桓玄伏不得起。谢景重时为长史，举板答曰："故宣武公黜昏暗，登圣明，功超伊、霍[②]，纷纭之议，裁之圣鉴。"太傅曰："我知，我知。"即举酒云："桓义兴，[③]劝卿酒！"桓出谢过。

【注释】

①桓玄:字敬道,桓温之子。桓温死,袭封南郡公。初为太子洗马,出为义兴太守。元兴元年(402),自封楚王。元兴二年,废晋安帝,称帝,建国楚,年号永始。元兴三年,被益州刺史毛璩(qú)所杀。②伊、霍:商代伊尹和汉代霍光。伊尹放太甲于桐宫,霍光废昌邑王,立宣帝。后常并称,泛指能左右朝政的重臣。③桓义兴:即桓玄。曾任义兴太守。

【译文】

桓玄从义兴郡返京后,到太傅司马道子府上去拜望。此时太傅已喝醉了,座上仍然还有很多客人。太傅当众诘问桓玄:"桓温晚年想要谋反,怎么回事呢?"桓玄跪伏在地不敢起来。谢景重时任长史,听到太傅的话,举起笏板高声回答:"故去的宣武公(桓温)废黜昏庸的海西公(晋废帝司马奕),扶助圣明的帝王登上大位,功勋超过伊尹、霍光。那些乱七八糟的议论,只有靠太傅的英明睿智来裁决了。"太傅说道:"我知道,我知道。"就举起酒杯说:"桓义兴,请喝酒!"桓玄赶紧离开座位向太傅谢罪。

一〇二

宣武移镇南州[①],制街衢(qú)平直。人谓王东亭[②]曰:"丞相初营建康,无所因承,而制置纡曲,方此为劣。"东亭曰:"此丞相乃所以为巧。江左地促,不如中国[③]。若使阡陌[④]条畅,则一览而尽;故纡余委曲,若不可测。"

【注释】

①南州:姑熟城别名,即今安徽当涂。东晋时为建康门户,因在都城南,故称南州。②王东亭:王珣,字元琳,琅邪临沂(今山东临沂)人。

王导之孙。书法家，曾因功封东亭侯。③中国：上古时代，我国华夏族建国于黄河流域一带，以为居天下之中，故称中国，而把周围其他地区称为四方。后泛指中原地区。④阡陌：本指田间小道，此指道路。

【译文】

宣武(桓温)移镇南州后，他规划修建的街道很平直。有人对王东亭说："丞相当初筹划修筑建康城时，没有现成的图样可以仿效，所以街道修筑布置得弯弯曲曲，和这里相比显得差一些。"王东亭说："这正是丞相规划巧妙的地方。江南地方狭窄，比不上中原。如果街道畅通无阻，就会一眼看到底，所以故意修筑得迂回曲折，给人一种幽深莫测的感觉。"

一〇三

桓玄诣殷荆州[1]，殷在妾房昼眠，左右辞不之通。桓后言及此事，殷云："初不眠，纵有此，岂不以'贤贤易色[2]'也？"

【注释】

①殷荆州，即殷仲堪，曾任荆州刺史。②贤贤易色：语出《论语·学而》。本谓对妻子要重品德，不重容貌。后多指尊重贤德的人，不看重女色。

【译文】

桓玄去看殷荆州，殷荆州正在小妾的房间里午睡，他身边的人拒绝为桓玄通报。桓玄后来说起这件事，殷荆州说："我根本就没有睡，即使睡了，我怎能不尊重贤德的人而看重女色呢？"

一〇四

桓玄问羊孚[1]："何以共重吴声[2]？"羊曰："当以其妖而浮。"

【注释】

①羊孚:字子道,泰山人。曾任桓玄记室参军。②吴声:泛指吴地民间歌曲。

【译文】

桓玄问羊孚:"为什么大家都推崇吴地的歌曲呢?"羊孚说:"大概是因为它妩媚浮华吧。"

一〇五

谢混[1]问羊孚:"何以器举瑚琏[2]?"羊曰:"故当以为接神之器。"

【注释】

①谢混:字叔源,陈郡人。谢安之孙。累迁中书令、尚书左仆射。②瑚琏:瑚、琏皆宗庙礼器,用以比喻治国安邦之才。

【译文】

谢混问羊孚:"为什么孔子说子贡为'器'时要举出瑚琏?"羊孚说:"当然因为它是迎神的器皿。"

一〇六

桓玄既篡位后,御床微陷,群臣失色。侍中殷仲文[1]进曰:"当由圣德渊重,厚地所以不能载。"时人善之。

【注释】

①殷仲文:陈郡长平(今河南西华)人,殷仲堪之堂弟,累迁侍中、尚书。

【译文】

桓玄篡位以后，他坐的榻稍微陷下去一点，众位大臣惊得变了脸色。侍中殷仲文上前说："这是由于皇上德行深厚，因此大地承受不起。"当时的人很赞许这句话。

一〇七

桓玄既篡位，将改置直馆[①]，问左右："虎贲中郎省[②]应在何处？"有人答曰："无省。"当时殊忤（wǔ）旨。问："何以知无？"答曰："潘岳[③]《秋兴赋叙》曰：'余兼虎贲中郎将，寓直散骑之省。'"玄咨嗟称善。

【注释】

①直馆：值班的地方。直，通"值"。②虎贲中郎省：虎贲中郎将的官署。虎贲中郎将是统领近卫军的将军。③潘岳：字安仁，河南中矣人。西晋文学家，有《悼亡诗》、《秋兴赋》、《闲居赋》等名篇。

【译文】

桓玄篡位以后，想另行设立值馆，就问身边的人："虎贲中郎将的官署应该设置在哪里？"有人回答说："没有这个官署。"这个回答在当时是特别违抗圣旨的。桓玄问："你怎么知道没有？"回答说："潘岳在《秋兴赋叙》里说过：'我兼任虎贲中郎将，寄宿在散骑省值班。'"桓玄听后赞赏他说得好。

一〇八

谢灵运[①]好戴曲柄笠[②]，孔隐士[③]谓曰："卿欲希心[④]高远，何不能遗曲盖[⑤]之貌？"谢答曰："将不[⑥]畏影者未能忘怀？"

【注释】

①谢灵运:东晋名将谢玄之孙,袭封康乐公,世称谢康乐。他的诗作多写山水名胜,开创了中国文学史上的山水诗流派。②曲柄笠:类似曲盖的斗笠。③孔隐士:孔淳之,字彦深,鲁郡鲁人。曾在上虞山隐居。④希心:向慕,追求。⑤曲盖:仪仗用的曲柄伞。⑥将不:表示推测,犹莫非。

【译文】

谢灵运喜欢戴曲柄笠,孔隐士对他说:"你有高远的理想,为什么不能抛开曲盖的形状?"谢灵运回答说:"大概是怕影子的人始终不能忘记影子吧!"

政事第三

一

陈仲弓为太丘长，时吏有诈称母病求假，事觉，收之，令吏杀焉。主簿请付狱考众奸，仲弓曰："欺君不忠，病母不孝。不忠不孝，其罪莫大。考求众奸，岂复过此！"

【译文】

陈仲弓（陈寔）任太丘长，当时有个官吏假称母亲有病请假，事情败露后，陈仲弓就逮捕了他，命令狱吏处死他。主簿请求交给刑狱查究其他犯罪事实，陈仲弓说："欺骗君主是不忠，诅咒母亲生病是不孝；不忠不孝，没有比这个罪状更大的了。查究其他罪状，难道还能超过这个吗？"

二

陈仲弓为太丘长，有劫贼杀财主[①]，主者捕之。未至发所，道闻民有在草[②]不起子[③]者，回车往治之。主簿曰："贼大，宜先按讨[④]。"仲弓曰："盗杀财主，何如骨肉相残？"

【注释】

①财主：财物的主人。②在草：指妇女分娩。③不起子：不喂养孩

子,遗弃孩子。④按讨:查验究治。

【译文】

陈仲弓任太丘长,有个盗贼杀死了货主,被逮捕了。陈仲弓还没赶到案发现场,路上又听说有人生了孩子后遗弃的事,便掉转车头要去处理这件事。主簿说:"盗贼的事大,应该先查验究治。"陈仲弓说:"盗贼杀了货主,怎么比得上骨肉相残呢?"

三

陈元方年十一时,候袁公①。袁公问曰:"贤家君在太丘,远近称之,何所履行?"元方曰:"老父在太丘,强者绥②之以德,弱者抚之以仁,恣其所安,久而益敬。"袁公曰:"孤③往者尝为邺令,正行此事。不知卿家君法孤,孤法卿父?"元方曰:"周公、孔子,异世而出,周旋④动静⑤,万里如一。周公不师孔子,孔子亦不师周公。"

【注释】

①袁公:未知指何人,一说指袁绍。②绥:安抚。③孤:古代王侯的自称。④周旋:打交道,应酬。⑤动静:行为举止。

【译文】

陈元方十一岁时,去拜访袁公。袁公问他:"令尊在太丘任职时,远近的人都称许他,他是怎么做的呢?"元方说:"老父在太丘时,对强者就用恩德来安抚他,对弱者就用仁爱来抚慰他,让他们安居乐业,时间久了,就更加受到敬重。"袁公说:"我过去曾经做过邺县县令,正是这样做的。不知道是你父亲效法我呢,还是我效法你的父亲?"元方说:"周公、孔子,在不同的时代出生,他们的礼仪举止,虽然相隔很远却也如出一辙;周公既没有效仿孔子,孔子也没有效仿周公。"

四

贺太傅[①]作吴郡，初不出门，吴中诸强族轻之，乃题府门云："会稽鸡，不能啼。"贺闻，故出行，至门反顾，索笔足之曰："不可啼，杀吴儿。"于是至诸屯邸[②]，检校诸顾、陆役使官兵及藏逋(bū)亡[③]，悉以事言上，罪者甚众。陆抗[④]时为江陵都督，故下请孙皓，然后得释。

【注释】

①贺太傅：贺邵，字兴伯，会稽山阴(今浙江绍兴)人。孙皓即位，官至中书令，领太子太傅。②屯邸：庄园。③逋亡：逃亡。④陆抗：字幼节，陆逊的儿子。孙皓时任镇军大将军，都督西陵、信陵、夷道、乐乡、公安诸军事。

【译文】

贺太傅做吴郡太守时，起初不出府门，吴中众豪族轻视他，就在他的府门上题写道："会稽鸡，不能啼。"贺太傅听说这事后，特意外出，到门口回头一看，就要来笔补充道："不可啼，杀吴儿。"于是他到各庄园去，检查顾姓、陆姓那些豪门家中役使的官兵，以及藏匿的逃亡流民数量，并把这些事情都报给了皇上，因此获罪的人非常多。陆抗当时任江陵都督，特意乘船南下向孙皓求情，才得以宽恕。

五

山公[①]以器重[②]朝望，年逾七十，犹知管[③]时任。贵胜[④]年少若和、裴、王之徒，并共宗咏[⑤]。有署阁柱曰："阁东有大牛，和峤鞅(yāng)[⑥]，裴楷鞦(qiū)[⑦]，王济剔嬲(niǎo)[⑧]不得休。"或云潘尼[⑨]作之。

【注释】

①山公：即山涛。②重：得到重视。③知管：主管，掌管。④贵胜：

尊贵而有权势。⑤宗咏：尊奉，尊颂。⑥鞅：古代用马拉车时套在马颈上的皮套子。⑦鞦：同"鞧"，套车时拴在驾辕牲口屁股上的皮带子。⑧剔嬲：纠缠。⑨潘尼：字正叔，潘岳的侄子。

【译文】

山涛以其才气在朝中获得很高的威望，年过七十，还掌管着政务。尊贵而有权势的年轻人像和峤、裴楷、王济等，都尊崇赞美他。有人在山涛官署走廊柱子上题写道："阁东有大牛，和峤是套在牛脖子上的皮套，裴楷是绑在屁股后面的皮带，王济忙前忙后，纠缠不休。"有人说这是潘尼写的。

六

贾充[1]初定律令，与羊祜共咨太傅郑冲[2]。冲曰："皋陶(yáo)[3]严明之旨，非仆暗懦所探。"羊曰："上意欲令小加弘润。"冲乃粗下意[4]。

【注释】

①贾充：字公闾，平阳襄陵(今山西襄汾)人。魏末晋初人。官至骠骑大将军、侍中、尚书令。②郑冲：字文和，西晋荥阳开封人。通儒术及百家之言。③皋陶：传说虞舜时的司法官。④下意：出主意。

【译文】

贾充开始制定法令时，和羊祜一起去向太傅郑冲求教。郑冲说："皋陶公正严明的宗旨，不是我这样愚昧无能的人可以知道的。"羊祜说："皇上的意思是想您稍微扩充润色一下。"郑冲于是略微地提了一下意见。

七

山司徒[1]前后选，殆周遍百官，举无失才，凡所题目[2]，皆如其言。

唯用陆亮[③],是诏所用,与公意异,争之,不从。亮亦寻为贿败。

【注释】

①山司徒:即山涛,曾任司徒。②题目:品评。③陆亮:字长兴,西晋人。

【译文】

山司徒前后两次担任吏部官职,几乎考察遍了朝廷内外百官,一个人才也没有漏掉;凡是他品评过的人物,都像他所说的那样。只有任用陆亮是皇帝的命令决定的,他和山司徒的意见不同,山司徒为这事向皇帝力争过,皇帝没有听从。不久陆亮因为受贿而被撤职。

八

嵇康被诛后,山公举康子绍为秘书丞[①]。绍咨公出处[②],公曰:“为君思之久矣。天地四时,犹有消息[③],而况人乎!”

【注释】

①秘书丞:古代执掌图书典籍等事之官。②出处:指出仕和隐退。③消息:消长,增减。

【译文】

嵇康被杀以后,山公(山涛)推荐嵇康的儿子嵇绍做秘书丞。嵇绍向山公询问出任还是隐退,山公说:“我替你考虑很久了。天地间一年四季还有交替变化,何况是人呢?”

九

王安期[①]为东海郡,小吏盗池中鱼,纲纪[②]推之。王曰:“文王之囿,与众共之。池鱼复何足惜!”

【注释】

①王安期:王承,字安期,太原晋阳(今山西太原)人。曾任东海郡内史。②纲纪:公府及州郡主簿。

【译文】

王安期做东海郡内史。小吏偷了池塘中的鱼,主簿要追查这件事。王安期说:“周文王的猎场,是和百姓共同使用的。池塘中的鱼又有什么值得吝惜的呢?”

十

王安期作东海郡,吏录一犯夜[①]人来。王问:“何处来?”云:“从师家受书还,不觉日晚。”王曰:“鞭挞甯越[②]以立威名,恐非致理[③]之本。”使吏送令归家。

【注释】

①犯夜:违反夜行禁令。②甯越:战国时赵国中牟人。原务农,苦耕种之劳,后求学十五年,为周威公(周所别封之西周之君)之师。③致理:使国家在政治上安定清平。

【译文】

王安期做东海郡内史时,役吏抓到一个违禁夜行的人。王安期问:“从哪里来的?”那个人说:“从老师家学完功课回来,不觉间天晚了。”王安期说:“靠鞭打甯越这样的人来树立威名,恐怕不是使国家政治安定清平的根本!”于是便让役吏送那个人回家去。

十一

成帝在石头,[①]任让[②]在帝前戮侍中钟雅[③]、右卫将军刘超[④]。帝泣曰："还我侍中！"让不奉诏，遂斩超、雅。事平之后，陶公[5]与让有旧，欲宥（yòu）之。许柳儿思妣者至佳，诸公欲全之。若全思妣，则不得不为陶全让，于是欲并宥之。事奏，帝曰："让是杀我侍中者，不可宥！"诸公以少主[6]不可违，并斩二人。

【注释】

①成帝在石头：晋成帝咸和二年（327），历阳内史苏峻起兵造反，次年攻陷建康，把晋成帝迁到石头城。②任让：东晋乐安（今山东博兴）人，随苏峻作乱。③钟雅：字彦胄，颍川长社（今河南长葛东）人。曾任骁骑将军、侍中。④刘超：字世瑜，琅邪（今属山东）人。汉宗室后人。司马睿即帝位，为中书舍人，专掌机要。曾任右卫将军。⑤陶公：指陶侃。⑥少主：指晋成帝司马衍。

【译文】

晋成帝被迁到石头城，任让在成帝面前要杀侍中钟雅、右卫将军刘超。成帝哭着说："把侍中还给我！"任让不听命令，还是斩了刘超、钟雅。等到叛乱平定以后，陶侃因为和任让有老交情，想赦免他。许柳有个儿子叫思妣，很有才德，众大臣想保全他。要想保全思妣，就不得不为陶侃保全任让，于是就想让两个人一起免罪。当大臣们把处理办法上奏成帝时，成帝说："任让是杀我侍中的人，不能赦罪！"大臣们认为不能违抗成帝命令，只好把两人都杀了。

十二

王丞相拜扬州，宾客数百人并加沾接[1]，人人有说色。唯有临海一客姓任及数胡人[2]为未洽。公因便还到过任边，云："君出，临海便无复人。"任大喜说。因过胡人前，弹指[3]云："兰阇（shé）[4]！兰阇！"群胡同笑，四坐并欢。

【注释】

①沾接:接待。②胡人:泛指外国人。此指印度来的僧人。③弹指:捻弹手指作声。原为印度风俗,用以表示欢喜、许诺、警告等含义。④兰阇:梵语或伊朗语译音,为褒赞之辞。

【译文】

王丞相(王导)官拜扬州刺史,几百名恭贺的宾客一起受到了款待,人人都很高兴。只有临海郡一位任姓客人和几位胡人没有高兴的神情。王丞相于是转身走到姓任的客人身边,对他说:“您出来了,临海就不再有人才了。”姓任的客人非常高兴。于是王丞相又走到胡人面前,捻弹手指作声,说:“兰阇!兰阇!”众位胡人都笑了,四周的人都很高兴。

十三

陆太尉[①]诣王丞相咨事,过后辄翻异[②],王公怪其如此。后以问陆,陆曰:“公长民短,[③]临时不知所言,既后觉其不可耳。”

【注释】

①陆太尉:陆玩,字士瑶,吴郡吴县(今江苏苏州)人。曾任尚书左仆射、司空、太尉。②翻异:指事后改变主意。③公长民短:公位尊贵,民位卑微。

【译文】

陆太尉到丞相(王导)那里请教事情,过后又改变了主意,王公对他这么做感到很奇怪。后来拿这事问陆太尉,陆太尉说:“公位尊贵,民位卑微,临时不知该说什么,过后觉得那样做不对罢了。”

十四

丞相尝夏月至石头看庾公[1]，庾公正料事。丞相云："暑，可小简之。"庾公曰："公之遗事，天下亦未以为允。"

【注释】

①庾公：此指庾冰，字季坚，颍川鄢陵（今河南鄢陵）人。庾亮的弟弟。王导死，入朝辅政，有筹划治理国家谋略，接待宾客有礼貌，时称贤相。

【译文】

丞相（王导）曾经夏季到石头城看望庾公，庾公正在处理政事。丞相说："暑天，可以稍微少处理一些政务。"庾公说："您弃置不管政事，天下人也不会觉得恰当。"

十五

丞相末年，略不复省事，正封箓（zhuàn）[1]诺之。自叹曰："人言我愦（kuì）愦[2]，后人当思此愦愦。"

【注释】

①封箓：旧时官署于岁暮年初停止办公之称。官印多为篆文，停止办公即不用印，故名。②愦愦：昏庸，糊涂。

【译文】

丞相（王导）到了晚年，几乎不再处理政务，只签署文件画诺。他自己感叹说："人家说我糊涂，后人应该会想念这种糊涂"。

十六

陶公性检厉[①],勤于事。作荆州时,敕船官悉录锯木屑,不限多少。咸不解此意。后正(zhēng)会[②],值积雪始晴,听事前除雪后犹湿,于是悉用木屑覆之,都无所妨。官用竹,皆令录厚头[③],积之如山。后桓宣武伐蜀,装船,悉以作钉。又云,尝发所在竹篙,有一官长连根取之,仍当足,乃超两阶用之。

【注释】

①检厉:方正严肃。②正会:皇帝元旦朝会群臣、接受朝贺的礼仪。③厚头:靠近根部的竹头。

【译文】

陶公(陶侃)生性方正严肃,勤于政事。他任荆州刺史时,命令船官把锯下的木屑都收集起来,不管多少。众人都不明白这样做的用意。后来皇帝元旦朝会群臣、接受朝贺的礼仪时,正碰上连日下雪刚刚转晴,厅堂前的台阶雪后还很湿,于是他让人全用木屑盖上,一点儿不碍事了。官府用竹子,他命令把厚竹根都收集起来,堆积如山。后来桓宣武(桓温)伐蜀时,造船用的钉子都是竹根做的。又有人说,陶公曾经征用竹篙,有个官吏把竹子连根拔起,用竹根当了竹篙的铁足。于是这个官吏就被连升了两级加以任用。

十七

何骠骑[①]作会稽,虞存[②]弟謇(jiǎn)作郡主簿,以何见客劳损,欲白断常客,使家人节量择可通者。作白事[③]成,以见存。存时为何上佐[④],正与謇共食,语云:“白事甚好,待我食毕作教。”食竟,取笔题白事后云:“若得门庭长[⑤]如郭林宗者,当如所白。汝何处得此人?”謇于是止。

【注释】

①何骠骑,何充,字次道,庐江郡灊县(今属安徽霍山)人。曾任骠骑将军。②虞存:字道长,会稽山阴(今浙江绍兴)人。曾任卫军长史、尚书吏部郎。其弟虞謇,字道直(一说道真),官至郡功曹。③白事:报告。④上佐:部下属官的通称。⑤门庭长:原为门亭长,主管守门的官。

【译文】

何骠骑做会稽内史时,虞存的弟弟虞謇担任郡主簿,因为何充会见客人很疲倦,他就想禀告何充谢绝那些常客,让家人斟酌选择需要见的客人再通报。他做好报告后,拿给虞存看。虞存当时是何充的上佐,正和虞謇一起吃饭,说道:"你的报告写得很好,等我吃完饭再批示。"吃完饭后,虞存拿笔在报告后面写道:"如果能有郭林宗这样的门庭长,一定照所陈述的意见办。你从哪里能找到这样的人呢?"虞謇于是作罢。

十八

王、刘与林公[①]共看何骠骑,骠骑看文书,不顾之。王谓何曰:"我今故与林公来相看,望卿摆拨[①]常务,应对玄言[②],那得方低头看此邪?"何曰:"我不看此,卿等何以得存?"诸人以为佳。

【注释】

①王、刘与林公:即王濛、刘惔、支道林。②摆拨:撇开,摆脱。③玄言:指魏晋间崇尚老庄玄理的言论或言谈。

【译文】

王、刘和林公一起去看望何骠骑(何充),何骠骑正在看文件,不理他们。王对何说："我今天特意和林公来探望您，希望您撇开日常的工作，一起谈论玄言，怎么能低头看这些东西呢？"何回答："我不看这些东西，你们这些人还怎么能活命呢？"众人认为他说得好。

十九

桓公在荆州，全[1]欲以德被江、汉，耻以威刑肃物[2]，令史[3]受杖，正从朱衣上过。桓式[4]年少，从外来，云："向从阁下过，见令史受杖，上捎云根，下拂地足。"意讥不著。桓公云："我犹患其重。"

【注释】

①全：极，非常。②肃物：威慑百姓。物：人。③令史：掌管文书庶务的官吏。④桓式：桓歆，字叔道。桓温的儿子。以父勋封临贺公。弟桓玄篡晋称帝，封临贺王。

【译文】

桓公（桓温）任荆州刺史时，很想在江、汉地区施行德政，以用酷刑威慑百姓为耻辱。令史受到杖刑时，木杖只是从官服上掠过。桓式年纪小，从外边回来，说："我刚才从官府前经过，看到令史受刑，木杖上拂过云彩，下掠过地面。"意思是讥讽没有打着。桓公说："我还担心杖刑太重呢。"

二十

简文为相，事动经年，然后得过。桓公甚患其迟，常加劝勉。太宗[1]曰："一日万机，那得速！"

【注释】

①太宗：晋简文帝的庙号。

【译文】

简文帝司马昱做丞相时，一件政务总要整年的时间才能批复下来。桓公（桓温）对他的拖沓很担忧，常劝导勉励他。太宗说："日理万机，怎么能快得了！"

二十一

山遐[1]去东阳，王长史就简文索东阳，云："承藉猛政，故可以和静致治。"

【注释】

①山遐：字彦林。山涛之孙，山简的儿子。官至东阳太守。

【译文】

山遐离开东阳太守职位后，王长史（王濛）到简文帝那里要求继任东阳太守，说："我凭借前任严厉的措施，自然可以用宽和的、清静无为的办法使社会安定。"

二十二

殷浩[1]始作扬州，刘尹行，日小欲晚，便使左右取襆（fú）[2]。人问其故，答曰："刺史严，不敢夜行。"

【注释】

①殷浩：字渊源，陈郡长平（今河南西华）人，曾任扬州刺史。
②襆：被单。

【译文】

殷浩初次任扬州刺史。刘尹（刘惔）出行，太阳将要下山，便叫随从拿出被单行李。有人问他什么原因，他回答说："刺史严明，我不敢夜间走路。”

二十三

谢公时,兵厮逋亡,多近窜南塘下诸舫中。或欲求一时搜索,谢公不许,云:“若不容置此辈,何以为京都?”

【译文】

谢公(谢安)辅政时,兵员差役时常逃亡,大多就近躲藏在南岸下的船里。有人想请求同时搜索所有船只,谢公不答应,说:“如果不能宽恕这种人,我又怎么能治理好京都呢?”

二十四

王大为吏部郎,尝作选草[①],临当奏,王僧弥[②]来,聊出示之。僧弥得便以己意改易所选者近半。王大甚以为佳,更写即奏。

【注释】

①选草:选拔人才的上奏草稿。②王僧弥:王珉,字季琰,小字僧弥。王导之孙,王珣之弟。与王献之齐名,时称献之为“大令”,珉为“小令”。

【译文】

王大任吏部郎时,曾经起草选拔人才的上奏草稿,临到要上奏的时候,王僧弥来了,王大就随手拿出来给他看。王僧弥按自己的意见改换了将近半数的候选人,王大认为改得非常恰当,就另外誊写一份随即上奏朝廷。

二十五

王东亭与张冠军[①]善。王既作吴郡,人问小令曰:“东亭作郡,风政[②]何似?”答曰:“不知治化[③]何如,唯与张祖希情好[④]日隆耳。”

【注释】

①张冠军:张玄之,字祖希,徐州吴兴人。与谢玄时称“南北二玄”。曾任冠军将军、会稽内史。②风政:政绩。③化:教化,感化。④情好:交情。王珉没有直接赞美自己的哥哥王珣,而是通过说他与张玄之的关系来肯定他。

【译文】

王东亭(王珣)和张冠军两人关系很好。王担任吴郡太守后,有人问小令说:“东亭任郡太守,政绩怎么样?”王珉回答说:“我不了解他的政绩教化怎么样,只是看到他和张祖希的交情一天比一天深厚罢了。”

二十六

殷仲堪当之荆州,王东亭问曰:“德以居全为称,仁以不害物为名。方今宰牧[①]华夏,处杀戮之职,与本操将不乖乎?”殷答曰:“皋陶造刑辟[②]之制,不为不贤;孔丘居司寇之任,未为不仁。”

【注释】

①宰牧:掌管,治理。②刑辟:刑法,刑律。

【译文】

殷仲堪将到荆州任职,王东亭问道:“德行完备可称为德,不害人可叫作仁。现在你要去治理中部地区,处在有生杀大权的职位上,这和你原来的操守不违背吗?”殷仲堪回答:“皋陶制定了刑法,不算不贤德;孔子担任了司寇的职责,也不算不仁爱。”

文学第四

一

郑玄[①]在马融[②]门下，三年不得相见，高足弟子传授而已。尝算浑天[③]不合，诸弟子莫能解。或言玄能者，融召令算，一转便决，众咸骇服。及玄业成辞归。既而融有"礼乐皆东"之叹，恐玄擅名而心忌焉。玄亦疑有追，乃坐桥下，在水上据屐。融果转式[④]逐之，告左右曰："玄在土下水上而据木，此必死矣。"遂罢追。玄竟以得免。

【注释】

①郑玄：字康成，北海高密（今山东高密）人。东汉末经学家。②马融：字季长，扶风茂陵（今陕西兴平）人。东汉大经学家。③浑天：古代关于天体的一种学说。认为天地的形状浑圆如鸟卵，天包地外，就像壳裹卵黄一样。天半在地上，半在地下，其南北两极固定在天的两端，日月星辰每天绕南北两极的极轴旋转。④转式：运转卜具。式：通"栻"，卜具。

【译文】

郑玄在马融门下求学，三年没见着马融，只是由马的高才弟子为他讲授罢了。马融曾用浑天算法演算星辰的位置，结果不相符，众位弟子没有谁能解决。有人说郑玄能演算，马融便叫他来演算，郑玄一算就解决了，众人都很惊奇佩服。郑玄学业完成后，就辞别回家。不久，马融慨叹礼和乐的中心都将要转移到东方去了，担心郑玄会独享盛名，心里很嫉妒他。郑玄也猜测马融会来追赶，便走到桥底下，抓着木屐浮在水上。马融果然运转卜具占卜郑玄踪迹，然后告诉身边的人说："郑玄在土下、水上，靠着木头，这表明一定是死了。"便决定不去追赶。郑玄竟因此得免一死。

二

郑玄欲注《春秋传》①，尚未成。时行与服子慎②遇，宿客舍。先未相识，服在外车上与人说己注《传》意，玄听之良久，多与己同。玄就车与语曰："吾久欲注，尚未了。听君向言，多与吾同，今当尽以所注与君。"遂为《服氏注》。

【注释】

①《春秋传》：即《左传》。②服子慎：服虔，字子慎，初名重，又名祇，河南荥阳人。东汉经学家。曾任九江太守。作《春秋左氏传解》等。

【译文】

郑玄想要注释《左传》，还没有完成。这时有事到外地去，和服子慎相遇，住在同一家客店里。起初两人并不认识，服子慎在店外的车子上，和别人谈到自己注释《左传》的想法，郑玄听了很久，听出服子慎的见解多数和自己相同。郑玄就走到车前对服子慎说："我早就想要注《左传》，还没有完成。听了您刚才的谈论，大多和我相同，现在我要把我作的注全部送给您。"服子慎完成了《服氏注》。

三

郑玄家奴婢皆读书。尝使一婢，不称旨，将挞之，方自陈说，玄怒，使人曳著泥中。须臾,复有一婢来,问曰:“胡为乎泥中?[①]”答曰:“薄言往愬,逢彼之怒。[②]”

【注释】

①胡为乎泥中:出自《诗经·邶风·式微》,意为:为什么会在泥水中。②薄言往愬,逢彼之怒:出自《诗经·邶风·柏舟》,意为:我去诉说,反而惹得他发火。薄言,助词,无意义。

【译文】

郑玄家里的奴婢都读书。郑玄曾使唤一个婢女,事情干得不称心,郑玄要打她。她刚要分辩,郑玄生气了,叫人把她拉到泥水里。一会儿,又有一个婢女走来,问她:“胡为乎泥中?”她回答说:“薄言往愬,逢彼之怒。”

四

服虔既善《春秋》,将为注,欲参考同异。闻崔烈[①]集门生讲传,遂匿姓名,为烈门人赁作食。每当至讲时,辄窃听户壁间。既知不能逾己,稍共诸生叙其短长。烈闻,不测何人,然素闻虔名,意疑之。明蚤往,及未寤,便呼:“子慎!子慎!”虔不觉惊应,遂相与友善。

【注释】

①崔烈:字威考,涿郡安平县(今河北安平)人。崔寔的堂兄。官至太尉。

【译文】

服虔已经对《左传》很有研究了,将要给它作注释,想参考各家的异同。他听说崔烈召集学生讲授《左传》,就隐姓埋名,去给崔烈的学生当用人做饭。每到讲授的时候,他就躲在户壁间偷听。他后来了解到崔烈超不过自己后，便渐渐地和那些学生谈论崔烈的得失。崔烈听说后，猜不出是什么人，可是一向听过服虔的名声，便猜想是他。第二天一早就去拜访，趁服虔还没睡醒的时候，便突然叫："子慎！子慎！"服虔不觉惊醒答应，从此两人就结为好友。

五

钟会撰《四本论》始毕，甚欲使嵇公[①]一见。置怀中，既定[②]，畏其难，怀不敢出，于户外遥掷，便回急走。

【注释】

①嵇公：即嵇康。②既定：已经妥当。

【译文】

钟会撰写《四本论》刚刚完成，很想让嵇公看一看。他把文章放在怀里，揣好以后，怕嵇康质疑问难，揣着不敢拿出，就走到嵇公门外远远地扔进去，便转身急忙跑了。

六

何晏为吏部尚书，有位望，时谈客盈坐。王弼[①]未弱冠[②]，往见之。晏闻弼名，因条向者胜理语弼曰："此理仆以为极，可得复难不？"弼便作难，一坐人便以为屈。于是弼自为客主[③]数番，皆一坐所不及。

【注释】

①王弼：字辅嗣，山阳（河南焦作）人，魏晋玄学的代表人物。②弱冠：古时以男子二十岁为成人，初加冠，因体犹未壮，故称弱冠。③自为客主：自己既做提问的一方，也做答辩的一方，自问自答。

【译文】

何晏做吏部尚书时，很有名望，当时来请教的客人满座都是。王弼还不到二十岁，前往求见。何晏听人说过王弼这个名字，因此就把适才客人谈论时最精彩的部分转告给他，并说："我认为这个道理讲得很对，你还可以提出疑问吗？"王弼于是提出疑问，座上的人均无从解答。这时，王弼又自问自答，反复辩论多次，所讲的道理都是满座宾客赶不上的。

七

何平叔注《老子》始成，诣王辅嗣，见王注精奇[①]，乃神伏，曰："若斯人，可与论天人之际[②]矣。"因以所注为《道》、《德》二论。

【注释】

①精奇：精彩奇妙。②天人之际：天道与人事之间的相互关系。

【译文】

何平叔注《老子》，刚刚完成，拜访王辅嗣时，发现王辅嗣所注精彩奇妙，于是真心佩服，说："像这样的人，才可以和他谈论天道与人事之间的相互关系啊！"于是把自己的《老子注》改称为《道论》与《德论》。

八

王辅嗣弱冠诣裴徽[①]，徽问曰："夫无者，诚万物之所资[②]，圣人莫肯致言[③]，而老子申之无已，何邪？"弼曰："圣人体无，无又不可以训[④]，故言必及有；老、庄未免于有，恒训其所不足。"

【注释】

①裴徽：字文季，河东闻喜(今属山西)人。官至冀州刺史，故人称裴冀州。精通《老子》、《庄子》及《周易》。②资：凭借，依托。③致言：

发表言论。④训:解释,注解。

【译文】

王辅嗣(王弼)不满二十岁时拜访裴徽,裴徽问他:"'无',确实是万物的凭依,可是圣人不肯对它发表意见,老子却反复地陈述它,这是为什么?"王弼说:"圣人认为'无'是本体,'无'又不能解释清楚,所以谈到'无'时必定涉及'有';老子、庄子也免不了说'有',不过往往是就圣人未谈及的地方做些补充。"

九

傅嘏(gǔ)[①]善言虚胜[②],荀粲[③]谈尚玄远,每至共语,有争而不相喻。裴冀州释二家之义,通彼我之怀,常使两情皆得,彼此俱畅。

【注释】

①傅嘏:字兰硕,北地泥阳(今陕西耀县)人。曾任河南尹、尚书等职。②虚胜:指精微的道理。③荀粲:字奉倩,颍川颍阴(今河南许昌)人。荀彧的儿子。好道家之言。

【译文】

傅嘏擅长谈论精微的道理,荀粲的清谈崇尚玄妙幽远。每当他们一起谈论的时候,发生争论而不能相互理解。裴冀州能够解释清楚两家的道理,沟通彼此的心意,常使双方都感到满意,彼此都能感到畅快。

十

何晏注《老子》未毕,见王弼自说注《老子》旨。何意多所短,不复得作声,但应诺诺。遂不复注,因作《道德论》。

【译文】

何晏注《老子》尚未完成时，有一次听王弼谈起自己注释《老子》的意旨。何晏的见解很多地方有欠缺，他不敢再开口，只是连声应和"是，是"。于是他不再注释下去，便另写《道德论》。

十一

中朝时有怀道之流[1]，有诣王夷甫咨疑者。值王昨已语多，小极[2]，不复相酬答，乃谓客曰："身今少恶，裴逸民[3]亦近在此，君可往问。"

【注释】

①怀道之流：指倾慕道家学说的人。②小极：困倦，小病。③裴逸民：裴頠。

【译文】

西晋时，有倾慕道家学说的一类人，到王夷甫（王衍）那里请教问题。正赶上王夷甫昨天话说多了，身体疲倦，不想再接待客人，于是他就对客人说："我现在身体有点不舒服，裴逸民就在附近，你可以去问问他。"

十二

裴成公[1]作《崇有论》，时人攻难之，莫能折，唯王夷甫来，如小屈[2]。时人即以王理难裴，理还复申。

【注释】

①裴成公：即裴頠，死后谥成。②小屈：稍稍理亏。

【译文】

裴成公撰有《崇有论》，当时的人反驳他，无法使他折服。唯有王夷甫到来，稍稍使他理亏。于是当时的人就用王夷甫的论点来驳难他，可是裴成公还是反复申述他的理论。

十三

诸葛厷(hóng)[①]年少不肯学问，始与王夷甫谈，便已超诣[②]。王叹曰："卿天才卓出，若复小加研寻，一无所愧。"厷后看《庄》、《老》，更与王语，便足相抗衡[③]。

【注释】

①诸葛厷：字茂远，琅邪阳都(今属山东临沂)人。官至司空主簿。②超诣：高深玄妙，高超脱俗。③抗衡：不相上下。

【译文】

诸葛厷少年时不肯学习求教，可是一开始和王夷甫清谈时，就已经显示出他的高超脱俗。王夷甫感叹地说："你的聪明才智很出众，如果再稍加研习，就没有什么遗憾了。"诸葛厷后来阅读了《庄子》《老子》，再和王夷甫清谈，便完全可以和他不相上下了。

十四

卫玠总角[①]时，问乐令梦，乐云："是想。"卫曰："形神所不接而梦，岂是想邪?"乐云："因也。未尝梦乘车入鼠穴、捣齑(jī)[②]啖铁杵，皆无想无因故也。"卫思"因"经日不得，遂成病。乐闻，故命驾[③]为剖析之，卫即小差[④]。乐叹曰："此儿胸中当必无膏肓之疾。"

【注释】

①总角：古时儿童束发形状如角，故称，借指童年。②捣齑：把葱、

蒜、姜等捣碎。③命驾：吩咐人驾车，即坐车前往。④小差：疾病小愈。

【译文】

卫玠儿时，问乐令（乐广）什么是梦，乐说："是心中所想。"卫玠说："形和神不接触，却能做梦，这也是心中所想吗？"乐广说："是有原因的。你没有梦见坐着车进了老鼠洞，没有梦见把菜捣成碎末却吃了铁杵，这都是因为心中不想，没有根据的缘故。"卫玠整天想着"因"也想不出结果来，最后生病了。乐广听到此事，就立即动身来看卫玠，给他详细讲述一番，卫玠的病就稍稍好了些。乐广赞扬说："这个小家伙内心没有什么大病。"

十五

庾子嵩读《庄子》，开卷一尺许便放去，曰："了[2]不异人意。"

【注释】

①庾子嵩：庾敳（ái），字子嵩，颍川鄢陵（今属河南）人。西晋名士，清淡家。曾任陈留相。②了：完全，全然。

【译文】

庾子嵩读《庄子》，打开书读了一尺左右的篇幅就放下了，说："完全和我的想法相同。"

十六

客问乐令"旨不至"[1]者，乐亦不复剖析文句，直以麈尾柄确几曰："至不？"客曰："至。"乐因又举麈尾曰："若至者，那得去？"于是客乃悟服。乐辞约而旨达，皆此类。

【注释】

①旨不至:指向一个物体并不能达到它的实质,就算达到了也不能穷尽它。旨,同"指"。

【译文】

有客人问乐令(乐广)"旨不至"的意思,乐令并不直接解释字句的意思,只是用麈尾的柄敲着几案说:"到了没有?"客人说:"到了。"乐令于是举起麈尾说:"如果到了,又怎么会离开?"客人立即领悟了并表示拜服。乐令说明问题言简意赅,都与此类似。

十七

初,注《庄子》者数十家,莫能究其旨要①。向秀于旧注外为解义,妙析奇致,大畅玄风,唯《秋水》、《至乐》二篇未竟,而秀卒。秀子幼,义遂零落,然犹有别本。郭象②者,为人薄行,有俊才,见秀义不传于世,遂窃以为己注。乃自注《秋水》、《至乐》二篇,又易《马蹄》一篇,其余众篇,或定点③文句而已。后秀义别本出,故今有向、郭二《庄》,其义一也。

【注释】

①旨要:要领,主要的意思。②郭象:字子玄,河南洛阳人。好老庄,善清谈,为《庄子》作注。③定点:修订,整理。

【译文】

最初,为《庄子》一书作注的有几十家,没有谁能阐明书中要领。向秀在旧注之外,加以解说它的意义所在,剖析很新奇,大受欢迎,庄子的玄妙便流行开去。唯独《秋水》《至乐》两篇,稿子尚未写完,向秀就去世了。他的儿子很小,以致书稿零落,但还存有一个副本。郭象为人品行不端,却有卓越的才能,他见向秀的注本在社会上没有流传,就剽窃据为己有。并补注《秋水》《至乐》两篇，又改注了《马蹄》一篇，其余各篇只在文句上稍加修改。后来向秀所注的本子公布出来了。所以，现在流行的《庄子注》有向、郭两种本子，注解义大抵相同。

十八

阮宣子[①]有令闻[②]，太尉王夷甫见而问曰："老庄与圣教[③]同异？"对曰："将无同。[④]"太尉善其言，辟之为掾。世谓"三语掾"。卫玠嘲之曰："一言可辟，何假于三！"宣子曰："苟是天下人望，亦可无言而辟，复何假一？"遂相与为友。

【注释】

①阮宣子：阮修，字宣子，陈留尉氏（今属河南）人。好老庄，善清谈。②令闻：美好的声誉。③圣教：旧称尧、舜、文、武、周公、孔子的教导。④将无同：恐怕没有什么两样吧。将无：莫非。

【译文】

阮宣子有很好的名声。太尉王夷甫（王衍）见到他问道："老庄和圣教有什么不同吗？"阮宣子回答："恐怕没有什么两样吧？"太尉认为他的回答不错，就招来任命他为曹掾。世人称他为"三语掾"。卫玠讥笑他说："一个字就可以征召，何必要用三个字呢！"阮宣子说："如果是天下所仰望的人，不说话也可以征用，又何必要再说一个字呢？"二人于是成了好友。

十九

裴散骑[①]娶王太尉女[②]。婚后三日，诸婿大会，当时名士，王、裴子弟悉集。郭子玄[③]在坐，挑与裴谈。子玄才甚丰赡，始数交，未快；郭陈张[④]甚盛，裴徐理前语，理致[⑤]甚微，四坐咨嗟称快。王亦以为奇，谓诸人曰："君辈勿为尔，将受困寡人女婿。"

【注释】

①裴散骑:裴遐,字叔道,河东闻喜(今属山西)人,善言玄理。曾任散骑郎。②王太尉:即王衍。③郭子玄:即郭象。④陈张:铺陈。⑤理致:义理情致。

【译文】

裴散骑娶王太尉的女儿为妻。他们结婚后第三天,王家邀请诸女婿聚会,当时的名士和王、裴两家的子弟都齐集王家。郭子玄也在座,挑头和裴遐谈玄理。子玄学识很渊博,刚交锋几个回合,还觉得不痛快;郭子玄把玄理铺陈得很充分,裴遐却慢条斯理地梳理前面的议论,义理情致都很精微,在座的人赞叹不已,表示痛快。王太尉也认为新奇罕见,对大家说:"你们不要再辩论了,不然就要被我女婿难住了。"

二十

卫玠始度江,见王大将军[①]。因夜坐,大将军命谢幼舆[②]。玠见谢,甚说之,都不复顾王,遂达旦微言,王永夕[③]不得豫[④]。玠体素羸,恒为母所禁。尔夕忽极,于此病笃,遂不起。

【注释】

①王大将军:即王敦。②谢幼舆:谢鲲,字幼舆。曾为豫章太守。③永夕:通宵。④豫:通"与",参加。

【译文】

卫玠刚渡江来时,拜见王大将军。由于夜坐清谈,大将军招来谢幼舆。卫玠见到谢幼舆十分高兴,都顾不得王大将军,和谢幼舆一直清谈到天亮。王大将军通宵不能参与到谈话中来。卫玠身体向来孱弱,母亲常常禁止他清谈。这天夜里因清谈过度,便病倒了,终于病重不治。

二十一

旧云,王丞相过江左,止道声无哀乐[①]、养生[②]、言尽意[③]三理而已,然宛转关生,无所不入。

【注释】

①声无哀乐:嵇康著有《声无哀乐论》,提出了"声无哀乐"的观点,即音乐是客观存在的音响,哀乐是人们的精神被触动后产生的感情,两者并无因果关系。②养生:嵇康著有《养生论》,论述了养生的必要性与重要性,主张形神共养,尤重养神;提出养生应见微知著,防微杜渐,以防患于未然;要求养生须持之以恒,通达明理。③言尽意:晋代欧阳建著有《言尽意论》,反对玄学所主张的"言不尽意"的不可知论,认为语言能表达人们对客观事物及其规律的认识,能交流思想感情。

【译文】

过去有人说,王丞相(王导)过江后,只谈"声无哀乐""养生""言尽意"这三大名理而已,但是其中曲折关联,妙趣横生,万事万物都包含在里面。

二十二

殷中军[①]为庾公[②]长史,下都[③],王丞相为之集,桓公、王长史、王蓝田[④]、谢镇西[⑤]并在。丞相自起解帐带麈尾,语殷曰:"身今日当与君共谈析理。"既共清言,遂达三更。丞相与殷共相往反,其余诸贤略无所关。既彼我相尽,丞相乃叹曰:"向来语乃竟未知理源所归。至于辞喻不相负,正始之音[⑥],正当尔耳。"明旦,桓宣武语人曰:"昨夜听殷、王清言,甚佳,仁祖亦不寂寞,我亦时复造心[⑦],顾看两王掾,辄翣(shà)[⑧]如生母狗馨[⑨]。"

【注释】

①殷中军:即殷浩,曾任中军将军。②庾公:指庾亮。③下都:西晋都城洛阳,东晋称建业(今江苏南京市)为下都。此指到京都去。④王蓝田:王述,字怀祖,太原晋阳(今山西太原)人。曾任散骑常侍、尚书令、卫将军。袭封蓝田侯。⑤谢镇西:即谢尚,曾任镇西将军。⑥正始之音:指魏晋玄谈风气。出现于三国魏正始年间,故名。⑦造心:深受启发。⑧翣:大扇子。⑨馨:一样,这样。

【译文】

殷中军被任命为庾公的长史,来到下都。王丞相(王导)为他举行集会。桓公(桓温)、王长史(王濛)、王蓝田、谢镇西(谢尚)都在座。丞相亲自起身从帷帐上解下麈尾,对殷中军说:“我今天要与你一起谈论名理。”于是,他们开始清谈,最后谈到三更。丞相和殷中军互相叙说,反复辩论。其余名流完全没有参与进来。等到双方要说的都说完了,丞相才叹息说:“刚才谈的这些内容,甚至从哪儿开始分析,如何引起争论,最终得出什么结论,统统被遗忘了。至于发言修辞,引喻相譬,都尽了最大努力。正始间名士清谈,正是这样的啊!”第二天,桓宣武(桓温)对人说:“昨夜,听殷、王两位清谈,谈得好极了。谢仁祖听得兴趣盎然,我也时时深受启发。再回头看王长史、王蓝田两位司徒掾,竖着耳朵听着,就像扇着耳朵的母狗。”

二十三

殷中军见佛经,云:“理亦应阿堵[①]上。”

【注释】

①阿堵:六朝及唐人常用的指称词,相当于这或这个。

【译文】

殷中军(殷浩)看了佛经,说:“玄理也应当在这上面。”

二十四

谢安年少时,请阮光禄道《白马论》,[1]为论以示谢。于是谢不即解阮语,重相咨尽。阮乃叹曰:“非但能言人不可得,正索解人亦不可得!”

【注释】

①阮光禄:即阮裕。《白马论》:战国时公孙龙著,提出了“白马非马”这一著名命题,认为“马”指的是马的形态,“白马”指的是马的颜色,而形态不等于颜色,所以白马不是马。

【译文】

谢安年少时,请阮光禄讲解《白马论》。阮光禄写了一篇论述的文章给他看。在这时,谢安还不能立即理解阮光禄所说的,一再提出疑问。阮光禄于是叹息说:“不但会说的人不可得,就是连寻求理解的人也不可得!”

二十五

褚季野[1]语孙安国云[2]:“北人学问,渊综[3]广博。”孙答曰:“南人学问,清通[4]简要。”支道林闻之,曰:“圣贤固所忘言。自中人以还,北人看书,如显处视月;南人学问,如牖(yōu)中窥日。”

【注释】

①褚季野:即褚裒。②孙安国:即孙盛。③渊综:精深综达。④清通:指文章层次清楚,文句通顺。

【译文】

褚季野对孙安国说:“北方人做学问,精深综达。”孙安国回答说:“南方人做学问,层次清楚,文句通顺,简明扼要。”支道林听到后,说:“圣贤本来就得意忘言。从中等才质以下的人来说,北方人读书,像是在敞亮处看月亮;南方人做学问,像是从窗户里看太阳。”

二十六

刘真长[①]与殷渊源[②]谈,刘理如小屈,殷曰:“恶!卿不欲作将善云梯仰攻?”

【注释】

①刘真长:即刘惔。②殷渊源:即殷浩。

【译文】

刘真长与殷渊源清谈,刘真长所说的稍微处在下风,殷渊源说:“喂,你不想做一架好云梯来向上进攻吗?”

二十七

殷中军云:“康伯未得我牙后慧。”

【译文】

殷中军(殷浩)说:“韩康伯还没有领会到我言外的意趣。”

二十八

谢镇西少时,闻殷浩能清言,故往造之。殷未过有所通,为谢标榜诸义,作数百语,既有佳致,兼辞条丰蔚[①],甚足以动心骇听。谢注神倾意,不觉流汗交面。殷徐语左右:“取手巾与谢郎拭面。”

【注释】

①丰蔚：形容文辞丰富。

【译文】

谢镇西（谢尚）年少时，听说殷浩善于清谈，所以前去拜访他。殷浩并没有过多地畅述究竟，只给谢镇西详述各条义理，讲了几百句，既有美好的情趣，也兼有丰富条理的文辞，足够使人激动震惊。谢镇西全神贯注，不觉间满脸都是汗。殷浩从容地招呼随从："拿手巾来给谢郎擦脸。"

二十九

宣武集诸名胜讲《易》，日说一卦。简文欲听，闻此便还，曰："义自当有难易，其以一卦为限邪？"

【译文】

宣武（桓温）聚集众位名流讲解《周易》，每天只解释一卦。简文帝想去听，听说是这样讲就回来了，说："卦的内容应该是有难有易，怎么能限定每天只讲一卦呢？"

三十

有北来道人好才理[①]，与林公相遇于瓦官寺，讲《小品》[②]。于时竺法深、孙兴公[③]悉共听。此道人语，屡设疑难，林公辩答清析，辞气俱爽。此道人每辄摧屈[④]。孙问深公："上人当是逆风家[⑤]，向来何以都不言？"深公笑而不答。林公曰："白旃（zhān）檀[⑥]非不馥，焉能逆风？"深公得此义，夷然不屑。

【注释】

①才理：才思。②《小品》：佛经，指七卷本的《小品般若波罗蜜

经》,是略本,故称小品。二十四卷本的《摩诃般若波罗蜜经》是详本,称大品。③孙兴公:即孙绰。④摧屈:受挫而窘迫或收敛。⑤逆风家:赞誉德才超卓的人,谓其名声逆风远播。⑥白旃檀:即白檀香。

【译文】

有位从北方来的和尚很有才思,与林公在瓦官寺相遇,研讨《小品》。当时竺法深和尚、孙兴公等人都一起去听。这位和尚的谈论,屡次都设下疑难问题,林公的答辩分析透彻,言辞气概都很爽朗。这位和尚总是被挫败。孙兴公就问竺法深说:"上人您应该是顶风上的人士,刚才为什么一句话也不说?"竺法深笑笑,没有回答。林公说:"白檀香并不是不香,怎能从逆风中闻到香气呢?"竺法深体会到这话的含义,坦然自若,不屑理会。

三十一

孙安国往殷中军许[①]共论,往反精苦[②],客主无间。左右进食,冷而复暖者数四。彼我奋掷麈尾,悉脱落满餐饭中,宾主遂至莫忘食。殷乃语孙曰:"卿莫作强口马,我当穿卿鼻!"孙曰:"卿不见决鼻牛,人当穿卿颊!"

【注释】

①许:住的地方。②精苦:精勤刻苦。

【译文】

孙安国到殷中军(殷浩)那里一起清谈,两人来回辩驳精勤刻苦,宾主都没有空闲。身边的人端上的饭菜,冷了再热有四遍。双方谈论时都奋力甩动着麈尾,上面的毛都落在了饭菜中。宾主竟然到傍晚也没想起吃饭。殷中军便对孙安国说:"你不要做硬嘴马,我就要穿你鼻子了!"孙安国说:"你没见挣破鼻子的牛吗,当心人家会穿你的脸!"

三十二

庄子《逍遥篇》,旧是难处[1],诸名贤所可钻味,而不能拔理于郭、向[2]之外。支道林在白马寺中,将冯太常[3]共语,因及《逍遥》。支卓然标新理于二家之表,立异义于众贤之外,皆是诸名贤寻味之所不得。后遂用支理。

【注释】

①难处:谓难以理解之处。②郭、向:郭象、向秀,两家都是注释《庄子》的。③冯太常:冯怀,字祖思,长乐(今陕西石泉)人。曾任太常、护国将军。

【译文】

《庄子·逍遥游》曾是难以理解的篇目,诸位名流全部可以钻研、玩味,可是对它义理的阐述却不能超出郭象、向秀的范围。支道林在白马寺里,和冯太常一起谈论,便谈到《逍遥游》。支道林在郭、向两家的见解之外,卓越地揭示出新的义理,在众名流之外提出了不同的看法,都是诸位名流探求、玩味中没能得到的。后来人们解释《逍遥游》便采用支道林阐明的义理。

三十三

殷中军尝至刘尹所,清言良久,殷理小屈,游辞不已,刘亦不复答。殷去后,乃云:“田舍儿[1]强学人作尔馨语!”

【注释】

①田舍儿:蔑称,指没有学识的农家子弟。

【译文】

殷中军(殷浩)曾经到刘尹(刘惔)的住处清谈。谈了很久,殷中军所说的道理稍稍处在下风,浮而不实的话又说个没完,刘尹也就不再答复了。殷中军离开后,刘尹就说:“田舍儿,也勉强学别人清谈!”

三十四

殷中军虽思虑通长①,然于才性偏精,忽言及《四本》②,便若汤池铁城,无可攻之势。

【注释】

①通长:擅长。②《四本》:即《四本论》,是魏晋之际玄学清谈的一个重要的话题,讨论才能与品质的关系,有才性同、才性异、才性合、才性离“四本”。

【译文】

殷中军(殷浩)虽然擅长思辨考虑,但对于才性之学更精通。有时突然谈到《四本论》,他就像牢固的汤池铁城一般,没有可以进攻的地方。

三十五

支道林造《即色论》,论成,示王中郎,中郎都无言。支曰:“默而识(zhì)之乎?”王曰:“既无文殊①,谁能见赏?”

【注释】

①文殊:文殊菩萨。《维摩诘经》说:文殊菩萨问维摩诘:“何者是菩萨入不二法门?”维摩诘默然无言,文殊叹道:“是真入不下二法门也。”王中郎的意思是指文殊是从维摩诘的默然无言中领悟其意的,既无文殊,谁能赏识我的默然无言呢!王中军对支道林的著作不置可

否，实际是不欣赏。

【译文】

支道林写了《即色论》，写好了，拿给王中郎（王坦之）看。王中郎没有说一句话。支道林说："你是默记在心吧？"王中郎说："既然没有文殊菩萨，谁能赏识我的用意呢？"

三十六

王逸少（王羲之）作会稽，初至，支道林在焉。孙兴公谓王曰："支道林拔新领异，胸怀所及乃自佳，卿欲见不？"王本自有一往隽气[①]，殊自轻之。后孙与支共载往王许，王都领域[②]，不与交言。须臾支退。后正值王当行，车已在门，支语王曰："君未可去，贫道与君小语。"因论《庄子·逍遥游》。支作数千言，才藻新奇，花烂映发。[③]王遂披襟解带，留连不能已。

【注释】

①隽气：非凡的气概。②领域：谓深闭固拒。③花烂映发：鲜花盛开，交相辉映。

【译文】

王逸少担任会稽内史，刚到任，支道林也在那里。孙兴公对王逸少说："支道林的见解标新立异，心里所考虑的实在美妙，您想见见他吗？"王逸少本来就有超人的气概，特别轻视支道林。后来孙兴公和支道林一起坐车到王逸少那里，王逸少对支道林深闭固拒，不跟他搭话。一会儿，支道林就出来了。后来正值王逸少外出，车已经停在门口，支道林对他说："您不要离去，贫道想和您稍说两句话。"于是论述《庄子·逍遥游》。支道林讲了几千句，内容、辞藻非常新奇，就像鲜花盛开，交相辉映。王逸少听着入迷，敞开衣襟，解开衣带，不忍心离开。

三十七

三乘[①]佛家滞义[②]，支道林分判，使三乘炳然[③]。诸人在下坐听，皆云可通。支下坐，自共说，正当得两，入三便乱。今义弟子虽传，犹不尽得。

【注释】

①三乘：佛教语。一般指小乘（声闻乘）、中乘（缘觉乘）和大乘（菩萨乘），三者均为浅深不同的解脱之道。亦泛指佛法。②滞义：疑难的意义。③炳然：明白的样子。

【译文】

三乘是佛教中充满疑难的内容，支道林详加剖析，使三乘内容明白易懂。众人在下座听讲，都说可以理解。支道林离开讲坛后，大家自己互相说解，只能理解两乘，进入三乘便混乱了。现在的三乘教义，弟子们虽然在传习，但仍然不能全部理解。

三十八

许掾[①]年少时，人以比王苟子[②]，许大不平。时诸人士及支法师并在会稽西寺讲，王亦在焉。许意甚忿，便往西寺与王论理，共决优劣，苦相折挫，王遂大屈。许复执王理，王执许理，更相覆疏[③]，王复屈。许谓支法师曰："弟子[④]向语何似？"支从容曰："君语佳则佳矣，何至相苦邪？岂是求理中之谈哉？"

【注释】

①许掾：即许询。②王苟子：王修，字敬仁，小字苟子，琅邪临沂（今山东临沂）人。王濛之子。官至著作郎。③覆疏：反复论辩。④弟子：佛教或道教信徒对教徒谈话时的自称。

【译文】

许掾年少时,人们拿他和王苟子并称,许询非常不服气。当时诸位名士和支道林法师一起在会稽的西寺讲论,王苟子也在那里。许询非常生气,便到西寺去和王苟子辩论玄理,一决胜负,许询极力要挫败对方,王苟子最后被驳倒。许询又反过来用王苟子的义理,王苟子用许询的义理,再度反复论辩,王苟子又被驳倒。许询就对支法师说:"弟子刚才的谈论怎么样?"支道林从容地回答说:"你的谈论好是好,但是何至于要苦苦相逼呢? 这哪里是探求真理的谈法啊?"

三十九

林道人[①]诣谢公,东阳[②]时始总角,新病起,体未堪劳,与林公讲论,遂至相苦。母王夫人在壁后听之,再遣信令还,而太傅留之。王夫人因自出,云:"新妇少遭家难,一生所寄,唯在此儿。"因流涕抱儿以归。谢公语同坐曰:"家嫂辞情慷慨,致可传述,恨不使朝士见!"

【注释】

①林道人:即支道林。②东阳:谢朗,曾任东阳太守。

【译文】

支道林拜访谢公(谢安),谢东阳当时才十多岁,刚刚病好,身体不能承受劳累。他和林公清谈、辩论,最后到了互相诘难的地步。谢东阳的母亲王夫人在隔壁听着,一再命人唤儿子回去,谢太傅留住不放。王夫人于是自己出来,说:"小妇人遭逢不幸,一生的希望,都寄托在这个儿子身上了。"于是流着泪抱着儿子回去了。谢公对同座的人说:"家嫂这几句话,言辞情感,慷慨激昂,甚至可以传播开来。遗憾的是未能让朝中人士听见!"

四十

支道林、许掾诸人共在会稽王斋头。支为法师，许为都讲[①]。支通一义，四坐莫不厌心[②]；许送一难，众人莫不抃(biàn)舞[③]。但共嗟咏二家之美，不辩其理之所在。

【注释】

①都讲：魏晋以后，佛家开讲佛经，一人唱经，一人解释。唱经者称都讲，解释者称法师。②厌心：心服。③抃舞：拍手而舞，极言欢乐。

【译文】

支道林、许掾(许询)等人都在会稽王的书房。支道林是法师，许为是都讲。支道林疏通一条经义，四座无不心服。许掾提出一个疑问，大家都拍掌称赞。但大家只是赞叹两个人讲解唱经的精彩，却不能辨析经义的含义。

四十一

谢车骑[①]在安西[②]艰中，林道人往就语，将夕乃退。有人道上见者，问云："公何处来？"答云："今日与谢孝剧谈[③]一出来。"

【注释】

①谢车骑：即谢玄。②安西：即谢奕，曾任安西将军。③剧谈：畅谈。

【译文】

谢车骑在为父亲谢安西守丧期间，支道林来和他清谈，将近傍晚时才离去。有人在路上遇见他，问道："林公从哪里回来？"支道林回答："今天和谢孝子畅谈了一番。"

四十二

支道林初从东出,住东安寺中。王长史宿构[1]精理,并撰其才藻,往与支语,不大当对[2]。王叙致[3]作数百语,自谓是名理奇藻。支徐徐谓曰:“身与君别多年,君义言了不长进。”王大惭而退。

【注释】

①宿构:预先拟就。②当对:对等,匹敌。③叙致:陈述事理。

【译文】

支道林刚从东边来,住在东安寺里。王长史(王濛)预先拟就精微的义理,并且想好富有才情、文采的言辞,去和支道林清谈,双方言论并不相称。王长史陈述事理,说了数百句话,自认为讲的是至理名言,用的是奇丽辞藻。支道林慢条斯理地对他说:“我和您分别多年,你的义理、言辞全然没有什么长进。”王长史非常惭愧地告辞走了。

四十三

殷中军读《小品》,下二百签,皆是精微,世之幽滞[1]。尝欲与支道林辩之,竟不得。今《小品》犹存。

【注释】

①幽滞:深奥难解。

【译文】

殷中军(殷浩)阅读《小品》,有二百多处加了标签说明,这些都是精妙隐微的地方,都是当世深奥难解的地方。殷中军曾经想和支道林辩明这些问题,最终不能实现。现在《小品》还保存下来了。

四十四

佛经以为祛练神明[1],则圣人[2]可致。简文云:“不知便可登峰造极不?然陶练[3]之功,尚不可诬。”

【注释】

①祛练神明:佛教语,修智慧,断烦恼。意谓去除尘念,修炼智慧,便可成佛。②圣人:泛称佛、菩萨等得道者。③陶练:陶冶练习。

【译文】

佛经认为修炼智慧、摆脱烦恼,就可以达到佛的境界。简文帝说:“不知是否立刻就可以达到最高的境界?然而,道家陶冶练习的功效,还是不可以抹杀的。”

四十五

于法开[1]始与支公争名,后情[2]渐归支,意甚不分,遂遁迹剡下。遣弟子出都,语使过会稽。于时支公正讲《小品》。开戒弟子:“道林讲,比汝至,当在某品中。”因示语攻难数十番,云:“旧此中不可复通。”弟子如言诣支公。正值讲,因谨述开意,往反多时,林公遂屈,厉声曰:“君何足复受人寄载来!”

【注释】

①于法开:东晋高僧,精通医理。②情:指“群情”,人心。

【译文】

于法开和支道林争名位,后来人心渐渐倾向支道林,于法开很不服气,就在剡县隐居起来。他派弟子去京都,告诉他要拜访会稽的支道林。这时支道林正在讲《小品》。于法开告诫弟子:“支道林正在讲

《小品》，等你到了，他应该在讲某一品。”于是告诉他如何多次驳难，并说：“这些说法以前都无法讲解得通。”弟子按于法开的话去见支公。正碰上支道林在讲《小品》，弟子就谨慎地陈述了于法开的意思，然后双方反复辩论很长时间，林公最后败了。他厉声说道：“你哪里值得受人之托，将别人的意旨带来呢！”

四十六

殷中军问：“自然无心于禀受[1]，何以正善人少，恶人多？”诸人莫有言者。刘尹答曰：“譬如写水著地，正自纵横流漫，略无正方圆者。”一时绝叹，以为名通[2]。

【注释】

①禀受：承受。旧常指受于自然的体性或气质。②名通：名言通论。

【译文】

殷中军（殷浩）问道：“大自然并没有存心让人接受各种不同的体性或气质，为什么恰恰是好人少、坏人多？”听众没有一个能解答的。刘尹回答说：“这就好比把水倒在地上，水只是四处流淌漫延，没有恰好是方形、圆形的。”一时间大家都极为叹服，认为此话是名言通论。

四十七

康僧渊[1]初过江，未有知者，恒周旋市肆，乞索以自营[2]。忽往殷渊源许，值盛有宾客，殷使坐，粗与寒温，遂及义理。语言辞旨[3]，曾无愧色，领略粗举[4]，一往参诣。由是知之。

【注释】

①康僧渊：西域僧人。②自营：自谋生计。③辞旨：文辞或话语所

表达出的含义、感情色彩和风格。④粗举：简略解释。

【译文】

康僧渊刚来江东，没有人知道他，他常常盘桓在集市上，靠乞讨来自谋生计。一天，他忽然前往殷渊源住处，恰逢座上客人很多，殷渊源招呼他坐下，稍稍和他说了几句应酬话，逐渐谈到义理，康僧渊说话的内容和措辞，都不愧为谈客，他先将要点简略解释，接着便一直贯串下去，畅所欲言。人们从此认识了他。

四十八

殷、谢诸人共集，谢因问殷："眼往属万形，万形来入眼不？"

【译文】

殷浩、谢安等人集会在一起，谢安于是问殷浩："眼睛注视着万物，万物会进入眼睛吗？"

四十九

人有问殷中军："何以将得位而梦棺器，将得财而梦矢秽？"殷曰："官本是臭腐，所以将得而梦棺尸；财本是粪土，所以将得而梦秽污。"时人以为名通。

【译文】

有人问殷中军："为什么将要得到官位就梦见棺材，将要得到钱财就梦见粪便？"殷中军回答说："官位本来就是腐臭的东西，因此将要得到它时就梦见棺材尸体；钱财本来就是粪土，因此将要得到它时就梦见肮脏的东西。"当时的人认为这是名言通论。

五十

殷中军被废东阳，始看佛经。初视《维摩诘》，疑般若波罗密[1]太多；后见《小品》，恨此语少。

【注释】

①般若波罗密：梵文音译，意为智慧到彼岸。现作般若波罗蜜。

【译文】

殷中军（殷浩）被罢官，在东阳谪居，开始翻看佛经。起初看《维摩诘》经，嫌《般若波罗蜜》太多疑惑不懂；后来读到《小品》，又遗憾这样的话太少。

五十一

支道林、殷渊源俱在相王[1]许，相王谓二人："可试一交言。而才性殆是渊源崤函[2]之固，君其慎焉！"支初作，改辙[3]远之，数四交，不觉入其玄中。相王抚肩笑曰："此自是其胜场，安可争锋？"

【注释】

①相王：晋简文帝司立昱未登帝位时，任丞相，故称相王。②崤、函：崤山和函谷，自古为险要的关隘。函谷东起崤山，故以并称。③改辙：比喻变更策略、计划或办法等。

【译文】

支道林、殷渊源（殷浩）都在相王府上。相王司马昱对二人说："你们可以试着交谈一下。不过，'才性'之学几乎是渊源如崤、函谷般坚固的关塞，你可要小心啊！"支道林最初谈论，极力避免涉及"才性"问题。辩论四个回合后，不知不觉就陷入"才性"的玄理之中。相王拍着支道林的肩膀笑着说:“这本来就是他擅长的地方,你怎么能跟他争胜呢?”

五十二

谢公因子弟集聚,问:“《毛诗》[1]何句最佳?”遏[2]称曰:“昔我往矣,杨柳依依;今我来思,雨雪霏霏。[3]”公曰:“订(xū)谟(mó)定命,远猷(yóu)辰告。[4]”谓此句偏有雅人深致。

【注释】

①《毛诗》:即今本《诗经》。相传为汉初学者毛亨和毛苌所传。据称其学出于孔子弟子子夏。②遏:即谢玄,谢安的侄子。③“昔我”句:出自《诗经·小雅·采薇》,大意是回想我当初出征时,杨柳轻轻摆动;现在我回来了,却是雪花漫天飞舞。④“订谟”句:出自《诗经·大雅·抑》,意思是:把宏伟的规划审查制定,把远大的谋略宣告于众。

【译文】

谢公(谢安)趁着子侄们聚集一起,问:“《毛诗》中哪一句最佳?”谢遏说:“昔我往矣,杨柳依依;今我来思,雨雪霏霏。”谢公说:“订谟定命,远猷辰告。”认为这一句特别有高雅之士的深远意趣。

五十三

张凭[1]举孝廉,出都,负其才气,谓必参时彦[2]。欲诣刘尹,乡里及同举者共笑之。张遂诣刘。刘洗濯料事,处之下坐,唯通寒暑,神意不接。张欲自发无端。顷之,长史诸贤来清言,客主有不通处,张乃遥于末坐判之,言约旨远,足畅彼我之怀,一坐皆惊。真长延之上坐,清言弥日,因留宿至晓。张退,刘曰:“卿且去,正当取卿共诣抚军[3]。”张还船,同侣问何处宿,张笑而不答。须臾,真长遣传教[4]觅张孝廉船,同侣惋愕。即同载诣抚军,至门,刘前进谓抚军曰:“下官今日为公得一太常博士妙选。”既前，抚军与之话言，咨嗟称善，曰：“张凭勃窣[5]为理窟[6]。”即用为太常博士。

【注释】

①张凭：字长宗，吴郡（今江苏苏州）人。历官太常博士、吏部郎、御史中丞、司空长史等。②时彦：当代的贤俊、名流。③抚军：指简文帝司马昱。④传教：主管宣布教令的郡吏。⑤勃窣：形容才气横溢，词彩缤纷。⑥理窟：义理的渊薮，谓富于才学。

【译文】

张凭被举为孝廉，来到建康，依仗他的才气，认为一定能加入当代的贤俊、名流的行列。他想拜刘尹（刘惔），同乡及同时被举荐的人都嘲笑他。张凭于是去拜访刘尹。刘尹正在清洗、料理一些杂务，让他坐在下边，只和他寒暄了两句，心思都不在他这儿。张凭想主动发表议论却找不到由头。一会儿，长史（王濛）这些知名人士都来清谈。当主人和宾客有说得不畅通的地方时，张凭远远地从最末尾的座位上发言，提出评论。他的话虽不多，但含义很深，能够使主客双方感到满意，在座的人都很吃惊。刘尹邀他在上座就座，清谈了一整天，还留他住宿到第二天天亮。张凭告辞，刘尹说：“你姑且回去，我将邀你同去拜见抚军（司马昱）。”张凭回到船中，同伴问他在哪里过夜，张凭笑着没有回答。不久，刘尹派人来寻找张孝廉的船，同伴怅叹惊愕。张凭与刘尹同乘一辆车去拜访抚军，走到门前，刘尹先进去对抚军说：“在下今天替您找到一位最合适的太常博士。”等抚军见到张凭，和他谈了一些话后，连声称好，说：“张凭才气横溢，是义理的渊薮。”立即任用他做了太常博士。

五十四

汰法师[1]云：“六通[2]、三明[3]同归，正异名耳。”

【注释】

①汰法师:即竺法汰,东晋高僧。②六通:佛教语,谓六种神通力。③三明:佛教语,指天眼明、宿命明、漏尽明。

【译文】

汰法师说:"'六通'和'三明'殊途同归,只是名称不同罢了。"

五十五

支道林、许、谢盛德共集王家,谢顾谓诸人:"今日可谓彦会。时既不可留,此集固亦难常,当共言咏,以写其怀。"许便问主人:"有《庄子》不?"正得《渔父》一篇。谢看题,便各使四坐通。支道林先通,作七百许语,叙致[1]精丽,才藻[2]奇拔[3],众咸称善。于是四坐各言怀毕,谢问曰:"卿等尽不?"皆曰今日之言,少不自竭。谢后粗难[4],因自叙其意,作万余语,才峰秀逸,既自难干,加意气拟托[5],萧然自得,四坐莫不厌心。支谓谢曰:"君一往奔诣,故复自佳耳。"

【注释】

①叙致:叙述事理。②才藻:才华。③奇拔:奇特出众。④粗难:稍加辩驳。⑤拟托:虚拟假托。

【译文】

支道林、许询、谢安这些品德高尚之人集合在王濛家中。谢安环顾大家说:"今天可以称得上是一次盛会,时光既不可留住,这样的聚会也难得经常有,大家应当共同谈论,来抒发自己的情怀。"于是,许询问主人王濛:"有《庄子》吗?"主人正好拿来《庄子》中的《渔父》一篇,谢安看了看题目,就请在座诸人各自发言。支道林首先发言,讲了七百多句,叙述事理言辞精美华丽,才气奇特出众,大家都称好。于是在座的都各抒己见。谢安问："你们都说完了吗？"众人都说今日要说的都说完了。谢安最后稍加辩驳，于是就表达了自己的意见，讲了一万多句，才华俊美，既难以反驳，又加以意气所在、别有寄托，大有超脱世外、潇洒自如之意。在座的人没有不心服的。支道林对谢安说："你一气贯串到底，所以特别好啊！"

五十六

殷中军、孙安国、王、谢能言诸贤，悉在会稽王许，殷与孙共论《易象妙于见形》，孙语道合，意气干云[①]。一坐咸不安孙理，而辞不能屈。会稽王[②]慨然叹曰："使真长来，故应有以制彼。"即迎真长，孙意已不如。真长既至，先令孙自叙本理。孙粗说己语，亦觉殊不及向。刘便作二百许语，辞难简切[③]，孙理遂屈。一坐同时拊掌而笑，称美良久。

【注释】

①干云：高入云霄。②会稽王：即司马昱。③简切：简要切实。

【译文】

殷中军（殷浩）、孙安国、王濛、谢尚这些善于清谈的名士，都聚集在会稽王那里。殷中军与孙安国共论《易象妙于见形》。孙安国以为他的发言是最合理的，意气直冲云霄。在坐各人都不同意他的说法，但又不能使他屈服。会稽王感慨地叹气说："假如刘真长（刘惔）来，一定会制服他。"就让人去请刘真长。孙安国也意识到自己不如刘真长。刘真长已经到了，要孙安国先说一遍刚才所说的理由，孙安国简略地说了一下，也觉得语气已大不如前。刘真长就讲了二百多句，言辞及提问，都简要切实，孙安国再也无法回答。满座同时鼓掌大笑，称赞很久。

五十七

僧意在瓦官寺中，王苟子来，与共语，便使其唱理[①]。意谓王曰："圣人有情不?"王曰："无。"重问曰："圣人如柱邪?"王曰："如筹算[②]。虽无情，运之者有情。"僧意云："谁运圣人邪?"苟子不得答而去。

【注释】

①唱理：讲述玄理。②筹算：古时刻有数字的竹筹。

【译文】

意和尚住在瓦官寺中，王苟子来，跟他清谈，就让他先讲述玄理。意和尚对王苟子说："圣人有情吗?"王苟子答道："没有。"又问："圣人像柱子吗?"王苟子说："像筹算，虽无情，但运动它的人有情。"意和尚说："谁在运动圣人呢?"苟子答不出来就走了。

五十八

司马太傅[①]问谢车骑："惠子其书五车，何以无一言入玄?"谢曰："故当是其妙处不传。"

【注释】

①司马太傅：即司马道子。

【译文】

司马太傅问谢车骑(谢玄)："惠子共有书五车，为什么没一句谈到玄学的?"谢车骑说："应当是奇妙的地方没有传下来。"

五十九

殷中军被废，徙东阳，大读佛经，皆精解，唯至事数[①]处不解。遇见一道人，问所签，便释然。

【注释】

①事数：佛家语，指一切事物的名相。

【译文】

殷中军（殷浩）被罢官，迁居到东阳，大量阅读佛经，都能够深入理解。唯独到“事数”的地方不懂。遇到一个和尚，他把自己标记下来的疑难地方向他请教，便清楚了。

六十

殷仲堪精核玄论，人谓莫不研究。殷乃叹曰：“使我解‘四本’，谈不翅[1]尔。”

【注释】

①翅：同“啻”，但，只。

【译文】

殷仲堪深刻了解有关老庄的学说，别人说他各门没有不研究的。殷仲堪于是叹息说：“假使我懂得《四本论》，清谈时就不只是这样了。”

六十一

殷荆州曾问远公[1]：“《易》以何为体[2]？”答曰：“《易》以感为体。”殷曰：“‘铜山西崩，灵钟东应’便是《易》耶？”远公笑而不答。

【注释】

①远公：慧远，东晋画家、名僧。本姓贾，号东林。②体：本体。

【译文】

殷荆州(殷仲堪)曾经问远公:"《易》用什么作为本体?"远公回答说:"《易》用'感'作为本体。"殷荆州说:"'铜山在西边崩塌,灵钟在东边有响应',这就是《易》吗?"远公笑着没有回答。

六十二

羊孚弟娶王永言[1]女,及王家见婿,孚送弟俱往。时永言父东阳尚在,殷仲堪是东阳女婿,亦在坐。孚雅善理义,乃与仲堪道《齐物》,殷难之。羊云:"君四番后当得见同。"殷笑曰:"乃可得尽,何必相同。"乃至四番后一通。殷咨嗟曰:"仆便无以相异!"叹为新拔[2]者久之。

【注释】

①王永言:王讷之,字永言,琅邪人。曾任尚书左丞、御史中丞。其父王临之,曾任东阳太守。②新拔:清新超拔。

【译文】

羊孚的弟弟娶了王永言的女儿。等到王家面见女婿,羊孚送弟弟一起去。当时王永言的父亲王东阳还健在,殷仲堪是东阳的女婿,也在座。羊孚很擅长谈名理,于是与殷仲堪共论《齐物》篇,殷仲堪向羊孚提出诘难。羊孚说:"你诘难到第四个回合时,必然会同意我的说法。"殷仲堪笑着说:"各人阐明自己的见解而已,何必相同?"果然四次对答后,彼此见解相通。殷仲堪叹息说:"我再提不出不同的观点了。"殷仲堪对羊孚清新超拔的观点赞叹了很久。

六十三

殷仲堪云:"三日不读《道德经》,便觉舌本[1]间强。"

【注释】

①舌本:舌头,舌根。

【译文】

殷仲堪说:“三天不读《道德经》,便觉得舌头僵硬。”

六十四

提婆[1]初至,为东亭第讲《阿毗昙》。始发讲[2],坐裁半,僧弥便云:“都已晓。”即于坐分数四有意道人,更就余屋自讲。提婆讲竟,东亭问法冈道人[3]曰:“弟子都未解,阿弥那得已解?所得云何?”曰:“大略全是,故当小未精核耳。”

【注释】

①提婆:即僧伽提婆,东晋高僧、译经师,来自西域,精于《阿毗昙心论》。②发讲:开始讲解。③法冈道人:东晋僧人。

【译文】

僧伽提婆刚来到江左,在王东亭(王珣)的府邸讲《阿毗昙》。刚开始宣讲,在座的人才到来一半,王僧弥就说:“我都明白了。”于是起座,在听讲者中找出三四位有修养的和尚,更换别到屋子里自己讲起来。提婆讲完后,王东亭问法冈和尚说;“弟子全未了解,阿弥如何会了解?他理解得怎么样?”法冈说:“大概理解了全部,只有一小部分还未精到罢了。”

六十五

桓南郡与殷荆州共谈,每相攻难。年余后但一两番。桓自叹才思转退,殷云:“此乃是君转解。”

【译文】

桓南郡(桓玄)与殷仲堪一起清谈,每每互相诘难。一年多后只能诘难一两个回合,桓南郡自己叹息说才思退步了,殷仲堪说:“这是你对论辩的问题更加理解了。”

六十六

文帝[①]尝令东阿王[②]七步中作诗,不成者行大法[③]。应声便为诗曰:“煮豆持作羹,漉(lù)[④]菽[⑤]以为汁。萁(qí)[⑥]在釜下然,豆在釜中泣。本是同根生,相煎何太急!”帝深有惭色。

【注释】

①文帝:指魏文帝曹丕。②东阿王:曹植,字子建。兄曹丕为帝,封其为鄄(juàn)城王,又封雍丘王。魏明帝时又封他为东阿王,后改封陈王,世称陈思王。③大法:大刑,重刑,此指死刑。④漉:过滤。⑤菽:豆的总称。⑥萁:豆茎。

【译文】

魏文帝曾经令东阿王在七步内作成一诗,如果作不出就要处死刑。东阿王应声就作成了诗,说:“煮豆做豆羹,过滤豆子做成汁。豆茎在锅下燃烧,豆子在锅里哭泣。豆茎和豆子本是从同一条根上生长出来的,为什么要相互煎熬、逼迫得那么狠呢?”魏文帝听后露出惭愧的脸色。

六十七

魏朝封晋文王[①]为公,备礼九锡[②],文王固让不受。公卿将校当诣府敦喻[③],司空郑冲[④]驰遣信就阮籍求文。籍时在袁孝尼[⑤]家,宿醉扶起,书札为之,无所点定,乃写付使。时人以为神笔。

【注释】

①晋文王：即司马昭。②九锡：古代天子赐给诸侯、大臣的九种器物，是一种最高礼遇。魏晋六朝掌政大臣夺取政权、建立新王朝率皆袭王莽谋汉先邀九锡故事，后以九锡为权臣篡位先声。③敦喻：劝勉晓谕。④郑冲：字文和，荥阳开封（今河南开封）人。官拜司空，封寿光公。⑤袁孝尼：袁准，字孝尼，陈郡阳夏（今河南太康）人。官至给事中。

【译文】

魏朝封晋文王为晋公，准备加九锡大礼，文王坚决辞让不接受。公卿将校将要到文王府上劝勉晓谕。司空郑冲派人骑着快马到阮籍那里求取劝进文。阮籍当时正在袁孝尼家，因昨晚喝酒过多，尚在醉卧中，于是叫人扶起，让他临时草拟文章，他没有任何修改，写好交给来使。当时的人认为那是神笔。

六十八

左太冲作《三都赋》初成，[①]时人互有讥呰（zī），思意不惬。后示张公[②]，张曰："此二京[③]可三，然君文未重于世，宜以经高名之士。"思乃询求于皇甫谧（mì）[④]。谧见之嗟叹，遂为作叙。于是先相非贰[⑤]者，莫不敛衽（rèn）[⑥]赞述焉。

【注释】

①左太冲：左思，字太冲，齐国临淄（今山东淄博）人。西晋文学家，所著《三都赋》，有"洛阳纸贵"之誉。"三都"指三国时的蜀都成都、吴都建业、魏都邺城。②张公：即张华。③二京：指东汉班固《两都赋》（《西都赋》《东都赋》）和张衡《二京赋》（《西京赋》《东京赋》）。④皇甫谧：幼名静，字士安，安定朝那（今宁夏固原东南）人。西晋学者、医学家、史学家。⑤非贰：非议，怀疑。⑥敛衽：整理衣襟，指表示敬意。

【译文】

左太冲撰写《三都赋》,刚写成,当时的人对其不断讥讽,左思心里很不痛快。后来送给张公看,张公说:"这可以和班固的《两都赋》、张衡的《二京赋》并列为三了。可是你的文章在世上还不被人重视,应当请享有盛名的人士推荐。"左思就去向皇甫谧求助。皇甫谧读赋后赞赏有加,于是为《三都赋》作了叙。于是过去非议《三都赋》的人无不恭敬地赞叹、传颂它。

六十九

刘伶[①]著《酒德颂》,意气所寄。

【注释】

①刘伶:字伯伦,沛国(今安徽濉溪西北)人。"竹林七贤"之一,好老庄,嗜酒如命,著有《酒德颂》等。

【译文】

刘伶写的《酒德颂》,是他的思想志气的寄托。

七十

乐令善于清言,而不长于手笔[①]。将让河南尹,请潘岳为表。潘云:"可作耳,要当得君意。"乐为述己所以为让,标位[②]二百许语。潘直取错综[③],便成名笔。时人咸云:"若乐不假潘之文,潘不取乐之旨,则无以成斯矣。"

【注释】

①手笔:执笔写作。②标位:列举。③错综:交错综合。

【译文】

乐令(乐广)善于清谈,却不长于写文章。他打算辞让河南尹之职,请求潘岳代他作辞职表。潘岳说:"可以写啊,不过需要知道你的想法。"乐令就给潘岳讲述自己辞让的原因,说了两百多句。潘岳只是将他的话交错综合起来,就写成了一篇有名的文章。当时的人都说:"如果乐广不借重潘岳的文章,潘岳不采纳乐广的思想,就不会成就这桩美谈了。"

七十一

夏侯湛[①]作《周诗》成,示潘安仁[②]。安仁曰:"此非徒温雅,乃别见孝悌之性。"潘因此遂作《家风诗》。

【注释】

①夏侯湛:字孝若,沛国谯县(今安徽亳州)人,西晋文学家。少与潘岳友善,时称"连璧"。②潘安仁:即潘岳。

【译文】

夏侯湛写了《周诗》,拿给潘安仁看。潘安仁说:"这不仅写得温文尔雅,还另外可以看出孝敬长辈、友爱兄长的性情。"潘安仁因此作了《家风》诗。

七十二

孙子荆[①]除妇服[②],作诗以示王武子。王曰:"未知文生于情,情生于文?览之凄然,增伉俪[③]之重。"

【注释】

①孙子荆:孙楚,字子荆,太原中都(今山西平遥)人,西晋文学家。曾任冯翊太守。②除妇服:按照礼俗为妻子服丧期满,脱去丧服。

③伉俪：夫妻。

【译文】

孙子荆为妻子服丧期满后脱去丧服，写了一首诗给王武子看。王武子说：“不知道是诗因情感而作，还是情感催生了诗？读了这首诗让人悲伤，更增进了夫妻间的感情。”

七十三

太叔广[①]甚辩给[②]，而挚仲治[③]长于翰墨，俱为列卿[④]。每至公坐，广谈，仲治不能对；退，著笔[⑤]难广，广又不能答。

【注释】

①太叔广：复姓太叔，名广，字季思，东平（今属山东）人。曾任太常博士。②辩给：能言善辩。③挚仲治：挚虞，字仲治，长安（今陕西西安）人，历任秘书监、太常卿等。④列卿：九卿。二人同为大常，太常为九卿之一。⑤著笔：写文章。

【译文】

太叔广非常能言善辩，而挚仲治擅长写文章，两人同为九卿。每逢到了公共场合，太叔广清谈，挚仲治不能对答；回去后，挚仲治写文章来诘难太叔广，太叔广又不能回答。

七十四

江左殷太常父子[①]并能言理，亦有辩讷之异。扬州[②]口谈至剧，太常辄云：“汝更思吾论。”

【注释】

①殷太常父子：指殷融、殷浩叔侄。殷融，字洪远，陈郡长平（今河

南西华)人。曾任太常卿。②扬州:指殷浩,曾任扬州刺史。

【译文】

江左的殷融、殷浩两叔侄都能清谈,不过也有善辩与口讷的区别。殷浩谈到了激烈的时候,殷太常就对他说:“你应该再想想我的观点。”

七十五

庾子嵩[①]作《意赋》成,从子文康[②]见,问曰:“若有意邪,非赋之所尽;若无意邪,复何所赋?”答曰:“正在有意无意之间。”

【注释】

①庾子嵩:即庾敳。②文康:即庾亮,死后谥文康。

【译文】

庾子嵩写成《意赋》,侄子文康看见了,问道:“如果有那样的心意情感,不是赋所能表达尽的;如果没有那样的心意情感,又为什么写赋呢?”庾子嵩答道:“正是在有那样的心意情感和没那样的心意情感之间啊。”

七十六

郭景纯[①]诗云:“林无静树,川无停流。”阮孚[②]云:“泓峥[③]萧瑟,实不可言。每读此文,辄觉神超形越。”

【注释】

①郭景纯:郭璞,字景纯,河东闻喜(今山西闻喜)人。晋文学家,以游仙诗名重当世。②阮孚:字遥集,陈留尉氏人。阮咸之子。性嗜酒。③泓峥:流水的声音。

【译文】

郭景纯诗中写道:“树林中没有静止的树,河流里没有停滞的水流。”阮孚说:“水声风声,确实不可以用语言表达。每次读到这篇文章,就觉得精神和形体都要超脱世外了。”

七十七

庾阐[1]始作《扬都赋》,道温、庾云:“温挺义之标,庾作民之望。方响则金声,比德则玉亮。”庾公[2]闻赋成,求看,兼赠贶(kuàng)[3]之。阐更改“望”为“俊”,以“亮”为“润”云。

【注释】

①庾阐:字仲初,颍川鄢陵(今属河南)人。任司空参军、太宰、尚书郎,有诗文传世。②庾公:即庾亮。③赠贶:赠送。

【译文】

庾阐开始撰写《扬都赋》,写到温峤与庾亮时说:“温峤树立起伸张大义的标杆,庾亮是老百姓仰望的对象。他们的声音,就像铜钟般响亮,他们的品德,就像玉石般明亮。”庾公(庾亮)听说赋已经写好了,要求看看,同时希望赠送给自己。庾阐又把“望”字改为“俊”字,把“亮”字改为“润”字。

七十八

孙兴公作《庾公诔(lěi)》,袁羊曰:“见此张缓[1]。”于时以为名赏[2]。

【注释】

①张缓:指张弛有度。②名赏:有名的鉴赏之语。

【译文】

孙兴公撰写《庾公诔》,袁羊说:“可以看出行文张弛有度。”当时的人认为这是有名的鉴赏之语。

七十九

庾仲初作《扬都赋》成,以呈庾亮。亮以亲族之怀,大为其名价,云可三二京、四三都。于此人人竞写,都下纸为之贵。谢太傅云:“不得尔。此是屋下架屋[①]耳。事事拟学,而不免俭狭[②]。”

【注释】

①屋下架屋:在房屋之下架设房主,意谓重复模仿,毫无创新。②俭狭:浅陋。

【译文】

庾仲初刚写好《扬都赋》,就拿给庾亮看。庾亮出于亲族的情分,极力为这篇赋抬价,说它可以与班固的《二京赋》、张衡的《两都赋》并列成三,加左思的《三都赋》并列成四。于是人人都争着抄写,京城的纸价因此而昂贵起来。谢太傅说(谢安):“不能这样啊!这不过是屋下架屋罢了,处处都模仿他人,不免浅陋。”

八十

习凿齿[①]史才[②]不常,宣武甚器之,未三十,便用为荆州治中。凿齿谢笺[③]亦云:“不遇明公,荆州老从事耳!”后至都见简文,返命[④],宣武问:“见相王何如?”答云:“一生不曾见此人。”从此忤旨,出为衡阳郡,性理遂错。于病中犹作《汉晋春秋》,品评卓逸。

【注释】

①习凿齿:字彦威,襄阳(今湖北襄阳)人。东晋著名史学家、文学

家。②史才：修史的才能。③谢笺：答谢的信。④返命：复命。

【译文】

习凿齿修史的才能不一般，桓宣武很器重他。不到三十岁，就用他做了荆州治中。习凿齿答谢的信中也说："如果不是遇到明公，我还是一个荆州的老从事而已。"后来习凿齿到京都拜见简文帝，回去复命时，桓宣武问他："你看相王怎么样？"习凿齿回答说："我一生中尚未见过这样的人。"从此他忤逆了桓宣武的意旨，被派往衡阳郡做地方官，最后都神志不清了。在病中，他还撰写了《汉晋春秋》，对历史人物的评价具有卓越的见解。

八十一

孙兴公云："《三都》《二京》，五经[1]鼓吹。"

【注释】

①五经：五部儒家经典，即《诗》《书》《易》《礼》《春秋》。

【译文】

孙兴公说："《三都赋》、《二京赋》，是宣扬五经的。"

八十二

谢太傅问主簿陆退[1]："张凭何以作母诔，而不作父诔？"退答曰："故当是丈夫之德，表于事行；妇人之美，非诔不显。"

【注释】

①陆退：字黎民，吴郡（今江苏苏州）人。谢安的主簿，曾任光禄大夫。

【译文】

谢太傅(谢安)问主簿陆退:"张凭为什么作母诔却不作父诔?"陆退回答说:"想必是因为男人的德行表现在事迹上,妇女的美德,没有诔就无从彰显。"

八十三

王敬仁[①]年十三作《贤人论》,长史送示真长,真长答云:"见敬仁所作论,便足参微言[②]。"

【注释】

①王敬仁:王修,字敬仁,小字苟子。王濛之子。②微言:精深微妙的言辞。

【译文】

王敬仁十三岁时作《贤人论》,他父亲王长史(王濛)把文章送给刘真长看,刘真长说:"看了敬仁所作的《贤人论》,说明他已经能够参悟精深的玄理了。"

八十四

孙兴公云:"潘[①]文烂若披锦,无处不善;陆[②]文若排沙简金,往往见宝。"

【注释】

①潘:即潘岳。②陆:即陆机。

【译文】

孙兴公说:"潘岳的文章,灿烂得好像铺开的锦缎,没有一处不好的;陆机的文章好像筛沙淘金,往往能见到一些宝贵的东西。"

八十五

简文称许掾云:"玄度五言诗,可谓妙绝时人。"

【译文】

简文帝称赞许询说:"许询的五言诗,可以说是好到无人可比。"

八十六

孙兴公作《天台赋》成,以示范荣期[①],云:"卿试掷地,要作金石声。"范曰:"恐子之金石,非宫商[②]中声。"然每至佳句,辄云:"应是我辈语。"

【注释】

①范荣期:范启,字荣期,慎阳(今河南正阳)人。仕至黄门侍郎。
②宫商:五音中的宫音与商音,泛指音乐、乐曲。

【译文】

孙兴公写完了《天台赋》,拿给范荣期看,说:"你不妨试着将它抛在地上,会发出金石般的声音。"范荣期说:"恐怕你所指的金石,不是音乐中的声音。"但每读到赋中好的句子,就说:"应该是我们这些人讲的话。"

八十七

桓公见谢安石作《简文谥(shì)议[①]》,看竟,掷与坐上诸客曰:"此是安石碎金[②]。"

【注释】

①谥议:古代帝王、贵族、大臣、士大夫等死后,下礼官评议其生平

事迹，依据谥法拟定谥号，奏请钦定，谓之“谥议”。②碎金：比喻精美简短的诗文。

【译文】

桓公（桓温）见到谢安石（谢安）所作的《简文帝谥议》，看完后，抛给座上的诸位客人，说：“这是安石的短篇佳作。”

八十八

袁虎[①]少贫，尝为人佣载运租。谢镇西经船行，其夜清风朗月，闻江渚间估客[②]船上有咏诗声，甚有情致，所诵五言，又其所未尝闻，叹美不能已。即遣委曲讯问，乃是袁自咏其所作《咏史诗》。因此相要（yāo），大相赏得[③]。

【注释】

①袁虎：即袁宏。②估客：行商。③赏得：欣赏投合。

【译文】

袁虎年少时家贫，曾经给人当雇工运租谷。谢镇西（谢尚）坐船路过，这天夜晚风清月明，他听到江边小洲的行商船上有吟诗声，很有情致；所吟的五言诗，又是他从来没有听到过的，感叹赞美不已。立即唤人委婉询问，原来是袁虎吟咏自己所作的《咏史诗》。因此邀他过船叙谈，两人彼此非常欣赏投合。

八十九

孙兴公云：“潘文浅而净，陆文深而芜。”

【译文】

孙兴公说：“潘岳的诗浅显又洁净，陆机的诗深沉而杂乱。”

九十

裴郎[①]作《语林》，始出，大为远近所传。时流年少，无不传写，各有一通。载王东亭作《经王公酒垆(lú)下赋》，甚有才情。

【注释】

①裴郎：裴启，字荣期，河东(今属山西)人。撰有《语林》。

【译文】

裴启创作了《语林》，刚问世，就被远近的人传抄。当时的时髦少年，没有一个不传抄的，人手有一册。书中载有王东亭(王珣)所作的《经王公酒垆下赋》，很有才情。

九十一

谢万作《八贤论》，与孙兴公往反，小有利钝[①]。谢后出以示顾君齐[②]，顾曰："我亦作，知卿当无所名[③]。"

【注释】

①利钝：胜败，此处偏指胜利。②顾君齐：顾夷，字君齐，吴郡(今江苏苏州)人。东晋学者、文学家。③无所名：没有什么可以称道的。

【译文】

谢万撰《八贤论》，和孙兴公来回辩论，稍微胜出。谢万后来拿给顾君齐看，顾君齐说："我也作了，我知道你写的没有什么可以称道的。"

九十二

桓宣武命袁彦伯作《北征赋》，既成，公与时贤共看，咸嗟叹之。时王珣在坐,云:"恨少一句。得'写'字足韵[①]当佳。"袁即于坐揽笔益云:"感不绝于余心,溯流风[②]而独写。"公谓王曰:"当今不得不以此事推袁。"

【注释】

①足韵:赋为韵文,中间要换韵,写完一件事转叙另一事时一般要换韵。若一韵中一事未叙述完,须将韵补足。②流风:前代流传下来的风气,多指好的风气。

【译文】

桓宣武(桓温)要袁彦伯(袁宏)写作《北征赋》,写好后,桓公与当时的名贤一起观看,都赞叹不已。当时王珣在座,说:"遗憾少了一句,如果用'写'字补足韵会更好。"袁彦伯立即在座位上拿起笔来补充道:"我心里有不绝的感慨,沿着前人的遗风而独自写下来。"桓公对王珣说:"如今人们不得不因为这件事儿推崇袁彦伯了。"

九十三

孙兴公道:"曹辅佐[①]才如白地明光锦[②],裁为负版绔[③],非无文采,酷无裁制[④]。"

【注释】

①曹辅佐:曹毗(pí),字辅佐,谯国(今安徽亳州)人。右军将军曹识的儿子。著有《扬都赋》等。②明光锦:后赵置织锦署,有大登高、小登高、大明光、小明光等锦。泛指明洁闪光之锦。③负版绔:粗制的衣服。④裁制:规划,安排。

【译文】

孙兴公说:"曹辅佐的才能,好像是白底子的光明锦,裁剪成粗制的衣服，他不是没有文采，只是剪裁安排没有规划。”

九十四

袁彦伯作《名士传》成，见谢公。公笑曰：“我尝与诸人道江北事[①]，特作狡狯[②]耳，彦伯遂以著书。”

【注释】

①江北事：指晋室南渡以前的事。南渡以前，国都在江北。②狡狯：戏言，玩笑。

【译文】

袁彦伯（袁宏）写完了《名士传》，见到谢公（谢安），谢公笑着说：“我曾经跟大家谈到在北方的事，只是当作玩笑罢了，彦伯却用来写书。”

九十五

王东亭到桓公吏，既伏阁下[①]，桓令人窃取其白事。东亭即于阁下更作，无复向一字。

【注释】

①阁下：指在官署之中。

【译文】

王东亭（王珣）到桓公（桓温）手下做官，已经到了官署里，桓公叫人暗中把他的报告取走。王东亭就在官署前重写了一篇，与原来的那篇没有一个字重复。

九十六

桓宣武北征，袁虎时从，被责免官。会须露布文[1]，唤袁倚马前令作。手不辍笔，俄得七纸，殊可观。东亭在侧，极叹其才。袁虎云：“当令齿舌间得利。”

【注释】

①露布文：征讨的檄文。

【译文】

桓宣武（桓温）北伐，袁虎（袁宏）当时跟随，因犯错误被免去官职。桓宣武碰上需要起草征讨檄文的事，便叫袁虎来，让他倚着马写。他手不停笔，一会儿写了七张纸，非常值得一看。王东亭（王珣）在旁，大加赞赏他的才气。袁虎说：“只是得到一点口头上的好处罢了。”

九十七

袁宏始作《东征赋》，都不道陶公。胡奴[1]诱之狭室中，临以白刃，曰：“先公勋业如是，君作《东征赋》，云何相忽略？”宏窘蹙（cù）无计，便答：“我大道公，何以云无？”因诵曰：“精金百炼，在割能断。功则治人，职思靖乱[2]。长沙[3]之勋，为史所赞。”

【注释】

①胡奴：陶范，字道则，小字胡奴。陶侃第十子（一说第九），为其诸子中最有名之人，孝武帝太元初，为光禄勋。②靖乱：平定变乱。③长沙：陶侃曾被封长沙郡公。

【译文】

袁宏开始写《东征赋》，全没有提到陶公（陶侃）。陶胡奴把袁宏计诱到小屋中，拿刀子威吓他，说："先父功勋如此昭著，你作《东征赋》，为什么对他疏忽不写？"袁宏被迫之下，无计可施，便回答说："我在赋中对陶公大写特写，怎么说没有！"接着，便朗诵道："精金经过多次锤炼，能割断任何东西。陶公的功劳在善于治理百姓，他的职责就是想着如何平定叛乱。长沙郡公的功劳，被史书所称赞。"

九十八

或问顾长康："君《筝赋》何如嵇康《琴赋》？"顾曰："不赏者，作后出相遗；深识者，亦以高奇见贵。"

【译文】

有人问顾长康："你的《筝赋》与嵇康的《琴赋》相比怎么样？"顾长康说："欣赏不了的人，把它作为后写的作品丢弃；有深刻见识的人，会把它作为珍奇可贵的东西对待。"

九十九

殷仲文天才宏赡①，而读书不甚广博。亮②叹曰："若使殷仲文读书半袁豹③，才不减班固④。"

【注释】

①宏赡：指才力雄富。②亮：即傅亮，字季友，北地灵州（今宁夏灵武）人。博览经史，善作文章辞赋。博学：擅长文辞。③袁豹：字士蔚，陈郡阳夏（今河南太康）人，袁湛的弟弟。博览典籍。官至御史中丞。④班固：字孟坚，扶风安陵（今陕西咸阳）人，东汉史学家，著有《汉书》。

【译文】

殷仲文天才雄富，但读书并不是很广博。傅亮感叹道："假使殷仲文读书有袁豹一半多，他的才华就不在班固之下。"

一〇〇

羊孚作《雪赞》云:"资[1]清[2]以化,乘[3]气以霏[4]。遇象能鲜,即洁成辉。"桓胤[5]遂以书扇。

【注释】

①资:凭借,依靠。②清:指水或其他液体、气体纯净透明,没有混杂的东西。③乘:驾驭。④霏:雨雪飘洒。⑤桓胤:字茂远,谯国龙亢(今安徽怀远)人,桓冲孙。以恬退见称。桓玄篡权,授吏部尚书。

【译文】

羊孚作《雪赞》说:"依靠雨水而化成雪,驾驭云气飘洒而下,各种物体接触到它就变得鲜亮,洁白的物体碰着它就发出光芒。"桓胤于是把这首诗写在了扇面上。

一〇一

王孝伯在京行散,至其弟王睹[1]户前,问:"古诗中何句为最?"睹思未答。孝伯咏"所遇无故物,焉得不速老":"此句为佳。"

【注释】

①王睹:王爽,字季明,小字睹。曾任宁朔将军。

【译文】

王孝伯(王恭)在京城,一次行散的时候走到他弟弟王睹的门前,问:"古诗中哪一句最好?"王睹正想着,还未回答,王孝伯便吟道:"'所遇无故物,焉得不速老?'此句最好。"

一〇二

桓玄尝登江陵城南楼云："我今欲为王孝伯作诔。"因吟啸良久，随而下笔，一坐之间[1]，诔以之成。

【注释】

①一坐之间：刚一坐下的短暂时间，形容时间很短。

【译文】

桓玄曾经登上江陵城南楼，说："我现在要给王孝伯（王恭）作诔。"于是吟咏了很久，接着就动笔写。坐下不一会儿，便把诔写成了。

一〇三

桓玄初并西夏[1]，领荆、江二州、二府、一国。于时始雪，五处俱贺，五版[2]并入。玄在听事上，版至，即答版后，皆粲然[3]成章，不相揉杂。

【注释】

①西夏：指河西及荆襄一带。②版：简牍。③粲然：鲜明的样子。

【译文】

桓玄统治西部地区，管辖荆、江两州，兼都督、后将军两府，还有一封国。在开始下雪时，以上五处都来庆贺，五份贺简同时传入。桓玄在大厅上，贺信来了，随到随答，写在贺简后的答辞，斐然成章，而且互不混杂。

一〇四

桓玄下都，羊孚时为兖州别驾，从京来诣门，笺云："自顷世故[1]睽(kuí)离[2]，心事沦蕴(yùn)[3]。明公启晨光于积晦，澄百流以一源。"桓见笺,驰唤前,云:“子道,子道,来何迟!”即用为记室参军。孟昶(chǎng)[4]为刘牢之[5]主簿,诣门谢,见云:“羊侯,羊侯,百口赖卿。”

【注释】

①世故:变乱。②睽离:分离。③沦蕴:沉积,郁结。④孟昶:字彦达,平昌(今山东安丘)人。少为王恭所知。曾任丹阳尹、吏部尚书、尚书右仆射。⑤刘牢之:字道坚,彭城(今江苏徐州)人。东晋名将。

【译文】

桓玄攻下都城后,羊孚当时任兖州别驾,从都城来府门求见,他的门笺上写道:“自从不久前因变乱与你分离,我心事郁结。是您从层层阴晦中打开曙光,用清澈的水源澄清了上百条河流。”桓玄看到门笺,急忙唤他到前面来,说:“子道,子道,你来得为什么这样迟!”立即用羊孚做记室参军。孟昶这时做刘牢之的主簿,到桓玄府门请罪,见了羊孚说:“羊侯,羊侯,我全家上百口人的性命全靠你了!”

方正第五

一

陈太丘与友期行[①]，期日中。过中不至，太丘舍去，去后乃至。元方时年七岁，门外戏。客问元方："尊君在不？"答曰："待君久不至，已去。"友人便怒，曰："非人哉！与人期行，相委[②]而去。"元方曰："君与家君期日中。日中不至，则是无信；对子骂父，则是无礼。"友人惭，下车引[③]之，元方入门不顾。

【注释】

①期行：约定时间同行。②委：丢下，舍弃。③引：拉。

【译文】

陈太丘（陈寔）和朋友相约出行，约定在中午。过了中午朋友还没到，陈太丘不再等候就离开了，离开后朋友才到。元方当时七岁，正在门外玩耍。朋友问元方："你的父亲在吗？"元方回答道："等了您很久您却没有到，现在已经离开了。"朋友便生气地说道："不是人啊！和别人相约出行，却丢下别人自己离去。"元方说："您与我父亲约在中午。您没到，这是不讲信用；对着孩子骂他的父亲，这是没礼貌。"朋友惭愧，下车去拉元方，元方头也不回地走进了门内。

二

南阳宗世林[①],魏武[②]同时,而甚薄[③]其为人,不与之交。及魏武作司空,总朝政,从容问宗曰:“可以交未?”答曰:“松柏之志犹存。”世林既以忤旨见疏,位不配德。文帝兄弟[④]每造其门,皆独拜床下。其见礼如此。

【注释】

①宗世林:名承,字世林,南阳安众(今河南镇平)人。②魏武:即曹操。③薄:轻视,瞧不起。④文帝兄弟:指曹丕、曹植等。

【译文】

南阳的宗世林,与魏武帝生活在同一时代,但瞧不起曹操的为人,不愿和他交往。等到魏武帝做了司空,总揽了朝政大权,便从容地问宗世林:“可以交往了吧?”他答道:“松柏之志还存在。”宗世林便因为忤逆了曹操被疏远,所以他的官位与他的德行不相匹配。曹丕兄弟每次登门拜访他,都跪拜在他坐榻下,行晚辈礼。他受到的礼遇就是这样。

三

魏文帝受禅[①],陈群[②]有戚容。帝问曰:“朕应天受命,卿何以不乐?”群曰:“臣与华歆服膺[③]先朝,今虽欣圣化,犹义形于色。”

【注释】

①受禅:王朝更迭,新皇帝承受旧帝让给的帝位。②陈群:字长文。陈太丘的孙子。魏文帝时官至镇军大将军,领中护军、录尚书事,与曹真、司马懿等受遗诏辅政。③服膺:铭记在心,衷心信奉。

【译文】

魏文帝曹丕受禅让登上帝位,陈群脸上显出忧伤的样子。魏文帝问他:“我顺应天道,接受天命,您为什么不高兴?”陈群说:“我和华歆把前朝铭记心里,现在虽然对圣朝的建立感到高兴,但对前朝的感情还是流露在脸上。

四

郭淮[①]作关中都督,甚得民情,亦屡有战庸[②]。淮妻,太尉王凌[③]之妹,坐凌事当并诛。使者征摄[④]甚急,淮使戒装,克日当发。州府文武及百姓劝淮举兵,淮不许。至期,遣妻,百姓号泣追呼者数万人。行数十里,淮乃命左右追夫人还,于是文武奔驰,如徇身首之急。既至,淮与宣帝[⑤]书曰:“五子哀恋,思念其母。其母既亡,则无五子;五子若殒,亦复无淮。”宣帝乃表,特原淮妻。

【注释】

①郭淮:字伯济,太原阳曲(今山西太原)人。建安时举孝廉,后历任雍州刺史、车骑将军、都督雍、凉诸军事等。统军有才,善出奇谋,数破蜀军进攻。②战庸:战功。③王凌:字彦云,太原祁(今山西祁县)人。三国时期曹魏将领,东汉司徒王允之侄。④征摄:收捕,缉捕。⑤宣帝:司马懿,字仲达,河内温县(今河南温县)人。其孙司马炎代魏称帝,追尊其为宣帝。

【译文】

郭淮做关中都督,很得民心,也多次建立过战功。郭淮的妻子,是太尉王凌的妹妹,因为王凌犯事受株连,应当一起处死。派来的人抓捕得很急迫,郭淮让妻子准备好行装,约定好日期就要上路。州府的文武官员和百姓都劝说郭淮起兵反抗,郭淮不同意。到期打发妻子上路,百姓号啕痛哭、跟着呼唤不舍的有几万人。走了几十里路后,郭淮命令身边的人去把夫人追回来，于是文武官员飞跑传命，好像救即将被斩首的人那么急。夫人追回来以后，郭淮便上书给宣帝说："五个孩子哀伤眷恋，思念他们的母亲。如果他们的母亲死了，我就会失去五个孩子；如果五个孩子死了，也就不再有我郭淮了。"宣帝于是上表魏帝，赦免了郭淮的妻子。

五

诸葛亮[①]之次[②]渭滨，关中震动。魏明帝[③]深惧晋宣王战，乃遣辛毗(pí)[④]为军司马。宣王[⑤]既与亮对渭而陈，亮设诱谲[⑥]万方。宣王果大忿，将欲应之以重兵。亮遣间谍觇(chān)[⑦]之，还曰："有一老夫，毅然仗黄钺(yuè)[⑧]，当军门立，军不得出。"亮曰："此必辛佐治也。"

【注释】

①诸葛亮：字孔明，号卧龙，琅邪阳都(今山东沂南)人。三国时期蜀国丞相，著名军事家、政治家。死后被追封为忠武侯，后世多以武侯称之。②次：指军队驻扎。③魏明帝：曹叡，字元仲，魏文帝曹丕长子。④辛毗：字佐治，颍川阳翟(今河南禹县)人。⑤宣王：即司马懿。其子司马昭受封晋王后，追谥其为宣王。⑥诱谲：诱惑、谲诈之计。⑦觇：偷偷地察看。⑧黄钺：饰以黄金的长柄斧子。天子仪仗，亦用以征伐。

【译文】

诸葛亮驻扎在渭水边上，关中地区人心震动。魏明帝深怕晋宣王出战，就派辛毗做了军司马。宣王和诸葛亮在渭水对阵，诸葛亮想方设法诱骗宣王，宣王果然大怒，将要用重兵跟诸葛亮交战。诸葛亮派间谍偷偷地察看魏军动静，间谍回报说："有一老夫，手持黄钺坚定地站在军营门口，军队没法出来。"诸葛亮说："这个人一定是辛佐治。"

六

夏侯玄[1]既被桎(zhì)梏(gù),时钟毓为廷尉[2],钟会先不与玄相知,因便狎之。玄曰:“虽复刑余之人,未敢闻命!”考掠初无一言,临刑东市,颜色不异。

【注释】

①夏侯玄:字太初(也作泰初),沛国谯(今安徽亳州)人。三国时魏人,与中书令李丰、光禄大夫张缉等谋诛司马师,事泄被杀。②廷尉:掌管刑狱的官。

【译文】

夏侯玄被逮捕后,当时钟毓任廷尉。钟会之前和夏侯玄关系不好,这时便趁机戏辱他。夏侯玄说:“我虽然是受过刑罚的人,也不敢受你的命令。”拷打开始时他一言不发,到东市行刑时,脸色也跟平日没什么不同。

七

夏侯泰初[1]与广陵陈本[2]善。本与玄在本母前宴饮,本弟骞[3]行还,径入,至堂户。泰初因起曰:“可得同,不可得而杂。”

【注释】

①夏侯泰初:即夏侯玄。②陈本:字休元,临淮东阳(今安徽天长)人,三国魏人。历任郡府、镇北将军,都督河北诸军事。③骞:陈骞,字休渊。陈本之弟。魏末,积极参与司马氏代魏的活动。司马炎称帝,升车骑将军,封郡公。

【译文】

夏侯泰初和广陵郡人陈本交好。陈本和夏侯玄在陈本母亲面前宴饮,陈本的弟弟陈骞从外面回来,径直走入,一直到了堂屋门口。泰初于是站起来说:"我可以和同道人以礼相见,不可以违背礼仪与志向不同的人杂处。"

八

高贵乡公[①]薨(hōng)[②],内外喧哗。司马文王[③]问侍中陈泰[④]曰:"何以静之?"泰云:"唯杀贾充以谢天下。"文王曰:"可复下此不?"对曰:"但见其上,未见其下。"

【注释】

①高贵乡公:曹髦(máo),字彦士,三国魏皇帝。曹丕的孙子。初封高贵乡公,嘉平六年(254),司马师废齐王曹芳,立髦为帝。甘露五年(260)曹髦不堪忍受司马昭专权,率殿中宿卫讨昭,为昭的亲信贾充所杀。②薨:古代称王侯或有爵位的大官之死。③司马文王:即司马昭。死后谥文王。④陈泰:字玄伯,颍川许昌(今属河南)人。陈群的儿子。

【译文】

高贵乡公死了,朝廷内外一片哗然。司马文王问侍中陈泰:"用什么方法能让局势平静下来?"陈泰说:"只有杀掉贾充来向天下人谢罪。"司马文王说:"可以再考虑一个比这轻的处理办法吗?"陈泰回答说:"我只知道有比这更重的,不知有比这更轻的。"

九

和峤为武帝[①]所亲重,语峤曰:"东宫[②]顷似更成进,卿试往看。"还,问:"何如?"答云:"皇太子圣质[③]如初。"

【注释】

①武帝：即司马炎。②东宫：太子所居之宫，这里指太子。③圣质：神圣的秉性。多用于圣人和帝王。

【译文】

和峤被晋武帝亲近、器重，晋武帝对和峤说："太子近来似乎更加成熟长进了，您试着去看看。"和峤去了回来，武帝问他："怎么样"。和峤回答说："皇太子秉性还和以前一样。"

十

诸葛靓[①]后入晋，除大司马，召不起。以与晋室有仇，常背洛水而坐。与武帝有旧，帝欲见之而无由，乃请诸葛妃[②]呼靓。既来，帝就太妃间相见。礼毕，酒酣，帝曰："卿故复忆竹马之好[③]不？"靓曰："臣不能吞炭漆身[④]，今日复睹圣颜。"因涕泗百行。帝于是惭悔而出。

【注释】

①诸葛靓：字仲思，琅邪阳都（今山东临沂）人。诸葛诞之子。吴亡入晋，晋武帝与靓有旧谊，授侍中。因诸葛诞被晋武帝的父亲司马昭所杀，所以诸葛靓不肯在晋室做官。②诸葛妃：司马懿儿子琅邪王的王妃、晋武帝的婶母是诸葛靓的姐姐。③竹马之好：谓儿童时期的交谊。④吞炭漆身：战国时，豫让受知于智伯。后来韩、赵、魏三家合力攻杀智伯。豫让为报知遇之恩，矢志复仇。于是漆身为厉，吞炭为哑，改变形貌声音，伺机刺杀赵襄子，事败而死。后作为忍辱含垢，矢志复仇的典实。

【译文】

诸葛靓后来到晋朝首都，被任命为大司马，朝廷征召他，他也不去赴任。因为和晋室有仇,他常常背对洛河的方向坐着。他和晋武帝有旧交情,武帝想见他却找不到理由,就请诸葛妃招呼诸葛靓来。诸葛靓来后,晋武帝到太妃那里和他见面。行过礼,酒喝到酣畅时,武帝问:“你还记得我们儿时的友谊吗?”诸葛靓说:“臣做不到吞炭漆身,所以今天又看到了圣上。”说完他泪流满面。武帝于是既惭愧又懊悔地退了出去。

十一

武帝语和峤曰:“我欲先痛骂王武子,然后爵之。”峤曰:“武子俊爽,恐不可屈。”帝遂召武子,苦责之,因曰:“知愧不?”武子曰:“尺布斗粟[①]之谣,常为陛下耻之!它人能令疏亲,臣不能使亲疏,以此愧陛下。”

【注释】

①尺布斗粟:汉文帝弟淮南厉王刘长谋反,事败被废,被判流放蜀郡严道县,途中绝食而死。民间为此作歌谓:“一尺布,尚可缝;一斗粟,尚可舂。兄弟二人不能相容。”后多以“尺布斗粟”讥兄弟不和。

【译文】

晋武帝对和峤说:“我想先痛骂王武子一顿,然后再封他爵位。”和峤说:“王武子英气豪爽,恐怕不能令他屈服。”晋武帝于是召见了王武子,狠狠地责难了他一顿,说:“你知道羞愧了吗?”王武子说:“‘尺布之粟’的谣言,我经常为陛下感到耻辱!别人能让疏远的人亲近,但我不能使亲近的人疏远,因此我愧对陛下。”

十二

杜预[①]之荆州,顿七里桥,朝士悉祖[②]。预少贱,好豪侠,不为物所许。杨济[③]既名氏雄俊,不堪,不坐而去。须臾,和长舆[④]来,问:“杨右卫何在?”客曰:“向来,不坐而去。”长舆曰:“必大夏门下盘马。”往大夏门,果大阅骑,长舆抱内车,共载归,坐如初。

【注释】

①杜预:字元凯,京兆杜陵(今陕西西安)人。初仕魏为尚书郎。娶司马昭妹为妻。入晋,授河南尹。羊祜死,代祜为镇南大将军。②祖:此指送行。③杨济:字文通,弘农华阴(今属陕西)人。杨骏之弟。历右卫将军、镇南将军、征北将军、太傅。后文杨右卫即杨济。④和长舆:即和峤。

【译文】

杜预到荆州赴任,停驻在七里桥,朝中官吏都来送行。杜预年少时家境贫寒,喜好行侠仗义,不被人们赞许。杨济是出身名门的才俊,忍受不了这种场面,没有落座就离开了。不一会儿,和长舆来了,问道:“杨右卫在哪里?”客人说:“刚才来了,没有落座就走了。”和长舆说:“一定是在大夏门骑马盘旋。”和峤前往大夏门,杨济果然在那里检阅骑兵,和长舆抱着他把他推到车里,一起坐车回到送行地点,就像是刚来那样坐下来参加宴席。

十三

杜预拜镇南将军,朝士悉至,皆在连榻[①]坐。时亦有裴叔则[②]。羊稚舒[③]后至,曰:“杜元凯乃复连榻坐客!”不坐便去。杜请裴追之,羊去数里住马,既而俱还杜许。

【注释】

①连榻:榻分独榻和连榻。一般坐独榻表示尊贵,坐连榻表示不重视。②裴叔则:即裴楷。③羊稚舒:羊琇,字稚舒,泰山南城(今山东新泰)人,累迁左卫将军、中护军、散骑常侍等。

【译文】

杜预被任命为镇南将军,朝中官员都来祝贺,都坐在连榻上。当时在座的也有裴叔则。羊稚舒后来才到,说:"杜元凯竟然用连榻待客!"不落座就走了。杜预请裴叔则去追他回来,羊稚舒骑马走了几里地就停下了,然后就和裴叔则一起回到杜预的住所。

十四

晋武帝时,荀勖(xù)[①]为中书监[②],和峤为令。故事[③],监、令由来共车。峤性雅正,常疾勖谄谀。后公车来,峤便登,正向前坐,不复容勖。勖方更觅车,然后得去。监、令各给车自此始。

【注释】

①荀勖:字公曾,颍川颍阴(今河南许昌)人。初任魏,历任安阳令、骠骑从事中郎等职。后入晋,官拜中书监,累迁光禄大夫、尚书令等职。②中书监:晋代设中书监和中书令,中书监与中书令职务相等而位次略高,同掌机要,为事实上的宰相,有"凤凰池"之称。③故事:先例。

【译文】

晋武帝时,荀勖任中书监,和峤任中书令。按先例,中书监和中书令历来共乘一辆车上朝。和峤本性正直,常常痛恨荀勖谄媚的行为。后来每逢官车来,和峤就先上车,在正中间面向前坐着,车上再不能容下荀勖了。荀勖另外找一辆车,然后才可去上朝。中书监和中书令各派车的惯例,就是从这时开始的。

十五

山公[①]大儿著短帢(qià)[②],车中倚。武帝欲见之。山公不敢辞,问儿，儿不肯行。时论乃云胜山公。

【注释】

①山公：即山涛。②短帢：相传为曹操所创制的一种轻便小帽。

【译文】

山公的大儿子戴着一顶轻便小帽，在车上靠着。晋武帝想召见他，山公不敢推辞，问儿子的意见，他儿子不肯去。当时的舆论就说这个儿子胜过山涛。

十六

向雄[①]为河内主簿，有公事不及雄，而太守刘淮[②]横怒，遂与杖遣之。雄后为黄门郎[③]，刘为侍中，初不交言。武帝闻之，敕雄复君臣之好[④]。雄不得已，诣刘，再拜曰："向受诏而来，而君臣之义绝，何如？"于是即去。武帝闻尚不和，乃怒问雄曰："我令卿复君臣之好，何以犹绝？"雄曰："古之君子，进人以礼，退人以礼；今之君子，进人若将加诸膝，退人若将坠诸渊。[⑤]臣于刘河内，不为戎首[⑥]，亦已幸甚，安复为君臣之好？"武帝从之。

【注释】

①向雄：字茂伯，河内山阳（今河南修武西北）人。曾任侍中、征虏将军。②刘淮：字君平，沛国杼秋（今属安徽）人。曾任河内太守、侍中。③黄门郎：即黄门侍郎，与侍中同为宫内近侍官。④君臣之好：此指上下级之间的和睦关系。⑤进人若将加诸膝，退人若将坠诸渊：指不讲原则，感情用事，对别人的爱憎态度全凭自己的好恶来决定。加诸膝，放在膝盖上；坠诸渊，推进深渊。⑥戎首：首先挑起事端的人。

【译文】

向雄任河内郡的主簿,有件公事和他没关系,可是太守刘淮为这事大为震怒,便对他动了杖刑并遣退了他。向雄后来任黄门郎,刘淮任侍中,他们刚开始不说一句话。晋武帝听说这件事,命令向雄恢复两人旧有的上下级和睦关系。向雄不得已,去刘淮那里,拜了两拜说:"我刚才奉皇上的命令而来,可是我们之间上下级的恩义已经断绝了,怎么办?"说完,马上就走了。晋武帝听说两人还是不和,就生气地问向雄:"我命令你恢复旧时的和睦关系,为什么还要绝交?"向雄说:"古时候的君子,按礼法举荐官员,按礼法辞退官员;现在的君子,举荐人时就好像要抱到膝上那么亲,辞退人时就像要推下深渊那样狠。臣对刘河内,不做挑起事端的人,就已经很幸运了,怎么还能恢复旧有的上下级关系?"晋武帝听从了他的意见。

十七

齐王冏(jiǒng)[①]为大司马,辅政,嵇绍为侍中,诣冏咨事。冏设宰会[②],召葛旟(yú)[③]、董艾[④]等共论时宜。旟等白冏:"嵇侍中善于丝竹,公可令操之。"遂送乐器,绍推却不受。冏曰:"今日共为欢,卿何却邪?"绍曰:"公协辅皇室,令作事可法。绍虽官卑,职备常伯[⑤],操丝比竹,盖乐官之事,不可以先王法服,为伶人之业。今逼高命,不敢苟辞,当释冠冕,袭私服。此绍之心也。"旟等不自得而退。

【注释】

①齐王冏:即司马冏,字景治,司马攸之子。赵王伦废惠帝自立为帝,冏自许昌起兵,联合成都王颖、河间王颙(yóng)攻入洛阳,杀伦,迎惠帝复位,以大司马辅政。后与司马颖、司马颙、司马乂等发生矛盾,诸王爆发混战。永宁二年(302),冏被长沙王乂俘杀。②宰会:召集僚属宴饮会聚。③葛旟:字虚旟,齐王从事中郎。④董艾:字叔智。曾任齐王右将军。⑤常伯:周时君主左右管理民事的大臣,后因以称皇帝

的近臣,如侍中、散骑常侍等。

【译文】

齐王司马冏任大司马,辅理朝政,嵇绍担任侍中,到司马冏那里请示事情。司马冏召集僚属宴饮会聚,召来葛旟、董艾等人一起讨论时政。葛旟等人对司马冏说:"嵇侍中擅长音乐,您可以叫他演奏一下。"于是便送上乐器,嵇绍推辞不接受。司马冏说:"今天大家一起作乐,你为什么要拒绝呢?"嵇绍说:"公辅助皇室,下令做的事应该能令大家效法。我嵇绍虽然官职卑微,但职务在常伯之列,吹弹演奏,是乐官的事情,不能穿着先王制定的官服来做乐工的事。现在我迫于尊贵的命令,不敢随便推辞,可是应该脱下官服,穿上便服。这是我嵇绍的想法。"葛旟等人自觉没趣,就退了出去。

十八

卢志[①]于众坐问陆士衡[②]:"陆逊、陆抗[③]是君何物?"答曰:"如卿于卢毓、卢珽。"士龙[④]失色。既出户,谓兄曰:"何至如此!彼容不相知也。"士衡正色曰:"我父、祖名播海内,宁有不知?鬼子[⑤]敢尔!"议者疑二陆优劣,谢公以此定之。

【注释】

①卢志:字子道,一作子通。范阳涿(今河北涿州)人。卢毓之孙,卢珽之子。卢志与陆机之弟陆云有矛盾,向司马颖进谗言,陆机兄弟被司马颖所杀。②陆士衡:即陆机。③陆逊、陆抗:陆逊为陆机的祖父,陆抗为陆机的父亲。④士龙:陆云。⑤鬼子:骂人的话,犹言鬼东西。

【译文】

卢志在大庭广众中问陆士衡:"陆逊、陆抗是您的什么人?"陆士衡回答说:“正像您和卢毓、卢珽的关系一样。”陆士龙变了脸色,走出门后,对哥哥说:“怎么到了这种地步?他或许是不了解啊。”陆士衡严肃地说:“我父亲、祖父名声传播到全国,岂有不知道的?鬼东西竟敢这样无礼!”谈论的人对陆氏兄弟的优劣难以评判,谢公就拿这件事来判定两人的优劣。

十九

羊忱(chén)[①]性甚贞烈。赵王伦为相国,忱为太傅长史,乃版[②]以参相国军事。使者卒至,忱深惧豫祸[③],不暇被马,于是帖骑[④]而避。使者追之,忱善射,矢左右发,使者不敢进,遂得免。

【注释】

①羊忱:一名羊陶,字长如,泰山南城(今属山东)人。历任太傅长史、徐州刺史,迁侍中。②版:授职,任命。③豫祸:指碰到灾祸。④帖骑:贴身于马上,谓跨骑不施鞍韂之马。

【译文】

羊忱性格非常坚贞刚烈。赵王司马伦任相国,羊忱任太傅长史,司马伦就任命他做参相国军事。传达任命的使者突然来到,羊忱非常害怕碰到灾祸,没有时间备马,于是骑着没有鞍子的马避开。使者去追他,羊忱擅长射箭,左右开弓向使者射箭,使者不敢追赶,羊忱最终得以脱身。

二十

王太尉[①]不与庾子嵩[②]交,庾卿[③]之不置。王曰:“君不得为尔。”庾曰:“卿自君我,我自卿卿。我自用我法,卿自用卿法。”

【注释】

①王太尉:即王衍。②庾子嵩:即庾敳。③卿:第二人称,你。

【译文】

王太尉不和庾子嵩交往,庾子嵩却不停地以卿称呼王太尉。王太尉说:“你不能这样称呼我。”庾子嵩说:“卿只管称我为君,我仍要称卿为卿;我自用我的叫法,卿自用卿的叫法。”

二十一

阮宣子[1]伐社[2]树,有人止之。宣子曰:“社而为树,伐树则社亡;树而为社,伐树则社移矣。”

【注释】

①阮宣子:阮修,字宣子,阮籍族子。初仕为鸿胪丞,历太傅参军、太子洗马。②社:指土地神和祭祀土地神的地方。

【译文】

阮宣子想砍伐土地庙的树,有人阻止他。阮宣子说:“如果建土地庙是为了种树,那么砍了树,土地庙就不存在了;如果种树是为了土地神,那么砍了树土,土地神就迁走了。”

二十二

阮宣子论鬼神有无者。或以人死有鬼,宣子独以为无,曰:“今见鬼者云,著生时衣服,若人死有鬼,衣服复有鬼邪?”

【译文】

阮宣子谈论有没有鬼神的问题。有人认为人死后有鬼,只有阮宣子认为没有,说:“现有说见过鬼的人,说鬼穿着活着时候的衣服,如果人死了有鬼,那么衣服也有鬼吗?”

二十三

元皇帝[①]既登阼,以郑后之宠,欲舍明帝而立简文。时议者咸谓舍长立少,既于理非伦,且明帝以聪亮英断,益宜为储副[②]。周、王[③]诸公并苦争恳切。唯刁玄亮[④]独欲奉少主[⑤],以阿帝旨。元帝便欲施行,虑诸公不奉诏,于是先唤周侯、丞相入,然后欲出诏付刁。周、王既入,始至阶头,帝逆遣传诏遏,使就东厢。周侯未悟,即却略[⑥]下阶。丞相披拨[⑦]传诏,径至御床前,曰:“不审陛下何以见臣?”帝默然无言,乃探怀中黄纸诏裂掷之。由此皇储始定。周侯方慨然愧叹曰:“我常自言胜茂弘[⑧],今始知不如也!”

【注释】

①元皇帝:指晋元帝司马睿,因是东晋首位皇帝故称。②储副:国之副君,指太子。③周、王:指周𫖮、王导。周侯、丞相即指他们二人。④刁玄亮:刁协,字玄亮,渤海饶安(今属河北)人。御史中丞刁攸之子。累至尚书令,加光禄大夫。⑤少主:指简文帝。⑥却略:退身,表谦恭。⑦披拨:推开。⑧茂弘:即王导。

【译文】

晋元帝登上皇位后,因为宠幸郑后,就想废掉明帝司马绍而改立简文帝司马昱为太子。当时朝廷的舆论都认为:抛开长子而立幼子,在道理上不合伦常,而且明帝英明果断,更适合做太子。周𫖮、王导等众位大臣都竭力相争,情辞恳切,只有刁玄亮想尊奉少主来迎合元帝的心意。元帝想付诸实施,又担心众位大臣不接受命令,于是先召唤周侯爷、王丞相入朝,然后就想把诏令交给刁玄亮去发布。周、王入朝后,才走到台阶上面,元帝已经事先派传诏官迎着他们,拦住不让入内,请他们到东厢房去。周侯没有明白过来,就退下台阶。王丞相推开传诏官，径直走到元帝御座前，说："不明白陛下为什么召见臣？"元帝沉默不语，就从怀里摸出黄纸诏书来撕碎扔掉了。从此太子才算确定了。周侯这才感慨又惭愧地叹道："我常常自以为胜过茂弘，现在才知道比不上他啊！"

二十四

王丞相初在江左，欲结援[①]吴人，请婚陆太尉。对曰："培塿(lóu)[②]无松柏，薰莸(yóu)[③]不同器。玩虽不才，义不为乱伦[④]之始。"

【注释】

①结援：结交攀援。②培塿：小土丘。③薰莸：香草和臭草，喻善恶、贤愚、好坏等。莸：臭草。④乱伦：破坏人伦道德、社会常规，这里有双方门第不相匹配之意，陆玩是南方高门士族，瞧不起北方来的王导。

【译文】

王丞相(王导)刚到江南时，想结交攀援吴地人士，就向陆太尉(陆玩)提出结成儿女亲家。陆太尉回复说："小土丘上长不出松柏，香草和臭草不能同放在一个容器中。我陆玩虽然没有才能，可是遵守道义，不会破坏人伦的先例。"

二十五

诸葛恢[①]大女适太尉庾亮儿，次女适徐州刺史羊忱儿。亮子被苏峻[②]害，改适江虨(bīn)[③]。恢儿娶邓攸女。于时谢尚书[④]求其小女婚，恢乃云："羊、邓是世婚，江家我顾伊，庾家伊顾我，不能复与谢裒(póu)儿婚。"及恢亡，遂婚。于是王右军往谢家看新妇，犹有恢之遗法[⑤]：威仪端详，容服光整。王叹曰："我在遣女，裁得尔耳！"

【注释】

①诸葛恢:字道明,琅邪阳都人。东吴右将军诸葛靓之子。②苏峻:字子高。"永嘉之乱",助讨周坚有功,授鹰扬将军、兰陵相。平讨王敦、沈充有功,晋升冠军将军、历阳内史、加散骑常侍,封公。咸和三年(328),联合祖约以讨庾亮为名,起兵攻占建康。温峤、陶侃等联兵进讨,兵败被杀。③江虨:字思玄,陈留圉(今属河南)人。曾任护军将军、国子祭酒。④谢尚书:谢裒,字幼儒,陈郡阳夏(今河南太康)人。谢安之父。曾任东晋元帝吏部尚书。⑤遗法:遗留的风范。

【译文】

诸葛恢的大女儿嫁给太尉庾亮的儿子,二女儿嫁给徐州刺史羊忱的儿子。庾亮的儿子被苏峻杀害了,大女儿又改嫁江虨。诸葛恢的儿子娶了邓攸的女儿为妻。这时尚书谢裒向诸葛恢为儿子求娶他的小女儿,诸葛恢就说:"羊、邓两家是世代姻亲,江家是我看顾他,庾家是他看顾我,我不能再和谢裒的儿子结亲。"等到诸葛恢死了,两家才结亲。在结婚时,王右军(王羲之)到谢家去看新娘,看到新娘还保存着诸葛恢遗留的风范:容貌举止,端庄安详;风采服饰,华美整齐。王右军叹道:"我活着时嫁女儿,才能做到这样啊!"

二十六

周叔治[①]作晋陵太守,周侯、仲智往别。叔治以将别,涕泗不止。仲智恚(huì)[②]之曰:"斯人乃妇女,与人别,唯啼泣!"便舍去。周侯独留,与饮酒言话,临别流涕,抚其背曰:"奴好自爱。"

【注释】

①周叔治:周谟,字叔治,小字阿奴。周侯(名颉,字伯仁)和周嵩(字仲智)的弟弟。曾任少府、中护军,封西平侯。②恚:怨恨,愤怒。

【译文】

周叔治要出任晋陵太守，周侯和仲智去为他送别。叔治因为就要和哥哥们离别了，哭个不停。仲智对他的行为很生气，说："你这个人就是个妇女，和人家告别，只会哭泣。"便丢下他离开了。周侯独自留下来，和他喝酒说话，临别时流着泪，拍着他的背说："阿奴要好好地爱惜自己！"

二十七

周伯仁为吏部尚书，在省内，夜疾危急。时刁玄亮为尚书令，营救备亲好之至，良久小损。明旦，报仲智，仲智狼狈来。始入户，刁下床对之大泣，说伯仁昨危急之状。仲智手批[①]之，刁为辟易[②]于户侧。既前，都不问病，直云："君在中朝，与和长舆齐名，那与佞人刁协有情！"径便出。

【注释】

①批：用手掌打。②辟易：退避，避开。

【译文】

周伯仁(周顗)任吏部尚书，在官署里，夜间得了病，很危急。当时刁玄亮任尚书令，设法抢救，表现得亲密友好极了，过了很久，周伯仁病情才有所好转。次日早晨，刁玄亮通知了仲智(周嵩)，仲智急忙赶来。刚进门，刁玄亮就离座对着他大哭，说伯仁夜里病危的情况。仲智打了他一巴掌，刁玄亮被迫退避到门边。仲智走到伯仁床前，也不问病况，直接对他说："您在西晋时，跟和长舆名望相等，怎么会跟谄佞之人刁协有交情？"说完就径直走了。

二十八

王含[①]作庐江郡，贪浊狼籍[②]。王敦护其兄，故于众坐称："家兄在郡定佳,庐江人士咸称之。”时何充为敦主簿,在坐,正色曰:“充即庐江人,所闻异于此!”敦默然。旁人为之反侧[3],充晏然神意自若。

【注释】

①王含:字处弘。王敦的哥哥。②狼籍:亦作“狼藉”,散乱,比喻行为不检,名声不好。③反侧:惶恐不安。

【译文】

王含做庐江郡太守时,因为贪污而名声不好。王敦袒护他哥哥,特意在大家面前赞扬说:“我哥哥在郡内政绩很好,庐江人士都称颂他!”当时何充任王敦的主簿,也在座,严肃地说:“我就是庐江人,所听到的和你说的不一样!”王敦沉默不语。旁人替何充惶恐不安,何充却十分坦然,神态自若。

二十九

顾孟著[1]尝以酒劝周伯仁,伯仁不受。顾因移劝柱,而语柱曰:“讵(jù)可便作栋梁自遇?”周得之欣然,遂为衿契[2]。

【注释】

①顾孟著:顾显,字孟著,吴郡(今属江苏)人。顾荣的侄子。②衿契:襟怀相合的好友。

【译文】

顾孟著曾经向周伯仁(周顗)劝酒,伯仁不肯喝。顾孟著便转向柱子劝酒,并且对柱子说:“岂可以栋梁之才自居!”周伯仁听到这话很高兴,两人便成了襟怀相合的好友。

三十

明帝在西堂,会诸公饮酒,未大醉,帝问:“今名臣共集,何如尧、舜时?”周伯仁为仆射,因厉声曰:“今虽同人主,复那得等于圣治!”帝大怒,还内,作手诏满一黄纸,遂付廷尉令收,因欲杀之。后数日,诏出周。群臣往省之。周曰:“近知当不死,罪不足至此。”

【译文】

晋明帝在西堂聚众大臣喝酒,还没有大醉,明帝问道:“今天名臣都聚在一起,和尧、舜时相比怎么样?”当时周伯仁任尚书仆射,便高声说:“圣上和尧、舜虽然同是君主,可现在又怎么能和那个太平盛世一样呢?”明帝大怒,回到内宫,亲自写了满满一张黄纸的诏令,最后交给廷尉,命令逮捕周伯仁(周颉),想就此杀掉他。过了几天,又下诏令释放他,众大臣去探视周伯仁。周伯仁说:“起初我就知道不会死,因为罪过还没到这个地步。”

三十一

王大将军①当下②,时咸谓无缘③尔。伯仁曰:“今主非尧、舜,何能无过?且人臣安得称兵以向朝廷?处仲狼抗④刚愎,王平子⑤何在?”

【注释】

①王大将军:即王敦。后文处仲也指王敦。②当下:指顺江而下。永昌元年(322),王敦于武昌反叛,东下建康。③缘:理由,借口。④狼抗:傲慢,暴戾。⑤王平子:名澄,字平子,王衍的弟弟。与王敦有宿怨,后被王敦骗到家中杀害。

【译文】

王大将军就要率兵东下,当时人们都认为他没理由这样做。周伯仁说:“现在的君主不是尧、舜,怎么能没有过失?况且臣下怎么能兴兵指向朝廷?处仲狂妄自大,刚愎自用,王平子到哪儿去了?”

三十二

王敦既下,住船石头,欲有废明帝意。宾客盈坐,敦知帝聪明,欲以不孝废之。每言帝不孝之状,而皆云:“温太真[①]所说。温尝为东宫率[②],后为吾司马,甚悉之。”须臾,温来,敦便奋其威容,问温曰:“皇太子作人何似?”温曰:“小人无以测君子。”敦声色并厉,欲以威力使从己,乃重问温:“太子何以称佳?”温曰:“钩深致远,[③]盖非浅识所测。然以礼侍亲,可称为孝。”

【注释】

①温太真:即温峤。②率:卫率,官名,为太子属官。③钩深致远:比喻探索深奥的道理或形容治学的广博精深。

【译文】

王敦顺江而下后,把船停在石头城,有废掉明帝的打算。宾客满座,王敦知道明帝聪敏明慧,就想以不孝的罪名废掉他。他每次说到明帝不孝的情况,就说:“这是温太真说的。温太真曾经做过东宫的卫率,后来做我的司马,非常熟悉太子的情况。”一会儿,温太真来了,王敦便摆出他威严的神色,问温太真:“皇太子为人怎么样?”温太真说:“小人没法儿估量君子。”王敦声色俱厉,想靠威力来迫使温太真顺从自己的意思,便又问温太真:“太子凭什么被人称好?”温太真说:“太子学识广博精深,大概不是我这种见识浅薄的人所能估量的。可是他能按照礼法来侍奉双亲,这可以称为孝。”

三十三

王大将军既反,至石头,周伯仁往见之。谓周曰:“卿何以相负?”

对曰："公戎车犯正，[1]下官忝（tiǎn）率六军[2]，而王师不振，[3]以此负公。"

【注释】

①戎车犯正：指举兵谋反。戎车：兵车。犯正：以下犯上。②六军：天子所统领的军队。晋代称领军、护军、左右二卫、骁骑、游击为"六军"。③王师不振：指王师被打败。

【译文】

王大将军（王敦）谋反后，到了石头城。周伯仁（周顗）去见他。王对周伯仁说："你为什么要辜负我？"周伯仁回答说："您举兵谋反，下官愧率六军出战，可是王师不振作，因此才辜负了您。"

三十四

苏峻既至石头，百僚奔散，唯侍中钟雅独在帝侧。或谓钟曰："见可而进，知难而退，古之道也。君性亮直，必不容于寇雠，何不用随时之宜，而坐待其弊[1]邪？"钟曰："国乱不能匡[2]，君危不能济，而各逊遁以求免，吾惧董狐[3]将执简而进矣！"

【注释】

①弊：通"毙"，死。②匡：救。③董狐：春秋时晋灵公史官。周太史辛有后裔，世袭太史，亦称史狐。灵公十四年（前607），灵公欲杀正卿赵盾，盾出奔未越境，盾族弟赵穿袭杀灵公，迎盾还。狐书于史策曰："赵盾弑其君。"以示于朝。盾不以为然。狐以盾身为正卿，出走未越境，归不讨贼，杀君者非盾而谁。孔子闻之，称其为古之良史。

【译文】

苏峻率叛军已经到了石头城，朝廷百官奔逃四散，只有侍中钟雅独自留在晋成帝身边。有人对钟雅说:“看到情况允许就前进,知道困难就后退,这是自古相传的道理。您本性诚实正直,一定不会被仇敌宽容。为什么不采取权宜之计,却要坐着等死呢?”钟雅说:“国家有战乱而不能拯救,君主有危难而不能救助,却各自退隐以求免祸,我怕董狐就要拿着竹简上朝来啦!”

三十五

庾公临去,顾语钟后事,深以相委。钟曰:“栋折榱(cuī)崩,[1]谁之责邪?”庾曰:“今日之事,不容复言,卿当期克复[2]之效耳。”钟曰:“想足下不愧荀林父[3]耳。”

【注释】

①栋折榱崩:正梁折断,椽子崩坏。指房屋倒塌,多比喻倾覆。②克复:攻克收复。③荀林父:春秋时晋国正卿、中军元帅。晋景公时郤缺为正卿,率师与楚战于邲,荀林父任中军元帅。因诸将不睦,晋师战败,荀林父请死,景公未允。不久,荀林父率军伐郑成功,又攻灭赤狄、路氏,晋国霸业得以中兴。

【译文】

庾公(庾亮)在离开京都时,回头对钟雅交代自己走后的事情,把朝廷重任托付给他。钟雅说:“国家倾覆,这是谁的责任呢?”庾公说:“现在的事情不容许再谈论了,你应该期望收复京都的结果啊!”钟雅说:“想必您不会愧对荀林父吧!”

三十六

苏峻时,孔群[1]在横塘[2]为匡术所逼。王丞相保存[3]术,因众坐戏语,令术劝群酒,以释横塘之憾。群答曰:“德非孔子,厄同匡[4]人。虽阳和[4]布气,鹰化为鸠[5],至于识者,犹憎其眼。”

【注释】

①孔群：字敬林，会稽山阴（今浙江绍兴）人。官至御史中丞。苏峻飞扬跋扈时，孔群蔑视苏峻所宠信的匡术，几乎被杀。②横塘：古堤名，在今秦淮河南岸。③保存：爱护保全。④匡：地名，在今河南长垣县西南。孔子到宋国去，路经匡地，匡简子派兵围困他。当时孔子和他的弟子子路一起唱歌，以示礼义教化，结果匡人解围。④阳和：指春天。⑤鹰化为鸠：出自《礼记·月令》："仲春之月，鹰化为鸠。"鸠，即布谷鸟。

【译文】

苏峻叛乱时，孔群在横塘被匡术所威胁。王导丞相保全爱护匡术，趁着众人在座，让匡术给孔群敬酒，来消除横塘一事的仇恨。孔群回答说："我的德行不能和孔子相比，可是困苦却同孔子遇到匡人一样。虽然春天天气和暖，鹰变成了布谷鸟，但对于有见识的人，还是讨厌它的眼睛。"

三十七

苏子高[①]事平，王、庾诸公欲用孔廷尉[②]为丹阳。乱离之后，百姓凋弊，孔慨然曰："昔肃祖[③]临崩，诸君亲升御床，并蒙眷识，共奉遗诏。孔坦疏贱，不在顾命[④]之列。既有艰难，则以微臣为先，今犹俎（zǔ）[⑤]上腐肉，任人脍截[⑥]耳！"于是拂衣而去，诸公亦止。

【注释】

①苏子高：即苏峻。②孔廷尉：即孔坦。③肃祖：指晋明帝。明帝的庙号为肃祖。④顾命：指临终遗命，多用以称帝王遗诏。⑤俎：砧板。⑥脍截：切割。

【译文】

苏子高的叛乱被平定后，王导、庾亮诸大臣想用孔廷尉出任丹阳尹。那时遭遇战乱流离之后，百姓生活困苦，孔坦激愤地说："从前肃祖临终时，各位亲临御床前，一起受到先帝的关怀赏识，共同接受了先帝的遗诏。孔坦才疏位卑，不在接受遗诏的行列。你们有了困难以后，就把我推到前面，我现在像是砧板上的烂肉，任人切割罢了！"说完就拂袖离开，诸位大臣也就不再提及此事了。

三十八

孔车骑[①]与中丞[②]共行，在御道[③]逢匡术，宾从甚盛，因往与车骑共语。中丞初不视，直云："鹰化为鸠，众鸟犹恶其眼。"术大怒，便欲刃之。车骑下车，抱术曰："族弟发狂，卿为我宥之！"始得全首领。

【注释】

①孔车骑：孔愉，字敬康，会稽山阴（今浙江绍兴）人。死后追赠车骑将军。孔群的堂兄。②中丞：官名，这里指孔群，其曾任御史中丞之职。③御道：供帝王车驾通行的道路。

【译文】

孔车骑和中丞一起外出，在御道上遇见匡术，后面跟随的宾客、侍从很多。匡术上前和孔车骑说话。中丞开始并不看他，直接说："就算鹰变成了布谷鸟，众鸟还是讨厌它的眼睛。"匡术听了大怒，便想杀掉孔群。孔车骑赶紧下车，抱住匡术说："堂弟发疯了，你看在我的面上宽恕他吧！"孔群这才得以保住性命。

三十九

梅颐[①]尝有惠于陶公。后为豫章太守，有事，王丞相遣收之。侃曰："天子富于春秋[②]，万机[③]自诸侯出，王公既得录，陶公何为不可放?”乃遣人于江口夺之。颐见陶公,拜,陶公止之。颐曰:“梅仲真膝,明日岂可复屈邪?”

【注释】

①梅颐:一作梅赜或枚赜,字仲真,汝南西平(今属河南)人。曾任豫章太守、领军司马。②富于春秋:指年少,年轻。③万机:指日常处理的纷繁政务。

【译文】

梅颐曾经对陶公有过恩惠。后来梅颐任豫章太守,犯了事,王丞相派人逮捕了他。陶侃说:“天子年轻,朝廷政令都由朝廷大员发出;王公既然能逮捕人,我陶公为什么就不能放人!”于是派人到江口把梅颐夺过来。梅颐去见陶公,下拜,陶公拦住他不让拜。梅颐说:“我梅仲真的膝盖,明天难道还会再向人跪拜吗?”

四十

王丞相作[①]女伎,施设床席。蔡公[②]先在座,不说[③]而去,王亦不留。

【注释】

①作:安排。②蔡公:蔡谟,字道明,陈留考城(今属河南)人。同顾众等起兵讨苏峻,以功封爵。③说:通“悦”。

【译文】

王丞相(王导)安排女伎表演歌舞,还给她们安排了坐卧用具。蔡公事先已经在座,看见这种做法很不高兴,就走了,王丞相也不挽留他。

四十一

何次道[1]、庾季坚[2]二人并为元辅[3]。成帝初崩，于时嗣君未定。何欲立嗣子，庾及朝议以外寇方强，嗣子冲幼[4]，乃立康帝[5]。康帝登阼，会群臣，谓何曰："朕今所以承大业，为谁之议？"何答曰："陛下龙飞[6]，此是庾冰之功，非臣之力。于时用微臣之议，今不睹盛明之世。"帝有惭色。

【注释】

①何次道：即何充。②庾季坚：即庾冰。③元辅：丞相。④冲幼：年幼。⑤康帝：司马岳，字世同。晋成帝司马衍的同母弟。咸康八年(342)即帝位，改元建元。⑥龙飞：出自《易·乾》："飞龙在天，利见大人。"指帝王的兴起或即位。

【译文】

何次道、庾季坚两人都是丞相。晋成帝刚去世，这时皇位的继位人还没有确定。何次道想立皇子，庾季坚和朝中其他大臣认为外敌正强大，皇子年幼，于是就立康帝。康帝登上皇位，会见群臣，问何次道："朕今天能继承国家大业，是谁的主张？"何次道回答说："陛下即位，这是庾冰的功劳，不是我的力量。当时如果采纳了臣的主张，那么今天就看不到太平盛世了。"康帝面有愧色。

四十二

江仆射[1]年少，王丞相呼与共棋。王手[2]尝不如两道[3]许，而欲敌道戏[4]，试以观之。江不即下。王曰："君何以不行？"江曰："恐不得尔。"傍有客曰："此年少戏乃不恶。"王徐举首曰："此年少非唯围棋见胜。"

【注释】

①江仆射：即江虨。曾任尚书左仆射。②手：手段，技艺。③道：围棋局上下子的交叉点。④敌道戏：双方对等地下棋，不让子。

【译文】

江仆射年轻时，王丞相（王导）招呼他来一起下棋。王丞相的棋艺以前与江虨差两子多，可是想不让子想与他对等地下，试图拿这事来观察他的为人。王导问："您为什么不走棋？"江虨说："恐怕不能这样。"旁边有位客人说："这年轻人的棋艺竟然不错。"王导慢慢抬起头来说："这年轻人不只是围棋胜过我。"

四十三

孔君平[①]疾笃，庾司空[②]为会稽，省之。相问讯甚至，为之流涕。庾既下床，孔慨然曰："大丈夫将终，不问安国宁家之术，乃作儿女子[③]相问。"庾闻，回谢之，请其话言[④]。

【注释】

①孔君平：即孔坦。②庾司空：即庾冰，死后追赠司空。③儿女子：犹言妇孺之辈。④话言：谈话。

【译文】

孔君平病重，庾司空任会稽郡内史，去探视他，十分恳切地问候病情，并为他病重而流泪。庾冰下了座榻后，孔君平感慨地说："大丈夫将要死了，不询问安定国家的办法，竟然像妇孺之辈一样来问候我。"庾冰听见了，回身向他道歉，请他留下遗言。

四十四

桓大司马[①]诣刘尹，卧不起。桓弯弹弹刘枕，丸迸碎床褥间。刘作色[2]而起曰:“使君,如馨[3]地宁可斗战求胜[4]?”桓甚有恨容。

【注释】

①桓大司马:即桓温,曾官拜大司马。②作色:脸上变色。指神情变严肃或发怒。③如馨:晋宋时俗语,如此,这样的意思。④斗战求胜:影射桓温与前燕作战战败之事。

【译文】

桓大司马去探视刘尹(刘惔),刘尹躺着没起床。桓温用弹弓来射他的枕头,弹丸在被褥上迸碎了。刘尹生气地起床说:“使君这样,难道就可以打得胜仗吗?”桓温脸上露出愤恨的神情。

四十五

后来年少多有道深公者,深公谓曰:“黄吻[1]年少,勿为评论宿士[2]。昔尝与元明二帝、王庾二公周旋[3]。”

【注释】

①黄吻:黄口,指幼儿。②宿士:老成博学的人。③周旋:交际,应酬。

【译文】

后辈年轻人有很多谈论竺法深的。深公对他们说:“黄口小儿,不要评论老成博学之士。以前我曾经和元帝、明帝两位皇帝,王导、庾亮两位名公打过交道呢。”

四十六

王中郎[1]年少时,江虨为仆射,领选[2],欲拟之为尚书郎。有语王者,王曰:“自过江来,尚书郎[3]正用第二人[4],何得拟我?”江闻而止。

【注释】

①王中郎:即王坦之。②领选:兼管荐举官吏之事。③尚书郎:官名,尚书的下属,管文书起草等事务。④第二人:第二等的人才。晋朝注重门第,第二等的人就是指家世贫寒的人。

【译文】

王中郎年轻时,江彪任尚书左仆射,兼管荐举官吏之事,想选王中郎任尚书郎。有人把这事告诉了王中郎,王中郎说:"自从过江以来,尚书郎只用第二等的人担任,为什么要考虑我呢?"江彪听他这么说就不再考虑他了。

四十七

王述转尚书令,事行[①]便拜[②]。文度曰:"故应让杜、许[③]。"蓝田云:"汝谓我堪此不?"文度曰:"何为不堪!但克让自是美事,恐不可阙。"蓝田慨然曰:"既云堪,何为复让?人言汝胜我,定不如我。"

【注释】

①事行:公文到来。②拜:接受官职。③杜、许:不详何人。

【译文】

王述转任尚书令,公文到了就去就职。他的儿子王文度说:"本来应该让给杜、许二人的。"王蓝田(王述)说:"你认为我能胜任这个职务吗?"王文度说:"为什么不能胜任!但是谦让是好事,礼节上恐怕不可缺少。"王蓝田感慨地说:"既然说能胜任,为什么又要谦让呢?人家说你胜过我,据我看终究不如我。"

四十八

孙兴公作《庾公诔》,文多托寄之辞。既成,示庾道恩[①]。庾见,慨然送还之,曰:“先君与君自不至于此。”

【注释】

①庾道恩:庾羲,字叔和,小字道恩。庾亮的儿子。曾任建威将军、吴国内史。

【译文】

孙兴公写了《庾公诔》,文中有很多寄托情意的言辞。写好了,拿给庾道恩看。庾道恩看了,激愤地送还给他,说:“先父和您的交情本来没有达到个程度。”

四十九

王长史[①]求东阳,抚军[②]不用。后疾笃,临终,抚军哀叹曰:“吾将负仲祖。”于此命用之。长史曰:“人言会稽王痴,真痴。”

【注释】

①王长史:即王濛。②抚军:即简文帝司马昱,曾任抚军将军,封会稽王。

【译文】

王长史请求出任东阳太守,抚军司马昱不肯委任他。后来王长史病重,临去世时,抚军哀叹说:“我在这件事上对不起仲祖。”便下令委任他。王长史说:“人们说会稽王司马昱痴,确实痴。”

五十

刘简[①]作桓宣武别驾，后为东曹参军，颇以刚直见疏。尝听记，简都无言。宣武问："刘东曹何以不下意[②]？"答曰："会不能用。"宣武亦无怪色。

【注释】

①刘简：字仲约，南阳（今属河南）人。刘斑之子。官至大司马参军。②下意：发表意见。

【译文】

刘简任桓宣武（桓温）的别驾，后来又任东曹参军，因为刚强正直被桓温疏远。曾经听教、命等公文的指示，刘简没有说一句话。桓温问他："刘东曹为什么不提出意见？"刘简回答说："一定不会被采纳的。"桓温听了，也没有一点责怪的脸色。

五十一

刘真长、王仲祖共行，日旰（gàn）[①]未食。有相识小人[②]贻其餐，肴案甚盛，真长辞焉。仲祖曰："聊以充虚，何苦辞？"真长曰："小人都不可与作缘[③]。"

【注释】

①日旰：天色晚。②小人：平民百姓。③作缘：指发生瓜葛、联系。

【译文】

刘真长（刘惔）、王仲祖（王濛）一起外出，天色晚了还没有吃饭。有个认识他们的老百姓送给他们吃的，菜肴很丰盛，刘真长辞谢了。王仲祖说："暂且用来充饥吧，为什么要推辞？"刘真长说："凡是小人物,都不可以跟他们发生瓜葛。”

五十二

王修龄[1]尝在东山,甚贫乏。陶胡奴[2]为乌程令,送一船米遗之。却不肯取,直答语:“王修龄若饥,自当就谢仁祖[3]索食,不须陶胡奴米。”

【注释】

①王修龄:即王胡之。②陶胡奴:陶范,小字胡奴,陶侃之子。③谢仁祖:即谢尚。

【译文】

王修龄曾住在东山,生活很贫困。陶胡奴任乌程县令,就运了一船米送给他。王修龄却不肯接受,直接回话说:“王修龄如果挨饿,自然会到谢仁祖那里要吃的,不需要陶胡奴的米。”

五十三

阮光禄[1]赴山陵[2],至都,不往殷、刘许,过事便还。诸人相与追之,阮亦知时流必当逐已,乃遄(chuán)疾[3]而去,至方山[4]不相及。刘尹时为会稽,乃叹曰:“我人,当泊安石渚下耳,不敢复近思旷傍。伊便能捉杖打人,不易。”

【注释】

①阮光禄:即阮裕。②山陵:指帝王去世,亦指帝王葬礼。晋成帝去世,阮裕听说后就去赴其葬礼。③遄疾:急速。④方山:山名,在今江苏省南京市东南。传说为秦始皇凿断金陵山以疏淮水处,其地四方而峭绝,故名。

【译文】

阮光禄前去参加晋成帝的葬礼，到了京都，没有去殷浩、刘惔的住所，办完事情就往回走。众人一起去追赶他。阮裕也知道这些名士一定会来追赶自己，便急速走了，一直到了方山他们赶不上为止。刘尹当时要出任会稽太守，便叹息说："我如果到会稽，要在靠近安石的小洲旁停船了，再不敢靠近思旷身旁。他即便用木棒打人，也不容易打倒我。"

五十四

王、刘与桓公共至覆舟山[1]看。酒酣后，刘牵脚加桓公颈。桓公甚不堪，举手拨去。既还，王长史语刘曰："伊讵可以形色加人不？"

【注释】

①覆舟山：又名玄武山、龙舟山、龙山、小九华山，在今江苏南京市东北，因山形似覆舟，故名。

【译文】

王濛、刘惔和桓公(桓温)一起到覆舟山游览。酒喝到兴头上，刘惔伸腿放在桓公的脖子上，桓公很受不了，抬起手拨开。回来以后，王长史(王濛)对刘惔说："他难道可以拿脸色给人看吗？"

五十五

桓公问桓子野[1]："谢安石料万石必败，何以不谏？"子野答曰："故当出于难犯耳。"桓作色曰："万石挠弱[2]凡才，有何严颜[3]难犯？"

【注释】

①桓子野：桓伊，字叔夏，小字子野，谯国铚县(今属安徽)人。善吹笛。官拜护军将军。②挠弱：软弱，衰弱。③严颜：严肃或严厉的脸色。

【译文】

桓公(桓温)问桓子野:“谢安石估计到万石一定会失败,为什么不对他规劝呢?”子野回答说:“自然是因为谢万石很难触犯呀。”桓温生气地说:“谢万石是个软弱的庸才,有什么严厉的脸色让人不敢触犯?”

五十六

罗君章[1]曾在人家,主人令与坐上客共语。答曰:“相识已多,不烦复尔。”

【注释】

①罗君章:罗含,字君章,桂阳来阳(今属湖南)人。曾任廷尉、中散大夫。

【译文】

罗君章曾经在别人家里做客,主人叫他和客人一起谈谈,他回答说:“相互了解已经很多了,用不着再这样麻烦。”

五十七

韩康伯病,拄杖前庭消摇[1]。见诸谢皆富贵,轰隐[2]交路,叹曰:“此复何异王莽[3]时!”

【注释】

①消摇:同“逍遥”,悠闲自得的样子。②轰隐:象声词,形容众车声。③王莽:字巨君。汉元帝皇后之侄,西汉末年执掌朝政。公元五年平帝病死,王莽自称假皇帝。公元八年自立为帝,改国号为新,年号始建国。不久托古改制,引发农民大起义。公元二十三年绿林军攻入

长安，王莽被杀，新朝灭亡。

【译文】

韩康伯生病了，拄着拐杖在前院里漫步消遣。他看到谢家诸人都富贵发达，门前车子往来轰响，叹道："这与王莽时又有什么不同呢！"

五十八

王文度为桓公长史时，桓为儿求王女，王许咨蓝田的意见。既还，蓝田爱念文度，虽长大犹抱著膝上。文度因言桓求己女婚。蓝田大怒，排文度下膝，曰："恶见！文度已复痴，畏桓温面？兵，那可嫁女与之！"文度还报云："下官家中先得婚处。"桓公曰："吾知矣，此尊府君不肯耳。"后桓女遂嫁文度儿。

【译文】

王文度任桓公（桓温）的长史时，桓公替儿子求娶文度的女儿，文度答应去询问下父亲王蓝田（王述）的意见。回家后，王蓝田因为怜爱文度，虽然长大了，还是把他抱在膝上。文度便说到桓温替子求娶自己女儿的事。王蓝田非常生气，把文度从膝上推下去，说道："真是不好的见解！我怎么看见文度又犯傻了，是害怕桓温那副面孔？一个当兵的，怎么可以把女儿嫁给他家？"文度就回复桓公说："下官家里已经给女儿找了婆家。"桓公说："我知道了，这是令尊不肯答应罢了。"后来桓公的女儿便嫁给了文度的儿子。

五十九

王子敬[①]数岁时，尝看诸门生樗蒱（chū pú）[②]，见有胜负，因曰："南风不竞。[③]"门生辈轻其小儿，乃曰："此郎亦管中窥豹，时见一斑。"子敬瞋目曰："远惭荀奉倩[④]，近愧刘真长！"遂拂衣而去。

【注释】

①王子敬:即王献之。②樗蒲:古代一种赌博游戏。③南风不竞:比喻竞赛中一方失利。这里比喻坐在南边的要输。④荀奉倩:即荀粲。

【译文】

王子敬几岁的时候,曾经观看一些门客赌博,看见他们要出现输赢的时候,便说:"南风不竞。"门客们轻视他是小孩子,就说:"这位小郎也是管中窥豹,只见一斑嘛。"子敬瞪大眼睛说:"比远的,我愧对荀奉倩;比近的,我愧对刘真长(刘惔)。"说完便拂袖离开了。

六十

谢公[①]闻羊绥[②]佳,致意令来,终不肯诣。后绥为太学博士,因事见谢公,公即取以为主簿。

【注释】

①谢公:即谢安。②羊绥:字仲彦,泰山(今属山东)人。曾任中书侍郎。

【译文】

谢公听说羊绥很优秀,就派人向他致意并请他来,可是羊绥始终不肯来拜见。后来羊绥任太学博士,因为有事去见谢公,谢公马上把他调来任主簿。

六十一

王右军[①]与谢公诣阮公[②],至门,语谢:"故当共推主人。"谢曰:"推人正自难。"

【注释】

①王右军：即王羲之。②阮公：即阮裕。

【译文】

王右军和谢公去看望阮公，走到门口，王右军对谢公说："我们一定要推尊主人。"谢安说："推尊别人恰恰就很难。"

六十二

太极殿始成，王子敬时为谢公长史，谢送版[①]，使王题之。王有不平色，语信云："可掷著门外。"谢后见王，曰："题之上殿何若？昔魏朝韦诞[②]诸人，亦自为也。"王曰："魏祚所以不长。"谢以为名言。

【注释】

①版：指做匾额用的木板。②韦诞：字仲将，书法家。相传魏明帝修建了一座凌云阁，由于工人疏忽，字还没题，就把匾钉上去了。只好让韦诞站进一个筐里，用辘轳把他升上去，在空中书写。上去时，韦诞须发是黑的，下来以后全都变白了。据说他后来立了一条家规，子子孙孙都不准练习题署宫殿匾额的字体——榜书。

【译文】

太极殿刚建成，王子敬（王献之）当时任谢公（谢安）的长史，谢公派人送来一块木板让王子敬题匾。子敬露出不满的神色，对信使说："你可以把它扔在门外。"谢公后来见到王子敬，说："把匾额挂上殿去书写怎么样？从前魏朝韦诞等人也是写过的。"王子敬说："这就是魏朝国运不能长久的原因。"谢公认为这是名言。

六十三

王恭欲请江卢奴[①]为长史，晨往诣江，江犹在帐中。王坐，不敢即言,良久乃得及。江不应,直唤人取酒,自饮一碗,又不与王。王且笑且言:“那得独饮?”江云:“卿亦复须邪?”更使酌于王,王饮酒毕,因得自解去。未出户,江叹曰:“人自量[②],固为难。”

【注释】

①江卢奴:江敳(ái),字仲凯,小字卢奴,济阳(今属山东)人。江彪之子。②自量:估计自己的才能和力量。

【译文】

王恭想请江卢奴任长史,早晨到江家去,江卢奴还在睡帐里没起床。王恭坐下来,不敢立刻开口,过了很久才说到这件事。江卢奴也不回答,只是叫人拿酒来,自己喝了一碗,也不给王恭喝。王恭一边笑一边说:“哪能一个人喝?”江卢奴说:“你也要喝吗?”再叫仆人倒碗酒来给王恭。王恭喝完酒,趁机自找台阶离开。还没有出门,江卢奴叹口气说:“一个人要估计自己的才能和力量,本来就很难。”

六十四

孝武[①]问王爽[②]:“卿何如卿兄?”王答曰:“风流秀出,臣不如恭,忠孝亦何可以假人!”

【注释】

①孝武:即东晋孝武帝司马曜。②王爽:王恭之弟。

【译文】

晋孝武帝问王爽:“你与你哥哥相比怎么样?”王爽回答说:“风雅超群,臣比不上他,至于忠孝,这又怎么可以让给别人呢!”

六十五

王爽与司马太傅[1]饮酒。太傅醉，呼王为“小子”。王曰：“亡祖长史，[2]与简文皇帝为布衣之交。亡姑、亡姊，[3]伉俪二宫。何小子[4]之有？”

【注释】

①司马太傅：即司马道子。②亡祖长史：指王爽已故的祖父王濛。③“亡姑”句：王爽的亡姑是晋哀帝皇后，亡姊是晋孝武帝皇后。④小子：对人轻慢或戏谑的称呼。

【译文】

王爽和司马太傅喝酒，太傅喝醉了，叫王爽为“小子”。王爽说：“先祖长史和简文皇帝是布衣之交；已故的姑母、姐姐是两宫的皇后。怎么能称我为小子呢？”

六十六

张玄与王建武[1]先不相识，后遇于范豫章[2]许，范令二人共语。张因正坐敛衽，王孰视良久，不对。张大失望，便去。范苦譬[3]留之，遂不肯住。范是王之舅，乃让王曰：“张玄，吴士之秀，亦见遇于时，而使至于此，深不可解。”王笑曰：“张祖希[4]若欲相识，自应见诣。”范驰报张，张便束带[5]造之。遂举觞对语，宾主无愧色。

【注释】

①王建武：即王忱。曾任建武将军。②范豫章：即范宁。曾任豫章太守。③譬：晓谕。④张祖希：即张玄。⑤束带：整饰衣服，表示端庄。

【译文】

张玄和王建武先前不认识,后来在范豫章家相遇。范宁叫两人一起谈谈。张玄便正襟危坐,王忱却久久地仔细看着他,并不答话。张玄非常失望,便要告辞,范宁极力解释并挽留他,最终他还是不肯留下。范宁是王忱的舅舅,就责怪王忱说:“张玄是吴地名士中的优秀人物,也被当今的名流所看重,你却让他这样,真是很难理解。”王忱笑着说:“张祖希如果想认识我,自然应该上门来拜访我。”范宁赶紧把这话告诉张玄,张玄便整饰衣服去拜访他。两人于是边喝酒边交谈,宾主都没有惭愧的表情。

雅量第六

一

豫章太守顾劭（shào）[1]，是雍[2]之子。劭在郡卒，雍盛集僚属，自围棋。外启信至，而无儿书。虽神气不变，而心了其故，以爪掐掌，血流沾褥。宾客既散，方叹曰："已无延陵[3]之高，岂可有丧明[4]之责？"于是豁情[5]散哀，颜色自若。

【注释】

①顾劭：字孝则，吴郡吴县（今江苏苏州）人。顾雍长子。任豫章太守。②雍：顾雍，字元叹。官至丞相。③延陵：指春秋吴国公子季札。季札熟悉礼制，他儿子死后，葬丧简单但都合乎礼，他说："骨肉归复于土，命也。若魂气，则无不之也。"④丧明：眼睛失明。语出《礼记·檀弓上》："子夏丧其子而丧其明。"⑤豁情：开豁情怀。

【译文】

豫章太守顾劭，是顾雍的儿子。顾劭死在郡内任上。顾雍正聚集下属们下围棋，外面禀报有信到，却没有他儿子的书信。顾雍虽然神态不变，可是心里已明白其中的缘故，他用指甲狠掐手掌，流出的血沾湿了座褥。等宾客散了，他才叹气说："我已经不可能有延陵季札那么高的修养，难道还要哭瞎眼睛而受人责备吗？"于是就开豁情怀，驱散悲痛，神色自若。

二

嵇中散[1]临刑东市，神气不变，索琴弹之，奏《广陵散》。曲终，曰："袁孝尼[2]尝请学此散，吾靳固不与，《广陵散》于今绝矣！"太学生三千人上书，请以为师，不许。文王亦寻悔焉。

【注释】

①嵇中散：即嵇康。②袁孝尼：即袁准。

【译文】

嵇中散在东市将要被处死，神色不变，索要琴来弹奏，弹奏的是《广陵散》。弹奏完毕，说："袁孝尼曾经请求学习这首曲子，我十分吝啬，不肯传授给他。从此以后，《广陵散》就成了绝响啦！"有三千太学生上书，请求以嵇康为老师，朝廷不允许。文王司马昭不久后也后悔了。

三

夏侯太初尝倚柱作书，时大雨，霹雳破所倚柱，衣服焦然，神色无变，书亦如故。宾客左右皆跌荡[1]不得住。

【注释】

①跌荡：立足不稳的样子。

【译文】

夏侯太初曾经靠着柱子写字，当时下着大雨，霹雳击坏了他靠着的柱子，他的衣服被烧焦了，却神色不变，书写如故。宾客和随从都站立不稳。

四

王戎七岁,尝与诸小儿游。看道边李树多子折枝,诸儿竞走取之,唯戎不动。人问之,答曰:“树在道边而多子,此必苦李。”取之,信然。

【译文】

王戎七岁的时候,曾经和众小孩玩耍。看见路边有棵李树,结了很多李子,枝条都被压弯了。那些小孩都争先恐后地跑去摘,只有王戎没有动。有人问他为什么不去摘李子,王戎回答说:“这树长在大路边上,还有这么多李子,这一定是苦李子。”摘来一尝,果然是这样。

五

魏明帝于宣武场上断虎爪牙,纵[①]百姓观之。王戎七岁,亦往看。虎承间[②]攀栏而吼,其声震地,观者无不辟易颠仆[③],戎湛然[④]不动,了无恐色。

【注释】

①纵:听凭。②承间:同“乘间”,乘机。③辟易颠仆:退避跌倒。④湛然:安然的样子。

【译文】

魏明帝在宣武场上拔断老虎的爪牙,任凭百姓观看。王戎七岁,也去看。老虎乘机攀住栅栏大吼,它的吼声震天动地,围观的人全都吓得退避或跌倒在地,王戎却安然不动,没有一点恐惧的神色。

六

王戎为侍中,南郡太守刘肇遗筒中笺布[①]五端[②],戎虽不受,厚报其书。

【注释】

①笺布：古代细布名，即筒中布。②端：两丈为一端。

【译文】

王戎任侍中时，南郡太守刘肇送给他十丈筒中细布，王戎虽然没有接受，但还是诚挚地给他写了一封回信。

七

裴叔则被收，神气无变，举止自若。求纸笔作书。书成，救者多，乃得免。后位仪同三司。

【译文】

裴叔则被逮捕时，神态不变，举止镇定。他要来纸笔写信，信写好了，营救他的人很多，才得以免罪。后来他做到了仪同三司官位。

八

王夷甫[①]尝属族人事，经时未行。遇于一处饮燕，因语之曰："近属尊事，那得不行？"族人大怒，便举樏[②](lěi)掷其面。夷甫都无言，盥洗毕，牵王丞[③]相臂，与共载去。在车中照镜语丞相曰："汝看我眼光，乃出牛背上。[④]"

【注释】

①王夷甫：即王衍。②樏：古代一种盛食物的器具，像盘，中有隔挡。③王丞相：即王导。④牛背上句：此句后世解释各异，有说自谓风采超凡，不与他人计较；也有说脸上留有痕迹。

【译文】

王夷甫曾经托族人办事,很久了还没办。后来两人在一处聚会上相遇,王夷甫便问那位族人:"近来托您办的事,为什么还没办呢?"族人非常生气,就举起食盒扔到他脸上。王夷甫一言不发,洗干净后,挽着王丞相的手臂,和他一起坐车走了。他在车里照着镜子,对王丞相说:"你看我的眼光,竟在牛背之上。"

九

裴遐在周馥[①]所,馥设主人[②]。遐与人围棋,馥司马行酒。遐正戏,不时为饮。司马恚[③],因曳遐坠地。遐还坐,举止如常,颜色不变,复戏如故。王夷甫问遐:"当时何得颜色不异?"答曰:"直是暗当故耳。"

【注释】

①周馥:字祖宣,汝南(今属河南)人。安平太守周蕤之子。曾任镇东将军。②设主人:做东道主。③恚:恼怒,愤恨。

【译文】

裴遐在周馥家,周馥做东道主。裴遐和人下围棋。周馥的司马负责劝酒。裴遐正在下棋,没有及时喝酒,司马很生气,便把他拽倒在地上。裴遐回到座位上,举动像平时一样,脸色不变,又像原来那样下棋。王夷甫(王衍)问裴遐:"当时你怎么能做到脸色不变呢?"他回答说:"只不过是暗地忍受着罢了。"

十

刘庆孙[①]在太傅府,于时人士多为所构[②]。唯庾子嵩纵心[③]事外,无迹可间。后以其性俭家富,说太傅令换千万,冀其有吝,于此可乘。太傅于众坐中问庾,庾时颓然已醉,帻[④]堕几上,以头就穿取,徐答云:

"下官家故可有两娑[⑤]千万,随公所取。"于是乃服。后有人向庾道此,庾曰:"可谓以小人之虑,度君子之心。"

【注释】

①刘庆孙:刘舆,字庆孙,中山魏昌(今河北无极)人。在太傅司马越府中任长史。②构:罗织罪状陷害人。③纵心:放纵心意。④帻:头巾。⑤娑:助词,无实义。

【译文】

刘庆孙在太傅府任职,当时很多人被他陷害,只有庾子嵩不把心思放在世事上,没有空子可钻。后来因为庾子嵩(庾敳)生性吝啬而家境富裕,他就劝说太傅向庾子嵩借千万钱,希望他表现得吝啬不肯借,这样就有可乘之机。太傅就在大庭广众中问庾子嵩,当时庾子嵩已经颓然醉倒,头巾跌落到几案上,他把头凑进头巾里戴上,缓缓地答道:"下官家里原来大约有两千万,随您取多少。"刘庆孙在这时才服了。后来有人向庾子嵩谈起这件事,庾子嵩说:"这可以说是以小人之心,度君子之腹。"

十一

王夷甫与裴景声[①]志好不同。景声恶欲取之,卒不能回[②]。乃故诣王,肆言[③]极骂,要王答己,欲以分谤。王不为动色,徐曰:"白眼儿遂作。"

【注释】

①裴景声:裴邈,字景声,河东闻喜(今山西闻喜)人。曾任太傅从事中郎、左司马。②回:改变。③肆言:无所顾忌地说话。

【译文】

王夷甫（王衍）和裴景声志趣、爱好不同。景声讨厌王夷甫任用自己，最终却不能改变王夷甫的主意。他就特意到王夷甫那里，无所顾忌地大骂，想让王夷甫回应自己，想用这种办法使王夷甫承担别人的指责。王夷甫不动声色，慢慢地说："翻白眼的小子终于发作了。"

十二

王夷甫长裴成公四岁，不与相知。时共集一处，皆当时名士，谓王曰："裴令令望何足计！"王便卿[①]裴。裴曰："自可全君雅志。"

【注释】

①卿：古代上级称下级、长辈称晚辈。

【译文】

王夷甫比裴成公大四岁，不与他交好。一次大家在一起聚会，聚会的都是当时的名士，有人对王夷甫说："裴令公的名望哪里值得考虑！"王夷甫便称呼裴颜为卿。裴颜说："我当然可以成全您的雅趣。"

十三

有往来者云："庾公[①]有东下意。"或谓王公："可潜[②]稍严[③]，以备不虞。"王公曰："我与元规虽俱王臣，本怀布衣之好。若其欲来，吾角巾[④]径还乌衣[⑤]，何所稍严！"

【注释】

①庾公：庾亮，字元规。②潜：暗中，秘密地。③严：戒备。④角巾：有棱角的头巾。为古代隐士冠饰。⑤乌衣：即乌衣巷，在今南京市秦淮河南。三国吴在此置乌衣营，以士兵着乌衣而得名。东晋时王、谢等望族住在这里。

【译文】

有往来京城的人说:“庾公有起兵东下的意图。”有人对王公说:“可以暗中稍作戒备,以防备不测。”王公说:“我和元规虽然都是国家大臣,但是本来就怀有布衣之交的情谊。如果他想来取代,我就戴上角巾径直回乌衣巷当老百姓,做什么戒备呢!”

十四

王丞相主簿欲检校[①]帐下。公语主簿:“欲与主簿周旋,无为知人几案间事[②]。”

【注释】

①检校:查核。②几案间事:指文牍案卷之类的事情。

【译文】

王丞相(王导)的主簿想去查核部下。王公对主簿说:“想和主簿打交道,就不要去了解人家文牍案卷之类的事情。”

十五

祖士少[①]好财,阮遥集[②]好屐,并恒自经营,同是一累,而未判其得失。人有诣祖,见料视财物。客至,屏当[③]未尽,余两小簏(lù)[④]著背后,倾身障之,意未能平[⑤]。或有诣阮,见自吹火蜡屐,因叹曰:“未知一生当著几量[⑥]屐?”神色闲畅[⑦]。于是胜负始分。

【注释】

①祖士少:祖约,字士少,范阳遒县(今河北涞水)人。祖逖之弟。曾任侍中。②阮遥集:阮孚,字遥集,陈留尉氏(今属河南)人。阮咸之子。好饮酒。③屏当:收拾,整理。④簏:竹箱。⑤意未能平:心神还

不能平静，指有点慌张。⑥量：通“緉”。量词，双。⑦闲畅：悠闲舒畅。

【译文】

祖士少喜欢钱财，阮遥集喜欢木屐，两人经常亲自经营制作，同样是一种嗜好，可是还不能判定两人的高下。有人到祖士少家去，看见他正在检点财物。客人到了，还没有收拾完，剩下两小竹箱，便放在背后，侧身挡着，神色有点慌张。又有人到阮遥集家，看见他亲自点火给木屐打蜡，还叹息说：“不知这一辈子还会穿几双木屐？”说时神态悠闲舒畅。于是两人的高下才见分晓。

十六

许侍中[①]、顾司空[②]俱作丞相从事，尔时已被遇，游宴集聚，略无不同。尝夜至丞相许戏，二人欢极，丞相便命使入己帐眠。顾至晓回转，不得快孰[③]。许上床便咍（hāi）台[④]大鼾。丞相顾诸客曰：“此中亦难得眠处。”

【注释】

①许侍中：许璪（zǎo），字思文，义兴阳羡（今江苏宜兴）人。官至吏部侍郎。②顾司空：即顾和。③快孰：指睡得很踏实很熟。④咍台：打鼾声。

【译文】

许侍中、顾司空都担任丞相的从事，当时两人都受赏识，游乐宴饮，宾朋聚会，待遇完全相同。一次夜里到丞相那里玩耍，两人玩得都很尽兴，丞相就让他们到自己的帐中休息。顾和睡不着，到天亮了还辗转反侧。许璪上床就鼾声大作。丞相对众宾客们说：“这里也是很难入睡的地方呀。”

十七

庾太尉[①]风仪伟长，不轻举止，时人皆以为假。亮有大儿数岁，雅重[②]之质，便自如此，人知是天性。温太真尝隐幔怛(dá)[③]之，此儿神色恬然，乃徐跪曰："君侯何以为此？"论者谓不减亮。苏峻时遇害。或云："见阿恭[④]，知元规非假。"

【注释】

①庾太尉：即庾亮。②雅重：雅正持重。③怛：吓唬。④阿恭：庾亮长子庾会的小名。

【译文】

庾太尉风度仪容奇伟超群，举止端庄稳重，当时的人都认为这是假象。庾亮大儿子才几岁，那雅正持重的气质就是那个样子，人们才知道这是天性。温太真曾经藏在帷帐后面吓唬他，这孩子神色安详，竟然慢慢地跪下问道："君侯为什么做这样的事呢？"议论者认为他的气质不输给庾亮。他在苏峻叛乱时被杀害了。有人说："看见阿恭的样子，就知道元规不是装假的。"

十八

褚公[①]于章安令迁太尉记室参军，名字已显而位微，人未多识。公东出，乘估客船，送故吏数人投钱唐亭住。尔时吴兴沈充为县令，当送客过浙江，客出，亭吏驱公移牛屋下。潮水至，沈令起彷徨，问："牛屋下是何物？"吏云："昨有一伧父[②]来寄亭中，有尊贵客，权移之。"令有酒色，因遥问："伧父欲食不？姓何等？可共语。"褚因举手答曰："河南褚季野。"远近久承公名，令于是大遽(jù)[③]，不敢移公，便于牛屋下修刺[④]诣公。更宰杀为馔，具于公前，鞭挞亭吏，欲以谢惭。公与之酌宴，言色无异，状如不觉。令送公至界。

【注释】

①褚公：即褚裒，字季野。②伧父：魏晋南北朝时，南人讥北人粗鄙，蔑称“伧父”。③遽：惶恐。④修刺：置备名帖，做通报姓名之用。

【译文】

褚公从章安县令升为太尉记室参军，名气很大，但地位卑微，认识他的人很少。褚公向东出发，乘坐的是行商的贩船，相送的旧部半路在钱塘亭投宿。当时，吴兴人沈充是那里的县令，也正好送客经过浙江。客人到了，褚公被亭吏赶到牛屋里去。潮水上来了，沈令起来徘徊，问道：“牛棚下是什么人？”亭吏说：“昨天有个伧父来亭中投宿，因为有尊贵的客人，就权且让他移到那里去了。”沈充当时喝多了酒，就远远地对着牛屋喊：“伧夫，想不想吃饼子？你是什么人？可以一起聊聊吗？”褚公于是举手答道：“河南褚季野。”远近都知道褚公的名字，沈充顿时大吃一惊，又不敢要褚公移动地方，就在牛屋前递上名帖，拜见褚公，又宰杀禽畜置办菜肴，摆放在褚公的面前，同时鞭打亭吏，想以此表示赔礼道歉。褚公与沈充喝酒吃菜，言谈神色毫无异状，就像没事一样。过后沈充一直送他到县界。

十九

郗太傅[①]在京口，遣门生与王丞相书，求女婿。丞相语郗信：“君往东厢，任意选之。”门生归，白郗曰：“王家诸郎，亦皆可嘉，闻来觅婿，咸自矜持。唯有一郎，在东床上坦腹卧，如不闻。”郗公云：“正此好！”访之，乃是逸少[②]，因嫁女与焉。

【注释】

①郗太傅：即郗鉴。②逸少：王羲之，字逸少。王导的远房侄子。

【译文】

郗太傅在京口，派门生给王丞相一封信，想在他家找一位女婿。丞相对郗鉴的信使说："您去东边厢房，任意选择一位。"门生回去后禀告郗鉴说："王家的几位公子，都是值得称赞的，听说来寻找女婿，都变得拘谨了。唯有一位公子，在床上坦露胸腹躺着，好像没有听到这事一样。"郗公说："这个正是最佳人选！"一打听，原来他是逸少，于是就把女儿嫁给了他。

二十

过江初，拜官，舆[①]饰供馔[②]。羊曼[③]拜丹阳尹，客来蚤者，并得佳设[④]。日晏渐罄，不复及精。随客早晚，不问贵贱。羊固[⑤]拜临海，竟日皆美供，虽晚至，亦获盛馔。时论以固之丰华，不如曼之真率。

【注释】

①舆：多，众。②供馔：指宴饮时所陈设的食品。③羊曼：字祖延，泰山南城（今属山东）人。太傅羊祜哥哥的孙子。苏峻叛乱，率军拒战，兵败被杀。④佳设：指佳肴美食。⑤羊固：字道安，泰山南城（今属山东）人。曾任黄门侍郎。

【译文】

晋室渡江初期，授任官职时，都要备办宴席。羊曼被任命为丹阳尹，客人来得早的，都能吃到佳肴美食，夜色已晚的时候，东西逐渐吃完了，就不再上精美的酒食了。随客人到的早晚而不同，不论官位高低。羊固被任命为临海太守，终日都有美味佳肴，虽然到得晚，也能吃上丰盛的酒食。当时的舆论认为羊固的酒宴虽然丰盛、精美，但是比不上羊曼的本性真诚率直。

二十一

周仲智[①]饮酒醉，瞋目还面谓伯仁曰：“君才不如弟，而横[②]得重名！”须臾，举蜡烛火掷伯仁。伯仁笑曰：“阿奴[③]火攻，固出下策耳！”

【注释】

①周仲智：即周嵩，周伯仁之弟。②横：意外地。③阿奴：兄长对弟弟的昵称。

【译文】

周仲智喝酒喝醉了，瞪着眼扭过头来对周伯仁（周顗）说：“您才能比不上我，却意外地获得大名声！”接着，举起点着的蜡烛扔到伯仁身上，伯仁笑着说：“阿奴用火攻，原来出的是下策啊！”

二十二

顾和始为扬州从事，月旦当朝，[①]未入顷，停车州门外。周侯诣丞相，历和车边。和觅虱，夷然[②]不动。周既过，反还，指顾心曰：“此中何所有？”顾搏虱如故，徐应曰：“此中最是难测地。”周侯既入，语丞相曰：“卿州吏中有一令仆[③]才。”

【注释】

①月旦：指农历每月初一。朝：下属进见长官。②夷然：泰然，坦然。③令仆：指尚书令和仆射。

【译文】

顾和起初做扬州从事，每月初一进见长官时，还没有进府，就在州府门外停下车。周侯（周顗）到丞相（王导）那里去，从顾和的车子旁边经过，顾和正在捉虱子，坦然不动。周侯已经过去了，又返回来，指着顾和的心口说:“这里面有什么呢?”顾和仍和先前一样捉着虱子,徐徐地回答:“这里面是最难揣测的地方。”周侯进府后,对丞相说:“你的下属里有一个可做尚书令或仆射的人才。”

二十三

庾太尉与苏峻战,败,率左右十余人乘小船西奔。乱兵相剥掠[①],射,误中舵工,应弦而倒。举船上咸失色分散,亮不动容,徐曰:“此手那可使著[②]贼!”众乃安。

【注释】

①剥掠:劫掠。②著:接触,贴近。此指射中。

【译文】

庾太尉(庾亮)和苏峻作战战败了,率领着十几个人坐小船向西边逃去。叛乱的士兵正在劫掠,小船上的人用箭射贼兵,却失手射中了舵工,舵工应弦倒下了。船上的人都吓得变了脸色,想逃散,庾亮不动声色,从容地说:“这样的手艺怎么可以用来射贼呢!”众人这才安心。

二十四

庾小征西[①]尝出未还。妇母阮,是刘万安[②]妻,与女上安陵城楼上。俄顷,翼归,策良马,盛舆卫[③]。阮语女:“闻庾郎能骑,我何由得见?”妇告翼,翼便为于道开卤簿[④]盘马,始两转,坠马堕地,意色自若。

【注释】

①庾小征西:庾翼,庾亮之弟。曾任征西将军。因庾亮也曾任征西将军,故称之小征西。②刘万安:刘绥,字万安,高平(今属山东)人。官至骠骑长史。③舆卫:车舆和卫士。④卤薄:古代帝王驾出时扈从的仪仗队。出行之目的不同,仪式亦有别。自汉以后也用于后妃、太

子、王公大臣出行。

【译文】

庾小征西曾经外出没有归来。他的岳母阮氏是刘万安的妻子,和女儿走到安陵城楼上。不一会儿,庾翼回来了,骑着好马,车马和卫队非常壮观。阮氏对女儿说:“听说庾郎善于骑马,我怎么能见一见呢?”妻子告诉庾翼,庾翼就为她在道上摆开仪仗,骑着马盘旋,刚转了两圈,就从马上摔了下来,但他神态自如,毫不在意。

二十五

宣武与简文、太宰[①]共载,密令人在舆前后鸣鼓大叫。卤簿中惊扰,太宰惶怖求下舆。顾看简文,穆然[②]清恬[③]。宣武语人曰:“朝廷间故复[④]有此贤。”

【注释】

①太宰:司马晞,字道叔,司马睿的儿子。太兴元年(318),封武陵王。历任散骑常侍、镇军将军,累迁镇军大将军、太宰。②穆然:沉静安详的样子。③清恬:清净恬适。④故复:仍然,还。

【译文】

宣武(桓温)和简文帝、太宰共坐一辆车,桓宣武暗中让人在车前车后敲起鼓来,大喊大叫。仪仗队伍受惊混乱,太宰惶恐惊惧,要求下车。桓温回头看简文帝,他却一副沉静安详的样子。桓宣武对人说:“朝廷里仍然有这样的贤人。”

二十六

王劭、王荟[①]共诣宣武,正值收庾希[②]家。荟不自安,逡巡[③]欲去;劭坚坐不动,待收信还,得不定,[④]乃出。论者以劭为优。

【注释】

①王劭、王荟:皆为王导的儿子。②庾希:字始彦,庾冰的儿子。③逡巡:迟疑,犹豫。④得不定:情况确定。

【译文】

王劭、王荟一起到桓宣武那里,正赶上桓宣武命差役去抓庾希的家人。王荟坐立不安,迟疑不定,想离去;王劭却一直坐着不动,等抓捕的差役回来,情况确定了,才出来。评论者以此判定王劭更优。

二十七

桓宣武与郗超议芟(shān)夷[1]朝臣,条牒[2]既定,其夜同宿。明晨起,呼谢安、王坦之入,掷疏示之,郗犹在帐内。谢都无言,王直掷还,云:"多。"宣武取笔欲除,郗不觉,窃从帐中与宣武言。谢含笑曰:"郗生可谓入幕宾[3]也。"

【注释】

①芟夷:裁减,删削。②条牒:条例,文书。③入幕宾:指郗超参与机要,后因称幕僚为"入幕宾"。

【译文】

桓宣武(桓温)和郗超商议裁减朝廷大臣,文书拟好后,当晚两人一起睡觉。第二天早上起来,桓宣武就叫谢安和王坦之进来,把奏疏扔给他们看。郗超还在帐子里。谢安一句话也没说,王坦之径直扔回去,说:"太多了!"桓宣武拿起笔想删去一些,郗超不知道有人,偷偷地从帐子里和桓宣武说话。谢安笑着说:"郗生可以说是入幕之宾啦。"

二十八

谢太傅盘桓[①]东山时，与孙兴公诸人泛海戏。风起浪涌，孙、王诸人色并遽，便唱[②]使还。太傅神情方王[③]，吟啸[④]不言。舟人以公貌闲意说，犹去不止。既风转急，浪猛，诸人皆喧动不坐。公徐云："如此，将无归？"众人即承响[⑤]而回。于是审其量，足以镇安朝野。

【注释】

①盘桓：徘徊，逗留。②唱：提议。③王：通"旺"，旺盛。④吟啸：高声吟唱、吟咏。⑤承响：应声。响：声音。

【译文】

谢太傅(谢安)隐居东山时，和孙兴公等人乘船出海游玩。突然风起浪涌，孙绰、王羲之等人神色惊慌，就提议让船夫划船回去。太傅兴致正盛，高声吟咏却不说回去。船夫觉得太傅神态闲适愉悦，仍继续向前划去而不停止。不久，风越发大了，浪更猛了，众人都大声叫嚷，坐立不安。太傅从容说道："既然这样，不如回去吧？"大家立即响应，掉头返回。由此可以知道谢安的器量，足以镇服朝廷内外。

二十九

桓公伏甲[①]设馔，广延朝士，因此欲诛谢安、王坦之。王甚遽，问谢曰："当作何计？"谢神意不变，谓文度曰："晋祚存亡，在此一行。"相与俱前。王之恐状，转见于色。谢之宽容，愈表于貌。望阶趋席，[②]方作洛生咏[③]，讽"浩浩洪流"。桓惮其旷远，乃趣[④]解兵。王、谢旧齐名，于此始判优劣。

【注释】

①伏甲：埋伏士兵。②望阶趋席：指到了台阶上就疾行就座。

③洛生咏：指洛阳书生的讽咏声，音色重浊。东晋士大夫多中原旧族，故盛行“洛生咏”。④趣：通“促”，立即，赶快。

【译文】

桓公（桓温）埋伏好士兵，广泛邀请朝中人士，想趁此机会诛杀谢安和王坦之。王坦之非常惊恐，问谢安说：“应该采取什么计策？”谢安神色不变，对王文度说：“晋朝的存亡，取决于我们这一次去的结果。”两人一起前去赴宴，王坦之惊恐的状态越来越明显地表现在脸上。谢安宽舒从容的脸色也更加表现在脸上。他到了台阶前快步入座，模仿洛阳书生读书的声音，朗诵起“浩浩洪流”的诗篇。桓温忌惮他的豁达，便赶快撤走了埋伏的士兵。王坦之和谢安原来名望相等，在这件事才分出了高低。

三十

谢太傅与王文度共诣郗超，日旰未得前，王便欲去。谢曰：“不能为性命忍俄顷？”

【译文】

谢太傅（谢安）和王文度一起去拜访郗超，天色晚了还不能得到接见，王文度就想离开，谢太傅说：“你就不能为了性命再忍耐一会儿？”

三十一

支道林还东，①时贤并送于征虏亭②。蔡子叔③前至，坐近林公。谢万石后来，坐小远。蔡暂起，谢移就其处。蔡还，见谢在焉，因合褥举谢掷地，自复坐。谢冠帻倾脱，乃徐起，振衣就席，神意甚平，不觉瞋沮④。坐定，谓蔡曰：“卿奇人，殆坏我面。”蔡答曰：“我本不为卿面作计。”其后二人俱不介意。

【注释】

①支道林还东：支道林原在建康，要回东边的会稽郡。②征虏亭：亭名，在今江苏省江宁县东，为征虏将军谢安所建。③蔡子叔：蔡系，字子叔，济阳（今属山东）人。蔡谟的次子。官至抚军长史。④瞋沮：既愤怒又沮丧。

【译文】

支道林要从建康返回会稽，当时的名士都到征虏亭为他送行。蔡子叔先到，坐到了支道林身边。谢万石（谢万）后到，坐得稍微远了些。蔡子叔暂时离开了一会儿，谢万石就移到他的位子上。蔡子叔回来，看到谢万石坐在自己的位子上，就扯起坐垫把谢万石掀倒在地，自己再坐回原处。谢万石被摔得头上的纶巾都掉落了，他慢慢地爬起来，整理一下衣服就坐回了原位，神色很自然平静，看不出愤怒或沮丧的样子。他坐好后，就对蔡子叔说："您真是个奇特的人，差点坏了我的脸面。"蔡子叔回答说："我本来就没为你的脸打算。"之后，两人都没有把这事放在心上。

三十二

郗嘉宾[①]钦崇释道安[②]德问，饷米千斛，修书累纸，意寄殷勤。道安答直云："损米[③]，愈觉有待[④]之为烦。"

【注释】

①郗嘉宾：即郗超。②释道安：东晋、前秦时僧人。他注疏佛经《般若经》等；整理新旧译经，创制众经目录；制定僧尼轨范；主张僧侣以"释"为氏，不随师姓等。他的弟子以创立净土宗的慧远为最著。③损米：客套话，指破费对方的米。④有待：庄子认为世俗生活都是有待的、不自由的，而绝对的精神自由则是无待的。

【译文】

郗嘉宾很钦佩、推崇道安和尚的道德声誉，送他千担米，并且写了一封好几页纸的信，情意恳切深厚。道安的回信只是说："让你损失米了，更加觉得有所依靠是烦恼的。"

三十三

谢安南[①]免吏部尚书还东，谢太傅赴桓公司马出西，相遇破冈[②]。既当远别，遂停三日共语。太傅欲慰其失官，安南辄引以它端。虽信宿中涂[③]，竟不言及此事。太傅深恨[④]在心未尽，谓同舟曰："谢奉故是奇士。"

【注释】

①谢安南：即谢奉。②破冈：即破冈渎，三国时开凿的运河，故址在今江苏南部。③中涂：中途，半路。④恨：遗憾。

【译文】

谢安南被免去吏部尚书之职回东边老家去，谢太傅（谢安）赴任桓公（桓温）的司马往西去，两人在破冈渎相遇。既然要远别了，他们便停留三天一起聊天。谢太傅想对他丢官的事加以安慰，谢安南则借别的事避开这个话题。虽然两人路上同住了两夜，却始终没有谈到这件事。谢太傅深感遗憾没有表尽心意，就对同船的人说："谢奉确实是个不一般的人。"

三十四

戴公[①]从东出，谢太傅往看之。谢本轻戴，见但与论琴书。戴既无吝色[②]，而谈琴书愈妙。谢悠然[③]知其量。

【注释】

①戴公：戴逵，字安道，谯郡铚县（今属安徽）人。东晋画家，尤善画宗教人物。②吝色：为难的神色。③悠然：深远的样子。

【译文】

戴公从会稽来到京都，谢太傅（谢安）去拜访他。谢公原来瞧不起戴公，见了面，只是和他谈论琴法、书法。戴公既没有现出为难的神色，而且谈论琴法、书法的见解更加高妙。谢公深深地了解到了他的器量。

三十五

谢公与人围棋，俄而谢玄淮上[①]信至。看书竟，默然无言，徐向局[②]。客问淮上利害，答曰："小儿辈大破贼。"意色举止不异于常。

【注释】

①淮上：指今安徽淮河之北。当时正进行淝水之战。②向局：转向棋局。

【译文】

谢公（谢安）和客人下围棋，一会儿谢玄从淮河的战场送来书信。谢公看完信，默不作声，慢慢地转向棋局。客人问淮河的战事怎么样，谢公回答说："小孩子们大破贼兵。"说话时他的神色、举动与平时没有不同。

三十六

王子猷（yóu）、子敬[①]曾俱坐一室，上忽发火。子猷遽走避，不惶取屐；子敬神色恬然，徐唤左右扶凭[②]而出，不异平常。世以此定二王神宇[③]。

【注释】

①王子猷、子敬:王羲之的儿子王徽之、王献之。②扶凭:搀扶。③神宇:神情气宇。

【译文】

王子猷、王子敬曾经一起坐在一间屋子里,屋顶突然着火。子猷匆忙逃出躲避,来不及穿鞋;子敬神色平静,不紧不慢地叫来随从,扶着他出去,和平常没有什么两样。世人用这件事情来评定他们的神情气度。

三十七

苻坚游魂[①]近境,谢太傅谓子敬曰:"可将[②]当轴[③],了其此处。"

【注释】

①游魂:像鬼魂般游动不定,比喻时不时侵犯边境。②将:取,拿。③当轴:指当权者。

【译文】

苻坚游魂似的骚扰边境,谢太傅(谢安)对王子敬(王献之)说:"可以任命手握重权的人为师,把他们消灭在那里。"

三十八

王僧弥、谢车骑共王小奴[①]许集。僧弥举酒劝谢云:"奉使君一觞。"谢曰:"可尔。"僧弥勃然起,作色曰:"汝故是吴兴溪中钓碣[②]耳!何敢诪(zhōu)张[③]!"谢徐抚掌而笑曰:"卫军[④],僧弥殊不肃省[⑤],乃侵陵上国[⑥]也。"

【注释】

①王小奴:王荟,字敬文,小字小奴。王导的儿子,王珉的叔父。曾任会稽内史。②碣:音同谢玄的小名"羯"。谢玄喜欢钓鱼,所以这里既直称他的小名,又鄙视他为垂钓的贱民。③诪张:欺诈。④卫军:王荟死后,被朝廷追赠卫将军。⑤肃省:整肃自省。⑥上国:春秋时称中原各诸侯国为上国,与南方的吴楚诸国相对而言。此处谢玄用上国指自己,王僧弥则为夷狄。

【译文】

王僧弥和谢车骑(谢玄)一起在王小奴家聚会。僧弥举起酒杯向谢玄劝酒道:"敬使君一杯。"谢玄说:"可以啊。"僧弥愤怒地站起来,变了脸色说:"你原本是吴兴山溪里垂钓的碣石罢了!怎么敢这样张狂!"谢玄徐徐拍着手笑道:"卫军,僧弥太不整肃自省了,竟敢侵犯欺凌上国的人啊。"

三十九

王东亭为桓宣武主簿,既承藉[1],有美誉,公甚敬其人地[2]为一府之望。初,见谢失仪,而神色自若。坐上宾客即相贬笑。公曰:"不然。观其情貌,必自不凡,吾当试之。"后因月朝[3]阁下伏,公于内走马直出突之,左右皆宕仆[4],而王不动。名价[5]于是大重,咸云:"是公辅器也。"

【注释】

①承藉:继承先人的仕籍。②人地:品学和门第。③月朝:原指每月初一下属进见长官,后多指农历每月初一。④宕仆:躲闪跌倒。⑤名价:身价。

【译文】

王东亭(王珣)做桓宣武(桓温)的主簿,已经继承了先人的仕籍,而且有很好的名声,桓公非常希望他在品学门第上能成为全府所敬仰的人。初上任时,王东亭回答桓公问话时有失礼的地方,可是他神态自若。在座的宾客立刻贬低并且嘲笑他,桓公说:"不是这样的。看他的神情气度,一定不平常,我要试试他。"后来初一僚属进见在衙署外等候的时候,桓温从后院骑着马直冲出来。手下的人被吓得躲闪跌倒,王东亭却一动不动。他的身价于是大为提高,大家都说:"这是做辅弼大臣的人才呀。"

四十

太元[1]末,长星[2]见,孝武心甚恶之。夜,华林园中饮酒,举杯属星云:"长星!劝尔一杯酒,自古何时有万岁天子?"

【注释】

①太元:东晋孝武帝司马曜的第二个年号。②长星:星名,类似彗星,有长形光芒。过去人们认为长星主除旧布新,它的出现为重大灾难的预兆。

【译文】

太元末年,长星出现,晋孝武帝心里非常厌恶它。夜里,他在华林园里饮酒,举杯对长星说:"长星!敬你一杯酒,从古到今什么时候有过万岁的天子?"

四十一

殷荆州有所识,作赋,是束皙[1]慢戏[2]之流。殷甚以为有才,语王恭:"适见新文,甚可观。"便于手巾函中出之。王读,殷笑之不自胜。王看竟,既不笑,亦不言好恶,但以如意[3]帖[4]之而已。殷怅然自失。

【注释】

①束皙:字广微,阳平元城(今河北大名)人。才学博通,著有《劝农赋》《饼赋》等,文颇诙谐。②慢戏:轻慢戏谑。③如意:器物名,用骨、角、竹、木、玉、石、铜、铁等制成,长三尺许,前端作手指形状,脊背有痒,手所不到,用以搔抓,可如人意,因而得名。也叫痒痒挠、老头乐、不求人。④帖:通"贴",指抚平,熨平。

【译文】

殷荆州(殷仲堪)有位相识的人,写了一篇赋,是束皙那样轻慢戏谑一类的文章。殷荆州认为很有文采,对王恭说:"我适才见到一篇新文章,很值得一看。"便从手巾袋里拿出文章来。王恭读着,殷仲堪笑得停不下来。王恭看完后,也不说文章写得好坏,只是拿如意压着而已。殷荆州见此情景怅然若失。

四十二

羊绥第二子孚,少有俊才,与谢益寿[①]相好。尝蚤往谢许,未食。俄而王齐[②]、王睹[③]来。既先不相识,王向席有不说色,欲使羊去。羊了不眄(miǎn)[④],唯脚委[⑤]几上,咏瞩自若。谢与王叙寒温数语毕,还与羊谈赏[⑥],王方悟其奇,乃合共语。须臾食下,二王都不得餐,唯属羊不暇。羊不大应对之,而盛进食,食毕便退。遂苦相留,羊义不住,直云:"向者不得从命,中国[⑦]尚虚。"二王是孝伯两弟。

【注释】

①谢益寿:即谢混。②王齐:王熙,小字齐。③王睹:王爽,小字睹。他和王齐都是王恭的弟弟。④眄:看。⑤委:放置。⑥谈赏:谈论品评。⑦中国:指腹中。

【译文】

羊绥的次子羊孚,年轻时就有卓越的才能,和谢益寿关系很好。他曾经早早地去谢家,没有吃饭。一会儿王齐、王睹来了。他们都不认识羊孚,王氏兄弟落座后,面露不高兴的神色,想让羊孚离开。羊孚一眼也不看他们,只是把脚放在小桌子上,无拘无束地吟诗、赏鉴。谢益寿和二王寒暄完,还和羊孚谈论、品评,二王方才知道他的不同一般,于是和他一起说话。一会儿摆上饭菜,二王一点儿也顾不上吃,只是不停地劝羊孚吃。羊孚也不大答理他们,只是大口进食,吃完了就告辞。王氏兄弟于是苦苦挽留,羊孚不肯留下,直截了当说:"前面没有听从你们的意思离开,是因为腹中还是空的。"二王是王孝伯的两个弟弟。

识鉴第七

一

曹公[①]少时见乔玄[②]，玄谓曰："天下方乱，群雄虎争，拨而理之，非君乎？然君实是乱世之英雄，治世之奸贼。恨吾老矣，不见君富贵，当以子孙相累[③]。"

【注释】

①曹公：即曹操。②乔玄：一作"桥玄"，字公祖，睢阳（今河南商丘）人。汉灵帝时历任司空、司徒、尚书令、太尉等职。③累：牵累。这里指把子孙托付给他照顾。

【译文】

曹公年轻时去拜见乔玄，乔玄对他说："天下正处于动乱时期，各路英雄就像老虎相争，能够消除混乱然后治理它的，难道不是您吗？可是您实在是乱世中的英雄，太平盛世中的奸贼。遗憾的是我老了，看不到您富贵的那一天，我要把子孙托付给您照顾了。"

二

曹公问裴潜[①]曰："卿昔与刘备共在荆州，卿以备才如何？"潜曰："使居中国，能乱人，不能为治；若乘边[②]守险，足为一方之主。"

【注释】

①裴潜,字文行,河东闻喜(今山西闻喜)人。曾任尚书、大司农、光禄丈夫。②乘边:防守边境。

【译文】

曹公问裴潜道:"你昔日和刘备一起在荆州,你认为刘备的才干怎么样?"裴潜说:"如果让他占据中原地区,只会扰乱百姓,不能使局面得到治理;如果让他防守边境,守卫险要地区,足够成为一方的霸主。"

三

何晏、邓飏[1]、夏侯玄并求傅嘏交,而嘏终不许。诸人乃因荀粲说合之,谓嘏曰:"夏侯太初一时之杰士,虚心于子,而卿意怀不可交。合则好成,不合则致隙。二贤若穆,则国之休。此蔺相如所以下廉颇也。"傅曰:"夏侯太初志大心劳,能合虚誉,诚所谓利口覆国[2]之人。何晏、邓飏有为而躁,博而寡要,[3]外好利而内无关籥(yuè)[4],贵同恶异,多言而妒前。多言多衅,妒前无亲。以吾观之,此三贤者皆败德之人尔,远之犹恐罹祸,况可亲之邪?"后皆如其言。

【注释】

①邓飏:字玄茂,三国魏南阳(今属河南)人。曾任侍中尚书,后做大将军曹爽党羽,被控谋反而被诛。②利口覆国:用能言善辩来倾覆国家。③博而寡要:涉及面很广,但不能把握其关键和要点。④关籥:锁匙。比喻控制,约束。

【译文】

何晏、邓飏、夏侯玄都请求与傅嘏结交,可是傅嘏始终没有答应。他们几个就通过荀粲来说合这件事。荀粲对傅嘏说:"夏侯太初是一代的杰出人士，对您很虚心，而您心里认为他不可结交。如果能结交便好，如果不行就会产生裂痕。两位贤人如果能和睦相处，那么国家就会太平。这就是蔺相如忍让廉颇的原因。”傅嘏说：“夏侯太初，志向很大，用尽心思去达到目的，能够迎合虚名，确实是个用能言善辩来倾覆国家的人。何晏和邓飏有作为却急躁，知识面很广，却不能把握关键和要点，对外喜欢得到好处，对自己却不加约束控制，重视自己的同党，厌恶与自己意见不同的人，好发表意见，却忌妒超过自己的人。发表意见多破绽也就多，忌妒别人胜过自己就会不讲情谊。依我看来，这三位贤人，都是败坏道德的人罢了，我远离他们还怕惹祸上身，何况是去亲近他们呢？”后来三人的情况果然都像他所说的那样。

四

晋武帝讲武[①]于宣武场，帝欲偃武修文[②]，亲自临幸[③]，悉召群臣。山公谓不宜尔，因与诸尚书言孙、吴[④]用兵本意，遂究论，举坐无不咨嗟，皆曰：“山少傅乃天下名言。”后诸王骄汰，轻遘（gòu）祸难，[⑤]于是寇盗处处蚁合，郡国多以无备，不能制服，遂渐炽盛，皆如公言。时人以谓山涛不学孙、吴，而暗与之理会。王夷甫亦叹云：“公暗与道合。”

【注释】

①讲武：讲习武事。②偃武修文：停息武备，振兴文教。③临幸：到场。皇帝到某处叫“幸”。④孙、吴：指兵法家孙子、吴起。⑤诸王骄汰，轻遘祸难：指八王之乱。遘：通“构”，构成，造成。

【译文】

晋武帝在宣武场讲习武事，他想停息武备，振兴文教，所以亲自来到宣武场，并把群臣都召集来了。山公（山涛）认为不适合这么做，便和诸位尚书谈论孙武、吴起用兵的本意，并且深入地探讨下去，在座的人听了没有不赞叹的，都说：“山少傅（山涛）所论是天下的名言。”后来诸王放纵、奢侈,轻率地造成灾难,于是各地的贼寇像蚂蚁一样聚合,郡、国多数没有防备,不能制服他们,最后逐渐猖獗起来,正像山公所说的那样。当时的人认为山涛虽没有学过孙、吴的兵法,但他的见解却与他们用兵的道理暗相契合。王夷甫也慨叹说:"山公所说的和道理暗合。"

五

王夷甫父乂为平北将军,有公事,使行人[①]论,不得。时夷甫在京师,命驾见仆射羊祜、尚书山涛。夷甫时总角,姿才秀异,叙致[②]既快,事加有理,涛甚奇之。既退,看之不辍,乃叹曰:"生儿不当如王夷甫邪?"羊祜曰:"乱天下者,必此子也。"

【注释】

①行人:使者的统称。②叙致:叙述事理。

【译文】

王夷甫(王衍)的父亲王乂,担任平北将军,有件公事,想派人去上报,没有合适的人。当时王夷甫在京都,就坐车去拜见尚书左仆射羊祜、尚书山涛。王夷甫当时还是少年,风姿才华优秀出众,叙述事理既畅快,加以事实又理由充分,山涛感到很诧异。王夷甫告辞后,山涛一直盯着他看,于是叹息说:"生儿子不应该像王夷甫一样吗?"羊祜说:"扰乱天下的,一定是这个人。"

六

潘阳仲[①]见王敦小时,谓曰:"君蜂目[②]已露,但豺声[③]未振耳。必能食人,亦当为人所食。"

【注释】

①潘阳仲：潘滔，字阳仲，荥阳中吴(今河南中矣)人。西晋大臣，太常潘尼的侄子。②蜂目：眼睛像胡蜂，形容相貌凶悍。③豺声：豺的声音，比喻凶恶残忍者的声音。

【译文】

潘阳仲看见少年王敦，对他说："您已经露出了胡蜂一样的眼睛，只是还没有喊出豺狼的声音罢了。你一定能吃人，也会被别人吃掉。"

七

石勒[1]不知书，使人读《汉书》。闻郦(lì)食(yì)其(jī)[2]劝立六国后，刻印将授之，大惊曰："此法当失，云何得遂有天下?"至留侯[3]谏，乃曰："赖有此耳!"

【注释】

①石勒：字世龙，小字訇勒，羯族，十六国时后赵建立者。②郦食其：刘邦的谋士。楚汉战争中，奉使说齐王田广归汉，韩信乘机袭齐，齐王以为被其出卖，将其烹死。汉朝建立，封其子郦疥为高粱侯。③留侯：张良，字子房。刘邦的谋士。楚汉战争中，提出不立六国后代，重用韩信，联结彭越、英布从两面夹击项羽，及乘势追歼楚军，击灭项羽等策略，使汉军取胜。汉朝建立，封留侯。

【译文】

石勒不识字，让别人给他读《汉书》听。他听到郦食其劝刘邦分封六国的后代，刘邦马上刻印，将要授予爵位时，就大惊道："这种做法会失去天下，怎能说最终得到天下呢?"当听到留侯的劝谏时，就说："幸亏有这个人啊!"

八

卫玠年五岁，神矜[①]可爱。祖太保[②]曰："此儿有异，顾吾老，不见其大耳！"

【注释】

①神矜：神情气度。②祖太保：指卫玠的祖父卫瓘（guàn），西晋时官至太保。

【译文】

卫玠五岁时，神情气度让人喜欢。他的祖父卫太保说："这孩子与众不同，只是我老了，看不到他长大成人了！"

九

刘越石[①]云："华彦夏[②]识能不足，强果有余。"

【注释】

①刘越石：即刘琨。②华彦夏：华轶，字彦夏，平原高唐（今山东高唐）人。曾任振威将军、江州刺史，后被司马睿所杀。

【译文】

刘越石说："华彦夏见识、能力不足，坚强果敢有余。"

十

张季鹰[①]辟齐王[②]东曹掾，在洛，见秋风起，因思吴中菰菜[③]羹、鲈鱼脍，曰："人生贵得适意尔，何能羁宦[④]数千里以要名爵[⑤]！"遂命驾便归。俄而齐王败，时人皆谓为见机[⑥]。

【注释】

①张季鹰:张翰,字季鹰,吴郡吴县(今江苏苏州)人。西晋文学家。②齐王:司马冏,字景治,河内温县(今河南温县)人。其父死后,袭爵齐王。③菰菜:即茭白。④羁宦:他乡做官。⑤名爵:名号与爵位。⑥见机:识机微,辨情势。

【译文】

张季鹰被任命为齐王的东曹掾,在洛阳见到秋风吹起,于是思念起吴地的菰菜羹和鲈鱼脍,说:"人生贵在顺遂自己的意愿,怎么能为了获得名号和爵位在他乡做官呢?"于是他驾起车子就回去了。不久齐王落败,当时人都说他能够识机微,辨情势。

十一

诸葛道明[①]初过江左,自名道明,名亚王、庾之下。先为临沂令,丞相谓曰:"明府当为黑头公[②]。"

【注释】

①诸葛道明:即诸葛恢。②黑头公:指少年而居高位者。

【译文】

诸葛道明刚到江南时,自己起名叫道明,名望在王导、庾亮之下。他先前任临沂县令,丞相对他说:"明府您将会黑头之年官至公位。"

十二

王平子素不知眉子[①],曰:"志大其量,终当死坞壁[②]间。"

【注释】

①眉子:王玄,字眉子。王澄的侄儿。②坞壁:防御用的土堡,土障。

【译文】

王平子向来不赏识眉子,说:“志向大过他的气量,最后终究会死在土堡中。”

十三

王大将军[①]始下,杨朗[②]苦谏不从,遂为王致力,乘中鸣云露车[③]径前,曰:“听下官鼓音,一进而捷。”王先把其手曰:“事克,当相用为荆州。”既而忘之,以为南郡。王败后,明帝收朗,欲杀之。帝寻崩,得免。后兼三公,署数十人为官属[④]。此诸人当时并无名,后皆被知遇。于时称其知人。

【注释】

①王大将军:即王敦。②杨朗:字世彦,弘农(今属陕西)人。曾任雍州刺史。③中鸣云露车:一种车子,车上有望楼以窥敌进退。中鸣,指云车中设置鼓锣,指挥军队进退。④官属:主要官员的属吏。

【译文】

王大将军开始向长江下游进军,杨朗极力劝阻他,他不听,于是杨朗就为他的进军尽力。他坐着中鸣云露车一直在前,说:“听下官的鼓音,一次进攻就可以获胜。”王敦事先握住他的手许诺说:“战事胜利了,要用你来掌管荆州。”过后王敦忘了这话,把他派到南郡做太守。王敦失败后,晋明帝逮捕了杨朗,想杀掉他。不久明帝死了,杨朗才得到赦免。后来杨朗兼任三公,任用几十人做他的属官。这些人在当时并没有名气,后来都受到他的赏识得到重用。当时人都称赞他能识别人才。

十四

周伯仁母冬至举酒赐三子曰:“吾本谓度江托足无所,尔家有相[①],尔等并罗列吾前,复何忧!”周嵩起,长跪[②]而泣曰:“不如阿母言。伯仁为人志大而才短,名重而识暗,好乘人之弊,此非自全之道;嵩性狼抗[③],亦不容于世;唯阿奴碌碌[④],当在阿母目下耳。”

【注释】

①有相:有贵相。②长跪:直身而跪。古时席地而坐,坐时两膝据地,以臀部着足跟。跪则伸直上身,以示庄敬。③狼抗:傲慢,暴戾。④碌碌:平庸无能。

【译文】

周伯仁(周顗)的母亲冬至时拿酒赐给三个儿子,说:“我本来以为过江以后没有一个地方立足,还好你们家有贵相,你们几个都站在我眼前,还有什么可担忧的!”这时周嵩离座,长跪在母亲面前,流着泪说:“并不像母亲说的那样。伯仁的为人志向很大而才能不足,名气很重而见识不明,又喜欢乘人之危,这不是保全自己的方法;我本性傲慢又暴戾,也不会在世上被人容忍;只有小弟弟平庸无能,应该会守护在母亲眼前。”

十五

王大将军既亡,王应[①]欲投世儒[②],世儒为江州。王含欲投王舒[③],舒为荆州。含语应曰:“大将军平素与江州云何,而汝欲归之?”应曰:“此乃所以宜往也。江州当人强盛时,能抗同异,此非常人所行。及睹衰厄,必兴愍(mǐn)恻[④]。荆州守文[⑤],岂能作意表行事!”含不从,遂共投舒。舒果沉含父子于江。彬闻应当来,密具船以待之,竟不得来,深以为恨。

【注释】

①王应:字安期。王敦之兄王含的儿子,后过继给王敦。②世儒:王彬,字世儒。王敦的堂弟。王敦叛乱,攻入石头城,元帝派王彬慰劳王敦军以求和,王彬指责王敦背弃君臣之礼。③王舒:字处明。王敦的堂弟。王敦叛乱失败,王舒沉杀王含父子于江中。④愍恻:怜悯。⑤守文:遵守成文法;守法。

【译文】

王大将军(王敦)已死,王应想投奔王世儒,世儒时任江州刺史。王含想投奔王舒,王舒时任荆州刺史。王含对王应说:"大将军平时和世儒的关系怎么样,而你却想去投靠他?"王应说:"这才是应该去的原因。江州刺史王彬在别人强大的时候,能够坚持不同意见,这不是一般人所能做到的。等到看见别人衰败危难的时候,就一定会产生怜悯。荆州刺史王舒一向守法,怎么能做出意料之外的事呢!"王含不听从他的意见,于是一起投奔王舒。王舒果然把王含父子沉入长江。王彬听说王应会来,秘密准备好船来等候他们,最后他们没能来,王彬深感遗憾。

十六

武昌孟嘉[①]作庾太尉州从事,已知名。褚太傅[②]有知人鉴,罢豫章还,过武昌,问庾曰:"闻孟从事佳,今在此不?"庾云:"试自求之。"褚眄(miǎn)睐(lài)[③]良久,指嘉曰:"此君小异,得无是乎?"庾大笑曰:"然。"于时既叹褚之默识[④],又欣嘉之见赏。

【注释】

①孟嘉:字万年,江夏鄳(今属河南)人。年轻时很有名望,得到庾亮、庾翼兄弟的赏识。②褚太傅:褚裒,字季野。康帝皇后的父亲。

③眄睐：顾盼。④默识：在不言中识别人物。

【译文】

武昌郡的孟嘉任庾太尉（庾亮）的州从事，已经很有名气了。褚太傅（褚裒）有识别人物的观察力，他被免去豫章太守，路过武昌，问庾太尉说："听说孟从事很不错，现在在这里吗？"庾太尉说："你自己找找看。"褚太傅顾盼了很久，指着孟嘉说："这位先生有点不同，莫非是他吗？"庾太尉大笑道："对。"当时庾亮既赞赏褚裒这种在不言中识别人物的才能，又高兴孟嘉受到了赏识。

十七

戴安道[①]年十余岁，在瓦官寺画。王长史[②]见之，曰："此童非徒能画，亦终当致名[③]。恨吾老，不见其盛时耳！"

【注释】

①戴安道：戴逵，字安道，谯郡铚县（今安徽濉溪）人。他多才多艺，博学好谈论，善文章，能弹琴，工书画。②王长史：即王濛。③致名：得到名望。

【译文】

戴安道十几岁时，在瓦官寺画画。王长史看见他，说："这孩子不仅能画画，也终将会得到名望。遗憾的是我老了，见不到他名声隆盛的时候了！"

十八

王仲祖、谢仁祖、刘真长俱至丹阳墓所省殷扬州，殊有确然[①]之志。既反，王、谢相谓曰："渊源不起，当如苍生何？"深为忧叹。刘曰："卿诸人真忧渊源不起邪？"

【注释】

①确然：坚定。

【译文】

王仲祖（王濛）、谢仁祖（谢尚）、刘真长（刘惔）三人一起到丹阳郡殷氏墓地去探望殷扬州，他退隐的志向很坚定。回来以后，王、谢交谈说："渊源不出来做官，将如何面对老百姓呢？"他们深深地为此忧虑叹惜。刘真长说："你们这些人真的担心渊源不出来做官吗？"

十九

小庾[1]临终，自表以子园客[2]为代。朝廷虑其不从命，未知所遣，乃共议用桓温。刘尹曰："使伊去，必能克定西楚[3]，然恐不可复制。"

【注释】

①小庾：指庾翼，庾亮的弟弟。②园客：庾翼的儿子庾爰之，字仲真，小字园客。③西楚：地名，晋时指荆州地区，在京都西面。

【译文】

小庾将死，自己上表推荐儿子园客代任荆州刺史。朝廷担心他不肯服从命令，不知该派遣谁去，于是一同商议任用桓温为荆州刺史。丹阳尹刘惔说："派他去，一定能平定西楚这个地方，可是恐怕以后不能再控制他了。"

二十

桓公将伐蜀，在事诸贤咸以李势[1]在蜀既久，承藉累叶[2]，且形据上流，三峡未易可克。唯刘尹云："伊必能克蜀。观其蒲博[3]，不必得则不为。"

【注释】

①李势：字子仁，巴氏族，十六国时成国国君。李寿的儿子。寿死，继承王位。后降于桓温，被送至建康，封归义侯。②累叶：累世。自李特起兵造反，传至李势，已经六世，四十多年。③蒲博：古代的一种博戏，亦泛指赌博。

【译文】

桓公（桓温）将要讨伐蜀地，当时居官任事的贤明人士都认为李势在蜀地已经很久，延续了好几代，而且地理上又占据上游的优势，三峡不是轻易能够攻克的。只有刘尹（刘惔）说："他一定能攻克蜀地。从他赌博可以看出，得不到的他一定不会去干。"

二十一

谢公在东山畜妓，简文曰："安石必出，既与人同乐，亦不得不与人同忧。"

【译文】

谢公（谢安）在东山养了一班歌妓，简文帝说："安石一定会出山，他既然能和人同乐，也不得不和人同忧。"

二十二

郗超与谢玄不善。苻坚将问晋鼎[①]，既已狼噬[②]梁、岐，又虎视淮阴矣。于时朝议遣玄北讨，人间颇有异同之论，唯超曰："是必济事[③]。吾昔尝与共在桓宣武府，见使才皆尽，虽履屐之间[④]，亦得其任。以此推之，容必能立勋。"元功[⑤]既举，时人咸叹超之先觉，又重其不以爱憎匿善。

【注释】

①问晋鼎:指篡夺晋室江山。②狼噬:比喻凶暴侵占。③济事:成事。④履屐之间:距离很小。履屐,都是鞋,这里比喻小事。⑤元功:首功,大功。

【译文】

郗超与谢玄不和睦。苻坚正想夺取晋室江山,已经像恶狼一样吞并了梁州、岐山一带地区,又虎视眈眈地企图侵占淮河以南广大地区。这时朝廷中商议派谢玄北上讨伐,人们对此颇有不同看法。只有郗超说:"谢玄一定能成事。我过去曾经与他一道在桓温府中共事,发现他用人能尽其才,即使是一些小事,也能处理得恰如其分。从这些事推断,想来他是一定能建立功勋的。"谢玄大功告成后,当时的人都赞叹郗超有先见之明,又推崇他不因为个人的好恶而埋没别人的品德。

二十三

韩康伯与谢玄亦无深好,玄北征后,巷议疑其不振。康伯曰:"此人好名,必能战。"玄闻之,甚忿,常于众中厉色曰:"丈夫提千兵入死地,此事君亲故发,不得复云为名!"

【译文】

韩康伯和谢玄也没有深交。谢玄北伐苻坚后,街谈巷议都怀疑他不奋力征战。韩康伯说:"这个人好名,一定能全力作战。"谢玄听后非常生气,经常在公众场合大声说:"大丈夫率领千军出生入死,这是为了报效君主才出征的,不能再说是为了名声!"

二十四

褚期生[①]少时,谢公甚知之,恒云:"褚期生若不佳者,仆不复相士[②]!"

【注释】

①褚期生：褚爽，字弘茂，小字期生。晋恭帝皇后的父亲，褚裒的孙子。②相士：鉴别人才。

【译文】

褚期生年轻时，谢公很赏识他，经常说："褚期生如果不算优秀的话，我就不再鉴别人才了。"

二十五

郗超与傅瑗周旋。瑗见其二子，并总发。超观之良久，谓瑗曰："小者才名皆胜，然保卿家，终当在兄。"即傅亮兄弟[2]也。

【注释】

①傅瑗：字叔玉，北地灵州（今属宁夏）人，曾任护军长史、安城太守。②傅亮兄弟：即傅亮、傅迪。傅亮，字季友，曾任散骑常侍、左光禄大夫。傅迪，字长猷，官至五兵尚书。

【译文】

郗超和傅瑗交往。傅瑗引见两个儿子给郗超，两人都还是小孩子。郗超对他们观察了很久，对傅瑗说："小的将来才学名望都会胜过哥哥，可是保全你们一家的，终究还靠哥哥。"说的就是傅亮傅迪兄弟。

二十六

王恭随父在会稽，王大自都来拜墓，恭暂往墓下看之。二人素善，遂十余日方还。父问恭："何故多日？"对曰："与阿大语，蝉连[1]不得归。"因语之曰："恐阿大非尔之友，终乖爱好。"果如其言。

【注释】

①蝉连:同"蝉联",绵延不断,连续相承。

【译文】

王恭随父亲住在会稽郡,王大从京都来会稽扫墓,王恭不久后到墓地去看望他。两人一向很要好,于是王恭住了十多天才回去。父亲问王恭:"为什么待了这么多天?"王恭回答说:"和阿大谈话,很投机,话题不断,一时不能回来。"他父亲于是告诉他:"恐怕阿大不是你的朋友,你们最后会因爱好不同而疏远。"最后果然如他父亲所言。

二十七

车胤父作南平郡[①]功曹,太守王胡之避司马无忌[②]之难,置郡于沣(fēng)[③]阴。是时胤十余岁,胡之每出,尝于篱中见而异焉,谓胤父曰:"此儿当致高名。"后游集,恒命之。胤长,又为桓宣武所知,清通于多士之世,官至选曹尚书。

【注释】

①南平郡:西晋太康元年(280)置,属荆州,治所在作唐县(今湖南安乡县北),后移至江安县(今湖北公安县)。②司马无忌:字公寿。父司马承为刺史王廙所杀,无忌志欲复仇,欲手刃廙的儿子王胡之。③沣:应作"酆",古地名,在今陕西户县北。

【译文】

车胤的父亲任南平郡功曹,太守王胡之为了避开司马无忌的报复,把郡所设在沣阴。这时车胤才十多岁,王胡之外出时曾隔着篱笆看见他,认为他与众不同,便对车胤父亲说:"这孩子应该会获得很高的名望的。"后来游玩、聚会,常常叫他来。车胤长大后,又受到桓宣武的赏识,在人才云集的当时以清明通达闻名,官做到选曹尚书。

二十八

王忱死,西镇未定,朝贵人人有望。时殷仲堪在门下[①],虽居机要,资名轻小,人情未以方岳[②]相许。晋孝武欲拔亲近腹心,遂以殷为荆州。事定,诏未出。王珣问殷曰:“陕西[③]何故未有处分?”殷曰:“已有人。”王历问公卿,咸云:“非。”王自计才地,必应任己。复问:“非我邪?”殷曰:“亦似非。”其夜,诏出用殷。王语所亲曰:“岂有黄门郎而受如此任!仲堪此举,乃是国之亡征。”

【注释】

①门下:官署名,即门下省。②方岳:指州郡。③陕西:指荆州。

【译文】

王忱死了,镇守荆州的长官人选没有确定,朝廷显贵人人都对这个官位存有希望。当时殷仲堪在门下省任职,虽然身处机要部门,但是资历浅、名望小,人们认为不能把州郡这样的重任交给他。晋孝武帝想提拔自己的亲信心腹,就委任殷仲堪为荆州刺史。事情已经确定,诏令还没有发出。王珣问殷仲堪:“荆州为什么还没有安排人选?”殷仲堪说:“已经有人选了。”王珣就一个个说出公卿的名字,殷仲堪都说:“不是。”王珣估量了下自己的才能和门第,认为一定会任命自己。又问:“不会是我吧?”殷仲堪说:“也不是。”当夜诏令下达,任用殷仲堪。王珣对所亲信的人说:“哪有黄门侍郎被授予这样的重任的!对仲堪的这种提拔,是国家灭亡的征兆啊。”

赏誉第八

一

陈仲举尝叹曰："若周子居[①]者，真治国之器。譬诸宝剑，则世之干将[②]。"

【注释】

①周子居：即周乘。②干将：古剑名，古代十大名剑之一。相传春秋吴有干将、莫邪夫妇善铸剑，他们所铸的阴阳剑，阳曰"干将"，阴曰"莫邪"。

【译文】

陈仲举（陈蕃）曾经赞叹说："像周子居这样的人，的确是治国的人才。拿宝剑来作比，他就是当代的干将。"

二

世目[①]李元礼："谡（sù）谡[②]如劲松下风。"

【注释】

①世目：世人评价。②谡谡：劲风声，比喻刚劲严峻。

【译文】

世人评价李元礼(李膺):"刚劲严峻像挺拔的松树下的疾风。"

三

谢子微[①]见许子将兄弟[②]曰:"平舆之渊,有二龙焉。"见许子政弱冠之时,叹曰:"若许子政者,有干国[③]之器。正色忠謇[④],则陈仲举之匹;伐恶退不肖,范孟博[⑤]之风。"

【注释】

①谢子微:谢甄,字子微,汝南召陵(今属河南)人。东汉名士,因不拘小节被时人诋毁。②许子将兄弟:即许劭、许虔兄弟,汝南平舆(今属河南)人。哥哥许虔,字子政;弟弟许劭,字子将。③干国:治国。④忠謇:忠诚正直。⑤范孟博:范滂,字孟博,汝南征羌(今属河南)人。东汉名士,死于党锢之祸。

【译文】

谢子微看见许子将兄弟,说:"平舆县的深潭里,有两条龙。"他见到许子政年轻时的样子,赞叹说:"像许子政这样的人,有治国的才干。态度庄重,忠诚正直,与陈仲举相当;铲除坏人,斥退品行不端的人,有范孟博的风范。"

四

公孙度[①]目邴(bǐng)原[②]:"所谓云中白鹤,非燕雀之网所能罗也。"

【注释】

①公孙度:字升济,辽宁襄平(今辽宁辽阳)人。东汉末年任辽东太守。②邴原:字根矩,北海朱虚(今山东临朐)人。曹操当政时曾任

丞相征事、五官将长史。

【译文】

公孙度评价邴原："他是人们所说的云中白鹤，不是用捕燕雀的网所能捉到的。"

五

钟士季[①]目王安丰："阿戎了了解人意。"谓："裴公之谈，经日不竭。"吏部郎阙，文帝问其人于钟会。会曰："裴楷清通[②]，王戎简要[③]，皆其选也。"于是用裴。

【注释】

①钟士季：即钟会。②清通：清明通达。③简要：简明扼要。

【译文】

钟士季评价王安丰（王戎）："阿戎聪明伶俐，善解别人的心意。"又说："裴公的清谈，一整天也谈不完。"吏部郎职位空缺，晋文帝问钟会谁适合这个职位，钟会说："裴楷清明通达，王戎简明扼要，他们都是适合的人选。"于是任用了裴楷。

六

王濬冲[①]、裴叔则[②]二人总角诣钟士季。须臾去，后客问钟曰："向二童何如？"钟曰："裴楷清通，王戎简要。后二十年，此二贤当为吏部尚书，冀尔时天下无滞才[③]。"

【注释】

①王濬冲：即王戎。②裴叔则：即裴楷。③滞才：遗漏未选用的人才。

【译文】

王濬冲、裴叔则两人小时候去拜访钟士季。一会儿就离开了，走后客人问钟士季说："刚才那两个小孩怎么样?"钟士季说："裴楷清明通达，王戎简约扼要。二十年以后，这两位贤才会做吏部尚书，希望那时天下没有被遗漏未选用的人才。"

七

谚曰："后来领袖有裴秀[①]。"

【注释】

①裴秀：字季彦，河东闻喜(今山西闻喜)人。魏晋名臣，地理学家。

【译文】

谚语说："后辈中的领袖有裴秀。"

八

裴令公目夏侯太初："肃肃[①]如入廊庙[②]中，不修敬而人自敬。"一曰："如入宗庙，琅琅[③]但见礼乐器。见钟士季，如观武库，但睹矛戟。见傅兰硕[④]，汪廧(qíang)[⑤]靡所不有。见山巨源[⑥]，如登山临下，幽然深远。"

【注释】

①肃肃：恭敬的样子。②廊庙：指朝廷。③琅琅：形容玉石的光彩。④傅兰硕：即傅嘏。⑤汪廧：《晋书·裴楷传》作"汪翔"，水势浩大的样子。⑥山巨源：即山涛。

【译文】

裴令公(裴楷)评价夏侯太初:“好像进入朝廷一样恭恭敬敬的,不必表示敬意而敬意自生。”另一说法:“好像进入宗庙,只看见琳琅满目的礼器和乐器。看见钟士季,好像参观武器库,只能看到矛戟。看见傅兰硕,如汪洋浩荡,无所不有。看见山巨源,好像登上山顶往下看,非常幽深。”

九

羊公[①]还洛,郭奕[②]为野王[③]令。羊至界,遣人要之,郭便自往。既见,叹曰:“羊叔子何必减[④]郭太业!”复往羊许,小悉[⑤]还,又叹曰:“羊叔子去人远矣!”羊既去,郭送之弥日,一举数百里,遂以出境免官。复叹曰:“羊叔子何必减颜子[⑥]!”

【注释】

①羊公:即羊祜。②郭奕:字太业,太原阳曲(今山西阳曲南)人。曾任雍州刺史、鹰扬将军、尚书。③野王:古县名,东汉、晋曾是河内郡和怀州治所,三国魏时曾为野王郡治所。④减:逊于,不如。⑤小悉:一会儿。⑥颜子:颜回。

【译文】

羊公返回洛阳,郭奕任野王县令。羊公到了县界,派人去邀请郭奕,郭奕便自己去了。见面之后,郭奕赞叹说:“羊叔子哪里不如郭太业!”郭奕又去羊公的住所,一会儿就回去了,又赞叹道:“羊叔子超过一般人很多啊!”羊祜要走了,郭奕送了他一整天,一送就送了几百里,最后因为出了县境被免官。他又赞叹道:“羊叔子哪里不如颜回呢!”

十

王戎目山巨源:“如璞玉浑金,人皆钦其宝,莫知名其器。”

【译文】

王戎评论山巨源:“他像未经雕琢的玉和未经提炼的金,人人都看重他是宝物,可是没有谁知道该给他取个什么名字。”

十一

羊长和[①]父繇与太傅祜同堂[②]相善,仕至车骑掾,蚤卒。长和兄弟五人幼孤。祜来哭,见长和哀容举止,宛若成人,乃叹曰:“从兄不亡矣!”

【注释】

①羊长和:即羊忱。②同堂:同一祖父。

【译文】

羊长和的父亲羊繇和太傅羊祜是相互交好的堂兄弟,羊繇官做到车骑掾,死得早。羊长和兄弟有五人,很小的时候就成了孤儿。羊祜来哭丧,看见羊长和悲痛的神情和行为举止像个成年人,就叹息说:“堂兄没有死啊!”

十二

山公举阮咸[①]为吏部郎,目曰:“清真[②]寡欲,万物不能移也。”

【注释】

①阮咸:字仲容,陈留尉氏(今属河南)人。阮籍之侄,魏晋名士,“竹林七贤”之一。②清真:纯真朴素。

【译文】

山公(山涛)荐举阮咸出任吏部郎,评价他说:“他纯真朴素,少有私欲,任何事物不能改变他的志向。”

十三

王戎目阮文业[①]:“清伦[②]有鉴识,汉元[③]以来,未有此人。”

【注释】

①阮文业:阮武,字文业。阮籍族兄。曾任清河太守。②清伦:清高超群。③汉元:汉初。

【译文】

王戎评价阮文业:“清高超群有精辟的见识,从汉代以来没有像他这样的人。”

十四

武元夏[①]目裴、王曰:“戎尚约,楷清通。”

【注释】

①武元夏:武陔,字元夏,沛国竹邑(今属安徽)人,曾任左仆射、左光禄大夫。

【译文】

武元夏评论裴楷、王戎说:“王戎崇尚简要,裴楷清明通达。”

十五

庾子嵩目和峤:“森森[①]如千丈松,虽磊砢有节目[②],施之大厦,有栋梁之用。”

【注释】

①森森：高耸的样子。②节目：树节和纹理错乱的部分。

【译文】

庾子嵩（庾敳）评论和峤："他就像千丈高的松树，虽然到处疙疙瘩瘩，可是如果用它来建造大厦，还是可以用来做栋梁的。"

十六

王戎云："太尉[①]神姿高彻[②]，如瑶林琼树[③]，自然是风尘外物。"

【注释】

①太尉：指王衍。②高彻：超凡脱俗。③瑶林琼树：传说中仙界的玉树，比喻人的品格高洁。

【译文】

王戎说："太尉的风度仪态超凡脱俗，好像仙界的玉树，自然是尘世之外的人物。"

十七

王汝南[①]既除所生[②]服，遂停墓所。兄子济每来拜墓，略不过叔，叔亦不候。济脱时[③]过，止寒温而已。后聊试问近事，答对甚有音辞[④]，出济意外，济极惋愕。仍与语，转造精微。济先略无子侄之敬，既闻其言，不觉懔然，心形俱肃。遂留共语，弥日累夜。济虽俊爽，自视缺然[⑤]，乃喟然叹曰："家有名士，三十年而不知！"济去，叔送至门。济从骑有一马，绝难乘，少能骑者。济聊问叔："好骑乘不？"曰："亦好尔。"济又使骑难乘马。叔姿形既妙，回策如萦，名骑无以过之。济益叹其难测，非复一事。既还，浑问济："何以暂行累日？"济曰："始得一叔。"浑问其故，济具叹述如此。浑曰："何如我？"济曰："济以上人。"

武帝每见济，辄以湛调之曰："卿家痴叔死未？"济常无以答。既而得叔后，武帝又问如前，济曰："臣叔不痴。"称其实美。帝曰："谁比？"济曰："山涛以下，魏舒⑥以上。"于是显名，年二十八始宦。

【注释】

①王汝南：王湛，字处冲，太原晋阳(今山西太原)人。晋司徒王浑的弟弟。曾任汝南内史。②所生：生身父母。③脱时：或许，偶尔。④音辞：言谈，辞令。⑤缺然：不足。⑥魏舒：字阳元，任城樊县(今属山东)人。曾任右仆射、兖州中正。

【译文】

王汝南为生身之父服完丧之后，就住在了守墓房里。他哥哥的儿子王济每次来祭拜祖墓，经过那里也不去探望叔父，叔父也不问候他。王济偶尔拜见，也只是嘘寒问暖罢了。后来王济姑且试探着问近来的事情，王湛的回答很值得一听，出乎王济的意料，王济感到很是惊愕惋惜。继续与他交谈，转而达到高深精微的境界。王济之前没有作为子侄辈的恭敬，在听了叔父的言论之后，从内心到行为都肃然恭敬起来。王济于是就留在叔父的住处，日夜交谈。王济虽然才华出众，自己也觉得比起叔父有所欠缺，于是感叹说："我王家有这样的名士，竟然三十年都不了解！"王济离开时，叔父送到门口。王济的随从有一匹马，非常难骑，很少有人能骑乘得了。王济问叔父："您喜欢骑马吗？"王湛说："也喜欢骑呀。"王济便让叔父去骑那匹难骑的马，叔父骑马的姿态身形非常漂亮，回手挥鞭如彩练萦绕，有名的骑手也不能超过他。王济更是慨叹叔父的本领难测深浅，像这样的事情并不止一两件。回到家里，王浑问王济："为什么一去就是几天？"王济说："我才得到了一位叔父。"王浑问这是怎么回事，王济把所经历的情况感叹着详说了一遍。王浑说："比得上我吗？"王济说："是超过我王济之上的人。"武帝之前每次见到王济，就用王湛调侃他，说："你家痴呆叔父死了没有？"

王济经常无言以对。现在了解了叔父,武帝又像以前那样问,王济说:“臣下的叔父并不痴呆。”并称赞叔叔的德能之美。武帝问:“能与谁比?”王济说:“在山涛之下,在魏舒之上。”从此之后,他便才名远扬,直到二十八岁才出山做官。

十八

裴仆射,时人谓为言谈之林薮(sǒu)。

【译文】

裴仆射(裴頠),当时人称他是言谈的荟萃之地。

十九

张华见褚陶[1],语陆平原[2]曰:“君兄弟龙跃云津[3],顾彦先[4]凤鸣朝阳[5],谓东南之宝已尽,不意复见褚生。”陆曰:“公未睹不鸣不跃者耳。”

【注释】

①褚陶:字季雅,吴郡钱塘(今浙江杭州)人。曾任尚书郎、九真太守、中尉。②陆平原:即陆机。③龙跃云津:比喻杰出的人物崛起。云津:银河,天河。④顾彦先:即顾荣。⑤凤鸣朝阳:凤凰在早晨的阳光中鸣叫,比喻有高才的人得到发挥的机会。

【译文】

张华见过褚陶后,对陆平原说:“你们兄弟就像天河飞跃的龙,顾彦先像迎着朝阳鸣叫的凤凰,我认为东南的人才已经都在这里,没想到又见到了褚陶。”陆机说:“只是因为您没见过不鸣不跃的人才罢了!”

二十

有问秀才[①]:"吴旧姓如何?"答曰:"吴府君[②],圣王之老成[③],明时之俊乂[④];朱永长[⑤],理物[⑥]之至德[⑦],清选[⑧]之高望;严仲弼[⑨],九皋[⑩]之鸣鹤,空谷之白驹;顾彦先,八音[⑪]之琴瑟,五色[⑫]之龙章;张威伯[⑬],岁寒之茂松,幽夜之逸光;陆士衡、士龙,鸿鹄之裴回[⑭],悬鼓之待槌。凡此诸君:以洪笔为锄耒,以纸札为良田,以玄默为稼穑,以义理为丰年,以谈论为英华,以忠恕为珍宝,著文章为锦绣,蕴五经为缯帛,坐谦虚为席荐,张义让为帷幕,行仁义为室宇,修道德为广宅。"

【注释】

①秀才:指蔡洪。②吴府君:吴展,字士季,下邳(今属江苏)人。三国时曾任吴国广州刺史、吴郡太守。③老成:指年老有德的人。④俊乂:指才德出众的人。⑤朱永长:朱诞,字永长,吴郡(今江苏苏州)人。吴国孙皓时,曾任建安太守。⑥理物:治民。⑦至德:最高的道德。⑧清选:精挑细选出来的人。⑨严仲弼:严隐,字仲弼,吴郡(今江苏苏州)人。曾任三国吴国宛陵令。⑩九皋:曲折深远的沼泽。⑪八音:我国古代对乐器的统称,通常为金、石、丝、竹、匏、土、革、木八种不同质材所制。其中"琴瑟"属于"丝"。⑫五色:指青、赤、白、黑、黄五种颜色。⑬张威伯:张畅,字少微。元嘉二十七年,北魏军包围彭城,他时为安北将军长史,受命与北魏尚书李孝伯交涉,随宜应答,甚为敏捷,为时人所称道。⑭裴回:往返回旋。

【译文】

有人问秀才蔡洪:"吴地的世族怎么样?"蔡洪回答说:"吴府君是圣明君主的年高德劭的贤臣,政治清明时代的才德出众之人;朱永长是治民之臣中道德最高的,挑选出来的人里面最有声望的人;严仲弼像深远沼泽中的鸣鹤,像空旷的山谷中的白马;顾彦先像乐器中的琴瑟,花纹中的龙章;张威伯是严冬时茂盛的松柏,黑夜里射出的光芒;陆士衡、陆士龙兄弟俩像空中盘旋的鸿鹄,像悬着等待擂响的大鼓,所有提到的这些人:他们把大笔当农具,把纸札当良田,把清静无为当劳动,把掌握义理当丰收,把清谈当美好的声誉,把忠恕当珍宝,把著述文章当刺绣,把精通五经当丝帛,把坚持谦虚当坐的草席,把施行道义礼让当张挂的帷幕,把推行仁义当修造的房屋,把加强道德修养当修筑的大住宅。"

二十一

人问王夷甫:"山巨源义理何如?是谁辈?"王曰:"此人初不肯以谈自居,然不读《老》、《庄》,时闻其咏,往往[1]与其旨合。"

【注释】

①往往:各处,每个方面。

【译文】

有人问王夷甫(王衍):"山巨源(山涛)谈义理怎么样?和谁是同一类的人?"王夷甫说:"这个人始终不肯以清谈家自居,他虽然不读《老子》、《庄子》,但时常能听到他的谈论,各个方面都和老庄的思想相符。"

二十二

洛中雅雅[1]有三嘏(gǔ):刘粹字纯嘏,宏字终嘏,漠字冲嘏,是亲兄弟,王安丰甥,并是王安丰女婿。宏,真长祖也。洛中铮铮[2]冯惠卿,名荪,是播子。荪与邢乔[3]俱司徒李胤[4]外孙,及胤子顺并知名。时称:"冯才清,李才明,纯粹邢。"

【注释】

①雅雅:指风雅人士众多。②铮铮:指名声显赫,才华出众。③邢

乔：字曾伯，官至司隶校尉。④李胤：字宣伯，辽东襄平（今辽宁辽阳）人。初仕魏为郡上计掾，投靠司马昭，官至河南尹。晋武帝泰始初，封侯，迁尚书，累至侍中尚书令、司徒。

【译文】

洛阳众多风雅人士中有三嘏：刘粹字纯嘏，刘宏字终嘏，刘漠字冲嘏，是亲兄弟，是王安丰的外甥，而且都是王安丰的女婿。刘宏，就是刘真长（刘惔）的祖父。洛阳声名显赫的冯惠卿，名荪，是冯播的儿子。冯荪和邢乔都是司徒李胤的外孙，他们和李胤的儿子李顺都很有名。当时的人称赞说："冯氏才学高明，李氏才识睿智，而才学纯正不杂的是邢氏。"

二十三

卫伯玉[①]为尚书令，见乐广与中朝名士谈议，奇之曰："自昔诸人[②]没已来，常恐微言将绝，今乃复闻斯言于君矣！"命子弟造之，曰："此人，人之水镜[③]也，见之若披云雾睹青天。"

【注释】

①卫伯玉：卫瓘（guàn），字伯玉，河安安邑（今属山西）人。书法家。曾任尚书令。②诸人：指何晏等善于清谈的人。③水镜：清水和明镜，此指乐广是明鉴之人。

【译文】

卫伯玉任尚书令，看见乐广和西晋的名士清谈，感到很惊奇，说："自从当年那些善于清谈的名士去世到现在，常常担心清谈要灭绝了。今天竟然又从您这里听到这些谈论！"于是就让子侄们去拜访他，说："这个人，是清水和明镜一样明澈的人，看到他就像拨开云雾看见了青天一样。"

二十四

王太尉曰:“见裴令公精明朗然,笼盖[①]人上,非凡识也。若死而可作[②],当与之同归。”或云王戎语。

【注释】

①笼盖:超越,胜过。②作:起立,指死而复生。

【译文】

王太尉(王衍)说:“看到裴令公(裴楷)精明爽朗,超越众人,不是一般见识的人呀。如果人能死而复生,我一定要同他一道。”有人说这是王戎说的话。

二十五

王夷甫自叹:“我与乐令谈,未尝不觉我言为烦。”

【译文】

王夷甫(王衍)自己感叹:“我和乐令清谈时,没有不觉得我的话是烦琐的。”

二十六

郭子玄有俊才,能言《老》、《庄》,庾敳尝称之,每曰:“郭子玄何必减庾子嵩!”

【译文】

郭子玄有卓越的才能,能够谈论老庄的思想,庾敳曾经称赞他,常常说:“郭子玄不一定在我庾子嵩之下!”

二十七

王平子目太尉："阿兄形似道，而神锋[1]太俊。"太尉答曰："诚不如卿落落穆穆[2]。"

【注释】

①神锋：气概。②落落穆穆：洒脱而端庄。

【译文】

王平子评价王太尉（王衍）说："哥哥形貌好像很正直，可是气概太俊秀了。"王太尉说："确实不如你洒脱端庄。"

二十八

太傅[1]府有三才：刘庆孙长才[2]，潘阳仲大才[3]，裴景声清才[4]。

【注释】

①太傅：指东海王司马越。②长才：才能优异的人。③大才：可以担当重任的人。④清才：品行高洁的人。

【译文】

太傅府里有三个人才：刘庆孙是长才，潘阳仲是大才，裴景声是清才。

二十九

林下诸贤，[1]各有俊才子：籍子浑，器量弘旷[2]；康子绍，清远雅正；涛子简，疏通高素[3]；咸子瞻，虚夷[4]有远志，瞻弟孚，爽朗多所遗[5]；秀子纯、悌，并令淑有清流[6]；戎子万子，有大成之风，苗而不秀，[7]唯伶子无闻。凡此诸子，唯瞻为冠，绍、简亦见重当世。

【注释】

①林下诸贤：指“竹林七贤”。②弘旷：心胸宽阔。③疏通高素：爽朗而高洁。④虚夷：恬淡寡欲。⑤多所遗：多有遗漏，指不拘细节。⑥清流：指德行高洁，有名望。⑦苗而不秀：只长了苗而没有开花结实，比喻人资质虽好，但尚未有所成就即不幸夭折。

【译文】

竹林众贤，各自都有才能卓越的儿子：阮籍的儿子阮浑，气量宽广；嵇康的儿子嵇绍，清明高远，非常正直；山涛的儿子山简，爽朗高洁；阮咸的儿子阮瞻，恬淡寡欲，有远大的志向，阮瞻的弟弟阮孚，爽朗不拘小节；向秀的儿子向纯、向悌，都很善良，又有高洁的德行；王戎的儿子王万子，有集大成的风度，可惜早逝；只有刘伶的儿子没有什么名气。在所有这些人里面，唯独阮瞻可居于首位，嵇绍和山简也被当时的人所尊重。

三十

庾子躬[①]有废疾[②]，甚知名。家在城西，号曰“城西公府[③]”。

【注释】

①庾子躬：庾琮，字子躬。官至太尉掾。②废疾：有残疾而不能做事。③公府：宅第的尊称。

【译文】

庾子躬有残疾，很有名气。他的家在城西，称为“城西公府”。

三十一

王夷甫语乐令："名士无多人，故当容平子知。"

【译文】

王夷甫（王衍）对乐令（乐广）说："名士没有多少人，所以应该让王平子来辨识。"

三十二

王太尉云："郭子玄语议如悬河写水，注而不竭。"

【译文】

王太尉（王衍）说："郭子玄的言谈议论好像是瀑布倾泻，滔滔不绝。"

三十三

司马太傅府多名士，一时俊异。庾文康[①]云："见子嵩在其中，常自神王[②]。"

【注释】

①庾文康：即庾亮。②神王：精神旺盛。王：同"旺"。

【译文】

司马太傅（司马越）的府里有很多名士，都是当时的优异人物。庾文康说："见到庾子嵩（庾敳）在他们中间，常常不由自主地感觉精神旺盛。"

三十四

太傅东海王镇许昌，以王安期[1]为记室参军，雅相知重[2]。敕世子毗曰："夫学之所益者浅，体之所安者深。闲习礼度，不如式瞻[3]仪形；讽味[4]遗言，不如亲承音旨。王参军人伦之表，汝其师之！"或曰："王、赵、邓三参军，人伦之表，汝其师之！"谓安期、邓伯道[5]、赵穆[6]也。袁宏作《名士传》，直云王参军。或云赵家先犹有此本。

【注释】

①王安期：王承，字安期，王湛的儿子。曾任东海太守。②知重：赏识看重。③式瞻：瞻视。④讽味：讽诵玩味。⑤邓伯道：即邓攸。⑥赵穆：字季子，汲郡(今属河南)人。任尚书郎太傅参军。

【译文】

太傅东海王(司马越)镇守许昌，把王安期任命为记室参军，非常赏识看重他。太傅告诫长子司马毗说："书本学习的收益浅，体验生活所得的感受深。熟习礼制法度，不如去瞻视仪容形式；讽诵玩味前人留下的名言，不如亲自接受贤人的言谈意旨。王参军是人们的榜样，你要以他为师。"有人说："王、赵、邓三位参军是人们的榜样，你要以他们为师。"所说的三位参军指王安期、邓伯道、赵穆。袁宏写《名士传》的时候，只说到王参军。有人说赵穆家之前还有这个抄本。

三十五

庾太尉少为王眉子[1]所知。庾过江，叹王曰："庇其宇下，使人忘寒暑。"

【注释】

①王眉子：王玄，字眉子。王衍之子，王澄之侄。

【译文】

庾太尉(庾亮)年轻时被王眉子所赏识,庾亮过长江后,赞扬王眉子说:"在他的房檐下受到庇护,使人忘了天气的冷暖。"

三十六

谢幼舆曰:"友人王眉子清通简畅[①],嵇延祖[②]弘雅[③]劭长[④],董仲道[⑤]卓荦有致度。"

【注释】

①简畅:爽直。②嵇延祖:即嵇绍。③弘雅:高雅。④劭长:指德行美好。⑤董仲道:董养,字仲道,陈留浚仪(今属河南)人。晋惠帝初,杨皇后被废,著《元化论》,预言天下将大乱。

【译文】

谢幼舆(谢鲲)说:"朋友王眉子清明爽直,嵇延祖高雅而美好,董仲道卓越而有风度。"

三十七

王公目太尉:"岩岩[①]清峙[②],壁立千仞。"

【注释】

①岩岩:高大,高耸。②清峙:清高耸立。

【译文】

王公(王导)评价太尉王衍:"他高高耸立,像千丈的石壁那样耸立着。"

三十八

庾太尉在洛下，问讯中郎[①]。中郎留之云："诸人当来。"寻温元甫[②]、刘王乔[③]、裴叔则俱至，酬酢（zuò）[④]终日。庾公[⑤]犹忆刘、裴之才俊，元甫之清中[⑥]。

【注释】

①中郎：即庾敳，曾任太傅从事中郎。②温元甫：温几，字元甫，太原（今属山西）人。才性清婉，曾任司徒右长史、湘州刺史。③刘王乔：刘畴，字王乔，彭城（今属江苏）人。善谈名理，官至司徒左长史。④酬酢：主客互相敬酒，泛指应酬。⑤庾公：庾亮。⑥清中：清婉平和。

【译文】

庾太尉（庾亮）在洛阳，去探望中郎，中郎挽留他说："众人应该要来了。"不久温元甫、刘王乔、裴叔则（裴楷）都来了，大家喝酒聊天一整天。庾公后来还能回忆起刘王乔、裴叔则的杰出才华，温元甫的温婉平和。

三十九

蔡司徒[①]在洛，见陆机兄弟住参佐[②]廨（xiè）[③]中，三间瓦屋，士龙住东头，士衡住西头。士龙为人，文弱可爱；士衡长七尺余，声作钟声，言多慷慨。

【注释】

①蔡司徒：即蔡谟。②参佐：僚属，部下。③廨：官舍，官署。

【译文】

蔡司徒在洛阳，看见陆机兄弟俩住在僚属的官舍里，有三间瓦屋，士龙住在东头,士衡住在西头。士龙文雅纤弱,让人喜爱;士衡身高七尺多,声音洪亮如钟声,言语多慷慨之辞。

四十

王长史是庾子躬外孙,丞相目子躬云:“入理[1]泓然[2],我已上人。”

【注释】

①入理:指深入玄理。②泓然:深邃的样子。

【译文】

王长史(王濛)是庾子躬(庾琮)的外孙,丞相(王导)评论庾子躬说:“他深入地领会了玄理,是在我之上的人。”

四十一

庾太尉目庾中郎:“家从[1]谈谈[2]之许。”

【注释】

①家从:父亲的堂兄弟,即本家的伯父或叔父。②谈谈:深邃的样子。

【译文】

庾太尉(庾亮)评价中郎庾敳说:“家叔清谈深刻,为人称赞。”

四十二

庾公[1]目中郎:“神气融散[2],差如[3]得上。”

【注释】

①庾公:即庾亮。②融散:旷达。③差如:尚可,勉强可以。

【译文】

庾公评论中郎庾敳:“他精神旷达,可以取得较高的成就。”

四十三

刘琨称祖车骑[①]为朗诣[②],曰:“少为王敦所叹。”

【注释】

①祖车骑:祖逖,字士稚,范阳(今河北省涿州)人。早年经常与刘琨闻鸡起舞,刻苦自励。元帝时为豫州刺史,渡江击楫誓复中原,率师与石勒相持。后由于朝廷大臣不和,增援不力,忧愤而死。②朗诣:豁达。

【译文】

刘琨称赞祖车骑是豁达的人,说:“他年轻时受到王敦的赞赏。”

四十四

时人目庾中郎:“善于托大[①],长于自藏[②]。”

【注释】

①托大:指身居高位而不为事务所缠绕。②自藏:即自行隐藏,保护自己。

【译文】

当时的人评价庾中郎(庾敳):“能够身居高位而不为俗务所缠,善于自我隐藏而明哲保身。”

四十五

王平子迈世[1]有俊才,少所推服。每闻卫玠言,辄叹息绝倒[2]。

【注释】

①迈世:超越世俗。②绝倒:折服,佩服。

【译文】

王平子有超世之才,很少有他推崇佩服的人。每次听到卫玠谈论,总不免赞叹、为之倾倒。

四十六

王大将军与元皇[1]表云:"舒风概简正[2],允[3]作雅人,自多于邃[3],最是臣少所知拔。中间夷甫、澄见语:'卿知处明、茂弘[4]。茂弘已有令名,真副卿清论[5];处明亲疏无知之者。吾常以卿言为意,殊未有得,恐已悔之。'臣慨然曰:'君以此试。'顷来[6]始乃有称之者,言常人正自[7]患知之使过,不知使负实。"

【注释】

①元皇:指晋元帝司马睿,因为东晋第一位皇帝,故名。②简正:严肃公正。③允:确实。③邃:王邃,字处重,王舒的弟弟。曾任中领军、尚书左仆射。④处明、茂弘:即王舒、王导。⑤清论:清雅的言谈。⑥顷来:近来。⑦正自:正是。

【译文】

王大将军(王敦)呈给晋元帝上表说:"王舒风度节操严肃公正,确实是高雅的人,自然胜过王邃,是我极为赏识所提拔的人。在这中间王夷甫(王衍)、王澄对我说:'你了解处明和茂弘吧。茂弘已经有了美名，确实和你的清言相符；处明在亲近或疏远的人中没有了解他的。我常常把你的话放在心上，却毫无收获，恐怕对自己说过的话已经后悔了吧？'臣感慨地说：'您按照这来试试。'近来才开始有人称赞处明，这说明一般人只是担心了解人过了头，而没想到对其实际了解得不够。"

四十七

周侯于荆州败绩[①]还，未得用。王丞相与人书曰："雅流[②]弘器，何可得遗？"

【注释】

①周侯于荆州败绩：指周𫖮任荆州刺史时，建平流民傅密等人叛乱，迎蜀地贼寇杜弢入境，周𫖮一时无法招架，狼狈不堪。②雅流：风雅的人物。

【译文】

周侯在荆州战败后，回到京都，未能得到任用。王丞相写给别人的信中说："风雅的人物，有大才能，怎么可以被抛弃呢？"

四十八

时人欲题目[①]高坐而未能，桓廷尉[②]以问周侯。周侯曰："可谓卓朗[③]。"桓公曰："精神渊著[④]。"

【注释】

①题目：品评。②桓廷尉：桓彝，字茂伦，谯国龙亢（今属安徽）人。晋成帝时，苏峻叛乱，桓彝出兵拒战，兵败被苏峻部将韩晃所杀，追赠廷尉。③卓朗：高超清朗。④渊著：渊深，深邃。

【译文】

当时人想品评高坐僧人,却没有恰当的话,桓廷尉去问周侯(周颛)周侯说:"僧人可谓与众不同,豁达开朗。"桓公(桓温)说:"僧人的精神深邃透彻。"

四十九

王大将军称其儿云:"其神候[①]似欲可[②]。"

【注释】

①神候:神情,气宇。②可:可心,合意。

【译文】

王大将军(王敦)称赞他的儿子王应说:"看他的神态好像还很可人。"

五十

卞令[①]目叔向[②]:"朗朗如百间屋。"

【注释】

①卞令:卞壸(kǔn),字望之。曾任尚书令。②叔向:似是指叔父卞向,但有无其人,无从考证。

【译文】

卞令评论叔向说:"他气宇轩朗,好像有上百间屋子那么宽广明亮。"

五十一

王敦为大将军,镇豫章。卫玠避乱,从洛投敦。相见欣然,谈话弥日。于时谢鲲为长史,敦谓鲲曰:“不意永嘉之中,复闻正始之音。阿平[1]若在,当复绝倒。”

【注释】

①阿平:王澄,字平子。此为昵称。

【译文】

王敦任大将军,镇守豫章。卫玠躲避战乱,从洛阳前来投奔王敦,两人一见面很高兴,整天都在清谈。当时谢鲲任长史,王敦对谢鲲说:“想不到在永嘉年间,又听到了正始年间的那种清谈。阿平如果在的话,还会被折服。”

五十二

王平子与人书,称其儿“风气[1]日上,足散人怀”。

【注释】

①风气:风采气度。

【译文】

王平子给友人写信,称赞自己的儿子“风采气度,足以使人心情舒畅”。

五十三

胡毋彦国吐佳言如屑,后进领袖。

【译文】

胡毋彦国说出的好言词就像锯木时的木屑那样连绵不断,是后辈的领袖人物。

五十四

王丞相云:"刁玄亮之察察[①],戴若思[②]之岩岩,卞望之[③]峰距[④]。"

【注释】

①察察:指明辨是非。②戴若思:戴俨,字若思,广陵(今属江苏)人。③卞望之:即卞壸。④峰距:如山峰耸立,指人品高洁刚正。

【译文】

王丞相(王导)说:"刁玄亮明辨是非,戴若思严峻威严,卞望之刚直不阿。"

五十五

大将军语右军:"汝是我佳子弟,当不减阮主簿[①]。"

【注释】

①阮主簿:即阮裕,曾任大将军王敦的主簿。

【译文】

王大将军(王敦)对右军(王羲之)说:"你是我家的优秀子弟,想必不会比阮主簿差。"

五十六

世目周侯:"嶷(nì)[①]如断山。"

【注释】

①嶷:高,高峻,指正直。

【译文】

世人评价周侯(周顗):“高峻得就像高山绝壁一样。”

五十七

王丞相招祖约夜语,至晓不眠。明旦有客,公头鬓未理,亦小倦。客曰:“公昨如是,似失眠。”公曰:“昨与士少语,遂使人忘疲。”

【译文】

王丞相(王导)邀请祖约晚上来谈话,到天亮也没有睡觉。次日早上有客人来,王公鬓发都还没梳理,也有点困倦。客人道:“您昨天夜里好像失眠了。”王公说:“昨天和士少说话,就让人忘了疲劳。”

五十八

王大将军与丞相书,称杨朗曰:“世彦识器[①]理致[②],才隐明断[③]。既为国器,且是杨侯淮之子。位望殊为陵迟[④],卿亦足与之处。”

【注释】

①识器:识见气量。②理致:义理情致。③明断:清明果断。④陵迟:衰微。

【译文】

王大将军(王敦)给丞相(王导)写信,称赞杨朗说:“世彦很有识见气量,才学精微,论述清明果断。既是治国的人才,又是杨侯淮的儿子。可是地位和名望衰落不振,不过您也值得和他相处。”

五十九

何次道往丞相许,丞相以麈尾指坐,呼何共坐曰:“来,来,此是君坐。”

【译文】

何次道到丞相(王导)那里去,丞相拿麈尾指着座位,招呼何次道同坐,说:“来,来,这是您的座位。”

六十

丞相治[①]扬州廨舍[②],按行[③]而言曰:“我正为次道治此尔!”何少为王公所重,故屡发此叹。

【注释】

①治:修建。②廨舍:官署。③按行:巡视。

【译文】

丞相(王导)修建扬州的官署,边巡视边说:“我只是替何次道修建这个官署罢了!”何次道年轻时就受到王公的重视,所以王公多次发出这样的赞叹。

六十一

王丞相拜司徒而叹曰:“刘王乔若过江,我不独拜公。”

【译文】

王丞相(王导)被任为司徒时叹道:“刘王乔(刘畴)如果能过江来,我就不会独自登上三公的位置了。”

六十二

王蓝田为人晚成,时人乃谓之痴。王丞相以其东海子,辟为掾。常集聚,王公每发言,众人竞赞之。述于末坐曰:“主[①]非尧、舜,何得事事皆是?”丞相甚相叹赏。

【注释】

①主:旧时下级称上级为主。

【译文】

王蓝田(王述)成名较晚,当时的人竟然认为他傻。王丞相因为他是东海太守(王承)的儿子,就任他做属官。大家经常在一起聚会,王公每次发言,众人争着赞美他。坐在末座的王述说:"主公不是尧、舜,怎么能事事都对?"丞相非常赞赏他。

六十三

世目杨朗:"沉审[①]经断[②]。"蔡司徒云:"若使中朝不乱,杨氏作公方未已。"谢公云:"朗是大才。"

【注释】

①沉审:沉稳谨慎。②经断:善于决断。

【译文】

世人评价杨朗:"沉稳谨慎,善于决断。"蔡司徒说:"如果西晋不乱,杨氏族人任三公的将会接连不断。"谢公说:"杨朗是堪当大任的人才。"

六十四

刘万安即道真从子,庾公[①]所谓"灼然[②]玉举[③]"。又云:"千人亦见,百人亦见。"

【注释】

①庾公:指庾琮。②灼然:晋代举考试科目名,为九品中正的第二

品。③玉举:玉立,比喻人风姿秀美。

【译文】

刘万安就是刘道真的侄儿,是庾公所说的“品格高贵,风姿秀美”之人。又说:“他在千人中也能显露出来,在百人中也能显露出来。”

六十五

庾公为护军,属桓廷尉觅一佳吏,乃经年。桓后遇见徐宁[①]而知之,遂致[②]于庾公曰:“人所应有,其不必有;人所应无,己不必无。真海岱清士[③]!”

【注释】

①徐宁:字安期,东海郯县(今属山东)人。曾任左将军、江州刺史等。②致:引荐。③海岱清士:指海内的清正廉洁的人。海岱,指东海与泰山之间的地方,引申为四海之内。

【译文】

庾公(庾亮)任护军将军,嘱咐桓廷尉(桓彝)找一个优秀的属官,竟然一年都没找到。桓彝后来遇见徐宁,并且很赏识他,就把他引荐给庾公,说:“人们应该有的,他不一定有;人们不应该有的,他不一定没有,确实是海内清正廉洁的人。”

六十六

桓茂伦[①]云:“褚季野皮里阳秋[②]。”谓其裁中[③]也。

【注释】

①桓茂伦:即桓彝。②皮里阳秋:指藏在心里不说出来的评论。原作“皮里春秋”,因避讳改为“阳”。《春秋》相传为孔子所修,意含褒

贬,借指评论。③裁中:指心中有所评判褒贬。

【译文】

桓茂伦说:“褚季野(褚裒)是皮里阳秋。”这是说他表面不说而心中有所裁决褒贬。

六十七

何次道尝送东人[①],瞻望,见贾宁[②]在后轮[③]中曰:“此人不死,终为诸侯上客。”

【注释】

①东人:东边来的人。指从建康以东来的人。②贾宁:字建宁,长东(今属福建)人。曾任苏峻的谋士。苏峻兵败后投降,后官至新安太守。③后轮:后车。

【译文】

何次道曾送走从东面来的人,远远望见贾宁在后车上,说:“这个人如果不死,终归要做王侯的上宾。”

六十八

杜弘治[①]墓崩,哀容不称[②]。庾公顾谓诸客曰:“弘治至羸,不可以致哀。”又曰:“弘治哭不可哀。”

【注释】

①杜弘治:杜乂,字弘治,京北(今属陕西)人。晋成帝皇后的父亲,杜预的孙子,曾任丹阳丞。②不称:不相称,此指表情不够悲伤。

【译文】

杜弘治家的祖坟崩塌了，他的悲伤表情和这件事不相称。庾公环顾着众宾客说："弘治身体极弱，不可以太过悲伤。"又说："弘治不能哭得太伤心。"

六十九

世称："庾文康为丰年玉[1]，稚恭为荒年谷[2]"。庾家论云："是文康称恭为荒年谷，庾长仁[3]为丰年玉。"

【注释】

①丰年玉：丰收之年的美玉，指太平之世的可贵的人才。②荒年谷：荒年的谷子，比喻难得，用来比喻人品珍贵，才足匡世。③庾长仁：庾统，字长仁，庾亮的侄子。曾任寻阳郡太守。

【译文】

世人称道："庾文康（庾亮）像丰收之年的美玉，庾稚恭（庾翼）像灾荒年头的谷子。"庾家内部的评论是："庾文康称赞稚恭像灾荒年头的谷子，庾长仁像丰年的美玉。"

七十

世目："杜弘治标鲜[1]，季野穆少[2]。"

【注释】

①标鲜：风姿俊美。②穆少：沉静安详。

【译文】

世人评论："杜弘治风姿俊美，褚季野沉静安详。"

七十一

有人目杜弘治："标鲜清令[①]，盛德之风，可乐咏[②]也。"

【注释】

①清令：高洁美好。②乐咏：歌颂。

【译文】

有人评价杜弘治："风姿俊美，高洁美好，有大德的风范，可以歌颂。"

七十二

庾公云："逸少[①]国举[②]。"故庾倪[③]为碑文云："拔萃国举。"

【注释】

①逸少：即王羲之。②国举：全国推崇的人。③庾倪：庾倩，字少彦，小字倪。庾冰的儿子，被桓温冤杀。

【译文】

庾公（庾亮）说："逸少（王羲之）是全国推崇的人。"所以庾倪为他写的碑文说："出类拔萃，全国推崇。"

七十三

庾稚恭与桓温书，称："刘道生[①]日夕在事，大小殊快。义怀[②]通乐[③]既佳，且足作友，正实良器。推此与君同济艰不（pǐ）[④]者也。"

【注释】

①刘道生：刘恢，字道生，沛国相县（今属安徽）人。官至车骑司

马。善书法。②义怀：正义的心怀。③通乐：通达快乐。④艰不：艰难困厄。

【译文】

庾稚恭(庾翼)给桓温写信,称赞说:"刘道生白天晚上都在处理政事,大小事情处理得都很好。心怀正义,通达快乐,已经很好了,而且还值得做朋友,确实是好的人才。将他推荐给你,他是能共度艰难困厄的人。"

七十四

王蓝田拜扬州,主簿请讳[①],教云:"亡祖,先君,名播海内,远近所知。内讳[②]不出于外。余无所讳。"

【注释】

①请讳:请求指出应该避忌的名讳。晋人重视家讳,别人不能当面说出与对方长辈名字相同或同音的字。所以新官上任,下属要请求指出应该避忌的名讳,以免无意中触犯了。②内讳:指母亲、祖母等的忌讳。

【译文】

王蓝田(王述)任扬州刺史时,主簿请示要避忌的名讳,王蓝田说:"我那已经去世的祖父、父亲,名声传播全国,远远近近都知道。母亲、祖母等人的名字不能向外人说出。此外没有需要避讳的。"

七十五

萧中郎[①],孙承公[②]妇父。刘尹在抚军坐,时拟为太常[③],刘尹云:"萧祖周不知便可作三公不?自此以还,无所不堪。"

【注释】

①萧中郎：萧轮，字祖周，乐安（今属山东）人。曾任常侍、国子博士。②孙承公：孙统，字承公，太原中都（今属山西）人。他放诞不羁，性好山水，官终余姚令。③太常：是九卿之一，主管祭祀礼乐。

【译文】

萧中郎是孙承公的岳父。刘尹（刘惔）在抚军大将军（司马昱）那里做客，当时拟任萧祖周出任太常。刘尹说："不知萧祖周适合做三公吗？从三公以下，没有他不能胜任的。"

七十六

谢太傅未冠，始出西[1]，诣王长史，清言良久。去后，苟子问曰："向客何如尊[2]？"长史曰："向客亹（wěi）亹[3]，为来逼人。"

【注释】

①出西：指到国都建康。谢安年轻时住在东部的会稽郡，从会稽往西去建康，就叫出西。②尊：尊称父亲。③亹亹：指谈论动人，有吸引力，使人不知疲倦。

【译文】

谢太傅（谢安）还未成年，刚到京都，去拜访王长史（王濛），清谈了很久。谢安走了以后，王苟子问道："刚才那位客人和父亲您相比怎么样？"王长史说："刚才那位客人谈论动人，非常有吸引力，只是谈起来有咄咄逼人之势。"

七十七

王右军语刘尹："故当共推安石。"刘尹曰："若安石东山志[1]立，当与天下共推之。"

【注释】

①东山志:指隐居东山的念头,后指隐居的意愿。

【译文】

王右军(王羲之)对刘尹(刘惔)说:“应当一起推荐安石(谢安)。”刘尹说:“如果安石立志隐居东山,我们应该和天下人一起推荐他。”

七十八

谢公称蓝田:“掇[①]皮皆真。”

【注释】

①掇:揭去。

【译文】

谢公(谢安)称赞王蓝田(王述):“揭去他的外表露出来的都是本真。”

七十九

桓温行经王敦墓边过,望之云:“可儿[①]! 可儿!”

【注释】

①可儿:可爱的人,能人,令人满意的人。

【译文】

桓温从王敦墓边经过,望着墓说:“能人! 能人!”

八十

殷中军道王右军云："逸少清贵[①]人，吾于之甚至[②]，一时无所后。"

【注释】

①清贵：清高可贵。②甚至：指到了顶点。

【译文】

殷中军（殷浩）评论王右军（王羲之）说："逸少（王羲之）是个清高可贵的人，我对他的情义到了极点，一时无人赶得上他。"

八十一

王仲祖称殷渊源："非以长胜人，处长[①]亦胜人。"

【注释】

①处长：对待自己的长处。

【译文】

王仲祖（王濛）称赏殷渊源（殷浩）："不但长处胜过别人，对待自己的长处方面也胜过别人。"

八十二

王司州与殷中军语，叹云："己之府奥[①]，蚤[②]已倾写而见；殷陈势浩汗[③]，众源未可得测。"

【注释】

①府奥：胸中的底蕴。②蚤：同"早"。③浩汗：浩瀚，形容广大繁多。

【译文】

王司州(王胡之)和殷中军(殷浩)清谈,赞叹说:"我胸中的底蕴,早已倾吐出来,能看得到;殷中军谈论的阵势却是浩浩荡荡的,众多源头不可预测。"

八十三

王长史谓林公:"真长可谓金玉满堂[①]。"林公曰:"金玉满堂,复何为简选[②]?"王曰:"非为简选,直致言处自寡耳。"

【注释】

①金玉满堂:本义极言财富之多,引申为称誉人的才学美富。②简选:选择。

【译文】

王长史(王濛)对林公(支道林)说:"真长(刘惔)的言谈可以说是才学美富。"林公说:"既然是才学美富,为什么又要选择言辞?"王长史说:"不是选择,只是他的言辞本来就简练罢了。"

八十四

王长史道江道群[①]:"人可应有[②],乃不必有;人可应无,已必无。"

【注释】

①江道群:江灌,字道群,陈留圉(今属河南)人。年少时以才智闻名,历任治中、别驾、北中郎中长史、晋陵太守等。为人刚正不阿,蔑视权贵。②可应有:指应该具备的各个方面的才学、品行等。

【译文】

王长史(王濛)评价江道群说:"人们应该有的,他却不一定有;人们应该没有的，他自己一定没有。”

八十五

会稽孔沈①、魏顗②、虞球③、虞存④、谢奉⑤并是四族之俊，于时之杰。孙兴公目之曰：“沈为孔家金，顗为魏家玉，虞为长、琳宗，谢为弘道伏⑥。”

【注释】

①孔沈：字德度，孔群的儿子。②魏顗：字长齐。③虞球：字和琳。④虞存：字道长。⑤谢奉：字弘道。⑥伏：通“服”，敬佩。

【译文】

会稽郡的孔沈、魏顗、虞球、虞存、谢奉五人是四个家族的英俊之才，当时的人杰。孙兴公评价他们说：“孔沈是孔家的金子，魏顗是魏家的宝玉，虞家则推崇道长、和琳的才识，谢家敬佩弘道的美德。”

八十六

王仲祖、刘真长造殷中军谈，谈竟，俱载去。刘谓王曰：“渊源真可。”王曰：“卿故堕其云雾中。”

【译文】

王仲祖（王濛）、刘真长（刘惔）同去殷中军（殷浩）那里清谈，谈毕，两人同乘一辆车回家。刘真长对王仲祖说：“渊源真可以。”王仲祖说：“你已经陷入到他的迷雾中了。”

八十七

刘尹每称王长史云：“性至通而自然有节。”

【译文】

刘尹(刘惔)常常称赞王长史(王濛)说:“他的性格最为通达,而且自然有节制。”

八十八

王右军道谢万石“在林泽中,为自遒上[①]”;叹林公“器朗神俊”;道祖士少“风领毛骨[②],恐没世[③]不复见如此人”;道刘真长“标云柯[④]而不扶疏[⑤]”。

【注释】

①遒上:雄健超群。②风领毛骨:风度胜于骨相容貌,谓风韵超凡。③没世:终身。④标云柯:指树枝高耸入云。⑤扶疏:枝叶茂盛。

【译文】

王右军(王羲之)评论谢万石(谢万)“在丛林深泽中,能超群直上”;赞叹林公“胸襟开朗,神采俊逸”;评论祖士少“风度胜于骨相容貌,恐怕终身不会再见到这样的人”;评论刘真长“像高耸入云的大树,枝叶并不繁茂散乱”。

八十九

简文目庾赤玉[①]:“省率[②]治除[③]。”谢仁祖云:“庾赤玉胸中无宿物[④]。”

【注释】

①庾赤玉:即庾统,小字赤玉。②省率:坦直,坦率。③治除:洁身自好。④宿物:旧物,多以“胸无宿物”比喻人坦率、直率。

【译文】

简文帝评价庾赤玉："坦率，洁身自好。"谢仁祖说："庾赤玉胸中坦荡，为人坦直。"

九十

殷中军道韩太常[①]曰："康伯少自标置[②]，居然是出群器。及其发言遣辞，往往有情致。"

【注释】

①韩太常：即韩康伯。②标置：品评。指标举品第，评定位置。多指自高位置。

【译文】

殷中军（殷浩）称道韩太常说："康伯年轻时自我品评很高，显然是超群出众的人才；等到他发言时，措辞往往有情韵、有风致。"

九十一

简文道王怀祖[①]："才既不长，于荣利又不淡，直以真率少许，便足对[②]人多多许[③]。"

【注释】

①王怀祖：即王述。②对：抵。③多多许：极言其多。

【译文】

简文帝称道王怀祖："才能既不突出，对名利又不淡泊，只凭着一点真诚直率，就足以抵得上别人很多。"

九十二

林公谓王右军云:“长史作数百语,无非德音,如恨不苦。”王曰:“长史自不欲苦物。”

【译文】

林公(支道林)对王右军(王羲之)说:“长史(王濛)说上几百句,无非是一些合乎仁德的言语,遗憾的是不能难住别人。”王右军说:“长史本来就不想难为别人。”

九十三

殷中军与人书,道谢万:“文理转遒,成殊不易。”

【译文】

殷中军(殷浩)给人写信,称道谢万:“文辞和义理变得刚劲有力,这种成就很不容易达到。”

九十四

王长史云:“江思悛[①]思怀所通,不翅[②]儒域[③]。”

【注释】

①江思悛:江惇,字思悛,陈留圉(今属河南)人。江统的儿子。崇尚儒玄,著有《通道崇检论》等。②不翅:不啻,不止。③儒域:儒学领域。

【译文】

王长史(王濛)说:“江思悛思想所贯通的,不止在儒学领域。”

九十五

许玄度送母始出都，人问刘尹："玄度定称所闻不?"刘曰："才情过于所闻。"

【译文】

许玄度送母亲刚到京都，有人问刘尹(刘惔)："玄度到底和传闻相不相称呢?"刘尹说："他的才华超过了传闻。"

九十六

阮光禄云："王家有三年少：右军，安期，长豫。"

【译文】

阮光禄(阮裕)说："王家有三个年轻人：右军(王羲之)、安期(王应)、长豫(王悦)。"

九十七

谢公道豫章："若遇七贤①，必自把臂入林。"

【注释】

①七贤：指"竹林七贤"。

【译文】

谢公(谢安)称道谢豫章(谢鲲)："他如果遇到七贤，一定会挽着他们的手臂一起进入竹林。"

九十八

王长史叹林公："寻微①之功，不减辅嗣。"

【注释】

①寻微:探究微细的迹象或玄妙的道理。

【译文】

王长史(王濛)赞赏林公(支道林):“他探索玄理的功力,不比王辅嗣差。”

九十九

殷渊源在墓所几十年。于时朝野以拟管、葛[1],起[2]不起,以卜江左[3]兴亡。

【注释】

①管、葛:指管仲、诸葛亮。②起:指出来做官。③江左:指东晋。东晋建都建康,而建康所处的江南在古时称为江左。

【译文】

殷渊源(殷浩)在墓园里住了几十年。在这期间,朝廷内外的人把他比作管仲、诸葛亮,根据他是否出来做官,来预测东晋政权的兴亡。

一〇〇

殷中军道右军:“清鉴[1]贵要[2]。”

【注释】

①清鉴:鉴别力高明。②贵要:尊贵显要。

【译文】

殷中军(殷浩)称道王右军(王羲之):“鉴别力高明,而且尊贵显要。”

一〇一

谢太傅为桓公司马。桓诣谢，值谢梳头，遽取衣帻(zé)[1]。桓公云:"何烦此!"因下共语至暝[2]。既去，谓左右曰:"颇曾见如此人不?"

【注释】

①帻:头巾。②暝:天色昏暗，引申为日落、黄昏。

【译文】

谢太傅(谢安)曾经任桓公(桓温)的司马。桓公到谢安那里去，正碰上谢安在梳头，谢安匆忙去取衣服、头巾。桓公说:"何必这样麻烦!"于是谢安放下衣服、头巾，与他一起谈论起来，直到天黑。桓公离开后，对随从说:"可曾见过这样的人吗?"

一〇二

谢公作宣武司马，属门生数十人于田曹中郎[1]赵悦子[2]。悦子以告宣武，宣武云:"且为用半。"赵俄而悉用之，曰:"昔安石在东山，缙绅[3]敦逼，恐不豫人事。况今自乡选，反违之邪?"

【注释】

①田曹中郎:掌管农事的官。②赵悦子:赵悦，字悦子，下邳(今属江苏)人。曾任大司马参军、左卫将军。③缙绅:官宦的代称。

【译文】

谢公(谢安)出任宣武(桓温)的司马，嘱托田曹中郎赵悦子安置他的几十个门生。赵悦子把这件事告诉了桓宣武，桓宣武说:"暂时先用一半吧。"不久后赵悦子就全部录用了，说:"从前安石(谢安)在东山隐居的时候，官员们敦促逼迫他，怕他不参与世事。况且现在是他自己选拔的人才,我怎么会违逆他的意思呢?"

一〇三

桓宣武表云:"谢尚神怀挺率[①],少致民誉。"

【注释】

①神怀挺率:指胸怀正直坦率。

【译文】

桓宣武(桓温)上表说:"谢尚胸怀正直坦率,年轻时就得到民众的赞誉。"

一〇四

世目谢尚为"令达[①]"。阮遥集云:"清畅[②]似达。"或云:"尚自然令上[③]。"

【注释】

①令达:高雅而通达。②清畅:清明晓畅。③令上:美好卓越。

【译文】

世人评价谢尚"高雅而通达"。阮遥集(阮孚)说:"清明晓畅,似乎通达。"又有人说:"谢尚不做作,美好而卓越。"

一〇五

桓大司马病,谢公往省病,从东门入。桓公遥望,叹曰:"吾门中久不见如此人!"

【译文】

桓大司马(桓温)生病了,谢公(谢安)去探病,从东门进去。桓公远远望见,叹息说:"我家里很久不见这样的人了!"

一〇六

简文目敬豫为"朗豫[1]"。

【注释】

①朗豫:开朗快乐。豫:欢乐闲适。

【译文】

简文帝评价王敬豫(王恬)是"开朗快乐"的人。

一〇七

孙兴公为庾公参军,共游白石山,卫君长[1]在坐。孙曰:"此子神情都不关山水,而能作文。"庾公曰:"卫风韵[2]虽不及卿诸人,倾倒处亦不近。"孙遂沐浴[3]此言。

【注释】

①卫君长:卫永,字君长。②风韵:风度韵致。③沐浴:比喻沉浸在某种环境或氛围中。

【译文】

孙兴公任庾公(庾亮)的参军,大家一起游览白石山,卫君长也在场。孙兴公说:"这个人的神态一点也不关注山水,却能写文章。"庾公说:"卫君长风度韵致虽然不及你们,但他让人推崇之处也不是一些凡俗之事。"孙兴公听后反复寻味这话。

一〇八

王右军目陈玄伯[①]:“垒块有正骨。”

【注释】

①陈玄伯:即陈泰。

【译文】

王右军(王羲之)品评陈玄伯:“胸中有不平之气但品格刚正。”

一〇九

王长史云:“刘尹知我,胜我自知。”

【译文】

王长史(王濛)说:“刘尹(刘惔)了解我,胜过我对自己的了解。”

一一〇

王、刘听林公讲,王语刘曰:“向高坐者,故是凶物[①]。”复更听,王又曰:“自是钵釪[②]后王、何[③]人也。”

【注释】

①凶物:恶人。②钵釪:即钵盂,僧人的食器,也指传法的器物。③王、何:王弼、何晏,好老庄,尚清谈,玄学的代表人物。

【译文】

王濛、刘惔听支道林讲经,王濛对刘惔说:“讲坛上坐着的人,原来是个恶人。”再听下去,王濛又说:“原来是僧人中的王弼、何晏啊。”

一一一

许玄度言:“《琴赋》[①]所谓‘非至精者,不能与之析理’,刘尹其人;‘非渊静[②]者,不能与之闲止[③]’,简文其人。”

【注释】

①《琴赋》:嵇康所作。②渊静:深沉。③闲止:闲处。

【译文】

许玄度(许询)说:“《琴赋》里说的‘不是最精通的人,不能同他一起辨析事理’,刘尹(刘惔)就是这样的人;‘不是深沉的人,不能同他一起闲处’,简文帝就是这样的人。”

一一二

魏隐兄弟[①]少有学义[②],总角诣谢奉。奉与语,大说之,曰:“大宗虽衰,魏氏已复有人。”

【注释】

①魏隐兄弟:即魏隐、魏逷兄弟。魏隐,字安时,会稽(今属浙江)人。曾任义兴太守、御史中丞。其弟魏逷,曾任黄门郎。②学义:学问。

【译文】

魏隐兄弟俩年轻时就有学问,他们小时候去拜见谢奉。谢奉和他们交谈,非常喜欢,说:“魏氏宗族虽然衰微,但是后继有人了。”

一一三

简文云:“渊源语不超诣[①]简至[②],然经纶[③]思寻处,故有局陈[④]。”

【注释】

①超诣:高深玄妙。②简至:简练。③经纶:本指整理丝缕,理出丝绪,编丝成绳。此指对语句、观点等的安排。④局陈:布局,安排。

【译文】

简文帝说:"渊源(殷浩)的清谈并不高深玄妙也并不简练,但是在语句、观点的组织安排上,确实很有布局。"

一一四

初,法汰[1]北来,未知名,王领军[2]供养之。每与周旋行来[3],往名胜许,辄与俱。不得汰,便停车不行。因此名遂重。

【注释】

①法汰:即高僧竺法汰。②王领军:王洽,字敬和。王导的儿子。曾任吴郡内史,后召为中领军。③行来:出入。

【译文】

当初,竺法汰从北方来,还没有出名,王领军供养着他。王领军常常和他往来,到有名望人之处,就和他一起去。如果竺法汰没有来,就停车不走。因此竺法汰的声望就高了起来。

一一五

王长史与大司马[1]书,道渊源:"识致[2]安处[3],足副时谈"。

【注释】

①大司马:即桓温。②识致:识见意趣。③安处:安定闲适地生活。

【译文】

王长史(王濛)给大司马写信,评论渊源(殷浩):"有见识有意趣,生活安定闲适,足以与当时人对他的评论相符。"

一一六

谢公云:"刘尹语审细。"

【译文】

谢公(谢安)说:"刘尹(刘惔)的话很细致。"

一一七

桓公语嘉宾[①]:"阿源[②]有德有言,向使作令仆,足以仪刑[③]百揆[④],朝廷用违其才[⑤]耳。"

【注释】

①嘉宾:郗超的小字。②阿源:殷浩字渊源,是对他的昵称。③仪刑:法式,楷模。④百揆:百官。⑤朝廷用违其才:指殷浩本非将才,可是朝廷想平定中原,竟任他为中军将军,都督五州军事,举兵北征,结果大败。

【译文】

桓公对嘉宾说:"阿源有修养,并擅长谈论,当初如果让他做尚书令或仆射,足可以作为百官的典范,可是朝廷用他带兵,这与他的才能相违背啊。"

一一八

简文语嘉宾:"刘尹语末后亦小异,回复其言,亦乃无过。"

【译文】

简文帝对嘉宾(郗超)说:“刘尹(刘惔)谈论的最后部分,与前面所说稍有不同,但重复一遍他的话,却也没有什么错误。”

一一九

孙兴公、许玄度共在白楼亭,共商略先往名达[①]。林公既非所关,听讫云:“二贤故自有才情。”

【注释】

①名达:有名的贤达。

【译文】

孙兴公(陈绰)、许玄度(许询)一起在白楼亭上,共同品评先前有名的贤达。林公(支道林)和这些毫无关系,听完后说:“两位贤人确实有才华。”

一二〇

王右军道东阳:“我家阿林[①],章清[②]太出。”

【注释】

①林:应为“临”,即王临之,曾任东阳太守。②章清:彰明高洁。

【译文】

王右军(王羲之)评价东阳:“我们家的阿临,才华横溢,非常突出。”

一二一

王长史与刘尹书，道渊源："触事长易。"

【译文】

王长史（王濛）给刘尹（刘惔）写信，称道渊源（殷浩）："他办事常常很简单。"

一二二

谢中郎云："王修载[①]乐托[②]之性，出自门风[③]。"

【注释】

①王修载：王耆之，字修载，琅邪（今山东临沂）人。历任中书郎、鄱阳太守、给事中等职。②乐托：同"落拓"，不拘小节，放荡不羁。③门风：家风。

【译文】

谢中郎（谢万）说："王修载具有豪放不羁的性格，这来自他的家风。"

一二三

林公云："王敬仁是超悟人。"

【译文】

林公（支道林）说："王敬仁（王脩）是个有超常悟性的人。"

一二四

刘尹先推谢镇西，谢后雅重刘，曰："昔尝北面[①]。"

【注释】

①北面：指行弟子敬师之礼。

【译文】

刘尹（刘惔）先推崇谢镇西（谢尚）；谢后来也很推重刘，说："我过去曾经对他有弟子敬师之礼。"

一二五

谢太傅称王修龄曰："司州可与林泽游。"

【译文】

谢太傅（谢安）称赞王修龄（王胡之）说："可以和王司州这个人一起游山水。"

一二六

谚曰："扬州独步王文度，后来出人郗嘉宾。"

【译文】

谚语说："扬州独一无二的人是王文度（王坦之），后起之秀是郗嘉宾（郗超）。"

一二七

人问王长史江虨兄弟群从①，王答曰："诸江皆复足自②生活。"

【注释】

①群从：堂兄弟及诸子侄。②足自：完全能够。

【译文】

有人问王长史(王濛)关于江虨兄弟和他们堂兄弟子弟的情况,王长史回答说:"江氏诸人都能够自立。"

一二八

谢太傅道安北[1]:"见之乃不使人厌,然出户去,不复使人思。"

【注释】

①安北:指王坦之,死后追赠为安北将军。

【译文】

谢太傅(谢安)评论安北:"看见他并不让人生厌,可是出门离开后,也不再让人思念他。"

一二九

谢公云:"司州造胜[1]遍决[2]。"

【注释】

①造胜:探求胜境,此指探求玄理。②遍决:遍解疑难。

【译文】

谢公(谢安)说:"王司州(王胡之)能探求到玄理的境界,还能普遍解决疑难。"

一三〇

刘尹云:"见何次道饮酒,使人欲倾家酿。"

【译文】

刘尹(刘惔)说:“看见何次道(何充)喝酒,就会让人想把家里藏的酒都拿出来。”

一三一

谢太傅语真长:“阿龄[1]于此事,故欲[2]太厉。”刘曰:“亦名士之高操者。”

【注释】

①阿龄:王胡之字修龄,此为对他的昵称。②故欲:好像。

【译文】

谢太傅(谢安)对刘真长(刘惔)说:“阿龄对这件事好像太严格了。”刘真长说:“他也是名士里面有高尚节操的人。”

一三二

王子猷说:“世目士少为朗,我家[1]亦以为彻朗[2]。”

【注释】

①我家:我。②彻朗:清明。指心地清净光明。彻,同“澈”。

【译文】

王子猷(王徽之)说:“世人评论士少(祖约)开朗,我也认为他清明开朗。”

一三三

谢公云:“长史语甚不多,可谓有令音。”

【译文】

谢公（谢安）说："王长史（王濛）的话不是很多，但可称得上有优美的言辞。"

一三四

谢镇西道敬仁："文学镞（zú）镞[①]，无能不新。"

【注释】

①镞镞：挺拔出众的样子。

【译文】

谢镇西（谢尚）评论敬仁（王脩）："他的文采出众，如果没有才能就不会有新意。"

一三五

刘尹道江道群："不能言而能不言。"

【译文】

刘尹（刘惔）称道江道群（江灌）："不擅长清谈而能够不谈。"

一三六

林公云："见司州警悟[①]交至，使人不得住，亦终日忘疲。"

【注释】

①警悟：机敏聪慧。

【译文】

林公（支道林）说："看到王司州（王胡之）的机警与聪慧交相显

现,使人无法忍住不继续清谈下去,即使一整天也不会感到疲劳。”

一三七

世称苟子秀出,阿兴[1]清和。

【注释】

①阿兴:王蕴,字叔仁,小字阿兴。王脩的弟弟。

【译文】

世人称赞:“苟子(王脩)优秀杰出,阿兴清静和平。”

一三八

简文云:“刘尹茗柯[1]有实理。”

【注释】

①茗柯:即茗艼、酩酊,大醉的样子。此指糊涂。

【译文】

简文帝说:“刘尹(刘惔)貌似湖涂,却有实理。”

一三九

谢胡儿作著作郎,尝作《王堪[1]传》,不谙堪是何似人,咨谢公。谢公答曰:“世胄亦被遇。堪,烈之子,阮千里[2]姨兄弟,潘安仁中外[3]。安仁诗所谓‘子亲伊姑,我父唯舅’[4],是许允[5]婿。”

【注释】

①王堪:字世胄,曾任尚书左丞。为石勒所害,死后赠太尉。②阮

千里：阮瞻，阮咸的儿子。性格清虚寡欲，善弹琴。③中外：中表之亲，此指中表兄弟。④子亲伊姑，我父唯舅：你母亲是我姑母，我父亲是你舅父。⑤许允：字士宗，高阳（今属河北）人。三国魏名士。

【译文】

谢胡儿（谢郎）担任著作郎，曾打算撰写《王堪传》，不熟悉王堪是怎样的人，便去请教谢公（谢安）。谢公（谢安）回答说："世胄也曾经受到过恩遇。王堪，是王烈的儿子，阮千里的姨表兄弟，潘安仁（潘岳）的中表兄弟。就是潘安仁诗中所说的'子亲伊姑，我父唯舅'，又是许允的女婿。"

一四〇

谢太傅重邓仆射[①]，常言："天地无知，使伯道无儿。"

【注释】

①邓仆射：邓攸，字伯道，曾任尚书右仆射。

【译文】

谢太傅（谢安）很敬重仆邓射，曾说："天地无知，竟然使伯道没有儿子。"

一四一

谢公与王右军书曰："敬和[①]栖托[②]好佳。"

【注释】

①敬和：即王洽。②栖托：安身，寄托。

【译文】

谢公（谢安）写给王右军（王羲之）的信中说："敬和的居住处很好。"

一四二

吴四姓[1]旧目云："张文，朱武，陆忠，顾厚。"

【注释】

①吴四姓：吴郡有张、朱、陆、顾四姓，三国时，四姓人才辈出。

【译文】

从前评论吴郡四姓说："张家出文臣，朱家出武将，陆家忠诚，顾家敦厚。"

一四三

谢公语王孝伯："君家蓝田，举体[1]无常人事。"

【注释】

①举体：全身。

【译文】

谢公（谢安）对王孝伯（王恭）说："你家的蓝田（王述），做出来的事和普通人不一样。"

一四四

许掾[1]尝诣简文，尔夜风恬月朗，乃共作曲室[2]中语。襟怀之咏，偏是许之所长，辞寄清婉，有逾平日。简文虽契素[3]，此遇尤相咨嗟，不觉造膝[④],共叉手[⑤]语,达于将旦。既而曰:“玄度才情,故未易多有许。”

【注释】

①许掾:即许询,字玄度。②曲室:密室。③契素:情意相投。④造膝:膝与膝碰触,表示亲近。⑤叉手:执手。

【译文】

许掾曾去拜见简文帝,当时风静月明,就一起在密室中清谈。作诗抒发胸怀,正好是许询擅长的,他的言辞和寄托都清新美好,超过了平日的谈论。简文帝虽然和他情趣相投,但这次会面更加赞赏他。两人不知不觉地促膝执手而谈,直到天快亮了。事后简文帝说:“玄度的才情,本来就不容易达到!”

一四五

殷允[①]出西,郗超与袁虎[②]书云:“子思求良朋,托好[③]足下,勿以开美[④]求之。”世目袁为“开美”,故子敬诗曰:“袁生开美度。”

【注释】

①殷允:字子思,陈郡长平(今属河南)人。官至太常。②袁虎:即袁宏。③托好:交好。④开美:气度豁达。

【译文】

殷允到京都去,郗超给袁虎写信说:“子思寻找好友,希望结交于你,不要用你的开朗美好来要求他。”世人评论袁虎为“开美”,所以子敬(王献之)有诗说:“袁生有开朗美好的风度。”

一四六

谢车骑问谢公："真长性至峭[①]，何足乃重？"答曰："是不见耳！[②]阿[③]见子敬，尚使人不能已。"

【注释】

①峭：严厉苛刻。②是不见耳：刘惔去世时，谢玄还小，所以谢安如此说。③阿：我。

【译文】

谢车骑（谢玄）问谢公（谢安）："真长（刘惔）的性格最严厉苛刻，哪里值得如此敬重？"谢公回答道："这是你没见到他罢了！我见到王子敬（王献之），尚且还不能自制地敬重他呢。"

一四七

谢公领中书监[①]，王东亭有事，应同上省。王后至，坐促，王、谢虽不通，[②]太傅犹敛膝容之。王神意闲畅，谢公倾目[③]。还谓刘夫人曰："向见阿瓜[④]，故自未易有，虽不相关，正自使人不能已已[⑤]。"

【注释】

①中书监：中书省长官。②王、谢虽不通：王珣兄弟原为谢家女婿，后两家有隙，便绝婚，成仇家。③倾目：注目。④阿瓜：王珣的小名。⑤已已：休止。叠用以加重语气。

【译文】

谢公（谢安）兼任中书监，王东亭（王珣）有事需要和他一同到中书省去。王东亭后到，座位狭窄，王、谢两家虽然不来往了，谢太傅（谢安）还是收腿腾出地方给他坐。王东亭神情态度，安闲自在，谢公注视着他。回来后，谢公对刘夫人说："适才见到阿瓜，他的确是少有的人才，虽然我和他没有关系了，但是仍然使人无法控制对他的倾慕。"

一四八

王子敬语谢公："公故萧洒[①]。"谢曰："身不萧洒。君道身最得，身正自调畅[②]。"

【注释】

①萧洒：同"潇洒"，豁达不拘束的样子。②调畅：豁达开朗。

【译文】

王子敬（王献之）对谢公（谢安）说："您确实潇洒。"谢公说："我不潇洒。不过您说得很对，我只是豁达开朗一些。"

一四九

谢车骑初见王文度曰："见文度，虽萧洒相遇，其复愔（yīn）愔[①]竟夕。"

【注释】

①愔愔：和悦安舒的样子。

【译文】

谢车骑（谢玄）初次见到王文度（王坦之），说："见到文度，虽然偶然相遇，但他仍旧整夜都是一副安静和悦的样子。"

一五〇

范豫章谓王荆州[①]："卿风流俊望，[②]真后来之秀。"王曰："不有此舅，焉有此甥！[③]”

【注释】

①王荆州：即王忱。②风流俊望：风雅洒脱、有很高的声望。③不有此舅，焉有此甥：王忱的母亲是范宁的妹妹，所以王称范为舅。

【译文】

范豫章（范宁）对王荆州说：“你的风度确实很洒脱，声望很高，真是后起之秀。”王荆州说：“如果没有这样的舅舅，哪里会有这样的外甥！”

一五一

子敬与子猷书道：“兄伯[①]萧索[②]寡会[③]，遇酒则酣畅忘反，乃自可矜。”

【注释】

①兄伯：兄长。王徽之是王献之的哥哥。②萧索：淡漠。③寡会：指性情乖异，难与人相合。

【译文】

王子敬（王献之）给王子猷（王徽之）写信，说：“兄长为人淡漠，难与人相合，但遇到酒就开怀畅饮而忘了回去，这确实值得夸赞。”

一五二

张天锡世雄[①]凉州，以力弱诣京师，虽远方殊类，亦边人之杰也。闻皇京多才，钦羡[②]弥至。犹在渚住，司马著作[③]往诣之。言容鄙陋，无可观听。天锡心甚悔来，以遐外可以自固。王弥[④]有俊才美誉，当时闻而造焉。既至，天锡见其风神清令[⑤]，言话如流，陈说古今，无不贯悉[6]。又谙人物氏族中表,皆有证据。天锡讶服。

【注释】

①世雄:世代称雄。②钦美:钦佩美慕。③司马著作:不详是何人物。④王弥:王珉,小字僧弥。⑤清令:清新美好。⑥贯悉:洞悉。

【译文】

张天锡世代在凉州称雄,因势力衰弱前来投奔京都。他虽是生长在偏远地区,与中原文化不同,但也算是边地的杰出人物。他听说京都有很多人才,敬佩羡慕到了极点。当他初来住在长江岸边时,有一位姓司马的著作郎前去拜会他,这人言语容貌,鄙陋不堪,没有什么可看可听的。张天锡心中非常后悔来京都,认为身处荒远,还勉强能够自保。王僧弥有杰出才华和美好的名声,这时听说张天锡来到建康,特去拜访。见面后,张天锡看到王僧弥的风度高雅美好,言谈流畅,谈今说古,没有不洞悉的。他又熟悉著名人物的氏族姻亲关系,说得有凭有据。张天锡听了很是惊讶佩服。

一五三

王恭始与王建武甚有情,后遇袁悦之[1]间[2],遂致疑隙。然每至兴会[3],故有相思时。恭尝行散至京口射堂[4],于时清露晨流,新桐初引。恭目之曰:"王大故自濯濯[5]。"

【注释】

①袁悦之:字元礼,陈郡阳夏(今属河南)人。给事中袁朗的儿子。初仕为谢玄参军,甚得信任。后附司马道子,深得宠信,每劝道子专揽朝权。王恭起兵讨道子,杀之。②间:离间。③兴会:兴到的时候。④射堂:古时习射的场所。⑤濯濯:形容有光泽。

【译文】

王恭开始和王建武(王忱)很有交情,后来受到袁悦之的挑拨,两人便产生了猜疑、嫌隙。然而每当他们兴致来的时候,依旧会彼此思念。有一次,王恭行散走到京口射堂,正值清晨,露珠滚动,新桐发芽。王恭注视着周围的景物说:"王大(王忱)真是清新洁净啊。"

一五四

司马太傅为二王目曰:"孝伯亭亭直上,[①]阿大罗罗清疏。[②]"

【注释】

①亭亭直上:形容刚强正直。②罗罗清疏:指清朗放诞。罗罗:疏朗放诞。

【译文】

司马太傅(司马道子)对二王品评说:"孝伯(王恭)刚强正直,阿大(王忱)清朗放诞。"

一五五

王恭有清辞简旨,能叙说,而读书少,颇有重出。有人道:"孝伯常有新意,不觉为烦。"

【译文】

王恭辞令清通而有要旨,能叙说,但是由于读书不多,有很多重复的地方。又有人说:"孝伯(王恭)谈吐时常有新意,并不使人感到厌烦。"

一五六

殷仲堪丧后,桓玄问仲文[①]:"卿家仲堪,定是何似人?"仲文曰:

"虽不能休明[②]一世,足以映彻九泉。"

【注释】

①仲文:殷仲堪的堂弟。②休明:指德行美好。

【译文】

殷仲堪死后,桓玄问殷仲文:"你们家仲堪究竟是什么样的人?"仲文说:"他虽不能美好一世,但也足以照耀九泉。"

教育部新编语文教材指定阅读书系

教育部新编语文教材指定阅读书系

SHI SHUO XIN YU

世说新语（下）

全注全译版

（南朝）刘义庆 编撰

YSP 北京燕山出版社
BEIJING YANSHAN PRESS

品藻第九

一

汝南陈仲举、颍川李元礼二人，共论其功德，不能定先后。蔡伯喈[①]评之曰："陈仲举强[②]于犯上，李元礼严于摄[③]下，犯上难，摄下易。"仲举遂在"三君"[④]之下，元礼居"八俊"[⑤]之上。

【注释】

①蔡伯喈：蔡邕（yōng），字伯喈。陈留圉（今属河南）人。东汉文学家。②强：敢。③摄：整饬。④"三君"：三个受人敬仰的人物，指东汉的窦武、刘淑、陈蕃。⑤"八俊"：指东汉的李膺、荀翌、杜密、王畅、刘佑、魏朗、赵典等八人。

【译文】

汝南郡陈仲举（陈蕃）、颍川郡李元礼（李膺）两人，一起谈论各自的成就和德行，不能确定谁先谁后。蔡伯喈评论他们说："陈仲举敢于顶撞上司，李元礼严于整饬下属。顶撞上司难，整饬下属容易。"于是陈仲举就排在"三君"之末，李元礼排在"八俊"之首。

二

庞士元[①]至吴，吴人并友之，见陆绩[②]、顾劭[③]、全琮[④]，而为之目曰：

“陆子所谓驽马有逸足之用，顾子所谓驽牛可以负重致远。”或问：“如所目，陆为胜邪？”曰：“驽马虽精速，能致一人耳。驽牛一日行百里，所致岂一人哉？”吴人无以难。“全子好声名，似汝南樊子昭[⑤]。”

【注释】

①庞士元：庞统，字士元。②陆绩：字公纪，三国吴郡吴县（今江苏苏州）人。孙权时曾任郡吏、郁林太守、偏将军。博学多识，通晓算术。③顾劭：字孝则，三国相国顾雍的儿子。④全琮：字子璜，吴郡钱塘（今浙江杭州）人。孙权时曾任奋武校尉、东安太守、左护军、右大司马、左军师等职。⑤樊子昭：初为小商贩，后为名士许劭所荐，得为官。

【译文】

庞士元到了东吴，东吴人士都把他当作朋友，他见到陆绩、顾劭、全琮三人，就给他们三人下评语说：“陆绩就是所说的劣马有代步的用途，顾劭就是所说的笨牛可以身负重物长途跋涉。”有人问他：“照你所品评的，陆绩应胜过顾劭吧？”庞士元回答说：“劣马虽跑得快，只能骑上一人而已；笨牛日行不过百里，所载的难道只是一人吗？”东吴人士没有把他难住。庞士元又说：“全琮非常顾全名声，像汝南郡的樊子昭。”

三

顾劭尝与庞士元宿语，问曰：“闻子名知人，吾与足下孰愈？”曰：“陶冶[①]世俗，与时浮沉[②]，吾不如子；论王霸[③]之余策[④]，览倚伏[⑤]之要害，吾似有一日之长[⑥]。”劭亦安[⑦]其言。

【注释】

①陶冶：陶铸，教化培育。②与时浮沉：指随当时的世俗或进或退。③王霸：王道和霸权，指用仁义治天下、用武力治天下的策略。

④余策:遗策,指前人所遗下的谋策。⑤倚伏:互相依存、制约。⑥一日之长:年龄大一天,指才能比别人稍强。⑦安:满意。

【译文】

顾劭曾经和庞士元夜谈,问道:"听说您因善于识别人才而出名,我和您谁强些?"庞士元说:"在教化培育,与时进退方面,我不如您;在谈论前人留下的王霸之道,观察祸福转化的关键方面,我好像要比您强一点。"顾劭满意他的回答。

四

诸葛瑾、弟亮及从弟诞,[①]并有盛名,各在一国。于时以为蜀得其龙,吴得其虎,魏得其狗。诞在魏,与夏侯玄齐名;瑾在吴,吴朝服其弘量。

【注释】

①诸葛瑾:字子瑜,琅邪阳都(今山东沂南)人。三国吴重臣。亮:即诸葛亮。诞:诸葛诞,字公休,琅邪阳都(今山东沂南)人。三国魏将领,官至征东大将军。

【译文】

诸葛谨和弟弟诸葛亮,以及堂弟诸葛诞,都有很高的名望,各在一国任职。当时认为:"蜀国得到了三个中的龙,吴国得到了三个中的虎,魏国得到了三个中的狗。诸葛诞在魏国,和夏侯玄齐名;诸葛谨在吴国,吴国朝廷官员都佩服他的宽宏大量。"

五

司马文王问武陔(gāi):"陈玄伯何如其父司空?"陔曰:"通雅博畅[①],能以天下声教[②]为己任者,不如也;明练简至,立功立事,过之。"

【注释】

①通雅博畅：通达高雅，豁达爽快。②声教：声威教化。

【译文】

司马文王（司马昭）问武陔："陈玄伯（陈泰）和他父亲陈司空相比怎么样？"武陔说："通达高雅，豁达爽快，能把天下的声威教化作为自己的责任，这些方面他不如他父亲；简明干练，简要精到，建立功名事业，则超过了他的父亲。"

六

正始中，人士比论，以五荀方五陈：荀淑方陈寔，荀靖[①]方陈谌，荀爽方陈纪，荀彧（yù）[②]方陈群，荀觊[③]方陈泰。又以八裴方八王：裴徽[④]方王祥，裴楷方王夷甫，裴康[⑤]方王绥，裴绰[⑥]方王澄，裴瓒[⑦]方王敦，裴遐方王导，裴頠方王戎，裴邈方王玄。

【注释】

①荀靖：字叔慈，荀淑的第三子。终身不仕。②荀彧：字文若，荀淑的孙子。③荀颉：字景倩，荀彧的儿子。曾任光禄丈夫。④裴徽：字文季，裴潜的弟弟。曾任吏部郎、冀州刺史。⑤裴康：字仲豫，裴徽的儿子。曾任太子左率。⑥裴绰：字季舒，裴楷的弟弟。曾任中书、黄门侍郎。⑦裴瓒：字国宝，裴楷的儿子。曾任中书郎。

【译文】

正始年间，人们对比评论人物时，把荀氏家族中的五位和陈氏家族中的五位对比：荀淑比陈寔，荀靖比陈湛，荀爽比陈纪，敬彧比陈群，荀觊比陈泰。又拿裴氏家族中的八位和王氏家族中的八位对比：裴徽比王祥，裴楷比王夷甫（王衍），裴康比王绥，裴绰比王澄，裴瓒比王敦，裴遐比王导，裴頠比王戎，裴邈比王玄。

七

冀州刺史杨淮二子乔与髦[1]，俱总角为成器[2]。淮与裴頠、乐广友善，遣见之。頠性弘方[3]，爱乔之有高韵，谓淮曰："乔当及卿，髦小减也。"广性清淳[4]，爱髦之有神检[5]，谓淮曰："乔自及卿，然髦尤精出。"淮笑曰："我二儿之优劣，乃裴、乐之优劣。"论者，以为乔虽高韵，而检不匝[6]；乐言为得。然并为后出之俊。

【注释】

①乔与髦：即杨乔与杨髦。杨乔，字国彦。杨髦，字士彦。②成器：成为有用的人才。③弘方：宽宏方正。④清淳：清廉纯朴。⑤神检：指清秀超逸的仪表。⑥不匝：不足。

【译文】

冀州刺史杨淮的两个儿子杨乔和杨髦，都是幼年时就成为有用的人才。杨淮和裴頠、乐广关系很好，派两个儿子去见他们。裴頠禀性宽宏方正，喜欢杨乔高雅的风度，他对杨淮说："杨乔应该会赶上你，杨髦就稍差一点。"乐广禀性清廉纯朴，喜欢杨髦清秀超逸的仪表，就对杨淮说："杨乔自然能赶上你，可是杨髦会更加杰出。"杨淮笑道："我两个儿子的长处和短处，就是裴頠、乐广的长处和短处。"评论的人认为杨乔虽高雅，但不够节制，乐广所说的很有道理。不过这两兄弟都是后起之秀。

八

刘令言[1]始入洛，见诸名士而叹曰："王夷甫太解明[2]，乐彦辅我所敬，张茂先我所不解，周弘武[3]巧于用短，杜方叔[4]拙于用长。"

【注释】

①刘令言:刘讷,字令言,彭城(今属江苏)人。曾任司隶校尉。②解明:晓悟聪明。③周弘武:周恢,字弘武,汝南(今属河南)人。晋武帝时曾任常侍。④杜方叔:杜育,字方叔,襄城邓陵(今属河南)人。曾任国子祭酒。

【译文】

刘令言刚到洛阳,会见众位名士后赞叹道:"王夷甫(王洐)晓悟聪明,乐彦辅(乐广)为我所敬佩,张茂先(张华)我不了解,周弘武善于巧妙地把自己的缺点变为优点,杜方叔却不善于发挥自己的优势。"

九

王夷甫云:"闾丘冲[①]优于满奋、郝隆[②]。此三人并是高才,冲最先达[③]。"

【注释】

①闾丘冲:字宾卿,高平(今属山东)人。西晋诗人,曾任太傅长史。②郝隆:字弘始。曾任扬州刺史。③先达:有德行学问。

【译文】

王夷甫(王洐)说:"闾丘冲比满奋和郝隆优秀。这三个人都是优秀的人才,闾丘冲是其中最有德行学问的。"

十

王夷甫以王东海[①]比乐令,故王中郎作碑云:"当时标榜,为乐广之俪。"

【注释】

①王东海:即王承,曾任东海太守。

【译文】

王夷甫用王东海来和乐令比较,所以王中郎(王坦之)撰写碑文时说:"当时标榜,是与乐广并驾齐驱的人。"

十一

庾中郎与王平子雁行[①]。

【注释】

①雁行:同列,同等。

【译文】

庾中郎(庾敳)和王平子(王澄)名气并列,不分伯仲。

十二

王大将军在西朝时,见周侯辄扇障面不得住。后度江左,不能复尔。王叹曰:"不知我进,伯仁退?"

【译文】

王大将军(王敦)在西晋时,见周侯(周顗)总是止不住用扇子遮住脸。后来渡江到了江东,就不再这样了。王大将军叹道:"不知是我有了长进,还是伯仁(周顗)退步了?"

十三

会稽虞騑(fēi)[①],元皇时与桓宣武同侠[②],其人有才理胜望[③]。王丞相尝谓騑曰:"孔愉[④]有公才而无公望,丁潭[⑤]有公望而无公才。兼之者其在卿乎?”骙未达而丧。

【注释】

①虞骙:字思行,会稽余姚(今属浙江)人。曾任吴兴太守、金紫光禄大夫。②桓宣武同侠:应为“桓宣城同僚”。桓宣城:桓彝,桓温的父亲。③胜望:好的声望。④孔愉:字敬康,会稽山阴(今浙江绍兴)人。湘东太守孔恬的儿子。曾任镇军将军、会稽内史。⑤丁潭:字世康,会稽山阴(今浙江绍兴)人。梁州刺史丁弥的儿子。曾任光禄大夫、本国大中正等。

【译文】

会稽虞骙,晋元帝时与桓宣城共过事,这个人有才气,通名理,有好的声望。王丞相(王导)曾对虞骙说:“孔愉有三公的才能,却没有三公的声望;丁潭有三公的声望,却没有三公的才能。两者兼而有之的,应该是您吧?”可惜虞骙尚未显达就去世了。

十四

明帝问周伯仁:“卿自谓何如郗鉴?”周曰:“鉴方臣,如有功夫[①]。”复问郗,郗曰:“周觊比臣,有国士[②]门风。”

【注释】

①功夫:素养,造诣。②国士:一国中才能最优秀的人。

【译文】

晋明帝问周伯仁(周觊):“你认为自己和郗鉴相比怎么样”周觊说:“郗鉴和臣相比,他似乎更有造诣。”明帝又问郗鉴,郗鉴说:“周觊和臣相比,他有国士的家风。”

十五

王大将军下，庾公问："闻卿有四友，何者是？"答曰："君家中郎、我家太尉、阿平、胡毋彦国。阿平故当最劣。"庾曰："似未肯劣。"庾又问："何者居其右？"王曰："自有人。"又问："何者是？"王曰："噫！其自有公论。"左右蹑公[1]，公乃止。

【注释】

①左右蹑公：身边的人踩他的脚。王敦认为自己居右，只是不好意思说出，手下的人便踩庾亮的脚，示意他不要再问。

【译文】

王大将军（王敦）东下建康，庾公（庾亮）问："听说你有四位好友，是哪些人？"王大将军答道："您家的中郎（庾敳）、我家的太尉（王衍）、阿平（王澄）和胡毋彦国。阿平当然是最差的。"庾公说："他未必甘心排在四人的最后。"庾公又问："哪一位最出众？"王大将军说："自然有人。"庾公又问："是哪一位？"王大将军说："唉！这自然会有公论吧。"身边的人踩了一下庾公的脚，庾公才停止追问。

十六

人问丞相："周侯何如和峤？"答曰："长舆嵯櫱（cuó niè）[1]。"

【注释】

①嵯櫱：嵯峨，形容高峻。

【译文】

有人问王丞相（王导）："周侯（周颉）与和峤相比如何？"王丞相回答："长舆（和峤）就像巍巍屹立的高山。"

十七

明帝问谢鲲:“君自谓何如庾亮?”答曰:“端委[1]庙堂,使百僚准则,臣不如亮;一丘一壑,[2]自谓过之。”

【注释】

①端委:古代礼服,这里指穿着礼服。②一丘一壑:指退隐在山间,放情山水。

【译文】

晋明帝问谢鲲:“您认为自己和庾亮相比怎么样?”谢鲲回答说:“身穿礼服,庄严地站立在朝廷之上,作为百官的表率,臣不如庾亮;但放情于山野河谷,隐居在野,自以为超过他。”

十八

王丞相二弟不过江,曰颖[1],曰敞[2]。时论以颖比邓伯道,敞比温忠武[3]。议郎、祭酒者也。

【注释】

①颖:王颖,字茂英。曾任议郎。②敞:王敞,字茂平。曾任丞相祭酒。二人皆死于晋室南渡以前,故不过江。③温忠武:即温峤,死后谥忠武。

【译文】

王丞相(王导)有两个弟弟没有渡江南来,一名叫王颖,一名叫王敞。当时的人认为王颖可以和邓伯道(邓攸)相比,王敞可以与温忠武相比。两人分别任议郎和祭酒。

十九

明帝问周侯:“论者以卿比郗鉴,云何?”周曰:“陛下不须牵顗比。”

【译文】

晋明帝问周侯(周顗):“评论的人把你和郗鉴并列,你觉得呢?”周侯说:“陛下不必拉着周顗去比较。”

二十

王丞相云:“顷下[①]论以我比安期、千里,亦推此二人;唯共推太尉,此君特秀。”

【注释】

①顷下:当下,近来。

【译文】

王丞相(王导)说:“近来评论的人把我和安期(王承)、千里(阮瞻)相提并论,我也推重这两个人;只是希望大家都推重太尉(王衍),这个人特别出众。”

二十一

宋祎(yī)[①]曾为王大将军妾,后属谢镇西。镇西问祎:“我何如王?”答曰:“王比使君,田舍、贵人耳。”镇西妖冶[②]故也。

【注释】

①宋祎:石崇爱妾绿珠的弟子,有姿色,善吹笛。②妖冶:艳丽。

【译文】

宋祎曾经是王大将军(王敦)的妾,后来归属谢镇西(谢尚)。谢镇西问:“我和王敦相比怎么样?”宋祎回答说:“王大将军和使君您相比,一个是乡下人,一个是贵人罢了。”这是谢镇西相貌艳丽的缘故。

二十二

明帝问周伯仁:“卿自谓何如庾元规[①]?”对曰:“萧条[②]方外[③],亮不如臣;从容[④]廊庙,臣不如亮。”

【注释】

①庾元规:即庾亮。②萧条:逍遥。③方外:世外。④从容:周旋。

【译文】

晋明帝问周伯仁(周顗):“你认为自己和庾元规相比怎么样?”周伯仁回答说:“在世外逍遥隐居,庾亮不如我;在朝廷上与人周旋,我不如庾亮。”

二十三

王丞相辟王蓝田为掾,庾公问丞相:“蓝田何似?”王曰:“真独简贵[①],不减父祖,旷然澹[②]处,故当不如尔。”

【注释】

①真独简贵:指独处时谨慎,富贵时简省。②旷然澹:旷达而淡泊。

【译文】

王丞相(王导)任用王蓝田(王述)为属官,庾公(庾亮)问丞相:“蓝田是什么样的人?”王丞相说:“独处时能谨慎,富贵时能简省,不亚于他的父亲和祖父,然而说到旷达淡泊就不如你了。”

二十四

卞望之云:“郗公体中有三反[①]:方[②]于事上,好下佞[③]己,一反;治身清贞[④],大修计校[⑤],二反;自好读书,憎人学问,三反。”

【注释】

①反:矛盾的地方。②方:方正,刚直。③佞:谄媚。④清贞:清白坚贞。⑤计校:即计较,计算。

【译文】

卞望之(卞壶)说:“郗公(郗鉴)身上有三个自相矛盾的地方:用刚正对待上级,却喜欢下属阿谀奉承自己,这是第一个矛盾的地方;以清白贞洁要求自己,却大肆计较他人,这是第二个矛盾的地方;自己喜好读书,却讨厌别人勤学好问,这是第三个矛盾的地方。”

二十五

世论温太真(温峤)是过江第二流之高者。时名辈共说人物,第一将尽之间,温常失色。

【译文】

世人评论温太真(温峤)是过江名士中第二流中的杰出人物。当时名流们在一起品评人物,第一流将说完的时候,温太真常常因为紧张变了脸色。

二十六

王丞相云:“见谢仁祖,恒令人得上[①]。与何次道语,唯举手指地曰:‘正自尔馨[②]。’”

【注释】

①得上：精神振奋。②尔馨：这样。

【译文】

王丞相（王导）说："见到谢仁祖（谢尚），常常使人精神振奋。"和何次道（何充）谈话时，他只是用手指着地说："正是这样。"

二十七

何次道为宰相，人有讥其信任不得其人。阮思旷慨然曰："次道自不至此。但布衣超居宰相之位，可恨唯此一条而已。"

【译文】

何次道（何充）任宰相，有人讥讽他信任了不该信任的人。阮思旷（阮裕）感慨地说："次道自然不至于这样。但是他从普通老百姓破格提到宰相的位置，令人感到遗憾的，也就只有这一条罢了。"

二十八

王右军少时，丞相云："逸少何缘复减万安邪？"

【译文】

王右军（王羲之）年轻时，丞相说："逸少（王羲之）凭什么还不如万安（刘绥）呢？"

二十九

郗司空家有伧奴[①]，知及文章，事事有意。王右军向刘尹称之，刘问："何如方回[②]？"王曰："此正小人有意向耳，何得便比方回？"刘曰："若不如方回，故是常奴耳。"

【注释】

①伧奴：当时南方人对北方奴仆的称呼。②方回：郗愔，字方回，郗鉴之子。官至平北将军、徐兖二州刺史。

【译文】

郗司空（郗鉴）家里有个仆人，通晓各种文体，在每件事上都有自己的想法。王右军（王羲之）向刘尹（刘惔）称赞他，刘尹问道："和方回相比怎么样？"王右军说："这只是小人有那么点志向罢了，哪里就能和方回相比？"刘尹说："如果比不上方回，那仍旧只是个普通的仆人罢了。"

三十

时人道阮思旷：骨气不及右军，简秀[1]不如真长，韶润[2]不如仲祖，思致[3]不如渊源，而兼有诸人之美。

【注释】

①简秀：端庄清秀。②韶润：华美温润。③思致：才思意趣。

【译文】

当时的人品评阮思旷："他志气不如右军（王羲之），端庄清秀不如真长（刘惔），华美温润不如仲祖（王濛），才思意趣不如渊源（殷浩），但兼有这四人的优点。"

三十一

简文云："何平叔巧累于理，嵇叔夜俊伤其道。"

【译文】

简文帝说:“何平叔(何晏)的语言机巧连累到阐述的道理,嵇叔夜(嵇康)的卓越伤害了他的主张。”

三十二

时人共论晋武帝出齐王[①]之与立惠帝[②],其失孰多,多谓立惠帝为重。桓温曰:“不然。使子继父业,弟承家祀[③],有何不可?”

【注释】

①齐王:司马攸,字大猷,司马昭的儿子。司马炎代魏,封他为齐王,加骠骑将军,辅佐朝政,深得朝廷内外的推重,官至司空、侍中。太康四年因受司马炎猜疑,离开京都回到封地,忧郁而死。②惠帝:司马衷,字正度。晋武帝司马炎的儿子。性痴呆,天下荒乱,百姓多饿死,竟说:“何不食肉糜?”即位初,杨骏辅政,不久由贾后专权。诸王相争,演成“八王之乱”。惠帝先被成都王司马颖劫至邺城,又被河间王司马颙挟持到长安,后被东海王司马越迎还洛阳。在位十七年。③家祀:对祖先的祭祀。

【译文】

当时人们都在谈论晋武帝令齐王归封地和确立惠帝为太子这两件事中哪件事造成的损害大,多数人认为立惠帝的损害大。桓温说:“不是这样的。让儿子继承父亲的事业,让弟弟继承家族祭祀之仪,有什么不可以?”

三十三

人问殷渊源:“当世王公以卿比裴叔道,云何?”殷曰:“故当以识通暗处。”

【译文】

有人问殷渊源(殷浩):“当代显贵把你和裴叔道(裴遐)相提并论,你觉得怎么样?”殷渊源说:“当然是因为我们都能洞察到玄理中不为人注意的地方。”

三十四

抚军问殷浩:“卿定何如裴逸民?”良久答曰:“故当胜耳。”

【译文】

抚军(简文帝司马昱)问殷浩:“你和裴逸民(裴頠)相比究竟怎么样?”过了很久,殷浩才回答说:“当然是胜过他呀。”

三十五

桓公少与殷侯齐名,常有竞心。桓问殷:“卿何如我?”殷云:“我与我周旋久,宁作我。”

【译文】

桓公(桓温)年轻时和殷侯(殷浩)齐名,常常有竞争的心理。桓公问殷侯:“你和我相比怎么样?”殷侯回答说:“我和我自己交往很久,我宁愿做我自己。”

三十六

抚军问孙兴公:“刘真长何如?”曰:“清蔚[①]简令[②]。”“王仲祖何如?”曰:“温润恬和[③]。”“桓温何如?”曰:“高爽迈出[④]。”“谢仁祖何如?”曰:“清易令达[⑤]。”“阮思旷何如?”曰:“弘润通长[⑥]。”“袁羊何如?”曰:“洮洮清便[⑦]。”“殷洪远[⑧]何如?”曰:“远有致思[⑨]。”“卿自谓何如?”曰:“下官才能所经,悉不如诸贤。至于斟酌时宜,笼罩当世,亦多所不及。然以不才,时复托怀玄胜[⑩],远咏《老》、《庄》,萧条高寄,不与时务经怀,自谓此心无所与让也。”

【注释】

①清蔚:清美。②简令:端庄美好。③温润恬和:温和柔润,恬静平和。④高爽迈出:高洁豪爽,超脱不俗。⑤清易令达:平易近人,高雅通达。⑥弘润通长:宽宏温和,通达深远。⑦洮洮清便:人品高洁,谈吐条畅。⑧殷洪远:殷融,字洪远。⑨远有致思:旷远而有深邃的思想。⑩玄胜:指超越世俗的境界。

【译文】

抚军(司马昱)问孙兴公(孙绰):“刘真长(刘惔)怎么样?”说:“清雅美妙,端庄美好。”问:“王仲祖(王濛)怎么样?”答:“温和柔润,恬静平和。”“桓温怎么样?”说:“高洁豪爽,超脱不俗。””谢仁祖(谢尚)怎么样?”说:“清廉简易,通达美好。”“阮思旷怎么样?”说:“宽宏温和,通达深远。”“袁羊(袁乔)怎么样?”说:“人品高洁,谈吐条畅。”“殷洪远怎么样?”说:“旷远而有深邃的思想。”“你认为自己怎么样?”说:“下官的才华能力都不如以上这些人。至于衡量时事,对大局做出规划,也多不如他们。然而我这样没有才能的人,常常寄托名理,钻研《老》、《庄》,寄情尘世之外,不把世俗之事放在心上。自认为这种思想感情并不亚于这些名流。”

三十七

桓大司马下都,问真长曰:“闻会稽王语奇进,尔邪?”刘曰:“极进,然故是第二流中人耳。”桓曰:“第一流复是谁?”刘曰:“正是我辈耳。”

【译文】

桓大司马(桓温)到京都建康,问刘真长(刘惔)说:“听说会稽王

(司马昱)谈名理进步非常快,是这样吗?”刘真长说:“进步极快,不过终究是第二流中的人物罢了。”桓大司马说:“第一流又有谁?”刘真长说:“正是我们这些人啊!”

三十八

殷侯既废[①],桓公语诸人曰:“少时与渊源共骑竹马,我弃去,已辄取之,故当出我下。”

【注释】

①殷侯既废:永和年间,殷浩任中军将军,都督扬、豫、徐、兖、青五州军事,率军北伐,被前秦苻坚军打得大败。桓温上疏弹劾,殷浩被免为庶人。

【译文】

殷侯被罢官后,桓公(桓温)对众人说:“小时候我和渊源(殷浩)一起骑竹马玩,我扔掉竹马,他就拾来骑,因此他应该在我下面。”

三十九

人问抚军:“殷浩谈竟何如?”答曰:“不能胜人,差可[①]献酬[②]群心。”

【注释】

①差可:尚可,勉强可以。②献酬:酬答,应答。

【译文】

有人问抚军(司马昱):“殷浩的清谈到底怎么样?”抚军回答说:“不能超过别人,勉强可以愉悦大家的心情。”

四十

简文云:“谢安南清令不如其弟,学义不及孔岩[①],居然自胜。”

【注释】

①孔岩:字彭祖,会稽山阴(今浙江绍兴)人。曾任丹阳尹、吴兴太守、西阳侯。

【译文】

简文帝说:“谢安南(谢奉)在清新美好方面不如他的弟弟谢聘,在学问上不如孔岩,但显然有胜过他们的地方。”

四十一

未废海西公时,王元琳[①]问桓元子[②]:“箕子[③]、比干[④]迹异心同,不审明公孰是孰非?”曰:“仁称不异,宁为管仲[⑤]。”

【注释】

①王元琳:即王珣。②桓元子:即桓温。③箕子:商代贵族。纣王淫乱,他劝谏纣王,不听,乃装疯为奴,被纣王囚禁。周武王灭商后获释。④比干:商纣王的叔父,官少师。因屡次劝谏纣王,被剖心而死。⑤管仲:名夷吾,字仲。春秋时初事齐公子纠,后由鲍叔牙推荐,被齐桓公任命为相,进行改革,辅佐齐桓公九会诸侯,成为春秋时第一个霸主。

【译文】

还没有废掉海西公时,王元琳问桓元子说:“箕子和比干两人,行事不同,用心一样,不知道您认为他们谁对谁错?”桓元子说:“仁人没有不同,我宁愿做管仲。”

四十二

刘丹阳[①]、王长史在瓦官寺集，桓护军[②]亦在坐，共商略[③]西朝及江左人物。或问："杜弘治何如卫虎[④]?"桓答曰："弘治肤清[⑤]，卫虎奕奕神令[⑥]。"王、刘善其言。

【注释】

①刘丹阳：即刘惔，曾任丹阳尹。②桓护军：即桓伊。③商略：品评，评论。④卫虎：即卫玠。⑤肤清：外表清丽。⑥奕奕神令：神采奕奕，精神焕发。

【译文】

刘丹阳、王长史(王濛)在瓦官寺聚会，桓护军也在座，一道品评西晋和江东的人士。有人问："杜弘治和卫虎相比怎么样?"桓伊回答说："弘治外表清丽，卫虎神采奕奕，精神焕发。"王、刘二人认为他的评论很好。

四十三

刘尹抚王长史背曰："阿奴[①]比丞相，但有都长(zhǎng)[②]。"

【注释】

①阿奴：王濛的小字。②都长：美貌良善。

【译文】

刘尹(刘惔)拍着王长史(王濛)的背说："阿奴和丞相相比，只是美貌善良而已。"

四十四

刘尹、王长史同坐，长史酒酣起舞。刘尹曰："阿奴今日不复减向子期。"

【译文】

刘尹（刘惔）、王长史（王濛）坐在一起，长史酒喝到痛快时跳起舞来。刘尹说："阿奴今天不亚于向子期（向秀）。"

四十五

桓公问孔西阳①："安石何如仲文？"孔思未对，反问公曰："何如？"答曰："安石居然不可陵践②，其处③故乃胜也。"

【注释】

①孔西阳：即孔岩。②陵践：欺凌。③处：指处世之道。

【译文】

桓公（桓温）问孔西阳："安石（谢安）和仲文（殷仲文）相比怎么样？"孔西阳想了想，没有回答，反问桓公说："你觉得怎么样？"桓公回答说："安石显然不可以欺凌，他的处世之道本来就有过人之处。"

四十六

谢公与时贤共赏说①，遏、胡儿并在坐。公问李弘度曰："卿家平阳②，何如乐令？"于是李潸（shān）然③流涕曰："赵王篡逆，乐令亲授玺绶④。亡伯雅正，耻处乱朝，遂至仰药⑤，恐难以相比。此自显于事实，非私亲之言。"谢公语胡儿曰："有识者果不异人意。"

【注释】

①赏说:高兴地谈论。②平阳:李重,字茂曾。李弘度的叔父。晋武帝太康年间,曾任平阳太守。永康初,被赵王司马伦所逼,忧虑而死。③潸然:流泪的样子。④玺绶:古代印玺上所系的彩色丝带,借指印玺。⑤仰药:服毒药。

【译文】

谢公(谢安)与当时的名流一起高兴地谈论,谢遏和谢胡儿(谢郎)都在座,谢公问李弘度(李充)说:“你家平阳太守与乐令相比怎么样?”李充顿时泪流而下,说:“赵王作乱篡夺皇位,乐令亲手把皇帝的印玺交给赵王。已故的伯父为人正直,对身处乱朝感到耻辱,结果就服了毒药。恐怕两人难以相比。这事实很明显,不是我出于私情才这么说的。”谢公对胡儿说:“有见识的人果然与别人所想的一样。”

四十七

王修龄问王长史:“我家临川①,何如卿家宛陵②?”长史未答,修龄曰:“临川誉贵。”长史曰:“宛陵未为不贵。”

【注释】

①临川:即王羲之,曾任临川太守,故称。②宛陵:即王述,曾任宛陵令,故称。

【译文】

王修龄(王脩)问王长史(王濛)说:“我家的临川太守和你家的宛陵令相比怎么样?”长史没有回答,王修龄说:“临川太守声誉尊贵。”长史说:“宛陵令也未尝不尊贵。”

四十八

刘尹至王长史许清言，时苟子年十三，倚床边听。既去，问父曰："刘尹语何如尊？"长史曰："韶音令辞[①]不如我，往辄破的[②]胜我。"

【注释】

①韶音令辞：美音美辞。②破的：箭射中靶子，比喻发言正中要害。

【译文】

刘尹（刘惔）到王长史（王濛）那里清谈，当时苟子（王脩）十三岁，靠在床边听。刘尹走后，苟子问他父亲说："刘尹的清谈水平和父亲相比怎么样？"长史说："论音辞的美妙，他不如我，说到一发言就能正中要害，他比我强。"

四十九

谢万寿春败[①]后，简文问郗超："万自可败，那得乃尔失士卒情？"超曰："伊以率任之性，欲区别智勇。"

【注释】

①谢万寿春败：晋穆帝升平三年（359），谢万任豫州刺史，受命北伐。他傲慢异常，轻视将士，遇敌时畏怯弃众独逃，致使全军溃败，最后他被废为庶人。

【译文】

谢万在寿春失败后，简文帝问郗超："谢万自然可以被打败，为什么会这么失去士兵的心呢？"郗超说："他凭着任性放纵的性格，想来辨别智谋和勇敢。"

五十

刘尹谓谢仁祖曰:“自吾有四友①,门人加亲。”谓许玄度曰:“自吾有由,恶言不及于耳。”二人皆受而不恨。

【注释】

①四友:当为“回”,回,指颜回;下句“由”,指仲由(子路),都是孔子的弟子。这里刘惔以孔子自居,把谢尚比作颜回,把许询比作子路。

【译文】

刘尹对谢仁祖(谢尚)说:“自从我有了颜回,学生与我就更加亲密了。”又对许玄度(许询)说:“自从我有了仲由,不好的话就不会传到我耳朵里了。”两个人都接受了他的说法而没有怨言。

五十一

世目殷中军:“思纬淹通,比羊叔子。”

【译文】

世人评论殷中军(殷浩):“思路广阔而通达,可以和羊叔子(羊祜)并列。”

五十二

有人问谢安石、王坦之优劣于桓公。桓公停①欲言,中悔,曰:“卿喜传人语,不能复语卿。”

【注释】

①停:正。

【译文】

有人向桓温问谢安石(谢安)和王坦之两人的优劣。桓温正要说,中途后悔了,说:"你喜欢传扬别人的话,不能再告诉你。"

五十三

王中郎尝问刘长沙[①]曰:"我何如苟子?"刘答曰:"卿才乃当不胜苟子,然会名[②]处多。"王笑曰:"痴!"

【注释】

①刘长沙:刘奭(shì),字文时,彭城(今属江苏)人。曾任车骑咨议、长沙相、散骑常侍。②会名:领悟名理。

【译文】

王中郎(王坦之)曾经问刘长沙:"我和苟子(王脩)相比怎么样?"刘长沙回答说:"你的才学应该不会超过苟子,可是领悟名理的地方要比他强。"王坦之笑说:"傻话!"

五十四

支道林问孙兴公:"君何如许掾?"孙曰:"高情远致,弟子早已服膺;一吟一咏,许将北面。"

【译文】

支道林问孙兴公(孙绰):"您和许掾(许询)相比怎么样?"孙兴公说:"要论情趣高远,弟子对他早已佩服不已;说到吟咏诗文,许掾却要拜我为师。"

五十五

王右军问许玄度:"卿自言何如安石?"许未答,王因曰:"安石故相与[①]雄,阿万当裂眼[②]争邪?”

【注释】

①相与:与你。②裂眼:指因发怒而瞪大眼睛。

【译文】

王右军(王羲之)问许玄度(许询):“你自己说说你和安石(谢安)、万石(谢万)相比怎么样?”许玄度还没有回答,王右军就说:“安石本来就比你强,阿万应该要跟你怒目相争吧?”

五十六

刘尹云:“人言江虨田舍,江乃自田宅屯。”

【译文】

刘尹(刘惔)说:“人们说江虨像农家子弟,江虨确实是亲自耕种自家田地的。”

五十七

谢公云:“金谷[①]中苏绍[②]最胜。”绍是石崇姊夫,苏则[③]孙,愉[④]子也。

【注释】

①金谷:晋人石崇在洛阳城外金谷涧所修建的金谷园。②苏绍:字世嗣,扶风武功(今属陕西)人。为吴王司马岳的老师、议郎,封关中侯。③苏则:字文师,曾任侍中。④愉:苏愉,字休豫,曾任尚书、太常光禄太夫。

【译文】

谢公(谢安)说:“在金谷园的聚会中苏绍的诗最优秀。”苏绍是石崇的姐夫,苏则的孙子,苏愉的儿子。

五十八

刘尹目庾中郎:“虽言不愔愔似道,突兀差可以拟道。”

【译文】

刘尹(刘惔)评论庾中郎(庾敳):“他的言谈虽然不能像道那样幽邃,但是其独到之处大体能和道相似。”

五十九

孙承公云:“谢公清于无奕,润于林道①。”

【注释】

①林道:陈逵,字林道,曾任梁、淮南二郡的太守。

【译文】

孙承公(孙统)说:“谢公(谢安)比无奕(谢奕)清秀,比林道温润。”

六十

或问林公:“司州何如二谢?”林公曰:“故当攀安提万①。”

【注释】

①攀安提万:是说攀着谢安,拉着谢万,意谓王胡之处在谢安与谢万之间。

【译文】

有人问林公(支道林):“司州(王胡之)和二谢相比怎么样?”林公说:“当然是攀着谢安,拉着谢万啦。”

六十一

孙兴公、许玄度皆一时名流。或重许高情[①],则鄙孙秽行[②];或爱孙才藻[③],而无取于许。

【注释】

①高情:高雅的情致。②秽行:放荡的行为。③才藻:才思文采。

【译文】

孙兴公(孙绰)、许玄度(许询)都是当时的名流。有人看重许玄度高雅的情致,却鄙视孙兴公放荡的行为;有人喜欢孙兴公的才思文采,却认为许玄度一无可取。

六十二

郗嘉宾道谢公:“造膝[①]虽不深彻[②],而缠绵纶至[③]。”又曰:“右军诣[④]嘉宾。”嘉宾闻之云:“不得称诣,政得谓之朋耳。”谢公以嘉宾言为得。

【注释】

①造膝:促膝,引申为谈论、切磋。②深彻:深刻透彻。③缠绵纶至:指情意最为深厚。缠绵,情意深厚。纶至,指情意极厚。④诣:做动词,指学业、技艺等超过。

【译文】

郗嘉宾(郗超)评论谢公(谢安):“谈论虽然不是很深刻透彻,可是情意最为深厚。”有人说：“右军（王羲之）造诣超过嘉宾。”嘉宾听到后说：“不能说造诣超过我，只能说是不分上下。”谢公认为嘉宾的话说到了点上。

六十三

庾道季[①]云：“思理[②]伦和[③]，吾愧康伯；志力[④]强正[⑤]，吾愧文度。自此以还，吾皆百之。”

【注释】

①庾道季：庾龢，字道季。庾亮的儿子。少好学，有文才。②思理：思辨能力。③伦和：有条理和逻辑。④志力：心智和才力。⑤强正：刚正不阿。

【译文】

庾道季说：“在思辨能力的条理和逻辑上，我不如康伯（韩伯）；在志气的刚正不阿上，我不如文度（王坦之）。除此以外的人，我都超过他们一百倍。”

六十四

王僧恩[①]轻林公，蓝田曰：“勿学汝兄，汝兄自不如伊。”

【注释】

①王僧恩：王祎之，字文劭，小字僧恩。王述次子。仕至中书郎。

【译文】

王僧恩瞧不起林公（支道林），蓝田（王述）说：“不要学你哥哥，你哥哥本来就不如他。”

六十五

简文问孙兴公："袁羊何似?"答曰："不知者不负其才,知之者无取其体[1]。"

【注释】

①体:德性,指袁羊有才无德。

【译文】

简文帝问孙兴公(孙绰):"袁羊(袁乔)这个人怎么样?"孙兴公回答说:"不了解他的人不会辜负他的才能,了解他的人看不起他的德性。"

六十六

蔡叔子[1]云:"韩康伯虽无骨干[2],然亦肤立[3]。"

【注释】

①蔡叔子:蔡系,字子叔,"叔子"疑误。蔡谟的次子。曾任抚军长史。②无骨干:韩康伯身体肥胖,故如此说。③肤立:指能站住脚。

【译文】

蔡叔子说:"韩康伯虽然没有骨头和躯干,但是身体也还站得住。"

六十七

郗嘉宾问谢太傅曰:"林公谈何如嵇公[1]?"谢云:"嵇公勤著脚[2],裁可得去耳。"又问:"殷何如支?"谢曰:"正尔[3]有超拔[4],支乃过殷。然会伟亹(wěi)亹[5]论辩,恐殷欲制支。"

【注释】

①嵇公:即嵇康。②勤著脚:不停地移动脚步,指努力向前。③正尔:恰好。④超拔:超尘拔俗。⑤亹亹:侃侃而谈、滔滔不绝的样子。

【译文】

郗嘉宾(郗超)问谢太傅(谢安):“林公(支道林)的清谈和嵇公相比怎么样?”谢太傅说:“嵇公要不停地向前迈步,才能赶上呀。”嘉宾又问:“殷浩和支道林相比怎么样?”谢太傅说:“恰好在超脱尘俗方面,支道林才超过殷浩;可是在滔滔不绝的辩论方面,恐怕殷浩的口才会制服支道林。”

六十八

庾道季云:“廉颇、蔺相如虽千载上死人,懔懔[①]恒如有生气;曹蜍(chú)[②]、李志[③]虽见在,厌厌[④]如九泉下人。人皆如此,便可结绳而治[⑤],但恐狐狸貒(tuān)貉(hé)[⑥]啖尽。”

【注释】

①懔懔:严正的样子。②曹蜍:曹茂之,字永世,小字蜍。东晋彭城(今徐州)人。官至尚书郎。③李志:字温祖,江夏钟武(今属河南)人。曾任员外常侍、南康相。④厌厌:精神不振的样子。⑤结绳而治:原指上古没有文字,用结绳记事的方法治理天下。后也指社会清平,不用法律治国的空想。⑥貒貉:猪獾和狗獾。

【译文】

庾道季说:“廉颇、蔺相如虽然是千年以前的死人,但他们严正的样子好像和活人一样;曹蜍、李志虽然现在还活着,但是精神不振就像九泉之下的人。假使个个都像曹和李,天下就可以像上古时期结绳而治了,但那时恐怕人都要被猪獾和狗獾吃完了。”

六十九

卫君长是萧祖周[①]妇兄，谢公问孙僧奴[②]：“君家道卫君长云何?”孙曰：“云是世业人[③]。”谢曰：“殊不尔，卫自是理义人[④]。”于时以比殷洪远。

【注释】

①萧祖周：即萧轮。②孙僧奴：孙腾，字伯海，小字僧奴，太原人。官至廷尉。③世业人：管世事的人。④理义人：善于玄学义理的人。

【译文】

卫君长（卫永）是萧祖周的妻兄，谢公（谢安）问孙僧奴：“你对卫君长是怎样评论的?”孙僧奴说：“我认为他是管世事的人。”谢公说：“不是这样的，卫君长本是研究玄学理义的人。”当时人们都把卫君长和殷洪远（殷融）相提并论。

七十

王子敬问谢公：“林公何如庾公?”谢殊不受，答曰：“先辈初无论，庾公自足没林公。”

【译文】

王子敬（王献之）问谢公（谢安）：“林公（支道林）和庾公（庾亮）相比怎么样?”谢公很不愿意接受这样来对比，回答说：“先辈从来没有谈论过，庾公自然足以超过林公。”

七十一

谢遏诸人共道竹林优劣，谢公云：“先辈初不臧贬七贤。”

【译文】

谢遏（谢玄）等人一起谈论“竹林七贤”的优劣，谢公（谢安）说：“先辈从来没有褒贬过七贤。”

七十二

有人以王中郎比车骑。车骑闻之曰：“伊窟窟[1]成就。”

【注释】

①窟窟：矻矻，应为“掘（kū）掘”，勤劳的样子。

【译文】

有人把王中郎（王坦之）和谢车骑（谢玄）并列，车骑听说这事就说：“他勤勤恳恳做出了成绩。”

七十三

谢太傅谓王孝伯：“刘尹亦奇[1]自知，然不言胜长史。”

【注释】

①奇：极，非常。

【译文】

谢太傅（谢安）对王孝伯（王恭）说：“刘尹（刘惔）也是非常了解自己的，可是他不说自己超过长史（王濛）。”

七十四

王黄门兄弟三人[1]俱诣谢公，子猷、子重多说俗事，子敬寒温而已。既出，坐客问谢公：“向三贤孰愈？”谢公曰：“小者最胜。”客曰：“何以知之?”谢公曰:“吉人之辞寡,躁人之辞多。[②]推此知之。”

【注释】

①王黄门兄弟三人:指王徽之、王操之、王献之三兄弟。黄门指王徽之,字子猷,曾任黄门侍郎;王操之,字子重;王献之,字子敬。王徽之是王羲之的三儿子,王操之是王羲之的四儿子,王献之是王羲之的七儿子。②吉人之辞寡,躁人之辞多:出自《周易·系辞下》,意思是贤明的人言语少,急躁的人言语多。

【译文】

黄门侍郎王子猷兄弟三人一起去拜访谢公(谢安),子猷和子重大多说的是世俗之事,子敬只寒暄了几句。兄弟三人走后,座上客人问谢公:“适才三位贤者,谁最优?”谢公说:“最小的那个最优。”客人说:“凭什么这么说呢?”谢公说:“‘吉人之辞寡,躁人之辞多。’我从这句话推想得知。”

七十五

谢公问王子敬:“君书何如君家尊?”答曰:“固当不同。”公曰:“外人论殊不尔。”王曰:“外人那得知?”

【译文】

谢公(谢安)问王子敬:“您的书法比起令尊怎么样?”子敬回答说:“当然是不同的。”谢公说:“外面的议论绝不是这样。”王子敬说:“外人哪里懂得?”

七十六

王孝伯问谢太傅:“林公何如长史?”太傅曰:“长史韶兴[①]。”问:“何如刘尹?”谢曰:“噫!刘尹秀。”王曰:“若如公言,并不如此二人邪?"谢云:"身意正尔也。"

【注释】

①韶兴:美好的意趣。

【译文】

王孝伯(王恭)问谢太傅(谢安):"林公(支道林)和长史(王濛)相比怎么样?"太傅说:"长史具有美好的意趣。"王孝伯又问:"和刘尹(刘惔)相比怎么样?"谢太傅说:"啊!刘尹俊秀杰出。"王孝伯说:"如果像您所说,林公不如这两个人吗?"谢太傅说:"我的意思正是这样。"

七十七

人有问太傅:"子敬可是先辈谁比?"谢曰:"阿敬近撮[①]王、刘之标[②]。"

【注释】

①撮:聚合。②标:风度,格调。

【译文】

有人问太傅(谢安):"王子敬(王献之)可以与先辈中哪一位相比?"谢太傅说:"阿敬接近于集合了王(王濛)、刘(刘惔)两位的风度。"

七十八

谢公语孝伯:"君祖[①]比刘尹,故为得逮[②]。"孝伯云:"刘尹非不能逮,直不逮。"

【注释】

①君祖：指王濛。②逮：追及，赶上。

【译文】

谢公（谢安）对孝伯（王恭）说："您的祖父相比刘尹（刘惔），是能比得上他的。"孝伯说："刘尹这样的人并不是不能追上，只是并不愿意去追赶而已。"

七十九

袁彦伯为吏部郎，子敬与郗嘉宾书曰："彦伯已入[1]，殊足顿[2]兴往[3]之气。故知捶挞[4]自难为人，冀小却[5]，当复差耳。"

【注释】

①已入：指入朝为官。②顿：消除，挫伤。③兴往：指不为权势所折的锐气。④捶挞：杖刑，笞刑。东汉郎官犯错所受的刑罚。⑤小却：稍稍推辞。

【译文】

袁彦伯（袁宏）做了吏部郎，子敬（王献之）给郗嘉宾（郗超）写信说："彦伯已经入朝为官，这个职位特别能消除人不为权势所折的锐气。他本来就知道如果受了杖刑就很难做人，希望他能稍稍推辞，将来会好转些。"

八十

王子猷、子敬兄弟共赏《高士传》人及赞[1]，子敬赏"井丹[2]高洁"，子猷云："未若'长卿慢世[3]'。"

【注释】

①赞：文体名，以颂扬人物为主旨。②井丹：字大春，东汉扶风郿（今属陕西）人。年轻时在太学读书，通《五经》，善谈论，京师称之为“《五经》纷纶井大春”。③长卿慢世：长卿，西汉辞赋大家司马相如的字。慢世：傲世，玩世不恭。

【译文】

王子猷（王徽之）、王子敬兄弟一起欣赏《高士传》所写的人及其赞语，子敬欣赏井丹的高洁，子猷说：“不如‘长卿的玩世不恭’好。”

八十一

有人问袁侍中[①]曰：“殷仲堪何如韩康伯？”答曰：“理义所得，优劣乃复未辨。然门庭萧寂，居然有名士风流，殷不及韩。”故殷作诔[②]云：“荆门昼掩，闲庭晏然[③]。”

【注释】

①袁侍中：袁恪之，字元祖，东晋陈郡阳夏（今属河南）人。曾任黄门侍郎、侍中。②诔：记叙逝者生平的悼文。③晏然：安适，安闲。

【译文】

有人问袁侍中说：“殷仲堪和韩康伯（韩伯）相比怎么样？”袁侍中回答说：“对于名理之学的心得，他们的优劣我是分辨不出的。但是门庭萧条寂静，显现出名士的风度，殷仲堪是不如韩康伯的。”所以殷仲堪写诔文说：“柴门白天虚掩着，庭院一派安适的样子。”

八十二

王子敬问谢公：“嘉宾何如道季？”答曰：“道季诚复钞撮[①]清悟[②]，嘉宾故自上。”

【注释】

①钞撮:微细,少许。钞,同"抄",拿。②清悟:清醒,觉悟。

【译文】

王子敬问谢公:"嘉宾(郗超)和道季(庾龢)相比怎么样?"谢公(谢安)回答说:"道季确实有少许的清醒觉悟,不过嘉宾本来就在他的之上。"

八十三

王珣疾,临困[1],问王武冈[2]曰:"世论以我家领军[3]比谁?"武冈曰:"世以比王北中郎。"东亭转卧向壁,叹曰:"人固不可以无年[4]!"

【注释】

①临困:临终。②王武冈:即王谧,王导的孙子、王劭的儿子,继承父爵武冈侯。③领军:指王洽,王导的儿子、王珣的父亲,曾任吴郡内史,调任领军。④无年:无年寿,指寿命不长。

【译文】

王珣病重,临终时,问武冈侯说:"世人评论我家的领军与谁并列?"武冈侯说:"世人把他和王北中郎(王坦之)并列。"东亭侯(王珣)转身面向墙壁躺着,叹息说:"人确实不能太短命啊!"

八十四

王孝伯道谢公:"浓至[1]。"又曰:"长史虚,刘尹秀,谢公融。"

【注释】

①浓至:浓厚深沉。

【译文】

王孝伯(王恭)评价谢公(谢安):“浓厚深沉。”又说:“长史(王濛)谦虚,刘尹(刘惔)杰出,谢公通达。”

八十五

王孝伯问谢公:“林公何如右军?”谢曰:“右军胜林公。林公在司州前,亦贵彻[①]。”

【注释】

①贵彻:显贵而通达。

【译文】

王孝伯问谢公:“林公(支道林)和右军(王羲之)相比怎么样?”谢公说:“右军超过林公,林公在司州(王胡之)的前面,也算尊贵而通达。”

八十六

桓玄为太傅,大会,朝臣毕集。坐裁竟,问王桢之[①]曰:“我何如卿第七叔[②]?”于时宾客为之咽气[③]。王徐徐答曰:“亡叔是一时之标,公是千载之英。”一坐欢然。

【注释】

①王桢之:字公干,王徽之的儿子。曾任侍中、大司马长史。②第七叔:指王献之。③咽气:屏气,不敢喘息,形容惶恐紧张之状。

【译文】

桓玄做太傅时,举行大会,朝廷官员都集合在一起。刚刚坐好,桓玄问王桢之说:“我与你第七叔相比怎么样?”当时所有宾客都为此屏住了呼吸。王桢之慢吞吞地回答说:“亡叔是一时的楷模,您是千年的英杰。”所有在座的人听了都很高兴。

八十七

桓玄问刘太常[1]曰:‘我何如谢太傅?”刘答曰:“公高,太傅深。”又曰:“何如贤舅子敬?”答曰:“楂梨橘柚,各有其美。”

【注释】

①刘太常:刘瑾,字仲璋,东晋南阳(今属河南)人。王羲之的外孙。曾任尚书、太常卿。

【译文】

桓玄问刘太常说:“我与谢太傅(谢安)相比怎么样?”刘太常回答说:“您高明,太傅深沉。”桓玄又问:“与你的舅舅子敬(王献之)相比怎么样?”刘瑾回答说:“楂、梨、橘、柚,各有各的美味。”

八十八

旧以桓谦[1]比殷仲文。桓玄时,仲文入,桓于庭中望见之,谓同坐曰:“我家中军,那得及此也?”

【注释】

①桓谦:字敬祖。桓玄的堂兄弟。曾任中军将军。

【译文】

过去人们把桓谦和殷仲文相并列。桓玄执政时,殷仲文从外面进来,桓玄在庭院里望见他,对同座的人说:“我家中军哪里赶得上他啊!”

规箴第十

一

汉武帝乳母尝于外犯事，帝欲申宪[①]。乳母求救东方朔[②]，朔曰："此非唇舌所争，尔必望济者，将去时，但当屡顾帝，慎勿言，此或可万一冀耳。"乳母既至，朔亦侍侧，因谓曰："汝痴耳！帝岂复忆汝乳哺时恩邪?"帝虽才雄心忍[③]，亦深有情恋，乃凄然愍[④]之，即敕免罪。

【注释】

①申宪：依法惩处。申：按照。宪：法律。②东方朔：字曼倩，西汉平原厌次(今属山东)人。曾任常侍郎、左中大夫等职。性诙滑稽，有著作《答客难》等传世。③心忍：心狠。忍：残忍。④愍：怜悯，哀怜。

【译文】

汉武帝的奶妈曾经在外面犯了罪，武帝想将她依法惩治。奶妈向东方朔求救，东方朔说："这不是靠唇舌相争的事，你如果一定要得到救助的话，那就在你将要离开时，只是频频地回头看武帝，千万不要说话，这样或许有万分之一的希望。"奶妈来到朝堂后，东方朔也在武帝身边陪侍，有人对奶妈说："你傻啊！皇帝难道还会想起你对他的哺乳恩情吗?"武帝虽然才能杰出、心性残忍，但对奶妈也有深深的依恋，于是悲伤怜悯她，随即赦免了她的罪行。

二

京房[1]与汉元帝共论，因问帝：“幽、厉之君[2]何以亡？所任何人？”答曰：“其任人不忠。”房曰：“知不忠而任之，何邪？”曰：“亡国之君各贤其臣，岂知不忠而任之？”房稽（qǐ）首[2]曰：“将恐今之视古，亦犹后之视今也。”

【注释】

①京房：本姓李，字君明，东郡顿丘（今属河南）人。曾向焦延寿学习《易》，好讲灾异，为西汉今文易学“京氏学”的开创者。汉元帝初以孝廉为郎，数上疏，以灾异推论时政得失。②幽、厉之君：指周幽王、周厉王，皆为暴虐之君。③稽首：古时一种跪拜礼，叩头至地，是九拜中最恭敬的一种。

【译文】

京房和汉元帝在一起论谈，趁机问元帝：“周幽王、周厉王为什么灭亡？他们所任用的是什么人？”元帝回答说：“他们任用的人不忠诚。”京房又问：“知道不忠而任用他们，这是为什么呢？”元帝说：“亡国的君主各自都认为他们的臣子是贤能的，哪有不忠诚还被任用的？”京房稽首说：“就担心我们现在对古人的看法，也如同后代看待现在一样。”

三

陈元方遭父丧，哭泣哀恸，躯体骨立。其母愍之，窃以锦被蒙上。郭林宗吊而见之，谓曰：“卿海内之俊才，四方是则，[1]如何当丧，锦被蒙上？孔子曰：‘衣夫锦也，食夫稻也，于汝安乎？’吾不取也！”奋衣[2]而去。自后宾客绝百所日。

【注释】

①四方是则：各地的人以你为典范。②奋衣：拂袖，表示气愤。

【译文】

陈元方的父亲去世，他哭泣悲恸，身体瘦得只剩骨架支撑。他母亲怜悯他，偷偷地把锦缎被子披在他的身上。郭林宗（郭泰）去吊丧，看到他披着锦被，就对他说："您是国内的杰出人才，各地的人以你为典范，你怎么能在居丧期间，将锦被披到身上呢？孔子说：'穿着绸缎，吃着大米饭，你心里能安宁吗？'这种行为不可取。"说完他就拂袖而去。此后有一百来天宾客不去吊丧。

四

孙休[①]好射雉，至其时，则晨去夕反。群臣莫不止谏："此为小物，何足甚耽[②]？"休曰："虽为小物，耿介[③]过人，朕所以好之。"

【注释】

①孙休：字子烈，孙权的第六子。初封琅邪王，孙亮被废，他被立为帝，改元永安。卒后谥景皇帝。②耽：玩乐，沉湎。③耿介：正直不阿，廉洁自守。据说野鸡被捕获后会自己闭气自杀，所以认为它"耿介"。

【译文】

孙休喜欢射野鸡，到了射猎的时候，就早去晚归。群臣没有不上书劝谏的，说："这是小东西，哪里值得过分沉迷呢？"孙休说："虽然是小东西，可是比人还正直不阿，我因此喜欢它。"

五

孙皓问丞相陆凯[①]曰："卿一宗在朝有几人？"陆曰："二相、五侯、将军十余人。”皓曰:“盛哉!”陆曰:“君贤臣忠,国之盛也;父慈子孝,家之盛也。今政荒民弊,覆亡是惧,臣何敢言盛!”

【注释】

①陆凯:字敬风,陆逊的同族。黄武年间为永兴、诸暨长,有政绩。孙亮、孙休时历任绥远将军、征北将军等。孙皓称帝,迁镇西大将军,都督巴丘,领荆州牧,位至左丞相。好谏诤,曾上疏谏阻孙皓迁都武昌,指斥佞臣何定。

【译文】

孙皓问丞相陆凯说:“你们整个家族在朝上为官的有多少人?”陆凯说:“两个丞相,五个侯爵,十几个将军。”孙皓说:“真兴旺啊!”陆凯说:“君主贤明,臣子忠诚,国家就会兴盛;父亲慈爱,儿子孝顺,家族就会兴旺。现在政事荒废,民生凋敝,担心国家覆亡啊,我怎么敢说兴旺呢!”

六

何晏、邓飏令管辂(lù)[①]作卦,云:“不知位至三公不?”卦成,辂称引古义,深以戒之。飏曰:“此老生之常谈。”晏曰:“知几[②]其神乎,古人以为难;交疏吐诚,[③]今人以为难。今君一面,尽二难之道,可谓‘明德惟馨[④]’。《诗》不云乎:‘中心藏之,何日忘之!’”

【注释】

①管辂:字公明,三国魏平原(今属山东)人。历任文学掾、文学从事、治中别驾,正元年间官至少府丞。精通《周易》,善于占卜、相术,史称所预言辄应验。②几:预兆,细微的迹象。③交疏吐诚:交情虽然疏淡,但说话非常坦诚。④明德惟馨:完美的德行才是芳香清醇的。

【译文】

何晏、邓飏让管辂卜一卦，说："不知道我们的官位能做到三公吗？"卦成以后，管辂援引古人对卦象的解释，语重心长地劝诫他们。邓飏说："你这是老生常谈。"何晏说："了解细微的迹象是很神妙的，古人认为这很难；交情虽然疏淡，但说话非常坦诚，现在的人认为这很困难。现在和您初次见面，你就全部说出这两个难题的解决办法，可以说是'完美的德行才是芳香清醇的'。《诗经》上不是说过吗：'心里记着它，哪天敢忘呢？'"

七

晋武帝既不悟太子之愚，必有传后意，诸名臣亦多献直言。帝尝在陵云台①上坐，卫瓘在侧，欲申其怀，因如醉，跪帝前，以手抚床曰："此坐可惜！②"帝虽悟，因笑曰："公醉邪？"

【注释】

①陵云台：在今河南省洛阳市东北魏、晋洛阳城内。三国魏黄初二年(221)筑。②此坐可惜：指太子登上此座，太可惜。

【译文】

晋武帝还没有觉悟到太子的愚蠢，就有了一定要把帝位传给他的意思，众位名臣也多直言相谏。武帝曾在陵云台上坐着，卫瓘陪侍在旁，想要表达自己的心意，于是就像醉酒一样跪在武帝的前面，用手抚摸着龙床说："这个位子可惜啦！"武帝虽然明白他的意思，但仍笑着说："你喝醉了吗？"

八

王夷甫妇，郭泰宁①女，才拙而性刚，聚敛无厌，干豫人事。夷甫患之而不能禁。②时其乡人幽州刺史李阳，京都大侠，犹汉之楼护③，郭氏惮之。夷甫骤[4]谏之，乃曰："非但我言卿不可，李阳亦谓卿不可。"郭氏小为之损。

【注释】

①郭泰宁：郭豫，字泰宁（一作"太宁"），太原人。官至相国参军。②夷甫患之而不能禁止她：王夷甫的妻子和晋惠帝皇后贾氏是表姐妹，她倚仗贾后的权势，所以王夷甫不能禁止她。③楼护：字君卿，西汉齐（今山东淄博市）人。他医术高明，为人守信用，精于辩论，谈吐议论常常能遵从名誉和节操，做了多年京兆吏。他年老失势后，依然坚守节操，受人尊敬。④骤：屡次。

【译文】

王夷甫（王衍）的妻子，是郭泰宁的女儿，才能笨拙却性情刚烈，聚敛财物没有满足的时候，喜欢干涉别人的事。王夷甫对此很担心，但是也不能制止她。当时他的同乡幽州刺史李阳，是京都一代的大侠，就像西汉时的楼护，郭氏惧怕他。王夷甫屡次劝谏妻子，跟她说："不仅我说你不能这么做，李阳也说你不能这么做。"郭氏因此才稍微收敛了一点。

九

王夷甫雅尚玄远，常嫉其妇贪浊，口未尝言"钱"字。妇欲试之，令婢以钱绕床，不得行。夷甫晨起，见钱阂（hé）[1]行，呼婢曰："举却阿堵物[2]！"

【注释】

①阂：阻碍，妨碍。②阿堵物：这些东西。后指代钱。

【译文】

王夷甫极推崇玄理，常常憎恨妻子的贪婪污浊，所以口里不曾说过“钱”字。妻子想试试他，就让婢女绕着他的床放了一圈钱，让他不能下床走路。王夷甫早晨起床，看见钱妨碍了自己走路，就命令婢女：“拿掉这些东西！”

十

王平子年十四五，见王夷甫妻郭氏贪，欲令婢路上儋[①]粪。平子谏之，并言不可。郭大怒，谓平子曰：“昔夫人[②]临终，以小郎嘱新妇，不以新妇嘱小郎。”急捉衣裾[③]，将与杖。平子饶力[④]，争得脱，逾窗而走。

【注释】

①儋：同“担”，肩挑。②夫人：指婆婆。③衣裾：衣襟。④饶力：有力气。

【译文】

王平子（王澄）十四五岁，看见哥哥王夷甫的妻子郭氏贪心不足，想让婢女到路上担粪。平子去劝阻郭氏，并对她说不能这样。郭氏大怒，对平子说：“以前老夫人临终时，把你小子托付给了我，却没把我托付给你。”说罢就突然抓住平子的衣襟，要用棍子打他。平子力气大，奋力挣脱，跳窗逃跑了。

十一

元帝过江犹好酒，王茂弘与帝有旧，常流涕谏。帝许之，命酌酒一酣，从是遂断。

【译文】

晋元帝到江南后还是喜欢喝酒，王茂弘（王导）和元帝是旧交，常常流着泪劝谏他少喝酒。元帝答应了,就叫人倒酒喝了个痛快,从这以后就戒了酒。

十二

谢鲲为豫章太守,从大将军下至石头。敦谓鲲曰:“余不得复为盛德之事[①]矣!”鲲曰:“何为其然?但使自今已后,日亡日去[②]耳。”敦又称疾不朝,鲲谕敦曰:“近者明公之举,虽欲大存社稷,然四海之内,实怀未达。若能朝天子,使群臣释然,万物之心,于是乃服。仗民望以从众怀,尽冲退[③]以奉主上,如斯则勋侔一匡[④],名垂千载。”时人以为名言。

【注释】

①盛德之事:品德高尚之事,指辅佐君主之事。王敦这句话表明了他目无君主、准备篡位的意图。②日亡日去:《晋书·谢鲲传)作“日忘日去”,《资治通鉴》注:“言日复一日,浸忘前事,则君臣猜嫌之迹亦日去耳。”③冲退:谦让。④侔一匡:指和一匡天下的功劳相等。一匡:指一匡天下,使天下一切得到纠正。

【译文】

谢鲲任豫章太守,跟随大将军(王敦)东下到了石头城。王敦对谢鲲说:“我不能再做辅佐君王的盛德之事了!”谢鲲说:“为什么这么说?只要从今以后,把君臣的猜嫌之迹一天天忘记就可以了。”王敦又称病不去上朝,谢鲲劝告王敦说:“近来,您的举动,虽然想极力保存社稷,但是全国之内,您的心意还没传遍。假若您能去朝见皇帝,让众位大臣消除疑虑,众人才会敬服您。依靠众人的愿望来顺从他们的心意,尽力谦让来侍奉主上,如果能这样的话,您的功勋相当于一匡天下的功劳,那么您就能名垂千年了。”当时的人认为这是名言。

十三

元皇帝时，廷尉张闿（kǎi）[①]在小市居，私作都门，早闭晚开，群小[②]患之，诣州府诉，不得理；遂至挝（zhuā）[③]登闻鼓[④]，犹不被判。闻贺司空[⑤]出，至破冈[⑥]，连名诣贺诉。贺曰："身被征作礼官，不关此事。"群小叩头曰："若府君复不见治，便无所诉。"贺未语，令且去，见张廷尉当为及之。张闻，即毁门，自至方山迎贺。贺出见，辞之曰："此不必见关，但与君门情[⑦]，相为惜之。"张愧谢曰："小人有如此，始不即知，早已毁坏。"

【注释】

①张闿：字敬绪，丹阳（今属江苏）人。三国吴国张昭的曾孙。曾任晋陵内史。②群小：指社会地位卑下的人，一般指名门望族以外的庶民。③挝：敲击。④登闻鼓：古代帝王为表示听取臣民谏议或冤情，在朝堂外悬鼓，许臣民击鼓上闻，谓之"登闻鼓"。⑤贺司空：即贺循。⑥破冈：即破冈渎，三国时开凿的运河。故址在今江苏南部。⑦门情：世代相交之情。贺循的曾祖父贺齐和张闿的曾祖父张昭都是吴国的名将，两人也很友好，所以说有门情。

【译文】

晋元帝时，廷尉张闿在小集市居住，私自建了小集市的大门，每天门关得早、开得晚。老百姓对此很不满，就去州府衙门那儿上告，衙门不受理；于是又去敲登闻鼓，也得不到解决。他们听说贺司空要出行，到了破冈，就联名到贺司空那里告状。贺循说："我被征调为礼官，与此事无关。"老百姓磕头说："如果您还不能管这件事，我们就没地方告状了。"贺司空没有说话，让他们先离开，承诺见到张廷尉一定为他们说这件事。张廷尉听闻了此事后，马上毁掉了大门，亲自到方山迎接贺循。贺循出来见他，对他说："这件事用不着我关心，只是我家与你们家世代相交,为你感到惋惜。”张闿惭愧地谢罪说:“百姓有这样的要求,当初我没有马上知晓,否则早就把门拆掉了。”

十四

郗太尉晚节好谈,既雅非所经[①],而甚矜之。后朝觐,以王丞相末年多可恨,每见必欲苦相规诫。王公知其意,每引作他言。临还镇,故命驾诣丞相,翘须厉色,[②]上坐便言:“方当乖别,必欲言其所见。”意满口重,辞殊不流。王公摄其次[③]曰:“后面未期。亦欲尽所怀,愿公勿复谈。”郗遂大瞋[④],冰衿[⑤]而出,不得一言。

【注释】

①经:治理,管理,此指擅长。②翘须厉色:指撅着胡须,绷着脸。③其次:指整理他言谈的顺序。摄:整理。④瞋:生气,恼火。⑤冰衿:形容脸色冷漠而严峻。

【译文】

郗太尉(郗鉴)晚年喜欢清谈,虽然这不是他平素所擅长的,但他很为此自负。后来上朝觐见皇上,因为王丞相(王导)晚年做了很多让他不满意的事情,所以每次见面,他都要极力规劝。王公(王导)知道他的用心,所以每次和他说话时就把话题转移了。郗太尉要回守地前,特意又坐车到丞相那里,胡须翘着,面色严肃,一入座就说:“要分手了,我一定要把自己的看法对你说说。”他情绪激动,语气严肃,说话都有些不流利。王公抓住他说话的间隙对他说:“以后什么时候见面还不知道呢。我也想说一下我的心里话,希望您不要再说了。”郗太尉大怒,铁青着脸出去了,一句话也没说。

十五

王丞相为扬州,遣八部从事[①]之职。顾和时为下传[②]还,同时俱见。诸从事各奏二千石[3]官长得失，至和独无言。王问顾曰："卿何所闻？"答曰："明公作辅，宁使网漏吞舟[4]，何缘采听风闻，以为察察之政[5]？"丞相咨嗟称佳，诸从事自视缺然也。

【注释】

①部从事：晋朝诸郡属官，掌督察郡守和境内藩王之事。②下传：按察下属的官吏。③二千石：是郡太守的俸禄标准，后作为郡太守的通称。④网漏吞舟：比喻法网疏宽，大奸得脱。网漏：指法网疏宽。吞舟：指吞舟大鱼，比喻大奸。⑤察察：苛察，烦细。

【译文】

王丞相（王导）担任扬州刺史，派遣所辖八郡的部从事到任，顾和当时作为按察属官乘车从外面回来，一同进见。各位从事分别报告郡守的过失，到了顾和那里却一言不发。王导问顾和："你听到什么了？"顾和答道："您做宰相，宁可让吞舟之鱼漏网，怎么会靠听信传闻，作为严苛的政治手段呢？"王导称赞顾和说得好，各位从事也觉得自己有缺陷。

十六

苏峻东征沈充，请吏部郎陆迈[1]与俱。将至吴，密敕左右，令入阊门[2]放火以示威。陆知其意，谓峻曰："吴治平未久，必将有乱。若为乱阶[3]，请从我家始。"峻遂止。

【注释】

①陆迈：字功高，东晋吴郡人。曾任振威太守、尚书吏部郎。②阊门：吴国苏州城的西城门。③阶：原由。

【译文】

苏峻东下讨伐沈充，请吏部郎陆迈和他一起出征。将要到吴地的时候，苏峻秘密吩咐身边的人，命令他们进入阊门去放火来显示威风。陆迈明白苏峻的意图，对苏峻说："吴地安定太平不久，这样做一定会引起混乱。如果要为制造混乱寻找理由，那就从我家烧起吧。"苏峻于是放弃了放火的打算。

十七

陆玩拜司空，有人诣之索美酒，得，便自起泻著梁柱间地，祝曰："当今乏才，以尔为柱石之用，莫倾人栋梁。"玩笑曰："戢(jí)[①]卿良箴(zhēn)[②]。"

【注释】

①戢：收藏，记下。②箴：规劝，告诫。

【译文】

陆玩任司空，有人去拜访他，向他索要美酒，拿到酒后，这个人便站起来，将酒倒到梁柱间的地上，祝告说："当今缺少人才，国家把你作为柱石一样的大臣重用，不要让人家的栋梁倾倒。"陆玩笑着说："记下了你的忠告。"

十八

小庾[①]在荆州，公朝大会，问诸僚佐曰："我欲为汉高、魏武[②]，何如？"一坐莫答，长史江彪曰："愿明公为桓、文[③]之事，不愿作汉高、魏武也。"

【注释】

①小庾：即庾翼。②汉高、魏武：汉高祖刘邦和魏武帝曹操。

③桓、文：齐桓公和晋文公。

【译文】

小庾担任荆州刺史时，在官署里大会属下，问众位僚属说："我想成为汉高祖、魏武帝那样的人，怎么样？"在座的人没有一个回答。长史江彪说道："希望您能成就齐桓公、晋文公那样的事业，不希望您成为汉高祖、魏武帝。"

十九

罗君章[①]为桓宣武从事，谢镇西作江夏，往检校之。罗既至，初不问郡事，径就谢数日饮酒而还。桓公问："有何事？"君章云："不审公谓谢尚何似人？"桓公曰："仁祖是胜我许人。"君章云："岂有胜公人而行非者？故一无所问。"桓公奇其意而不责也。

【注释】

①罗君章：罗含，字君章。擅文章，为谢尚、桓温所称道。

【译文】

罗君章任桓宣武（桓温）的从事，谢镇西（谢尚）任江夏相，罗君章去他那里视查。罗君章到了以后，刚开始不问郡中的事情，直接来到谢尚的住处，喝了几天酒就回来了。桓公（桓温）问："谢尚那里有什么事吗？"罗君章说："不知您认为谢尚是个什么样的人？"桓公说："仁祖胜过我这样的人。"罗君章说："哪有胜过您的人却做坏事？所以我什么也没有问。"桓公惊诧他的说法，没有指责他。

二十

王右军与王敬仁、许玄度并善，二人亡后，右军为论议更克[①]。孔岩诫之曰："明府昔与王、许周旋有情，及逝没之后，无慎终之好，民所不取。"右军甚愧。

【注释】

①克:刻薄。

【译文】

王右军(王羲之)和王敬仁(王脩)、许玄度(许询)两人交好,两人死后,右军对他们的评价变得刻薄起来。孔岩告诫他说:"您从前和王敬仁、许玄度交往很有情谊,等到他们去世以后,却没有将这份友谊坚持到最后,这是一般人所不可取的。"右军听了非常惭愧。

二十一

谢中郎在寿春败,临奔走,犹求玉帖镫[1]。太傅在军,前后初无损益之言。尔日犹云:"当今岂须烦此?"

【注释】

①玉帖镫:玉饰的马鞍。

【译文】

谢中郎(谢万)在寿春战败,将要逃走的时候,还要用玉帖镫。当时太傅(谢安)跟随他在军中,始终不曾提过什么意见,这天也说:"现在哪里用得着为此增加麻烦!"

二十二

王大语东亭:"卿乃复论成不恶,那得与僧弥戏?"

【译文】

王大(王忱)对东亭(王珣)说:"人们对您的评价确实不错,你怎能和僧弥（王珉）戏言呢？”

二十三

殷觊病困，看人政[①]见半面。殷荆州兴晋阳之甲[②]，往与觊别，涕零，属以消息[③]所患。觊答曰：“我病自当差，正忧汝患耳！”

【注释】

①政：通“正”，只。②兴晋阳之甲：指兴兵。晋阳之甲，《公羊传·定公十三年》记晋赵鞅兴晋阳之甲，以清君侧为名，逐荀寅、士吉射。后因称地方长吏不满朝廷而举兵为兴“晋阳之甲”。③消息：休养，休息。

【译文】

殷觊病重，看人只能看见半面。殷荆州（殷仲堪）当时正要兴晋阳之甲，去和殷觊告别，流着泪，嘱咐他好好养病。殷觊回答说：“我的病自然会好，我只担心你啊！”

二十四

远公在庐山中，虽老，讲论不辍。弟子中或有堕者，远公曰：“桑榆之光，[①]理无远照，但愿朝阳之晖，与时并明耳。”执经登坐，讽诵朗畅，词色甚苦。高足[②]之徒，皆肃然增敬。

【注释】

①桑榆之光：照在桑榆、榆树梢上的落日余晖。形容人已到暮年，能做的事不多了。②高足：高才弟子。

【译文】

远公（慧远）住在庐山中，虽然老了，但是宣讲佛经不止。弟子中有懒惰的，远公说：“我就像夕阳的光芒，原本不会照得太远，只是希望你们像朝阳的光辉随着时间的推移越来越明亮。”说完，他手捧经书坐在坐榻上，朗声诵读，辞色庄严，高才弟子们都对他肃然起敬。

二十五

桓南郡好猎，每田狩，车骑甚盛，五六十里中，旌旗蔽隰（xí）[①]，骋良马，驰击若飞，双甄[②]所指，不避陵壑（hè）。或行陈不整，麏（jūn）[③]兔腾逸，参佐无不被系束。桓道恭，玄之族也，时为贼曹参军，颇敢直言。常自带绛绵绳著腰中，玄问：“此何为？”答曰：“公猎，好缚人士，会当被缚，手不能堪芒[④]也。”玄自此小差。

【注释】

①隰：低湿的地方。②双甄：古代打猎或作战阵形的左右两翼。③麏：古同“麇”，指獐子。④芒：刺。当时捆人用粗麻绳，绳粗有刺，所以自带绵绳，以免麻刺扎手。

【译文】

桓南郡喜欢打猎。每次外出打猎，车马队伍非常壮观，五六十里范围内，旌旗遮蔽田野。飞驰的骏马，追击如飞，左右两翼人马所到之处，不避山陵沟壑。如果队伍行列不整齐，獐子、野兔逃跑了，部下没有不被捆绑的。桓道恭，是桓玄的族人，当时任贼曹参军，非常敢于说话。他常常自带着紫红色的棉绳，缠在腰间。桓玄问：“你用这来干什么？”桓道恭回答说：“您打猎，喜欢捆绑人，等到我被捆绑时，我的手可不能忍受绳子上的芒刺。”桓玄从此稍微收敛了一些。

二十六

王绪[①]、王国宝[②]相为唇齿，并上下权要。王大不平其如此，乃谓绪曰：“汝为此欻（xū）欻[③]，曾不虑狱吏之为贵乎？”

【注释】

①王绪：字仲业，太原人。曾任从事中郎。②王国宝：王坦之第三子，王绪的堂兄。③欻欻：盛气的样子。

【译文】

王绪、王国宝互相勾结，一起玩弄权势。王大很不满意他们的所作所为，就对王绪说："你为所欲为地去做这种事，难道就没想过狱吏的尊贵吗？"

二十七

桓玄欲以谢太傅宅为营，谢混曰："召伯之仁，犹惠及甘棠；[1]文靖[2]之德，更不保五亩之宅？"玄惭而止。

【注释】

①召伯之仁，犹惠及甘棠：召伯巡视南国，住在甘棠树下一所房子里处理政事。他走后，百姓想念他的恩德，就不忍损伤那棵树。召伯：即召公，周文王的儿子，封于召地。②文靖：指谢安。谢安死后谥号为"文靖"。

【译文】

桓玄想用谢太傅的旧宅作为军营，谢混说："召公的仁慈，还能惠及甘棠树；文靖公的德行，难道还保不住自己的五亩之宅吗？"桓玄很惭愧，就放弃了这个念头。

捷悟第十一

一

杨德祖[①]为魏武主簿，时作相国门，始构榱（cuī）桷（jué）[②]，魏武自出看，使人题门作“活”字，便去。杨见，即令坏之。既竟，曰：“‘门’中‘活’，‘阔’字，王正嫌门大也。”

【注释】

①杨德祖：杨修，字德祖，东汉弘农华阴（今陕西华阴）人。曹操任丞相时，调他任主簿。②榱桷：屋椽。王：指魏王曹操。曹丕即位后追封他为魏武帝。

【译文】

杨德祖是曹操的主簿，当时正在建相国府的大门，开始搭建屋椽，魏武帝亲自去察看，叫人在门上写了一个“活”字，就走了。杨德祖看见，就叫人把门拆了。拆完后，说：“门中有一个‘活’字就是‘阔’字。魏王正是嫌门太大了。”

二

人饷[①]魏武一杯酪，魏武啖少许，盖头[②]上题“合”字以示众。众莫能解。次至杨修，修便啖曰：“公教人啖一口也，复何疑？”

【注释】

①饷：赠送。②盖头：盖子。

【译文】

有人送了魏武帝一杯乳酪，曹操吃了一些，然后就在盖子上面写了一个"合"字，并拿给大家看，大家都无法理解。轮到杨修时，杨修就拿起吃了一口，说："魏王叫我们每人都吃一口，又怀疑什么呢？"

三

魏武尝过曹娥碑[①]下，杨修从。碑背上见题作"黄绢幼妇，外孙齑(jī)臼[②]"八字，魏武谓修曰："解不？"答曰："解。"魏武曰："卿未可言，待我思之。"行三十里，魏武乃曰："吾已得。"令修别记所知。修曰："黄绢，色丝也，于字为'绝'；幼妇，少女也，于字为'妙'；外孙，女子也，于字为'好'；齑臼，受辛也，于字为'辞'：所谓'绝妙好辞'也。"魏武亦记之，与修同，乃叹曰："我才不及卿，乃觉[③]三十里。"

【注释】

①曹娥碑：曹娥，汉顺帝时，父诉江迎神，被淹死。她沿江号哭，昼夜不绝，持续十七天，最后投江而死。后被称为孝女，后县长于江南道旁为她立碑。②齑臼：捣姜椒等辛辣食品用的器具。③觉：通"较"，相差，相距。

【译文】

曹操曾经率军从曹娥碑下经过，杨修跟着他，看见碑后题着"黄绢幼妇，外孙齑臼"八个字，曹操对杨修说："理解吗？"杨修回答："理解。"曹操说："你先别说，等我想一想。"走了三十里地，曹操才说："我已经知道了。"他让杨修另外记下自己的理解。杨修说："黄绢，有颜色的丝帛，解作字就是‘绝’；幼妇，说的是少女，解作字就是‘妙’；外孙，女儿的儿子，解作字就是‘好’；齑臼，说的是‘受辛’，解作字就是‘辞’，连起来就是‘绝妙好辞’。”曹操也写好了，同杨修的一模一样，于是感叹地说：“我的才思不如你，竟然相差三十里。”

四

魏武征袁本初[①]，治装，余有数十斛竹片，咸长数寸。众云并不堪用，正令烧除。太祖思所以用之，谓可为竹椑楯（pí dùn）[②]，而未显其言。驰使问主簿杨德祖，应声答之，与帝心同。众伏其辩悟[③]。

【注释】

①袁本初：袁绍，字本初。出身门阀大族，初为郎，历任濮阳长、司隶校尉等。汉灵帝卒，与何进谋诛宦官，何进被杀，他率军捕杀宦官两千余人。后以渤海太守起兵讨伐董卓，是关东诸军盟主，后成为东汉末年割据势力中最强的一支。于官渡之战被曹操击败，不久病卒。②竹椑楯：椭圆形的竹盾牌。③辩悟：聪明颖悟。

【译文】

魏武帝征讨袁本初，整理军队的装备，多余几十斛竹片，每片都有几寸长。大家都说没什么用了，要把它们烧了。曹操想这东西还可以派上用场，可以做成竹盾牌，但他并没有明说出来。他派人骑马去问杨修，杨修应声而答，与曹操想的完全一样。大家都极其佩服他的聪明颖悟。

五

王敦引军，垂至大桁（háng）[①]。明帝自出中堂。温峤为丹阳尹，帝令断大桁，故未断，帝大怒瞋目，左右莫不悚惧。召诸公来，峤至不谢，但求酒炙。王导须臾至，徒跣（xiǎn）[②]下地谢曰：“天威[③]在颜，遂使温峤不容得谢。”峤于是下谢，帝乃释然。诸公共叹王机悟名言。

【注释】

①大桁：即朱雀桥，是建康城南的浮桥。②徒跣：光着脚。③天威：天子的威严。

【译文】

王敦率领军队到了朱雀桥，晋明帝亲自来到中堂驻军处。温峤当时任丹阳尹，明帝命令他毁掉朱雀桥，结果没有毁掉，明帝怒目圆睁，非常生气，随从的人都很恐惧。明帝召集大臣们来，温峤到后，没有谢罪，只求赐酒肉请死。王导一会儿来了，光着脚伏在地上，谢罪说：“天子的威严就在眼前，于是温峤吓得不敢谢罪了。”温峤这才跪下谢罪，明帝也就消除了怒气。大臣们都很赞赏王导机敏而有悟性的名言。

六

郗司空[①]在北府[②]，桓宣武恶其居兵权。郗于事机素暗，遣笺诣桓：“方欲共奖[③]王室，修复园陵。”世子嘉宾出行，于道上闻信至，急取笺，视竟，寸寸毁裂，便回。还更作笺，自陈老病，不堪人间，欲乞闲地自养。宣武得笺大喜，即诏转公督五郡、会稽太守。

【注释】

①郗司空：郗愔，死后追赠司空。②北府：东晋建都建康（今江苏省南京市），军府设在建康之北的广陵（今江苏扬州市），故称军府曰北府。③奖：辅助。

【译文】

郗司空在广陵时，桓宣武忌惮他手握重兵。郗愔对情势的了解一向糊涂，他写信给桓温说：“正想和您一起辅佐王室，修复被敌人毁坏的先帝陵寝。”当时他的长子郗嘉宾（郗超）正到外地去，在半路听说送信的人到了，急忙拿过他父亲的信来看，看完了，把信撕得粉碎，就返回去；又代他父亲另外写了封信，说自己年老多病，经不住世事烦扰，想找个清闲的地方调养身体。桓温收到信非常高兴，立刻下令调任郗愔为五郡军事都督、会稽太守。

七

王东亭作宣武主簿，尝春月与石头[①]兄弟乘马出郊。时彦同游者连镳（biāo）[②]俱进，唯东亭一人常在前，觉数十步，诸人莫之解。石头等既疲倦，俄而乘舆回，诸人皆似从官，唯东亭奕奕在前，其悟捷如此。

【注释】

①石头：桓熙，字伯道，小字石头，桓温长子。官至豫州刺史。②连镳：骑马同行。镳，马勒，代指马。

【译文】

东亭（王珣）任宣武（桓温）的主簿时，曾经在春天和石头兄弟骑马到郊外游玩。当时同游的名流都一起并马前进；只有东亭一个人总是走在前面，和他们相距几十步远，大家都不理解其中的缘故。石头等人玩得很疲倦了，不久就坐车回去。其他人都像侍从官一样跟在后面，只有东亭精神抖擞地走在前面。他就是这样有悟性而且机敏。

夙惠第十二

一

宾客诣陈太丘宿，太丘使元方、季方炊。客与太丘论议，二人进火，俱委而窃听，炊忘著箄(bì)[①]，饭落釜中。太丘问："炊何不馏[②]？"元方、季方长跪曰："大人与客语，乃俱窃听，炊忘著箄，饭今成糜[③]。"太丘曰："尔颇有所识不？"对曰："仿佛志之。"二子俱说，更相易夺[④]，言无遗失。太丘曰："如此，但糜自可，何必饭也！"

【注释】

①箄：蒸饭的工具。②馏：把食物蒸熟。③糜：粥。④易夺：改正补充。

【译文】

有位客人到陈太丘(陈寔)家过夜，太丘让元方和季方做饭。客人和太丘在一起清谈，元方兄弟两人在烧火，结果一同放下手头的事去偷听，蒸饭时忘了放上箄子，要蒸的饭都落到了锅里。太丘问他们："饭为什么没有蒸好呢？"元方和季方长跪着说："大人和客人清谈，我们两人一起去偷听，蒸饭时忘了放上箄子，现在饭煮成了粥。"陈太丘问："你们可记住一些了吗？"兄弟两人回答说："似乎还能记住那些话。"于是兄弟俩一起说，互相穿插补正，一句话也没有漏掉。太丘说：

“既然这样,只吃粥也行,何必一定要吃饭呢!”

二

何晏七岁,明惠若神,魏武奇爱之。因晏在宫内,欲以为子。晏乃画地令方,自处其中。人问其故,答曰:“何氏之庐也。”魏武知之,即遣还。

【译文】

何晏七岁的时候,聪明有如神人,魏武帝非常喜欢他,让他住在宫中,想认他做自己的儿子。何晏就在地上画了个方框,自己站在里面。别人问他其中的原因,他回答说:“这是何家的房子。”魏武帝知道了这件事,随即把他送回了何家。

三

晋明帝数岁,坐元帝膝上。有人从长安来,元帝问洛下消息,潸然流涕。明帝问何以致泣,具以东渡意告之。因问明帝:“汝意谓长安何如日远?”答曰:“日远。不闻人从日边来,居然可知。”元帝异之。明日,集群臣宴会,告以此意,更重问之。乃答曰:“日近。”元帝失色曰:“尔何故异昨日之言邪?”答曰:“举目见日,不见长安。”

【译文】

晋明帝几岁时,坐在晋元帝的膝上。有人从长安来,元帝问他洛阳的消息,竟流下了眼泪。明帝问父亲为什么哭泣,元帝把晋朝东渡的事都告诉了他。于是元帝问他:“你认为长安和太阳相比,哪一个更远?”明帝回答说:“太阳更远。没听说有人从太阳那边来,显然可知太阳更远。”元帝对他的回答感到惊异。第二天,元帝召集许多臣僚举行宴会,把明帝奇异的回答告诉了他们,并再次问明帝。明帝竟回答说:“太阳近。”元帝变了脸色,说:“你为什么改变昨天说的话呢?”明帝回答说："抬头只见太阳，不见长安。"

四

司空顾和与时贤共清言，张玄之、顾敷是中外孙，年并七岁，在床边戏。于时闻语，神情如不相属[①]。瞑于灯下，二儿共叙客主之言，都无遗失。顾公越席而提其耳曰："不意衰宗[②]复生此宝。"

【注释】

①相属：相关。②衰宗：衰败的宗族。谦词。

【译文】

顾司空（顾和）与当时的贤达在一起清谈。张玄之和顾敷是他的外孙和孙子，两人都七岁了，坐在床旁玩耍。当时两个小孩听大人们谈论，神情好像一点都不关注。晚上两个小孩在灯下闭着眼睛，一起复述主客双方的对话，一句也没有漏掉。顾和离开座位，拉着他们的耳朵说："想不到我们这衰败的家族还能生下这样的宝贝！"

五

韩康伯数岁，家酷贫，至大寒，止得襦（rú）[①]。母殷夫人自成之，令康伯捉熨斗，谓康伯曰："且著襦，寻作复裈（kūn）[②]。"儿云："已足，不须复裈也。"母问其故，答曰："火在熨斗中而柄热，今既著襦，下亦当暖，故不须耳。"母甚异之，知为国器[③]。

【注释】

①襦：短袄。②复裈：夹裤。③国器：治国之才。

【译文】

韩康伯（韩伯）只有几岁的时候，家里非常贫穷，到了隆冬，只穿一件短袄。这是他母亲殷夫人亲手做的,做的时候他母亲叫康伯拿着熨斗,并对康伯说:“你暂时先穿上短袄,随后就给你做夹裤。”儿子说:“这已经够了,没必要做夹裤。”母亲问他其中的缘故,他回答说:“火在熨斗里面,熨斗柄也就热了,现在已经穿上短袄,下身也会暖和的,所以不需要再做夹裤了。”母亲对他的话非常惊奇,认为他是国家的栋梁之材。

六

晋孝武年十二,时冬天,昼日不著复衣,但著单练衫[①]五六重,夜则累茵褥[②]。谢公谏曰:“圣体宜令有常。陛下昼过冷,夜过热,恐非摄养[③]之术。”帝曰:“昼动夜静。”谢公出叹曰:“上理不减先帝[④]。”

【注释】

①单练衫:单衫。练,熟绢。②茵褥:床垫子。③摄养:保养。④先帝:指简文帝司马昱。

【译文】

晋孝武帝十二岁时,正值冬天,他白天不穿夹衣,只穿五六层熟绢做的单衫,夜里却铺着两张床垫子睡觉。谢公(谢安)劝告他说:“圣上的身体应该保养得有规律一些。现在您白天过冷,晚上过热,恐怕不是养生的办法。”孝武帝说:“白天动,晚上静。”谢公出来后赞叹道:“圣上的义理不比先帝差啊。”

七

桓宣武薨(hōng),桓南郡年五岁,服始除,桓车骑[①]与送故文武别,因指语南郡:“此皆汝家故吏佐。”玄应声恸哭,酸[②]感傍人。车骑每自目己坐曰:“灵宝[③]成人,当以此坐还之。”鞠爱[④]过于所生。

【注释】

①桓车骑、桓冲，字幼子。桓温之弟。曾任车骑将军。②酸：悲痛。③灵宝：桓玄的小字。④鞠爱：宠爱。

【译文】

桓宣武（桓温）去世了，桓南郡（桓玄）才五岁，刚服完丧脱下丧服，桓车骑和前来相送的文武官员道别，就指着这些人对南郡说："这些人都是你家的老下属。"桓玄听到他的话痛哭起来，悲伤的样子让身边的人都为之感动。桓车骑每每看着自己的座位说："等灵宝长大成人，我就要把这个座位交还给他。"桓冲对桓玄的宠爱超过了自己的儿女。

豪爽第十三

一

王大将军年少时，旧有田舍名，语音亦楚[①]。武帝唤时贤共言伎艺[②]事，人皆多有所知，唯王都无所关，意色殊恶。自言知打鼓吹，帝令取鼓与之。于坐振袖而起，扬槌奋击，音节谐捷，神气豪上，傍若无人，举坐叹其雄爽。

【注释】

①楚：伧俗，粗俗。②伎艺：指手艺或艺术技能。这里指歌舞。

【译文】

王大将军（王敦）年少时，原本就有乡巴佬之称，说话的口音也粗俗。晋武帝召集当时名士谈论各种歌舞艺术的事情，人人都很有见识，只有王敦对这些不了解，态度特别不好。但他自言会击鼓，武帝随即令人取鼓给他。王敦从座位上挥袖起身，扬槌奋力击鼓，鼓声节奏快捷而极和谐，而他神色飞扬，沉浸在鼓声之中，旁若无人，所有在座的人都赞叹他的雄壮豪爽。

二

王处仲，世许高尚之目，尝荒恣于色，体为之弊。左右谏之，处仲曰:“吾乃不觉尔,如此者甚易耳!”乃开后阁[1],驱诸婢妾数十人出路,任其所之。时人叹焉。

【注释】

①后阁:妻妾子女居住的内院小楼。

【译文】

王处仲(王敦),世人对他有高尚的品评,他曾经沉迷于女色,身体因此很疲惫。身边的人都规劝他,处仲说:“我却不觉得这样,如果是这样,也很容易办到啊。”于是他打开后院的小门,将其中几十个婢妾都放出去,驱赶她们上路,任凭她们爱到哪里就到哪里。当时的人都赞赏他。

三

王大将军自目:“高朗疏率,学通《左氏》。”

【译文】

王大将军(王敦)自己评价自己:“豁达开朗,爽朗直率,学问上精通《春秋左氏传》。”

四

王处仲每酒后,辄咏“老骥伏枥,志在千里。烈士暮年,壮心不已”。以如意打唾壶[1],壶口尽缺。

【注释】

①唾壶:旧时一种小口巨腹的吐痰器皿,即痰盂。

【译文】

王处仲每逢饮酒后，就吟咏“老骥伏枥，志在千里。烈士暮年，壮心不已”。还拿如意敲打痰盂，痰盂的边被敲得都是缺口。

五

晋明帝欲起池台，元帝不许。帝时为太子，好武养士，一夕中作池，比晓便成。今太子西池是也。

【译文】

晋明帝想修池台，晋元帝不答应。当时明帝还是太子，喜欢招养武士，有一晚让这些人挖池塘，天亮就挖成了。就是现在的太子西池。

六

王大将军始欲下都处分树置①，先遣参军告朝廷，讽旨②时贤。祖车骑尚未镇寿春，瞋目厉声语使人曰：“卿语阿黑③，何敢不逊！催摄面④去，须臾不尔，我将三千兵槊(shuò)脚令上！”王闻之而止。

【注释】

①树置：栽培，安插。②讽旨：指暗示自己的意图。③阿黑：王敦小名。④摄面：指收起老脸。

【译文】

王大将军(王敦)起初想领兵东下京都，处置朝臣，安插亲信，便先派参军去报告朝廷，并向当时的贤达暗示自己的意图。那时祖车骑(祖逖)还没有到寿春镇守，他瞪起眼睛声色俱厉地告诉使者说：“你去告诉阿黑，他怎么敢这样傲慢无礼！叫他收起老脸躲开，如果不马上走，我就要率领三千兵马用长矛戳他的脚，赶他回去。”王敦听说后，就打消了原来的念头。

七

庾稚恭既常有中原之志，文康时，权重未在己。及季坚[①]作相，忌兵畏祸，与稚恭历同异者久之，乃果行。倾荆、汉之力，穷舟车之势，师次于襄阳，大会参佐，陈其旌甲，亲授弧矢曰："我之此行，若此射矣！"遂三起三叠[②]。徒众属目，其气十倍。

【注释】

①季坚：庾冰，字季坚。庾亮的弟弟，庾翼的哥哥。②三起三叠：即三发三中。叠，指击鼓。徐震堮《世说新语校笺》说："凡军中阅射，中的则以击鼓为号。"

【译文】

庾稚恭（庾翼）早有收复中原的志向，当时文康（庾亮）虽然权力大，但决定权不在自己手里。等到季坚做丞相时，他忌惮战争，畏惧祸患，和稚恭经过了长时间不同意见的争论，才决定出兵北伐。庾稚恭出动荆州、汉水一带的全部力量，调集了所有的车船，率领军队驻扎在襄阳，召集部属开会，摆开阵势，亲自把箭矢发下去，说："我这次出征，就像这箭一样！"于是连射三箭都射中了。部众都注视着他，士气增长了十倍。

八

桓宣武平蜀，集参僚置酒于李势殿，巴、蜀缙绅莫不来萃[①]。桓既素有雄情爽气，加尔日音调英发，叙古今成败由人，存亡系才。其状磊落，一坐叹赏。既散，诸人追味余言。于时寻阳周馥曰："恨卿辈不见王大将军。"

【注释】

①萃：聚集，聚会。

【译文】

桓宣武（桓温）平定蜀地后，在李势的宫殿里摆酒宴会属下，巴蜀的官僚没有不来的。桓温向来有英雄的情怀、豪爽的气概，加上这天谈话的语调英气勃勃，讲到古今的成败在于人、国家的存亡关键在人才，整个人也奇特出众、光明磊落，在座的人都起身赞叹不已，顾不上坐下。宴会散后，众人还在回味他说的那些话。当时寻阳的周馥说："令人遗憾的是你们这些人没有见过王大将军（王敦）！"

九

桓公读《高士传》，至於陵仲子[①]便掷去，曰："谁能作此溪刻[②]自处！"

【注释】

①於陵仲子：即陈仲子，又称田仲。战国时齐国贵族，因耻食不义之禄，逃居楚国於陵，自号於陵仲子。夫妻俩靠编草鞋、织布过活。
②溪刻：刻薄，苛刻。

【译文】

桓公（桓温）读《高士传》，读到於陵仲子的传记时把书抛开，说："谁能做这种事来苛刻地对待自己！"

十

桓石虔，司空豁[①]之长庶[②]也，小字镇恶。年十七八，未被举[③]，而童隶已呼为镇恶郎。尝住宣武斋头[④]。从征枋头，车骑冲没陈，左右莫能先救。宣武谓曰："汝叔落贼，汝知不？"石虔闻之，气甚奋。命朱辟为副,策马于数万众中,莫有抗者,径致冲还,三军叹服。河朔后以其名断疟[5]。

【注释】

①司空豁:即桓豁,桓温的弟弟。曾任征西大将军,死后赠司空。②长庶:妾所生的长子。③举:指正式承认庶出子女的身份地位。④斋头:书房。⑤断疟:吓退疟鬼,治愈疟疾。这是一种迷信的做法。

【译文】

桓石虔,是司空桓豁庶出的长子,小名叫镇恶。十七八岁了,身份还没有被正式承认,但童仆属吏都已经称呼他为镇恶郎。他曾住在桓温的书房里。后来跟随桓温出征到枋头,车骑将军桓冲陷入敌阵,身边的人没有能抢先去救他的。桓温告诉石虔说:“你叔父落入敌阵里,你知道吗?”石虔听了,气势非常振奋,命令朱辟为副将,策马驰骋在万军之中,没有人能抵挡他,最终将桓冲救了出来,三军将士都很佩服他。河朔那边的人后来用他的名字来吓退疟鬼,治疗疟疾。

十一

陈林道[1]在西岸,都下诸人共要至牛渚[2]会。陈理既佳,人欲共言折,陈以如意拄颊,望鸡笼山[3]叹曰:“孙伯符志业不遂!”于是竟坐不得谈。

【注释】

①陈林道:陈逵,字林道。曾任西中郎将,兼淮南太守,驻守历阳县。②牛渚:牛渚山,在今安徽省当涂西北。北部突入江中,名采石矶。自古为大江南北重要津渡及兵家必争之地。东汉兴平二年(195)孙策(字伯符,孙权之兄)渡江攻刘繇牛渚营,即此。③鸡笼山:即今江苏省南京市鸡鸣山。

【译文】

陈林道驻守在长江西岸时，京都诸友人一起邀他到牛渚山聚会。陈林道玄理谈得很好，众人都想和他辩论并驳倒他，陈林道拿如意支着腮，望着鸡笼山感叹地说："孙伯符志向和事业没有完成啊！"顿时大家只好不再谈下去了。

十二

王司州在谢公坐，咏"入不言兮出不辞，乘回风兮载云旗"。[1]语人云："当尔时，觉一坐无人。"

【注释】

①入不言兮出不辞，乘回风兮载云旗：出自屈原《九歌·少司命》，大意是：我来时无语出门也不告辞，驾起旋风树起云霞的旗帜而去。

【译文】

王司州（王胡之）在谢公（谢安）家坐着，吟咏"入不言兮出不辞，乘回风兮载云旗"的诗句。并对人说："每当这时候，我就感觉四周好像没有一个人。"

十三

桓玄西下，入石头，外白司马梁王[1]奔叛。玄时事形[2]已济，在平乘[3]上笳鼓并作，直高咏云："箫管有遗音，梁王安在哉？[4]"

【注释】

①司马梁王：司马珍之，晋元帝司马睿玄孙，梁王司马和之子，封梁王。②事形：情况，形势。③平乘：大船名，又名平船舫。④箫管有遗音，梁王安在哉：出自阮籍《咏怀》，大意是：魏国当时留下来的音乐

现在还能听到,但在吹台宴乐的梁王在哪里呢?这两句暗示梁王行乐不长。梁王,即魏王婴,这里用了“梁王”的字面意义,借指梁王司马珍之。

【译文】

桓玄向西而下,进入石头城,外面的人报告说司马梁王叛逃了。桓玄认为这时的形势已定,便在大船上齐奏笳鼓,他自己只是高声吟咏道:“箫管有遗音,梁王安在哉?”

容止第十四

一

魏武将见匈奴使，自以形陋，不足雄远国，使崔季珪[1]代，帝自捉刀立床头。既毕，令间谍问曰："魏王何如？"匈奴使答曰："魏王雅望非常，然床头捉刀人，此乃英雄也。"魏武闻之，追杀此使。

【注释】

①崔季珪：崔琰，字季珪，清河东武（今属河北）人。曾从郑玄受业经学。敢于犯颜直谏，向曹操直言请立曹丕为太子。后以语涉诽谤，被曹操赐死。

【译文】

魏武帝（曹操）将要接见匈奴的使者，自认为自己形貌丑陋，不足以慑服远方国度的使者，于是派崔季珪代替自己，自己则握着刀站在坐榻边。等到接见完毕，曹操派密探去问那个使者："你觉得魏王如何？"匈奴使者答道："魏王儒雅的风采不同寻常，然而站在坐榻旁握刀的那个人，才是真正的英雄啊。"曹操听后，就派人追杀这个使者。

二

何平叔美姿仪，面至白。魏明帝疑其傅粉，正夏月，与热汤饼。既啖,大汗出,以朱衣自拭,色转皎然。

【译文】

何平叔(何晏)容貌俊美,面色白皙。魏明帝疑心他搽了白粉,正是大夏天,就赐给他热汤面吃。吃完后,何平叔大汗淋漓,用红色的官服去擦汗,擦完汗后,脸色显得更白了。

三

魏明帝使后弟毛曾与夏侯玄共坐,时人谓“蒹葭倚玉树”。

【译文】

魏明帝让皇后的弟弟毛曾和夏侯玄坐一起,当时的人说:“这是芦苇倚靠着玉树。”

四

时人目夏侯太初“朗朗如日月之入怀”,李安国[①]“颓唐如玉山[②]之将崩”。

【注释】

①李安国:李丰,字安国,三国魏冯翊东县(今属陕西)人。曾任中书令。②玉山:用玉堆成的山。

【译文】

当时的人评价夏侯太初(夏侯玄)“容貌俊秀清朗就像日月进入怀里”,评价李安国(李丰)“精神不振就像玉山将要崩倒”。

五

嵇康身长七尺八寸,风姿特秀。见者叹曰:“萧萧肃肃,[①]爽朗清举[2]。”或云：“肃肃如松下风，高而徐引。”山公曰：“嵇叔夜之为人也，岩岩若孤松之独立；其醉也，傀(guī)俄[3]若玉山之将崩。”

【注释】

①萧萧肃肃：形容人风姿潇洒严肃。②清举：清俊超逸。③傀俄：倾颓的样子。

【译文】

嵇康身高七尺八寸，风采异常秀美。见过他的人都赞叹说：“风姿潇洒，清朗而挺拔。”还有的人说：“潇洒得像松树下的风，清高而又绵长。”山公(山涛)说：“嵇叔夜(嵇康)的为人，高峻得像是超群绝伦的孤松；他喝醉时，倾颓的样子像是玉山将要崩塌。”

六

裴令公目王安丰：“眼烂烂[1]如岩下电。”

【注释】

①烂烂：明亮的样子。

【译文】

裴令公(裴楷)评论王安丰(王戎)：“目光明亮像岩下的闪电。”

七

潘岳妙有姿容，好神情。少时挟弹出洛阳道，妇人遇者，莫不连手共萦之。左太冲绝丑，亦复效岳游遨。于是群妪齐共乱唾之，委顿[1]而返。

【注释】

①委顿:颓丧,疲困。

【译文】

潘岳很有姿色,神态风度也很美好。他年轻时拿着弹弓走在洛阳大街上,遇到他的妇女,没有不手拉着手,一起把他围起来的。左太冲(左思)长得极为丑陋,也效仿潘岳到处游逛。结果众妇女一齐向他乱吐唾沫,左思萎靡而返。

八

王夷甫容貌整丽[①],妙于谈玄。恒捉白玉柄麈尾,与手都无分别。

【注释】

①整丽:端庄秀丽。

【译文】

王夷甫(王衍)容貌端庄秀丽,善于谈论玄理。他总拿着白玉柄的麈尾,那柄的颜色和手一点分别都没有。

九

潘安仁、夏侯湛并有美容,喜同行,时人谓之“连璧[①]”。

【注释】

①连璧:两块玉璧放在一起,比喻并美的人或事物。

【译文】

潘安仁(潘岳)和夏侯湛都有美丽的容颜,喜欢一同出行,当时的人称他们是“连在一起的美玉”。

十

裴令公有俊容姿，一旦有疾，至困，惠帝使王夷甫往看。裴方向壁卧，闻王使至，强回视之。王出，语人曰："双眸闪闪若岩下电，精神挺动[①]，体中故小恶。"

【注释】

①挺动：灵活，活动。

【译文】

裴令公（裴楷）有着俊美的容貌，有一天生了病，非常严重，晋惠帝派王夷甫（王衍）去探望他。裴楷正面向墙壁躺着，听说王夷甫奉命到了，就勉强回头看他。王夷甫出来后，对人说："他的双眼闪闪发亮就像岩下的闪电，精神灵活，身体应该只是稍微有点不舒服。"

十一

有人语王戎曰："嵇延祖卓卓如野鹤之在鸡群。"答曰："君未见其父耳。"

【译文】

有人对王戎说："嵇延祖（嵇绍）卓尔不群，就像野鹤站在鸡群中。"王戎回答说："那是你没有见过他的父亲罢了！"

十二

裴令公有俊容仪，脱冠冕，粗服乱头皆好，时人以为"玉人"。见者曰："见裴叔则，如玉山上行，光映照人。"

【译文】

裴令公(裴楷)有着俊美的容貌,即使脱去礼服,穿着粗布衣服、头发蓬乱,也一样俊美。当时的人称他为“玉人”。见过他的人说:“看见裴叔则(裴楷),就像在玉石山中行走,光彩照人。”

十三

刘伶身长六尺,貌甚丑悴[1],而悠悠忽忽[2],土木形骸[3]。

【注释】

①丑悴:丑陋。②悠悠忽忽:悠闲散漫。③土木形骸:形体像土木一样质朴自然,比喻人不加修饰的本来面目。

【译文】

刘伶身高六尺,相貌非常丑陋、憔悴,但是他悠闲散漫,其形体就像土木一样自然。

十四

骠骑王武子是卫玠之舅,俊爽有风姿。见玠,辄叹曰:“珠玉在侧,觉我形秽。”

【译文】

骠骑将军王武子(王济)是卫玠的舅舅,英俊清朗且有美好的风度。他见到卫玠,就赞叹说:“珠玉在身边,就觉得自己形貌丑陋。”

十五

有人诣王太尉,遇安丰、大将军、丞相在坐;往别屋,见季胤[1]、平子。还,语人曰:“今日之行,触目见琳琅珠玉。”

【注释】

①季胤：王诩，字季胤。王衍的弟弟。官至修武令。

【译文】

有人去拜访王太尉（王衍），遇到安丰侯王戎、大将军王敦、丞相王导在座。去别的屋里，又看到季胤、平子（王澄）。回来后，他对人说："今天出行，进入眼帘的都是珠宝美玉。"

十六

王丞相见卫洗（xiǎn）马曰："居然有羸[1]，虽复终日调畅，若不堪罗绮。"

【注释】

①羸：瘦弱的样子。

【译文】

王丞相（王导）看见卫洗马（卫玠）说："他身体显然很瘦弱，虽然整天调养通畅身体，但还是像不能承受罗绮之衣的样子。"

十七

王大将军称太尉："处众人中，似珠玉在瓦石间。"

【译文】

王大将军（王敦）称赞太尉（王衍）："他站在众人中间，就像珠玉放在砖瓦石头之间。"

十八

庾子嵩长不满七尺，腰带十围[1]，颓然自放。

【注释】

①十围：两手的拇指和食指合拢起来的圆周长是一围，腰宽十围就是指腰很粗了。

【译文】

庾子嵩（庾敳）身高不满七尺，腰带宽十围，潇洒而不受拘束。

十九

卫玠从豫章至下都，人久闻其名，观者如堵墙。玠先有羸疾，体不堪劳，遂成病而死。时人谓“看杀卫玠”。

【译文】

卫玠从豫章郡到下都建康，人们早就听过他的名字，来观看他的人围得就像一堵墙。卫玠早先就有羸弱之病，身体不能承受这种劳累，最后积劳成疾死了。当时的人们评论说是“将卫玠看死了”。

二十

周伯仁道桓茂伦：“嵚（qīn）崎历落[①]可笑[②]人。”或云谢幼舆言。

【注释】

①嵚崎历落：比喻品格卓异出群。②可笑：可喜。

【译文】

周伯仁（周顗）评论桓茂伦（桓彝）：“他品格卓异出群，是一个令人喜欢的人。”有的人说这是谢幼舆（谢鲲）说的话。

二十一

周侯说王长史父:“形貌既伟,雅怀有概,保而用之,可作诸许[①]物也。”

【注释】

①诸许:许多。

【译文】

周侯(周𫖮)评价王长史(王濛)的父亲王讷:“形貌伟岸,情怀优雅而有气概,保持并发扬这些特长,他可以办成许多事情。”

二十二

祖士少见卫君长云:“此人有旄仗[①]下形。”

【注释】

①旄仗:旗帜和仪卫。

【译文】

祖士少(祖约)见到卫君长(卫永),说:“这个人有坐于仪仗之下的将帅风度。”

二十三

石头事故[①],朝廷倾覆。温忠武与庾文康投陶公求救,陶公云:“肃祖顾命不见及,且苏峻作乱,衅由诸庾,诛其兄弟,不足以谢天下。”于时庾在温船后闻之,忧怖无计。别日,温劝庾见陶,庾犹豫未能往,温曰:“溪狗[②]我所悉,卿但见之,必无忧也!”庾风姿神貌,陶一见便改观。谈宴竟日,爱重顿至。

【注释】

①石头事故:指苏峻作乱,把晋帝迁到石头城。②溪狗:陶侃本是东晋时溪族人,故如此说。

【译文】

石头事变发生后,朝廷倾覆。温忠武(温峤)和庾文康(庾亮)投奔陶公(陶侃)并向他求救。陶公说:“肃祖的遗诏没有提及我。况且苏峻作乱,事端由庾家兄弟挑起的,就是杀了庾家兄弟,也不足以向天下人谢罪。”这时庾亮正在温峤的船后,听到这些话,忧愁恐惧,无计可施。有一天,温峤劝庾亮去见陶公,庾亮犹豫着不敢去。温峤说:“溪狗我很熟悉,你只管去见他,一定不要担心。”庾亮风姿神采出众,陶公一见到他便改变了对他的看法,与他在宴席上谈了整整一天,对他的喜爱和重视到了极点。

二十四

庾太尉在武昌,秋夜气佳景清,佐吏殷浩、王胡之之徒登南楼理咏。音调始遒,闻函道中有屐声甚厉,定是庾公。俄而率左右十许人步来,诸贤欲起避之,公徐云:“诸君少住,老子于此处兴复不浅。”因便据胡床与诸人咏谑,竟坐甚得任乐。后王逸少下,与丞相言及此事,丞相曰:“元规尔时风范不得不小颓。”右军答曰:“唯丘壑独存。”

【译文】

庾太尉(庾亮)镇守武昌时,一个秋夜,天气很好,景色优美,属官殷浩、王胡之这些人登上南楼吟诗咏唱。正在吟兴高昂时,他们听见楼梯上传来急促的木板鞋的声音,料定是庾亮来了。一会儿,庾亮带着十来个随从走来,诸位贤人正想起身回避。庾亮缓缓地说:“诸君暂且留步,老夫对这方面的兴趣也不浅。”于是就坐在胡床上,和大家一起吟咏、谈笑,满座的人都能尽情欢乐。后来王逸少(王羲之)东下建康,和丞相(王导)谈到这件事。丞相说:“元规(庾亮)那时的气派也不得不收敛一点。”右军(王羲之)回答说:“唯独高雅的情趣还保留着。”

二十五

王敬豫有美形,问讯王公。王公抚其肩曰:“阿奴恨才不称。”又云:“敬豫事事似王公。”

【译文】

王敬豫(王恬)有着美好的形貌,他去向王公(王导)问安。王公拍着他的肩膀说:“阿奴,遗憾的是你的才能和你的外貌不能相称。”又有人说:“敬豫样样都像他的父亲王公。”

二十六

王右军见杜弘治[1],叹曰:“面如凝脂,眼如点漆,此神仙中人。”时人有称王长史形者,蔡公曰:“恨诸人不见杜弘治耳。”

【注释】

①杜弘治:杜乂,字弘治,京兆人。杜预之孙。

【译文】

王右军(王羲之)见到杜弘治,赞叹说:“脸像凝脂一样白嫩,眼睛像点上黑漆一样黑亮,这是神仙里面的人啊。”当时有人称赞王长史(王濛)的相貌,蔡公(蔡谟)说:“遗憾的是你们这些人没有见过杜弘治啊!”

二十七

刘尹道桓公:“鬓如反猬皮,眉如紫石棱,自是孙仲谋、司马宣王[1]一流人。”

【注释】

①孙仲谋、司马宣王:即孙权、司马懿。

【译文】

刘尹(刘惔)称道桓公(桓温)说:“双鬓像刺猬毛一样竖起,眉毛像紫石英一样有棱有角,自然是孙仲谋、司马宣王一类的人。”

二十八

王敬伦[1]风姿似父,作侍中,加授桓公公服,从大门入。桓公望之曰:“大奴固自[2]有风毛[3]。”

【注释】

①王敬伦:即王劭。②固自:确实。③风毛:珍稀之物。比喻有父辈的风采。

【译文】

王敬伦风度仪态像他的父亲,他担任侍中,加授给桓公官服,从大门进官署时,桓公望见他,说:“大奴确实有他父亲的风采。”

二十九

林公道王长史:“敛衿[1]作一来,何其轩轩韶举[2]!”

【注释】

①敛衿：收拢衣襟，表示肃敬。②韶举：优美的举止。

【译文】

林公（支道林）评论王长史（王濛）说："他严肃专一，仪表轩昂，举止是多么优美啊！"

三十

时人目王右军："飘如游云，矫若惊龙。"

【译文】

当时的人评论王右军（王羲之）："飘逸如浮动的云朵，迅捷像受惊吓的飞龙。"

三十一

王长史尝病，亲疏不通。林公来，守门人遽启之曰："一异人在门，不敢不启。"王笑曰："此必林公。"

【译文】

一次王长史（王濛）生病，无论亲疏都不让通报。林公（支道林）来了，守门人立刻去禀报说："有一个异人在门前，不敢不报。"王濛笑道："这一定是林公。"

三十二

或以方谢仁祖不乃重者。桓大司马曰："诸君莫轻道，仁祖企脚[①]北窗下弹琵琶，故自有天际真人想。"

【注释】

①企脚：跷起脚。

【译文】

有人拿谢仁祖（谢尚）说事，不是特别尊重仁祖。桓大司马（桓温）说："诸位不要轻易评论他，仁祖跷起脚在北窗下弹琵琶时，确实有天上仙人的情怀。"

三十三

王长史为中书郎，往敬和许。尔时积雪，长史从门外下车，步入尚书，著公服。敬和[①]遥望叹曰："此不复似世中人！"

【注释】

①敬和：王洽，字敬和，王导之子。曾任中书郎。

【译文】

王长史（王濛）任中书郎时，到敬和的住所去。那时地上积了雪，长史从门外下了车，走进尚书省，穿着官服。王敬和远远望见，赞叹说："这不像是尘世上的人！"

三十四

简文作相王时，与谢公共诣桓宣武。王珣先在内，桓语王："卿尝欲见相王，可住帐里。"二客既去，桓谓王曰："定何如？"王曰："相王作辅，自然湛若神君。公亦万夫之望，不然，仆射何得自没？"

【译文】

简文帝司马昱任丞相时，和谢公（谢安）一起去探望桓宣武（桓温)。王珣已先在桓府,桓温对王珣说:“你曾想见相王,你可以留在帐子里。”两位客人离开后,桓温对王珣说:“他们两人究竟怎么样?”王珣说:“相王任丞相,自然清澈像神灵。您也是万民的希望,不然,仆射(谢安)怎么会自甘你后呢!”

三十五

海西时,诸公每朝,朝堂犹暗,唯会稽王来,轩轩如朝霞举。

【译文】

海西公(司马奕)在位时,众大臣早朝,朝堂还很暗,会稽王(司马昱)到来时,气宇轩昂,就像朝霞初升一般。

三十六

谢车骑道谢公:“游肆[1]复无乃高唱,但恭坐捻鼻顾睐,便自有寝处山泽间仪。”

【注释】

①游肆:恣意游览。

【译文】

谢车骑(谢玄)称道谢公(谢安):“他恣意游览,无须高声吟唱,只是端坐着轻捏鼻子,环视左右,便自然有一种身处山野草泽的隐逸之态。”

三十七

谢公云:“见林公双眼,黯黯[1]明黑。”孙兴公见林公:“棱棱[2]露其爽。”

【注释】

①黯黯：颜色发黑。②棱棱：形容威严正直。

【译文】

谢公（谢安）说："看见林公（支道林）的双眼黑黝黝的，仿佛能使黑暗的地方变亮。"孙兴公（孙绰）见到林公，说："威严的眼神里透露出直爽。"

三十八

庾长仁[①]与诸弟入吴，欲住亭中宿。诸弟先上，见群小满屋，都无相避意。长仁曰："我试观之。"乃策杖将一小儿，始入门，诸客望其神姿，一时退匿。

【注释】

①庾长仁：庾统，字长仁。曾任寻阳太守。

【译文】

庾长仁和几个弟弟进入吴地，想在驿亭里住宿。几个弟弟先进去，看见满屋都是老百姓，并且没有要回避的意思。长仁说："我试着看看。"于是拄着拐杖，牵着一个小孩，刚进门，众百姓望见他的神采，一下子都躲开了。

三十九

有人叹王恭形茂者，云："濯濯[①]如春月柳。"

【注释】

①濯濯:明净清朗。

【译文】

有人赞叹王恭形貌丰满美好,说:"他明净清朗的样子就像春天的杨柳。"

自新第十五

一

周处[①]年少时，凶强[②]侠气[③]，为乡里所患。又义兴水中有蛟，山中有邅迹虎，并皆暴犯百姓。义兴人谓为"三横[④]"，而处尤剧。或说处杀虎斩蛟，实冀三横唯余其一。处即刺杀虎，又入水击蛟。蛟或浮或没，行数十里。处与之俱，经三日三夜，乡里皆谓已死，更相庆[⑤]。竟杀蛟而出，闻里人相庆，始知为人情所患，有自改意。乃入吴寻二陆，平原不在，正见清河[⑥]，具以情告，并云："欲自修改，而年已蹉跎，终无所成。"清河曰："古人贵朝闻夕死[⑦]，况君前途尚可。且人患志之不立，亦何忧令名不彰邪？"处遂改励[⑧]，终为忠臣孝子。

【注释】

①周处：字子隐。吴国鄱阳太守周鲂的儿子。吴亡，入洛阳为新平太守，累迁散骑常侍、御史中丞。②凶强：凶暴强悍。③侠气：任性使气，这里有"好争斗"的意思。④三横：三害。横，祸害。⑤更相庆：互相庆祝。更，交替，轮换。⑥清河：即陆云。他曾任清河内史。⑦朝闻夕死：语出《论语·里仁》："朝闻道，夕可死矣。"意思是，早晨听闻了圣贤之道，即使晚上死了也不算虚度此生了。⑧改励：改过自新。

【译文】

周处年轻时,为人凶暴强悍、任性使气,被同乡人认为是一大祸害。另外,义兴的河中有条蛟龙,山上有只白额虎,二者一起侵害百姓,义兴的百姓称他们是三大祸害,而这三害当中周处最为厉害。有人劝说周处去杀死猛虎和蛟龙,实际上是希望三个祸害相互拼杀后只剩下一个。周处就去杀死了老虎,又下河斩杀蛟龙。蛟龙在水里有时浮起有时沉没,周处与蛟龙一起漂游了几十里远。周处与蛟龙纠缠了三天三夜,同乡人都认为周处已经死了,大家便在一起相互庆贺。不料周处最终杀死了蛟龙从水中出来了,他听说乡里人以为自己已死而互相庆祝,才知道自己也被百姓当作了一大祸害,因此,就有了自我悔改的想法。于是到吴郡去找寻陆机和陆云,当时陆机不在家,只见到了陆云,周处就把情况全部告诉了陆云,并且说自己想要改正错误、提高修养,可是怕自己年纪已经太大,最终不会有什么成就。陆云说:"古人认为'哪怕是早晨明白了道理,就是晚上死去也甘心'的精神最为珍贵,况且你的前途还是有希望的。而且人就怕立不下志向,如果有了志向,又何必担忧美好的名声不能传扬呢?"周处听后于是改过自新,最终成为一位历史上有名的忠臣孝子。

二

戴渊[①]少时,游侠[②]不治行检,尝在江淮间攻掠商旅。陆机赴假还洛,辎重[③]甚盛。渊使少年掠劫,渊在岸上,据胡床指麾左右,皆得其宜。渊既神姿锋颖[④],虽处鄙事,神气犹异。机于船屋上遥谓之曰:"卿才如此,亦复作劫邪?"渊便泣涕,投剑归机,辞厉非常。机弥重[⑤]之,定交,作笔荐焉。过江,仕至征西将军。

【注释】

①戴渊:字若思。官至征西将军。②游侠:指不守规矩、恣意惹事生非的行为。③辎重:行李。辎,一种可载重的有帷盖的车。④锋颖:

俊美出众。⑤弥重:更加重视。重,看重。

【译文】

戴渊年轻时,任性气盛,不检点行为,曾在长江、淮河上劫掠商贾游客。陆机休完假后回洛阳,携带的行李物品很多。戴渊指使一些少年抢劫,戴渊当时在岸上,坐在胡床上指挥手下行动,面面俱到。戴渊原本就神采出众,即使干这种贪鄙的事情,也显得异常洒脱。陆机在船舱里,隔着很远对他说:“你这样才华出众的人,怎么也当强盗呢?”戴渊听罢哭了,丢掉佩剑归附了陆机。戴渊言辞慷慨,非同一般,陆机越发器重他,两人结为好友,陆机给他写了推荐信。渡江以后,戴渊做到了征西将军。

企羡第十六

一

王丞相拜司空,桓廷尉作两髻[①]、葛裙、策杖,路边窥之,叹曰:"人言阿龙[②]超[③],阿龙故自超。"不觉至台门。

【注释】

①两髻:梳着两个发髻。②阿龙:指王导,王导小名赤龙。③超:卓越,出众。

【译文】

王丞相拜(王导)任司空时,桓廷尉(桓彝)梳起两个发髻,穿着葛裙,拄着拐杖,在路边暗暗打量他,并赞叹说:"人们说阿龙出众,阿龙确实出众!"不觉跟到了台门。

二

王丞相过江,自说昔在洛水边,数与裴成公、阮千里[①]诸贤共谈道。羊曼[②]曰:"人久以此许卿,何须复尔?"王曰:"亦不言我须此,但欲尔时不可得耳!"

【注释】

①阮千里:阮瞻,字千里,阮咸之子。②羊曼:字祖延,太傅羊祜哥哥的孙子。

【译文】

王丞相(王导)过江后,说起自己昔日在洛水边,多次与裴成公(裴頠)、阮千里(阮瞻)众名流一起谈论玄学。羊曼说:"人们早就因此称赞过你,何必再说此事呢?"王导说:"并不是说我一定要谈此事,只是像那样的日子已经一去不复返了!"

三

王右军得人以《兰亭集序》方《金谷诗序》,又以己敌石崇,甚有欣色。

【译文】

王右军(王羲之)得知人们把自己的《兰亭集序》和《金谷诗序》并列,又认为自己和石崇相当,便流露出非常欣喜的神情。

四

王司州先为庾公记室参军,后取殷浩为长史。始到,庾公欲遣王使下都。王自启求住曰:"下官希见盛德,渊源始至,犹贪与少日周旋。"

【译文】

王司州(王胡之)先任庾公(庾亮)的记室参军,后来庾公又调殷浩任长史。殷浩刚到,庾公想派王司州出使京都,王司州自己想留下,禀告就说:"下官很少见到有大德的人,渊源(殷浩)刚到,我还贪恋着和他叙谈几天呢。"

五

郗嘉宾得人以己比苻坚,大喜。

【译文】

郗嘉宾(郗超)得知人们把自己比作苻坚,非常高兴。

六

孟昶未达时,家在京口。尝见王恭乘高舆,被鹤氅裘[1]。于时微雪,昶于篱间窥之,叹曰:“此真神仙中人!”

【注释】

①鹤氅裘:用鸟羽制成的皮外衣。

【译文】

孟昶没有显达的时候,家在京口。他曾看见王恭乘着高车,穿着鹤氅裘。当时下着小雪,孟昶在竹篱后偷看他,赞叹说:“这真是神仙中的人啊!”

伤逝第十七

一

王仲宣[①]好驴鸣。既葬，文帝临其丧，顾语同游曰："王好驴鸣，可各作一声以送之。"赴客皆一作驴鸣。

【注释】

①王仲宣：王粲，字仲宣，山阳高平（今属山东）人。三国魏人，建安七子之一。

【译文】

王仲宣喜欢听驴叫，死后将要安葬了，魏文帝（曹丕）参加他的葬礼，回头对同行的人说："王仲宣喜欢听驴叫，每人应该学一声驴叫来送他。"于是去吊唁的人都学了一声驴叫。

二

王濬冲为尚书令，著公服，乘轺（yáo）车[①]，经黄公酒垆下过。顾谓后车客："吾昔与嵇叔夜、阮嗣宗共酣饮于此垆。竹林之游，亦预其末。自嵇生夭、阮公亡以来，便为时所羁绁[②]。今日视此虽近，邈若山河。"

【注释】

①轺车：一种马拉的轻便车。②羁绁：束缚。

【译文】

王濬冲（王戎）任尚书令时，穿着官服，乘坐着轻便车，从黄公酒垆旁经过。他回头对后车的客人说："我昔日和嵇叔夜（嵇康）、阮嗣宗（阮籍）一起在这个酒垆畅饮过。竹林中的交游，我也跟随在后面。自从嵇生（嵇康）早逝、阮公（阮籍）亡故以来，我就被时势束缚。今天看着酒垆虽然很近，却好像山河远隔。"

三

孙子荆[1]以有才，少所推服，唯雅敬王武子。武子丧时，名士无不至者。子荆后来，临尸恸哭，宾客莫不垂涕。哭毕，向灵床曰："卿常好我作驴鸣，今我为卿作。"体似真声，宾客皆笑。孙举头曰："使君辈存，令此人死！"

【注释】

①孙子荆：孙楚，字子荆，太原人。西晋名士。

【译文】

孙子荆倚仗才能，很少推重佩服别人，唯独非常敬佩王武子（王济）。王武子去世时，名士都前来吊唁。子荆后到，对着遗体痛哭，宾客没有不流泪的。他哭完后，朝着灵床说："你平时喜欢听我学驴叫，现在我为你学一学。"他学得像真的一样，宾客们都笑了。孙子荆抬起头说："怎么让你们这类人活着，却让这个人死了！"

四

王戎丧儿万子，山简往省之，王悲不自胜。简曰："孩抱中物，何至于此?”王曰:“圣人忘情,最下不及情。情之所钟,正在我辈。”简服其言,更为之恸。

【译文】

王戎的儿子万子(王绥)死了,山简去探望他,王戎悲伤得受不了。山简说:“一个怀抱中的婴儿罢了,怎么悲伤到了这种地步!”王戎说:“圣人能忘掉感情,最下等的人谈不上有感情。感情最专注的,正是我们这一类人。”山简敬佩他的话,反而为他悲痛。

五

有人哭和长舆曰:“峨峨若千丈松崩。”

【译文】

有人哭吊和长舆(和峤),说:“他的死亡好像巍峨的千丈青松倒了。”

六

卫洗马以永嘉六年丧,谢鲲哭之,感动路人。咸和中,丞相王公教曰:“卫洗马当改葬。此君风流名士,海内所瞻,可修薄祭,以敦旧好。”

【译文】

卫洗马(卫玠)在永嘉六年去世,谢鲲为此而哭泣,感动了过路的人。咸和年间,丞相王公(王导)教谕说:“卫洗马应该改葬。这个人是风雅名人,被国内的人所敬仰,大家可以准备薄祭,来加深往日的情谊。”

七

顾彦先平生好琴,及丧,家人常以琴置灵床上。张季鹰往哭之,不胜其恸,遂径上床,鼓琴作数曲,竟,抚琴曰:“顾彦先颇复赏此不?”因又大恸,遂不执孝子手而出。

【译文】

顾彦先(顾荣)生平喜爱琴,等到去世后,家人常常把琴放在他的灵床上。张季鹰(张翰)前去吊唁,禁不住悲恸,就直接上了灵床,拿起琴来弹奏几支曲子。弹完后,他抚摸着琴说:“顾彦先还能欣赏此琴吗?”于是又大哭起来,最后没有和孝子握手慰问,就出门而去。

八

庾亮儿遭苏峻难遇害。诸葛道明女为庾儿妇,既寡,将改适,与亮书及之。亮答曰:“贤女尚少,故其宜也。感念亡儿,若在初没。”

【译文】

庾亮的儿子在苏峻之乱中遇害。诸葛道明(诸葛恢)的女儿是庾亮的儿媳妇,既已成为寡妇,将要改嫁。诸葛道明在写给庾亮的信中提到这件事。庾亮回信说:“贤女还年轻,本来应当这样。只是我思念死去的儿子,好像他才刚去世。”

九

庾文康亡,何扬州临葬,云:“埋玉树著土中,使人情何能已已!”

【译文】

庾文康(庾亮)去世时,何扬州(何充)去送葬,说:“把玉树埋到土里,让人的感情怎么能平静下来呢!”

十

王长史病笃,寝卧灯下,转麈尾视之,叹曰:“如此人,曾不得四十!”及亡,刘尹临殡,以犀柄麈尾著柩中,因恸绝。

【译文】

王长史(王濛)病得很厉害,躺在灯下,转动着麈尾看,叹道:“像这样的人,却活不到四十岁!”等到他死了以后,刘尹(刘惔)去送葬,把犀柄麈尾放进棺材内,竟哭得晕倒在地。

十一

支道林丧法虔[①]之后,精神賈(yǔn)丧[②],风味转坠。常谓人曰:“昔匠石废斤于郢人,牙生辍弦于钟子,推己外求,良不虚也。冥契[③]既逝,发言莫赏,中心蕴结,余其亡矣!”却后一年,支遂殒。

【注释】

①法虔:西晋僧人。与支道林同习佛学,精理入神,先于支道林去世。②賈丧:萎靡颓丧。③冥契:默契,这里指相默契的人。

【译文】

支道林在法虔去世以后,精神萎靡不振,风度日渐丧失。他常对人说:“昔日匠石因为郢人死去就不再用斧子,伯牙因为钟子期死去而终止弹琴,推己及人,确实不假。知己已经去世,说话再也无人欣赏,心里郁结难解,我大概要死了!”过后一年,支道林便死了。

十二

郗嘉宾丧,左右白郗公:“郎丧。”既闻不悲,因语左右:“殡时可道。”公往临殡,一恸几绝。

【译文】

郗嘉宾(郗超)死了,身边的人禀告郗公(郗愔)说:“少爷死了。”

郗愔听了,并不悲伤,只是对身边的人说:“送殡的时候告诉我。”郗公去参加送殡时,一下子悲恸得几乎气绝。

十三

戴公见林法师墓曰:“德音[①]未远,而拱木[②]已积。冀神理绵绵,不与气运俱尽耳。”

【注释】

①德音:善言。②拱木:指墓上的树木。

【译文】

戴公(戴逵)看见林法师(支道林)的坟墓,说:“法师所宣讲的善言似乎还在耳边,但墓上的树已经长得又高又大了。希望他精妙的玄理永远存在,不会随着气运而一起消失。”

十四

王子敬与羊绥善。绥清淳简贵[①],为中书郎,少亡。王深相痛悼,语东亭云:“是国家可惜人。”

【注释】

①清淳简贵:指品德高洁淳朴,为人简约尊贵。

【译文】

王子敬(王献之)与羊绥交好。羊绥品德高洁淳朴,为人简约尊贵,任中书郎,年轻时就去世了。子敬深切地悼念他,对东亭侯(王珣)说:“羊绥是国家应该珍惜的人才。”

十五

王东亭与谢公交恶。王在东闻谢丧，便出都诣子敬道：“欲哭谢公。”子敬始卧，闻其言，便惊起曰：“所望于法护[①]。”王于是往哭。督帅[②]刁约不听前，曰：“官平生在时，不见此客。”王亦不与语，直前哭，甚恸，不执末婢[③]手而退。

【注释】

①法护：王珣的小名。②督帅：领兵的官。③末婢：谢琰的小名，谢安之子。

【译文】

王东亭（王珣）与谢公（谢安）交情恶化。王珣在会稽听说谢公去世，就到建康去拜访子敬（王献之），说：“我想凭吊谢公。”子敬开始是躺在床上的，听了他的话，就吃惊地起身，说：“这正是我所希望您做的。”王东亭于是去哭吊谢公。督师刁约不让他进去，说：“长官在世时没有见过这位客人。”王东亭也不和他说话，径直走到灵前大哭，非常悲伤，哭完也不和末婢握手就退了出来。

十六

王子猷、子敬俱病笃，而子敬先亡。子猷问左右：“何以都不闻消息？此已丧矣！”语时了不悲。便索舆来奔丧，都不哭。子敬素好琴，便径入坐灵床上，取子敬琴弹，弦既不调，掷地云：“子敬，子敬，人琴俱亡！”因恸绝良久。月余亦卒。

【译文】

王子猷（王徽之）、王子敬（王献之）都病得很重，而子敬先死了。王子猷问手下的人：“为什么总听不到子敬的消息？他一定已经死了。”说话时完全没有悲伤的神情。他备了轿子去奔丧，一路上都没有哭。子敬一向喜欢弹琴，子猷就径直走进去坐在灵床上，拿过子敬的琴来弹，几根弦的声音已经不协调了，子猷把琴扔在地上说：“子敬啊，子敬啊，你的人和琴都死了。”于是痛哭了很久，几乎要昏过去。过了一个多月，子猷也死了。

十七

孝武山陵夕[①]，王孝伯入临，告其诸弟曰：“虽榱桷惟新，便自有《黍离》之哀。”

【注释】

①夕：傍晚祭奠君主。

【译文】

晋孝武帝（司马曜）去世，夕祭的时候，王孝伯（王恭）前来祭奠，他对几个弟弟说：“虽然屋椽是新的，却令人感到亡国的悲哀。”

十八

羊孚年三十一卒，桓玄与羊欣[①]书曰：“贤从[②]情所信寄，暴疾而殒。祝予[③]之叹，如何可言！”

【注释】

①羊欣：字敬元，太山南城人。书法家。②贤从：对别人堂兄弟的敬称。羊孚是羊欣的同祖堂兄。③祝予：为悲悼生徒后辈死亡之词。

【译文】

羊孚三十一岁时死了，桓玄给羊欣写信说：“你的堂兄是我所信赖的人，不幸暴病死去，悲悼后辈，真有说不出的痛苦！”

十九

桓玄当篡位,语卞鞠[①]云:“昔羊子道[②]恒禁吾此意。今腹心丧羊孚,爪牙失索元[③],而匆匆作此诋突,讵允天心?”

【注释】

①卞鞠:卞范之,字敬祖,小字鞠,东晋济阴冤句(今属山东)人。桓玄统管江州时,曾任其为长史。②羊子道:即羊孚。③索元:字天保。历任征虏将军、历阳太守等职。

【译文】

桓玄将要篡位的时候,对卞鞠说:“昔日羊子道常常劝我不要心存这样的想法,如今心腹羊孚已死,帮手索元又失去了,却要匆匆忙忙做出这种鲁莽的事情,哪里会符合天意呢?”

栖逸第十八

一

阮步兵[①]啸闻数百步。苏门山中,忽有真人,樵伐者咸共传说。阮籍往观,见其人拥膝岩侧,籍登岭就之,箕踞[②]相对。籍商略终古[③],上陈黄、农玄寂之道,下考三代盛德之美,以问之,仡(yì)然[④]不应;复叙有为[⑤]之教,栖神导气之术,[⑥]以观之,彼犹如前,凝瞩不转。籍因对之长啸。良久,乃笑曰:“可更作。”籍复啸。意尽退。还半岭许,闻上嗗(qiú)[⑦]然有声,如数部鼓吹,林谷传响。顾看,乃向人啸也。

【注释】

①阮步兵,即阮籍,曾任步兵校尉。②箕踞:一种轻慢、不拘礼节的坐姿。即随意张开两腿坐着,形似簸箕。③终古:往昔。④仡然:屹然不动的样子。⑤有为:有作为。⑥栖神导气之术:道家修炼的方法,指精神凝定不散乱,导气养神。⑦嗗:歌吟声。

【译文】

阮步兵的啸声(口哨),在几百步外都可以听到。苏门山中忽然发现有真人,砍柴的人都这样传说。阮籍前去寻找,见到这人抱着膝头坐在石岩旁边。阮籍爬上山岭,走到他面前,也盘起两条腿坐在他对面。阮籍品评上下古今,向前讲起黄帝、神农氏种种玄虚深奥的道理,之后讲到夏、商、周三代的道德、风俗如何淳美，并提出问题请教他。那个人却一动不动毫无反应。阮籍又说到儒家的德教主张，道家凝神导气的方法，来看他的反应，他还是像原先那样凝视着，目不转睛。阮籍对他发出长啸，过了许久，对方笑着说："可以再来一次。"阮籍又发出长啸。最后，他没有兴致了，只得退下山去。走到山腰时，他忽然听到上面发出响声，好像几支乐曲同时奏起，树林山谷，顿时响应。他回过头去一看，原来正是适才对面坐着的那人在长啸。

二

嵇康游于汲郡山中，遇道士孙登[①]，遂与之游。康临去，登曰："君才则高矣，保身之道不足。"

【注释】

①孙登：字公和，汲郡共县（今河南辉县）人。在郡北山掘土窟居住，夏则编草为衣，冬则披发盖身。好读《易》，抚一弦琴。性无怨怒，曾被人投入水中，出水即大笑无怨。

【译文】

嵇康在汲郡山中游览，与道士孙登相遇，便和他结伴同游。临别时，孙登对嵇康说："你的才气确实很高，可惜保身之道不足。"

三

山公将去选曹，欲举嵇康，康与书告绝。

【译文】

山公（山涛）将要辞去吏部之职，想推荐嵇康继任，嵇康却写信给山涛要与他绝交。

四

李廞(xīn)[①]是茂曾[②]第五子，清贞有远操，而少羸病，不肯婚宦。居在临海，住兄[③]侍中墓下。既有高名，王丞相欲招礼之，故辟为府掾。廞得笺命，笑曰："茂弘乃复以一爵假人。"

【注释】

①李廞：字宗子，东晋江夏钟武（今属河南）人，其先后两次被征辟为府掾。故号称李公府。②茂曾：李重，字茂曾。曾官平阳太守。③兄：李式，字景则，累廷临海太守，侍中。

【译文】

李廞是李茂曾的第五个儿子，清廉贞洁，有远离尘俗的节操。但他小时候体弱多病，不肯结婚和做官，住在临海郡，就住在哥哥侍中的墓旁。他已经有很高的名声，王丞相（王导）想礼聘他，让他做府掾。李廞接到任命状，笑着说："茂弘（王导）竟又要把官爵加在别人头上。"

五

何骠骑弟[①]以高情避世，而骠骑劝之令仕，答曰："予第五之名，何必减骠骑！"

【注释】

①弟：即何准，字幼道。何充的五弟，品性高洁，征辟不就，少有名气，为人称颂。

【译文】

何骠骑的五弟何准，有高尚的节操，想避开世俗纷扰，但是骠骑劝他出来做官。他回答说："我老五的名声，难道一定亚于你这骠骑将军吗?”

六

阮光禄在东山,萧然[1]无事,常内足于怀。有人以问王右军,右军曰:“此君近不惊宠辱,虽古之沉冥[2],何以过此?”

【注释】

①萧然:清静的样子。②沉冥:指隐居的人。

【译文】

阮光禄(阮裕)住在东山,清静冷寂,常常感到自我满足。有人问王右军(王羲之),右军说:“这个人近来对来自外面的恩宠与侮辱,毫不惊异,即使是古时候沉寂入道、无迹可寻的隐士,又怎么能超过他呢?”

七

孔车骑少有嘉遁[1]意,年四十余,始应安东命。未仕宦时,常独寝,歌吹自箴诲[2]。自称孔郎,游散名山。百姓谓有道术,为生立庙。今犹有孔郎庙。

【注释】

①嘉遁:旧时谓合乎正道的退隐,合乎时宜的隐遁。②箴诲:规劝教导。

【译文】

孔车骑(孔愉)少年时有隐居之意,到了四十多岁,才接受安东将军司马睿委派做了参军。他在没有出来做官时,常常独居,歌吹自娱,又规劝教导自己。他自称孔郎,游览各地名山。老百姓都说他有道术，为他建造了一座生庙。孔郎庙至今还存在。

八

南阳刘驎之[①]，高率，善史传，隐于阳岐[②]。于时苻坚临江，荆州刺史桓冲将尽讦谟[③]之益，征为长史，遣人船往迎，赠贶[④]甚厚。驎之闻命，便升舟，悉不受所饷，缘道以乞穷乏，比至上明亦尽。一见冲，因陈无用，翛（xiāo）然[⑤]而退。居阳岐积年，衣食有无，常与村人共。值己匮乏，村人亦如之。甚厚，为乡闾所安。

【注释】

①刘驎之：字子骥，南阳人。②阳岐：村名，离荆州二百里。③讦谟：宏图大略。④赠贶：赠送。⑤翛然：无拘无束的样子。

【译文】

南阳刘驎之，为人高尚、真率，长于历史传记，隐居在阳岐。当时苻坚大军侵犯到长江流域，荆州刺史桓冲为了尽力实现自己的宏图大略，便任命驎之做长史，派人驾船前往迎接他，并馈赠了许多礼物。驎之听命立即上船，对所送衣物，一概不接受，只是一路上将它送给贫苦的人，船到了上明，财物转送已尽。驎之拜见桓冲时，陈述自己无可用之才，然后潇洒地告退而去。驎之住阳岐村多年，衣食用度都与村中的人共享。遇到缺吃少穿，村里的人也照样供给他。他与乡邻相处，感情极深。

九

南阳翟道渊[①]与汝南周子南[②]少相友，共隐于寻阳。庾太尉说周以当世之务，周遂仕，翟秉志弥固。其后周诣翟，翟不与语。

【注释】

①翟道渊：翟汤，字道渊。晋著名隐士。②周子南：周邵。字子南。曾任西阳太守。

【译文】

南阳翟道渊与汝南周子南，从少年时代起，就是一对好朋友，两人结伴隐居寻阳。后来，庾太尉（庾亮）说服周子南，希望他出山，为时局出力，周子南于是出来做了官，翟道渊却坚定不移地继续过隐居生活。此后周子南去拜访翟道渊，翟不再和周说话了。

十

孟万年[①]及弟少孤[②]，居武昌阳新县。万年游宦，有盛名当世。少孤未尝出，京邑人士思欲见之，乃遣信报少孤云“兄病笃”。狼狈至都。时贤见之者，莫不嗟重。因相谓曰：“少孤如此，万年可死。”

【注释】

①孟万年：孟嘉，字万年。桓温镇荆州，引为征西参军，深得桓温器重，历从事中郎，迁征西长史。②少孤：孟陋。字少孤。不好交结世人，独来独往，海内著名。司马昱、桓温欲使为官，终不能屈其志。

【译文】

孟万年和弟弟孟少孤，住在武昌阳新县。万年在外做官，在当时有很高的名望。少孤却从不出山，京城中一些名流都想见见他，于是派使者送信给少孤，说：“你哥哥病危”。少孤接到信后，匆匆忙忙赶到建康。当时名士见到他后，无不赞叹和敬重他。名士们说：“少孤如此，万年可以死而无憾了。”

十一

康僧渊在豫章,去郭数十里立精舍。旁连岭,带长川,芳林列于轩庭,清流激于堂宇。乃闲居研讲,希心理味。庾公诸人多往看之,观其运用吐纳,风流转佳。加已处之怡然,亦有以自得,声名乃兴。后不堪,遂出。

【译文】

康僧渊在豫章时,在离外城数十里的地方建造了一处精舍。精舍旁边连着山岭,前面环绕着水流,有芬芳的树木排列在庭院,清澈的流水环绕着屋宇。他闲居无事,专心研究与讲习,潜心体会玄理。庾公(庾亮)及其他名流时常去看望他,见他运用导引之术,吐故纳新,风度比往日更佳。他身处此地心情愉快,又往往自得其乐,于是名望逐日增加。后来他因忍受不住外来的干扰,最终离开这里了。

十二

戴安道既厉操[①]东山,而其兄[②]欲建式遏[③]之功。谢太傅曰:"卿兄弟志业,何其太殊?"戴曰:"下官不堪其忧,家弟不改其乐。"

【注释】

①厉操:砥砺节操。指隐居。②兄:指戴安道的哥哥戴逯,字安丘。官至大司农。③式遏:防御。出自《诗经·大雅·民劳》:"式遏寇虐,憯不畏明。"意思是阻止暴虐掠夺,不畏惧朗朗苍天。

【译文】

戴安道(戴逵)已经隐居东山,但他的哥哥戴逯却想建立抗击贼寇的功名。谢太傅(谢安)说:"你们俩兄弟的志向和事业,为什么这么悬殊?"戴逯回答说:"下官不堪其忧,家弟不改其乐。"

十三

许玄度隐在永兴南幽穴中，每致四方诸侯之遗(wèi)。或谓许曰："尝闻箕山人[①]，似不尔耳。"许曰："筐篚(fěi)苞苴，[②]故当轻于天下之宝[③]耳。"

【注释】

①箕山人：指隐居箕山的许由。②筐篚苞苴：筐篚是装东西或饭食的竹器，这里用做动词，指用筐篚盛着。苞苴是包裹，这里指包着的鱼肉，是用为赠送的礼物。③天下之宝：指君位。

【译文】

许玄度(许询)隐居在永兴以南的深山洞中，时常得到一些地方长官的馈赠。有人对许玄度说："曾经听说过隐居箕山的许由等人，似乎不像你这样。"许玄度回答说："食物肉类这些礼物，比起'天下'这件大宝要轻得多了！"

十四

范宣未尝入公门，韩康伯与同载，遂诱俱入郡，范便于车后趋下。

【译文】

范宣从未进过官府的大门，韩康伯(韩伯)和他同坐一辆车，想顺便把他哄骗到郡衙门去，范宣知道后就从车后面下来跑了。

十五

郗超每闻欲高尚隐退者，辄为办百万资，并为造立居宇。在剡，为戴公起宅，甚精整。戴始往旧居，与所亲书曰："近至剡，如官舍。"郗为傅约亦办百万资，傅隐事差互[①]，故不果遗。

【注释】

①差互:差错,错过时机。

【译文】

郗超每当听到有崇尚高远而想隐居山林的人,就代他筹备上百万钱,并为他建造住宅。在剡县,他为戴公(戴逵)建造了一栋房屋,非常精致。戴公住进去,写信给亲人说:“最近到剡县,好似住进了官署。”郗超也为傅约(傅琼)筹备了上百万钱,而傅约退隐一事未能如愿,所以这笔钱最终没有送给他。

十六

许掾好游山水,而体便登陟(zhì)[①]。时人云:“许非徒有胜情[②],实有济胜之具。”

【注释】

①登陟:登上。②胜性:高雅的情趣。

【译文】

许掾(许询)喜欢游览山水,而且身体又便于攀登。当时的人说:“许询不仅具有胜情,还具有实现胜情的体魄。”

十七

郗尚书[①]与谢居士[②]善,常称:“谢庆绪识见虽不绝人,可以累心处都尽。”

【注释】

①郗尚书:郗恢,字道胤,小名阿乞,东晋高平金乡(今属山东)人。

官拜尚书回京途中被杀，被追赠为镇军将军。②谢居士：谢敷，字庆绪，会稽（今浙江绍兴）人。性沉静寡欲，隐居太平山。官府屡召他出来做官，他都拒绝了。

【译文】

郗尚书与谢居士有交情，郗恢常说："谢庆绪见识虽不会超过别人很远，但是那些可以造成他心性劳累的因素都被他排除干净了。"

贤媛第十九

一

陈婴者，东阳人。少修德行，著称乡党。秦末大乱，东阳人欲奉婴为王，母曰："不可！自我为汝家妇，少见贫贱，一旦富贵，不祥。不如以兵属人，事成少受其利；不成祸有所归。"

【译文】

陈婴是东阳人。年轻时修养德行，在乡党中很有名。秦末天下大乱，东阳人想推他做盟主，陈母说："不可以！自从我嫁到你们陈家来，总是过着贫贱的生活，一朝忽然富贵，并不是好事。不如把队伍交给别人，事成之后，稍微得点好处；如果事情不成功，那么祸也有所归属。"

二

汉元帝宫人[①]既多，乃令画工图之，欲有呼者，辄披图召之。其中常者，皆行货赂。王明君[②]姿容甚丽，志不苟求，工遂毁为其状。后匈奴来和[③]，求美女于汉帝，帝以明君充行。既召见而惜之，但名字已去，不欲中改，于是遂行。

【注释】

①宫人：宫女。②王明君：即王昭君。晋人因避晋文帝司马昭讳改称为王明君。③和：和亲。指异族之间用婚姻关系来保持双方的友好关系。

【译文】

汉元帝后宫宫女很多，就让画工绘下她们的相貌，元帝想找哪个宫女，就翻阅画像召见她。宫女中姿色平庸的，都向画工行贿。王明君容貌姿态非常美丽，不肯苟且向画工求情，画工就把她的容貌画得很难看。后来，匈奴前来和亲，向汉元帝请求赏赐美女，元帝就让王明君充数出嫁。当元帝召见她以后，看到她那么美丽，又舍不得了，但是王明君的名册已经送往匈奴，不好中途更改，于是王明君就去了匈奴。

三

汉成帝幸赵飞燕[①]，飞燕谗班婕(jié)妤(yú)[②]祝(zhòu)诅[③]，于是考问。辞曰："妾闻死生有命，富贵在天。修善尚不蒙福，为邪欲以何望？若鬼神有知，不受邪佞之诉；若其无知，诉之何益？故不为也。"

【注释】

①赵飞燕：西汉成帝皇后。因体轻善舞，故称飞燕。与其妹赵合德专宠十余年。②班婕妤：汉成帝的妃子，善诗赋，有美德，班固、班超和班昭的姑奶奶。婕妤是后宫妃嫔的称号。③祝诅：诅咒。祝，通"咒"。

【译文】

汉成帝宠幸赵飞燕，飞燕诬告班婕妤，说她向鬼神祈祷，诅咒后宫，于是成帝就审问班婕妤。她的供词说："我听说人的生死由命运来决定，富贵由天意来安排。修善还不能得到福报，作恶还能指望什么呢？如果鬼神有知觉的话，就不会接受邪恶谄媚的诬告、诅咒；如果鬼神没有知觉，诬告、诅咒又有什么用呢？所以我是不会做这种事的。”

四

魏武帝崩，文帝悉取武帝宫人自侍。及帝病困，卞后[1]出看疾。太后入户，见直侍并是昔日所爱幸者。太后问："何时来邪?"云："正伏魄[2]时过。"因不复前而叹曰："狗鼠不食汝余，死故应尔！"至山陵，亦竟不临。

【注释】

①卞后：曹丕的母亲。②伏魄：同“复魄”。古代迷信，谓人始死时魂魄离体未久，可持死者之衣升屋，北面三呼，招其魂魄归体，称为“伏魄”。伏，通“复”。

【译文】

魏武帝（曹操）驾崩，魏文帝（曹丕）把魏武帝后宫中的美女全部召来侍奉自己。等到文帝害病时，他的母亲卞太后去探望病情。太后进门后，看见值班、侍奉的都是从前曹操所宠幸的人。卞太后就问她们："你们是什么时候来的?"她们回答说："从武帝伏魄那天就过来了。"于是卞太后不再往前走，叹气说："狗鼠也不吃你剩下的东西，你死本来就是应该的！"到曹丕举行葬礼那天，太后最终也没前去吊丧。

五

赵母嫁女，女临去，敕之曰："慎勿为好！"女曰："不为好，可为恶邪?"母曰："好尚不可为，其况恶乎！"

【译文】

赵家母亲嫁女儿，女儿临出门时，她教导女儿说："注意不要做好事!”女儿说:“不做好事,可以做坏事吗?”母亲说:“好事都不可以做,更何况坏事呢!”

六

许允[①]妇是阮卫尉[②]女,德如[③]妹,奇丑。交礼竟,允无复入理,家人深以为忧。会允有客至,妇令婢视之,还答曰:“是桓郎。”桓郎者,桓范[④]也,妇云:“无忧,桓必劝入。”桓果语许云:“阮家既嫁丑女与卿,故当有意,卿宜察之。”许便回入内。既见妇,即欲出。妇料其此出,无复入理,便捉裾停之。许因谓曰:“妇有四德[⑤],卿有其几?”妇曰:“新妇所乏唯容尔。然士有百行[⑥],君有几?”许云:“皆备。”妇曰:“夫百行以德为首,君好色不好德,何谓皆备?”允有惭色,遂相敬重。

【注释】

①许允:字士宗,高阳(今属河北)人。魏明帝时为尚书选曹郎,后迁侍中、尚书、中领军。与夏侯玄、李丰亲善,玄、丰谋诛司马氏失败,他被株连收捕,不久被流放乐浪,卒于途中。②阮卫尉:阮共,字伯彦,尉氏(今属河南)人。在魏朝官至卫尉卿。③德如:阮侃,字德如,阮共少子。官至河内太守,对本草有所研究。④桓范:字元则,沛国龙市(今属安徽)人。官至天司安。⑤四德:即古代妇女应具备的四种品德:妇德、妇言、妇容、妇功。⑥百行:指各种好的品行。

【译文】

许允的妻子是阮卫尉的女儿,德如的妹妹,长相特别丑。他们新婚行完交拜礼后,许允不再进新房去,家里人都十分担忧。正好有位客人来看望许允,新娘便叫婢女去打听是谁,婢女回报说:“是桓郎。”桓郎就是桓范。新娘说:“不用担心,桓范一定会劝他进来的。”桓范果然劝许允说:“阮家既然嫁个丑女给你,想必是有一定想法的,你应该体察明白。”许允便转身进入新房,见了新娘,即刻就想退出。新娘料定他这一走再也不可能进来了，就拉住他的衣襟让他留下。许允便问她说："妇女应该有四种美德，你有其中哪几种？"新娘说："我所缺少的只是容貌罢了。可是读书人应该有各种好品行，您有几种？"许允说："我样样都有。"新娘说："各种好品行中首要的是德，可是您爱色不爱德，怎么能说样样都有呢？"许允听了，脸有愧色，从此夫妇俩便互相敬重了。

七

许允为吏部郎，多用其乡里，魏明帝遣虎贲（bēn）[1]收之。其妇出诫允曰："明主可以理夺，难以情求。"既至，帝核问之。允对曰："'举尔所知'[2]。臣之乡人，臣所知也。陛下检校为称职与不，如不称职，臣受其罪。"既检校，皆官得其人，于是乃释。允衣服败坏，诏赐新衣。初，允被收，举家号哭。阮新妇自若云："勿忧，寻还。"作粟粥待，顷之允至。

【注释】

①虎贲：官名，负责侍卫君主和保卫王宫之官。②举尔所知：语出《论语·子路》，意思是：提拔你所了解的人。

【译文】

许允担任吏部郎的时候，大多任用他的同乡，魏明帝派虎贲去逮捕他。许允的妻子跟出来劝诫他说："对英明的君主只可以用道理去取胜，很难用感情去求告。"许允被押到后，明帝便审查追究他。许允回答说："孔子说'提拔你所了解的人'。臣的同乡，就是臣所了解的人。陛下可以审查、核实他们是称职还是不称职，如果不称职，臣愿受应得的罪名。"明帝查验以后，知道各个职位用人都很得当，于是就释放了他。许允穿的衣服破旧了，明帝就下令赏赐他新衣服。起初，许允被逮捕时，全家都号哭起来。他的妻子阮氏却神态自若，说："不要担心,他不久就会回来。”并且煮好小米粥等着他,不一会儿,许允就回来了。

八

许允为晋景王所诛,门生走入告其妇。妇正在机中,神色不变,曰:“蚤知尔耳!”门人欲藏其儿,妇曰:“无豫诸儿事。”后徙居墓所,景王遣钟会看之,若才流[①]及父,当收。儿以咨母。母曰:“汝等虽佳,才具[②]不多,率胸怀与语,便无所忧。不须极哀,会止[③]便止。又可少问朝事。”儿从之,会反以状对,卒免。

【注释】

①才流:才能品级,指品级的高下。流,流品。②才具:才能,才干。③止:指哭泣停止。按礼节钟会慰问家属时当哭。

【译文】

许允被晋景王(司马师)所杀,门生跑来告诉了许允的妻子这件事。当时许允的妻子正在纺织机前织布,她神色一点都没有改变,说:“早料到会这样!”门生打算把许允的孩子藏起来,许允的妻子说:“现在还不关孩子们的事情,用不着躲藏。”后来他们搬到许允的墓地所在居住,晋景王派钟会去打探,要是孩子们的才识比得上许允,就将他们抓回来。孩子们去问母亲怎么办,母亲说:“你们虽然都很好,但是现在的才识还不够,只要和钟会坦诚说话,就不会有什么值得忧虑的事情。当然你们也不要太哀痛,钟会停下来不哭时,你们也不用再哭了。还可以稍微问些朝廷政事。”孩子们听了母亲的话就去见钟会,钟会回去把情况向晋景王做了汇报,孩子们最终免除了灾祸。

九

王公渊[①]娶诸葛诞[②]女。入室,言语始交,王谓妇曰:“新妇神色卑下，殊不似公休！”妇曰：“大丈夫不能仿佛彦云，而令妇人比踪[③]英杰？”

【注释】

①王公渊：王广，字公渊。有风度、有才学，名声很大。他父亲王凌，字彦云。②诸葛诞：字公休。曾任扬州刺史、都督扬州诸军事。后被司马昭所杀。③比踪：指德行事迹并列、相当。

【译文】

王公渊娶诸葛诞的女儿为妻。进入新房，夫妻开始交谈，王公渊对妻子说：“新娘神态面色都很卑下，半点都不像公休。”他的妻子回答说：“大丈夫不能与令尊彦云看齐，却要我一个女子跟英雄豪杰相当！”

十

王经[①]少贫苦，仕至二千石，母语之曰：“汝本寒家子，仕至二千石，此可以止乎？”经不能用。为尚书，助魏，不忠于晋，被收。涕泣辞母曰：“不从母敕，以至今日。”母都无戚容，语之曰：“为子则孝，为臣则忠，有孝有忠，何负吾邪？”

【注释】

①王经：字彦纬。与许允俱为冀州名士。初为江夏郡守，后任二州刺史、司隶校尉，甘露年间为尚书。因高贵乡公曹髦之事被司马氏所诛。

【译文】

王经年轻时家境贫寒，后来做官俸禄达到二千石，母亲对他说：“你本是穷人家的孩子，做官做到二千石，就到此为止吧！”王经不听。他做了尚书，帮助魏朝而不效忠于司马氏，遭到逮捕。他流着泪向母亲辞别说:“我只因不听母亲的教诲,才会有今天。”母亲脸上没有一点儿愁容,她对儿子说:“做儿子当尽孝,做臣子当尽忠,你忠孝两全,怎么会对不起我呢?”

十一

山公与嵇、阮一面,契若金兰。[①]山妻韩氏觉公与二人异于常交,问公,公曰:“我当年可以为友者,唯此二生耳。”妻曰:“负羁[②]之妻亦亲观狐、赵[③],意欲窥之,可乎?”他日,二人来,妻劝公止之宿,具酒肉。夜穿墉(yōng)[④]以视之,达旦忘反。公入曰:“二人何如?”妻曰:“君才致殊不如,正当以识度相友耳。”公曰:“伊辈亦常以我度为胜。”

【注释】

①契若金兰:比喻朋友交情深厚。契若:投合。金兰:情深义厚,引申为结拜兄弟。②负羁:僖负羁,春秋时曹国人。曹共公时为大夫。晋公子重耳出亡过曹,曹共公无礼。僖负羁的妻子让丈夫善待重耳。后来,晋国伐曹之时晋文公下令军队不得侵犯僖负羁及其家人,以报答过境时的款待。③狐、赵:狐偃、赵衰,当时随从重耳逃亡之臣。④穿墉:穿透墙壁。

【译文】

山公(山涛)和嵇康、阮籍初次见面,就结为金兰。山涛的妻子韩氏觉得丈夫与这两人不是一般朋友,就询问山公。山公回答说:“我活到这个年纪,可以做朋友的,只有这两人而已。”妻子说:“古时候僖负羁的妻子曾经亲自看过狐偃、赵衰,我也想偷看嵇、阮一眼,可以吗?”有一天,嵇、阮来到山涛家,韩氏劝山涛把客人留住过夜,并准备酒肉招待。夜里,她透过墙缝看他们,一直看到天亮,都忘记了回来。山公进入内室,说:“这两人怎样?”妻子说:“你的才气远远比不上他们,只可在见识气度方面做他们的朋友。”山公说:“他们也常常认为我气度胜人一筹。”

十二

王浑妻钟氏生女令淑[①],武子为妹求简[②]美对[③]而未得,有兵家子,有俊才,欲以妹妻之,乃白母。曰:“诚是才者,其地[④]可遗[⑤],然要令我见。”武子乃令兵儿与群小杂处,使母帷中察之。既而母谓武子曰:“如此衣形者,是汝所拟者非邪?”武子曰:“是也。”母曰:“此才足以拔萃,然地寒,不有长年,不得申[⑥]其才用[⑦]。观其形骨,必不寿,不可与婚。”武子从之。兵儿数年果亡。

【注释】

①令淑:指德行美好。②求简:挑选,寻觅。③美对:佳偶。④地:通“第”,门第。⑤遗:抛开。⑥申:施展。⑦才用:才能。

【译文】

王浑的妻子钟氏生了一个德行美好的女儿,王武子(王济)想给妹妹挑选一个佳偶却没找到合适的,有个军人家庭出身的少年,英俊而富有才气,王武子(王济)想把妹妹许配给他,于是就告诉母亲。母亲说:“如果他确实有才能,他的门第可以不论,但必须让我看看。”王武子于是让这位兵家子弟和一群人杂处在一块儿,让母亲在帷幕后观察他。事后母亲对武子说:“穿着这种衣衫的少年,就是你所挑中的吗?”武子说:“是的。”母亲说:“这人的才气,足够使他出类拔萃,然而由于门第低微,他要经过很长时间,才可以发挥他的才能。我看他的形貌体格,必然不会长寿,不可和他缔结婚姻。”武子听从母亲之意。几年后,这军人子弟果然死了。

十三

贾充[①]前妇,是李丰女。丰被诛,离婚徙边[②],后遇赦得还。充先已取郭配[③]女，武帝特听置左右夫人。李氏别住外，不肯还充舍。郭氏语充，欲就省李，充曰："彼刚介有才气，卿往不如不去。"郭氏于是盛威仪[④]，多将侍婢。既至，入户，李氏起迎，郭不觉脚自屈，因跪再拜。既反，语充，充曰："语卿道何物？"

【注释】

①贾充：字公闾，魏豫州刺史贾逵的儿子。官至骠骑大将军、侍中、尚书令。司马炎代魏，封公，加尚书仆射，娶其女为太子妃。②徙边：古代将犯人流放边境服劳役的一种刑罚。③郭配：字仲南，郭淮的弟弟。官至城阳太守。晋名臣裴秀、贾充皆是他的女婿。④威仪：指仪仗、随从。

【译文】

贾充先前的妻子，是李丰的女儿。李丰被诛杀后，妻子与贾充离婚，被流放到边疆。后来她遇到赦免回到家里，在这之前，贾充已娶郭配的女儿为妻，晋武帝特地让他拥有左右两位夫人。李氏住在外面，不肯回到贾充的家里。郭氏对贾充说，想去看望李氏。贾充说："她个性刚强，又有才气，你还不如不去。"郭氏于是穿戴整齐，带了许多丫鬟前去。到后，进入门内，李氏起身迎接，郭氏不知不觉双膝软了，跪下去一再行礼。回到贾府，郭氏把情况如实告诉贾充。贾充说："我跟你说过她是什么样的人吧？"

十四

贾充妻李氏作《女训》，行于世。李氏女，齐献王[①]妃；郭氏女，惠帝后[②]。充卒，李、郭女各欲令其母合葬，经年不决。贾后废，李氏乃祔(fù)[③]葬，遂定。

【注释】

①齐献王:司马攸,字大猷。司马昭的儿子。司马炎代魏,他被封为齐王,加骠骑将军,辅佐兄长司马炎处理朝政。后因受司马炎猜疑,忧郁而死。②惠帝后:即晋惠帝皇后贾南风。晋惠帝司马衷即位时,太后的父亲杨骏专权。永平元年(291),贾南风使楚王司马玮杀杨骏。汝南王司马亮辅政,她又使司马玮杀司马亮,然后以"矫诏"杀司马玮。擅政十年。③祔:合葬。

【译文】

贾充的妻子李氏作《女训》一书,在社会上很流行。李氏所生的女儿,是齐献王司马攸的王妃;郭氏所生的女儿,是晋惠帝的皇后。贾充去世后,李、郭两人所生女儿都想让自己的母亲与贾充合葬,此事过了一年还没定下来。直到贾后被废,李氏和贾充合葬的事才确定下来。

十五

王汝南少无婚,自求郝普[①]女。司空[②]以其痴,会无婚处,任其意便许之。既婚,果有令姿淑德。生东海[③],遂为王氏母仪[④]。或问汝南:"何以知之?"曰:"尝见井上取水,举动容止不失常,未尝忤观[⑤],以此知之。"

【注释】

①郝普:字道匡,太原襄城人。官至洛阳太守。②司空:王昶,字文舒,太原晋阳人。王湛之父。官至司空。③东海:指王湛的儿子王承,曾任东海太守。④母仪:指做母亲的仪范。⑤忤观:举目直视。

【译文】

王汝南(王湛)年轻时还没有婚配,自己提出要跟郝普的女儿结婚。他的父亲王司空觉得他有些傻呆,正好又无人提婚,就同意了儿子的请求。结婚后，郝氏果然有美好的姿色和贤淑的德行。后来生了王承，便成为王家做母亲的仪范。有人问王汝南："你怎么知道她是个好女子？"他说："我曾看见她在井上汲水，容貌行动和平日一样安闲，从不抬头直视人，由此知道她的为人了。"

十六

王司徒[①]妇，钟氏女[②]，太傅曾孙，亦有俊才女德。钟、郝[③]为娣(dì)姒(sì)[④]，雅相亲重。钟不以贵陵郝，郝亦不以贱下钟。东海家内，则郝夫人之法；京陵家内，范钟夫人之礼。

【注释】

①王司徒：即王浑，曾任司徒之职。②钟氏女：名琰（一作"琰之"）。黄门侍郎钟徽的女儿，魏朝太傅钟繇的曾孙。③郝：指前面郝普的女儿。郝氏嫁给了王浑的弟弟王湛。④娣姒：妯娌。兄妻为姒，弟妻为娣。。

【译文】

王司徒的妻子，是钟徽的女儿，太傅钟繇的曾孙女，也有出众的文才与美德。钟、郝是妯娌，向来相亲相爱，互相尊敬。钟氏既不因为出身贵族而瞧不起郝氏，郝氏也不因为门第低微而在钟氏面前觉得低人一等。东海太守王承家里都以郝夫人定下的规矩为准则，京陵侯王浑家里都以钟夫人的礼法为榜样。

十七

李平阳，秦州[①]子，中夏[②]名士，于时以比王夷甫。孙秀[③]初欲立威权，咸云："乐令民望，不可杀，减李重者又不足杀。"遂逼重自裁。初，重在家，有人走从门入，出髻中疏示重。重看之色动，入内示其女，女直叫"绝"。了其意，出则自裁。此女甚高明，重每咨焉。

【注释】

①秦州:李重的父亲李景(一作“秉”),曾任秦州刺史。②中夏:中原地区。③孙秀:字俊忠,西晋琅邪(今山东临沂)人。专擅弄权,曾任中书令,后被杀。

【译文】

李平阳(李重),是秦州刺史李景的儿子,是中原地区的名士。当时,人们把他和王夷甫(王衍)相比。孙秀开始想树立威信,人们都说:“乐令(乐广)是众望所归,不可杀,比李重地位低的人又不值得杀。”于是就威胁李重自尽。起初,李重在家,有人从侧门进来,从发髻中取出一纸奏疏给他看。李重看后,脸色大变,走进内室拿给女儿看。女儿一见,大叫“完了”。李重明白她的意思,出来后就自杀了。这个女儿见识高明,李重常和她商量事情。

十八

周浚[①]作安东时,行猎,值暴雨,过汝南李氏。李氏富足,而男子不在。有女名络秀,闻外有贵人,与一婢于内宰猪羊,作数十人饮食,事事精办,不闻有人声。密觇(chān)[②]之,独见一女子,状貌非常,浚因求为妾。父兄不许,络秀曰:“门户殄(tiǎn)瘁(cuì)[③],何惜一女?若连姻贵族,将来或大益。”父兄从之。遂生伯仁兄弟。络秀语伯仁等:“我所以屈节为汝家作妾,门户计耳。汝若不与吾家作亲亲[④]者,吾亦不惜余年!”伯仁等悉从命。由此李氏在世,得方幅[⑤]齿遇[⑥]。

【注释】

①周浚:字开林,汝南安成(今河南平舆南)人。曾随王浑平吴,后任侍中,官至安东将军。死于任上。②觇:观察。③殄瘁:枯萎。④亲亲:亲戚。⑤方幅:公然,正当。⑥齿遇:礼遇,平等相待。

【译文】

周浚做安东将军时，出门打猎，遇上了暴雨，正经过汝南李氏门前。李氏富有家财，当时家中没有男子。李氏有个名叫络秀的女儿，听到外面有显贵的人来，就和一个婢女在里面杀猪宰羊，做了几十人的酒肴饭食，样样都很精美，而且没听到大声说话的声音。周浚偷偷去观察，只见到一个女子，相貌不同一般，周浚便托人做媒请求这个女子做他的小妾。女子的父亲和兄长都不肯答应，络秀说："我们家门第衰微，何必舍不得一个女儿呢？倘使能与贵族联姻，将来或许会有莫大的好处。"她父亲和哥哥只好同意。后来，络秀生下了周伯仁兄弟三人。络秀对伯仁兄弟说："我之所以降身屈节，嫁到你周家做妾，是为了李家的门户考虑。你们如果不与我家做亲戚，我也不会珍惜我的余年！"伯仁兄弟都听从了母亲的话。因此，李氏在世时在社会上受到了很体面的礼遇。

十九

陶公少有大志，家酷贫，与母湛氏同居。同郡范逵素知名，举孝廉，投侃宿。于时冰雪积日，侃室如悬磬①，而逵马仆甚多。侃母湛氏语侃曰："汝但出外留客，吾自为计。"湛头发委地，下为二髲(bì)②，卖得数斛米；斫诸屋柱，悉割半为薪；剉(cuò)③诸荐④，以为马草。日夕，遂设精食，从者皆无所乏。逵既叹其才辩，又深愧其厚意。明旦去，侃追送不已，且百里许。逵曰："路已远，君宜还。"侃犹不返。逵曰："卿可去矣。至洛阳，当相为⑤美谈。"侃乃返。逵及洛，遂称之于羊晫(zhuó)⑥、顾荣诸人。大获美誉。

【注释】

①悬磬：悬挂着磬石，形容家中空无所有，极贫。②髲：假发。③剉：铡切。④荐：草垫。⑤相为：为你。⑥羊晫：曾任豫章国郎中令，

为陶侃的同乡。

【译文】

陶公(陶侃)少年时就有远大的志向,家境非常贫穷,和母亲湛氏住在一起。同郡范逵一向很有名气,他被推荐为孝廉时,来陶侃家投宿。当时雪下了有好几天了,陶侃家一无所有,可是范逵带来的仆从、马匹很多。侃母对陶侃说:“你只管去外面留客,我自己来想办法。”湛夫人头发长到拖地,她就剪下长发,做成两卷假发,到市上卖掉,换了几斛米,又把屋子里的木柱砍下一半劈柴烧,把各种草垫铡碎做马的饲料。到了晚上,就摆了一席精美的饭菜,范逵的仆从也得到周到的招待。范逵不但赞赏陶侃的才气和言谈,又对他的深情厚意感到不安。第二天起身告别,陶侃送了一程又一程,不觉送出将近百里。范逵说:“路已远,你该回去了。”陶侃还不回去。范逵说:“你回去吧,到了洛阳,我一定传扬你的优点。”陶侃这才回去。范逵到了洛阳后,就在羊晫、顾荣这些名流面前称赞陶侃的为人和才干,使陶侃大获声誉。

二十

陶公少时作鱼梁吏①,尝以坩(gān)鲊(zhǎ)②饷母。母封鲊付使,反书责侃曰:“汝为吏,以官物见饷,非唯不益,乃增吾忧也。”

【注释】

①鱼梁吏:主管河道、渔业的官吏。鱼梁,一种捕鱼的设施,用土石横截水流,留一缺口,让鱼随水流入竹篓一类器具中。②坩:盛物的陶器。鲊:经过加工的鱼类食品,如腌鱼之类。

【译文】

陶公(陶侃)年轻时担任管理河道和渔业的官吏,他曾经把一坛腌鱼送给母亲。母亲将腌鱼封好让来人带回去,并且回信责备陶侃说:

“你身为官吏，把公家的物品送给我，这样做不仅没有好处，还增添了我的忧愁啊！”

二十一

桓宣武平蜀，以李势妹为妾，甚有宠，常著斋后。主[1]始不知，既闻，与数十婢拔白刃袭之。正值李梳头，发委藉[2]地，肤色玉曜[3]，不为动容。徐曰：“国破家亡，无心至此，今日若能见杀，乃是本怀。”主惭而退。

【注释】

①主：公主。桓温娶晋明帝之女南康长公主为妻。②藉：衬垫。③玉曜：像玉色一样光艳夺目比喻外表的美。

【译文】

桓宣武（桓温）平定蜀地后，把李势之妹纳为妾，十分宠爱，平常把她安置在书斋后面。南康长公主开始不知道，后来听到消息，立刻带领几十名丫鬟，拔出刀子前去袭击。正遇上李氏在梳头，头发拖在地上，肌肤洁白如玉。李氏脸色丝毫未变，徐徐地说：“国破家亡，无心来到这里。今天如果被您杀掉，正好了却我的心愿。”长公主惭愧地退了出来。

二十二

庾玉台，[1]希之弟也。希诛，将戮玉台。玉台子妇，宣武弟桓豁女也，徒跣（xiǎn）求进。阍（hūn）[2]禁不内[3]，女厉声曰：“是何小人？我伯父门，不听我前！”因突入，号泣请曰：“庾玉台常因人，脚短三寸，当复能作贼不？”宣武笑曰：“婿故自急[4]。”遂原玉台一门。

【注释】

①庾玉台:庾友,字惠彦,小名玉台,庾冰的儿子。②阁:守门人。③内:通“纳”,接纳。④婿故自急:庾玉台如被杀,全家当不免,所以很危急。

【译文】

庾玉台,是庾希的弟弟。庾希被杀后,玉台也将要被杀掉。玉台的儿媳是桓宣武(桓温)弟弟桓豁的女儿,桓氏光着脚求见桓宣武。守门人不准她进去。她厉声叱骂说:“是什么小人?我伯父的门,难道不准我进去!”说着,便冲了进去。见到桓温,她哭着请求说:“庾玉台要别人搀扶才能行走,有一只脚矮三寸,还能够造反吗?”宣武笑着说:“侄女婿确实着急了吧!”于是下令宽恕玉台一家老少。

二十三

谢公夫人帏[①]诸婢,使在前作伎[②],使太傅暂见,便下帏。太傅索更开,夫人云:“恐伤盛德[③]。”

【注释】

①帏:帷幕。指用帷幕围起来。②伎:歌舞。③盛德:高尚的品德。

【译文】

谢公(谢安)的夫人将众奴婢用帷幕围起来,让她们在里面唱歌跳舞,让太傅(谢安)观看片刻后,就把帷幕放下。太傅请求再次掀开帷幕,夫人说:“恐怕有伤您的高尚品德。”

二十四

桓车骑不好著新衣,浴后,妇故送新衣与。车骑大怒,催使持去。

妇更持还，传语云："衣不经新，何由而故？"桓公大笑，著之。

【译文】

桓车骑（桓冲）不喜欢穿新衣，沐浴后，妻子故意送新衣给他。车骑非常生气，催着让人拿走。妻子又命人把新衣再次送来，并且给他传话说："衣服不经过新的，怎么会变成旧的？"桓冲大笑，就把新衣穿上了。

二十五

王右军郗夫人谓二弟司空、中郎[①]曰："王家见二谢，倾筐倒庋（guǐ）；[②]见汝辈来，平平尔。汝可无烦复往。"

【注释】

①中郎：即郗昙，字重熙。曾任北中郎将。②倾筐倒庋：把大小箱子里的东西全部倾倒出来。比喻全部拿出来或彻底翻检。庋，放东西的架子。

【译文】

王右军（王羲之）的妻子郗夫人，对司空（郗愔）、中郎（郗昙）两位弟弟说："王家见谢安、谢万两人到来，翻箱倒柜盛情款待；见你们到来，却平平淡淡而已。你们无须再去了。"

二十六

王凝之谢夫人[①]既往王氏，大薄[②]凝之。既还谢家，意大不说。太傅慰释[③]之曰："王郎，逸少之子，人身亦不恶，汝何以恨乃尔？"答曰："一门叔父，则有阿大、中郎[④]；群从兄弟[⑤]，则有封、胡、遏、末[⑥]。不意天壤之中，乃有王郎！"

【注释】

①谢夫人：王凝之的妻子谢道韫。②薄：轻视，看不起。③慰释：宽慰，宽解。④阿大、中郎：即谢尚、谢据。⑤群从兄弟：同族的堂兄弟。⑥封、胡、遏、末：分别是谢韶、谢朗、谢玄、谢渊的小字。

【译文】

王凝之的妻子谢夫人嫁到王家后，很瞧不起凝之。回到谢家，她心情很好。太傅（谢安）宽慰她说："王郎，是逸少的儿子，人长得也不错，你为什么这样抱怨呢？"她回答说："我谢家一门之内，叔父有阿大、中郎；同族的堂兄弟还有阿封、胡儿、阿遏、阿末。想不到天地之间，竟还有王郎这样的人！"

二十七

韩康伯母隐（yìn）[①]古几毁坏，卞鞠[②]见几恶，欲易之。答曰："我若不隐此，汝何以得见古物？"

【注释】

①隐：倚靠。②卞鞠：字范之，韩康伯母亲的外孙。

【译文】

韩康伯母亲倚靠的矮桌损坏了，卞鞠见到小桌坏了，想换掉。韩母说："我如果不靠在这上面，你怎么能够见到古物呢？"

二十八

王江州夫人[①]语谢遏曰："汝何以都不复进？为是[②]尘务经心，天分有限？"

【注释】

①王江州夫人：王凝之的妻子谢道韫。王凝之曾任江州刺史。②为是：抑或，还是。

【译文】

王江州的夫人（谢道韫）对弟弟谢遏说："你为什么总不见长进？是一些世俗的事务分散了你的心呢，还是天分有限？"

二十九

郗嘉宾丧，妇兄弟欲迎妹还，终不肯归，曰："生纵不得与郗郎同室，死宁不同穴？"

【译文】

郗嘉宾（郗超）去世后，他妻子的兄弟几次想把妹妹接回家去，妹妹始终不同意。她说："我活着纵然没有和郗郎同居一室，死后难道不可以同埋一穴？"

三十

谢遏绝重其姊，张玄常称其妹，欲以敌之。有济尼者，并游张、谢二家，人问其优劣，答曰："王夫人神情散朗，故有林下风气；顾家妇清心玉映，自是闺房之秀。"

【译文】

谢遏极为敬重他的姐姐，张玄常常称赞他的妹妹，想让自己的妹妹与谢遏的姐姐相抗衡。有个叫济的尼姑，经常出入张、谢两家。别人问她这两位夫人究竟谁优谁劣，她回答说："王夫人精神情致，潇洒而开朗，具有竹林七贤般的风度与气概；顾夫人冰清玉洁，也算得上是闺房小姐中的佼佼者。"

三十一

王尚书惠[①]尝看王右军夫人,问:“眼耳未觉恶[②]不?”答曰:“发白齿落,属乎形骸;至于眼耳,关于神明[③],那可便与人隔?”

【注释】

①王尚书惠:即王惠,字令明。初为刘裕太尉参军,宋少帝时累升至吏部尚书。②恶:不好,这里指视力、听力衰退。③神明:精神。

【译文】

吏部尚书王惠曾去看望王右军(王羲之)的夫人,问:“您的眼睛和耳朵都还好吗?”她回答说:“头发白了,牙齿掉了,这是属于形体方面的毛病。至于视觉与听觉,那是属于精神方面的问题,怎么能够与他人相隔绝呢?”

三十二

韩康伯母殷,随孙绘之[①]之衡阳,于阖庐洲[②]中逢桓南郡。卞鞠是其外孙,时来问讯。谓鞠曰:“我不死,见此竖二世作贼!”在衡阳数年,绘之遇桓景真[③]之难也,殷抚尸哭曰:“汝父昔罢豫章,征书朝至夕发。汝去郡邑数年,为物不得动,遂及于难,夫复何言!”

【注释】

①绘之:字季伦,韩康伯的儿子。曾任衡阳太守。②阖庐洲:在今江苏省南京市北大江中。③桓景真:桓亮,字景真,桓温之孙。其叔桓玄篡逆被诛后,他自号湘州刺史,出兵湘中,杀死前衡阳太守韩绘之等官员,后被杀。

【译文】

韩康伯的母亲殷夫人跟随他的孙儿韩绘之到衡阳去,在阖庐洲遇到了桓南郡(桓玄)。卞鞠是殷夫人的外孙,时常过来请安。韩老太太对卞鞠说:“我老而不死,亲眼见到这家伙两代人做了叛贼!”在衡阳住了几年,韩绘之在桓景真之乱中遇害。殷夫人抚摸着韩绘之的尸体,哭着说:“你父亲当年被免去豫章太守时,早晨接到诏书,夜间就动身离去;你免官后,几年来为了百姓不得脱身,以致遇难。我还有什么可说的呢!”

术解第二十

一

荀勖(xù)[①]善解音声[②]，时论谓之“闇(ān)解[③]”。遂调律吕，正雅乐。每至正会，殿庭作乐，自调宫商，无不谐韵。阮咸妙赏[④]，时谓“神解[⑤]”。每公会作乐，而心谓之不调，既无一言直[⑥]勖，意忌之，遂出阮为始平太守。后有一田父耕于野，得周时玉尺，便是天下正尺。荀试以校已所治钟鼓、金石、丝竹，皆觉短一黍[⑦]，于是伏阮神识[⑧]。

【注释】

①荀勖：字公曾。司马炎代魏，被封为公爵，任侍中。与贾充亲近，促成充女为太子司马衷的妃子。②音声：音乐。③闇解：精通。闇，通“谙”。④妙赏：卓越的赏鉴能力。⑤神解：悟性过人。⑥直：纠正。⑦黍：古时度量衡设定的基本依据。长度即取黍的中等子粒，以一个纵黍为一分，百黍即一尺，用这个标准尺寸来制律管。⑧神识：器局见识高超。

【译文】

荀勖精通音乐，当时的舆论认为他是“闇解”。于是他调整乐律，改进雅乐。每到皇帝元旦朝会群臣的时候，宫殿上就会奏乐，荀勖亲自调整宫商五音，音律没有不和谐的。阮咸对音乐有卓越的鉴赏能力，当时的舆论认为他是“神解”。每次官府集会演奏音乐的时候，阮咸都认为音律不协调，他没有发一言来纠正荀勖调音的错误，但荀勖心里忌恨他，于是就将阮咸外调出京城做始平太守。后来有个农民在野外耕地，得到一把周代的玉尺，那就是天下最标准的尺度。荀勖试着拿这把玉尺来校核自己所厘定的钟鼓、金石、丝竹种种乐器，都觉得相差“一黍”，于是才佩服阮咸的见识高超。

二

荀勖尝在晋武帝坐上食笋进饭，谓在坐人曰：“此是劳薪[①]炊也。”坐者未之信，密遣问之，实用故车脚[②]。

【注释】

①劳薪：指木轮车的车轮。②车脚：车轮。

【译文】

荀勖在晋武帝（司马炎）宴席上吃着竹笋下饭，对在座的人说：“这是用木轮车的车轮当柴火煮成的。”在座的人不相信，暗中派人去问，做饭烧的柴确实是旧车轮。

三

人有相[①]羊祜父墓，后应出受命君[②]。祜恶其言，遂掘断墓后以坏其势。相者立视之，曰：“犹应出折臂三公。”俄而祜坠马折臂，位果至公。

【注释】

①相：察看，判断。②受命君：指接受天命的君主。

【译文】

有人察看羊祜父亲的坟墓后，说以后他家会出受命的天子。羊祜憎恶他的话，就把墓后面挖断来破坏它的形势。相墓的人站着又察看了一番，说："还是会出'折臂三公'。"不久羊祜从马上摔下来跌断了手臂，后来果然位至三公之列。

四

王武子善解马性。尝乘一马，著连钱障泥[①]，前有水，终日不肯渡。王云："此必是惜障泥。"使人解去，便径渡。

【注释】

①连钱障泥：装饰着如连钱花纹的障泥。障泥，垂于马腹两侧，用于遮挡尘土的东西。

【译文】

王武子（王济）很懂马的脾性。他曾骑着一匹马，马身上套有连钱障泥，前面有水，马始终都不肯渡过去。王武子说："这一定是马爱惜障泥。"就让人把障泥卸掉，马便直接渡过去了。

五

陈述[①]为大将军掾，甚见爱重。及亡，郭璞往哭之，甚哀，乃呼曰："嗣祖，焉知非福！"俄而大将军作乱，如其所言。

【注释】

①陈述：字嗣祖，颍川许昌（今属河南）人。

【译文】

陈述任王大将军（王敦）的属官时，很受王敦的赏识和器重。他去世后,郭璞去哭丧,哭得十分伤心,居然喊道:“嗣祖,怎么知道你死了不是一种福气呢?”不久,大将军起兵作乱,果如郭璞所说。

六

晋明帝解[①]占冢宅[②],闻郭璞为人葬,帝微服[③]往看,因问主人:“何以葬龙角[④]? 此法当灭族!”主人曰:“郭云此葬龙耳,不出三年,当致天子。”帝问:“为是出天子邪?”答曰:“非出天子,能致天子问耳。”

【注释】

①解:会。②冢宅:坟墓。③微服:古代尊贵者变更常服出行,以便隐蔽身份,不受人注意。④龙角:龙角地,旧时堪舆家认为最吉的葬地。

【译文】

晋明帝(司马绍)懂得占卜坟墓的吉凶。听说郭璞给人相墓地安葬,晋明帝穿着常服去观看,他问主人:“为什么葬在龙角上? 这样将会遭到灭族之祸的。”主人说:“郭先生说:‘这是葬在龙耳上啊,不出三年,将会招来天子。’”明帝问:“为的是出个天子吗?”主人回答说:“不是为了出个天子,只是为了能够招来天子的询问罢了。”

七

郭景纯过江,居于暨阳,墓去水不盈百步。时人以为近水,景纯曰:“将当为陆。”今沙涨,去墓数十里皆为桑田。其诗曰:“北阜烈烈,巨海混混,垒垒三坟,唯母与昆。”[①]

【注释】

①北阜烈烈,巨海混混,垒垒三坟,唯母与昆:北山高峻,大海奔流不息,三座大坟,里面埋的是母亲与两位哥哥。昆,指哥哥。

【译文】

郭景纯(郭璞)过江南后,住在暨阳,选择的墓地距离江水不足百步。当时的人认为离水太近。郭景纯说:“这里将会变成陆地。”如今由于沙土沉积,距离墓地几十里的地方都成了农田。他在诗中写道:“北阜烈烈,巨海混混,垒垒三坟,唯母与昆。”

八

王丞相令郭璞试作一卦。卦成,郭意色甚恶,云:“公有震厄[①]。”王问:“有可消伏[②]理不?”郭曰:“命驾西出数里,得一柏树,截断如公长,置床上常寝处,灾可消矣。”王从其语,数日中,果震柏粉碎。子弟皆称庆。大将军云:“君乃复委罪于树木!”

【注释】

①震厄:雷击之灾。②消伏:消除。

【译文】

王丞相(王导)要郭璞试着算一卦,卦成,郭璞神色很不好,说:“您有雷击之灾。”王导问:“可有消除的办法吗?”郭璞说:“您驾车往西走,几里外可见到一株柏树,把它砍断,截成和您一样长的断木,然后放在床上您经常睡觉的地方,灾难便可消除了。”王导依照他说的去做,几天内果然柏木被雷电击得粉碎。全家都表示庆贺。大将军(王敦)说:“你竟然把罪过都转移到树木上去了。”

九

桓公有主簿,善别[①]酒,有酒辄令先尝,好者谓“青州从事”,恶者谓“平原督邮”。青州有齐郡,平原有鬲(gé)县;“从事”言到脐,“督邮”言在鬲上住。

【注释】

①别:分别,辨别。

【译文】

桓公(桓温)有一位主簿,擅长辨别酒的好坏,有酒总是让他先品尝。好酒,他就说是"青州从事",不好的酒,他就说是"平原督邮"。这是因为青州有个齐郡,平原郡有个鬲县;所谓"从事",说明酒力能达到肚脐之下,所谓"督邮",说明酒力到膈膜上就停住了。

十

郗愔信道甚精勤,常患腹内恶,诸医不可疗。闻于法开[①]有名,往迎之。既来便脉,云:"君侯所患,正是精进[②]太过所致耳。"合一剂汤与之。一服即大下,去数段许纸,如拳大,剖看,乃先所服符也。

【注释】

①于法开:东晋时以文学著名,兼精医理的高僧。②精进:佛教语,为"六波罗蜜"之一。指坚持修善法,断恶法,毫不懈怠。

【译文】

郗愔信奉道教,非常虔诚,他患有腹内恶疾,众多医生都治疗不了。听说于法开很有名,就去请他来看病。于法开到来后,替他诊脉后说:"您所患的病只是由于修炼太过所致。"便配了一剂药给他。煎服后立即大泻,泻下几段拳头大小的纸团,剖开一看,原来都是郗愔早先吞服的符箓。

十一

殷中军妙解经脉[①],中年都废。有常所给使[②],忽叩头流血。浩问其故,云:“有死事,终不可说。”诘问良久,乃云:“小人母年垂百岁,抱疾来久,若蒙官一脉,便有活理,讫就屠戮[3]无恨。”浩感其至性,遂令舁(yú)[4]来,为诊脉处方。始服一剂汤便愈。于是悉焚经方。

【注释】

①经脉:中医指人体内气血运行的通路。此指医术。②给使:指供役使的仆人。③屠戮:杀戮,杀害。④舁:抬。

【译文】

殷中军(殷浩)精通医术,中年以后都废止了。有个经常供他役使的仆人,一天忽然向他磕头,磕得额上都出血了。殷浩问他什么缘故,他说:“有件要命的事,始终不便说出口。”殷浩追问了许久,他才说:“小人的母亲快满一百岁了,害病已久,如果能请长官替她把把脉,就有活下来的可能,之后你杀了我,我也没有遗憾了。”殷浩被他的至诚所感动,就让他把母亲抬来,给她诊了脉,开了处方。才煎服一剂,病就痊愈了。殷浩于是把所有经方都烧了。

巧艺第二十一

一

弹棋[①]始自魏，宫内用妆奁[②]戏。文帝于此戏特妙，用手巾角拂之，无不中。有客自云能，帝使为之。客著葛巾[③]角，低头拂棋，妙逾于帝。

【注释】

①弹棋：古代棋类游戏，据考证，起源于西汉。初用十二枚棋，每方六枚，两人对局时轮流以石箭弹对方棋子。魏时改用十六枚棋，唐代又增为二十四枚棋。宋代以后，因象棋盛行而渐趋衰落。②妆奁：梳妆用的镜匣。③葛巾：用葛布做的头巾。

【译文】

弹棋始于魏代的后宫内，宫女们用梳妆用的镜匣来游戏。魏文帝（曹丕）对这种游戏特别精通，能用手巾角去拂棋子，没有打不中的。有位客人自称擅长这种游戏，魏文帝让他玩一下。客人戴着葛巾角，低下头用它来拂棋子，比文帝做得更精妙。

二

陵云台楼观[①]精巧，先称平众木轻重，然后造构，乃无锱铢[②]相负揭[③]。台虽高峻,常随风摇动,而终无倾倒之理。魏明帝登台,惧其势危,别以大材扶持之,楼即颓坏。论者谓轻重力偏故也。

【注释】

①楼观:楼台。②锱铢:锱和铢,古代的重量单位。比喻微小的数量。③负揭:指秤杆的下垂与翘起。

【译文】

陵云台的楼台精致巧妙,在建造时先把所有的材料都称量平衡好,使它们轻重得当,然后才开始建造,因此四面重量不差分毫。陵云台虽然高峻,常常随风摇动,然而竟然没有倒塌的可能。魏明帝(曹叡)要登陵云台,却惧怕它出现危险的情况,就让人用大木材支撑住它,不料这时楼台却立刻倒塌毁坏了。当时的人评论这件事说:这是轻重力量失去平衡的缘故啊!

三

韦仲将[①]能书。魏明帝起殿,欲安榜,使仲将登梯题之。既下,头鬓皓然。因敕儿孙勿复学书。

【注释】

①韦仲将:韦诞,字仲将,魏京兆(今陕西西安)人。善书法。官至侍中。

【译文】

韦仲将擅长书法。魏明帝(曹叡)建造好宫殿后,想安置匾额,就派仲将登上梯子去题写匾额。写好下来后,他的鬓发全白了。因此他告诫子孙不要再学书法了。

四

钟会是荀济北[①]从舅，二人情好不协。荀有宝剑，可直百万，常在母钟夫人许。会善书，学荀手迹，作书与母取剑，仍窃去不还。荀勖知是钟而无由得也，思所以报之。后钟兄弟以千万起一宅，始成，甚精丽，未得移住。荀极善画，乃潜往画钟门堂，作太傅[②]形象，衣冠状貌如平生。二钟入门，便大感恸，宅遂空废。

【注释】

①荀济北：即荀勖。晋武帝即位，封济北郡侯。②太傅：指钟繇，钟会的父亲。

【译文】

钟会是荀济北的堂舅，两人感情不和。荀勖有一把宝剑，值一百万，平常将它放在母亲钟夫人那里。钟会擅长书法，就模仿荀勖的笔迹，写了一封信给荀济北的母亲钟夫人要取宝剑，于是骗走了不还。荀勖知道这是钟会干的却没有办法拿回宝剑，于是就想着如何报复他。后来钟氏兄弟用千万钱建造了一处宅邸，刚建好，非常精美华丽，还没有搬进去住。荀勖非常擅长绘画，就偷偷地到这处宅子中在门堂上画了太傅(钟繇)的形象，衣服、帽子、人物的样子就像他生前一样。钟氏两兄弟一进门，看到父亲的像，非常感伤哀痛，宅子最后就空置荒废了。

五

羊长和博学工书，能骑射，善围棋。诸羊后多知书，而射、弈[①]余艺[②]莫逮。

【注释】

①弈：下围棋。②艺：技艺。

【译文】

羊长和（羊忱）学识渊博，擅长书法，精于骑射，擅长下围棋。众位羊家后人大多懂得书法，可是射箭、下棋等其他技能没有谁能赶得上羊长和。

六

戴安道就范宣学，视范所为，范读书亦读书，范抄书亦抄书。唯独好画，范以为无用，不宜劳思于此。戴乃画《南都赋图》，范看毕咨嗟，甚以为有益，始重画。

【译文】

戴安道（戴逵）向范宣学习，效仿范宣的做法，范宣读书，他也读书，范宣抄书，他也抄书。戴安道唯独喜欢绘画，范宣却认为没有用处，不应该在这上面耗费心思。戴安道于是画了《南都赋图》，范宣看完后赞叹不已，认为很有好处，这才开始重视绘画。

七

谢太傅云："顾长康画，有苍生来所无。"

【译文】

谢太傅（谢安）说："顾长康（顾恺之）的画，是自有人类以来所没有的。"

八

戴安道中年画行像[①]甚精妙。庾道季看之，语戴云："神明[②]太俗，由卿世情未尽。"戴云:"唯务光[③]当免卿此语耳。"

【注释】

①行像:行乐图。②神明:指精神气韵。③务光:古代隐士。相传汤让位给他,他不肯接受,负石沉水而死。

【译文】

戴安道(戴逵)中年时画的行乐图非常精妙。庾道季(庾龢)看了他的画后,对他说:"你的画精神气韵太俗气,这是因为你的世俗之情还没去尽。"戴安道说:"只有务光才能避免受到你这样的评价啊。"

九

顾长康[①]画裴叔则,颊上益三毛。人问其故,顾曰:"裴楷俊朗有识具[②],正此是其识具。"看画者寻[③]之,定觉益三毛如有神明[④],殊胜未安时。

【注释】

①顾长康,顾恺之,字长康,晋陵无锡(今江苏省无锡市)人。擅诗赋、书法,尤擅绘画。②识具:见识。③寻:玩味,探求。④神明:精神气韵。

【译文】

顾长康画裴叔则(裴楷)像时,在他脸颊上多画了三根毛。有人问他这样画的原因,顾长康说:"裴楷俊逸爽朗,有见识,这正是他见识的体现。"看画的人寻味起画像来,确实觉得增加了三根毛好像有了精神气韵,远胜没有加上的时候。

十

王中郎以围棋是坐隐[1]，支公以围棋为手谈[2]。

【注释】

①坐隐：座上隐居。后用为下围棋的别称。②手谈：用手交谈。后指下围棋。

【译文】

王中郎（王坦之）认为下围棋就是在座上隐居，支公（支道林）认为下围棋就是用手交谈。

十一

顾长康好写[1]起人形，欲图殷荆州，殷曰："我形恶，不烦耳。"顾曰："明府正为眼尔。但明点童子[2]，飞白[3]拂其上，使如轻云之蔽日。"

【注释】

①写：摹画，绘画。②童子：瞳仁，眼珠。③飞白：中国画中一种枯笔露白的线条。

【译文】

顾长康（顾恺之）喜欢绘人物的肖像，想画殷荆州（殷仲堪），殷荆州说："我的形象不好，就不麻烦你了。"顾长康说："明府只是因为眼睛罢了。这只要清楚地点出眼珠，用飞白的画法从上面拂过，使它像一层薄云遮住太阳。"

十二

顾长康画谢幼舆在岩石里。人问其所以，顾曰："谢云：'一丘一壑,自谓过之。'此子宜置丘壑中。"

【译文】

顾长康(顾恺之)画的谢幼舆(谢鲲)身处岩石之中。有人问这样画的原因,顾长康说:"谢幼舆说:'说到丘壑的隐逸之情,我自认为超过庾亮。'所以这个人应该把他放在深山幽谷之中。"

十三

顾长康画人,或数年不点目精[①]。人问其故,顾曰:"四体[②]妍蚩,本无关于妙处;传神[③]写照[④],正在阿堵中。"

【注释】

①目精:眼珠。②四体:四肢,指整个身体。③传神:指生动地表现出人物的神情意态。④写照:画像。

【译文】

顾长康(顾恺之)画人物,有的几年都不点上眼珠。有人问他其中的缘故,顾长康说:"身体的美丽和丑恶,本来与画像的精妙之处没多大关系,要想让画像将人物逼真地表现出来,全在这个眼睛上边。"

十四

顾长康道:"画'手挥五弦'易,'目送归鸿'难。"

【译文】

顾长康(顾恺之)说:"画'手挥五弦的动作'容易,画'目送归鸿的神态'很难。"

宠礼第二十二

一

元帝正会，引王丞相登御床，王公固辞，中宗[①]引之弥苦。王公曰："使太阳与万物同辉，臣下何以瞻仰？"

【注释】

①中宗：晋元帝死后的庙号。

【译文】

晋元帝（司马睿）在元旦朝会时，拉着王丞相（王导）要登上御座，王公坚决推辞，晋元帝仍是苦苦地拉他。王公说："如果太阳和万物同辉，那臣子们瞻仰什么呢？"

二

桓宣武尝请参佐入宿[①]，袁宏、伏滔相次[②]而至。莅名，[③]府中复有袁参军。彦伯疑焉，令传教[④]更质[⑤]。传教曰："参军是袁、伏之袁，复何所疑？"

【注释】

①入宿：入府值宿。②相次：相继。③莅名：点名，签到。④传教：传达教令的小吏。⑤更质：再次询问。

【译文】

桓宣武（桓温）曾经请他的属官入宫值宿，袁宏和伏滔相继来到。府中点名签到时，又有一个袁参军，袁彦伯（袁宏）对此表示怀疑，就命令传教小吏重新查问一下。传教小吏说："参军就是袁、伏之袁，又有什么可怀疑的？"

三

王珣、郗超并有奇才，为大司马所眷拔[①]。珣为主簿，超为记室参军。超为人多髯，珣形状短小，于时荆州为之语曰："髯参军，短主簿，能令公喜，能令公怒。"

【注释】

①眷拔：器重提拔。

【译文】

王珣和郗超都有异常的才能，被大司马（桓温）所器重提拔。王珣担任主簿，郗超担任记室参军。郗超胡子多，王珣身材矮小，当时荆州人给他们编了顺口溜说："大胡子参军，矮个子主簿，能让桓公（桓温）欢喜，也能叫桓公动怒。"

四

许玄度停都一月，刘尹无日不往，乃叹曰："卿复少时不去，我成轻薄京尹！"

【译文】

许玄度(许询)在京都停留一个月,刘尹(刘惔)没有一天不去他那里,于是刘尹感叹说:"你短时间内还不走,我就成了不负责任的京兆尹了!"

五

孝武在西堂会,伏滔预坐。还下车呼其儿,语之曰:"百人高会,临坐未得他语,先问:'伏滔何在?在此不?'此故未易得。为人作父如此,何如?"

【译文】

晋孝武帝(司马曜)在西堂会见群臣,伏滔也在座。他回到家,一下车就叫他儿子来,告诉儿子说:"举行上百人的盛会,皇上一落座,还没有说其他的话,就先问:'伏滔在哪里?在这里吗?'这种荣誉本来是不容易得到的。为人在世,做父亲的能达到这样,你看怎么样?"

六

卞范之[①]为丹阳尹,羊孚南州暂还,往卞许,云:"下官疾动[②],不堪坐。"卞便开帐拂褥,羊径上大床,入被须[③]枕。卞回坐倾睐[④],移晨达莫。羊去,卞语曰:"我以第一理[⑤]期卿,卿莫负我!"

【注释】

①卞范之:即卞鞠。②动:发作。这里指服五石散后药性发作。③须:依靠。④倾睐:侧目。⑤第一理:最高的情理。

【译文】

卞范之担任丹阳尹时，羊孚从南州暂时回来，到卞范之的住处去，说：“我的药性发作，不能坐着。”卞范之就拉开帐子，把褥子掸干净，羊孚直接上了大床，盖上被子，靠着枕头。卞范之返回座位坐着，从旁边注视着他，从早晨一直到黄昏。羊孚要离开了，卞范之对他说：“我期望你能坚持最高的情理，你不要辜负了我！”

任诞第二十三

一

陈留阮籍、谯国嵇康、河内山涛，三人年皆相比[①]，康年少亚之。预此契[②]者，沛国刘伶、陈留阮咸、河内向秀、琅邪王戎。七人常集于竹林之下，肆意酣畅，故世谓竹林七贤。

【注释】

①相比：相近，差不多。②契：盟约，集会。

【译文】

陈留郡的阮籍、谯国的嵇康、河内郡的山涛三个人年纪都相近，嵇康的年纪比另两位稍微小一点。参与他们集会的还有沛国的刘伶、陈留郡的阮咸、河内郡的向秀、琅邪郡的王戎。七个人经常在竹林中集会，毫无顾忌地开怀畅饮，所以世人称他们为“竹林七贤”。

二

阮籍遭母丧，在晋文王坐，进酒肉。司隶何曾[①]亦在坐，曰：“明公方以孝治天下，而阮籍以重丧[②]，显于公坐饮酒食肉，宜流之海外，以正风教。”文王曰：“嗣宗毁顿[③]如此，君不能共忧之，何谓？且有疾而饮酒食肉，固丧礼也[④]。”籍饮啖不辍，神色自若。

【注释】

①何曾：字颖考，陈郡阳夏(今河南太康)人。魏末，积极参与司马氏代魏的活动。晋武帝代魏，授予太尉之职，进封公。性奢豪，日食万钱，还说无下箸处。②重丧：指父亲或母亲过世，重大的丧事。③毁顿：因居丧过哀而致精神委顿。④固丧礼也：《礼记·曲礼上》曰："居丧之礼……有疾则饮酒食肉，疾止复初。"据此可知饮酒吃肉不违反丧礼。

【译文】

阮籍遭逢母亲去世，服丧期间，在晋文王(司马昭)的宴席上饮酒吃肉。司隶校尉何曾也在座，便对晋文王说："您正在用孝道治理天下，可是阮籍在重丧期间公然在您的宴席上喝酒吃肉，应该把他流放到荒蛮之地，来端正风俗教化。"晋文王说："嗣宗(阮籍)因居丧精神困顿成这个样子，你不能和他一起分担忧虑，为什么呢？况且有病而饮酒吃肉，这本来就是丧礼的规定！"阮籍吃喝不停，神色自若。

三

刘伶病酒[①]，渴甚，从妇求酒。妇捐[②]酒毁器，涕泣谏曰："君饮太过，非摄生[③]之道，必宜断之！"伶曰："甚善。我不能自禁，唯当祝[④]鬼神，自誓断之耳。便可具酒肉。"妇曰："敬闻命。"供酒肉于神前，请伶祝誓。伶跪而祝曰："天生刘伶，以酒为名[⑤]，一饮一斛，五斗解酲(chéng)[⑥]。妇人之言，慎不可听！"便引酒进肉，隗[⑦]然已醉矣。

【注释】

①病酒：饮酒沉醉。②捐：倒掉。③摄生：养生。④祝：祷告。⑤名：通"命"。⑥酲：因饮酒过量而神志不清。⑦隗：通"颓"，醉倒的样子。

【译文】

刘伶嗜酒，非常想喝酒，向妻子要酒。妻子把酒倒掉，摔碎了装酒的瓶子，哭着规劝说："您喝酒过度，不是养生的方法，一定要戒掉啊！"刘伶说道："那好吧，我自己戒不了，只有在神面前祷告发誓才可以把酒戒掉，请你准备酒肉吧！"妻子说："就遵从你的意思办。"她把酒肉放在神案上，请刘伶来祷告。刘伶跪在神案前，祷告道："老天生了我刘伶，酒是我的命根子，一次要喝一斛，喝完五斗才能解除酒醒后神志不清犹如患病的感觉。妇人的话，可千万不能听！"说罢，拿起酒肉，大吃大喝起来，不一会儿便醉醺醺的了。

四

刘公荣[①]与人饮酒，杂秽[②]非类[③]。人或讥之，答曰："胜公荣者，不可不与饮；不如公荣者，亦不可不与饮；是公荣辈者，又不可不与饮。故终日共饮而醉。"

【注释】

①刘公荣：刘昶，字公荣，三国魏沛国（今属安徽）人。名士。曾任兖州刺史。②杂秽：杂乱不纯。③非类：这里指身份、门第不同类的人。

【译文】

刘公荣和人喝酒，其中夹杂着身份、地位不相同的人。有人讥讽他，刘公荣答道："能超过公荣的，不能不与他饮酒；不如公荣的，也不可不与他饮酒；是公荣这一类人的，又不能不与他饮酒。所以我整天与人一起喝酒直到喝醉。"

五

步兵校尉[1]缺,厨中有贮酒数百斛,阮籍乃求为步兵校尉。

【注释】

①步兵校尉:西汉设置的官职,掌上林苑屯兵。东汉时掌宿卫兵。魏晋沿置。

【译文】

步兵校尉一职空缺,听说步兵厨房中存储着几百斛酒,阮籍就请求去做步兵校尉。

六

刘伶恒纵酒放达,或脱衣裸形在屋中。人见讥之,伶曰:“我以天地为栋宇,屋室为裈(kūn)[1]衣,诸君何为入我裈中?”

【注释】

①裈:裤子

【译文】

刘伶常常开怀畅饮,而不拘世俗礼法,有时在屋里脱了衣服裸露着身体。有人看见了就责备他,刘伶说:“我把天地当作我的房子,把屋子当作我的衣裤,诸位为什么要跑进我裤子里来?”

七

阮籍嫂尝还家,籍见与别。或讥之[1],籍曰:“礼岂为我辈设也?”

【注释】

①或讥之：按照当时的礼制，叔嫂之间是不能通问的，否则，就不合礼制。

【译文】

阮籍的嫂子有一次回娘家，阮籍和她告别。有人以此嘲笑阮籍，阮籍说："礼教难道是为我们这些人设的吗？"

八

阮公邻家妇有美色，当垆酤酒。阮与王安丰常从妇饮酒，阮醉，便眠其妇侧。夫始殊疑之，伺察，终无他意。

【译文】

阮公（阮籍）邻家的妇人，有美丽的姿容，在酒垆旁卖酒。阮籍与王安丰（王戎）经常去妇人那里饮酒，阮籍喝醉了，就睡在妇人的旁边。妇人的丈夫刚开始对此很怀疑，偷偷地观察，发现阮籍并没有其他想法。

九

阮籍当葬母，蒸一肥豚[①]，饮酒二斗，然后临诀，直言："穷[②]矣！"都[③]得一号，因吐血，废顿[④]良久。

【注释】

①豚：小猪。也泛指猪。②穷：完了。这是当时的一种丧葬习俗。③都：总共。④废顿：指僵卧不起，也指精神不振。

【译文】

阮籍在安葬母亲的时候，蒸了一只小肥猪，喝了两斗酒，然后去跟母亲的遗体告别，只叫了一声："完了！"总共号哭了一声，接着就吐血，废顿了很久。

十

阮仲容[①]、步兵居道南，诸阮居道北；北阮皆富，南阮贫。七月七日[②]，北阮盛晒衣，皆纱罗锦绮。仲容家以竿挂大布犊鼻裈[③]于中庭，人或怪之，答曰："未能免俗，聊复尔耳！"

【注释】

①阮仲容：即阮咸。②七月七日：旧俗，这天要晒衣裳、书籍。③犊鼻裈：短裤，一说围裙。

【译文】

阮仲容、阮步兵（阮籍）住在道南，其他阮姓住在道北。道北的阮家富裕，道南的阮家贫穷。七月七日那天，道北阮家大晒衣服，都是绫罗绸缎。仲容却在院子里用竹竿挂起一条粗布短裤。有人对他的做法感到奇怪，他回答说："我不能免除社会习俗，姑且学大家这样罢了！"

十一

阮步兵丧母，裴令公往吊之。阮方醉，散发坐床，箕踞不哭。裴至，下席于地，哭吊唁毕，便去。或问裴："凡吊，主人哭，客乃为礼。阮既不哭，君何为哭？"裴曰："阮方外[①]之人，故不崇礼制。我辈俗中人，故以仪轨自居。"时人叹为两得其中[②]。

【注释】

①方外：尘世之外。②两得其中：按不同的要求认为两种相反的表现都各有道理，也都是合适的。中：适中。

【译文】

阮步兵(阮籍)母亲去世时,裴令公(裴楷)前去吊唁。阮步兵正好喝醉了,披头散发、伸开两腿坐在坐榻上,也没有哭。裴令公来了,他从坐榻上下到地上,裴令公哭吊完就走了。有人问裴令公:“但凡吊唁,主人哭,客人才行礼。阮籍既然不哭,您为什么哭呢?”裴令公说:“阮籍是超脱世俗的人,所以不尊崇礼制。我们这种人是世俗中人,所以要遵守礼制。”当时的人很赞赏这句话,认为双方都做得合适。

十二

诸阮皆能饮酒,仲容至宗人[1]间共集,不复用常杯斟酌,以大瓮盛酒,围坐,相向大酌。时有群猪来饮,直接去上,便共饮之。

【注释】

①宗人:同一家族的人。

【译文】

阮家的人都能喝酒,阮仲容(阮咸)参加同族人的聚会,不再用平常的杯子来斟酒,而是用大瓮来盛酒,众人围坐一起,面对面地大喝。当时有一群猪也来喝酒,猪喝过后,他们就直接去掉上面的一层,又一道喝起来。

十三

阮浑[1]长成,风气韵度似父,亦欲作达。步兵曰:“仲容已预之,卿不得复尔。”

【注释】

①阮浑:字长成,阮籍的儿子。晋武帝太康中,任太子庶子。少慕

通达，不饰小节，有父亲的风范。

【译文】

阮浑长大成人，风采、气度像他的父亲，也想学做放达的人。阮步兵（阮籍）说："仲容（阮咸）已经参与进来了，你就不要再这样了。"

十四

裴成公妇，王戎女。王戎晨往裴许，不通径前。裴从床南下，女从北下，相对作宾主，了无异色。

【译文】

裴成公（裴頠）的妻子，是王戎的女儿。王戎清早去裴成公家，不经通报就直接走进去了。裴成公从床的南边下来，他的妻子从床的北边下来，宾主双方相对，一点也没有不自在的样子。

十五

阮仲容先幸姑家鲜卑①婢，及居母丧，姑当远移，初云当留婢，既发，定将去。仲容借客驴，著重服②，自追之。累骑③而返，曰："人种④不可失！"即遥集之母也。

【注释】

①鲜卑：古代少数民族。②重服：重孝服，即为父母丧而穿的孝服。③累骑：两人共乘一骑。④人种：传宗接代的人，指鲜卑婢已怀孕。

【译文】

阮仲容（阮咸）起先宠幸姑姑家的鲜卑族奴婢，在为母亲服丧期间，姑姑要远迁到别的地方，开始的时候说要把奴婢留下来，待出发的时候，却一定要将她带走。仲容借来客人的驴子，穿着重孝服亲自去追她，然后两个人一起骑着驴子返回来，他说："传宗接代的人不可失去！"这个鲜卑奴婢就是遥集（阮孚）的母亲。

十六

任恺[①]既失权势，不复自检括[②]。或谓和峤曰："卿何以坐视元裒败而不救？"和曰："元裒如北夏门[③]，拉㩧[④]自欲坏，非一木所能支。"

【注释】

①任恺：字元裒（póu），乐安博昌（今属山东）人。为晋武帝所信任，政事多请教。遭贾充及其朋党妒忌，数被免官。曾任侍中、太常。②检括：检点约束。③北夏门：洛阳城北的一座门楼，高大雄伟。这里用作比喻。④拉㩧：崩塌。

【译文】

任恺失去权势后，不再自我检点约束。有人对和峤说："你为什么坐看着元裒败落下去而不施加援手呢？"和峤说："元裒就像北夏门，崩裂了自然要坏掉，不是一根木头所能支撑住的。"

十七

刘道真少时，常渔草泽，善歌啸，闻者莫不留连。有一老妪，识其非常人，甚乐其歌啸，乃杀豚进之。道真食豚尽，了不谢。妪见不饱，又进一豚。食半余半，乃还之。后为吏部郎，妪儿为小令史，道真超用之。不知所由，问母，母告之。于是赍（jī）[①]牛酒诣道真，道真曰："去，去！无可复用相报。"

【注释】

①赍：带着。

【译文】

刘道真(刘宝)年轻时,常常到草野山泽中去打鱼,他擅长歌吟长啸,听到的人都流连忘返。有一个老妇人,知道他不是一个普通的人,很喜欢他歌吟长啸,就杀了只小猪送他吃。刘道真(刘宝)吃完了猪肉,一点儿也没有表示感谢。老妇人见他还没吃饱,又送上只小猪。刘道真吃了一半,剩下一半,就退回给老妇人。后来刘道真担任吏部郎,老妇人的儿子是个职位低下的令史,道真就越级任用他。令史不知道是什么原因,去问母亲,母亲告诉了他经过。于是他带上牛肉酒食去拜见道真,道真说:"走吧,走吧!不用再来答谢我了。"

十八

阮宣子常步行,以百钱挂杖头,至酒店,便独酣畅,虽当世贵盛,不肯诣也。

【译文】

阮宣子(阮脩)常常步行,拿一百钱挂在手杖上,到了卖酒的店里,就独自开怀畅饮,即使是当时高贵显赫的人物,他也不肯去拜访。

十九

山季伦[①]为荆州,时出酣畅,人为之歌曰:"山公时一醉,径造高阳池,日莫倒载[②]归,茗艼无所知。复能乘骏马,倒著白接篱[③],举手问葛彊,何如并(bīng)州[④]儿?"高阳池在襄阳。彊是其爱将,并州人也。

【注释】

①山季伦:即山简。②倒载:倒卧车中。③白接篱:一作"白接篱"。以白鹭羽为饰的帽子。④并州:汉武帝时为"十三刺史部"之一。辖境包括今山西大部分及内蒙古、河北的一部分。东汉治所在太

原郡(今山西太原市西南晋源),辖境扩大,包括今陕西北部及河套地区。三国后渐小。

【译文】

山季伦任荆州刺史时,时常出去开怀畅饮。人们为此编了一首歌,说:“山公偶尔喝一次,直接来到高阳池。日暮的时候躺在车上回去,酩酊大醉一无所知。酒醒了又能骑马,只是醉态朦胧,连头巾都戴歪了。他举起手问葛彊,我和你这个并州儿相比怎么样?”高阳池在襄阳。葛彊是他的爱将,并州人。

二十

张季鹰纵任不拘,时人号为“江东步兵”。或谓之曰:“卿乃可纵适一时,独不为身后名邪?”答曰:“使我有身后名,不如即时一杯酒!”

【译文】

张季鹰(张翰)任情适性,放荡不羁,当时的人称他为“江东步兵”。有人对他说:“你可以放纵、安逸一时,难道不考虑身后的名声吗?”季鹰回答说:“与其让我身后有名,还不如现在让我喝一杯酒!”

二十一

毕茂世①云:“一手持蟹螯(áo)②,一手持酒杯,拍浮③酒池中,便足了一生。”

【注释】

①毕茂世:毕卓,字茂世,东晋新蔡鲖阳(今属安徽)人。曾任吏部郎,避乱过江,为平南长史。嗜酒成性,沉醉终日。死于任上。②蟹螯:螃蟹变形的第一对脚。状似钳,用以取食或自卫。③拍浮:浮游,游泳。

【译文】

毕茂世说："一只手拿着蟹螯，一只手拿着酒杯，在酒池里浮游，这就足以了此一生了。"

二十二

贺司空[1]入洛赴命，为太孙舍人[2]，经吴阊门，在船中弹琴。张季鹰本不相识，先在金阊亭，闻弦甚清，下船就贺，因共语，便大相知说。问贺："卿欲何之？"贺曰："入洛赴命，正尔进路。"张曰："吾亦有事北京[3]，因路寄载。"便与贺同发。初不告家，家追问乃知。

【注释】

①贺司空：贺循，字彦先，西晋会稽山阴人。曾任太常卿，死后赠司空。②太孙舍人：应为"太子舍人"，是太子的属官。③北京：指洛阳。洛阳在当时疆土之北，因谓北京。

【译文】

贺司空到洛阳去接受诏命，出任太孙舍人，经过吴地的阊门时，在船上弹琴。张季鹰（张翰）原本不认识他，他先一步来到金阊亭，听见琴声非常清越，便下船去找贺循，于是两人交谈起来，彼此十分赏识，很高兴认识。张翰问贺循："你要到哪里去？"贺循说："到洛阳去就职，正在赶路。"张翰说："我也有事要到洛阳，正好顺路搭船。"于是就和贺循一同上路。他最初并没有告诉家里，家里追问起来，才知道这回事。

二十三

祖车骑过江时，公私俭薄[1]，无好服玩。王、庾诸公共就祖，忽见裘袍重叠，珍饰盈列。诸公怪问之，祖曰："昨夜复南塘一出。"祖于时恒自使健儿鼓行劫钞,在事之人亦容而不问。

【注释】

①俭薄:简朴。

【译文】

祖车骑(祖逖)刚过江时,公府、私府都不宽裕,没有什么高级的服饰玩物。王导、庾亮这些名流一同去看望祖逖,忽然发现他皮衣一件又一件,珍贵的饰物到处都是。大家感到很奇怪,就问他,祖逖说:“昨天夜里又到淮河南岸去了一趟。”祖逖当时常常派一些部下公开抢劫,当权者也容忍他,从不追究。

二十四

鸿胪卿孔群好饮酒,王丞相语云:“卿何为恒饮酒?不见酒家覆瓿(bù)①布,日月糜烂?”群曰:“不尔。不见糟肉②乃更堪久?”群尝书与亲旧:“今年田得七百斛秫米③,不了麴(qū)糵(niè)④事。”

【注释】

①瓿:古代的一种小瓮,青铜或陶制,用以盛酒或水。②糟肉:用酒或酒糟腌制的肉。③秫米:糯米。④麴糵:酒曲。这里指酿酒。

【译文】

鸿胪卿孔群喜欢喝酒,王丞相(王导)对他说:“你为什么总是饮酒?你难道没看见酒家遮盖酒瓮的布,久经岁月都烂掉了吗?”孔群说:“不是这样。您难道没看见酒糟腌制的肉,反而更耐久吗?”孔群曾经给亲朋故旧写信说:“今年田地里只收到七百斛糯米,不够酿酒用的。”

二十五

有人讥周仆射与亲友言戏秽杂无检节。周曰："吾若万里长江，何能不千里一曲。"

【译文】

有人指责周仆射（周颢）和亲朋好友说话戏谑污秽，毫不检点。周仆射说："我就像万里长江，怎么能在一千里的路途中没有个弯曲的地方呢。"

二十六

温太真位未高时，屡与扬州、淮中估客樗（chū）蒲[①]，与辄不竞。尝一过大输物，戏屈[②]，无因得反。与庾亮善，于舫中大唤亮曰："卿可赎我！"庾即送直，然后得还。经此数四。

【注释】

①樗蒱：即"樗蒲"，一种赌博游戏。②戏屈：输完。

【译文】

温太真（温峤）职位不高的时候，多次与扬州、淮中的行商赌博，与人家玩又玩不过。他曾有一次输了很多钱，输完了，没办法回去。他和庾亮交好，就在船舫中大声叫庾亮，说："你可以赎我吗？"庾亮立即送钱过去，温峤才得以回去。这样的经历有好多次。

二十七

温公[①]喜慢语，卞令礼法自居。至庾公许，大相剖击[②]，温发口鄙秽[③]，庾公徐曰："太真终日无鄙言。"

【注释】

①温公:即温峤。②剖击:揭发辩论批评。③鄙秽:鄙陋浊秽。

【译文】

温公喜欢说傲慢不庄重的话,卞令(卞壸)以谨守礼法自居。两人到庾公(庾亮)那里去,互相大肆辩驳,温峤出口鄙陋浊秽,庾亮徐徐地说:"太真(温峤)整天没有一句鄙陋的话。"

二十八

周伯仁风德[①]雅重[②],深达危乱。过江积年,恒大饮酒,尝经三日不醒。时人谓之"三日仆射"。

【注释】

①风德:风范德行。②雅重:雅正持重。

【译文】

周伯仁(周顗)风范德行雅正持重,深知国家当时危急动乱的形势。过江以后,他常常大量饮酒,曾经喝多了,三天没有醒过来。当时的人叫他"三日仆射"。

二十九

卫君长[①]为温公长史,温公甚善之,每率尔提酒脯[②]就卫,箕踞相对弥日。卫往温许亦尔。

【注释】

①卫君长:卫永,字君长。曾任左军长史。②脯:干肉。

【译文】

卫君长任温公(温峤)的长史时,温公对他很好,温公经常率性地提着酒和干肉到卫君长那里去,两人面对面随意坐着一整天喝酒吃肉。卫君长到温公那里去时也是这样。

三十

苏峻乱,诸庾逃散。庾冰时为吴郡,单身奔亡。民吏皆去,唯郡卒独以小船载冰出钱塘口,籧(qú)篨(chú)[①]覆之。时峻赏募觅冰,属所在搜检甚急。卒舍船市渚[②],因饮酒醉,还,舞棹向船曰:“何处觅庾吴郡,此中便是!”冰大惶怖,然不敢动。监司见船小装狭,谓卒狂醉,都不复疑。自送过淛(zhè)江[③],寄山阴魏家,得免。后事平,冰欲报卒,适其所愿。卒曰:“出自厮下,不愿名器[④]。少苦执鞭[⑤],恒患不得快饮酒。使其酒足余年,毕矣。无所复须。”冰为起大舍,市奴婢,使门内有百斛酒,终其身。时谓此卒非唯有智,且亦达生[⑥]。

【注释】

①籧篨:粗竹席。②市渚:市镇岸边,埠头。③淛江:浙江。淛,同“浙”。④名器:官爵和车服等标志名位、等级的器物。⑤执鞭:手拿马鞭。指为人驾驭车马,亦指侍奉或追随别人。⑥达生:指参透人生、不受世事牵累的处世态度。

【译文】

苏峻谋反作乱,庾姓众人逃散了。庾冰当时任吴兴郡内史,一个人奔逃,郡里管事的官吏和百姓们都逃走了,只有一个小卒用小船载庾冰出了钱塘江口,用粗布席遮盖着他。当时苏峻悬赏捉拿庾冰,要求各处搜查,形势非常紧急。小卒把船停靠在市镇岸边,上岸喝醉酒后回来,舞着桨对着船说:“去什么地方找庾吴郡,这船中便是!”庾冰十分害怕,却不敢动。监司看到船小,装东西的地方狭窄,就说小卒酒醉发疯，搜捕的人都没有再起疑心。小卒把庾冰送过浙江，寄住在绍兴魏家，庾冰才得以脱险。后来，事态平息，庾冰想要报答那个小卒，满足他的愿望。小卒说："我出身低微，不想要地位和贵重器物。我从小苦于服侍别人，常常苦恼不能痛快地饮酒。如果能让我在余生饮酒管饱，我就没有什么别的要求了。"庾冰就给他造了大房子，买了奴婢，给他家里常放着百斛酒，供养了他一生。当时的人称这小卒不仅有智谋，而且对人生观很豁达。

三十一

殷洪乔[①]作豫章郡，临去，都下人因附百许函书。既至石头，悉掷水中，因祝曰："沉者自沉，浮者自浮，殷洪乔不能作致书邮[②]！"

【注释】

①殷洪乔：殷羡，字洪乔。殷浩的父亲。任长沙太守时，非常贪残，后迁任豫章太守。②致书邮：送信人。

【译文】

殷洪乔做豫章郡太守，临走时，京都的人趁机托他带去一百多封书信。他走到石头城，把书信都扔到水中，接着祷告说："要沉的自己沉下去，要浮的自己浮起来，殷洪乔不能做送信人！"

三十二

王长史、谢仁祖同为王公掾，长史云："谢掾能作异舞。"谢便起舞，神意甚暇。王公熟视，谓客曰："使人思安丰。"

【译文】

王长史（王濛）和谢仁祖（谢尚）是王公（王导）的属官，王长史说："谢掾会跳一种奇特的舞。"谢仁祖就跳起舞来，神情意态很悠闲。王公仔细地看着，对客人说："让人想起了安丰（王戎）。"

三十三

王、刘共在杭南[1]，酣宴于桓子野家。谢镇西往尚书墓还，葬后三日反哭[2]。诸人欲要之，初遣一信，犹未许，然已停车；重要，便回驾。诸人门外迎之，把臂便下。裁得脱帻，著帽酣宴。半坐，乃觉未脱衰。

【注释】

①杭南：即航南，朱雀桥南，指乌衣巷。②反哭：古代丧葬仪式之一。安葬后，丧主捧神主归而哭。

【译文】

王濛和刘惔都住在乌衣巷，一起到桓子野（桓伊）家畅饮。谢镇西（谢尚）从尚书（谢裒）的陵墓回来，这是谢裒安葬三日后的反哭。众人想邀请他来聚会，刚开始给他送了一封信，谢镇西还没有答应，然而车已停下；再次相邀，他就掉转车头来了。众人在门外迎接他，他就拉着别人的手下了车。匆忙脱下头巾、戴上便帽，就入座饮酒。喝到中途，他才发觉没有脱掉丧服。

三十四

桓宣武少家贫，戏大输，债主敦求[1]甚切。思自振之方，莫知所出。陈郡袁耽[2]俊迈[3]多能，宣武欲求救于耽。耽时居艰[4]，恐致疑，试以告焉，应声便许，略无嫌吝。遂变服，怀布帽，随温去与债主戏。耽素有蓺（yì）[4]名，债主就局，曰："汝故当不办作袁彦道邪？"遂共戏。十万一掷，直上百万数，投马[5]绝叫，傍若无人，探布帽掷对人曰："汝竟识袁彦道不？"

【注释】

①敦求:督促。②袁耽:字彦道,陈郡阳夏(今河南太康)人。少有才气,倜傥不羁,为士人所称。随王导平讨苏峻有功,封爵,授建威将军、历阳太守。③俊迈:优异卓越,雄健豪迈。④居艰:居丧。④蓺:同“艺”,技能,这里指赌博的技巧。⑤马:马子,筹码,计数的用具。

【译文】

桓宣武(桓温)年轻时家里很穷,赌博大输,债主催促得很紧。桓温思量着自救的办法,最终也想不出来。陈郡的袁耽优异卓越,有多项才能,桓温想向袁耽求助。袁耽当时正在服丧期间,桓温怕他不答应,试着和他说了此事,袁耽听了马上就答应了,没有丝毫的犹疑。他换下丧服,怀揣布帽,和桓温一起去找债主赌博。袁耽一向赌技很高,债主到了赌局前,说:“你不会是袁彦道吧?”说罢就开始赌。十万钱一注,最后加到百万一注,袁耽高声喊着,不断下注,旁若无人,他掏出布帽投向债主说:“你究竟认识袁彦道不?”

三十五

王光禄[①]云:“酒正使人人自远。”

【注释】

①王光禄:即王蕴。曾任光禄大夫。

【译文】

王光禄说:“酒确实能让每个人忘记自己。”

三十六

刘尹云:“孙承公狂士[①],每至一处,赏玩累日,或回至半路却返[②]。”

【注释】

①狂士:狂放之士。②却返:返回。

【译文】

刘尹(刘惔)说:“孙承公(孙统)是个狂放之士,每到一个地方,就赏玩好几天,有时已经返回到半路了又返回那个地方去。”

三十七

袁彦道有二妹:一适殷渊源,一适谢仁祖。语桓宣武云:“恨不更有一人配卿!”

【译文】

袁彦道(袁耽)有两个妹妹:一个嫁给了殷渊源(殷浩),一个嫁给了谢仁祖(谢尚)。他对桓宣武(桓温)说:“遗憾的是再没有一个妹妹嫁给你!”

三十八

桓车骑在荆州,张玄为侍中,使至江陵,路经阳岐村。俄见一人持半小笼生鱼,径来造船,云:“有鱼欲寄作脍。”张乃维舟而纳之,问其姓字,称是刘遗民[①]。张素闻其名,大相忻(xīn)待[②]。刘既知张衔命[③],问:“谢安、王文度并佳不?”张甚欲话言,刘了无停意。既进脍,便去,云:“向得此鱼,观君船上当有脍具,是故来耳。”于是便去。张乃追至刘家。为设酒,殊不清旨[④],张高其人,不得已而饮之。方共对饮,刘便先起,云:“今正伐荻(dí)[⑤],不宜久废。”张亦无以留之。

【注释】

①刘遗民:刘驎之,字子骥,东晋南阳(今河南)人。当时著名的隐

士。②忻待：高兴地款待。忻，同"欣"。③衔命：遵奉命令。④清旨：清雅美好。⑤荻：多年生草本植物，生在水边，叶子长形，似芦苇，秋天开紫花，茎可以编席箔。

【译文】

桓车骑（恒冲）担任荆州刺史时，张玄任侍中，桓车骑让他出使江陵，途中经过阳岐村。一会儿他见一个人拿着小半篓活鱼，径直来到船上，说道："我这儿有活鱼，想在你这里做成鱼块。"张玄就拴上船让他上来了，问他的姓名，自称叫刘遗民。张玄曾听说过这个名字，非常高兴，对他热情款待。刘遗民得知张玄奉命出使，就问道："谢安、王文度（王坦之）都好吗？"张玄很想和他交谈，可刘遗民完全没有停留的意思。鱼块切好送进来后，刘遗民就要走，走时说："刚才打了这点鱼，看到你的船上有做鱼块的工具，所以就来了。"说罢就走了。张玄跟着他到了刘家，刘遗民给他拿出酒来，酒的味道很不好，张玄因为看重他的为人，就勉强喝了。两人正一起对饮时，刘遗民先站了起来，说："现在正是收获的季节，我不能耽搁得太久。"张玄也就无法再留住他了。

三十九

王子猷诣郗雍州[①]，雍州在内。见有毾（tà）㲪（dēng）[②]，云："阿乞那得此物？"令左右送还家。郗出觅之，王曰："向有大力者负之而趋。"郗无忤色[③]。

【注释】

①郗雍州：郗恢，小字阿乞。曾任雍州刺史。②毾㲪：毛毯。③忤色：怨怒之色。

【译文】

王子猷（王徽之）去拜访郗雍州，雍州在内屋，王子猷看到有块羊毛毯，说："阿乞怎么得到这样的东西？"就叫随从送回自己家里。郗恢出来寻找羊毛毯，王子猷说："刚才有个大力士背着它跑了。"郗恢没有怨怒之色。

四十

谢安始出西，戏，失车牛，便杖策步归。道逢刘尹，语曰："安石将无伤？"谢乃同载而归。

【译文】

谢安刚到建康，出去赌博，输掉了车子和驾车的牛，就拄着拐杖走路回家。路上他碰到了刘尹（刘惔），刘尹说："安石（谢安）莫非受伤了？"谢安就与刘尹一同乘车回去。

四十一

襄阳罗友[①]有大韵，少时多谓之痴。尝伺人祠，欲乞食，往太蚤，门未开。主人迎神出见，问以非时何得在此，答曰："闻卿祠，欲乞一顿食耳。"遂隐门侧，至晓得食便退，了无怍（zuò）容[②]。为人有记功[③]，从桓宣武平蜀，按行蜀城阙观宇，内外道陌广狭，植种果竹多少，皆默记之。后宣武溧洲与简文集，友亦预焉。共道蜀中事，亦有所遗忘，友皆名列，曾无错漏。宣武验以蜀城阙簿，皆如其言，坐者叹服。谢公云："罗友讵减魏阳元[④]。"后为广州刺史，当之镇，刺史桓豁语令莫来宿，答曰："民已有前期，主人贫，或有酒馔之费，见与甚有旧。请别日奉命。"征西密遣人察之，至夕乃往荆州门下书佐家，处之怡然，不异胜达[⑤]。在益州，语儿云："我有五百人食器。"家中大惊，其由来清，而忽有此物，定是二百五十沓乌樏（lěi）[⑥]。

【注释】

①罗友：字宅仁，晋襄阳（今湖北襄樊）人。少好学，性嗜酒，不拘

小节。曾任襄阳太守、广州刺史和益州刺史。②怍容：羞愧的表情。③记功：强记的功夫。④魏阳元：魏舒，字阳元，任城樊县（今属山东）人。官至司徒。⑤胜达：名流和显贵。⑥乌樏：古代一种黑色的分格子的食盒。

【译文】

襄阳的罗友有大气度，年少时很多人说他傻。他曾察知一户人家要祭祀，想去要点吃的，可他去得太早，大门还没有开。主人出来迎神时看到他，就问他还不到祭祀的时候，为什么在这里。罗友答道："听说你这里祭祀，想要一顿饭吃。"于是他躲到门旁，到了天亮，得到食物就离开了，一点儿也没有羞愧的表情。罗友有强记的功夫，跟随桓宣武（桓温）平蜀时，沿途所见的蜀国城池庙宇、道路的宽窄、种植果树竹子的多少，他都暗暗地记了下来。后来桓宣武（桓温）和简文帝（司马昱）在溧洲相会，罗友也参加了。他们一起谈论蜀国的事情，有遗忘的地方，罗友都一一罗列出来，没有任何的错误遗漏。桓宣武拿蜀王官中的簿册来验证，结果和罗友说的一模一样，在座的人无不叹服。谢公（谢安）曾说："罗友绝不比魏阳元（魏舒）差。"后来他出任广州刺史，要去上任时，荆州刺史桓豁让他晚上过来住，罗友回答说："我已经有了约会，主人家比较穷，或许需要我出酒菜的费用，不过和我交情很深。改日我一定奉命。"桓豁暗地里派人跟踪他，到了晚上，罗友来到荆州刺史门下的属官书佐家，在那里与主人相处得很愉快，和对待名流显贵没什么两样。在益州时，他对儿子说："我有能供五百人就餐的餐具。"家里人非常惊讶，罗友历来清廉，现在突然有了这些东西，家人估计一定是那二百五十套黑色的食盒。

四十二

桓子野[①]每闻清歌[②]，辄唤"奈何[③]"。谢公闻之，曰："子野可谓一往有深情。"

【注释】

①桓子野:桓伊,字叔夏,小字于野。东晋时官至护军将军。②清歌:不用乐器伴奏的歌唱。③奈何:《古今乐录》载:“奈何,曲调之遗音也。”即一人唱,众人唤“奈何”相和。

【译文】

桓子野每当听到有人清唱,就叫道“奈何”。谢公(谢安)听说后,说:“子野可以说是一往情深。”

四十三

张湛[1]好于斋前种松柏[2]。时袁山松[3]出游,每好令左右作挽歌[4]。时人谓“张屋下陈尸,袁道上行殡”。

【注释】

①张湛:字处度,东晋高平(今属山西)人。玄学家。官至中书侍郎、光禄勋。②松柏:古时风俗,常在墓地种植松柏等树,因用以指代墓地,也借指坟墓。③袁山松:陈郡阳夏(今河南太康)人。曾任吴郡太守。④挽歌:送葬时唱的歌。

【译文】

张湛喜欢在斋前种松柏。当时袁山松外出游玩,常喜欢让身边的人唱挽歌。当时的人说:“张湛在屋下埋着尸体,袁山松在路上出殡”。

四十四

罗友作荆州从事,桓宣武为王车骑集别。友进,坐良久,辞出,宣武曰:“卿向欲咨事,何以便去?”答曰:“友闻白羊肉美,一生未曾得吃,故冒求前耳,无事可咨。今已饱,不复须驻。”了无惭色。

【译文】

罗友任荆州从事时，桓宣武（桓温）为王车骑（王洽）集会送别。罗友进来，坐了很久，准备告辞退出，桓宣武说："你刚才想咨询什么事，为什么这就走呢？"罗友回答说："我听说白羊肉味道很美，一辈子还没吃过，所以冒昧地请求前来罢了，并没有什么事要咨询的。现在已经吃饱了，没必要再留下了。"说完一点羞愧的神色都没有。

四十五

张驎[①]酒后，挽歌甚凄苦。桓车骑曰："卿非田横[②]门人，何乃顿尔[③]至致？"

【注释】

①张驎：张湛，小字驎。②田横：战国末年齐国贵族。秦末农民起义时，与兄田儋、田荣也反秦自立，兄弟三人先后占据齐地为王。汉朝建立，率其部众五百余人逃亡海岛，因不愿向汉称臣而自杀。海岛的部众闻讯，也全部自杀。③顿尔：突然。

【译文】

张驎喝酒后，唱起了挽歌，唱得很凄苦。桓车骑（桓冲）说："你不是田横的门人，怎么突然凄苦到了极点？"

四十六

王子猷尝暂寄人空宅住，便令种竹。或问："暂住何烦尔？"王啸咏良久，直指竹曰："何可一日无此君？"

【译文】

王子猷（王徽之）曾经暂时寄居在别人的空房里，随即叫家人种竹子。有人问他:“你只是暂时住在这里,何苦还要麻烦种竹子?”王子猷吟啸了很长时间,才指着竹子说:“哪能一日没有这位竹先生啊?”

四十七

王子猷居山阴,夜大雪,眠觉,开室命酌酒,四望皎然。因起彷徨。咏左思《招隐诗》,忽忆戴安道。时戴在剡(shàn),即便夜乘小船就之。经宿方至,造门不前而返。人问其故,王曰:“吾本乘兴而行,兴尽而返,何必见戴!”

【译文】

王子猷(王徽之)住在山阴县时,一天夜里大雪纷飞,他一觉醒来,推开卧室门,命仆人斟上酒,看到四面一片洁白。于是他起身徘徊,吟咏起左思的《招隐诗》,忽然想起戴安道(戴逵)。当时戴安道在剡县,他即刻连夜动身乘小船去拜访他。经过一夜才到,到了戴安道家门前没进去却又转身返回。有人问他为何这样,王子猷说:“我本来就是乘着兴致前往,兴致没了自然返回,为什么一定要见到戴安道呢?”

四十八

王卫军[①]云:“酒正自引人著胜地。”

【注释】

①王卫军:王荟,字敬文,王导之子。曾任会稽内史、镇军将军。

【译文】

王卫军说:“酒正好把人引入一种美妙的境地。”

四十九

王子猷出都[①],尚在渚下。旧闻桓子野善吹笛,而不相识。遇桓于岸上过，王在船中，客有识之者，云是桓子野，王便令人与相闻[②]，云："闻君善吹笛，试为我一奏。"桓时已贵显，素闻王名，即便回下车，踞胡床，为作三调。弄毕，便上车去。客主不交一言。

【注释】

①出都：到京城去。②相闻：互通信息，互相通报。

【译文】

王子猷（王徽之）到京城去，船泊在码头上。他以前听说桓子野（桓伊）擅长吹笛子，却并不认识他。正逢桓子野从岸上走过，王子猷在船中，客人中有个认识桓子野的说这是桓子野，王子猷就让人去通报，说："听说您擅长吹笛子，请试着为我吹一曲。"桓子野当时已经显贵，早就听过王子猷的名声，便立即掉转车，上船坐在胡床上，给王子猷吹了三支曲子。吹奏完毕，他就上车走了。宾主没有说一句话。

五十

桓南郡被召作太子洗马，船泊荻渚，王大服散后已小醉，往看桓。桓为设酒，不能冷饮，频语左右令"温酒来"，桓乃流涕呜咽。王便欲去，桓以手巾掩泪，因谓王曰："犯我家讳，[①]何预卿事！"王叹曰："灵宝故自达！"

【注释】

①犯我家讳：王大叫"温酒来"，犯了桓温的名讳。晋人的习俗，听到已死尊长的名讳必须哭，这是一种礼节。所以桓玄要哭。

【译文】

桓南郡（桓玄）被朝廷征召为太子洗马，船停靠在荻渚。王大（王忱）服完寒食散后，已经略微有些醉意，他去看望桓玄。桓玄为他摆酒，他不能喝冷酒，就频频对左右服侍的人说：“让他们温温酒再送上来！”桓玄听了，流着泪哭起来。王忱就要离开，桓玄用手巾擦干泪水，对王忱说：“犯的是我的家讳，跟你没关系！”王忱感叹地说：“灵宝（桓玄）果然生性通达！”

五十一

王孝伯问王大：“阮籍何如司马相如？”王大曰：“阮籍胸中垒块，故须酒浇之。”

【译文】

王孝伯（王恭）问王大（王忱）：“阮籍与司马相如相比怎么样？”王大说：“阮籍心里郁积着不平之气，所以需要借酒浇愁。”

五十二

王佛大[①]叹言：“三日不饮酒，觉形神不复相亲。”

【注释】

①王佛大：即王忱。

【译文】

王佛大感叹说：“三天不喝酒，就觉得身体和精神不再亲近了。”

五十三

王孝伯言：“名士不必须奇才，但使常得无事，痛饮酒，熟读《离骚》，便可称名士。”

【译文】

王孝伯（王恭）说：“名士不一定要有奇特的才能，只要能痛快地饮酒，熟读《离骚》，就可以称作名士。”

五十四

王长史[①]登茅山[②]，大恸哭曰：“琅邪王伯舆，终当为情死。”

【注释】

①王长史：王廞，字伯舆，王荟的儿子。晋安帝隆安元年(397)，兖州刺史王恭起兵讨王国宝，命王廞为吴国内史。王廞即聚众应之，王恭罢兵，免了王廞的官职。王廞大怒，率众讨王恭。兵败被杀。②茅山：古名句曲山，又名三茅山，在今江苏句容东南部。

【译文】

王长史登上茅山，非常伤心地痛哭道：“琅邪的王伯舆啊，终归要为情而死！”

简傲第二十四

一

晋文王功德盛大，坐席严敬，拟于王者。唯阮籍在坐，箕踞啸歌，酣放[①]自若。

【注释】

①酣放：纵恣狂放。

【译文】

晋文王（司马昭）功劳德行很高，坐席上的人都很尊敬他，就好像面对王者一样。只有阮籍在坐席上，两腿张开而坐，或啸或歌，纵恣狂放，无拘无束。

二

王戎弱冠诣阮籍，时刘公荣在坐。阮谓王曰："偶有二斗美酒，当与君共饮，彼公荣者无预焉。"二人交觞（shāng）酬酢（zuò）[①]，公荣遂不得一杯，而言语谈戏，三人无异。或有问之者，阮答曰："胜公荣者，不得不与饮酒；不如公荣者，不可不与饮酒；唯公荣，可不与饮酒。"

【注释】

①酬酢：主人客人相互敬酒，主敬客称“酬”，客还敬称“酢”。

【译文】

王戎不到二十岁时去拜访阮籍，当时刘公荣（刘昶）也在座。阮籍对王戎说：“恰巧得到两壶好酒，应当和你同喝，他刘公荣就不要参与啦。”两人举杯互劝，公荣最终没喝上一杯，但是三人谈论，互相开玩笑，没有什么异常。有人问阮籍，他说：“胜过公荣的人，不可不同他喝酒；不如公荣的人，不得不同他喝酒；唯有公荣，可以不同他喝酒。”

三

钟士季精有才理[①]，先不识嵇康，钟要于时贤俊之士，俱往寻康。康方大树下锻[②]，向子期为佐鼓排[③]。康扬槌不辍，傍若无人，移时不交一言。钟起去，康曰：“何所闻而来？何所见而去？”钟曰：“闻所闻而来，见所见而去。”

【注释】

①才理：才思。②锻：把金属放在火里烧，然后用锤子打。嵇康擅长打铁。③鼓排：拉风箱。排，鼓风吹火的箱式工具。

【译文】

钟士季（钟会）很有才思，先前不认识嵇康，钟会邀请当时一些才德出众人士，一起去寻访嵇康。嵇康正在大树下打铁，向子期（向秀）在帮忙拉风箱。嵇康不停地挥动铁锤，旁若无人，过了好一会儿也不和钟会说一句话。钟会起身要走，嵇康才问他：“你听到了什么才来的？看到了什么才走的？”钟会说：“听到了所听到的才来的，看到了所看到的才走的。”

四

嵇康与吕安[①]善，每相思，千里命驾。安后来，值康不在，喜[②]出户延之，不入，题门上作“凤”去。喜不觉，犹以为欣，故作。“凤”字凡鸟也。

【注释】

①吕安：字仲悌，三国魏东平人。与嵇康为好友。其兄吕巽奸淫了他的妻子，又诬陷吕安不孝，把他抓起来，吕安引嵇康为证，结果被钟会构陷。最后，吕安与嵇康同为司马昭所杀。②喜：嵇喜，字公穆，嵇康的哥哥。曾任扬州刺史。

【译文】

嵇康和吕安友好，每当思念的时候就不远千里造访。吕安后来到嵇康家，适逢嵇康不在，嵇喜开门迎接他，吕安却不肯进去，在门上写了一个“凤”字便走了。嵇喜没有发觉其中的含义，还以为是客人很高兴而故意写的。“凤”字，拆开来就是“凡鸟”啊。

五

陆士衡初入洛，咨张公所宜诣，刘道真是其一。陆既往，刘尚在哀制中。性嗜酒，礼毕，初无他言，唯问：“东吴有长柄壶卢[①]，卿得种来不？”陆兄弟殊失望，乃悔往。

【注释】

①壶卢：同“葫芦”。

【译文】

陆士衡（陆机）初到洛阳时，请教张公（张华）应该拜访的人有哪些，张公说刘道真（刘宝）是其中的一个。陆氏兄弟于是前往，刘道真正在服丧期间。他生性喜欢喝酒，宾主行礼相见后，最初没有什么话可说，刘道真只问："东吴有长柄葫芦，你们带了种子来吗？"陆氏非常失望，于是后悔前往。

六

王平子出为荆州，王太尉及时贤送者倾路[1]。时庭中有大树，上有鹊巢，平子脱衣巾，径上树取鹊子，凉衣[2]拘阂（hé）[3]树枝，便复脱去。得鹊子还下弄，神色自若，傍若无人。

【注释】

①倾路：满路。②凉衣：贴身的内衣。③拘阂：束缚阻碍。此指挂。

【译文】

王平子（王澄）出任荆州刺史，王太尉（王衍）和当时贤达之士前来送行的人挤满了道路。当时他家的庭院里有一棵大树，树上有喜鹊窝，平子脱下衣服、头巾，径直爬上树去捉小喜鹊，这时，贴身内衣钩到树枝上，他就把贴身内衣脱掉。捉到小喜鹊后，他就下来，把玩起来，神色自若，就像旁边没有人一样。

七

高坐道人于丞相坐，恒偃卧[1]其侧。见卞令，肃然改容云："彼是礼法人。"

【注释】

①偃卧：仰卧，睡卧。

【译文】

高坐和尚在丞相(王导)家做客,常常仰卧在王导身旁。见到卞令(卞壸),就神态恭敬端庄起来,说:"他是讲究礼法的人。"

八

桓宣武作徐州,时谢奕为晋陵,先粗经虚怀[1],而乃无异常。及桓迁荆州,将西之间,意气甚笃,奕弗之疑。唯谢虎子[2]妇王悟其旨,每曰:"桓荆州用意殊异[3],必与晋陵俱西矣。"俄而引奕为司马。奕既上[4],犹推布衣交。在温坐,岸帻[5]啸咏,无异常日。宣武每曰:"我方外司马。"遂因酒,转无朝夕礼。桓舍入内,奕辄复随去。后至奕醉,温往主许避之。主[6]曰:"君无狂司马,我何由得相见?"

【注释】

①虚怀:谦逊虚心。②谢虎子:谢据,小字虎子,谢奕的弟弟。③殊异:奇异,不寻常。④上:荆州地处长江上游,所以西入荆州叫"上"。⑤岸帻:推起头巾,露出前额。形容神态洒脱,或衣着简率不拘。⑥主:指南康长公主,桓温的妻子。

【译文】

桓宣武(桓温)任徐州刺史,这时谢奕任晋陵郡太守,起先彼此略为谦逊虚心,而没有不同寻常的交情。到桓温调任荆州刺史,将要西去赴任之际,桓温对谢奕的感情特别深厚,谢奕对此也没有怀疑。只有谢虎子的妻子王氏领会了桓温的意图,常常说:"桓荆州用意很特别,一定要和晋陵一起西行了。"不久桓温就引荐谢奕做司马。谢奕到荆州以后,还很看重和桓温的老交情,到桓温那里做客,衣着潇洒,长啸吟唱,和往常没有什么不同。桓宣武常说:"这是我的世外司马。"谢奕终于因为好喝酒,越发违反觐见上级的礼节。桓温如果丢下他走进内室,谢奕就跟进去。后来一到谢奕喝醉时,桓温就到公主那里去躲开他。公主说:“您如果没有一个狂放的司马,我怎么能见到您呢?”

九

谢万在兄前,欲起索便器[1]。于时阮思旷在坐曰:“新出门户[2],笃而无礼。”

【注释】

①便器:尿壶。②新出门户:谢家是晋代的望族,刚兴起不久,所以阮思旷如此说。

【译文】

谢万在兄长面前,起身要尿壶。当时阮思旷(阮裕)在座,说:“新兴门户,忠厚却没有礼貌。”

十

谢中郎是王蓝田女婿,尝著白纶巾[1],肩舆径至扬州听事,见王,直言曰:“人言君侯痴,君侯信自痴。”蓝田曰:“非无此论,但晚令[2]耳。”

【注释】

①白纶巾:白色粗丝做的头巾。②晚令:成名晚。

【译文】

谢中郎(谢万)是王蓝田(王述)的女婿,他曾戴着白纶巾,坐着轿子直接闯进扬州府大厅拜见王蓝田,直率地说道:“别人说君侯你傻,君侯确实是傻。”王蓝田说:“不是没有这种议论,不过是我成名晚罢了。”

十一

王子猷作桓车骑骑兵参军,桓问曰:"卿何署?"答曰:"不知何署,时见牵马来,似是马曹①。"桓又问:"官有几马?"答曰:"不问马②,何由知其数?"又问:"马比死多少?"答曰:"未知生,焉知死?③"

【注释】

①马曹:管马的官署。多用以指闲散的官职或卑微的小官。此处是王子猷的戏言。②不问马:出自《论语·乡党》,意思是:后问马。此处是指没有问到马。③未知生,焉知死:出自《论语·先进》,意思是:生的道理还不了解,怎么能了解死?王子猷用的不是原意。

【译文】

王子猷(王徽之)任桓车骑(桓冲)的骑兵参军,桓冲问他:"你属于哪个官署?"王子猷答道:"不知道什么官署,时常见有人牵着马匹来,好像是马曹。"桓冲又问:"官署内有几匹马?"王子猷答道:"不问马,怎么会知道马的数目?"又问:"马近来死了多少?"答说:"生的数目都不知道,哪里知道死的数目?"

十二

谢公尝与谢万共出西①,过吴郡,阿万欲相与共萃②王恬③许,太傅云:"恐伊不必酬汝,意不足尔。"万犹苦要,太傅坚不回④,万乃独往。坐少时,王便入门内,谢殊有欣色,以为厚待己。良久,乃沐头散发而出,亦不坐,仍据胡床,在中庭晒头,神气傲迈⑤,了无相酬对意。谢于是乃还,未至船,逆呼太傅,安曰:"阿螭(chī)不作⑥尔!"

【注释】

①出西:指到京都建康去。②萃:聚集。③王恬:字敬豫,小名螭

虎，昵称阿螭。王导的次子。④不回：指不改变想法。⑤傲迈：傲气凌人。⑥不作：不值。

【译文】

谢公（谢安）曾经和谢万一同到京都去，路过吴郡，阿万想与谢公一起去王恬那里，太傅（谢安）说："恐怕他不一定接待你，我认为不值得这样。"谢万仍苦苦相邀，太傅坚决不改变主意，于是谢万一人独往。进门坐了片刻，王恬就进屋去了，谢万很高兴地面带笑容，认为王恬会厚待自己。很久之后，王恬才洗了头，披散着头发出来，也不坐，就在院子里靠着胡椅晒头发，一副盛气凌人的样子，也没有一点要跟谢万应酬的意思。谢万只好回去了，还没回到船上，他便边跑边喊着太傅。谢安说："阿螭不值得罢了。"

十三

王子猷作桓车骑参军。桓谓王曰："卿在府久，比当相料理。"初不答，直高视，以手版拄颊云："西山朝来[1]，致[2]有爽气。"

【注释】

①朝来：早晨。②致：引来，送来。

【译文】

王子猷（王徽之）任桓车骑（桓冲）的参军。桓冲对王子猷说："你在府里很长时间了，近日应当帮助料理一些事务。"王子猷起初不回答，只是望着高处，用手版撑着面颊说："西山的早晨，送来一股清爽之气。"

十四

谢万北征，常以啸咏自高，未尝抚慰众士。谢公甚器爱万，而审其必败，乃俱行，从容谓万曰："汝为元帅，宜数唤诸将宴会，以说众心。"万从之。因召集诸将，都无所说，直以如意指四坐云："诸君皆是劲卒[①]。"诸将甚忿恨之。谢公欲深著恩信，自队主[②]将帅以下，无不身造，厚相逊谢。及万事败，军中因欲除之。复云："当为隐士。[③]"故幸而得免。

【注释】

①劲卒：精锐的兵士。②队主：一队之主，队长。古代军队的编制是一百人为一队。③当为隐士：意谓应当想想谢安。隐士，指谢安。

【译文】

谢万北征前燕时，常常啸咏以显示自己的高贵，从不体恤全体将士。谢公（谢安）器重爱护谢万，但也明白他肯定要兵败，就一起随军出征，他找机会对谢万说："你作为元帅，应该经常召集将领们参加宴会，以便让大家能心情愉快。"谢万听从了他的建议。于是就召集将领们聚会，他什么也不说，只是用如意指着大家说："你们都是精锐的士兵。"众将听罢非常气愤。谢公想笼络人心，自主帅以下的大小将领，他都亲自去拜访，诚恳地表示了歉意。等谢万兵败后，军中的人想乘机除掉他。他们又说："我们应该为谢公考虑一下。"谢万这才得以幸免。

十五

王子敬兄弟见郗公[①]，蹑履[②]问讯，甚修外生[③]礼。及嘉宾死，皆著高屐，仪容轻慢。命坐，皆云："有事，不暇坐。"既去，郗公慨然曰："使嘉宾不死，鼠辈敢尔？"

【注释】

①郗公：即郗愔。②蹑履：穿鞋。③外生：外甥。郗愔是王子敬兄

弟的舅舅。

【译文】

王子敬(王献之)兄弟去拜见郗公,穿着见客的鞋子向舅舅问好,很注重作为外甥的礼节。等到嘉宾(郗超)去世后,子敬兄弟就穿着高跟木屐鞋,脸色显得非常傲慢。郗公让他们坐,他们都说:“有事呢,没时间坐。”子敬兄弟离开后,郗公感慨地说:“如果嘉宾不死的话,这些鼠辈敢这样吗?”

十六

王子猷尝行过吴中,见一士大夫家极有好竹。主已知子猷当往,乃洒扫施设,在厅事坐相待。王肩舆径造竹下,讽啸良久。主已失望,犹冀还当通,遂直欲出门。主人大不堪,便令左右闭门,不听出。王更以此赏主人,乃留坐,尽欢而去。

【译文】

王子猷(王徽之)曾出行时路过吴中,看见一位士大夫家里有很好的竹子。主人已经知道王子猷应该会来,就打扫门庭,摆放陈设,在大厅里坐等他的到来。王子猷坐着轿子,直接来到竹林,吟咏了很久。而此时主人已感到失望,但还想客人看完竹后会来通报,谁知王子猷看完竹子直接出门而去。主人非常不能忍受,就命令身边的人把门关了,不让王子猷出去。王子猷因此更赏识主人,于是留下同坐,尽情欢乐后才离开。

十七

王子敬自会稽经吴,闻顾辟疆[①]有名园,先不识主人,径往其家。值顾方集宾友酣燕[②],而王游历既毕,指麾(huī)[③]好恶,傍若无人。顾勃然不堪曰:“傲主人,非礼也;以贵骄人,非道也。失此二者,不足齿之,伧耳。”便驱其左右出门。王独在舆上,回转顾望,左右移时不至,然后令送著门外,怡然不屑。

【注释】

①顾辟疆:吴郡人。曾任郡功曹、平北参军。他的池馆林泉之盛,号称吴中第一。②酣燕:同“酣宴”,纵情宴饮。③指麾:同“指挥”,指点。

【译文】

王子敬(王献之)从会稽路过吴郡,听说顾辟疆有名园,起先他并不认识主人,就直接来到他家。正值顾辟疆邀集许多客人纵情宴饮,王子敬游览完毕后,指点好坏,旁边好像没有人一样。顾辟疆忍受不了,说:“傲视主人,是不礼貌的;凭借高贵的身份对人骄横,是不符合做人之道的。失去礼与道这两点,就是不值一提的粗俗之人罢了。”于是命令家人把王子敬的仆从赶出大门。王子敬独自坐在轿子里,左顾右盼,随从很久也不来,然后就叫主人把他送到门外,这时王子敬仍然一副高兴的样子,不屑于和这些人计较。

排调第二十五

一

诸葛瑾为豫州，遣别驾到台[①]，语云："小儿知谈，卿可与语。"连[②]往诣恪[③]，恪不与相见。后于张辅吴[④]坐中相遇，别驾唤恪："咄咄郎君。"恪因嘲之曰："豫州乱矣，何咄咄之有？"答曰："君明臣贤，未闻其乱。"恪曰："昔唐尧[⑤]在上，四凶[⑥]在下。"答曰："非唯四凶，亦有丹朱。"于是一坐大笑。

【注释】

①台：古代中央政府的官署。到台，指入朝。②连：连续。③恪：诸葛恪，字元逊，诸葛瑾长子。④张辅吴：张昭，字子布，徐州彭城（今江苏徐州）人。曾官拜辅吴将军。⑤唐尧：姓伊祁（亦作伊耆），名放勋。初封于陶，又封于唐，故号陶唐氏。以子丹朱不肖，传位于舜。⑥四凶：相传为尧舜时代四个恶名昭彰的部族首领，分别为浑敦、穷奇、梼（táo）杌（wù）、饕（tāo）餮（tiè）。

【译文】

诸葛瑾担任豫州刺史时，派遣一名别驾到朝廷去，对别驾说："我儿子善谈，你见了他可以和他聊聊。"别驾连续几次去找诸葛恪，诸葛恪都不和他相见。后来他们在张辅吴家相遇了，别驾喊诸葛恪道："好一个郎君！”诸葛恪趁机嘲笑他说：“豫州都乱了，有什么好感慨的？”别驾答道：“君明臣贤，我没听说哪里乱了。”诸葛恪说：“从前唐尧在位时，他下面有四个凶人。”别驾说道：“不只有四个凶人，还有丹朱。”于是在座的人都大笑起来。

二

晋文帝与二陈[①]共车，过唤钟会同载，即驶车委去。比出，已远。既至，因嘲之曰：“与人期行，何以迟迟？望卿遥遥[②]不至。”会答曰：“矫然[③]懿实[④]，何必同群？”帝复问会：“皋繇[⑤]何如人？”答曰：“上不及尧、舜，下不逮周、孔，亦一时之懿士。”

【注释】

①二陈：指陈骞（qiān）、陈泰。陈骞，魏司徒陈矫的儿子。初仕魏为尚书郎，官至征南大将军，封侯。魏末，积极参与司马氏代魏的活动。司马炎称帝，升为车骑将军，封郡公。后官至大司马。陈泰，字玄伯，陈群的儿子。与司马师、司马昭友善，深得信任。②遥遥：形容时间长久。“遥”与“繇”同音，钟会父亲的名字为钟繇，此处以“遥遥”来戏弄钟会。③矫然：出众的样子。④懿实：指品德美好而有真才实学。⑤皋繇：即皋陶，传说虞舜时的司法官。

【译文】

晋文帝（司马昭）和陈骞、陈泰两人同乘一辆车子，路过钟会门前时，呼唤钟会共坐一辆车，然后就驱车跑了。等钟会出来时，他们已经走远了。钟会赶到后，他们于是嘲笑钟会说：“和人约好了出行，为什么迟迟不来呢？我们一直望着你，你却很长时间不出来。”钟会答道：“我矫然出众，德行美好，又有真才实学，没有必要与你们同群。”晋文帝又问钟会：“皋繇是什么样的人？”钟会答道：“他前不如尧、舜，后不及周、孔，却也是当时德行美好的人。”

三

钟毓[①]为黄门郎，有机警，在景王坐燕饮。时陈群子玄伯、武周[②]子元夏同在坐，共嘲毓。景王曰："皋繇何如人？"对曰："古之懿(yì)士。"顾谓玄伯、元夏曰："君子周而不比[③]，群而不党[④]。"

【注释】

①钟毓：字稚叔，钟繇之子，钟会之兄。任黄门侍郎、后历廷尉、青州刺史、都督荆州军事等职。②武周：字伯南。位至光禄大夫，曾任护军。③君子周而不比：出自《论语·为政》，意指君子团结，却不互相勾结。④群而不党：出自《论语·卫灵公》，意思是与众合群，不结私党。

【译文】

钟毓任黄门郎，为人机智灵敏，在景王(司马师)那里喝酒。当时陈群的儿子玄伯(陈泰)、武周的儿子元夏(武陔)都在座，他们一起嘲讽钟毓。景王说："皋繇是什么样的人？"钟毓回答道："是古代德行美好的人。"钟毓又回头对玄伯和元夏说："君子团结却不互相勾结，与众合群却不结私党。"

四

嵇、阮、山、刘在竹林酣饮，王戎后往，步兵曰："俗物已复来败人意！"王笑曰："卿辈意亦复可败邪？"

【译文】

嵇康、阮籍、山涛、刘伶在竹林中畅饮，王戎后到，步兵(阮籍)说："俗物又来败坏人的兴致！"王戎笑着说："你们的兴致也可以败坏吗？"

五

晋武帝问孙皓:"闻南人好作《尔汝歌》,颇能为不?"皓正饮酒,因举觞劝帝而言曰:"昔与汝为邻,今与汝为臣。上汝一杯酒,令汝寿万春。"帝悔之。

【译文】

晋武帝(司马炎)问孙皓:"听说南方人喜欢唱《尔汝歌》,你可会唱吗?"孙皓正在饮酒,于是举杯向武帝敬酒,并且唱道:"从前和你是邻居,现在给你做臣子。敬你一杯酒,祝你长寿万年。"武帝听了很后悔。

六

孙子荆[①]年少时欲隐,语王武子"当枕石漱流[②]",误曰"漱石枕流"。王曰:"流可枕,石可漱乎?"孙曰:"所以枕流,欲洗其耳;所以漱石,欲砺其齿。"

【注释】

①孙子荆:孙楚,字子荆,晋太原人。官至冯翊太守。②枕石漱流:头枕石头,口漱流泉。旧时指隐居生活。

【译文】

孙子荆年轻时想隐居,对王武子(王济)说"就要枕石漱流",却误说成"漱石枕流"。王武子说:"流水可以枕,石头可以漱口吗?"孙子荆说:"枕流水是想要洗干净耳朵,漱石头是想要磨砺牙齿。"

七

头责秦子羽[①]云:"子曾不如太原温颙(yóng),颍川荀寓[②],范阳张华，士卿刘许[③]，义阳邹湛，河南郑诩[④]。此数子者，或謇（jiǎn）吃[⑤]无宫商，或尪（wāng）陋[⑥]希言语，或淹伊[⑦]多姿态，或讙哗[⑧]少智谞（xū）[⑨]，或口如含胶饴（yí）[⑩]，或头如巾齑（jī）杵（chǔ）[⑪]。而犹以文采可观，意思详序[⑫]，攀龙附凤[⑬]，并登天府。"

【注释】

①头责秦子羽：《头责子羽文》是晋朝的张敏写的一篇讽刺文章，描写了秦子羽的头责备秦子羽的身体安处陋巷，不思求取功名的情形。②荀寓：字景伯。少与裴楷、王戎、杜默齐名，官至尚书。③刘许：字文生。和张华同为范阳人。晋惠帝时任宗正卿。④郑诩：字思渊。曾任卫尉卿。⑤謇吃：口吃。⑥尪陋：瘦弱丑陋。⑦淹伊：矫揉造作。⑧讙哗：同"喧哗"。⑨智谞：才智，智谋。⑩胶饴：胶糖。⑪巾齑杵：用头巾包着捣物的木槌，比喻头小而尖。齑，捣碎的姜、蒜、韭菜等。⑫详序：翔实而有条理。⑬攀龙附凤：指巴结投靠有权势的人以获取富贵。

【译文】

秦子羽的头谴责秦子羽说："你竟然比不上太原的温颙、颍川的荀寓、范阳的张华、士卿的刘许、义阳的邹湛、河南的郑诩。这几个人，有的口吃，说话没有节奏；有的瘦弱丑陋，很少言语；有的矫揉造作，搔首弄姿；有的吵吵嚷嚷，没有才智；有的嘴里像含着胶糖；有的好像头巾里包着棒槌。然而他们还有可以让人欣赏的地方，思想翔实而有条理，很会趋炎附势，结果都能入朝为官。"

八

王浑与妇钟氏共坐，见武子从庭过，浑欣然谓妇曰："生儿如此，足慰人意。"妇笑曰："若使新妇得配参军[①]，生儿故可不啻如此。"

【注释】

①参军：王沦，字太冲，王浑的弟弟。曾任大将军参军。

【译文】

王浑和妻子钟氏一起坐着，看见王武子（王济）从院中走过，王浑高兴地对妻子说："生个像这样的儿子，足以安慰人心。"妻子笑着说："如果我能许配给参军，生的儿子应该不止这样。"

九

荀鸣鹤[①]、陆士龙二人未相识，俱会张茂先坐。张令共语，以其并有大才，可勿作常语。陆举手曰："云间陆士龙。"荀答曰："日下荀鸣鹤。"陆曰："既开青云睹白雉（zhì），何不张尔弓，布尔矢？"荀答曰："本谓云龙骙（kuí）骙[②]，定是山鹿野麋（mí）[③]。兽弱弩强，是以发迟。"张乃抚掌大笑。

【注释】

①荀鸣鹤：荀隐，字鸣鹤，西晋颍川（今属河南）人。历任太子舍人、廷尉平等。②骙骙：马行走时雄壮的样子。③麋：麋鹿，又叫"四不像"。

【译文】

荀鸣鹤、陆士龙（陆云）两人并不相识，他们在张茂先（张华）的宴会上相遇。张茂先让两人交谈，因为他们都有杰出的才能，就让他们不要说一些平常的话。陆士龙举起手说："我是云间的陆士龙。"荀鸣鹤回答说："我是日下的荀鸣鹤。"陆士龙又说："乌云散开，白雉出现，为何不张开你的弓，搭上你的箭？"荀鸣鹤回答说："本以为是条强壮的云间龙，却原来只是山野间的麋鹿，兽弱而弓强，所以才迟迟不发箭。"张茂先于是拍手大笑。

十

陆太尉[①]诣王丞相，王公食以酪(lào)。陆还，遂病。明日，与王笺云："昨食酪小过，通夜委顿。民虽吴人，几为伧(cāng)鬼[②]。"

【注释】

①陆太尉：陆玩，字士瑶，吴郡吴人。官至尚书令、司空，死后追赠太尉。②伧鬼：南北朝时，南人轻侮北人为"伧"。伧鬼：犹言北方之鬼。

【译文】

陆太尉去拜会王丞相(王导)。王公(王导)拿奶酪给他吃。陆太尉回家就病倒了。第二天，他给王丞相写信说："昨天吃奶酪稍微过量，整夜精神不振。小民虽然是吴人，却几乎成了北方的死鬼。"

十一

元帝皇子生，普赐群臣。殷洪乔[①]谢曰："皇子诞育，普天同庆。臣无勋焉，而猥(wěi)[②]颁厚赉(lài)[③]。"中宗笑曰："此事岂可使卿有勋邪?"

【注释】

①殷洪乔：殷羡，字洪乔，陈郡长平人。曾任豫章太守、光禄勋等。②猥：谦辞，犹言辱。③赉：赐予。

【译文】

晋元帝(司马睿)的皇子降生，赏赐群臣。殷洪乔感激地说："皇子诞生，普天之下一同庆贺。臣下没有功劳，却蒙重赏。"元帝笑着说："这事难道能让你有功劳吗?"

十二

诸葛令[①]、王丞相共争姓族先后，王曰："何不言葛、王，而云王、葛？"令曰："譬言驴马，不言马驴，驴宁胜马邪？"

【注释】

①诸葛令：即诸葛恢，曾任尚书令。

【译文】

诸葛令、王丞相（王导）一起争论姓氏排列的先后，王丞相说："为什么不说葛、王，而说王、葛？"诸葛令说："譬如说驴马，不说马驴，驴难道胜过马吗？"

十三

刘真长始见王丞相，时盛暑之月，丞相以腹熨弹棋局，曰："何乃渹（qìng）[①]？"刘既出，人问："见王公云何？"刘曰："未见他异，唯闻作吴语耳。"

【注释】

①渹：冷。吴语方言。

【译文】

刘真长（刘惔）初见王丞相（王导）时，正值最热的月份，丞相把腹部压在弹棋盘上，说："怎么这么冷啊？"刘真长告辞出来后，有人问他："王公怎么样？"刘真长说："没有见到其他特别的地方，只是听到他说吴语罢了。"

十四

王公与朝士共饮酒，举琉璃碗谓伯仁曰："此碗腹殊空，谓之宝器，何邪？"答曰："此碗英英[①]，诚为清彻，所以为宝耳。"

【注释】

①英英：轻盈明亮的样子。

【译文】

王公（王导）和朝廷的官员一起饮酒，他举起琉璃碗对伯仁（周顗）说："这个碗腹内空空，还称它是宝器，为什么呢？"伯仁回答说："这个碗晶莹剔透的，确实清澈透明，这就是它成为宝器的原因啊。"

十五

谢幼舆谓周侯曰："卿类社树，远望之，峨峨拂青天；就而视之，其根则群狐所托，下聚溷（hùn）[①]而已。"答曰："枝条拂青天，不以为高；群狐乱其下，不以为浊。聚溷之秽，卿之所保，何足自称？"

【注释】

①溷：肮脏，污浊。

【译文】

谢幼舆（谢鲲）对周侯（周顗）说："你像社坛上的树，远远望去，高高的能触到青天；走近去看，它的根部却是群狐聚居的地方，下面堆积着肮脏的东西罢了。"周侯回答说："树枝触到青天，我不认为高；群狐在它的根部捣乱，我也不认为肮脏。聚集的污垢，是你的东西，哪里值得自我夸耀？"

十六

王长豫幼便和令[①],丞相爱恣[②]甚笃。每共围棋,丞相欲举行,长豫按指不听。丞相笑曰:"讵得[③]尔?相与似有瓜葛。"

【注释】

①和令:和善。②爱恣:喜爱娇惯。③讵得:岂能,怎能。

【译文】

王长豫(王悦)小时候就和善,丞相(王导)非常喜爱娇惯他。每次两人一起下围棋,丞相要走动棋子,长豫就按着指头不让动。丞相笑着说:"怎么能这样?我们之间好像还有点关系吧!"

十七

明帝问周伯仁:"真长何如人?"答曰:"故是千斤犗(jiè)特[①]。"王公笑其言。伯仁曰:"不如卷角牸(zì)[②],有盘辟[③]之好。"

【注释】

①犗特:阉割过的公牛。②卷角牸:角卷曲的母牛。③盘辟,盘旋进退。古代行礼时的动作姿势。此处指王导善于周旋。

【译文】

晋明帝(司马绍)问周伯仁(周颉):"真长(刘惔)这人怎么样?"周伯仁回答说:"自然是个千斤重的犍牛。"王导嘲笑他说的话。周伯仁说:"当然比不上卷角的母牛,能好好地盘旋进退。"

十八

王丞相枕周伯仁膝,指其腹曰:"卿此中何所有?"答曰:"此中空洞无物,然容卿辈数百人。”

【译文】

王丞相(王导)枕着周伯仁(周顗)的腿,用手指着周伯仁的肚子说:“你这里有什么东西?”周伯仁回答说:“这里空空洞洞,没有东西,可是能容纳几百个像你这样的人。”

十九

干宝[①]向刘真长叙其《搜神记》,刘曰:“卿可谓鬼之董狐[②]。”

【注释】

①干宝:字令升,东晋新蔡(今河南新蔡)人。因平定杜弢叛乱有功,封侯。所著《搜神记》为六朝志怪小说的代表作。②董狐:春秋时晋国史官,敢于直谏,被孔子称为古之良史。

【译文】

干宝向刘真长(刘惔)讲他的《搜神记》,刘真长说:“你可以称得上是记载鬼神的董狐了。”

二十

许文思[①]往顾和许,顾先在帐中眠。许至,便径就床角枕[②]共语。既而唤顾共行,顾乃命左右取杭[③]上新衣,易己体上所著。许笑曰:“卿乃复有行来衣[④]乎?”

【注释】

①许文思:许琛(chēn),字文思。②角枕:角制的或用角装饰的枕头。③杭:同“桁”,衣架。④行来衣:指出门所穿的体面衣服。

【译文】

许文思去顾和家，顾和在帐子里睡觉。许文思到了，就径直上床靠着角枕跟顾和交谈。不久他又招呼顾和一起出去，顾和便叫随从去拿衣架上的新衣，换下自己身上所穿的衣服。许文思笑着说："你竟然还有出门穿的衣服？"

二十一

康僧渊[1]目深而鼻高，王丞相每调之。僧渊曰："鼻者，面之山；目者，面之渊。山不高则不灵，渊不深则不清。"

【注释】

①康僧渊：晋代高僧，西域人。

【译文】

康僧渊眼睛深陷，鼻梁高挺，王丞相（王导）常常戏弄他。僧渊说："鼻子，是脸上的山；眼睛，是脸上的深潭。山不高，就没有神灵，潭不深，就不会清澈。"

二十二

何次道往瓦官寺，礼拜甚勤，阮思旷语之曰："卿志大宇宙，勇迈终古。"何曰："卿今日何故忽见推？"阮曰："我图数千户郡，尚不能得；卿乃图作佛，不亦大乎？"

【译文】

何次道（何充）去瓦官寺拜佛拜得很勤快，阮思旷（阮裕）对他说："你的志向比宇宙还大，勇气超过了古人。"何次道说："你今天为什么忽然推重起我来了？"阮思旷说："我想做个几千户人家的郡守，尚且不能办到；你却希望成佛，这个志向不也很大吗？"

二十三

庾征西[①]大举征胡，既成行，止镇襄阳。殷豫章[②]与书，送一折角如意以调之。庾答书曰："得所致，虽是败物，犹欲理而用之。"

【注释】

①庾征西：即庾翼，曾任征西将军。②殷豫章：即殷羡，曾任豫章太守。

【译文】

庾征西大举兴兵征伐胡人，军队出发以后，停留在襄阳不再前进。殷豫章给他写了一封信，送给他一个折了角的如意来戏弄他。庾征西回信说："收到你送来的礼物，虽然是破败之物，但我还是想修好它来用。"

二十四

桓大司马乘雪欲猎，先过王、刘诸人许。真长见其装束单急[①]，问："老贼[②]欲持此何作？"桓曰："我若不为此，卿辈亦那得坐谈？"

【注释】

①单急：单薄、紧窄。此处指穿着戎装。②老贼：原本是骂人的话，此处是戏称。

【译文】

桓大司马（桓温）趁着下雪天想去打猎，先去王仲祖（王濛）、刘真长（刘惔）的府上。刘真长看见他穿着戎装，问道："老家伙穿着这身衣服要做什么？"桓大司马说："我如果不穿这种衣服，你们这些人又哪能坐着清谈？"

二十五

褚季野问孙盛:“卿国史何当成?”孙云:“久应竟。在公无暇,故至今日。”褚曰:“古人‘述而不作’,何必在蚕室[①]中?”

【注释】

①蚕室:古代执行宫刑及受宫刑者所居之狱室。这里是在讥讽孙盛。

【译文】

褚季野(褚裒)问孙盛:“你写的国史什么时候完成?”孙盛说:“早就应该完成了,只是公务缠身没时间写,所以才拖到今天。”褚季野说:“古人只是‘传述前人之言,而不创作’,你为什么一定要在蚕室中才能完成呢?”

二十六

谢公在东山,朝命屡降而不动。后出为桓宣武司马,将发新亭,朝士咸出瞻送。高灵[①]时为中丞,亦往相祖,先时多少饮酒,因倚如醉,戏曰:“卿屡违朝旨,高卧东山,诸人每相与言:‘安石不肯出,将如苍生何?’今亦苍生将如卿何?”谢笑而不答。

【注释】

①高灵:高崧,小字阿灵。

【译文】

谢安在东山隐居时,朝廷多次向他下达任命,他却不为所动。后来出任桓宣武(桓温)的司马,将要从新亭出发,朝中官员都来看望送行。高灵当时任中丞,也前去给他饯行,在这之前,高灵已经喝了很多酒，于是借着醉意，开玩笑说："你多次违抗朝廷的旨意，在东山高枕无忧地躺着，大家常常一起交谈说：'安石不肯出来做官，老百姓将怎么办呢？'现在百姓对你又怎么看呢？"谢安笑了笑没回答。

二十七

初，谢安在东山居，布衣，时兄弟已有富贵者，翕（xī）集[①]家门，倾动[②]人物。刘夫人戏谓安曰："大丈夫不当如此乎？"谢乃捉鼻[③]曰："但恐不免耳。"

【注释】

①翕集：聚集。②倾动：震动，轰动。③捉鼻：掩鼻。

【译文】

当初，谢安在东山居住，是一介平民，那时兄弟之中已经得到富贵的，都集中在他这一家门里，轰动名流。刘夫人对谢安开玩笑说："大丈夫不应该这样吗？"谢安捏着鼻子说："只怕避免不了！"

二十八

支道林因人就深公买印山[①]，深公答曰："未闻巢、由买山而隐。"

【注释】

①印山：当作岇（àng）山。在剡县东。

【译文】

支道林通过别人向深公买岇山，深公回答说："没有听说巢父、许由买座山来隐居。"

二十九

王、刘每不重蔡公。二人尝诣蔡，语良久，乃问蔡曰："公自言何如夷甫？"答曰："身不如夷甫。"王、刘相目[1]而笑曰："公何处不如？"答曰："夷甫无君辈客。"

【注释】

①相目：相看。

【译文】

王濛、刘惔常常不尊重蔡公（蔡谟）。两人曾经去拜会蔡公，聊了很长时间，于是问蔡公："您自己说说，您与夷甫（王衍）相比怎么样？"蔡公回答说："我不如夷甫。"王濛和刘惔相视而笑问："您什么地方不如他？"蔡公回答说："夷甫没有像你们这样的客人。"

三十

张吴兴[1]年八岁，亏齿，先达知其不常，故戏之曰："君口中何为开狗窦（dòu）[2]？"张应声答曰："正使君辈从此中出入。"

【注释】

①张吴兴：即张玄，曾任吴兴太守。②狗窦：狗洞。

【译文】

张吴兴八岁时，掉了牙齿，贤达前辈知道他不寻常，所以逗他说："您嘴里为什么开狗洞？"张吴兴应声回答说："正是为了让你们这类人从这里进出。"

三十一

郝隆[①]七月七日出日中仰卧,人问其故,答曰:"我晒书。"

【注释】

①郝隆:字佐治,汲郡(今河南汲县)人。官至征西将军。

【译文】

郝隆在七月七日这天在太阳底下仰躺着,有人问他其中的缘故,他回答说:"我在晒书。"

三十二

谢公始有东山之志,后严命[①]屡臻(zhēn)[②],势不获已,始就桓公司马。于时人有饷桓公药草,中有远志。公取以问谢:"此药又名小草,何一物而有二称?"谢未即答。时郝隆在坐,应声答曰:"此甚易解。处则为远志,出则为小草。"谢甚有愧色。桓公目谢而笑曰:"郝参军此过乃不恶,亦极有会[③]。"

【注释】

①严命:严厉的命令。②臻:到达。③会:理趣。

【译文】

谢公(谢安)开始时有隐居的志向,后来朝廷任命多次下达,形势由不得自己,才做了桓公(桓温)的司马。当时有人送给桓公药草,其中有一味叫远志。桓公取出这味药草问谢公:"这种草药又叫小草,为什么一种事物有两个名字呢?"谢公没有立即回答。当时郝隆在座,应声答道:"这很容易理解。处在地下时,就是有远大的志向,从土里出来后,就是小草。"谢公脸上显出羞愧的神色。桓公看着谢公笑着说:

"郝参军这个解释不算坏，也很有理趣。"

三十三

庾园客[①]诣孙监[②]，值行，见齐庄[③]在外，尚幼，而有神意[④]。庾试之曰："孙安国何在？"即答曰："庾稚恭家。"庾大笑曰："诸孙大盛，有儿如此。"又答曰："未若诸庾之翼翼[⑤]。"还，语人曰："我故胜，得重唤奴父名。"

【注释】

①庾园客：庾爰之，小字园客，庾翼的儿子。晋康帝时，随父北伐。曾任辅国将军、荆州刺史。②孙监：孙盛，字安国。曾任秘书监、给事中。③齐庄：孙放，字齐庄，孙盛的儿子。④神意：神情意态。⑤翼翼：繁盛的样子。

【译文】

庾园客去拜访孙监，正逢他外出，看见齐庄在外面，年纪还小，神情意态却不俗。庾园客考验他说："孙安国在哪里？"齐庄立即回答说："在庾稚恭（庾翼）家。"庾园客大笑着说："孙氏很兴旺啊，有这样的儿子！"齐庄又回答说："不如庾氏那样繁盛。"齐庄回家，告诉别人说："我确实赢了，能够叫那奴才父亲的名字两次。"

三十四

范玄平[①]在简文坐，谈欲屈，引王长史曰："卿助我。"王曰："此非拔山力所能助。"

【注释】

①范玄平：范汪，字玄平。深得庾亮器重。曾任徐、兖二州刺史，安北将军，都督徐、兖、青、冀四州军事。

【译文】

范玄平在简文帝(司马昱)府上做客,清谈将要理屈词穷时,就拉王长史(王濛)说:"你帮帮我!"王长史说:"这不是拔山的力量所能帮助的。"

三十五

郝隆为桓公南蛮参军。三月三日会,作诗,不能者罚酒三升。隆初以不能受罚,既饮,揽笔便作一句云:"娵(jū)隅(yú)[①]跃清池。"桓问:"娵隅是何物?"答曰:"蛮名鱼为娵隅。"桓公曰:"作诗何以作蛮语?"隆曰:"千里投公,始得蛮府参军,那得不作蛮语也?"

【注释】

①娵隅:古代西南少数民族称鱼为娵隅。

【译文】

郝隆是桓公(桓温)的南蛮参军。三月三日集会时,要作诗,不能作诗的人,要被罚喝酒三升。郝隆开始因为不能作诗受到惩罚,喝完酒后,他拿起笔就作了一句诗,说:"娵隅跃清池。"桓公问:"娵隅是什么东西?"郝隆回答说:"南蛮称鱼为娵隅。"桓公说:"作诗为什么要用蛮语?"郝隆说:"我从千里之外来投奔你,才得到南蛮参军的职位,哪能不说蛮语呢?"

三十六

袁羊尝诣刘惔[①],惔在内眠未起。袁因作诗调之曰:"角枕粲文茵,锦衾烂长筵。[②]"刘尚晋明帝女,主见诗,不平曰:"袁羊,古之遗狂。"

【注释】

①刘恢：刘惔之误。按《晋书》，娶晋明帝女儿庐陵公主为妻的是刘惔。②角枕粲文茵，锦衾烂长筵：语出《诗经·唐风·葛生》："角枕粲兮，锦衾烂兮。"意思是他头下的角枕是那样光鲜，身上的锦被那么光华灿烂。《葛生》是一首悼亡诗，深切地表达了主人公对逝者的爱和无尽的思念之情。袁羊当时反其意而用之。

【译文】

袁羊（袁乔）曾去拜会刘惔，刘惔在内室睡觉还没有起床。袁羊于是作诗戏弄他说："角枕粲文茵，锦衾烂长筵。"刘惔娶了晋明帝（司马绍）的女儿为妻，公主看到这首诗很生气，说："袁羊是古代狂放不羁之人的后代！"

三十七

殷洪远答孙兴公诗云："聊复放一曲。"刘真长笑其语拙，问曰："君欲云那放？"殷曰："榼（tà）腊[①]亦放，何必其枪铃[②]邪？"

【注释】

①榼腊：击鼓的声音。榼，同"榻"。②枪铃：钟铃声，金石声。

【译文】

殷洪远（殷融）答孙兴公（孙绰）的诗说："姑且放一曲。"刘真长（刘惔）笑他语言拙劣，问道："您想说怎么放？"殷洪远说："鼓声也是放，为什么一定要放出金石声呢？"

三十八

桓公既废海西，立简文。侍中谢公见桓公拜，桓惊笑曰："安石，卿何事至尔？"谢曰："未有君拜于前，臣立于后。"

【译文】

桓公(桓温)废掉海西公(司马奕)后,扶持了简文帝(司马昱)。侍中谢公(谢安)求见桓公,行拜礼,桓公吃惊地笑着说:"安石,你为了什么事至于这样?"谢安说:"没有君主先行拜礼,而大臣在后面站着的道理。"

三十九

郗重熙[①]与谢公书道:"王敬仁闻一年少怀问鼎,不知桓公德衰?为复后生可畏?"

【注释】

①郗重熙:郗昙,字重熙,郗鉴之子。曾任北中郎将、徐州刺史、兖州刺史。

【译文】

郗重熙给谢公(谢安)写信,说:"王敬仁(王脩)听说有一个少年怀着篡位之心,不知道是桓公(桓温)德行衰微了,还是后生令人生畏?"

四十

张苍梧[①]是张凭[②]之祖,尝语凭父曰:"我不如汝。"凭父未解所以。苍梧曰:"汝有佳儿。"凭时年数岁,敛手[③]曰:"阿翁,讵(jù)宜以子戏父?"

【注释】

①张苍梧:张镇,字义远。曾任苍梧太守。②张凭:字长宗。投附刘惔,深得赏识,荐于简文帝。官至吏部尚书郎、御史中丞。③敛手:

拱手，表示恭敬。

【译文】

张苍梧是张凭的祖父，他曾经对张凭的父亲说："我不如你。"张凭的父亲不明白他什么意思。张苍梧说："你有个好儿子。"张凭当时才几岁，拱手说："爷爷，岂能拿儿子来开父亲的玩笑呢？"

四十一

习凿齿、孙兴公未相识，同在桓公坐。桓语孙："可与习参军共语。"孙云："蠢尔蛮荆，敢与大邦为仇？"①习云："薄伐猃（xiǎn）狁（yǔn），至于太原。②"

【注释】

①蠢尔蛮荆：出自《诗经·小雅·采芑》，意思是愚蠢无知的南方荆蛮，竟敢把大国当成仇敌。②薄伐猃狁，至于太原：出自《诗经·小雅·六月》，意思是讨伐匈奴，到了太原（指把匈奴赶出了太原）。薄，语首助词。猃狁，古代北方少数民族。太原，在今甘肃省固原县。习凿齿是襄阳人，孙兴公是太原人，所以因诗以相戏。

【译文】

习凿齿和孙兴公（孙绰）不认识，两人一起在桓公（桓温）府上做客。桓公对孙兴公说："你可以和习参军一起说说话。"孙兴公说："你们愚蠢无知的南方荆蛮，胆敢和大国做对！"习凿齿说："讨伐匈奴，一直到你们太原。"

四十二

桓豹奴①是王丹阳②外生，形似其舅，桓甚讳之。宣武云："不恒相似，时似耳。恒似是形，时似是神。"桓逾不说。

【注释】

①桓豹奴：桓嗣，字恭祖，小字豹奴。桓冲的儿子。曾任西阳、襄城二郡太守。②王丹阳：王混，字奉正。王恬的儿子。官至丹阳尹。

【译文】

桓豹奴是王丹阳的外甥，外貌像他的舅舅，桓豹奴很忌讳这一点。宣武（桓温）说："不经常像他，有时像罢了。经常相像的是外貌，偶尔相像的是神态。"桓豹奴更加不高兴了。

四十三

王子猷诣谢万，林公先在坐，瞻瞩[①]甚高。王曰："若林公须发并全，神情当复胜此不？"谢曰："唇齿相须，不可以偏亡。须发何关于神明？"林公意甚恶，曰："七尺之躯，[②]今日委君二贤。"

【注释】

①瞻瞩：目光。②七尺之躯：成年男子的身躯。引申为男子汉大丈夫之急。

【译文】

王子猷（王徽之）到谢万家去，林公（支道林）已在座，目光很高傲。王子猷说："如果林公胡须头发都齐全，神态风度会胜过现在吗？"谢万说："嘴唇和胡须相互依存，不可以少了其中之一。胡须和头发与人的精神有什么关系呢？"林公心里很不高兴，说："我堂堂男子汉，今天委身给两位贤达评论了。"

四十四

郗司空[①]拜北府，王黄门诣郗门拜云："应变将略，非其所长。[②]"骤咏[3]之不已。郗仓[4]谓嘉宾曰："公今日拜，子猷言语殊不逊，深不可容！"嘉宾曰："此是陈寿作诸葛评，人以汝家比武侯，复何所言！"

【注释】

①郗司空：即郗愔。②应变将略，非其所长：出自陈寿著《三国志·蜀书·诸葛亮传》，意思是随机应变的本领，不是他所擅长的。将略，用兵的谋略。③骤咏：反复朗诵。④郗仓：郗融，字景山，小字仓。郗愔的第二个儿子。

【译文】

郗司空被任命为北府长官，王黄门（王徽之）到郗家祝贺，说："随机应变的本领，不是他所擅长的。"反复朗诵着这两句而不停止。郗仓对嘉宾（郗超）说："父亲今天拜官，子猷（王徽之）说话很不礼貌，实在不可宽恕他！"嘉宾说："这是陈寿给诸葛亮作的评语，人家把你父亲比作诸葛武侯，还有什么可说的！"

四十五

王子猷诣谢公，谢曰："云何七言诗？"子猷承问，答曰："昂昂若千里之驹，泛泛若水中之凫（fú）。[1]"

【注释】

①昂昂若千里之驹，泛泛若水中之凫：出自《楚辞·卜居》："宁昂昂若千里之驹乎，将泛泛若水中之凫。"大意是昂然自傲如同一匹千里马，漂浮不定如一只水中鸭。

【译文】

王子猷（王徽之）去拜访谢公（谢安），谢公说："什么是七言诗？"王子猷听到提问，就回答说："昂昂若千里之驹，泛泛若水中之凫。"

四十六

王文度、范荣期俱为简文所要，范年大而位小，王年小而位大。将前，更相推在前，既移久，王遂在范后。王因谓曰："簸之扬之，糠(kāng)秕(bǐ)在前。"范曰："洮(táo)[①]之汰之，砂砾在后。"

【注释】

①洮：同"淘"，洗。

【译文】

王文度(王坦之)和范荣期(范启)都得到简文帝(司马昱)的邀请，范荣期年长而位低，王文度年小而位高。他们将要上前谒见简文帝，两人互相推让，让对方先走，推让了很久后，王文度最后走在了范荣期的后面。王文度于是对范荣期说："簸米扬米，秕子和糟糠都在前面。"范荣期说："淘米洗米，沙子和石子都在后面。"

四十七

刘遵祖[①]少为殷中军所知，称之于庾公。庾公甚忻然，便取为佐。既见，坐之独榻上与语。刘尔日殊不称，庾小失望，遂名之为"羊公鹤[②]"。昔羊叔子有鹤善舞，尝向客称之，客试使驱来，氃(tóng)氋(méng)[③]而不肯舞。故称比之。

【注释】

①刘遵祖：刘爰之，字遵祖，东晋沛郡(今属安徽)人。任中书郎、宣城太守等职。②羊公鹤：比喻名不副实的人。③氃氋：毛松散、委顿的样子。

【译文】

刘遵祖年轻时为殷中军(殷浩)所赏识,殷浩向庾公(庾亮)称赞举荐他。庾公很高兴,就任他为僚属。两人见了面,庾公让刘遵祖坐在独榻上与他交谈。刘遵祖那天的表现跟他的名望很不相称,庾公稍微有点失望,就称他为"羊公鹤"。从前羊叔子(羊祜)家有一只鹤善于跳舞,他曾经向客人称赞它,客人试着叫人把鹤赶来,那只鹤却羽毛松散,精神不振,不肯跳舞。所以庾公拿羊公鹤比称他。

四十八

魏长齐[①]雅有体量[②],而才学非所经。初宦当出,虞存嘲之曰:"与卿约法三章:谈者死,文笔[③]者刑,商略抵罪。"魏怡然而笑,无忤于色。

【注释】

①魏长齐:魏颉,字长齐,会稽(今浙江绍兴)人。官至山阴令。②体量:器量,气度。③文笔:六朝人把文体区分为文、笔。有韵的作品(诗赋)为文,无韵的文章为笔。也泛称有情采的诗赋为文,议论记叙一类的文章为笔。

【译文】

魏长齐很有器量,可是才学不是他所擅长的。刚做官要外出赴任时,虞存嘲笑他说:"和你约法三章:清谈玄理的人处死,写文章的人判刑,品评人物的人就治罪。"魏长齐愉悦地笑了,脸上没有不满意的神色。

四十九

郗嘉宾书与袁虎,道戴安道、谢居士云:"恒任之风,当有所弘耳。"以袁无恒,故以此激之。

【译文】

郗嘉宾(郗超)给袁虎(袁宏)写信,评价戴安道(戴逵)、谢居士(谢敷)说:"有恒心、负责任这种作风,应当有所弘扬啊。"这是因为袁虎没有恒心,所以拿这句话来激励他。

五十

范启与郗嘉宾书曰:"子敬举体无饶[1]纵,掇(duō)皮[2]无余润。"郗答曰:"举体无余润,何如举体非真者?"范性矜(jīn)假[3]多烦,故嘲之。

【注释】

①饶:指肌肤丰润饱满。②掇皮:除去皮。掇:通"剟"。比喻彻里彻外。③矜假:骄矜虚伪。

【译文】

范启给郗嘉宾(郗超)写信说:"子敬(王献之)全身干瘦干瘦的,即使除去皮,也没有多余的肉。"郗嘉宾回答说:"全身干瘦干瘦的,与全身都是假的比起来怎么样?"范启本性骄矜虚伪,虚情客套,所以郗超嘲笑他。

五十一

二郗[1]奉道,二何[2]奉佛,皆以财贿。谢中郎云:"二郗谄(chǎn)于道,二何佞(nìng)于佛。"

【注释】

①二郗:郗愔和郗昙,信奉天师道。②二何:何充和何准,信奉佛教。

【译文】

二郗信奉天师道，二何信奉佛教，他们都用了很多钱财。谢中郎（谢万）说："二郗巴结道教，二何谄媚佛教。"

五十二

王文度在西州[①]，与林法师讲，韩、孙诸人并在坐。林公理每欲小屈，孙兴公曰："法师今日如著弊絮在荆棘中，触地[②]挂阂（ài）[③]。"

【注释】

①西州：指扬州。②触地：到处，遍地。③挂阂：挂碍。

【译文】

王文度（王坦之）在扬州，和林法师（支道林）一起讲论玄理，韩康伯（韩伯）和孙兴公（孙绰）等人都在座。林公（支道林）所讲的道理每每稍微处在下风时，孙兴公就说："法师今天像穿着破棉衣走在荆棘中，遍地都是挂碍。"

五十三

范荣期见郗超俗情不淡，戏之曰："夷、齐、巢、许，[①]一诣垂名，何必劳神苦形，支策据梧[②]邪？"郗未答，韩康伯曰："何不使游刃皆虚[③]？"

【注释】

①夷、齐、巢、许：指伯夷、叔齐、巢父、许由。这几位都是上古清廉之士。②支策据梧：此指昭文弹琴、师旷持杖击节、惠子倚在梧桐树下辩论，三人的技艺几乎都算得上登峰造极，所以载誉于晚年。后形容用心劳神。③游刃皆虚：刀锋所到之处都是空隙。形容技艺高超，运用熟练。游刃，转动的刀锋。虚，空。

【译文】

范荣期(范启)看到郗超世俗之情不淡,戏弄他说:"伯夷、叔齐、巢父、许由一下子名垂后世,你为什么一定要使自己心神劳顿、形体受苦,像昭文、师旷、惠子那样劳形费神呢?"郗超还没有回答,韩康伯(韩伯)说:"为什么不让刀锋在空隙中游走?"

五十四

简文在殿上行,右军与孙兴公在后。右军指简文语孙曰:"此啖(dàn)名[①]客。"简文顾曰:"天下自有利齿儿[②]。"后王光禄作会稽,谢车骑出曲阿(ē)[③]祖之,王孝伯罢秘书丞在坐,谢言及此事,因视孝伯曰:"王丞[④]齿似不钝。"王曰:"不钝,颇亦验。"

【注释】

①啖名:好名,贪求虚名。②利齿儿:口齿伶俐的人。③曲阿:地名,在今江苏丹阳县。④王丞:即王孝伯。

【译文】

简文帝(司马昱)在宫殿上行走,右军(王羲之)和孙兴公(孙绰)跟在后面。右军指着简文帝对孙兴公说:"这是贪求虚名的人!"简文帝回头说:"天下本来就有口齿伶俐的人。"后来王光禄(王蕴)出任会稽内史时,谢车骑(谢玄)到曲阿为他饯行,王孝伯(王恭)被免去秘书丞一职,也在座,谢玄谈起这件事,于是看着王孝伯说:"王丞的牙齿好像不钝。"王孝伯说:"不钝,还很管用。"

五十五

谢遏夏月尝仰卧,谢公清晨卒来,不暇著衣,跣出屋外,方蹑履问讯。公曰:"汝可谓'前倨而后恭'[①]。"

【注释】

①前倨而后恭：以前傲慢，后来恭敬。形容对人的态度改变。

【译文】

谢遏（谢玄）夏天仰躺床上。谢公（谢安）清晨突然来到，谢遏没时间穿衣服，光脚来到屋外，穿上鞋问好。谢公说："你可以说是'前倨而后恭'了。"

五十六

顾长康作殷荆州佐，请假还东。尔时例不给布驱（fán）①，顾苦求之，乃得。发至破冢（zhǒng）②，遭风大败。作笺与殷云："地名破冢，真破冢而出③。行人安稳，布驱无恙。"

【注释】

①布驱：布做的船帆，也指帆船。②破冢：地名，在今湖北荆沙市荆州区东南三十里长江东岸。③破冢而出：指死里逃生。冢，坟墓。

【译文】

顾长康（顾恺之）任殷荆州（殷仲堪）的佐属时，请假回东边的家。那时按例不供给帆船，顾长康极力恳求，才得以乘帆船出发。到了破冢时，他遇到大风，帆船被毁坏了。他写信给殷仲堪说："地名叫破冢，我真是像破冢而出。出行的人安全，帆船也没有出问题。"

五十七

苻朗①初过江，王咨议②大好事，问中国人物及风土所生，终无极已，朗大患之。次复问奴婢贵贱，朗云："谨厚③有识中④者，乃至十万；无意⑤为奴婢问者，止数千耳。"

【注释】

①苻朗：字元达，苻坚的侄子。初为苻秦的镇东将军、青州刺史，后投降东晋，为员外散骑侍郎，后被王国宝诬杀。②王咨议：王肃之，字幼恭，王羲之的第四子。曾任中书郎、骠骑咨议。③谨厚：谨慎笃厚。④识中：有见识。⑤无意：无见识。

【译文】

苻朗刚来到晋国时，王咨议非常喜欢多事，问苻朗有关中原地区的人物和风土物产，没完没了，苻朗非常厌恶他。王咨议接着又问他奴婢价钱的高低，苻朗说："谨慎笃厚而有见识的，能被人看中的，价格可到十万；没有见识，只是问问价格的，仅几千钱罢了。"

五十八

东府[①]客馆是版屋[②]。谢景重诣太傅，时宾客满中，初不交言，直仰视云："王乃复西戎其屋[③]。"

【注释】

①东府：东晋建都建业时丞相兼领扬州刺史的治所。故址在今江苏省南京市内。②版屋：用木板建造的房屋。③西戎其屋：晋左思《三都赋》序："见'在其版屋'，则知秦野西戎之宅。"以板为屋，为我国古代西北地区少数民族习尚。

【译文】

东府的宾馆是木板房。谢景重（谢重）去拜访太傅（司马道子），当时宾客满座，开始时他不和别人说一句话，只是抬头看着屋顶说："会稽王竟然还住在西戎的板屋里。"

五十九

顾长康啖甘蔗，先食尾。人问所以，云："渐至佳境。"

【译文】

顾长康（顾恺之）吃甘蔗，先吃尾部。有人问他这么做的原因，他说："这样吃可以逐渐进入美妙的境地。"

六十

孝武属王珣求女婿曰："王敦、桓温磊砢（luǒ）[①]之流，既不可复得，且小如意，亦好豫人家事，酷非所须。正如真长、子敬比，最佳。"珣举谢混。后袁山松欲拟谢婚，王曰："卿莫近禁脔（luán）[②]。"

【注释】

①磊砢：形容植物多节。这里喻人有奇特的才能。②禁脔：比喻珍美的、独自占有而不容别人分享、染指的东西。脔，切成块的肉。

【译文】

晋孝武帝（司马曜）嘱托王珣为女儿选女婿，说："王敦、桓温是有奇特才能的人，已经不能再找到，况且他们稍微有点得意，也喜欢掺和别人的家事，实在不是我要找的人。像真长（刘惔）、子敬（王献之）一样的人，最好。"王珣就举荐了谢混。后来袁山松打算把女儿嫁给谢混，王珣说："你不要靠近禁脔。"

六十一

桓南郡与殷荆州语次[①]，因共作了语[②]。顾恺之曰："火烧平原无遗燎。"桓曰："白布缠棺竖旒（liú）旐（zhào）[③]。"殷曰："投鱼深渊放飞鸟。"次复作危语[④]。桓曰："矛头淅（xī）米剑头炊。"殷曰："百岁老翁攀枯枝。”顾曰：“井上辘轳卧婴儿。”殷有一参军在坐，云：“盲人骑瞎马，夜半临深池。”殷曰：“咄咄逼人！”仲堪眇（miǎo）目[⑤]故也。

【注释】

①语次：交谈之间。②了语：尽头话，属于一种机智的戏言。③旒旐：竖在灵柩前标志死者官职和姓名的旗幡。④危语：使人害怕的话。也是一种语言游戏。⑤眇目：瞎了一只眼。

【译文】

桓南郡（桓玄）和殷荆州（殷仲堪）交谈间，顺便一同做“了语”的语言游戏。顾恺之说：“火烧平原没有余火。”桓玄说：“白布缠着棺材，竖着旒旐。”殷仲堪说：“把鱼投入深渊，放开鸟儿让它飞。”接着他们又做“危语”的语言游戏。桓玄说：“矛头上淘米，剑尖上做饭。”殷仲堪说：“百岁老翁攀爬枯萎的树枝。”顾恺之说：“井上的辘轳卧着婴儿。”殷仲堪有一个参军也在座，说：“盲人骑着瞎马，夜半来到深水池的边上。”殷仲堪说：“咄咄逼人啊！”这是因为殷仲堪瞎了一只眼睛。

六十二

桓玄出射，有一刘参军与周参军朋赌[①]，垂成，唯少一破[②]。刘谓周曰：“卿此起不破，我当挞卿。”周曰：“何至受卿挞？”刘曰：“伯禽[③]之贵，尚不免挞，而况于卿！”周殊无忤色。桓语庾伯鸾（luán）[④]曰：“刘参军宜停读书，周参军且勤学问。”

【注释】

①朋赌：分朋赌射箭。一朋等于一组。②破：射中。③伯禽：姬姓，字伯禽，亦称禽父。周公姬旦的长子。周代鲁国的始祖。周公辅佐周成王处理国政，成王有罪时，就鞭打伯禽。④庾伯鸾：庾鸿，字伯鸾。曾任辅国内史。

【译文】

桓玄外出射箭，有一位刘参军和周参军组成一组赌射箭，快要成功了，但少射中一箭。刘参军对周参军说："你这一箭射不中，我应该鞭打你。"周参军说："哪里至于被你鞭打？"刘参军说："伯禽那样尊贵的人，还免不了被父亲鞭打，更何况是你呢！"周参军脸上一点也没有怨怒之色。桓玄对庾伯鸾说："刘参军应该停止读书，周参军还要勤于学习知识。"

六十三

桓南郡与道曜(yào)讲《老子》，王侍中[1]为主簿，在坐。桓曰："王主簿可顾名思义。"王未答，且大笑。桓曰："王思道能作大家儿笑。"

【注释】

①王侍中：即王桢之，小字思道。曾任侍中。

【译文】

桓南郡(桓玄)和道曜讲习《老子》时，王侍中任主簿，正在座。桓玄说："王主簿，可以看着自己的名字思考道的含义。"王主簿没有回答，而且放声大笑。桓玄说："王思道能发出大家子弟的笑声。"

六十四

祖广[1]行恒缩头。诣桓南郡，始下车，桓曰："天甚晴朗，祖参军如从屋漏中来。"

【注释】

①祖广：字渊度，范阳(今河北涿州)人。官至护军长史。

【译文】

祖广走路经常缩着脑袋。他去拜访桓南郡(桓玄),刚下车,桓玄说:“天气很晴朗,祖参军却好像刚从漏雨的屋子里走出来。”

六十五

桓玄素轻桓崖[①]。崖在京下有好桃,玄连就求之,遂不得佳者。玄与殷仲文书,以为嗤笑曰:“德之休明[②],肃慎[③]贡其楛(hù)矢[④];如其不尔,篱壁间物,[⑤]亦不可得也。”

【注释】

①桓崖:桓修,字承祖,小字崖,桓玄的堂兄弟。②休明:美好清明。③肃慎:古民族名。古代居于我国东北地区。周武王、周成王时曾以楛(hù)矢、石砮(nǔ)来贡。亦泛指远方之国。④楛矢:以楛木做杆的箭。⑤篱壁间物:指家乡所产的平常之物。

【译文】

桓玄一向看不起桓崖。桓崖在京都的家里有好桃,桓玄连续几次向他请求种子,最终也没得到良种。桓玄给殷仲文写信,拿这件事来嘲笑自己说:“如果道德美好清明,肃慎也会献上用楛木做杆的箭;如果不这样,就连家乡所产的平常之物也得不到。”

轻诋第二十六

一

王太尉问眉子[①]:“汝叔名士,何以不相推重?”眉子曰:“何有名士终日妄语?”

【注释】

①眉子:王玄,字眉子,王衍之子。

【译文】

王太尉(王衍)问眉子:“你的叔父是名士,你为什么不推重他?”眉子说:“哪里有名士成天胡说八道的?”

二

庾元规语周伯仁:“诸人皆以君方乐。”周曰:“何乐?谓乐毅[①]邪?”庾曰:“不尔,乐令耳。”周曰:“何乃刻画无盐[②],以唐突西子[③]也?”

【注释】

①乐毅:战国时燕将。燕昭王时,任亚卿,曾率军击破齐国,先后攻下七十余城,因功封于昌国(今山东淄博东南),号昌国君。②无盐:

指无盐女，即战国时齐宣王的王后钟离春。为人有德而貌丑，后常用为丑女的代称。因是无盐人，故名。③西子：即西施。

【译文】

庾元规（庾亮）对周伯仁（周顗）说："大家都把您和乐氏相比。"周伯仁说："哪个乐氏？是乐毅吗？"庾元规说："不是这个，是乐令。"周伯仁说："为什么为了刻画无盐，却要冒犯西施呢？"

三

深公云："人谓庾元规名士，胸中柴棘三斗许。"

【译文】

深公说："人们说庾元规（庾亮）是名士，其实他胸中塞的荆棘柴草有三斗多。"

四

庾公权重，足倾王公。庾在石头，王在冶城坐，大风扬尘，王以扇拂尘曰："元规尘污人。"

【译文】

庾公（庾亮）权力大，足以把王公（王导）搞垮。庾公在石头城，王公在冶城坐着时，大风扬起尘土，王公就用扇子拂去灰尘，说："从元规那儿吹来的灰尘把人弄脏了。"

五

王右军少时涩讷[①]，在大将军许，王、庾二公后来，右军便起欲去。大将军留之曰："尔家司空、元规，复可所难？"

【注释】

①涩讷:说话、写文章迟钝。

【译文】

王右军(王羲之)年轻时说话迟钝,在大将军(王敦)的府上,王导、庾亮两位后到,右军就想起身离开。大将军挽留他,说:"你家的司空(王导)、元规(庾亮),又有什么为难的?"

六

王丞相轻蔡公,曰:"我与安期、千里共游洛水边,何处闻有蔡充儿?"

【译文】

王丞相(王导)瞧不起蔡公(蔡谟),说,"我和安期(王承)、千里(阮瞻)同游于洛水边上,哪里听说过有蔡充的儿子?"

七

褚太傅初渡江,尝入东,至金昌亭,吴中豪右[①]燕集亭中。褚公虽素有重名,于时造次不相识别。敕(chì)左右多与茗汁[②],少著粽,汁尽辄益,使终不得食。褚公饮讫,徐举手共语云:"褚季野。"于是四坐惊散,无不狼狈。

【注释】

①豪右:豪门大族。②茗汁:茶水。

【译文】

褚太傅(褚裒)刚渡江南下,曾到东吴,到达金昌亭,当时吴中的豪门大族正在亭中举行宴会。褚公(褚裒)虽然一向有很大的名气,但当时匆忙来访,彼此并不相识。这些人命令仆役在褚公的碗里多斟茶水,少放粽子之类的食物,茶水喝干就加上,使他最后吃不到食物。褚公饮完后,慢慢地举手说:“我是褚季野。”于是在座的人都吓跑了,没有一个人的样子不狼狈。

八

王右军在南,丞相与书,每叹子侄不令,云:“虎㹠(tún)[①]、虎犊(dú)[②],还其所如。”

【注释】

①虎㹠:王彭之,字安寿,小字虎㹠,王彬之子。官至黄门郎。②虎犊:王彪之,字叔虎,小字虎犊,王彭之的三弟。年二十而头须皓白,时人谓之“王白须”。官至左光禄大夫。

【译文】

王右军(王羲之)在南方,丞相(王导)写信给他,每次都叹息子侄不佳,说:“虎㹠、虎犊,他们的才干如同他们的小名。”

九

褚太傅南下,孙长乐[①]于船中视之。言次及刘真长死,孙流涕,因讽咏曰:“人之云亡,邦国殄(tiǎn)瘁(cuì)。[②]”褚大怒曰:“真长平生,何尝相比数[③],而卿今日作此面向人!”孙回泣向褚曰:“卿当念我!”时咸笑其才而性鄙。

【注释】

①孙长乐:即孙绰,袭爵长乐侯。②人之云亡,邦国殄瘁:出自《诗经·大雅·瞻卬》,大意是贤人死亡了,国事危殆。殄瘁:困苦。③比数:相与并列,相提并论。

【译文】

褚太傅（褚裒）南下时，孙长乐（孙绰）到船上去看他。两人交谈之间，说到刘真长（刘惔）去世，孙绰流着眼泪，于是吟诵道："贤人死亡了，国事危殆。"褚公（褚裒）听后大怒，说："真长生平哪里把你提及了，而你今天居然装出这副面孔来对待别人！"孙绰于是收住眼泪对褚公说："你应当可怜我吧！"当时的人都笑孙绰这人虽有才学但品格鄙陋。

十

谢镇西书与殷扬州，为真长求会稽。殷答曰："真长标同伐异[①]，侠之大者。常谓使君降阶[②]为甚，乃复为之驱驰邪？"

【注释】

①标同伐异：帮助意见相同的人，排斥意见不同的人。标：标榜。伐：声讨。②降阶：降级，降低官位。

【译文】

谢镇西（谢尚）写信给殷扬州（殷浩），替真长（刘惔）请求担任会稽内史一职。殷扬州答道："真长标榜志同道合的人，攻击异己，是狭隘表现得最突出的人。平日我常说你降低身份同他往来已经过分了，现在怎么又为他奔走效劳呢？"

十一

桓公入洛，过淮、泗，践北境，与诸僚属登平乘楼[①]，眺瞩中原，慨然曰："遂使神州陆沉[②]，百年丘墟，王夷甫诸人不得不任其责！"袁虎率尔对曰："运自有废兴，岂必诸人之过？"桓公懔然作色，顾谓四坐曰："诸君颇闻刘景升[③]不？有大牛重千斤，啖（dàn）刍（chú）豆十倍于常牛，负重致远，曾不若一羸（léi）牸（zì）。魏武入荆州，烹以飨（xiǎng）[④]士卒，于时莫不称快。”意以况袁。四坐既骇，袁亦失色。

【注释】

①平乘楼：指大船的船楼。②陆沉：比喻国土沦丧。③刘景升：刘表，字景升。董卓之乱后任荆州牧。建安十三年（208），曹操南征荆州不久，他病卒。④飨：用酒肉招待人。

【译文】

桓公（桓温）进兵洛阳，渡过淮河、泗水，进入北国境内时，与部下官员登上船楼，眺望中原，感慨地说：“使神州沦陷，百年来处处变为丘墟，王夷甫（王衍）这些人，不得不负责任！”袁虎（袁宏）轻率地说：“时运有兴有废，怎能说一定是这些人的罪过？”桓公面色很严厉，望着四座的人说：“各位听说过刘景升吗？他养有一只大牛，重达千斤，每天需要吃的饲料是普通牛的十倍，但是这只大牛驮着东西走远路，还比不上一头瘦弱的母牛。魏武帝（曹操）到荆州后，把大牛宰了，赏给士兵吃，当时所有的人无不拍手称快。”桓温的意思是对袁宏而言的。但座上各人都心怀恐惧，袁虎也吓得面无血色。

十二

袁虎、伏滔[①]同在桓公府，桓公每游燕，辄命袁、伏，袁甚耻之，恒叹曰：“公之厚意，未足以荣国士。与伏滔比肩，亦何辱如之？”

【注释】

①伏滔：字玄度，平昌安丘（今属山东）人。有才学，少知名。为桓温府中参军。

【译文】

袁虎(袁宏)、伏滔同在桓公(桓温)的府上做属官,桓公每次游览或宴会,总邀请袁虎和伏滔参加,袁虎以此为耻,常常叹息说:“桓公的厚意,并不能够增加国家有声望人士的光荣。和伏滔并列,还有像这样的耻辱吗?”

十三

高柔[①]在东,甚为谢仁祖所重。既出,不为王、刘所知。仁祖曰:“近见高柔大自敷奏[②],然未有所得。”真长云:“故不可在偏地居,轻在角䚥(nuò)[③]中为人作议论。”高柔闻之云:“我就[④]伊无所求。”人有向真长学此言者,真长曰:“我实亦无可与伊者。”然游燕犹与诸人书:“可要安固。”安固者,高柔也。

【注释】

①高柔:字世远,临海宋安(今浙江仙居)人。曾任司空参军、安固令。②敷奏:陈奏,向君上报告。③角䚥:屋角,角落。这里指偏僻的地方。④就:靠近,凑近。

【译文】

高柔在浙东,受到谢仁祖(谢尚)的推重。后来到了京城,他并未得到王濛、刘惔等人的赏识。仁祖说:“最近见到高柔大力自陈奏章,但是没有什么收获。”真长(刘惔)说:“所以不可在偏远的地方长期居住,藏身在屋子的角落里被别人议论。”高柔听到这些话后,说:“我靠近他并无所求。”有人把高柔的话讲给真长听,真长说:“我实在也没有可以给他的东西。”话虽这样说,但是每逢游宴,刘真长在写给大伙的信中,还是说:“可以邀请安固。”安固,即指高柔。

十四

刘尹、江虨(bīn)、王叔虎[①]、孙兴公同坐,江、王有相轻色。虨以手歙(shè)[②]叔虎云:"酷吏!"词色甚强。刘尹顾谓:"此是瞋(chēn)邪?非特是丑言声、拙视瞻[③]。"

【注释】

①王叔虎:即王彪之。②歙:同"摄",捉持。③视瞻:指顾盼的神态。

【译文】

刘尹(刘惔)与江虨、王叔虎、孙兴公(孙绰)同坐,江虨和王叔虎互相瞧不起对方。江虨用手捉住王叔虎,说:"酷吏!"辞色非常严厉。刘尹望着江虨说:"你这是发脾气吗?不仅言语、声音难听,神色也很拙劣。"

十五

孙绰作《列仙·商丘子赞》曰:"所牧何物?殆非真猪。傥遇风云,为我龙摅(shū)[①]。"时人多以为能。王蓝田语人云:"近见孙家儿作文,道'何物'、'真猪'也。"

【注释】

①摅:腾跃。

【译文】

孙绰作《列仙·商丘子赞》说:"所放牧的是什么东西?大概不是真的猪。倘若遇到风云变幻,请为我像蛟龙那样腾跃起来。"当时的人认为孙氏写得很好。王蓝田(王述)对别人说:"最近看见孙家那小子所写的文章，说‘何物’、‘真猪’之类的话。”

十六

桓公欲迁都，以张拓定[①]之业。孙长乐上表谏，此议甚有理。桓见表心服，而忿其为异，令人致意孙云：“君何不寻《遂初赋》，而强知人家国事！”

【注释】

①拓定：平定。

【译文】

桓公（桓温）想迁都，以便扩张平定北方的功业。孙长乐（孙绰）上奏朝廷，劝阻这个迁都的想法，说得很有道理。桓温见到奏表后，心里也很佩服，可是也生气他竟然意见跟自己不同，他让人向孙绰致意说：“你为什么不去追寻你的《遂初赋》，却硬要干预别人的家国大事！”

十七

孙长乐兄弟就谢公宿，言至款杂[①]。刘夫人在壁后听之，具闻其语。谢公明日还，问：“昨客何似？”刘对曰：“亡兄[②]门未有如此宾客。”谢深有愧色。

【注释】

①款杂：空泛杂乱。②亡兄：指刘惔。

【译文】

孙绰、孙统兄弟到谢公（谢安）府上投宿，谈话内容空泛杂乱。刘夫人在隔壁室内听着，听到了他们说的所有话。谢公第二天回来后，问:“昨天客人怎么样?”刘夫人说:“我去世的哥哥门庭内,没有像这样的宾客。”谢公听后非常惭愧。

十八

简文与许玄度共语,许云:“举君亲为难。”简文便不复答,许去后而言曰:“玄度故可不至于此。”

【译文】

简文帝(司马昱)和许玄度(许询)一起交谈,许玄度说:“在君主与亲人之间选择,我觉得很困难。”简文帝便不再答话,许玄度离开后,简文帝说:“玄度本来可以不说这样的话。”

十九

谢万寿春败后还,书与王右军云:“惭负[1]宿顾[2]。”右军推书曰:“此禹、汤之戒[3]。”

【注释】

①惭负:惭愧。②宿顾:以往的关照。③禹、汤之戒:出自《左传·庄公十一年》:“禹、汤罪己,其兴也悖焉。”意思是上古帝王禹、汤谴责自己,国家就兴旺。事前王羲之有信给谢万,劝他好好团结部下,谢万不听,以致失败。这里指谢万傲慢,没有认识到自己的错误。

【译文】

谢万在寿春之役战败后返回,写了一封信给王右军(王羲之)说:“很惭愧,辜负了你以往对我的关照。”右军把信推开,说:“这是夏禹、商汤责备自己的话。”

二十

蔡伯喈(jiē)[1]睹睐(lài)笛椽[2],孙兴公听妓,振且摆折。王右军闻,大嗔曰:"三祖寿乐器,虺(huǐ)瓦吊[3]孙家儿打折!"

【注释】

①蔡伯喈,蔡邕(yōng),字伯喈。博学善为文,精于音律,官至中郎将。②睹睐笛椽:发现制作笛子的椽子。蔡邕避难江南时,发现所住房上的竹椽是好竹,就用来做笛子,果然不同一般,即"笛椽"。睹睐:看见,发现。③虺瓦吊:疑似骂人话。

【译文】

蔡伯喈(蔡邕)发现制作笛子的椽子,便制成了笛子,孙兴公(孙绰)听歌妓唱歌,边敲边听,把这支笛子弄折了。王羲之听说此事,大发脾气说:"这是三代相传的乐器,被孙家这小子打断了!"

二十一

王中郎与林公绝不相得[1]。王谓林公诡辩,林公道王云:"著腻颜帢(qià)[2],缔(xì)布[3]单衣,挟《左传》,逐郑康成[4]车后,问是何物尘垢囊[5]?"

【注释】

①相得:彼此合得来。②颜帢:古代的一种帽子。③缔布:一种粗葛布。缔,疑为绤(xì),粗葛布。④郑康成:即郑玄。⑤尘垢囊:装灰尘和污垢的口袋,这里比喻王坦之。

【译文】

王中郎(王坦之)与林公(支道林)非常合不来。王中郎说林公诡辩,林公说王中郎:“戴着油腻的帽子,穿着粗葛布单衣,腋下夹着《左传》,跟随在郑康成的车子后面,请问,这是什么样的藏污纳垢袋子?”

二十二

孙长乐作王长史诔云:“余与夫子,交非势利,心犹澄水,同此玄味。”王孝伯见曰:“才士不逊,亡祖何至与此人周旋!”

【译文】

孙长乐(孙绰)撰写王长史(王濛)的诔辞说:“我和先生交往,没有掺杂任何的势利,我们的心像清水一般纯洁,常常共同品尝玄理的真味。”王孝伯(王恭)见到后,说:“文人出言不逊,我去世的祖父怎么会与这样的人交往!”

二十三

谢太傅谓子侄曰:“中郎始是独有千载。”车骑曰:“中郎衿抱[①]未虚,复那得独有?”

【注释】

①衿抱:怀抱。

【译文】

谢太傅(谢安)对子侄们说:“中郎(谢万)才是千百年来独一无二的。”谢车骑(谢玄)说:“中郎不虚心,又哪能算得上是独一无二的?”

二十四

庾道季诧[①]谢公曰:“裴郎[②]云:‘谢安谓裴郎乃可不恶,何得为复饮酒?’裴郎又云:‘谢安目支道林如九方皋[③]之相马,略其玄黄,取其俊逸。’”谢公云:“都无此二语,裴自为此辞耳。”庾意甚不以为好,因陈东亭《经酒垆下赋》。读毕，都不下赏裁，直云："君乃复作裴氏学！"于此《语林》遂废。今时有者，皆是先写，无复谢语。

【注释】

①诡：欺骗。②裴郎：即裴启，著有《语林》一书。③九方皋：春秋时人，善相马。由伯乐推荐，为秦穆公求千里马，三月后，称已得良马，雌而黄色，在沙丘。穆公使人往认，为雄而黑色。穆公不悦，怪其不辨雌雄颜色。伯乐反称其"得精忘粗，见内忘外"。及马至，果为千里马。

【译文】

庾道季（庾龢）欺骗谢公（谢安）说："裴郎说：'谢安称赏裴郎还不错，为什么时常喝酒呢？'裴郎又说：'谢安品题支道林，就像九方皋相马，不考究颜色，只取其神情俊逸。'"谢公听罢，说："我没有说过这两段话，是裴启自己捏造的。"庾道季不以谢公为然，因此，他又拿出王东亭（王珣）的《经酒垆下赋》来请谢公看。谢公读完，没有一句称赏或评论的话，只是说："你又搞起裴氏学来了。"从此，裴启《语林》一书就废止不流行了。现在所保存的，都是原先抄写的，其中没有谢安所说的话。

二十五

王北中郎[①]不为林公所知，乃著论《沙门不得为高士论》，大略云："高士必在于纵心调畅。沙门虽云俗外，反更束于教，非情性自得之谓也。"

【注释】

①王北中郎：即王坦之，曾任北中郎将。

【译文】

王北中郎不被林公(支道林)所赞赏,就撰写了《沙门不得为高士论》,大意是说:“高士必须心灵不受任何束缚,自得其乐。僧侣虽已出家,置身世俗之外,却反而受到佛教种种约束,未能让性情自由发展。”

二十六

人问顾长康:“何以不作洛生咏?”答曰:“何至作老婢声?”

【译文】

有人问顾长康(顾恺之):“为什么不学洛阳书生读书吟诗的腔调?”他回答说:“我为什么要去学老婢女的声调?”

二十七

殷颉、庾恒[①]并是谢镇西外孙,殷少而率悟,庾每不推。尝俱诣谢公,谢公熟视殷曰:“阿巢[②]故似镇西。”于是庾下声语曰:“定何似?”谢公续复云:“巢颊似镇西。”庾复云:“颊似,足作健[③]不?”

【注释】

①庾恒:字敬则。庾亮之孙,庾龢(hé)之子。官至尚书仆射。②阿巢:殷颉的小字。③作健:成为强者。指奋发称雄。

【译文】

殷颉、庾恒都是谢镇西(谢尚)的外孙,殷颉从小聪明,但庾恒常常不推崇殷颉。两人曾经同到谢公(谢安)府上,谢公看了殷颉许久,说:“阿巢确实像镇西。”这时,庾恒插话说:“究竟哪方面像?”谢公继续说:“面颊像镇西。”庾恒又说:“面颊像,就足以成为强者吗?”

二十八

旧目韩康伯“将[①]肘无风骨”。

【注释】

①将：大，壮。

【译文】

以前人们品评韩康伯（韩伯）“臂肘虽壮，却没有风骨”。

二十九

苻宏[①]叛来归国，谢太傅每加接引[②]。宏自以有才，多好上[③]人，坐上无折之者。适王子猷来，太傅使共语。子猷直孰视良久，回语太傅云：“亦复竟不异人。”宏大惭而退。

【注释】

①苻宏：前秦苻坚的长子。立为皇太子，苻坚议伐晋，苻宏力谏不从，就有了淝水之战战败的事。后苻宏带着母亲和妻子归降晋朝，被安置在江州。桓玄篡位，任他为凉州刺史。后来晋安帝以谋叛罪名杀了他。②接引：招待。③上：凌驾，高出。

【译文】

苻宏叛逃前秦，归降晋国，谢太傅（谢安）时常招待他。苻宏自以为有才气，喜欢凌驾别人之上，在座的人没有人能使他折服。恰值王子猷（王徽之）来了，太傅要他们交谈。子猷把苻宏看了又看，然后回过头去对太傅说：“竟然跟别人也没什么不同。”苻宏非常羞愧，便告辞了。

三十

支道林入东,见王子猷兄弟,还,人问:“见诸王何如?”答曰:“见一群白颈乌,但闻唤哑哑声。”

【译文】

支道林到会稽,见到了王子猷(王徽之)兄弟,回来后,有人问他:“你看王氏兄弟怎么样?”他答说:“看见一群白颈乌鸦,只听到哑哑的叫唤声。”

三十一

王中郎举许玄度为吏部郎,郗重熙曰:“相王好事,不可使阿讷[①]在坐头。”

【注释】

①阿讷:许询的小字。

【译文】

王中郎(王坦之)推荐许玄度(许询)任吏部郎,郗重熙(郗昙)说:“相王(司马昱)喜欢多事,不可使阿讷坐在他身边。”

三十二

王兴道[①]谓谢望蔡[②]:“霍霍[③]如失鹰师。”

【注释】

①王兴道:王和之,字兴道。王胡之的儿子。曾任永嘉太守、正员常侍。②望蔡:即谢琰,因功封望蔡公。③霍霍:性急的样子。

【译文】

王兴道评论谢望蔡性子急躁:“好像丢失了鹰的驯鹰师。”

三十三

桓南郡每见人不快,辄嗔云:“君得哀家梨[①],当复不烝(zhēng)食不?”

【注释】

①哀家梨:也作“哀梨”。相传汉代秣陵人哀仲所种之梨果大而味美,当时人称为“哀家梨”。

【译文】

桓南郡(桓玄)每次看见别人不高兴,就生气地说:“你得到哀家梨,该不会蒸了吃吧?”

假谲第二十七

一

魏武少时，尝与袁绍好为游侠[①]。观人新婚，因潜入主人园中，夜叫呼云："有偷儿贼！"青庐[②]中人皆出观。魏武乃入，抽刃劫新妇，与绍还（xuán）[③]出，失道，坠枳（zhǐ）棘中，绍不能得动，复大叫云："偷儿在此！"绍遑迫[④]自掷出，遂以俱免。

【注释】

①游侠：无赖之徒。②青庐：古代举行婚礼时用的青布做成的棚子。③还：迅速。④遑迫：惶急不安。

【译文】

魏武帝（曹操）年轻时，曾和袁绍喜欢做无赖之徒之事。有一次他们观看别人婚礼时，趁机溜进主人园中，夜间大声呼叫："有偷东西的贼！"青庐中的人纷纷出来察看。这时，魏武帝进去，抽出刀子劫持了新娘，然后和袁绍一同快速跑出来，两人中途迷了路，袁绍掉进荆棘丛中，不能动弹，曹操又大声呼叫："小偷在这里！"袁绍惶急不安，一急就跳出来了，最后两人都逃掉了。

二

魏武行役[①]，失汲道[②]，三军皆渴，乃令曰："前有大梅林，饶[③]子，甘酸可以解渴。”士卒闻之，口皆出水，乘此得及前源。

【注释】

①行役：带部队行军。②汲道：取水的地方。③饶：多。

【译文】

魏武帝（曹操）带领军队行军，没有找到取水的地方，士兵们都很渴，他下令道：“前面有一大片梅树林，有很多果实，又甜又酸，可以用来解渴。”士兵们听后，嘴里都流出了口水，他们凭借着这个机会得以到达前方有水源的地方。

三

魏武常言：“人欲危己，己辄心动。”因语所亲小人曰：“汝怀刃密来我侧，我必说心动，执汝使行刑，汝但勿言其使，无他[①]，当厚相报。”执者[②]信焉，不以为惧，遂斩之。此人至死不知也。左右以为实，谋逆者挫气[③]矣。

【注释】

①无他：没有别的，无害。②执者：指被抓的人。③挫气：丧气。

【译文】

魏武帝（曹操）常常说：“有人想害我，我的心就悸动。”于是，他对一个身边服侍他的亲信说：“你可以在身上暗藏一柄刀子，悄悄地到我身边来，我必定说心悸，抓你去受刑，你只要不说出是谁指使你干的，就不会有别的事，我一定会重重地赏你。”这人相信了他的话并这样做了，当他被抓去受刑时，毫无恐惧之色，结果被杀掉了。这个人到死也不明白其中的原因。身边的人以为曹操说的是真的，那些想谋害他的人从此也都灰心丧气了。

四

魏武常云:“我眠中不可妄近,近便斫(zhuó)[1]人,亦不自觉。左右宜深慎此。”后阳眠[2],所幸一人,窃以被覆之,因便斫杀。自尔每眠,左右莫敢近者。

【注释】

①斫:砍。②阳眠:佯眠,假装睡觉。

【译文】

魏武帝(曹操)常说:“我睡眠时,不可随便靠近我,否则我会在睡梦中杀人,而且杀了人自己还不知道。你们千万要小心留意。”后来,他假装熟睡,一个平日被他宠信的侍者,偷偷地去取被子盖在他身上,他顺手把侍者砍死了。从那以后每次睡觉,身边的人都不敢靠近他。

五

袁绍年少时,曾遣人夜以剑掷魏武,少下,不著。魏武揆(kuí)[1]之,其后来必高。因帖[2]卧床上,剑至果高。

【注释】

①揆:揣测。②帖:通“贴”,紧挨。

【译文】

袁绍年轻时,曾经派人在夜间用剑投掷刺杀魏武帝(曹操),稍微偏低了一些,没有刺中。曹操揣测,后一剑刺来必然偏高一些。于是他紧紧贴躺在床上,剑刺下时果然偏高一些。

六

王大将军既为逆，顿军姑孰[①]。晋明帝以英武之才，犹相猜惮[②]，乃著戎服，骑巴賨(cóng)[③]马，赍(jī)一金马鞭，阴察军形势。未至十余里，有一客姥[④]，居店卖食，帝过愒(qì)[⑤]之，谓姥曰："王敦举兵图逆，猜害忠良，朝廷骇惧，社稷是忧。故劬(qú)劳[⑥]晨夕，用相觇(chān)察。恐形迹危露，或致狼狈，追迫之日，姥其匿之！"便与客姥马鞭而去，行敦营匝而出。军士觉，曰："此非常人也！"敦卧心动，曰："此必黄须鲜卑奴[⑦]来！"命骑追之，已觉多许里。追士因问向姥："不见一黄须人骑马度此邪？"姥曰："去已久矣，不可复及。"于是骑人息意而反。

【注释】

①姑孰：一作姑熟，古城名。因城南临姑孰溪得名。②猜惮：疑忌畏惧。③巴賨：巴中一带。④客姥：客居此乡的老妇人。⑤愒：同"憩"，休息。⑥劬劳：劳苦，劳累。⑦鲜卑奴：晋明帝司马绍的外号。晋明帝母亲是燕人，明帝貌类胡人，故称。

【译文】

王大将军(王敦)谋反后，将部队驻扎在姑孰城。晋明帝(司马绍)虽然有英明果断的才能，仍然对他疑忌畏惧，于是身穿戎服，骑着巴賨马，带上一条金马鞭，暗地去察看对方的军事形势。距离军营十多里路，有一客店，店里有一位老太婆在卖吃的，明帝从那里经过进去休息，对老太婆说："王敦兴兵造反，危害忠良，朝廷惊恐，国家因此忧虑。所以我不辞辛劳，前来察看军情。我怕行踪被发现，那时可能会造成混乱，等他们追来之时，希望你可以隐瞒我的行踪。"说完，把金鞭留给老太婆就离去了，他围绕王敦军营走了一圈，然后出来。果然被军士发觉，军士立刻报告王敦，说："这不是一般人。"王敦躺在床上，心里也被触动,说:“这必定是黄胡须鲜卑奴来过!”立即命骑兵急追,但已经相距好几里路了。追赶的军士因而询问卖食的老太婆:“你看见一个黄胡须的人骑马经过这里吗?”老太婆说:“他过去很久了,已追赶不上了。”于是军士打消了追下去的念头,回转军营去了。

七

王右军年减[①]十岁时,大将军甚爱之,恒置帐中眠。大将军尝先出,右军犹未起。须臾,钱凤[②]入,屏人[③]论事,都忘右军在帐中,便言逆节[④]之谋。右军觉,既闻所论,知无活理,乃剔吐[⑤]污头面被褥,诈孰[⑥]眠。敦论事造半,方忆右军未起,相与大惊曰:“不得不除之!”及开帐,乃见吐唾从横[⑦],信其实孰眠,于是得全。于时称其有智。

【注释】

①减:不足。②钱凤:字世仪。曾任王敦的参军。③屏人:叫别人避开。④逆节:叛逆。⑤剔吐:用指头抠口内,使人呕吐。⑥孰:同“熟”。⑦从横:即纵横,此指到处流淌。

【译文】

王右军(王羲之)还不到十岁时,大将军(王敦)很喜欢他,常常让他在自己的床帐里睡觉。有一次大将军先从帐里出来,右军还没起来。一会儿钱凤来了,两人屏退其他人讨论大事,都忘了右军还在帐里,便说起密谋叛乱的细节。王右军醒后,听到了他们密谋的事情,知道自己必定没有活下去的道理,就用手指头抠出口水,弄脏了头脸和被褥,装作还在熟睡。王敦商量事情中途,才想到王右军还没起床,两人大惊失色,说道:“不得不杀掉他。”等到他们打开帐子,发现右军口水吐得到处都是,便相信他还在熟睡,于是他的性命得以保全。当时的人称赞王右军有智谋。

八

陶公自上流来赴苏峻之难，令诛庾公，谓必戮庾，可以谢峻。庾欲奔窜，则不可；欲会，恐见执，进退无计。温公劝庾诣陶，曰："卿但遥拜，必无他。我为卿保之。"庾从温言诣陶。至便拜。陶自起止之曰："庾元规何缘拜陶士衡[①]？"毕，又降就下坐。陶又自要起同坐。坐定，庾乃引咎[②]责躬，深相逊谢。陶不觉释然。

【注释】

①陶士衡：即陶侃。②引咎：归罪自己。

【译文】

陶公（陶侃）从上游赶来平定苏峻的叛乱，下令要杀掉庾公（庾亮），他认为一定要杀庾亮，才可以向苏峻献罪，让他退兵。庾亮想要逃亡，却不可以；想要去和陶公会面，又怕被逮捕，进退两难没有办法。温公（温峤）劝庾亮去拜见陶侃，说："你只要远远向他下拜行礼，就一定没有其他的事情发生，我给你担保。"庾公采纳了温公的意见去拜访陶侃，一到那里，就拜倒在地。陶侃亲自站起来制止他，说："庾元规（庾亮）是由于什么原因要拜我陶士衡？"庾公行完大礼，又退下来坐在下座。陶侃又亲自邀请他起来和自己一同就座。坐好后，庾亮于是把罪过承担过来，狠狠地自责，而且有谢罪之意。陶侃不知不觉就放下了对他的疑虑。

九

温公丧妇，从姑刘氏家值乱离散，唯有一女，甚有姿慧[①]。姑以属公觅婚。公密有自婚意，答云："佳婿难得，但如峤比云何？"姑云："丧败之余，[②]乞粗[③]存活，便足慰吾余年，何敢希汝比？"却后少日，公报姑云："已觅得婚处，门地粗可，婿身名宦，尽不减峤。"因下玉镜台一枚。

姑大喜。既婚,交礼[④],女以手披纱扇[⑤],抚掌大笑曰:“我固疑是老奴,果如所卜。”玉镜台,是公为刘越石长史北征刘聪[⑥]所得。

【注释】

①有姿慧:漂亮,聪明。②丧败之余:兵荒马乱后的幸存者。③粗:粗略,大略。④交礼:指婚礼中的交拜礼。⑤纱扇:新娘用来遮脸的用具,盖头一类的东西。⑥刘聪:字玄明,刘渊的儿子。五胡十六国时期汉的国君,匈奴族。

【译文】

温公(温峤)死了妻子,他的堂姑刘氏家中适逢战乱离散,只剩下一个女儿,漂亮又聪明。姑妈托温峤代她找一个女婿。温公心中盘算自己娶她为妻,就回答说:“好的女婿不容易寻找,只是像我这样的,怎么样?”姑妈说:“作为战乱的幸存者,只求能勉强生活下去,就足以安慰晚年了,哪里敢指望得到像你这样的人?”过了几天,温峤告诉姑妈说:“我已找到人家了,门第大体还可以,女婿名气、地位都不亚于我。”因而送上一枚玉镜台作为聘礼。姑妈大喜。结婚那天,行过交拜礼后,女子用手挑开纱扇,拍掌大笑说:“我本来就疑心是你这个老奴才,果然与我所料的相符。”玉镜台,是温公做刘越石(刘琨)长史时征讨刘聪得到的。

十

诸葛令女,庾氏妇,既寡誓云:“不复重出。”此女性甚正强,无有登车[①]理。恢既许江思玄[②]婚,乃移家近之。初,诳女云:“宜徙。”于是家人一时去,独留女在后。比其觉,已不复得出。江郎莫来,女哭詈(lì)[③]弥甚,积日渐歇。江虨(bīn)暝入宿,恒在对床上。后观其意转帖[④],虨乃诈厌(yǎn)[⑤],良久不悟[⑥],声气转急。女乃呼婢云:“唤江郎觉!”江于是跃来就之曰:“我自是天下男子,厌,何预卿事而见唤邪?

既尔相关,不得不与人语。”女默然而惭,情义遂笃。

【注释】

①登车:指女人出嫁乘车。②江思玄:即江虨。③哭詈:哭骂。④帖:安定。⑤厌:同“魇”,恶梦。⑥悟:同“寤”,醒。

【译文】

诸葛令(诸葛恢)的女儿,是庾家的媳妇,她守寡后,立誓说:“不再嫁人!”这个女子生性正直刚强,已无再婚可能。可是诸葛恢已经把她许给了江思玄,于是他把家迁居到江虨家附近。起初诸葛恢欺骗女儿说:“应当搬家。”于是全家同时离开了,只留下此女一人在后。等她发觉时,已经不能再出门了。江虨夜间来时,此女哭骂得很厉害,过了几天才渐渐平静下来。江虨晚上入房睡觉,总是睡在对面床上。又过了几天,她看样子似乎有些回心转意,江虨就假装做噩梦,很久不醒,声音呼吸越来越急促。此女就叫唤丫鬟:“快去把江郎叫醒!”江虨于是翻身跃起,靠近她身边,说:“我本是男子汉,做噩梦关你什么事,而你要人把我唤醒?既然与你相关,你就不能不和我说话。”此女默默无言,感到惭愧,此后夫妇情感便深厚起来。

十一

愍(mǐn)度道人始欲过江,与一伧道人[①]为侣,谋曰:“用旧义[②]往江东,恐不办[③]得食。”便共立“心无义[④]”。既而此道人不成渡,愍度果讲义积年。后有伧人来,先道人寄语云:“为我致意愍度,无义那可立?治此计,权救饥尔,无为遂负如来也!”

【注释】

①伧道人:北方和尚。②旧义:佛家原来的教义。③不办:不能。④心无义:佛教的一种教义。

【译文】

愍度和尚当初想要过江，与一位北方僧人结伴，两人商议说："如果用原来的教义进行宣讲，恐怕连吃的都不能得到。"因此，两人商量创立了"心无义"。后来这位北方僧人没有渡江南下，愍度过江后讲"心无义"多年。后来愍度遇到从北方来的人，说那位僧人托他带了话来："代我致意愍度，'无义'哪可建立？当时的商议，只不过是为了解决饿肚子问题罢了，不要这样辜负了如来佛祖啊！"

十二

王文度弟阿智[①]，恶乃不翅[②]，当年长而无人与婚。孙兴公有一女，亦僻错[③]，又无嫁娶理，因诣文度，求见阿智。既见，便阳言："此定可，殊不如人所传，那得至今未有婚处？我有一女，乃不恶，但吾寒士，不宜与卿计，欲令阿智娶之。"文度欣然而启蓝田云："兴公向来，忽言欲与阿智婚。"蓝田惊喜。既成婚，女之顽嚚(yín)[④]，欲过阿智。方知兴公之诈。

【注释】

①阿智：王处之，字文将，小字阿智，王述之子。②不翅：同"不啻"，不止，不仅。③僻错：邪僻乖张。④顽嚚：愚妄奸诈。

【译文】

王文度(王坦之)的弟弟阿智，作恶不断，年纪大了，还没有人和他谈婚事。孙兴公(孙绰)有个女儿性格也很邪僻乖张，没有出嫁的机会，于是孙兴公便去造访文度，要求见阿智一面。见面后，孙兴公假装说："阿智很好，并不像外面传说的那样，为何至今尚未订婚？我有个女儿，人还不错，但我是个贫寒书生，不应当和你议婚，可还是想把女儿许配给阿智。"文度听他这样说，很高兴，立即转告父亲蓝田侯(王述),说:“孙兴公刚才来过,忽然提出要把女儿嫁给阿智。”蓝田侯听了,又惊又喜。两家完婚后,王家发现女方的愚妄奸诈超过阿智,才知孙兴公的狡诈。

十三

范玄平①为人好用智数②,而有时以多数失会③。尝失官居东阳,桓大司马在南州④,故往投之。桓时方欲招起屈滞⑤,以倾朝廷,且玄平在京,素亦有誉。桓谓远来投已,喜跃非常。比入至庭,倾身⑥引望,语笑欢甚。顾谓袁虎曰:“范公且可作太常卿。”范裁坐,桓便谢其远来意。范虽实投桓,而恐以趋时损名,乃曰:“虽怀朝宗⑦,会有亡儿瘗(yì)⑧在此,故来省视。”桓怅然失望,向之虚伫⑨,一时都尽。

【注释】

①范玄平:范汪,字玄平。晋成帝初,因平苏峻有功,封侯。后曾任徐、兖(yǎn)二州刺史,安北将军,都督徐、兖、青、冀四州军事。②智数:谋术,心计。③会:时机,机会。④南州:此指姑孰。⑤屈滞:指久居下位之人。⑥倾身:身体向前倾。多形容对人谦卑恭顺。⑦朝宗:指下属进见长官。⑧瘗:埋葬。⑨虚伫:虚心期待。

【译文】

范玄平为人喜欢使用心计,但是有时候因算计过分反而失去了机会。他曾被免官,住在东阳,桓大司马(桓温)在南州,范玄平特意前去投靠。桓温当时正想罗致一些久居下位的人,以便倾覆朝廷,况且范玄平向来有一定的声望。桓温为他远道而来投奔自己,高兴之至。等到范玄平进入庭院后,桓温身体前倾,探着脖子望着,说说笑笑很快乐。桓温回头望着袁虎说:“范公暂时可做太常卿。”范玄平才坐下,桓温就表示感谢他远道而来的盛意。范玄平虽然确实是来投靠桓温的,却怕因迎合时势而有损自己的名望,于是说:“我虽然怀有朝拜之意,但也因为有亡儿埋葬在此地，所以顺便来看看。”桓温听后很失望，刚才一番虚心期待的热情，不觉已全部消失殆尽。

十四

谢遏(è)年少时，好著紫罗香囊，垂覆手[①]。太傅患之，而不欲伤其意。乃谲(jué)与赌，得即烧之。

【注释】

①覆手：手巾之类的东西。

【译文】

谢遏(谢玄)年轻时，喜欢佩戴紫罗香囊，并把手巾挂在腰上。太傅(谢安)为此感到很担心，却不想伤他的自尊心。于是假装和他打赌，赢了后就把它们烧掉了。

黜免第二十八

一

诸葛厷(gōng)[①]在西朝,少有清誉,为王夷甫所重,时论亦以拟王。后为继母族党[②]所谗,诬之为狂逆[③]。将远徙,友人王夷甫之徒诣槛车[④]与别。厷问:“朝廷何以徙我?”王曰:“言卿狂逆。”厷曰:“逆则应杀,狂何所徙?”

【注释】

①诸葛厷:字茂远,西晋琅邪人。官至司空主簿。②族党:同族亲属。③狂逆:狂妄悖逆。④槛车:囚车。

【译文】

诸葛厷在西晋时,年纪轻轻就有好的名声,被王夷甫(王衍)所器重,当时的舆论也把他与王夷甫相提并论。后来他被继母的同族亲属所诋毁,诬陷他是狂妄悖逆之徒。他将被流放远方时,友人王夷甫等到囚车前和他告别。诸葛厷质问:“朝廷为什么要流放我?”王夷甫说:“说你狂妄悖逆。”诸葛厷说:“悖逆就应当杀掉,狂妄为什么要流放?”

二

桓公入蜀,至三峡中,部伍中有得猿子者,其母缘岸哀号,行百余里不去,遂跳上船,至便即绝。破视其腹中,肠皆寸寸断。公闻之怒,命黜(chù)[1]其人。

【注释】

①黜:降职或罢免。

【译文】

桓公(桓温)率领大军进入蜀地,到了三峡中,部队中有个人捉到了一只小猿猴,小猿猴的母亲沿着江岸哀号,跟着走了一百多里路,还不肯离去,最后跳上船来,一到船上就气绝了。剖开它的肚子,发现肠子都一寸寸地断了。桓公听到这件事后很生气,下令把捉小猿猴的人罢免了。

三

殷中军被废,在信安,终日恒书空作字[1],扬州吏民寻义逐之,窃视,唯作"咄咄怪事[2]"四字而已。

【注释】

①书空作字:在虚空中写字。②咄咄怪事:形容不合常理、难以理解的怪事。咄咄:表示吃惊的声音。

【译文】

殷中军(殷浩)被免职后,住在信安,整天都在虚空中比画写字,扬州的官吏和老百姓想知道他写的是什么便跟着他,暗暗细看,发现他只是写"咄咄怪事"四个字而已。

四

桓公坐有参军椅(jī)[1]烝(zhēng)薤(xiè)[2],不时解,共食者又不助，而椅终不放，举坐皆笑。桓公曰："同盘尚不相助，况复危难乎？"敕令免官。

【注释】

①椅：通"攲（jī）"，用筷子夹东西。②烝：通"蒸"。薤：多年生草本植物，可以食用。

【译文】

桓公（桓温）座上有个参军用筷子去夹蒸薤，蒸薤黏在一起一时分不开，一起吃饭的人又不帮助他，而他又始终夹着不放，在座的人都笑了起来。桓公说："同在一个盘子中吃饭尚且都不帮助，更何况是在危难中呢？"于是下令罢免了那些人的官职。

五

殷中军废后，恨简文曰："上人著百尺楼上，儋（dān）[1]梯将去。"

【注释】

①儋：同"担"，肩扛。

【译文】

殷中军（殷浩）被免官后，抱怨简文帝（司马昱）说："让人上到百尺高的楼上后，却扛着梯子走了。"

六

邓竟陵[1]免官后赴山陵，过见大司马桓公。公问之曰："卿何以更瘦？"邓曰："有愧于叔达[2]，不能不恨于破甑（zèng）[3]。"

【注释】

①邓竟陵:邓遐,字应远,东晋陈郡(今属河南)人。曾任桓温的参军,多次跟随桓温征伐,后任竟陵太守。后桓温忌惮邓遐,将他免官。②叔达:孟敏,字叔达。曾客居太原,扛的甑掉到地上,不管就走了,郭泰看见了问他这是为什么。孟敏说:"甑已破了,看了有什么用处?"有人欣赏他这种涵养。③甑:一种蒸饭的瓦器。

【译文】

邓竟陵被免官后前往山陵,去拜访大司马桓公(桓温)。桓公问他:"你为什么更瘦了?"邓竟陵说:"与叔达相比惭愧啊,我不能不对那个破甑有抱怨。"

七

桓宣武既废太宰父子[①],仍上表曰:"应割近情,以存远计。若除太宰父子,可无后忧。"简文手答表曰:"所不忍言,况过于言?"宣武又重表,辞转苦切[②]。简文更答曰:"若晋室灵长[③],明公便宜奉行此诏;如大运去矣,请避贤路[④]。"桓公读诏,手战流汗,于此乃止。太宰父子远徙新安。

【注释】

①太宰父子:指司马晞和他的儿子司马综。司马晞,字道叔。晋元帝第四子,简文帝之兄,初封武陵王,后升任太宰。为桓温所忌。简文帝即位,桓温逼新蔡王司马晃自诬与司马晞等谋反,简文帝将他流放到新安郡。②苦切:恳切,迫切。③灵长:广远绵长。④贤路:指贤者仕进的机会。

【译文】

桓宣武(桓温)已经废掉了太宰父子司马晞和司马综的官职,仍上表说:“应当割舍亲情,来考虑长远的计划。如果除去太宰父子,可以免除后面的忧患。”简文帝(司马昱)亲自批答表文说:“表中所说的是我不忍心说的,更何况要做的超过了所说的呢?”桓宣武又重新上表,措辞更加迫切。简文帝又批答说:“如果晋朝国运广远绵长,你就应该按这一诏书去执行;如果晋室的大运已去,我请求让路给贤者。”桓公(桓温)读完诏书,双手颤抖,汗流不断,到此时才打消了原来的企图。太宰父子被远远地流放到了新安。

八

桓玄败后,殷仲文还为大司马咨议,意似二三[①],非复往日。大司马府听[②]前有一老槐,甚扶疏[③]。殷因月朔[④],与众在听,视槐良久,叹曰:“槐树婆娑[⑤],无复生意!”

【注释】

①二三:指不专一,反复无定。②听:古代视事之所称为“听事”,简称“听”,即“厅”。③扶疏:枝叶茂盛,高低疏密有致。④月朔:每月的朔日,指旧历初一。⑤婆娑:形容枝叶纷披,不挺拔。

【译文】

桓玄失败后,殷仲文回来做了大司马咨议,思想好像不专一,不如以往了。大司马府大厅前有一棵老槐树,枝叶茂盛,高低疏密有致。殷仲文在每月初一例会时与大家坐在厅上,久久看着槐树,叹息说:“槐树枝叶纷披委顿,再也没有生气了!”

九

殷仲文既素有名望,自谓必当阿(ē)衡[①]朝政。忽作东阳太守,意甚不平,及之郡,至富阳,慨然叹曰:“看此山川形势,当复出一孙伯符。”

【注释】

①阿衡:商代贤相伊尹的字,后引申为主持朝政之官。

【译文】

殷仲文一向很有名望,自认为必定会做主持朝政之官。忽然他被任命为东阳太守,心里很是不平,等到去东阳郡,到了富阳时,他感慨地说:“见到这样的江山形势,应当再出现一位孙伯符(孙策)。”

俭啬第二十九

一

和峤性至俭，家有好李，王武子求之，与不过数十。王武子因其上直，率将少年能食之者，持斧诣园，饱共啖毕，伐之，送一车枝与和公，问曰："何如君李？"和既得，唯笑而已。

【译文】

和峤生性最节俭，家中有果子好吃的李子树，王武子（王济）向他要李子，他仅仅给了数十颗。王武子趁他上朝时，率领几名能吃的年轻人，拿着斧头到和峤的果园中，一起饱吃一顿后，把李树砍掉，又送了一车树枝给和峤，问道："比起你家的李树如何？"和峤得到这些树枝后，只有苦笑而已。

二

王戎俭吝，其从子婚，与一单衣，后更责①之。

【注释】

①责：索取，求取。

【译文】

王戎节俭吝啬，他的侄子结婚时，他送了一件单衣，后又向侄儿索要。

三

司徒王戎既贵且富，区宅[①]、僮牧[②]、膏田、水碓(duì)[③]之属，洛下无比。契疏[④]鞅(yāng)掌[⑤]，每与夫人烛下散筹算计。

【注释】

①区宅：房屋住宅。②僮牧：童仆。③水碓：利用水力舂米的器具。④契疏：契据，帐单。⑤鞅掌：众多。

【译文】

司徒王戎既显贵又富有，房屋住宅、僮仆、肥田、水碓这些东西，在洛阳无人可比。文契、帐单众多，他常常和妻子在烛光下铺开筹码计算。

四

王戎有好李，常卖之，恐人得其种，恒钻其核。

【译文】

王戎家有好李子，常常拿出去卖，担心别人得到他家李子树的种子，总是把李子的核钻透。

五

王戎女适裴頠，贷钱数万。女归，戎色不说。女遽(jù)还钱，乃释然。

【译文】

王戎的女儿嫁给裴頠，裴頠向王戎借了几万钱。女儿回娘家时，王戎脸色不高兴。女儿赶快把钱归还，王戎的态度才转变过来。

六

卫江州[①]在寻阳，有知旧[②]人投之，都不料理[③]，唯饷王不留行[④]一斤。此人得饷，便命驾。李弘范闻之曰："家舅刻薄，乃复驱使[⑤]草木。"

【注释】

①卫江州：卫展，字道舒，河东安邑(今属山西)人。西晋末任鹰扬将军、江州刺史。②知旧：知交旧友。③料理：照顾，照料。④王不留行：植物名。吝啬的人常借以示拒客之意。⑤驱使：驱使，役使。

【译文】

卫江州在寻阳时，有知交故旧之人来投奔他，卫展全不照顾，只送给他们一斤"王不留行"。这些人得到馈赠后，就启程回去了。李弘范听说了这件事，说："舅舅为人刻薄，竟然还驱使草木为他服役。"

七

王丞相俭节，帐下[①]甘果盈溢不散，涉春烂败。都督[②]白之，公令舍去，曰："慎不可令大郎[③]知。"

【注释】

①帐下：营帐中。②都督：帐下领兵者即称都督，相当于后世的卫队长。③大郎：即大儿子，这里指王悦。

【译文】

王丞相(王导)生性吝啬,营帐中的甘甜水果放满了也不分给别人,到了春天,那些水果开始腐烂了。都督禀告给他,王公(王导)下令把烂了的水果丢了,说:“千万不可让大郎知道。”

八

苏峻之乱,庾太尉南奔见陶公,陶公雅相赏重[①]。陶性俭吝。及食,啖薤(xiè),庾因留白。陶问:“用此何为?”庾云:“故可种。”于是大叹庾非唯风流,兼有治实[②]。

【注释】

①赏重:赞赏、重视。②治实:讲求实际。

【译文】

苏峻叛乱,庾太尉(庾亮)向南方逃奔,去见陶公(陶侃),陶公对他非常器重。陶公生性节俭。等到吃饭时,吃的是薤菜,庾太尉就把薤菜根留了下来。陶公问:“用这个能干什么呢?”庾太尉说:“还可以种呀。”于是陶公大加赞叹庾太尉,说他不仅风度优雅,还讲求实际。

九

郗公[①]大聚敛[②],有钱数千万。嘉宾意甚不同,常朝旦问讯。郗家法,子弟不坐,因倚语移时[③],遂及财货事。郗公曰:“汝正当欲得吾钱耳!”乃开库一日,令任意用。郗公始正谓[④]损数百万许。嘉宾遂一日乞与[⑤]亲友,周旋略尽。郗公闻之,惊怪不能已已[⑥]。

【注释】

①郗公:即郗愔。②聚敛:搜刮财货。③移时:经过一段时间。④正谓:只是以为。⑤乞与:给予。⑥已已:休止。叠用以加重语气。

【译文】

郗公大力搜刮财货，有千万钱。嘉宾（郗超）心里很不同意这么做，嘉宾早晚来请安。依照郗家的家法，子弟不能坐着，嘉宾于是站着说了很久，最后谈及财货的事情。郗公说："你必定是想得到我的钱罢了！"于是打开钱库一天，任凭他取用。郗公起初以为只是损失几百万钱。嘉宾却在一天之内把钱给予亲戚朋友，几乎用尽了。郗公听说了惊怪不迭。

汰侈第三十

一

石崇[①]每要客燕集，常令美人行酒。客饮酒不尽者，使黄门[②]交[③]斩美人。王丞相与大将军尝共诣崇，丞相素不能饮，辄自勉强，至于沉醉。每至大将军，固不饮以观其变。已斩三人，颜色如故，尚不肯饮。丞相让之，大将军曰："自杀伊家人，何预卿事？"

【注释】

①石崇：字季伦，小字齐奴，渤海南皮（今河北南皮）人。因讨伐吴国有功，被封侯，升任侍中。他贪财无厌，出任荆州刺史时，拦路抢劫过往客商。生活奢华无度，曾与王恺斗富，以蜡当柴，用花椒涂墙。晋惠帝时，被赵王司马伦所杀。②黄门：官署名，此指宦官。③交：交替。

【译文】

石崇每次邀请客人宴饮，常叫美人劝酒。客人有饮酒没喝完的，就让黄门交替斩杀美人。王丞相（王导）与王大将军（王敦）曾一起去拜访石崇，丞相一向不善于饮酒，总是勉强自己喝完，喝到大醉。每当向王大将军劝酒时，他坚决不饮，看石崇怎么办。已经斩杀了三个美人，王大将军的脸色一点都没变化，还是不肯饮酒。丞相责备他，大将军说："他杀他自己家人，关你什么事？"

二

石崇厕，常有十余婢侍列，皆丽服藻饰[①]。置甲煎[②]粉、沉香汁之属，无不毕备。又与新衣著令出，客多羞不能如厕，王大将军往，脱故衣，著新衣，神色傲然。群婢相谓曰："此客必能作贼。"

【注释】

①藻饰：修饰，装饰。②甲煎：香料名。

【译文】

石崇府上的厕所里常常安排十多名婢女列队侍候，她们都穿着华丽的服装，打扮得很漂亮。厕所里还置有甲煎粉、沉香水一类的香料，没有不齐备的。又备有新衣让进去大小便的人更换后出来，客人大多害羞，不好意思进厕所，王大将军（王敦）进厕所时，神情高傲，满不在乎地脱掉身上的衣服，换上新衣。那些婢女议论说："这个客人一定是可以做大坏事的人。"

三

武帝尝降[①]王武子家，武子供馔（zhuàn），并用琉璃器。婢子百余人，皆绫罗绔（kù）椤（luò）[②]，以手擎（qíng）[③]饮食。蒸豘（tún）肥美，异于常味。帝怪而问之，答曰："以人乳饮豘。"帝甚不平，食未毕，便去。王、石所未知作。

【注释】

①降：莅临，临幸。②椤：女子上衣。③擎：托着。

【译文】

晋武帝（司马炎）曾经驾临王武子（王济）家，武子设宴侍奉，用的都是琉璃器皿。婢女一百多人,都穿着绫罗绸缎,用手托着食物。蒸制的小猪又肥嫩又鲜美,和一般的味道不同。武帝感到奇怪,问他怎么烹调的,王武子回答说:"是用人乳喂的小猪。"武帝听后非常不满意,还没有吃完,就走了。这是连王恺、石崇也不知道的做法。

四

王君夫[①]以粭(yí)糒(bèi)[②]澳釜(fǔ)[③],石季伦用蜡烛作炊。君夫作紫丝布[④]步障[⑤]碧绫里四十里,石崇作锦步障五十里以敌之。石以椒[⑥]为泥,王以赤石脂[⑦]泥壁。

【注释】

①王君夫:王恺,字君夫。晋武帝司马炎的舅父。因讨伐杨骏有功,封公,授龙骧将军,加散骑常侍。性豪侈,与石崇斗富。②以粭糒:以饴糖拌干饭。粭,同"饴",麦芽糖。糒,干饭。③澳釜:刷洗锅。澳,刷洗。④紫丝布:用紫色的丝织成的布。⑤步障:亦作"步鄣"。用以遮蔽风尘或视线的一种屏幕。⑥椒:花椒,其种子可以用来和泥涂壁。⑦赤石脂:含铁的砂石,呈粉红色。

【译文】

王君夫用饴糖拌的干饭来刷洗锅,石季伦(石崇)用蜡烛当柴火做饭。王君夫用紫丝布做布障,衬上绿绫里子,长达四十里,石季伦用锦缎做成长达五十里的布障,和王君夫匹敌。石季伦用花椒种子来刷墙,王君夫则用赤石脂来刷墙。

五

石崇为客作豆粥,咄嗟[①]便办。恒冬天得韭蓱(píng)虀(jī)[②]。又牛形状气力不胜王恺牛,而与恺出游,极晚发,争入洛城,崇牛数十步后迅若飞禽,恺牛绝走不能及。每以此三事为搤(è)腕[③],乃密货[④]崇帐下都督及御车人，问所以。都督曰："豆至难煮，唯豫作熟末，客至，作白粥以投之。韭蓱虀是捣韭根，杂以麦苗尔。"复问驭人牛所以驶[5]。驭人云："牛本不迟，由将车人不及制之尔。急时听偏辕[6]，则驶矣。"恺悉从之，遂争长[7]。石崇后闻，皆杀告者。

【注释】

①咄嗟：吆喝，此指顷刻之间。②韭蓱虀：韭菜、艾蒿、虀菜等夏季才有的调味菜。③搤腕：握住手腕，此表示激动、振奋、悲愤、惋惜等情绪的动作。④货：贿赂。⑤驶：跑得快。⑥偏辕：指让车的重心偏向一根辕木，以减轻与地面的摩擦，如此车就走得快。⑦争长：争霸，争胜。

【译文】

石崇为客人做豆粥，吆喝的工夫就做好了。冬天他常常能吃到一种叫韭蓱虀的菜肴。还有他的牛在体型气力方面不如王恺的牛，但是与王恺外出游玩，他很晚才出发，两人争着进洛阳城，石崇的牛在走了数十步后，速度快得像飞鸟一样，王恺的牛极力奔跑也追赶不上。王恺每当想到这三件事就十分恼火，于是，他就暗地里贿赂石崇手下的都督和车夫，询问其中的缘故。都督说："豆最难煮熟，只有预先做好熟豆粉，客人来了，只煮白粥，然后把熟豆粉放进去就行了。韭蓱虀不过是把韭菜根与麦苗放在一起捣碎制成的罢了。"又问车夫牛是怎样跑快的。车夫说："牛本来就跑得不慢，只是由于赶车人不得法，反而限制了牛的奔跑速度。只要紧急的时候任凭车辕偏向一侧，牛就跑得快了。"王恺完全照着他们的说法去做，于是就超过了石崇。后来，石崇知道了其中的缘故，就把泄密的都督和车夫都杀了。

六

王君夫有牛名八百里驳[1]，常莹[2]其蹄角。王武子语君夫："我射不如卿，今指赌卿牛，以千万对之。"君夫既恃手快[3]，且谓骏物无有杀理，便相然可[4]，令武子先射。武子一起便破的，却据胡床，叱左右速探牛心来。须臾，炙至，一脔（luán）便去。

【注释】

①八百里驳：牛名。八百里：形容马善于奔驰。驳：指毛色不纯。②莹：装饰，涂饰。③手快：技艺熟练。④然可：同意，应允。

【译文】

王君夫有一头牛，名叫“八百里驳”，他经常修饰牛的蹄子和牛角。王武子（王济）对王君夫说：“我射箭的水平不如你，今天想拿你的牛打赌，我用一千万钱来抵押你这头牛。”王君夫既仗恃自己射箭技术好，又认为这么好的牛没有杀掉的可能性，就应允了他，让他先射。王武子一箭就射中了靶心，然后退下来坐在胡床上，吆喝随从：“赶快把牛心取来！”一会儿，烤好的牛心送来了，王武子只吃了一块就走了。

七

王君夫尝责一人无服余衵（yì）[1]，因直，内著曲阁（hé）重闺[2]里，不听人将出。遂饥经日[3]，迷不知何处去。后因缘[4]相为[5]，垂死，乃得出。

【注释】

①衵：贴身的内衣。②曲阁重闺：指曲折相连的楼阁内室。③经日：过了几天。④因缘：朋友，同伙。⑤相为：相助。

【译文】

王君夫（王恺）曾经责罚一个没有穿内衣的人，趁着他值班时，将他关入曲折相连的楼阁内室之中，不准人把他带出来。这个人于是饿了好几天，迷迷糊糊不知道到哪里去。后来他凭借朋友相助，到快要死了的时候，才得以出来。

八

石崇与王恺争豪，并穷绮丽，以饰舆服[①]。武帝，恺之甥也，每助恺。尝以一珊瑚树高二尺许赐恺，枝柯扶疏，世罕其比。恺以示崇。崇视讫，以铁如意[②]击之，应手而碎。恺既惋惜，又以为疾己之宝，声色甚厉。崇曰："不足恨，今还卿。"乃命左右悉取珊瑚树，有三尺、四尺，条干[③]绝世，光彩溢目者六七枚，如恺许比[④]甚众。恺惘然自失。

【注释】

①舆服：车辆和服饰。②铁如意：搔痒的工具，一端做成灵芝形或云叶形，供观赏。③条干：枝条树干。④如恺许比：同王恺那棵珊瑚树差不多相等的。

【译文】

石崇和王恺比阔斗富，两人用尽最鲜艳华丽的东西来装饰车马、服饰。晋武帝（司马炎）是王恺的外甥，常常帮助王恺。他曾经把一棵二尺来高的珊瑚树送给王恺，这棵珊瑚树枝条繁茂，世上很少有和它相当的。王恺把珊瑚树拿来给石崇看，石崇看后，拿铁如意敲它，随手就打碎了。王恺既惋惜，又认为石崇是妒忌自己的宝物，说话时声音和脸色都非常严厉。石崇说："不值得发怒，现在就赔给你。"于是叫手下的人把家里的珊瑚树全都拿出来，有三尺、四尺高的，树干、枝条举世无双，光彩夺目的有六七棵，像王恺那样的就更多了。王恺看了，自感失落。

九

王武子被责，移第北邙（máng）[①]下。于时人多地贵，济好马射，买地作埒（liè）[②]，编钱[③]匝地竟[④]埒。时人号曰"金沟"。

【注释】

①北邙：即邙山。因在洛阳之北，故名。东汉、魏晋时的王侯公卿多葬于此。②埒：本义为矮墙，后指马射场。因周围有矮墙，故名。③编钱：把钱串起来。④竟：从头到尾。

【译文】

王武子（王济）被朝廷免了官，移居到北邙山下。当时人多地皮昂贵，王济又好骑马射箭，于是买地做马射场，把钱穿成一串围着马射场绕了一圈，当作矮墙。当时人称之为“金沟”。

十

石崇每与王敦入学[①]戏，见颜、原[②]象而叹曰：“若与同升孔堂，去人何必有间[③]！”王曰：“不知余人云何？子贡[④]去卿差近[⑤]。”石正色云：“士当令身名俱泰，何至以瓮（wèng）牖（yǒu）[⑥]语人？”

【注释】

①学：学校，设在京城的最高学府。②颜、原：指孔子的弟子颜回和原宪。③有间：有区别，有差距。④子贡：端木赐，字子贡，孔子的弟子。经商曹、鲁之间，家累千金。历仕鲁、卫，出使各诸侯国。曾为鲁游说齐、吴、晋、越等国，促使吴伐齐救鲁。⑤差近：比较近。⑥瓮牖：以破瓮为窗，指贫寒之家。

【译文】

石崇常常和王敦入府学游玩，看见颜回、原宪的画像就叹息说：“如果能和他们一同进入孔子的学堂学习，那么与他们不一定会有差距！”王敦说：“不知道孔子其他的弟子怎么样？子贡与你差不多。”石崇严肃地说：“君子应使身名俱显达，怎能用贫寒人家来说事呢？”

十一

彭城王[①]有快牛，至爱惜之。王太尉与射，赌得之。彭城王曰："君欲自乘则不论；若欲啖者，当以二十肥者代之。既不废啖，又存所爱。"王遂杀啖。

【注释】

①彭城王：司马权，字子舆，司马懿弟弟司马馗的儿子。司马炎代魏，被封为彭城王。

【译文】

彭城王（司马权）有一头跑得很快的牛，他极为喜爱珍惜它。王太尉（王衍）和他赌射箭，赢得了这头牛。彭城王说："如果您想自己乘坐它，我就不说什么了；如果你想吃了它，我将拿二十头肥牛来换下它。这既不妨碍你吃牛肉，又保留下我的爱牛。"王衍最终把那头牛杀了吃了。

十二

王右军少时，在周侯末坐，割牛心[①]啖之，于此改观。

【注释】

①牛心：当时牛心为贵。

【译文】

王右军（王羲之）年轻的时候，在周侯（周顗）家做客坐在末座上，周侯割牛心给他吃，从此人们改变了对王右军的看法。

忿狷第三十一

一

魏武有一妓，声最清高，而情性酷恶。欲杀则爱才，欲置则不堪。于是选百人，一时俱教。少时，果有一人声及之，便杀恶性者。

【译文】

魏武帝（曹操）有一歌妓，声音最为清越高亢，但性情残酷凶恶。曹操想把她杀掉，又爱惜她的才艺，想留下她又不能忍受她的坏脾气。于是他挑选了一百个女子，同时进行训练。不久，果然有一个人的声音可以赶得上那个歌妓了，于是曹操就杀了那个性情不好的歌妓。

二

王蓝田性急。尝食鸡子，以箸刺之，不得，便大怒，举以掷地。鸡子于地圆转未止，仍下地以屐齿碾之，又不得，瞋（chēn）甚，复于地取内口中，啮破即吐之。王右军闻而大笑曰："使安期有此性，犹当无一豪可论，况蓝田邪？"

【译文】

王蓝田（王述）性子急躁。他曾吃鸡蛋，用筷子去叉，没有叉中，便大怒，拿起鸡蛋扔到地上。鸡蛋在地上滚个不停，他下地用木屐齿去踩，没踩中，火气更大了，又从地上捡起鸡蛋放进嘴里，咬破后立即吐出来。王右军（王羲之）听了这件事后，大笑说："假使他父亲安期（王承）有这种性格，尚且没有丝毫可取之处，何况蓝田呢？"

三

王司州尝乘雪往王螭（chī）[1]许。司州言气[2]少有牾（wǔ）逆[3]于螭，便作色不夷。司州觉恶，便舆床就之，持其臂曰："汝讵复足与老兄计？"螭拨其手曰："冷如鬼手馨[4]，强来捉人臂！"

【注释】

①王螭：即王恬，小字螭虎，王胡之的堂弟。②言气：言词语气。③牾逆：违逆，触犯。④馨："宁馨"的省语，晋时方言，意为"……样"。

【译文】

王司州（王胡之）曾经趁着下雪到王螭那里去。司州的言词语气稍微对王螭有违逆，王螭就变了脸色不高兴。司州觉得不好，就把座位移近王螭，握着他的手臂说："你怎么能和老兄计较呢？"王螭拨开司州的手说："冷得像鬼的手一样，还强行要来抓别人的手臂！"

四

桓宣武与袁彦道樗（chū）蒱（pú）。袁彦道齿不合，遂厉色掷去五木[1]。温太真云："见袁生迁怒，知颜子[2]为贵。"

【注释】

①五木：古代博具。以斫木为子，一具五枚。古代博戏樗蒲用五木掷采打马，其后则掷以决胜负。后世所用骰子相传即由五木演变而来。②颜子：即颜回。孔子说："有颜回者好学，不迁怒，不贰过。"

【译文】

桓宣武（桓温）和袁彦道（袁耽）赌博。袁彦道掷下五木不如意，就愤怒地把五木抛出去。温太真（温峤）说："看见袁生迁怒的样子，才知道颜子的可贵。"

五

谢无奕性粗强[①]，以事不相得[②]，自往数王蓝田，肆言[③]极骂。王正色面壁不敢动，半日，谢去。良久，转头问左右小吏曰："去未？"答云："已去。"然后复坐。时人叹其性急而能有所容。

【注释】

①粗强：粗暴强横。②不相得：不投合，不融洽。③肆言：无所顾忌地说话。

【译文】

谢无奕（谢奕）性情粗暴强横，因为有件事情他与王蓝田（王述）不投合，就亲自跑去数落王蓝田，无所顾忌地大骂。王蓝田脸色严肃地面向墙壁，不敢挪动，骂了半天，谢无奕才离开。许久，王蓝田转过头来问身边的小吏："他离开了没？"小吏回答说："已经离开了。"然后王蓝田才回到座位上。当时的人叹服他性子虽然急躁，却能容忍一些事。

六

王令[①]诣谢公，值习凿齿已在坐，当与并榻。王徙倚[②]不坐，公引之与对榻。去后，语胡儿曰："子敬实自清立[③]，但人为尔[④]多矜咳[⑤]，殊足损其自然。"

【注释】

①王令：即王献之，曾任中书令。②徙倚：徘徊。③清立：清高特立。④为尔：如此。⑤咳：句末语气词。

【译文】

王令去谢公（谢安）那里去，遇见习凿齿已经在座，本应当与他并榻同座。王献之徘徊不肯就座，谢公拉他与习凿齿相对而坐。王献之离开后，谢公对胡儿（谢朗）说："子敬（王献之）确实清高特立，但是一个人如此自尊自大，将极为损害他自然不拘的本性。"

七

王大、王恭尝俱在何仆射[①]坐，恭时为丹阳尹，大始拜荆州。讫[②]将乖[③]之际，大劝恭酒，恭不为饮，大逼强之，转苦，便各以裙带绕手。恭府近千人，悉呼入斋；大左右虽少，亦命前，意便欲相杀。何仆射无计，因起排坐二人之间，方得分散。所谓势利之交，古人羞之。

【注释】

①何仆射：何澄，字子玄。曾任尚书左仆射。②讫：通"迄"，到。③乖：分别。

【译文】

王大（王忱）、王恭曾一起在何仆射家做客，王恭当时任丹阳尹，王大刚任荆州刺史。到了两人将要分别之际，王大向王恭敬酒，王恭不喝，王大强迫他喝，越发急切，于是两人都把系裙的带子绕在手腕上准备动手。王恭府里近千人，王恭把他们都叫进来；王大身边的人虽少，王大也命令他们一律向前，双方的意思是要厮杀起来。何仆射没有办法，于是起身坐到两人中间，才得以把两人分开。这种所谓的势利之交，古人深以为羞耻。

八

桓南郡小儿时，与诸从兄弟各养鹅共斗。南郡鹅每不如，甚以为忿。乃夜往鹅栏间，取诸兄弟鹅悉杀之。既晓，家人咸以惊骇，云是变怪①，以白车骑。车骑曰："无所致怪，当是南郡戏耳！"问，果如之。

【注释】

①变怪：灾变怪异。

【译文】

桓南郡（桓玄）小时候，与众位堂兄弟各自养鹅并放在一起争斗。南郡的鹅总是不如堂兄弟的鹅，因此他非常气愤。于是夜间他到鹅栏里去，把众堂兄弟的鹅都抓来杀了。到了次日早晨，家里的人发现鹅被杀，都表示惊骇，说是出了妖怪，把这个情况告诉了车骑（桓冲）。车骑说："没有什么东西可怪异的，应该是南郡闹着玩的。"一问，果然如此。

谗险第三十二

一

王平子形甚散朗[①],内实劲侠[②]。

【注释】

①散朗:飘逸爽朗。②劲侠:当为“劲狭”,意为刚烈、心胸狭隘。

【译文】

王平子(王澄)外表非常飘逸爽朗,内心实际刚烈而又狭隘。

二

袁悦[①]有口才,能短长说[②],亦有精理[③]。始作谢玄参军,颇被礼遇。后丁艰,服除还都,唯赍(jī)《战国策》而已。语人曰:“少年时读《论语》、《老子》,又看《庄》、《易》,此皆是病痛[④]事,当何所益邪?天下要物,正有《战国策》。”既下[⑤],说司马孝文王,大见亲待,几乱机轴[⑥]。俄而见诛。

【注释】

①袁悦:字元礼,东晋陈郡阳夏(今河南太康)人。②短长说:即长短术,战国时策士的纵横游说之术。③精理:精微的义理。④病痛:毛

病，缺点。⑤既下：回到都城。⑥机轴：比喻重要的职务或部门，此指朝廷。

【译文】

袁悦很有口才，擅长纵横游说之术，也有精微的思想。他开始担任谢玄的参军，很被器重。后来他回家守丧，丧期过后回到京都，只带了本《战国策》而已。他对人说："年轻时读《论语》、《老子》，又读了《庄子》、《周易》，这些书都是讲小问题的，能有什么好处呢？天底下重要的书，只有《战国策》。"回到京都后，他游说司马孝文王（司马道子），大受亲信和厚待，几乎搅乱了朝廷。不久就被杀了。

三

孝武甚亲敬王国宝、王雅①。雅荐王珣于帝，帝欲见之。尝夜与国宝及雅相对，帝微有酒色，令唤珣。垂至，已闻卒传声，国宝自知才出珣下，恐倾夺其宠，因曰："王珣当今名流，陛下不宜有酒色见之，自可别诏召也。"帝然其言，心以为忠，遂不见珣。

【注释】

①王雅：字茂达，东海郯县（今属山东）人。深受晋孝武帝宠幸，历官侍中尚书、左仆射等职。

【译文】

晋孝武帝（司马曜）很是亲近敬重王国宝、王雅。王雅把王珣推荐给孝武帝，孝武帝很想见他。孝武帝曾在夜里与王国宝、王雅对坐，孝武帝微微有些醉意，让人传唤王珣。王珣快到时，已经听见士卒的传报声了，王国宝自知才能在王珣之下，担心他夺去孝武帝对自己的宠爱，就说："王珣是当今名流，陛下不应面带着酒色见他，不妨改天再下诏召见。"孝武帝同意了，认为他很忠心，于是没有召见王珣。

四

王绪[①]数谗殷荆州于王国宝,殷甚患之,求术于王东亭。曰:"卿但数诣王绪,往辄(zhé)屏人,因论它事。如此,则二王之好离矣。"殷从之。国宝见王绪,问曰:"比与仲堪屏人何所道?"绪云:"故是常往来,无它所论。"国宝谓绪于己有隐,果情好日疏,谗言以息。

【注释】

①王绪:字仲业,太原人。王国宝的堂弟。司马道子辅政时,很受宠信,与王国宝并为司马道子的心腹。

【译文】

王绪屡次在王国宝面前说殷荆州(殷仲堪)的坏话,殷荆州很担忧,就向王东亭(王珣)讨教对策。王东亭说:"你只要经常去拜访王绪,去了就屏退手下的人,然后谈别的事情。这样,二王的交情就疏远了。"殷仲堪听从了王东亭的建议。王国宝见到王绪,问:"你近来和殷仲堪在一起,屏退随从,都说些什么呢?"王绪回答说:"只不过是一般往来,并没有谈别的什么事。"王国宝认为王绪对自己有所隐瞒,果然两人的感情日渐疏远了,对殷荆州的谗言这才平息下来。

尤悔第三十三

一

魏文帝忌弟任城王[①]骁壮，因在卞太后阁共围棋，并啖枣，文帝以毒置诸枣蒂中，自选可食者而进。王弗悟，遂杂进之。既中毒，太后索水救之。帝预敕左右毁瓶罐，太后徒跣趋井，无以汲。须臾，遂卒。复欲害东阿[②]，太后曰："汝已杀我任城，不得复杀我东阿！"

【注释】

①任城王：曹彰，字子文。其胡须为黄色，被曹操称为"黄须儿"。善射御，勇力过人，多次跟随曹操征伐，不避险阻。魏文帝时期封任城王。卒后谥威王。②东阿：指曹植，曾封东阿王。

【译文】

魏文帝（曹丕）忌妒弟弟任城王骁勇强壮，趁着在卞太后阁内一起下围棋，一并吃枣子时，文帝暗暗地把毒药放进枣蒂里面，自己选没有毒的吃。任城王不知道，于是把有毒的和没毒的枣子都吃了。中毒后，太后要水解救他。文帝事先叫人把盛水的瓶罐都毁了，太后光着脚跑到井边，却无法打水。不久，任城王就死了。文帝又要加害东阿王，太后说："你已经杀了我的任城王，不可再杀我的东阿王。"

二

王浑后妻,琅邪颜氏女。王时为徐州刺史,交礼拜讫,王将答拜,观者咸曰:"王侯州将,新妇州民,恐无由答拜。"王乃止。武子以其父不答拜,不成礼,恐非夫妇,不为之拜,谓为"颜妾"。颜氏耻之,以其门贵,终不敢离。

【译文】

王浑的后妻,是琅邪颜家的女儿。王浑当时做徐州刺史,颜氏行完交拜礼后,王浑正要答拜时,旁观的人都说:"王侯(王浑)是州将,新娘是州民,恐怕没有要答拜的道理。"王浑于是就中止了答拜。武子(王济)认为父亲未答拜,等于未成礼,他们恐怕不算是正式夫妇,因此也不向继母行礼,只称继母为"颜妾"。颜氏以此为耻辱,但因为王家门第高贵,最终不敢提出离婚。

三

陆平原河桥败,为卢志①所谗,被诛。临刑叹曰:"欲闻华亭鹤唳(lì)②,可复得乎?"

【注释】

①卢志:字子道。有才干,成都王司马颖倚为谋主,数决大计。与陆云有仇,后陆氏兄弟为其所谗,被司马颖所杀。卢志后为刘粲所杀。②华亭鹤唳:陆机于吴亡入洛以前,常与弟陆云游于华亭墅中。后以"华亭鹤唳"为感慨生平,悔入仕途之典。

【译文】

陆平原(陆机)在河桥战败,受到卢志的诋毁,被杀害。临刑时他叹气说:"想听华亭鹤的叫声,还再能听到吗?"

四

刘琨善能招延，而拙于抚御。一日虽有数千人归投，其逃散而去，亦复如此，所以卒无所建。

【译文】

刘琨善于招募和延揽人才，却缺乏安抚和驾驭他们的能力。因此，每天虽有几千人来归附投奔他，但逃散而去的人数也有这么多，所以，刘琨最后也没有什么建树。

五

王平子始下，丞相语大将军："不可复使羌人东行。"平子面似羌。

【译文】

王平子（王澄）刚从荆州赴建康，丞相（王导）对大将军（王敦）说："不可再让羌人向东行进了。"平子面貌像羌人。

六

王大将军起事，丞相兄弟诣阙（quē）①谢。周侯深忧诸王，始入，甚有忧色。丞相呼周侯曰："百口委卿！"周直过不应。既入，苦相存救。既释，周大说，饮酒。及出，诸王故在门。周曰："今年杀诸贼奴，当取金印如斗大系肘后。"大将军至石头，问丞相曰："周侯可为三公不？"丞相不答。又问："可为尚书令不？"又不应。因云："如此，唯当杀之耳！"复默然。逮（dài）周侯被害，丞相后知周侯救己，叹曰："我不杀周侯，周侯由我而死，幽冥②中负此人！"

【注释】

①阙：皇帝居处，借指朝廷。②幽冥：暗昧，昏庸。

【译文】

王大将军(王敦)起兵时,丞相(王导)和诸兄弟都到朝廷谢罪。周侯非常担忧王家众人,刚入朝时,就显得很忧愁。丞相对周侯(周𫖮)高声说:"全家上百口人的性命就交给你了!"周侯直接走过去,没有回应。上朝后,周侯苦苦保全他们。王导等人被释放后,周侯很高兴,去喝酒。喝完酒出来时,王家众人已经等候在门旁。周侯说:"今年杀掉这些叛贼,就可以获得斗大金印系在肘后了。"大将军(王敦)进驻石头城,问丞相说:"周侯可以做三公不?"丞相不答话。又问:"可以做尚书令不?"王导又不答。王敦于是说:"既然这样,只有将他杀掉了。"王导还是默不作声。等到周侯被害后,丞相才得知周侯救过自己一家,于是叹着气说:"我不杀周侯,周侯却因我而死,我在昏庸中辜负了这个人啊!"

七

王导、温峤俱见明帝,帝问温前世①所以得天下之由,温未答。顷,王曰:"温峤年少未谙(ān),臣为陛下陈之。"王乃具叙宣王创业之始,诛夷名族,宠树同己,及文王之末高贵乡公②事。明帝闻之,覆面著床曰:"若如公言,祚(zuò)安得长!"

【注释】

①前世:前代。②高贵乡公:曹髦,三国魏皇帝,字彦士。曹丕的孙子。齐王曹芳正始年间被封为高贵乡公。嘉平六年(254),司马师废掉齐王,立曹髦为帝。甘露五年(260),曹髦不能忍受司马昭的专权,率殿中宿卫讨伐司马昭,被司马昭所杀。

【译文】

王导、温峤一起去朝见晋明帝(司马绍),晋明帝问温峤前朝能取得天下的原因是什么，温峤没有回答。过了一会儿，王导说："温峤年纪轻，不清楚这些事情，我为陛下讲一下。"王导于是详细地叙述了宣王（司马懿）创业之初，诛灭名门大族，宠信树立同党，以及文王（司马昭）末年刺杀高贵乡公的事。明帝听了这些，把脸伏在御榻上，说："如果像您说的这样，晋朝的国运怎么能长久！"

八

王大将军于众坐中曰："诸周由来未有作三公者。"有人答曰："唯周侯邑[①]五马领头[②]而不克。"大将军曰："我与周洛下相遇，一面顿尽[③]。值世纷纭[④]，遂至于此！"因为流涕。

【注释】

①邑：通"已"，已经。②五马领头：指樗蒲技艺已经达到必胜的地步。此处比喻说周侯快要做到三公的职位了。③顿尽：指马上倾吐真心。④纷纭：纷乱，混乱。

【译文】

王大将军（王敦）在众人面前说："众位姓周的，从来没有做过三公的。"有人回答说："只有周侯（周顗）已经五马领头般胜券在握，却被杀了。"大将军说："我与周侯在洛阳相遇，一见如故，立马就倾吐真心。碰到这个纷乱的世道，就成了这种局面。"于是为周侯流下泪来。

九

温公初受刘司空[①]使劝进。母崔氏固驻之，峤绝裾（jū）[②]而去。迄于崇贵，乡品犹不过也。每爵，皆发诏。

【注释】

①刘司空：即刘琨，曾任司空。②绝裾：扯断衣裳，指离去之意

坚决。

【译文】

温公（温峤）起初奉刘司空的命令劝说司马睿即帝位。母亲崔氏拉着他的衣襟坚决要他留下来，温峤扯断衣裳执意前去。一直到他显贵以后，乡间对他的评价始终没有提高。每次朝廷赐予他爵位时，都要由皇帝发布诏书来昭告天下。

十

庾公欲起周子南[①]，子南执辞愈固。庾每诣周，庾从南门入，周从后门出。庾尝一往奄至，周不及去，相对终日。庾从周索食，周出蔬食，庾亦强饭[②]，极欢。并语世故，约相推引，同佐世之任。既仕，至将军二千石，而不称意。中宵[③]慨然曰："大丈夫乃为庾元规所卖！"一叹，遂发背而卒。

【注释】

①周子南：周邵，字子南。曾隐居寻阳庐山，后来受庾亮推举出仕，东晋时官至西阳太守。②强饭：勉强进餐。③中宵：中夜，半夜。

【译文】

庾公（庾亮）想起用周子南，子南回绝的言辞特别坚决。庾公每次去周家，庾公从南门进去，周子南就从后门出来。庾公有一次突然到访，周子南来不及离开，两人只好面对面地坐了一整天。庾公向周子南要吃的，周子南拿出蔬菜和粗米饭招待，庾公也勉强吃了，极为快乐。同时庾公向周子南讲了许多世俗的事务，并约定一定举荐他，共同担负辅佐朝廷的重任。周子南做官后，只担任了二千石俸禄的将军，并不合心意。他在半夜里感慨地说："大丈夫竟然被庾元规（庾亮）出卖了！"一声叹息，竟然背部发痈疮而死。

十一

阮思旷奉大法[①]，敬信甚至。大儿年未弱冠，忽被笃疾。儿既是偏所爱重，为之祈请三宝[②]，昼夜不懈。谓至诚有感者，必当蒙佑。而儿遂不济。于是结恨释氏，宿命[③]都除。

【注释】

①大法：佛教语，指大乘佛法。②三宝：佛教语，指佛、法、僧。后指佛教。③宿命：佛教认为世人皆有前世，辗转轮回，故称宿命。也指佛家宿命之说。

【译文】

阮思旷（阮裕）信奉大乘佛法，尊敬和信奉到了极点。大儿子不到二十岁，忽然害了重病。这儿子是他最疼爱的，他就在佛前祈祷，从昼至夜不敢懈怠。他原以为自己一片至诚必然能够受到佛的保佑，谁知儿子还是死了。从此他与佛教结下了仇恨，对佛教宿命论的信仰都消除了。

十二

桓宣武对简文帝，不甚得语。废海西后，宜自申叙[①]，乃豫撰数百语，陈废立之意。既见简文，简文便泣下数十行。宣武矜愧[②]，不得一言。

【注释】

①申叙：详细说明，述说。②矜愧：同情愧疚。

【译文】

桓宣武（桓温）面对简文帝（司马昱），不是很会说话。废黜海西公(司马奕)后,他认为自己应该去和司马昱详细说明一下,于是预先撰拟了几百句话,说明废去海西公和立新君的理由。见到简文帝后,简文帝流下了数行眼泪。桓宣武充满同情愧疚,说不出一句话来。

十三

桓公卧语曰:“作此寂寂[①],将为文、景[②]所笑。”既而屈起坐曰:“既不能流芳后世,亦不足复遗臭万载邪?”

【注释】

①寂寂:无所作为的样子。②文、景:指晋文帝司马昭和晋景帝司马师。

【译文】

桓公(桓温)躺着说:“就这样无所作为下去,将会被晋文帝、晋景帝所耻笑。”不一会儿,又坐起身子说:“既然不能流芳百世,难道不能遗臭万年吗?”

十四

谢太傅于东船行,小人引船,或迟或速,或停或待。又放船从横[①],撞人触岸。公初不呵谴[②],人谓公常无嗔喜。曾送兄征西葬还,日莫雨驶[③],小人皆醉,不可处分。公乃于车中手取车柱[④]撞驭(yù)人,声色甚厉。夫以水性沉柔,入隘(yì)奔激,方之人情,固知迫隘之地,无得保其夷粹[⑤]。

【注释】

①从横:同“纵横”,奔放,驰骋,无阻碍无拘束。②呵谴:斥责。③雨驶:雨很急。④车柱:停车时支撑车辕的木棍。⑤夷粹:平和纯正。

【译文】

谢太傅(谢安)乘船往东去会稽,仆吏摇船,有时快,有时慢,有时停下来,有时等很久才开船。有时他们还放任船只自行漂流,不是让船上的人互相碰撞,就是船要撞到岸上了。谢公(谢安)对他们从不加以斥责,人们说谢公平常喜怒不形于色。谢公曾为他的兄长无奕(谢奕)送葬回家,日暮时候雨下得很急,驾车的人都喝醉了,几乎不能驾驶。谢公就从车中拿了根车柱撞击驾车的人,声色俱厉。水性虽然很沉柔,但一入险峻之处就变得奔腾激荡,用它来比喻人的性情,就知道一个人处于急迫险阻之地,是无法保持平和纯正的态度的。

十五

简文见田稻,不识,问是何草,左右答是稻。简文还,三日不出,云:"宁有赖其末而不识其本!"

【译文】

简文帝(司马昱)见到田里的稻子不认识,问是什么草,身边的人回答说是稻子。简文帝回去后,三天不出来,说:"哪有天天吃饭却不认识稻子的?"

十六

桓车骑在上明畋(tián)猎[1],东信至,传淮上大捷。语左右云:"群谢年少大破贼。"因发病薨(hōng)。谈者以为此死,贤于让扬之荆[2]。

【注释】

①畋猎:打猎。②让扬之荆:让出扬州,到荆州去。指桓冲原为扬州刺史,后来他要求解除自己的扬州职务,让位给谢安,自己则改任荆州刺史。

【译文】

桓车骑(桓冲)正在上明打猎,东都建康送信的人到了,传达淝水之役已取得巨大胜利的消息。桓冲就对身边的人说:“谢家的年轻人,大胜贼人。”说完就发病死了。评论的人认为这一死,比他把扬州之位让给谢安,自己到荆州来的那次行动更好。

十七

桓公[①]初报破殷荆州,曾讲《论语》,至“富与贵,是人之所欲,不以其道,得之不处”,玄意色甚恶。

【注释】

①桓公:指桓玄。

【译文】

桓公当初收到击败了殷荆州(殷仲堪)的报告时,正好在讲《论语》,讲到“富裕和显贵是人人都想要得到的,但是用不正当的方法得到它,君子就不会去享受”这一段话,他的脸色非常难看。

纰漏第三十四

一

王敦初尚主[①],如厕,见漆箱盛干枣,本以塞鼻,王谓厕上亦下果,食遂至尽。既还,婢擎(qín)金澡盘盛水,琉璃碗盛澡豆[②],因倒著水中而饮之,谓是干饭。群婢莫不掩口而笑之。

【注释】

①尚主:娶公主为妻。王敦曾娶舞阳公主为妻。②澡豆:古代洗沐用品。用猪胰磨成糊状,合豆粉、香料等,经自然干燥而制成的块状物,有去污和营养皮肤的作用。

【译文】

王敦刚娶公主为妻,上厕所时,看见漆盒中装着干枣,这些干枣本是用来塞鼻孔的,王敦以为是上厕所也可以吃的果点,就吃完了。从厕所出来,奴婢端着金盆盛着水,又用琉璃碗盛着澡豆,于是他把澡豆倒进盆中喝了,以为这是代替干饭的。一群奴婢无不掩口笑话他。

二

元皇初见贺司空,言及吴时事,问:"孙皓烧锯截一贺头,是谁?"司空未得言,元皇自忆曰:"是贺劭(shào)。"司空流涕曰:"臣父遭遇无道，创巨痛深，无以仰答明诏。”元皇愧惭，三日不出。

【译文】

晋元帝（司马睿）初次见到贺司空（贺循）时，谈到当年吴国的事，问道：“孙皓烧红锯子，割下一个姓贺的人的头颅，那个人是谁？”贺司空没说话，晋元帝自己记起来说：“是贺劭。”贺司空流泪说：“家父遭到无道暴君的残害，我心里受到巨大的伤痛，无法回答您的提问。”晋元帝很惭愧，三天没出宫门。

三

蔡司徒渡江，见彭蜞（qí）[①]，大喜曰：“蟹有八足，加以二螯（áo）。”令烹之。既食，吐下委顿，方知非蟹。后向谢仁祖说此事，谢曰：“卿读《尔雅》[②]不熟，几为《劝学》[③]死。”

【注释】

①彭蜞：蟹的一种，体小肉少。②《尔雅》：中国最早解释词义的专著，为考证词义和古代名物的重要资料。③《劝学》：《荀子》一书的首篇，又名《劝学篇》。其中有“蟹六（应为“八”）跪而二螯”的句子。

【译文】

蔡司徒（蔡谟）过江南下，看见彭蜞，很高兴地说：“蟹有八只脚，再加上两只螯。”于是命人煮来吃。吃后，又吐出来，样子很狼狈，他才知道这不是螃蟹。后来他向谢仁祖（谢尚）说起这件事，谢仁祖说：“你读《尔雅》不熟，差一点被《劝学》害掉一条命。”

四

任育长[①]年少时，甚有令名。武帝崩，选百二十挽郎[②]，一时之秀彦[③]，育长亦在其中。王安丰选女婿，从挽郎搜其胜者，且择取四人，任犹在其中。童少时，神明可爱，时人谓育长影亦好。自过江，便失志[④]。王丞相请先度时贤共至石头迎之，犹作畴(chóu)日[⑤]相待，一见便觉有异。坐席竟，下饮，便问人云："此为茶，为茗？"觉有异色，乃自申明云："向问饮为热、为冷耳。"尝行从棺邸(dǐ)[⑥]下度，流涕悲哀。王丞相闻之曰："此是有情痴。"

【注释】

①任育长：任瞻，字育长。曾任都尉、天门太守等职。②挽郎：出殡时牵引灵柩唱挽歌的人。③秀彦：德才杰出的人。④失志：失去神智，头脑糊涂。⑤畴日：往日，昔日。⑥棺邸：棺材铺子。

【译文】

任育长年轻时有很美好的声誉。晋武帝(司马炎)驾崩时，挑选的一百二十个挽郎，都是当时闻名的杰出人才，育长也在其中。王安丰(王戎)选女婿，便在这些挽郎中选择优秀的，而且选出了四位，育长仍在其中。育长从小聪明可爱，当时的人甚至说他的影子也是美好的。可是，他自从过江后，便丧失了神智。王丞相(王导)请最早过江的名士到石头城迎接他，仍然像往日那样接待他，一见面就发觉他与以往不同。入坐后，招待喝茶，任育长问别人："这是茶还是茗？"发现别人神色不对，又声明说："我刚才是问这是冷的还是热的罢了。"任育长曾经从棺材店经过，感到悲哀便流泪不止。王丞相听说后便说："这是有情的傻子。"

五

谢虎子尝上屋熏鼠。胡儿既无由知父为此事，闻人道痴人有作此者，戏笑之，时道此非复一过[①]。太傅既了己之不知，因其言次，语胡儿曰："世人以此谤中郎，亦言我共作此。"胡儿懊(ào)热[②]，一月日闭斋不出。太傅虚托引己之过，以相开悟，可谓德教。

【注释】

①过:遍。②懊热:烦躁。

【译文】

谢虎子(谢据)曾上屋顶熏老鼠。胡儿(谢朗)不知道父亲做过这种事,听别人说有一个做过这种事的傻子,他就嘲笑这个人,他时常说起这件事,并且不止说过一遍。谢安了解他是由于不知道的缘故,于是当他再提到这件事时,便对他说:“社会上一些人用这事来毁谤中郎(谢据),并且说我和你父亲一起干过这种事。”胡儿听后很烦躁,一个月关着房门不出来。太傅(谢安)故意假托自己做过这事,借以启发侄儿,可称为“德教”了。

六

殷仲堪父病虚悸[1],闻床下蚁动,谓是牛斗。孝武不知是殷公,问仲堪:“有一殷,病如此不?”仲堪流涕而起曰:“臣进退唯谷[2]。”

【注释】

①虚悸:因虚弱引起的心跳加速、心神不宁的病症。②进退维谷:无论是进还是退,都处在困境之中,形容进退两难。维:相当于“是”。谷:比喻困境。

【译文】

殷仲堪的父亲生过虚悸之病,听到床下蚂蚁响动,便认为是牛在打架。晋孝武帝(司马曜)不知道是殷仲堪的父亲害这种病,问仲堪:“有一位姓殷的害过这样的病吧?”仲堪流着泪站起身来说:“我不知道怎样说才好。”

七

虞(yú)啸父[①]为孝武侍中,帝从容问曰:“卿在门下[②],初不闻有所献替。”虞家富春,近海,谓帝望其意气[③],对曰:“天时尚暖,鮆(zhì)鱼[④]虾鲊[⑤]未可致,寻当有所上献。”帝抚掌大笑。

【注释】

①虞啸父:东晋会稽余姚(今属浙江)人,曾任吴国内史、尚书、侍中。②门下:即门下省,西晋门下省设侍中省,置侍中、给事黄门侍郎各四员(加官无定员),常侍卫皇帝左右,出行则护驾,掌顾问、应对等职。③意气:汉、晋时代指馈赠财礼。④鮆鱼:鱼名,可以制酱。⑤鲊:当作鲝(zhǎ)或鲊(zhǎ),经过加工的鱼类食品。

【译文】

虞啸父做晋孝武帝(司马曜)的侍中时,孝武帝委婉地问:“你在门下省,还未听说你有什么贡献。”虞家在富春,靠近大海,他以为皇帝希望他进贡一些海味,就说:“现在天气还暖和,鱼、虾这些海产,不容易捕获,等稍过时日,当有所贡献。”晋孝武帝听了不禁拍掌大笑。

八

王大丧后,朝论或云国宝应作荆州。国宝主簿夜函白事云:“荆州事已行。”国宝大喜,其夜开阁,唤纲纪[①]。话势虽不及作荆州,而意色甚恬。晓遣参问[②],都无此事。即唤主簿数之曰:“卿何以误人事邪?”

【注释】

①纲纪:公府及州郡主簿。②参问:询问。

【译文】

王大(王忱)去世后,朝廷议论,有人说王国宝可能要做荆州刺史了。国宝的主簿夜里向他报告说:“荆州的任命,已经发布了。”国宝大喜,当天夜里开房门,叫主簿谈论形势,虽然没有提及荆州的事,但语气之间显得很得意。第二天早晨他派人去询问,并无其事。他立刻把那位报信的主簿叫来,数落他说:“你为什么误了别人的事呢?”

惑溺第三十五

一

魏甄(zhēng)后[1]惠而有色,先为袁熙[2]妻,甚获宠。曹公之屠邺(yè)也,令疾召甄,左右白:"五官中郎[3]已将去。"公曰:"今年破贼,正为奴。"

【注释】

①甄后:魏文帝曹丕的皇后。②袁熙:字显奕,袁绍之子。③五官中郎:指曹丕,曹丕曾任五官中郎将。

【译文】

魏文帝(曹丕)的皇后甄氏聪明而又美丽,她先是袁熙的妻子,很受袁熙宠爱。曹公(曹操)攻破邺城后,下令立刻召见甄氏,身边的人说:"五官中郎将已经带走了她。"曹公说:"今年打败敌人,正是为了这个女人。"

二

荀奉倩[1]与妇至笃,冬月妇病热,乃出中庭自取冷,还以身熨之。妇亡,奉倩后少时亦卒,以是获讥于世。奉倩曰:"妇人德不足称,当以色为主。"裴令[2]闻之曰:"此乃是兴到之事,非盛德言,冀后人未昧[3]此语。"

【注释】

①荀奉倩:荀粲(càn),字奉倩,荀彧(yù)的儿子。②裴令:即裴楷。③昧:不明。

【译文】

荀奉倩和妻子的感情非常好,冬天,妻子发热病,荀奉倩就亲自到院子里挨冻,再回屋里用身体贴着妻子。妻子死了,荀奉倩过后不久也死了,他因此受到世人的讥讽。荀奉倩说:"妇女的德行不值得称道,应当以姿色为主。"裴令听说这句话后,说:"这是他一时兴致来了,信口说出的,不是一个有德行的人应当说的话,希望后人千万不要误解。"

三

贾公闾(lǘ)[1]后妻郭氏酷妒[2]。有男儿名黎民,生载周[3],充自外还,乳母抱儿在中庭,儿见充喜踊[4],充就乳母手中呜[5]之。郭遥望见,谓充爱乳母,即杀之。儿悲思啼泣,不饮它乳,遂死。郭后终无子。

【注释】

①贾公闾:即贾充。②酷妒:妒忌心极强。③载周:一周岁。④喜踊:欢喜跳跃,形容极度高兴。⑤呜:亲吻。

【译文】

贾公闾的后妻郭氏妒忌心极强。她生了一个男孩叫黎民,孩子生下一周岁的时候,贾公闾从外面回来,乳母抱着黎民在庭院内玩耍,小孩见到贾公闾,欢喜跳跃,贾充便在乳母手中亲吻了一下小孩。郭氏远远望见,以为贾公闾喜欢乳母,立即把乳母处死。小孩思念乳母,整天啼哭，也不吃别人的奶，最后死了。郭氏后来始终没有儿子。

四

孙秀[①]降晋，晋武帝厚存宠之，妻以姨妹蒯(kuǎi)氏，室家甚笃。妻尝妒，乃骂秀为“貉(hé)子[②]”。秀大不平，遂不复入。蒯氏大自悔责，请救于帝。时大赦，群臣咸见。既出，帝独留秀，从容谓曰：“天下旷荡[③]，蒯夫人可得从其例不？”秀免冠而谢，遂为夫妇如初。

【注释】

①孙秀：字彦才，吴郡(今江苏苏州)人。三国孙吴宗室，为吴末皇帝孙皓所疑忌而投靠西晋，官拜骠骑将军。②貉子：貉的通称。③旷荡：宽宥(yòu)，从宽论处。

【译文】

孙秀投降晋国后，晋武帝(司马炎)对他格外优待，把姨妹蒯氏嫁给他，夫妇平日感情很好。但蒯氏常常妒忌，竟骂孙秀为“貉子”。孙秀非常生气，就不再进卧房。蒯氏特别后悔，一方面责备自己，一方面向武帝求救。当时正值大赦，武帝会见群臣。退朝后单独留下孙秀，很委婉地对他说：“天下犯罪的人都得到宽恕了，蒯夫人是否也可以按例得到宽恕呢？”孙秀听后脱下帽子谢罪，从此夫妻和好如初。

五

韩寿[①]美姿容，贾充辟(bì)以为掾(yuàn)。充每聚会，贾女于青琐[②]中看，见寿，说之，恒怀存想[③]，发于吟咏。后婢往寿家，具述如此，并言女光丽。寿闻之心动，遂请婢潜修音问[④]，及期往宿。寿跻捷[⑤]绝人，逾墙而入，家中莫知。自是充觉女盛自拂拭[⑥]，说畅有异于常。后会诸吏，闻寿有奇香之气，是外国所贡，一著人则历月不歇。充计武帝唯赐己及陈骞(qiān)，余家无此香，疑寿与女通，而垣墙重密，门阁急峻，何由得尔？乃托言有盗，令人修墙。使反曰："其余无异，唯东北角如有人迹，而墙高，非人所逾。"充乃取女左右婢考问，即以状对。充秘之，以女妻寿。

【注释】

①韩寿：字德真，南阳赭阳（今属河南）人。官至散骑常侍、河南尹。②青琐：镂刻成格的窗户。③存想：思念想象。④音问：音信。⑤跻捷：矫健敏捷。⑥拂拭：修饰。

【译文】

韩寿姿容美丽，贾充征召他做了手下的属员。贾充每次召集手下的官员，他女儿都从窗户里观看，见了韩寿，很喜欢他，经常思念想象，以致口中吟诵。后来，有个婢女到韩寿家里把情况一一讲给韩寿听，并且说贾女长得很美艳。韩寿听后动了心，就请婢女暗中致意贾女，并且约定好前往相会的时间。韩寿矫健敏捷超过常人，翻墙跳入贾府，没有人知晓。从那以后，贾充觉得女儿非常爱打扮，喜悦欢畅，不同于往常。后来他召集手下官员时，闻到韩寿身上有一种奇异的香气，这种香是外国进贡来的，一沾在身上，几个月不会消失。贾充考虑到晋武帝只把这种香赐给过自己和陈骞，别人家不会有，因而怀疑韩寿与自己女儿私通，但是府中院墙重重，门户高峻，怎么会发生这种事呢？于是他就假装说家中有东西被偷盗了，派人检修院墙，派的人回来说："其他地方都没有发现异常情况，只有东北角的院墙好像有人爬过的痕迹，但是院墙很高，不是常人能爬进来的。"于是贾充喊来女儿身边的侍女审问，侍女就把实情说了。贾充只得守住秘密，把女儿许配给了韩寿。

六

王安丰妇常卿[1]安丰。安丰曰："妇人卿婿，于礼为不敬，后勿复尔。”妇曰:“亲卿爱卿,是以卿卿。我不卿卿,谁当卿卿!”遂恒听之。

【注释】

①卿:夫妻、情人间的爱称。

【译文】

王安丰(王戎)的妻子经常称王安丰为“卿”。王安丰说:“妻子对丈夫称卿,在礼节上是不敬的,以后不能再这样了。”妻子说:“因为亲卿、爱卿,所以才称卿为卿。我不卿卿,谁当卿卿!”王安丰只好听她叫下去。

七

王丞相有幸妾姓雷,颇预政事,纳货。蔡公谓之“雷尚书”。

【译文】

王丞相(王导)有一个宠爱的侍妾,姓雷,颇喜欢干预政治上的事情,接受他人的贿赂。蔡公(蔡谟)称她为“雷尚书”。

仇隙第三十六

一

孙秀既恨石崇不与绿珠，又憾潘岳昔遇之不以礼。后秀为中书令，岳省内见之，因唤曰："孙令，忆畴昔周旋不？"秀曰："中心藏之，何日忘之？"岳于是始知必不免。后收石崇、欧阳坚石[①]，同日收岳。石先送市，亦不相知。潘后至，石谓潘曰："安仁，卿亦复尔邪？"潘曰："可谓'白首同所归'。"潘《金谷集诗》云："投分寄石友，白首同所归。[②]"乃成其谶(chèn)[③]。

【注释】

①欧阳坚石：欧阳建，字坚石，石崇的外甥。晋惠帝时，与石崇一起被赵王司马伦杀害，死时三十余岁。②投分寄石友，白首同所归：大意是寄语志同道合的朋友，老了以后一同去死。投分：意气相投合；犹言相交、相知。石友：情谊深厚的朋友。③谶：预兆，预言。

【译文】

孙秀既恨石崇不把宠妾绿珠送给他，又恨潘岳曾经对他不礼貌。后来孙秀做了中书令，潘岳在中书省见到他，于是对他说："孙令还记得过去咱们交往的事吗？"孙秀说："心中记着，哪天敢忘呢？"潘岳从此知道自己一定不能免祸。后来孙秀逮捕了石崇、欧阳坚石，同一天又逮捕了潘岳。石崇先被送到刑场,并不知道潘岳被捕,潘岳被送到刑场时,石崇对潘岳说:“安仁(潘岳),你也遭到这样的事了?”潘岳说:“可以说是‘白首同所归’了。”因为潘岳在《金谷集诗》中有这么两句:“投分寄石友,白首同所归。”想不到竟成了预言。

二

刘玙(yú)兄弟[①]少时为王恺所憎,尝召二人宿,欲默除之。令作阬(kēng)[②],阬毕,垂[③]加害矣。石崇素与玙、琨善,闻就恺宿,知当有变,便夜往诣恺,问二刘所在。恺卒迫[④]不得讳,答云:“在后斋中眠。”石便径入,自牵出,同车而去,语曰:“少年何以轻就人宿?”

【注释】

①刘玙兄弟:指刘玙、刘琨兄弟二人。刘玙:《晋书》本传作“刘舆”,字庆孙,刘琨的哥哥。②阬:同“坑”。③垂:将要。④卒迫:仓促急迫。卒:通“猝”。

【译文】

刘玙、刘琨兄弟二人,年轻时被王恺所憎恶,王恺曾邀他们来家寄宿,想暗中将他们杀掉。他先叫人挖坑,坑挖完就要动手加害他们。石崇与刘玙、刘琨一向友好,听说他们到王恺家过夜,知道要发生变故,便当夜赶去王恺家中,问二刘在哪里。王恺逼不得已,回答说:“在后面书房中睡觉。”石崇就直接进去把他们带出来,一同坐车回去,他对刘玙、刘琨说:“年轻人,为什么随便到别人家住宿呢?”

三

王大将军执司马愍王[①],夜遣世将[②]载王于车而杀之,当时不尽知也,虽愍王家亦未之皆悉,而无忌[③]兄弟皆稚。王胡之与无忌长甚相昵[④],胡之尝共游。无忌入告母,请为馔(zhuàn),母流涕曰:“王敦昔肆酷汝父，假手世将。吾所以积年不告汝者，王氏门强，汝兄弟尚幼，不欲使此声著，盖以避祸耳。”无忌惊号，抽刃而出，胡之去已远。

【注释】

①司马愍王：司马丞，字元敬。王敦起兵时，司马丞任军司马，兴兵讨伐，被杀害。王敦被灭以后，司马丞被追赠骠骑，谥号愍王。②世将：王廙(yì)，字世将，王敦的堂弟，王胡之的父亲。善书画。历任尚书郎、散骑常侍等职。③无忌：司马无忌，字公寿，司马丞之子。袭封谯王，任卫军将军。④相昵：彼此亲昵。

【译文】

王大将军（王敦）抓走司马愍王，夜间派王世将把司马愍王在车上杀了，当时知道这件事的人极少，即使愍王家里的人，也不完全知道，愍王的儿子司马无忌兄弟年纪还小。王胡之与司马无忌长大后彼此亲昵，王胡之曾与司马无忌一同游玩。无忌进内室禀告母亲，请母亲为王胡之准备饭食，母亲哭着对他说：“王敦当年残暴地杀害你父亲，是通过王世将的手干的。我之所以多年来一直没有告诉你，一则因王家势力强大，再则你兄弟还小，因此不敢张扬出去，是为了避免祸患。”无忌听罢，大吃一惊，忍不住号啕痛哭，提着刀就往外走。可是，这时王胡之已走远了。

四

应镇南[①]作荆州，王修载、谯王子无忌同至新亭与别。坐上宾甚多，不悟二人俱到。有一客道：“谯王丞致祸，非大将军意，正是平南[②]所为耳。”无忌因夺直兵参军[③]刀，便欲斫(zhuó)。修载走投水，舸(gě)上人接取，得免。

【注释】

①应镇南:应詹,字思远。应璩(qú)的孙子。曾任南平太守,监南平、天门、武陵等五郡军事。明帝初,领兵讨平王敦叛乱,升平南将军、江州刺史。②平南:即王廙,曾任平南将军。③直兵参军:直兵曹(东晋末诸公府、将军府僚属诸曹之一,掌亲兵卫队)的长官。

【译文】

应镇南任荆州刺史时,王修载(王耆之)、谯王(司马丞)的儿子司马无忌同往新亭给他送行。座上的客人很多,未料到这两人同时到来。有位客人说:"谯王(司马丞)遇害,不是出于大将军(王敦)之意,而是平南将军(王廙)干的。"无忌立即起身,从值勤参军手中把刀抢到手,对准王修载就要砍去。王修载匆忙跳进水里,被船上的人救上船,才幸免于难。

五

王右军素轻蓝田。蓝田晚节论誉转重,右军尤不平。蓝田于会稽丁艰,停山阴治丧。右军代为郡,屡言出吊,连日不果。后诣门自通,主人既哭,不前而去,以陵辱之。于是彼此嫌隙大构。后蓝田临扬州,右军尚在郡。初得消息,遣一参军诣朝廷,求分会稽为越州。使人受意失旨,大为时贤所笑。蓝田密令从事数其郡诸不法,以先有隙,令自为其宜。右军遂称疾去郡,以愤慨致终。

【译文】

王右军(王羲之)向来瞧不起蓝田(王述)。蓝田晚年权势和声誉更重,右军尤为不平。蓝田在会稽内史任上时母亲病故,留在山阴县办理丧事。右军继任会稽内史,屡次说要去吊丧,接连几天没有去。后来他上门亲自通报前来吊唁,主人哭过之后,他却不往灵前哭吊就离开了,以此来凌辱王蓝田。从此两人结下仇怨。后来蓝田升任扬州刺史，右军仍任会稽内史。刚听到这一消息，右军派一名参军到朝中，要求把会稽郡划分出来，设立越州。事情没有办成，反为朝野所讥笑。蓝田又密派人寻找会稽郡所做的不法之事，由于原先有仇，就让王右军自己看着办。右军于是称病离开了会稽郡，因愤慨而去世。

六

王东亭与孝伯语，后渐异，孝伯谓东亭曰："卿便不可复测。"答曰："王陵廷争[①]，陈平从默，但问克终云何耳。"

【注释】

①王陵廷争：汉惠帝死后，吕后想封诸吕为王，问右丞相王陵，遭到王陵的强力抵制，吕后不高兴。再问陈平、周勃，陈平认为可以。后来陈平和周勃一起诛杀诸吕。

【译文】

王东亭（王珣）与王孝伯（王恭）谈话，渐渐有了分歧，王孝伯对王东亭说："你越发不可捉摸了！"王东亭回答道："当初吕后想封吕姓为王，王陵当面争辩，陈平却一言不发，只问最终的结果是什么。"

七

王孝伯死，县其首于大桁（héng）。司马太傅命驾出，至标所，孰视首，曰："卿何故趣[①]欲杀我邪？"

【注释】

①趣：同"促"，急着。

【译文】

王孝伯（王恭）死了，首级被悬挂在朱雀桥上。司马太傅（司马道子)乘车来到悬挂首级的标柱前,仔细地看着首级,说:“你为什么要急着杀我呢?”

八

桓玄将篡,桓脩(xiū)欲因玄在脩母许袭之。庾夫人云:“汝等近过我余年,我养之,不忍见行此事。”

【译文】

桓玄将要篡位,桓脩想趁桓玄在桓脩母亲那里袭击他。庾夫人说:“你们是近亲,我也接近过完晚年的时候,我养育了他,不忍心看到这样的事发生。”